SV

Andreas Pflüger

# WIE STERBEN GEHT

Roman

Suhrkamp

Klimaneutral
Druckprodukt
ClimatePartner.com/14438-2110-1001

Originalausgabe
Erste Auflage 2023

Umschlaggestaltung: zero-media.net, München
Umschlagabbildungen: ullstein bild – Süddeutsche Zeitung
Photo/Scherl (Glienicker Brücke), FinePic® (Wasser)
Gesetzt von Andreas Pflüger aus der Guyot
Druck: CPI books GmbH, Leck
Printed in Germany
ISBN 978-3-518-43150-4

www.suhrkamp.de

Für mein Patenkind Luise

## ÜBER DIE DINGE

Vergiss die Dinge, die aus Sehnsucht sind
Du weißt, du wirst sie nie mehr haben
Das buchstabieren sie mir Tag und Nacht
So halten sie's mit solchen Leuten

Sieh, wo du bist, such nicht nach Land
auf diesem Meer, auf dem du hüpfst
ein Korken, dabei tonnenschwer
Das buchstabieren sie mit Fäusten

Erst kommt das Sterben, dann der Tod
Doch manchmal ist es umgekehrt
So glauben sie und ahnen nicht
Ich bin schon lang in diesem Haus

gebaut aus dem, was Tote träumen
Mit ihrem letzten Herzschlag Tür an Tür
Ein Postamt gar nicht weit von hier
für Briefe, die nie geschrieben werden.

# STOP MAKING SENSE

SIE wollte immer ewig leben, aber nie unsterblich sein. Bis zu jener Nacht, in der sie geglaubt hatte, sie sei die Frau, um die sich die Erde drehte. Die über kochende Meere tanzte und sie zu Eis erstarren ließ. Weil ihr danach war. Die jedem Wind befehlen konnte, zum Hurrikan zu werden. Oder sich zu legen. All das war ihr wie nichts erschienen, kinderleicht.

Für die Herrin über den Atem der Welt.

Doch jetzt kam die Angst.

Sie stießen durch dichte Wolken. Es wurde dunkel, mitten im Sonnenaufgang, und sie sah Berlin. Gegen sieben waren sie in München-Riem gestartet, wo sie von den Panzerlimousinen direkt vor der Falcon Mystère abgesetzt wurden, laut Kennung Eigentum eines internationalen Logistikunternehmens, einer Tarnfirma. Zum Schutz vor einem möglichen Terrorangriff der RAF hatten Polizeifahrzeuge ihre Maschine auf beiden Seiten mit Blaulicht eskortiert, bis sie in der Luft gewesen waren. Für die drei anderen Passagiere bloß Routine, keinen Blick wert.

Nina saß hinten in einem der dicken Ledersessel, vorne der Präsident, Akten lesend. Neben ihm Julius Boehnke, Chef der Aufklärung, in die *FAZ* vertieft.

Sie sanken rasch. Unter Nebelfetzen ein amorpher Klumpen Häuser. Schwarze Gewässer, kackbraun hingeschmierte Parks. Schon glaubte Nina, den fauligen Braunkohlemief in der Nase zu haben, den die Stadt ausdünstete. Nichts war trostloser als Berlin im November. Und doch hatte sie sich hier frei gefühlt, ihre Träume ein Sack Flöhe.

Sie war von einer Landung in Tempelhof ausgegangen, aber statt nach Westen abzudrehen, blieben sie beständig auf Kurs, jetzt in allenfalls zweihundert Metern Höhe. Da war die Mauer, dieser offene Cut in der Fresse eines Boxers, der zigmal auf die Bretter gegangen war und doch noch stand. Ihr Pilot gewährte ihnen eine tadellose Aussicht auf den Todesstreifen. Grenzer rissen die Ferngläser hoch, Hunde zerrten an Leinen. Jetzt die Spree, die Oberbaumbrücke, der Landwehrkanal. Kreuzberg, ihr alter Kiez. Panoramablick übers Ost-Berliner Zentrum mit Gendarmenmarkt und Linden. Preußen gähnte grau.

Boehnke wandte kurz den Kopf und schaute zu Nina nach hinten. Sie sah die Schatten über seinem Gesicht, Augen wie Scheinwerfer, nach einer schlaflosen Nacht. Heute war *der* Tag.

Boehnke hatte nicht daran geglaubt.

Aber Nina.

»Etwas Sightseeing«, sagte Simone Weller, die links von ihr saß. »Der Präsident liebt den antifaschistischen Schutzwall, er motiviert ihn.« Das süffisant, jedoch leiser. Ihre Haare hatten die Farbe von Teakholz nach Sommern in der Sonne. Sie war ungeschminkt, abgesehen von einem Hauch Bienenwachs auf den Lippen, und dünner, als eine Frau ihres Alters sein sollte. Aber sie zählte zu den Menschen, die nicht älter werden, weil sie schon mit dreißig fünfzig gewesen waren.

Weller richtete erst zum zweiten Mal das Wort an Nina. Und die Premiere war hässlich gewesen. Sie leitete die Abteilung SI, der die Sicherheit des Dienstes oblag. Ihren wirklichen Namen kannte Nina nicht, lediglich dieses Pseudonym. So wie sie für Weller *Elsa Opel* war. Bei der Aufnahme in den Dienst erhielten sie alle eine neue Identität. Niemand wusste, wie der andere in Wahrheit hieß. Bis auf den Präsidenten und Boehnke natürlich. Ninas Pseudonym war vor fünfeinhalb Jahren offenkundig von einem Filmfan ausgesucht worden. Elsa Opel hatte ihr jedoch gefallen. Sie war in *Marathon Man* so, wie Nina damals gerne gewesen wäre: undurchsichtig und gefährlich. Sie besaß einen kompletten Satz Papiere mit diesem Alias, vom Führerschein bis zum Pass. Elsa Opel war etwas jünger, da Ende Mai auf die Welt gekommen, nicht im Februar.

Nina Winter war sie bloß noch in Gedanken.

Das Brandenburger Tor flutschte unter ihnen weg. Auf der Westseite Ramschbuden, die Mauerplattform leer, der Pariser Platz ein Aufmarschgelände. Die Falcon kippte scharf über die linke Tragfläche, ging auf Westkurs.

»Wir landen in Gatow, auf dem Flugplatz der Briten. Als ob KGB und Stasi nicht wüssten, dass wir da sind«, sagte Weller.

Sie nickte bloß. Die Frau war ein Miststück. Das hatte Nina auf die harte Tour gelernt.

Weller senkte ihre Stimme noch einmal. »Noch nie war das Geschlechterverhältnis in diesem Jet ausgeglichener als heute. Natürlich ist das ein Skandal, immerhin haben wir 1983. Haben Sie je darüber nachgedacht, wie viele Frauen beim Dienst sind, die nicht tippen, übersetzen oder Schnittchen servieren? Die können Sie an einer Hand abzählen. Und dann so jung wie Sie, so schnell. Na, wir zwei wissen ja, was es kostet.«

»Sie müssen keine Schnittchen servieren?« fragte Nina.

Weller lachte leise. »Sie gefallen mir.«

»Sonst bin ich lustiger.«

»Dass Sie nervös sind, verstehe ich, Frau Opel. Ich stelle mir vor, wie es für Sie sein wird, wenn Kukura heute diesen Strich überquert. Sicher sind Sie wahnsinnig stolz.«

»Später vielleicht. Falls alles gutgeht.«

»Sie trauen den Russen nicht?«

»So fragt jemand, der nie dort war.«

Weller zündete sich eine Lord an. »Unsere erste Begegnung verlief leider unerfreulich. Sie werden das professionell sehen, hoffe ich.« Sie rauchte wie eine, die es hasste.

Der Gestank der Rieselfelder war ihre Begrüßung. Die Berliner Knochenbrecherkälte schlug zu. Als sie in der ersten der drei Panzerlimousinen saß, war sie bereits durchgefroren. Boehnke und der BND-Präsident stiegen in die zweite; die Sherpas des Personenschutzkommandos bildeten die Nachhut. Sie fuhren durch Spandau, dann über den fast leeren Kaiserdamm. Nina bekam Kopfschmerzen; sie war die Lichtbrechung des dicken Sicherheitsglases nicht gewohnt. Neben ihr tat Simone Weller, als würde sie dösen. Doch ihr rechter Zeigefinger hatte einen nervösen Tick, tippte Morsezeichen aufs Sitzpolster.

K.U.K.U.R.A.

Das Hotel war in der Budapester, beim Tiergarten. In Ninas Zimmer hätte ihre ganze Münchner Wohnung Platz gefunden. Die anderen hatten Besprechungen beim Innensenat und mit der Berliner Polizei. Nina würde erst abends gebraucht werden. Und nur für eine einzige Sache. Sie zog die Sportklamotten an, lief zweimal die große Parkschleife, ohne sich zu verausgaben. Hinterm Sowjetischen Ehrenmal hängte ein Kilometerfresser sich an sie ran, stieg aus, pumpte. Auf den letzten fünfhundert sprintete sie, duschte im Hotel.

Nina nahm am Zoo die U-Bahn Richtung Schlesisches Tor. Im Abteil der Ausschuss der Nacht. Pennende Punker, Frauen mit Glitzerwimpern und Schmierschminke. In den Gesichtern die Leere danach. Wieder alles gewollt und nichts gekriegt.

In der Wiener war die Gärtnerei schon auf oder immer noch, Ninas alte Schorletankstelle nach ihrem Training im Görlitzer Park. Hard Rock, eine Handvoll Besetzer hingen ab. Sie waren drauf. Jedoch nicht, weil Sonntag war. Die waren immer drauf. Die blaupinkorangehaarige Bedienung tänzelte an ihren Tisch. Sie studierte vermutlich Soziologie im neunzehnten Semester und träumte von einer Dissertation über *Cindy Lauper und das amerikanische Trauma*. Nina nahm das Hausfrühstück. Kaffee, Schrippe, steinhart gekochtes Ei.

Sie sah sich in dem großen, halb blinden Wandspiegel. Ihre braunen Locken waren von der Wollmütze plattgedrückt, das Gesicht mit diesem leidigen Ernst, den sie nicht loswurde. Die Wangen zu hoch, der Mund zu klein. Sie mochte ihre Augen, aber hübsch war sie nicht. Interessant vielleicht, das redete sie sich manchmal ein. An einem der Tische wurden Heldenverse deklamiert: der schwarze Block gegen eine Armee von Bullen, vorher im Cheetah guten Stoff eingeschmissen, der Ku'damm ein geiler Steinbruch.

Sie fragte sich, warum sie hergekommen war. Um Abschied zu nehmen? Von welchem Leben? Das hier war lange vorbei. Eine Zukunft hatte sie nicht in der Tasche.

»Willste noch'n Kaffee?«

Sie schrak so zusammen, dass sie den Salzstreuer umwarf.

»Nein, zahlen.« Durch manche Türen ging man zum letzten Mal, ohne es zu wissen. Aber bei dieser war sie sicher.

Draußen lungerten blaulippige Dealer rum. Raben glotzten von den Dächern, der Himmel war wie ausgekotzt. Nina kroch tief in ihren Dufflecoat und malte sich aus, wie es wäre, Berlin abzureißen und an der Côte d'Azur wieder aufzubauen. Beim Kotti winkte sie einem Taxi, fuhr durch die Stadt, zu der ihr als Erstes immer das Wort *nie* einfiel. Nie satt. Nie großzügig. Nie schwerelos. Nie mehr das, was es einmal war.

Der Kutscher nahm die Ku'damm-Route. Auf den Trottoirs keine Pflastersteine mehr. Die Ladenbesitzer standen draußen und betrauerten leere Schaufensterhöhlen. Wieder ein Festtag für die Frontstadt-Glaserinnung. An der Clayallee protzte das US-Hauptquartier. Um die Ecke war die alte Wehrmachtsvilla, in der *B.O.B.* untergebracht war, die *Berlin Operations Base* der CIA. Nach der letzten Nacht hätte Nina vor Müdigkeit speiübel sein müssen, doch sie war wie auf Koks. Ohne nachzudenken, hatte sie sich hinten so hingesetzt, dass sie den gesprungenen Rückspiegel einsehen konnte.

Auf der Argentinischen Allee bemerkte sie den BMW.

Er hielt hundert Meter Abstand, aber sonntagmorgens war das bei dem dünnen Verkehr so unauffällig wie eine Nonne an einem Nacktbadestrand.

»Fahren Sie links in die Onkel-Tom-Straße«, sagte Nina.

»Und dann?«

»Über die Sven Hedin zum Mexikoplatz.«

»Ist ja Ihre Kohle.«

Der BMW folgte ihnen nicht.

HVA? Unsinn, die Hauptverwaltung A der Stasi fuhr keine BMWs, genau wie der KGB.

Auf der Potsdamer Chaussee war er wieder da.

CIA? Unwahrscheinlich. Die hatten in Berlin so viele Leute, dass sie mehr als ein Auto eingesetzt hätten.

BND.

Der hochtourige Wagen musste zu einem der QBs gehören, den Observationseinheiten, die Simone Weller unterstanden.

Und ohne deren Befehl keine Beschattung.

*Wussten sie von Zarizyno?*

*Unmöglich. Dann wäre ich schon weg.*

Im Radio liefen die Talking Heads, *Stop Making Sense.*

»Machen Sie's ruhig lauter«, sagte sie zum Kutscher.

Am Großen Wannsee bog der BMW zum S-Bahnhof ab und verschwand. Auf der Chaussee, im Sommer eine Staufalle für Touristenbusse, kam ihnen kein Wagen mehr entgegen. Dann sah Nina nur noch kahlen Wald. Im Abzweig nach Nikolskoe und in der Zufahrt zum Jagdschloss Glienicke standen, halbgar versteckt, Polizeifahrzeuge. Etwas weiter hielt der Taxifahrer an der Rotunde.

»Endstation. Soll ich warten?«

»Es kann dauern.«

»Is eh tote Hose.«

Beim Aussteigen suchte sie die Chaussee nach dem BMW ab. Nichts. Sie wandte sich um und stand vor der bestgesicherten Brücke der Welt.

*You are leaving the American Sector.*

Auf der Seite zum Jungfernsee war eine Wachbaracke. Zwei blutjunge West-Berliner Grenzpolizisten beäugten Nina. Der Schlagbaum war zu. An der Mittelstrebe zwischen den beiden hinteren Stahlschwingen prangte ein protziges DDR-Emblem. Darunter ging ein Eisengatter quer über die gesamte Fahrbahn. Wegen der Wölbung konnte man nicht ganz bis zum anderen Ende blicken. Beidseits die Flachdächer von Grenzhäusern. Es war so still, dass Nina die rote Fahne an der Potsdamer Arkade knattern hörte. Sie ging die Stufen zum Uferweg hinunter und setzte sich frierend auf eine einsame Bank. Der Wind wirbelte Eiskristalle in ihr Gesicht und riss ihren Atem so schnell weg, dass er keine Wolke bilden konnte. Es roch nach Schnee, aber noch war keine Flocke gefallen. Auf der gegenüberliegenden Seite Männer mit Ferngläsern. Keine Grenzer. HVA oder KGB. In ihrer Berliner Zeit war sie öfters hier gewesen, im Sommer, wenn sie mit ihrer Mutter spazieren ging. Oder etwas anderes atmen wollte als Beton. Jetzt fiel ihr zum ersten Mal auf, dass die Brücke im Ost- und im Westteil verschieden angestrichen war, dunkelgrün hier, lindgrün dort. Auf dem See schaukelten Schollen, so früh im Jahr, von der gleichen Nicht-Farbe wie die Grenzschutzboote, der Himmel. Dazwischen Schwäne, Köpfe im Gefieder, wie ausgestopft.

In der Regel tauschte man Agenten auf der Transitautobahn aus, im Niemandsland zwischen Hessen und Thüringen. Aber die CIA hatte auf die Glienicker Brücke gedrängt, weil sich das Gelände gut sichern ließ und die Alliierten über ihre Potsdamer Militärmissionen ungehindert das östliche Vorfeld ausspähen konnten. Nina hörte Bellen, Zweige brechen. Männer kamen mit Hunden aus dem Gehölz.

Ohne ihre Funkgeräte hätten es Zivilisten sein können. Sie patrouillierten am Ufer. Entfernten sich.

Heute würde die Brücke zum zweiten Mal die Bühne für ein Agentenspektakel sein. Rudolf Iwanowitsch Abel und der über Russland abgeschossene U2-Pilot Francis Gary Powers waren die Ersten gewesen, am 10. Februar 1962, um 08:50 Uhr. Nina hatte alles gelesen, was sich im BND darüber finden ließ. Sogar die Witterung war in dem Dossier vermerkt: zwei Grad, stark bewölkt, Niesel mit Schneegraupel.

Es war ein höchst ungleicher Handel gewesen. *Einer war ein Meisterspion, aber der andere bloß ein Facharbeiter*, hatte Rudolf Abels Verteidiger Donovan später gesagt. In gut zehn Stunden würden hier erneut zwei Männer aneinander vorbeigehen, die nicht die geringste Gemeinsamkeit besaßen. Außer dass beide Russen waren.

Der eine ein Held, der andere eine Bestie.

Nina studierte die Grenzbefestigungen auf der Landzunge am Glienicker See. Hinter der Uferböschung der engmaschige, elektrisch geladene Zaun, gute drei Meter, dann der verminte Todesstreifen, schließlich die »Hinterlandmauer«. Sie sah die Stasischule. Beim Austausch von Abel gegen Powers hatte der KGB die Villa als Beobachtungsposten genutzt. Sicher würden heute Abend Scharfschützen dort in Stellung liegen.

Ein Mann setzte sich zu ihr. Unter der russischen Fellmütze Pausbacken, schneeweiß, faltenlos. Sein Augenblau war blass und ging schon ins Grau, die fröhliche Knollennase triefte. Mit angeklebtem Bart und ein bisschen Rouge hätte er im KaDeWe als Santa Claus anheuern können.

»Sind Sie aus Berlin?« fragte er. Sein Deutsch war exzellent, abgesehen von dem amerikanischen Akzent.

»Nein, Touristin.«

Nina wollte, Santa hätte sich eine andere Bank ausgesucht. Immerhin ließ er einen Meter Luft.

»Es ist – wie heißt das so schön bei Ihnen? – am Arsch der Welt«, erklärte er. »Aber frühmorgens und am Abend herrscht Betrieb, wenn die Wagen unserer Militärmissionen zwischen Berlin und der Zone pendeln. Onkel Joe hat auf der Potsdamer Konferenz in einem schwachen Moment unterschrieben, dass sie nicht kontrolliert werden dürfen.«

*Da hast du deinen BMW*, dachte Nina.

»Sind Sie sicher, dass Sie Touristin sind?« fragte er.

»Sind Sie sicher, nicht auf der falschen Bank zu sitzen?«

Santa lächelte. »Elsa Opel hat etwas, *Marathon Man*, wie ich annehme. Beim BND müssen Sie vor fünf Jahren eingeschlagen sein wie eine Cruise Missile, sonst wären Sie nicht nach kurzer Zeit Verbindungsführerin von Rem Kukura geworden, einem Pink Star, dem besten Agenten, den Pullach je hatte. Wie ist es für Sie, dass er heute gegen Jegor Beljakow ausgetauscht wird, für den man in Kalifornien bereits die Giftspritze aufgezogen hatte? Fühlt es sich wie ein Erfolg an oder wie Versagen?«

»Dieses Gespräch ist beendet«, sagte sie und stand auf.

»Welches Gespräch denn?« herrschte er Nina an. »Seien Sie gefälligst ein bisschen dankbarer. Immerhin bin ich der Mann, der auch Kukura vor der sicheren Hinrichtung bewahrt hat.«

»Was wollen Sie?«

»Wir liefern Beljakow, dafür hat uns der BND versprochen, dass wir Kukura melken dürfen. Wenn er nur halb so viel über das sowjetische Agentennetz in den USA weiß, wie behauptet wird, lade ich Sie ins beste Restaurant von München ein. Aber wer garantiert uns, dass Kukura reden wird? Sie?«

Nina schwieg.

»Sehen Sie. Ich will nur sicher sein, dass wir keinen lahmen Gaul gekauft haben.«

Über ihr Krähen, kreisend, als wäre sie Aas.

Er musterte sie. »Wie ist Zarizyno im Sommer? Ich war nur im Winter da.«

Etwas rutschte unter ihr weg. Sie saß wieder auf der Bank, hörte Santa. »Unsere Moscow Station weiß, was Sie vor zwei Jahren dort getan haben. Es ist amüsant, dass man beim BND nach wie vor so große Stücke auf Sie hält. Die haben ziemlich romantische Vorstellungen von Ihnen.«

Tausend Sätze fielen ihr ein. Und keiner taugte was.

»Dieses Familienfest von vier Geheimdiensten findet heute allein aus einem Grund statt: Ihretwegen. Sie haben vertuscht, was wirklich zu Kukuras Enttarnung und Verhaftung geführt hat. Ehrlich: Das hätte ich an Ihrer Stelle auch. Aber was, wenn es rauskommt? Die Antwort kennen Sie so gut wie ich.«

Ihr war, als würde sie nackt vor Santa in der Kälte stehen.

»Falls Kukura nicht mit uns kooperieren will, kriege ich von Ihnen jeden verfluchten Bericht aus Ihrer Moskauer Zeit. Und jeden, den Sie unterschlagen haben. Denn ich bin überzeugt, dass Sie Pullach noch viel mehr verschweigen.«

»Das wäre Hochverrat«, brachte sie heraus.

»Sie wissen sicher, dass dort im Wasser Stahlreiter sind, um Schwimmer aufzuspießen. Daran sehen Sie: Man kann fast am Ziel sein, aber dann erwischt es einen doch.«

Als er aufstand und ging, wollte sie ihm folgen und ihm das Genick brechen. Diesen Hass fühlte Nina auf der ganzen Fahrt zurück, jede Sekunde, noch in der Hotellobby. In der Stille das Klingeln einer Aufzugtür. Sie hörte Lachen aus der Bar dringen. Ein Männerzirkel, auch hier Heldenverse; Deals, Tricksereien, Bilanzen. Kukura hatte erzählt, dass er als KGB-Agent einmal im New Yorker Harvard Club gewesen war. *Ich saß mit meinem billigen Anzug auf einem knallroten Ledersofa. Die Gipsbüsten von römischen Konsuln haben mich beglupscht. Goldene Aschenbecher, goldene Lampen, auf dem Klo Handtücher mit Monogramm. Ich hörte ihr großmäuliges Gerede über Börseninvestments und Frauen, die sie ins Bett gekriegt hatten, und dachte: Wer hier freiwillig lebt, darf an nichts glauben, außer an Geld und Sex.*

Nina fuhr in den zehnten Stock. Im Zimmer starrte sie den Teppichvelours an, das braun-orange Farblabyrinth. Sie setzte sich aufs Bett, entsperrte das Schloss ihres Diplomatenkoffers und nahm die Handakte aus dem verborgenen Fach.

STRENG GEHEIM

13. November 1983

Ort: Berlin/Wannsee. Fachwerkbalkenbrücke auf vier Stützen. Eine Durchfahrtsöffnung für Schiffe und zwei Seitenöffnungen. Stützweite der Durchfahrtsöffnung: 73 m, der Seitenöffnungen: je 36 m. Durchfahrtsweite durch die Hauptöffnung: 60 m, durch die beiden Seitenöffnungen: 21 bzw. 16 m. Zonengrenze verläuft durch die Brückenmitte; im Norden Schwenk Richtung Krughorn, im Süden Linksknick zum Jagdschloss hin.

Personen: Rem Kukura. KGB, Erste Hauptverwaltung, Dienst I. Aufenthalt zuletzt: unbekannt.

Jegor Beljakow. Sowjet. Konsulat San Francisco. Vater: Konstantin Beljakow, Mitglied des Politbüros des ZK der KPdSU. Aufenthalt J. B. zuletzt: Folsom State Prison, Kalifornien.

Beteiligte Parteien: BND, CIA, KGB.

Assistenz: US-Militärmission Potsdam, BKA, WaPol, MFS, VP.

Sicherung Ost: Scharfschützen, Grenzboote, Speznas.

Sicherung West: 4 Scharfschützen (U.S. Army), GSG 9.

Austausch: 22 Uhr.

Identifikation Kukura: Elsa Opel. BND, Abt. 3, Referat 32F. Finished Intelligence.

Sie las es wieder.

Wieder und wieder.

Alles stimmte. Aber nichts ergab mehr Sinn.

Sie ging zum Fenster. Jetzt erst sah sie den Schnee. Er fiel so dicht, dass sie das nahe Brandenburger Tor nur noch ahnte. Es war noch nicht einmal halb zwei, und die Sonne verramschte schon ihr letztes Licht.

# NINOTSCHKA

Sie fuhren in derselben Formation wie am Morgen. Die Stadt war weiß. Streusalz knirschte unter den Hartgummireifen des dreieinhalb Tonnen schweren Panzers. Flocken rasten auf der Autobahn wie Geschosse auf die Scheinwerfer zu. Vor ihrem Aufbruch hatte Boehnke sie informiert, dass Jegor Beljakow in Tempelhof gelandet und unterwegs zur Brücke war.

Aber auch Rem Kukura war hier.

Durch einen Scout der US-Militärmission wussten sie, dass um halb acht vom sowjetischen Flugplatz Eberswalde-Finow, vierzig Kilometer im Norden, eine Fahrzeugkolonne gestartet war. Auf der Potsdamer Seite hatte man im Grenzgebiet eine Ausgangssperre für alle Bewohner erlassen, die bis Mitternacht gelten sollte. Volkspolizei patrouillierte durch das Villenviertel. Seit einer Stunde standen drei schwarze Saabs auf der von der Stasi abgeriegelten Straße hundert Meter hinter den östlichen Grenzhäuschen.

*So nah sind wir uns. Nur noch ein paar Schritte.*

*Als ob wir uns jemals fern gewesen wären.*

Die Chaussee war wie ausgestorben und schon am Rathaus Wannsee für den Verkehr blockiert. Nach zwei Kontrollstellen langten sie schließlich bei der Brücke an. Nina sah Beamte der BKA-Sicherungsgruppe, Trommelrevolver unter den offenen Jacken. Bei ihnen Sturmhauben-Männer, GSG 9. Sanitäter an einem Ambulanzwagen. Schutzpolizei mit Maschinenpistolen. Auf dem Dach der Wachbaracke ein Scharfschütze, unter dem weißen Ghillie kaum zu sehen.

Die Brücke lag im Dunkel. Auf dem See tanzten die Lichter von Booten im wirbelnden Schnee. Hier war sie, die Bühne für die größte Show, die der Kalte Krieg zu bieten hatte.

Sie gingen zu Richard Wolf, dem Chef der Spionageabwehr des BKA. Einige seiner Leute waren bei ihm. Er plauderte mit dem US-Botschafter und einem Nina unbekannten Mann, der sich als Unterstaatssekretär des State Departments erwies und den Händedruck eines Waschbären besaß.

Sie nickte Wolf zu, als würden sie sich bloß flüchtig kennen. Seine schwarzen Augen waren forschend wie immer, Schlitze nur, als würde er direkt in die Sonne blicken.

»Ich fragte Herrn Wolf eben, wieso das Bundeskriminalamt bei Ihnen die Spionageabwehr übernimmt, wenn Sie doch den BND haben«, sagte der Botschafter.

»Die dürfen spionieren, aber nicht ermitteln und schon gar keine Festnahmen durchführen«, erwiderte Wolf. »Das ist bei Ihnen mit der CIA und dem FBI nicht anders.«

»Dafür haben wir die hübscheren Sekretärinnen«, konterte Boehnke und haute Wolf auf die Schulter.

Weller lachte mit den Herren. Nina schämte sich für sie.

Sie sah Beljakow in Handfesseln aus einem VW-Transporter steigen. Ein Polizist schnarrte: »When you try to run away we fire.« Beljakow grinste. Er hatte ein Gesicht wie ein schlechter Traum. Nina kannte Männer wie ihn, Männer mit Vätern wie seinem. In Moskau hingen sie in der Bar des National rum, auf dem Tisch dicke Dollarrollen, dabei kriegten sie alles umsonst. Wenn ihr Stolichnaya nicht rasch genug nachgeschenkt wurde, drückten sie den Kopf der Kellnerin johlend in die Spüle. Oder taten ihr Schlimmeres an. Um Mitternacht ließen sie sich zum Dom Kino chauffieren, wo die neuesten Hollywoodhits allein für sie liefen und ihre Malinas und Nataschas giggelten, wenn sie ihnen unter die kurzen Röcke langten. *Jeg the Ripper* hatten amerikanische Zeitungen Beljakow genannt.

Auf der Fahrbahnmitte hatte man ein Periskop aufgestellt. Ein Polizist ließ Nina an das Infrarot-Okular. In zwanzigfacher Vergrößerung sah sie auf der Potsdamer Seite Offiziere Fotos schießen, rauchen. Melder spritzten hin und her, salutierten.

Hüben und drüben mussten an die zweihundert Personen mit dem Austausch beschäftigt sein. Alles für nur zwei Männer, von denen der eine Ehre besaß und der andere die Giftspritze verdient hätte.

»Die Offiziere sind Sowjets«, hörte sie den Polizisten.

Weller kam. »Sie tragen Abzeichen der 35. Luftsturmbrigade Cottbus, dürften jedoch von der Dritten Hauptverwaltung des KGB sein.«

Es entstand Bewegung. Zwei DDR-Transporter fuhren auf die Brücke und stellten sich ein Stück hinter der Grenzmarke quer, sodass nur ein enger Durchlass blieb. Ninas Hände waren klatschnass. Sie trat vom Periskop zurück.

»Sie haben noch fünfzehn Minuten, die Russen sind immer auf die Sekunde pünktlich.« Weller zündete sich eine Lord an und hielt Nina die Packung hin.

Sie schüttelte den Kopf.

»Doch, Sie wollen.«

Weller gab ihr Feuer. Sie saugte an der ersten Zigarette ihres Lebens, als wäre sie Kettenraucherin. Der Schnee stäubte jetzt so fein, dass er wie ein Nebel war.

»In Gedanken haben Sie es doch tausend Mal getan«, sagte Weller. »Sie gehen mit Beljakow auf die Brücke, bis zum Strich. Den können Sie nicht verfehlen, er ist extra für Sie vom Schnee freigeräumt worden. Wenn Sie Kukura klar identifiziert haben, geben Sie uns das Zeichen. So halten es die Sowjets auch mit Beljakow; die wollen bloß sichergehen, dass wir ihnen keinen Doppelgänger unterjubeln. Die beiden gehen gleichzeitig los. Sie nehmen unseren Mann in Empfang und spazieren cool mit ihm hierher. Um Mitternacht feiern wir im Kempinski.«

Wellers ruhige Art tat ihr gut. Sie hatte diese Stimme schon in ganz anderen Tonlagen gehört. Aber als Frau hätte Weller es nie in so eine Position geschafft, ohne je über einen Herrenwitz gelacht zu haben.

*Ohne so hart zu sein, dass ich in den Verhören zitterte.*

Dann fühlte Nina sich, als hätte man ihr ins Gesicht getreten. Sie sah Santa. Er stieg fidel aus seinem BMW, absolvierte einen launigen Begrüßungsparcours.

»Ich weiß, es wäre Ihnen wohler, wenn Männer von uns bei Ihnen wären«, kam Wellers Stimme zurück. »Aber das war die Bedingung der Sowjets: je eine Person auf beiden Seiten. Und Sie sind die Einzige, die Kukura identifizieren kann.«

»Wer ist das dort?« fragte Nina.

»Carter McGhee, Chief of Berlin Station der CIA. Kommen Sie, ich mache Sie bekannt.«

Schon fasste Weller sie am Arm.

Nina dachte kurz daran, sich Boehnke anzuvertrauen. Aber Boehnke war der BND. Das, was sie in Moskau getan hatte, in Zarizyno, wäre ihm kein tröstendes Wort wert, keinen Drink in seinem Büro, kein Gespräch über die Artistik eines Lebens, von dem der Tod nur 9 mm entfernt gewesen war. Ebenso gut hätte sie von der Glienicker Brücke springen können.

»Ah, das ist also die berühmte Elsa Opel«, meinte McGhee, ohne seine Fluppe aus dem Mundwinkel zu nehmen. »Was für ein Wetter. So scheißkalt war's zuletzt in Zarizyno.« Er hatte jede Menge Spaß.

Die eine Nina hoffte inständig, dass Kukura McGhee geben könnte, was er wollte. Diese Nina war so naiv wie an dem Tag, an dem sie mit neunzehn aus ihrem Elternhaus fortging. Aber die Nina, die in Moskau gelernt hatte, auf einer Spinnwebe zu balancieren, wusste, dass das unmöglich war. Dass Kukura aus einem einzigen Grund gleich über diesen Strich gehen würde: weil sie alle Welt belogen hatte. Das BKA, den BND, die CIA.

Und sich selbst.

Der Moment der Wahrheit war in so weite Ferne gerückt, dass sie sich eingeredet hatte, er käme nie. Kukura würde jetzt traurig lächeln und sagen: *Ach, Ninotschka, du weißt doch, es ist besser, ein Mal zu sterben, als ständig den Tod zu erwarten.*

»Ich hätte eine hübsche Geschichte für Sie, Frau Opel, die wird Ihnen gefallen«, sagte McGhee. »Vor ein paar Jahren hat ein Überläufer uns berichtet, dass er zusammen mit Kukura in der KGB-Residentur der sowjetischen Mission in Mexico City stationiert war. Ein Amerikaner hat sie kontaktiert und wollte ein Treffen. Kukura ist hingegangen. Es war in irgend so einer Kaschemme. Eine geladene Pistole hat vor dem Mann auf dem Tisch gelegen. Er meinte, er hätte eine Zeit in Russland gelebt. Zuerst in einem Moskauer Hotel, dann hätte man ihm Arbeit in Minsk gegeben, in einem Kombinat, das Radios produzierte. Er hätte die Nichte eines KGB-Offiziers kennengelernt und sie geheiratet. Sie habe ausreisen dürfen; seit der Rückkehr in die Staaten würde er mit der Frau und der gemeinsamen Tochter in Texas leben. Da müsse er weg. Das FBI würde ihn rund um die Uhr observieren. Er hätte Todesangst und wolle zurück in die Sowjetunion, doch die hätte den Visumsantrag abgelehnt. Kukura ließ den Spinner sitzen, so hat er es erzählt.« McGhee trat seine Zigarette aus. »Der Mann hieß Lee Harvey Oswald, und es trug sich im September 1963 zu, zwei Monate bevor er in Dallas John F. Kennedy das Hirn aus dem Schädel geblasen und es auf Jackies pinkem Chanelkostüm verteilt hat. Schätze, dass wir Ihrem Pink Star was schulden. Ohne ihn wäre dieses scheißliberale Harvard-Weichei Präsident geblieben und dem Iwan noch viel tiefer in den roten Arsch gekrochen.«

Niemand sagte ein Wort.

Nina sah, dass der amerikanische Botschafter kreidebleich geworden war. Doch er wagte nicht, den Mund aufzumachen. Mehr musste sie über McGhee nicht wissen.

»Na ja, Geschichten, wer weiß, ob sie wahr sind«, sprach er weiter. »Ich kenne Leute, die schwören, dass Rem Kukura gar nicht existiert und nur ein Phantom ist, das der KGB erfunden hat.« McGhee sah Nina an. »Sie sind die Einzige, die es besser wissen könnte. Sagen Sie uns: Was ist er für ein Mann?«

*Vernichten kannst du mich. Aber demütigen nicht.*

»Vor allem ist er kein ekelhafter Scheißkerl, der es amüsant findet, dass eine junge Frau, die Mutter von zwei Kindern, die Ermordung ihres Mannes mit ansehen musste.«

Augen wie die von McGhee hatte Nina noch nie gesehen.

Da wurde die Brücke von beiden Seiten taghell angestrahlt. Es war, als würde sie aus einem schwarzen Granitblock gefräst. Der Rest der Welt ein großes Nichts.

Sie nahm jedes Detail so deutlich wahr, wie sie es bloß von Filmen kannte. Beljakow wurde zu ihr geführt. Man nahm ihm die Fesseln ab; er rieb sich grinsend die Handgelenke, ließ die Fingerknöchel knacken. Weller nickte Nina zu, im Gesicht das Bedauern, dass sie die Karriere einfach weggeschmissen hatte. Der Schlagbaum schnellte hoch. Sie setzte einen Fuß vor den anderen und wusste: Keinen einzigen Schritt würde sie jemals vergessen. Sie ging mit Beljakow auf die quergestellten Autos zu. Es waren Barkas mit Kastenaufsätzen, wie sie von der Stasi für Gefangenentransporte benutzt wurden. Der eine mattgrau, der andere beige, mit einem Kratzer auf der Beifahrertür und zu wenig Luft im rechten Vorderreifen. Sie bewegte sich eckig, Beljakow stolzierte dicht neben ihr. Noch immer schien außer ihnen niemand auf der Brücke zu sein. Die Flakscheinwerfer grellten sie direkt an, sie musste die Augen zusammenkneifen. Nina warf Beljakow einen Blick zu. Dessen Halsader puckerte vergnügt. Im Geist saß er morgen um diese Zeit in der Bar des National mit Malina-Natascha im Arm. Der Schnee war bis zur Brückenmitte unberührt, weiß wie die Haut einer Geisha.

Noch zwei Schritte.

Einer.

Sie standen am Grenzstrich.

Er war gefegt.

Zwischen den Barkas tauchte ein Mann auf, etwa fünfzehn Meter von Nina entfernt. Den hohen Wangen nach ein Sibirier. »Ich soll Sie von Ihrem Patenonkel Alexander Romanowitsch grüßen«, sagte er mit seltsam hoher Stimme auf Russisch.

»Mein Patenonkel heißt Denis Maximowitsch«, antwortete Beljakow.

Der Russe lächelte und verschwand.

Kam zurück.

Rem.

Sein schwarzes Haar war raspelkurz rasiert. Die Wangen so hohl, dass seine Augen wie die eines Außerirdischen wirkten. Er hatte viel Gewicht verloren. Aber sein Lächeln erinnerte sie an den Tag im Gorkipark, wo er sie zum ersten Mal Ninotschka genannt hatte. Sie wusste, er hatte zwei lange Jahre fest daran geglaubt, dass sie ihn retten würde. Und hier war sie.

Nina drehte sich um, starrte auf der Westseite gegen eine Mauer aus Licht. Sie hob die rechte Hand. Rem und Beljakow setzten sich in Bewegung. An Rems Mantel waren alle Knöpfe abgeschnitten. Einer der Schnürsenkel hing runter. Ihr schien, als würde sie sich wie ein Kreisel drehen, immer schneller und schneller. Die beiden Männer waren auf gleicher Höhe, gingen blicklos aneinander vorbei.

Fünf Meter, dann würde sie Rem in die Arme schließen.

Er stolperte. Im ersten Augenblick dachte sie, er wolle sich bücken, um den Schnürsenkel zuzubinden. Doch er krümmte sich, wurde dann nach hinten gerissen. Ihre Blicke trafen sich. Rem streckte die Hand nach ihr aus. Seine Schläfe wurde von Geisterhand rot angemalt. Nina rannte los, hin zu ihm. Eine Eisenfaust prügelte auf ihren linken Arm ein. Trotz der dicken Lederhandschuhe waren ihre Finger plötzlich eiskalt.

Irgendwo ein Schrei. War sie das? Nina stürzte auf die Knie. Weitere Schüsse. Kugeln wirbelten den Schnee um sie herum auf, ziselierten wundersam schöne Ornamente ins Weiß. Der Russe zerrte den leblosen Beljakow hinter die Fahrzeuge. Eine siedend heiße Manschette quetschte sich um Ninas Hals. Sie robbte auf den Ellbogen zu Rem, wollte sich über ihn werfen, ihn mit ihrem Körper schützen.

Aber er war nicht mehr da.

Weggezaubert.

Sie wurde gewahr, dass sie sich gedreht hatte und mit dem Gesicht zur Westseite lag. Als sie sich herumwälzte und Rem sah, lag er auf dem Rücken. Er bewegte kraftlos die Arme, als wollte er einen Schneeengel machen.

Irgendwie kam sie hoch. Unter ihr federte die Fahrbahn wie ein Trampolin. Nina hatte ein Pfeifen im Ohr, das sie verrückt machte. Die Brücke stand auf dem Kopf. Ihr Stahl verschmolz mit dem Asphalt und dem Schnee zu einem dreidimensionalen Gemälde von Baselitz. Es gab kein Oben und kein Unten mehr, kein Nah oder Fern. So musste es im Weltraum sein, schwerelos. Dann hämmerte die Erdanziehung sie auf den Boden. Sie wog plötzlich Tonnen. Dichter Rauch, überall. Blutgeschmack. Sie tapste schwerfällig einen Schritt, ohne zu wissen, wohin.

Jetzt eine Erschütterung, so ungeheuer, dass Nina sie bis in die Zähne spürte. Sie wurde wieder leicht, schwebte, kam erst zu sich, als sie ins Wasser eintauchte.

Die Kälte war ein Stromstoß mit tausend Volt. Ihr schwerer Mantel zog sie hinab. Sie kämpfte gegen die Tiefe, ruderte mit den Armen, trat wild um sich. Weil sie den Sturz nicht hatte kommen sehen und nicht die Luft angehalten hatte, war Ninas Sauerstoff verbraucht.

Sie stellte sich die letzte Runde der zehntausend Meter vor, weit vorn die Führende, die in der Kurve den Sprint anziehen würde. Nina war chancenlos in die Verfolgergruppe eingekeilt.

Doch sie rammte sich mit den Ellbogen in eine winzige Lücke. Stieß schnell nach außen und sah die verzerrten Gesichter der anderen, die stieren Blicke. Ihre Lunge füllte sich nicht mehr mit Luft, sondern mit Schmerz, aber sie holte auf, Meter um Meter, hörte vor sich bald das Hecheln der Führungsfrau, den schlaffen, abgenutzten Atem, und wusste, sie würde mit einer Körperlänge Vorsprung den Zielstrich überqueren.

Nina starrte hoch zur Wasseroberfläche. Dort war es so hell, als tauchte die Sonne in den See. Etwas Schwarzes schoss auf sie zu und zog einen Kometenschweif aus Licht hinter sich her. Der Komet schrammte über ihren linken Arm, der zuvor fast taub gewesen war. Jetzt explodierte ein Brandsatz in ihm, jede Zelle eine Wunde.

Dann war sie oben.

Der komplette West-Berliner Teil der Brücke war weg, die andere Hälfte ragte ins Nichts. Um sie brannte das Wasser; es war so heiß, dass Nina der Schweiß in Strömen übers Gesicht lief. Ihre Muskeln hatten sich in schmelzendes Eis verwandelt. Kosmischer Staub erfüllte die Luft, ein Meteoritenschauer aus grünem, gelbem, pinkem Feuer regnete von einem arktischen Himmel. Weit vor ihr war etwas im Wellenfeuer.

Ein Körper. Er bewegte sich. Ging unter.

Tauchte wieder auf und kämpfte wie sie ums Überleben.

*Es gab eine Zeit, da fiel Atmen mir unendlich schwer. Aber jetzt habe ich mich so daran gewöhnt, dass ich es vermissen würde.*

Das hatte Rem in Moskau gesagt. Am Tag des Wahnsinns.

Sie schwamm zu ihm. Quälend langsam. Da hörte sie über sich lautes Stöhnen. Sie hob den Blick. Der Potsdamer Teil der Brücke neigte sich, die Stahlträger hielten das freischwebende Gewicht nicht länger. Entsetzt sah sie, dass die beiden Barkas ins Rutschen gerieten und unmittelbar über ihr zum Rand des Torsos schlitterten.

Kippten.

Sie machte unbeholfene Kraulschläge, die Hände patschten bloß aufs Wasser. Einer der tonnenschweren Giganten schlug dicht neben ihr auf, verfehlte sie um Haaresbreite. Sie wurde von einer Riesenwelle hinaufgewuchtet, hing einen jagenden Herzschlag lang frei in der Luft, durchströmt von dem Glück, nicht zermalmt worden zu sein.

Dann sprang die Panikmaschine an.

Mit Urgewalt wurde sie in die Tiefe gerissen, rasend schnell, als hinge sie an einem Fahrstuhlkabel. Eine Ewigkeit verging, bis sie wusste, was mit ihr geschah: Die Kapuze des Dufflecoats hatte sich in einem der Seitenspiegel des Barkas verfangen.

Das Fahrzeug traf auf den Grund. Verzweifelt versuchte sie, an die Kapuze zu gelangen. *Ich muss den Mantel ausziehen!* Sie fand die Schlaufen und Knöpfe nicht. Dann schoss Nina in den Kopf: *Die Handschuhe! Ich habe die Handschuhe noch an!*

Was für eine elende Qual, dieses nasse, vollgesogene Leder loszuwerden, ohne jedes Gefühl in den Fingern.

Schaffte es.

Nina strampelte nach oben, kotzte Wasser und hielt sich an einer dünnen Scholle fest.

Wo war Rem?

Sie schrie seinen Namen, bis nur noch ein Wimmern aus ihr entwich, das Fiepen eines verendenden Tieres.

Das Stückchen Scholle, das sie umklammert hielt, zerbrach. Ihr Gehirn befahl Schwimmbewegungen, doch die Arme und Beine waren längst geschmolzen. Ihr ganzer Körper löste sich auf, während sie auf ewig in die Tiefe glitt. Zuletzt sah sie, wie sie auf dem Donskoi-Friedhof Rems kalte Hände in ihre nahm. Hörte sich sagen: *Wir sehen uns in Zarizyno. Alles wird gut, das verspreche ich dir.* Dann rannte sie dort in diese Finsternis ohne Ende, in der Brust ein Loch, so groß, dass die ganze Welt darin verschwunden war.

# DIE STILLE PFORTE

***Fast vier Jahre zuvor***

Beim Stauwehr Oberföhring sah Nina zum ersten Mal auf die Uhr. Sie war zwei Minuten hinter ihrer besten Zeit, und noch gut vier Kilometer lagen vor ihr. Obwohl ihre Muskeln bereits sauer waren, zog sie das Tempo an. Auf dem Eisbach-Parcours an der Isar sah sie um diese Uhrzeit keinen Menschen. Getier floh lautlos ins Gehölz. Sie lief beim Deutschen Museum aus, rang mit hängendem Oberkörper nach Atem, die Fäuste in die Seiten gestemmt. Mit der Brechstange eins zwölf gutgemacht. Mehr war nicht drin, nach Nächten, in denen sie kaum Schlaf gefunden hatte. Nina war spät dran, kaufte nach der schnellen Dusche eine Leberkäs-Semmel und futterte sie im Auto. Beim Tierpark wurde sie geblitzt, aber da das Kennzeichen gefälscht war, würde sie nie einen Strafzettel sehen.

Heute war ihr dreißigster Geburtstag. Vor fünf Jahren hatte sie mit Freundinnen gefeiert, durchgetanzt. In Berlin. Abends würden die Eltern anrufen. Ihrer Mutter hatte sie erzählt, dass sie bei der *Bundesvermögensverwaltung* sei. *Kind, und dafür hast du studiert?* Doch ihr Vater wusste natürlich, wofür das stand.

*Herzlichen Glückwunsch, Nina.*

Pullach war so tot wie ein überfahrenes Eichhörnchen. Sie fuhr längs der mit Stacheldraht bewehrten Sichtbetonmauern, die sich über sechshundertfünfzig Meter zu beiden Seiten der Heilmannstraße hinzogen. Das Camp war in keinem Stadtplan verzeichnet. Am Tor stand: *Behördenunterkunft*. Sie nahm die linke der fünf Schleusen, erhielt ihren Mitarbeiterausweis und fuhr in die große Leere.

Es war schwer zu fassen, dass siebentausend Menschen hier arbeiteten. Im Sommer war das riesige Gelände recht idyllisch, mit Waldstücken zwischen den locker gruppierten Gebäuden. Aber an einem Februarmorgen im dünnen Regen hatte es den Liebreiz einer Kläranlage. Sie hielt sich links, stoppte hinterm Rondell an der nächsten Schleuse. Nina zeigte ihren Ausweis und durfte durch. Sie parkte den Fiat 500 vor dem Plattenbau der Abteilung Auswertung, im Camp für gewöhnlich *Pentagon* genannt. Der Kerl vom Bereichsschutz nickte sie müde durch. Unten tackerte Nina die Karte in der Stechuhr und nahm den Büroschlüssel aus dem Schließfach. Wände waren aufgeklopft, überall lagen Kabel herum, Gerätschaften. EDV hielt Einzug, aber die beauftragte Firma durfte bloß nachts arbeiten, damit ihre Elektriker keine Gesichter von Dienstangehörigen sahen. Im zweiten Geschoss gedämpfte Stimmen in der Lagezentrale. Das SU-Referat befand sich eins höher. Sie war wie immer die Erste, unter zwölf Stunden blieb sie nie. Bei Krisen verbrachte sie die Nächte im Haus, aber das galt für alle. Zuletzt vor zwei Monaten beim sowjetischen Einmarsch in Afghanistan.

Sie könnte heute ins Kino gehen, Coppola, *Apocalypse Now*, Spätvorstellung. Wahrscheinlich würde sie zu erschossen sein. In der Kaffeeküche lag der *Spiegel* auf dem Tisch. Die bei den Kollegen ach so verhasste Linkspresse hatte wieder mal gegen Pullach gefeuert, und die Stahlhelme wurden festgezurrt.

Nina hatte sich schon oft für den Dienst geschämt. Etwa als hochkochte, dass die RAF-Verteidiger und ihre Mandanten in Stammheim abgehört worden waren. Was würde am Montag im *Spiegel* stehen, wenn dessen Redakteure wüssten, dass die Hintergrundgespräche, zu denen die Amtsspitze gelegentlich in Münchner Sternerestaurants lud, ebenfalls mitgeschnitten wurden? Ihre Meinung behielt Nina für sich, genauso wie ihr Faible für Wolf Wondratschek, dessen Gedichtbände im Camp als Terroristenliteratur galten.

Im Büro holte sie das Dossier aus dem Tresor, das Angelika Leidinger ihr gestern auf den Schreibtisch geknallt hatte.

Quellenmeldung (32E-175-IC): Leonid Breschnew ist dement; entweder als Folge seiner Tablettenabhängigkeit oder einer Parkinson-Erkrankung. Der Verfall ist so fortgeschritten, dass er sogar die Namen von Politbüromitgliedern vom Zettel ablesen muss. Zu Gesprächen auf hoher Ebene ist er nicht mehr imstande; die meiste Zeit des Tages schläft er oder dämmert dahin. Seine Ärzte geben ihm noch zwei bis drei Jahre.

Nachrichtendienstliche Einschätzung: Falls dies zutrifft, stellt sich drängend die Frage nach Breschnews Nachfolger. Michail Sergejewitsch Gorbatschow betrachte ich als einen ernstzunehmenden Aspiranten. Er wurde vor weniger als zwei Jahren ZK-Sekretär für Landwirtschaft, schon im Jahr darauf Kandidat des Politbüros und steht augenscheinlich vor seiner Berufung zum Vollmitglied. Das ist eine außergewöhnliche Karriere für einen kaukasischen Bauernsohn, dessen Großvater unter Trotzkismus-Verdacht verhaftet worden war. 1975 hat Gorbatschow auf Einladung der DKP die Bundesrepublik besucht und wurde von Medienbeobachtern als intelligent und dynamisch bezeichnet (Artikel aus dem »Stern« anbei). Ich empfehle, das Kanzleramt auf Gorbatschow aufmerksam zu machen ...

Leidinger hatte an den Rand geschrieben: *Haben Sie sich sein Geburtsjahr angesehen?!*

Wieder grübelte Nina über diese Quelle nach, die der Dienst in Moskau besaß. Die Analysten kriegten keine Quellennamen zu sehen; die Position wurde nur umschrieben. *Pressevertreter mit Kontakten zu sowjetischen Politikern* war ein Klassiker. Oder: *Funktionär aus dem Apparat.* Die Quelle 32E-175-IC wurde als *Person mit Einblick in diverse Korrespondenz* bezeichnet. Welche Untertreibung. Fraglos musste es sich um jemanden aus dem innersten Zirkel handeln. Zu so brisantem Herrschaftswissen hatten nur sehr Wenige Zugang.

Erst als an die Tür geklopft wurde und ein Kollege den Kopf hereinsteckte, wurde Nina bewusst, wie lange sie in Gedanken versunken gewesen war.

»Elsa, hier ist ein Satz, mit dem ich nichts anfangen kann.« Er las auf Russisch vor: »*Anschließend gingen mehrere Teilnehmer der Parteiversammlung noch in eine Himbeere.*«

»*Malina* kann sowohl Himbeere als auch Bordell bedeuten. Kommt auf den Zusammenhang an, wie du siehst«, sagte sie.

»Unglaublich. Sowas schleppt der VF an, und dann flennt er, dass ich seine Quelle nicht höher einstufe. Wird Zeit, dass sie abgeschaltet wird.«

Nina nickte nur, blieb wieder allein.

Die Quellen wurden bewertet: von A (absolut zuverlässig) bis F (bisher noch nicht einzuschätzen). Die *Person mit Einblick in diverse Korrespondenz* hatte von Leidinger ein *HV* gekriegt.

*Hochrahmige Verbindung.*

Sahnetorte.

Mittags ging sie zum Essen ins Kasino im Erdgeschoss. Als sie sich eben an einen leeren Tisch gesetzt hatte, sah sie verblüfft, dass Julius Boehnke sich eine belegte Semmel holte. Der Chef der Operativen Aufklärung blieb der Auswertung gewöhnlich fern; aus Gründen des Geheimschutzes wurde penibel auf die Abschottung der Abteilungen geachtet. Doch niemand würde es jemals wagen, Boehnke zurechtzuweisen. Es galt als offenes Geheimnis, dass er in Asien als illegaler Agent ohne Immunität im Einsatz gewesen war, bevor er, noch sehr jung, die Leitung der wichtigsten Abteilung des Dienstes angetreten hatte. Ein Pseudonym benötigte er nicht; im Warschauer Pakt war man über ihn im Bilde.

Boehnke walzte zum Ausgang und biss schon die Hälfte der Semmel ab. Alles an ihm war schier. Sollte er einen Hals haben, behielt er es für sich.

Er blieb bei ihr stehen. »Kommen Sie heute um 22 Uhr zum Waldhaus. Sie werden erwartet.«

Schon war er weitergegangen. Entgeistert sah sie ihm nach und fragte sich, ob er sie mit jemandem verwechselte. Es wäre ihr nie in den Sinn gekommen, dass Boehnke überhaupt ihren Namen kannte.

*Um zehn?*

Nervös arbeitete sie bis Viertel vor im Büro. Fünfzehn Stunden nachdem in ihrer Wohnung beim St.-Anna-Platz der Wecker geklingelt hatte, tat sie den Schlüssel wieder in das Schließfach und ging. Den Fiat ließ sie stehen. Von Laternen tropfte Licht. Der Regen war vorüber, doch die kahlen Bäume glänzten noch vor Nässe. Nirgends ein Stern, der Himmel war mit schwarzen Wolken tapeziert.

Nina kam vor der Zeit ans Waldhaus, stand in der Kälte bei der Holzbaracke, die noch nach dem Wichs von Knobelbechern stank. Hier hatte sie ihren Einführungslehrgang gehabt. Unter dreißig Frischlingen war sie die einzige Frau gewesen. Ganze Stunden hatte sie abgeschaltet. *Wir sind die Hauptfront und die letzte Bastion.* Sie brauchte keine Latrinenparolen. Ihr musste niemand diktieren, wieso sie hier war. Vieles hatte sie damals verstörend gefunden, wie aus dem Handbuch der Apokalypse abkopiert. Diese Schilder, auf denen *Gefahrenstufe Gelb* stand. Heute ging sie achtlos daran vorbei. Gelb, immerhin. Sie hatte auch schon Rot erlebt. Man vermutete, dass Pullach bei einem atomaren Enthauptungsschlag der Sowjets ein Primärziel sein würde. Es gab mehrere Schutzkeller, tief unten, mit Nahrung und Luft für viele Jahre. Und wer es nicht schaffte, konnte sich immer noch in einen der *Pilze* retten, die Einmannbunker, die im Camp überall aus dem Boden schossen. Fünf Tonnen Beton mit winziger Einstiegsluke. So würde dann das Ende aussehen, stehend verhungern.

Die Kälte kaute an Ninas Knochen. Das Belfern der Hunde war das einzige Geräusch. Ab neun ließ man sie frei. An einem ihrer ersten Abende war sie um diese Zeit todmüde aus dem Pentagon gekommen. Ein Knurren im Finstern, dann flog ein rotäugiger Schatten ihr entgegen. Nina hatte nicht zu atmen gewagt, bis der Hund einen Pfiff hörte, endlich von ihr abließ. Seit diesem Tag ging sie nie ohne ein Stück Wurst oder Käse in der Tasche aus dem Büro. Inzwischen kannte man sich. Einen der Dobermänner hatte sie Nurejew getauft, weil er auf seinen Hinterbeinen artistisch um sie herumtanzte, sobald er sie sah. Manchmal dachte sie, dass Nurejew der Einzige im Camp war, der sich freute, sie zu sehen. Solange sie Krakauer dabeihatte. Um die Hunde wurde sich sehr gekümmert. Der Dienst betrieb eine eigene Einrichtung am Starnberger See, wo die Haustiere der Auslandsagenten versorgt wurden.

Nina hörte ein Auto. Der Fahrer stieg nicht aus, sprach kein Wort und kutschierte sie durch den Tunnel rüber in den alten Geländeteil. Er bog in die Zielgerade seiner Beamtenlaufbahn ein; dem Hanns-Martin-Schleyer-Gesicht hätte eine Mensur weniger nicht geschadet. Hanns Martin fuhr schnell. Er drehte beim Wachhäuschen das Seitenfenster runter, nickte seinem Kollegen knapp zu und gab schon wieder Gas. Sie waren in der früheren *Reichssiedlung Rudolf Hess.* Hitler hatte sich hier aufs Münchner Abkommen vorbereitet. Und zur Entspannung ein Spaziergang mit Blondie.

»Wo fahren wir hin?« brach Nina das Schweigen.

»Zum Doktorhaus.«

Der Dienstsitz des Präsidenten. Nur die Alten aus Gehlens Truppe nannten die prunkvolle Villa noch so, ein posthumer Hackenschlag vor *Dr. Schneider*, Pseudonym von des Führers liebstem Generalmajor, der »Fremde Heere Ost« geleitet und sich gleich nach der deutschen Niederlage mit phänomenaler Geschmeidigkeit den Amerikanern angedient hatte.

*Was in aller Welt will der Präsident von mir?*

Hanns Martin fuhr nicht zum Vordereingang, hielt fünfzig Meter vom Haus entfernt in einem Waldstück. Nina folgte ihm über einen Trampelpfad. Sie kamen zu einer Mauer mit einem schweren Tor. Er entriegelte es mit einer Zahlenkombination und stellte sich so, dass Nina die Ziffernfolge nicht erkennen konnte. Eine ältere Sekretärin hatte davon geraunt und es die *Stille Pforte* genannt, für besondere Gäste. Zwischen Bäumen ein Bassin mit einer nackten Nymphe, rechts das Haus. Hanns Martin schloss eine Tür auf, langte dahinter und machte Licht. Sie schaute in einen engen Gang.

»Erster Stock, dann links.«

Er verschwand. Sie kam in ein schlichtes Vestibül, ging die Treppe mit dem purpurnen Läufer hoch, sah Licht in den Flur fallen und betrat das Büro von Präsident Dietrich Schmücke.

Er stand vom Schreibtisch auf. »Frau Dr. Opel, bitte ...«

Nina wurde nicht aufgefordert abzulegen, setzte sich in den Ledersessel, nahm den Raum in sich auf. Helle Wandtäfelung, moderne Einrichtung. Keine Spur von Gehlens Mief.

»Ich sage jedem, der das erste Mal hier ist: Sie befinden sich im Schlafzimmer von Martin Bormann.«

»Ich hatte es mir brauner vorgestellt.«

Schmücke lächelte schmal, Humor gehörte nicht zu seiner Arbeitsplatzbeschreibung. Nina fielen seine unterschiedlichen Gesichtshälften auf; die eine abweisend, die andere freundlich. Sie nickte der freundlichen Hälfte zu.

»Sie waren Leistungssportlerin«, sagte der Präsident. »Und nicht ohne Erfolg, wie man hört. Zehntausend Meter, ja?«

»1977 Vierte der Europameisterschaft.«

»Trotz eines Sturzes, heißt es.«

»Ich bin zu lange liegen geblieben. Eine gute Lektion.«

»Mir war unbekannt, dass Frauen Langstrecken laufen.«

»Der Leichtathletikverband erkennt es nicht an.«

»Was gab Ihnen der Sport?«

»Er hat mich Demut gelehrt. Und dass ein Rennen erst auf dem Zielstrich beendet ist.«

»Warum haben Sie sich für uns entschieden?«

»Ich habe mich nicht beworben, ich wurde getippt.«

»Sie hätten ablehnen können.«

Nach ihrem Slawistik- und Russischstudium an der FU und der Promotion über *Maxim Gorkis moralische Korruption durch Stalin* hatte Nina sich auf eine Annonce hin beim Auswärtigen Amt beworben und dort eine Stelle im Kulturreferat Osteuropa bekommen. Ein Jahr später verfasste sie einen Text, den sie in der Früh auf sämtliche Schreibtische legte.

»Alles muss aus klarer Klassenposition heraus beschrieben werden. Die Literatur hat Themen zu entwickeln, die mit dem Kurs der Partei übereinstimmen.« So stellt die Führung der KPdSU sich die Aufgabe der sowjetischen Schriftsteller vor. Aber Alexander Herzen, der eine deutsche Mutter und einen russischen Vater hatte, schrieb vor mehr als hundert Jahren, dass Schriftsteller nicht die Ärzte sind, sondern der Schmerz. Welche »Heilungsmethode« der KGB praktiziert: Wir wissen es. Missliebige Künstler werden in psychiatrische Anstalten gesperrt. Die perverse Diagnose hat der KGB-Vorsitzende Juri Andropow längst diktiert: »Schleichende Schizophrenie«. Denn ein Schriftsteller, der aufbegehrt, muss ja krank sein. 1975 unterschrieb Breschnew in Helsinki die Schlussakte der KSZE und verpflichtete sich damit zur Wahrung der Menschenrechte in der Sowjetunion. Stattdessen macht der KGB die Psychiatrie zu einem systematischen Instrument der Unterdrückung der geistigen Elite. »In unserem Land gibt es keine politischen Gefangenen – bloß Kranke, wie im Westen auch«, heißt es dort. Und was tut die Bundesregierung? Sie schweigt.

Nina war zu ihrem Ministerialdirektor zitiert worden. »Mit Zynismus werden Sie bei uns nicht weit kommen«, sagte er.

Sie hatte noch am selben Tag gekündigt. Wochenlang trieb sie dahin, träumte wieder davon, Lektorin zu sein, und schrieb Verlage an, die ihr vor einem Jahr bereits abgesagt hatten. In einem Bonner Café hatte sich ein Mann an ihren Tisch gesetzt und sich mit einem rotgepunkteten Ausweis legitimiert.

»Frau Dr. Opel?« hörte sie Schmücke.

»Ich sah beim Bundesnachrichtendienst die Chance, etwas zu bewegen, statt nur zu lamentieren.«

»Sie sind mit Ihrer Mutter 1963 aus der DDR geflüchtet und wissen, dass wir in aller Regel niemanden mit einem derartigen Hintergrund anwerben.«

Nina wurde in West-Berlin geboren, Friedenau. Als sie drei Jahre alt war, verließ ihr Vater die Familie. Kurz darauf lernte ihre Mutter einen Mann aus Leipzig kennen und zog 1955 mit ihr dorthin. In Gedanken war er für Nina immer bloß Müller. Ein kleines Mädchen sollte nicht die Hand seiner weinenden Mutter halten müssen. Ein Jahr nach dem Mauerbau hatte ihr Vater wieder Kontakt zu ihnen aufgenommen. Er holte sie mit einem Schleuser beide in den Westen.

Sie zwang sich, nicht an die Stunden in dem Hohlraum des Autos zu denken, an ihre Angst Angst Angst.

»Ich bin sicher, dass Sie die besonderen Umstände kennen. Ich habe keine Verwandten in der DDR«, sagte sie.

»Ja. Und einen Vater bei der Spionageabwehr des BKA. Das wird bei Ihrer Entscheidung auch eine Rolle gespielt haben.«

Nina fragte sich, wo Bormanns Bett gestanden hatte. Genau hier? Oder dort, unter dem Portrait des Alten Fritz? Aber vor allem fragte sie sich: *Was zum Teufel mache ich hier?*

Schritte.

Boehnke kam herein und schaute den Präsidenten an: »Na, kennen Sie Frau Opel jetzt etwas besser?«

Schmücke nickte. »Wir sollten woanders weitersprechen.«

Unten war eine graue Stahltür. Boehnke musste all seine Kraft aufwenden, um sie zu entriegeln, zu öffnen und hinter ihnen zu schließen. Am Ende des steilen Treppenschachtes war eine zweite Tür, wieder schwerer Stahl. Dann standen sie in einem Bunker. Grüner Schmodder klebte am Beton. Verschimmelte Holzkisten, in einer Ecke ein Weinregal. Es roch nach tausend Jahre alten Socken.

»Wir sind im *Führerhauptquartier Siegfried*«, sagte Boehnke. »Hier ist es sicherer als im War Room des Weißen Hauses.« Er nahm eine Flasche Roten, blies den dicken Staub runter. »Und die Verpflegung ist allemal besser.«

»Ich bin zu einer Weinprobe eingeladen?« fragte Nina.

Der Präsident schaute sie durchdringend an. »Frau Dr. Opel, was Sie jetzt erfahren werden, ist so geheim, dass beim Dienst bisher nur zwei Menschen davon wissen. Beide sind mit Ihnen in diesem Bunker.«

*Was geschieht hier?*

»Wir haben seit sieben Jahren eine hochrahmige Quelle in Moskau. Ihr Deckname ist *Pilger*. Selbst der Leiter des Referats Aufklärung Sowjetunion ahnt nichts davon.«

Ihr Mantel wärmte nicht mehr.

»Tun Sie mal so, als wären Sie keine Analystin, sondern im operativen Geschäft«, sagte Boehnke.

Sie nickte.

»Pilger ist vor drei Monaten zu einem Treff nicht erschienen. Seither hatten wir kein Lebenszeichen von ihm.«

»Wer hat Pilger geführt?« fragte Nina. »Jemand aus unserer Moskauer Residentur?«

Boehnke schüttelte den Kopf. »Die Residentur besteht nur aus einem Mann, und der wird vom KGB observiert.«

»Wir hatten einen unserer Illegalen als Verbindungsführer eingesetzt«, sagte der Präsident. »Sein Legendenbüro war der Ost-Ausschuss der Deutschen Wirtschaft. Der VF hielt sich zu geschäftlichen Besprechungen mehrmals im Jahr in Moskau auf, mit den Delegationen eines Konsortiums, das den Sowjets Röhren für eine neue Pipeline liefert. Sie wird uns in Zukunft mit Erdgas aus Sibirien versorgen.«

»*Hatten - war?*« fragte sie.

»Der VF ist verschwunden«, sagte Boehnke.

»Verschwunden«, echote Nina, still wütend, dass ihr nichts Besseres einfiel.

»Um Mitternacht hatte er im Hotel die Meldung abgesetzt, dass Pilger ein No Show war. Das ist Mitte November gewesen. Seitdem ist unser Mann nicht mehr gesehen worden.«

»Den Residenten haben Sie nicht eingeweiht?«

»Nein. Was hätte er tun können? Zur Miliz gehen und eine Vermisstenanzeige aufgeben?«

»Wir waren uns sicher, dass Pilger aufgeflogen war«, meinte Schmücke. »Längst hingerichtet, obschon es seltsam gewesen wäre, wenn wir nichts davon erfahren hätten. Wie Sie wissen, hängen die Russen sowas zur Abschreckung gern an die große Glocke.« Er reckte den dürren Hals, als sei der Kragen zu eng. »Vor vier Tagen hat Pilger die Funkstille beendet.«

»Wie?«

»Er schmiss einen Zettel in den privaten Briefkasten einer Schreibkraft der Botschaft«, sagte Boehnke. »Es standen zwei Sätze drauf, einer davon ein Zitat.«

»Welches?«

»*Ich bin nicht der Arzt, ich bin der Schmerz.*«

»Das schrieben Sie im Auswärtigen Amt«, sagte Schmücke. »In dem Papier, das unsere Aufmerksamkeit weckte.«

Nina war starr.

»Sicher erinnern Sie sich an Pia Henning?« fragte Boehnke.

Die Worte kamen mechanisch. »Eine Kollegin im AA.«

»Sie spioniert seit 1971 für die Hauptverwaltung A der Stasi. Das BKA ist mit drei OBS-Teams an ihr dran. Wir wollen das Umfeld abfischen.«

*Pia mit dem Smiley auf der Teetasse. Und daheim drei Katzen.*

»Die HVA reicht die Erkenntnisse, die ihre Agenten bei uns beschaffen, pflichtschuldigst an den großen Bruder in Moskau weiter. Pilger ist Oberst des KGB. Nach einem kleinen Umweg über deren Residentur in Berlin-Karlshorst landet das Material auf seinem Schreibtisch.«

Nach langem Schweigen sagte Nina: »Die Information über Breschnews Demenz stammt von Pilger.«

»Manchmal liefert er uns etwas aus dem Kreml. Es war die letzte Nachricht vor seiner Funkstille.«

»Sie haben dafür gesorgt, dass ich diesen Bericht bekam. So etwas bekäme ich normalerweise nie zu sehen.«

Boehnke grinste Schmücke an: *Habe ich zu viel versprochen?*

»Um Missverständnisse auszuschließen: Frau Dr. Leidinger glaubt, es würde sich um fiktives Testmaterial handeln«, sagte der Präsident. »Und was Michail Gorbatschow betrifft: Ein so junger Mann könnte nie Generalsekretär werden.«

»Wie alt war Herr Boehnke, als er Chef unserer Aufklärung wurde?« fragte Nina. Und dann: »Ich habe das vor zwei Jahren geschrieben. Wieso sollte Pilger jetzt darauf zurückkommen?«

»Denken Sie nach.«

»Er soll mich da schon auf dem Schirm gehabt haben?«

»So wie wir. Es war quasi Ihr Bewerbungsschreiben für den BND«, sagte Boehnke. »Ehrlich gesagt fragten wir uns, ob Sie Blickfeldarbeit für die HVA gemacht haben.«

»Danke für die Blumen.«

»Nanu, habe ich Ihnen Mimosen geschenkt? Solange Pilger einen Verbindungsführer hatte, bestand aus seiner Sicht kein Anlass, irgendwas zu ändern. Aber jetzt ist alles neu. Ich bin ein bisschen enttäuscht. Sie haben ja gar nicht gefragt, wie der zweite Satz auf dem Zettel lautet.«

Nina wurde schlecht.

»*Diese Frau oder keinen*«, sagte Boehnke.

»Das ist nicht Ihr Ernst.«

»Haben Sie Angst vor kaltem Wasser?«

»Dafür bin ich nicht ausgebildet, und –«

»– zu jung?« fragte der Präsident. »Wie alt war Herr Boehnke nochmal, als er unsere Aufklärung übernahm? Wie man hört, sprechen Sie besser Russisch als Puschkin. Aber dass Pilger Sie will, ergibt noch auf andere Weise Sinn. Eine Frau als VF. Das existiert im Gedankenkosmos des KGB nicht. Und ja: Für uns wäre es auch eine Premiere.«

Boehnke fuhr das Kinn aus. »Ein Mann würde jetzt fragen: Wann geht mein Flug?«

Nina atmete durch. »Für mich ist es das Wahrscheinlichste, dass Pilger enttarnt und verhaftet wurde und diese Nachricht eine Aktive Maßnahme des KGB ist, um uns dort in eine Falle zu locken.«

»In der Tat lässt sich das nicht ausschließen«, erwiderte der Präsident. »Nur: Dieser Mann ist zu bedeutsam für uns.«

»Als Pilger 1973 mit uns Kontakt aufnahm, dachten wir erst, es wäre eine Provokation des KGB«, sagte Boehnke. »Aber der hat unseres Wissens noch nie Offiziere für so etwas eingesetzt. Sie vertrauen den eigenen Geheimnisträgern nicht genug, um sie zu Doppelagenten zu machen.«

»Schon mit dem ersten Material, das Pilger uns übermittelt hat, bewies er, dass er zu kühnsten Hoffnungen berechtigte«, sagte Schmücke. »Und er übertraf sie alle.«

Nina wusste, dass achtzig Prozent der Informationen, die der KGB über die Bundesrepublik hatte, von der HVA kamen. Allein daran konnte sie Pilgers Bedeutung ermessen. *Pink Star* nannten Geheimdienste einen wie ihn.

»Was war das für ein unglaubliches Material, mit dem er Sie sofort überzeugt hat?« fragte sie.

Die Männer wechselten einen Blick.

»Sie erwarten von mir, dass ich Pilger führe, wahrscheinlich auf ein Himmelfahrtskommando gehe. Eine Frau würde jetzt sagen: Fliegen Sie doch selbst.«

Boehnke räusperte sich. »Er hat uns Guillaume geliefert.«

*Mach den Mund zu, Nina.*

»Das mit den gefunkten Geburtstagsgrüßen aus Ost-Berlin, die der Verfassungsschutz entschlüsselt haben soll, ist von uns lanciert worden, um Pilger zu schützen.«

»Den Rest besprechen Sie mit Boehnke«, sagte Schmücke.

Es regnete wieder schlank weg. Sie standen am Seerosenbassin unter dem Vordach. Nina schaute zu der Nymphe, vermutlich das Werk eines Nazi-Bildhauers.

»Sie stammt von Josef Thorak«, sagte Boehnke. »Nach der Machtergreifung hat er seine jüdische Frau und seinen kleinen Sohn sitzen lassen. Hitler war derart verknallt in Thorak, dass er ihn persönlich in die Partei aufnahm. Als ich hier angefangen habe, hat Gehlen noch in dem Haus gesessen. Fragen Sie nicht, wer alles auf seiner Lohnliste war. Ich konnte ihm nie die Hand geben, ohne sie nachher mit Kernseife zu schrubben.«

Zum ersten Mal mochte sie Boehnke.

»Sie waren vorhin sehr selbstbewusst«, sagte er.

»Wollten Sie eine Maus in eine Löwengrube schicken?«

»Frau Winter – ich lasse mal diesen Quatsch mit den Namen weg –, niemand zwingt Sie zu irgendwas. Es hätte keinen Sinn. Sie wären eine schlechte Agentin, und die brauchen wir nicht.

Doch tun Sie nicht so, als würde es Sie nicht reizen. Gerade ist die Sowjetarmee in Afghanistan einmarschiert. Wir haben den NATO-Doppelbeschluss gefasst, und die USA werden SALT II nicht ratifizieren. Der Westen bricht alle Brücken nach Moskau ab. Aber keiner weiß, wer dort den Finger am roten Knopf hat. Diese Mission ist die zweifellos wichtigste, die wir zu vergeben haben. Und Pardon: Wir tragen sie einer Frau an. Die vor zwei Jahren nicht wusste, wovon sie die Miete bezahlen soll.«

»Nichts geht über die gute alte BND-Tiefenrecherche.«

»1907 ließ der Antarktisforscher Sir Ernest Shackleton eine Annonce in die *Times* setzen. *Suche Freiwillige für eine gefährliche Reise. Niedriger Lohn, bittere Kälte, lange Stunden in vollständiger Finsternis garantiert. Rückkehr ungewiss. Ehre und Wertschätzung im Erfolgsfall.* Er konnte sich vor Bewerbungen kaum retten.«

»Ich wette, den Spruch haben Sie schon oft aufgesagt.«

»Ein Kaktus wäre leichter zu überzeugen als Sie.«

»Wie lange habe ich Bedenkzeit?«

»Dreißig Sekunden.«

Sie sah auf die Uhr und nickte keine Sekunde zu früh.

»Ich vermute, dass es noch nicht in trockenen Tüchern ist«, sagte Boehnke. »Pilger ist extrem vorsichtig, deshalb hat er so lange überlebt. Er wird Sie kennenlernen wollen, bevor er sich entscheidet.«

»Ich will alles über ihn lesen, was Sie haben. Jede Meldung, jede Einschätzung des Verbindungsführers.«

Die Villa, in der Boehnke mit seinem Stab saß, war nur einen kurzen Fußweg entfernt, an der Mauer zur Heilmannstraße.

»Hier hat Hermann Baun gewohnt, Gehlens brauner Spezi. Ist an Lungenkrebs verreckt, vielleicht gibt es doch sowas wie Gerechtigkeit.« In seinem Büro nahm er einen Packen Akten aus dem Panzerschrank. »Bin in zwei Stunden zurück.«

Beim Rausgehen schloss er Nina ein.

Sein Klarname lautete Rem Adrianowitsch Kukura, und er hatte nie eine OPPA-Nummer gehabt; bemerkenswert genug. Jede potenzielle Quelle erhielt eine solche Nummer. Mit dem Beginn der Zusammenarbeit wurde sie durch eine V-Nummer samt Operationsnamen ersetzt. Was er beides natürlich auch nicht besaß. So wie man Pilger in der Quellenkartei vergeblich gesucht hätte.

Den Kontakt zu seinem späteren Verbindungsführer hatte er auf höchst intelligente Weise hergestellt. In einer Moskauer Hotellobby hatte Kukura sich ihm gegenübergesetzt, eine Zeit einen Stadtplan studiert und ihn liegenlassen, als er ging. Der Agent kannte diese Ausgabe, denn sie war vom Dienst eigens angefertigt worden. Ein Straßenname war mit Absicht falsch geschrieben, ein »Fehler«, von dem der KGB wusste. Der BND setzte den Plan bei Annäherungsversuchen ein. Aber noch nie hatte ein Russe das getan.

Er saß bei der Ersten Hauptverwaltung in Jassenewo, weit vom Zentrum entfernt, im Süden Moskaus. KGB-intern *Insel* oder *Wald* genannt. Mitunter *Stern*, wegen des Hauptgebäudes. Im »Dienst I« sichtete Kukura das Material, das zweimal in der Woche aus Ost-Berlin eintraf. Er entschied darüber, ob etwas davon ins Bulletin für das Politbüro des ZK der KPdSU kam.

Nina las seine Berichte für Pullach. Sie hatte keine Illusionen gehabt, welches Wissen das Stasi-Imperium von Markus Wolf über die Geheimnisse der Bundesrepublik besaß.

Aber das hier. Es war ein Schock.

Boehnke kam zurück. »Na, was denken Sie?«

»Dass wir ein großes Problem haben.«

»Da haben Sie verflucht recht.« Er goss Whisky ein. »Es gibt in diesem Land höchstens fünf Menschen, die so viel wissen wie Sie jetzt. Und damit meine ich nicht den Kanzler. Sie sind ab sofort in einer Geheimhaltungsstufe, die offiziell nicht mal existiert. Glückwunsch zum Geburtstag übrigens.«

Sie nahm einen winzigen Schluck Whisky.

»Das Nippen müssen Sie sich in Moskau abgewöhnen, dort wird gesoffen. Waren Sie mal da?«

»Mit einer Studiengruppe, im dritten Semester.«

»Wie fanden Sie's?«

»Schön. Und wenn man sich umdreht, hässlich. Wie Berlin.«

»Manchmal ist es sogar zwei Stunden hell im Februar.«

»*Fewral* auf Russisch. Schon klingt es niedlich.«

»Sie fliegen übermorgen. Eine junge Frau ohne Begleitung geht als Touristin nicht durch. Ich habe Ihnen über das AA ein Schnellvisum besorgt und einen Gorki-Vortrag angeleiert, den Sie am Freitagabend in der deutschen Botschaft halten. Für die sind Sie eine arbeitslose Slawistin.«

»Und wenn ich Nein gesagt hätte?«

»Dann hätte ich mein Magengeschwür nach Ihnen benannt. Pilger habe ich eine Nachricht geschickt. Sollten Sie Gnade vor ihm finden, werden Sie in Moskau stationiert.«

Ninas Nacken wurde steif. »Über wen lief die Nachricht?«

»Es bleibt dabei, dass nur wir drei eingeweiht sind. Gestern war ich in Moskau bei unserem Residenten, eine Routinevisite. Sie werden so wie ich im Hotel Sowjezki absteigen. In einem Raum beim Empfang gibt es Telefonkabinen. Gehen Sie in die rechte. Der Tote Briefkasten ist hinten unter der Ablage. Pilger checkt ihn normalerweise an jedem Donnerstag, also morgen. Dann tagt das Politbüro, und der KGB zieht in Moskau seine sämtlichen Kräfte für den Personenschutz zusammen. Wenn es glatt läuft, finden Sie Post. Falls nicht, war's das. Öffnen Sie eine Nachricht erst in Ihrem Zimmer und schließen Sie gut ab. Auf jedem Hotelflur hockt eine Deschurnaja, so nennt sich die Etagendame. Sieht alles, weiß alles. Spitzelt für den KGB.«

»Ich soll übermorgen einen Gorki-Vortrag parat haben?«

»Das machen Sie doch mit links.«

# INGENIEUR DER SEELE

Beim Anflug auf Scheremetjewo war es dunkel. Sie rückte so nah an das Fenster, dass die Stirn das eisige Plexiglas berührte. Die Schwärze unter ihr war von trüben Lichtern punktiert. Sie kamen vom Nordwesten runter, mussten über dichtem Wald sein. Als der Lufthansa-Airbus aufsetzte, kam das unerwartet; Nina hatte nicht mal die Piste gesehen. Die zwanzig Passagiere drängten zur Luke des Großraumflugzeugs. Auf der Gangway verteilte die Kälte Maulschellen. Durch Kerosinpfützen eilten sie zum Bus. Das Terminal war nagelneu, für die Olympischen Spiele errichtet. Visum und Pass lauteten auf den Namen Anja Gabriel, die augenscheinlich viel reiste; die Fälscherwerkstatt des Dienstes hatte für Stempel und Patina gesorgt.

Aber Ninas Herz klopfte am Zoll bis zum Hals.

»Tourist?«

»Beruflich.«

Er schob ihr ein Dutzend Formulare zu, wies mit dem Kinn auf einen Tisch. Sie brauchte eine halbe Stunde zum Ausfüllen. Die einzige Frage, die fehlte, war, wie ihr Lippenstift hieß.

In der beinahe menschenleeren Halle wurde sie von einem Fahrer erwartet, der so groß war, dass er sich einen Zettel an die Stirn hätte pappen können, statt ein Schild hochzurecken. Er quasselte wie nach einem Monat Einzelhaft.

»... Lips – mit einem P. Ich sag das, weil die Meisten ...«

Sie hörte kaum zu. Seit sie Moskauer Boden betreten hatte, spürte sie die Gefahr, in der sie sich befand, als sei sie ihr mit einer Spritze injiziert worden.

Um sich zu beruhigen, memorierte Nina das Leben, das sie sich für Anja Gabriel ausgedacht hatte. Nach einer Ausbildung beim BKA war sie schnell vom BND getippt worden. Ihre ganz besonderen Talente prädestinierten sie für brisante Missionen überall auf der Welt. Für Moskau war sie wie gemacht.

Lips klemmte wie ein Klappmesser hinter dem Steuer, um nicht gegen den Himmel zu stoßen. »... damit auch ja niemand vergisst, wie weit Guderian 1941 vorgerückt ist.« Er meinte die monumentale Panzersperre aus Stahl, die bei der Auffahrt zur Autobahn aus dem Dunkel ragte. Auf den acht Spuren verloren sich Fahrzeuge. Tristes Niemandsland, dann Industriegebiete. Schneewälle türmten sich über dem Bankett. Die Heizung des Mercedes blies auf stärkster Stufe.

Aus der Gegenrichtung näherten sich rotierende Blaulichter, eine Kolonne schwerer Sil-Limousinen raste mit Mercedes als Spitze und Nachhut vorbei.

»Politbüro«, erklärte Lips fachmännisch. »Die sind auf dem Weg zu den Datschen. Aber nicht Breschnew. Der ist längst in seinem Jagdrevier in Sawidowo. Ich war zweimal mit unserem Botschafter dort. Rechts ist Breschnews Förster taub wie eine Blindschleiche, weil der Genosse Generalsekretär seine Flinte beim Schießen immer auf die Schulter des armen Manns legt.«

»Wie kam er Ihnen vor?« fragte sie.

»Na taub halt.«

»Ich meine Breschnew.«

»Hab ihn bloß von Weitem gesehen. Aber er muss besoffen gewesen sein, wie der getaumelt ist.« Er wies Nina auf einen BMW in einer Seitenbucht hin. »Die Miliz fährt hier deutsche Wertarbeit. Sie geben jetzt das Kennzeichen über Funk durch, weil sie an den letzten drei Zahlen sehen, zu welcher Botschaft wir gehören. Sie können nicht mal furzen, ohne dass darüber ein Bericht geschrieben wird. Pardon, die Dame.«

*Anja Gabriel würde jetzt cool grinsen.*

Abseits der Straße sah sie bald Häuser mit Spitzgiebeln und Türmchen, halb hinter nackten Bäumen. In der Zarenzeit ein Refugium der höfischen Gesellschaft, jetzt ein Außendistrikt. Ein Blinzeln, dann Wohnwabenmassive wie von tektonischen Verschiebungen aufgefaltet; der Traum vom Leben des Neuen Menschen, wahrgeworden.

»... ist noch nichts. Montag waren's minus dreißig ... auf dem Kolchosmarkt gibt's Salami, aber teuer ...«

Er bog nach Südosten ab. Zugwaggons mit weißen Hauben auf einem Rangiergelände, Dieselgestank. Dann ahnte sie den Moloch der acht Millionen, ein Schatten, der in den Horizont kroch. Dort irgendwo fragte Kukura sich vielleicht gerade, ob sie seine Erwartungen erfüllte. Weit überm Fluss schimmerte die goldene Turmkrone eines der Zuckerbäckerwolkenkratzer Stalins, Kitsch des Großen Terrors, aber von den Moskowitern liebevoll die Sieben Schwestern genannt. Eine der Schwestern stand am Gartenring und beherbergte das Außenministerium, wo sie wegen der Aufenthaltsgenehmigung hinmusste, wenn sie eine Botschaftsstelle antrat.

*Tu doch nicht, als ob es bereits beschlossen wäre. Vielleicht lehnt er dich ab, weil du zu grün hinter den Ohren bist.*

*Würde dich das erleichtern?*

*Nein.*

»... und versuchen Sie mal, einen guten Arzt zu finden ...«

Sollte es eine Geschwindigkeitsbegrenzung geben, scherte sich keiner drum. Ständig musste Lips in die Bremsen steigen, weil sie geschnitten wurden. Die Autos hatten bloß Standlicht an. Nina stellte sich vor, wie schlecht die Sicht in den schwach beleuchteten Seitenstraßen sein würde. Sie überholten Laster der Streubrigade, die Schneepflüge hatten und hinten eine Art Kies herausschossen. Er trommelte mit solcher Wucht gegen die halb vereiste Frontscheibe, dass Nina fürchtete, sie würde zerspringen.

»Gottlob ist Wodka im Wischwasser-Behälter, was anderes kriegen Sie hier nicht. Und zur Not kann man's trinken.«

Gewaltige Magistralen gruben sich durch das Häusergebirge, kaum Autos. Hinter Trottoirs mit närrisch hohen Randsteinen Fronten von russischer Spätromantik, eine Erinnerung an die versunkene Schönheit der Welt Anna Kareninas. Dann wieder endlos Beton. Alles in einem Grau, das jedes Licht absorbierte und am Tag zu dumpfem Braun werden würde. Sie kannte das von Berlin, Moskaus achter Schwester, die genauso verbittert und vom Leben enttäuscht war.

Lips umfuhr eine Straßensperrung auf einer Nebenstrecke; nicht gestreut, die Laternen nur Funzeln. Sie schleuderten um Ecken; er kehrte zum Leningradski Prospekt zurück und hielt vor einem Kasten aus der Jahrhundertwende, den Nina, wäre sie eingenickt und eben wach geworden, auch für die Lubjanka hätte halten können.

»Feinste Adresse«, sagte Lips, als er ihr das Köfferchen gab. »Hier wohnt Schmidt, wenn er auf Besuch ist. Soll Sie in zwei Stunden abholen.«

Laut Plan waren es bis zur Botschaft nur drei Kilometer.

»Danke, ich gehe zu Fuß.«

»Moskau ist nicht sicher. In der Zeitung würden Sie nie was drüber lesen, aber jeden Tag wird jemand überfallen.«

»Trotzdem.«

»Ich will keinen Ärger.«

»Dann kommen Sie einfach um sieben und sagen dann, ich wäre nicht mehr da gewesen.«

Lips brummte kopfschüttelnd was, fuhr weg. Liebend gern hätte sie sich nachher von ihm abholen lassen. Aber wenn sie Kukuras Test bestand, würden die zwei Tage bloß der Auftakt zu etwas viel Größerem sein. Wie sollte sie das schaffen, wenn sie nicht einmal den Mut besaß, abends allein durch die Stadt zu gehen?

Grußlos hielt der livrierte Schwejzar ihr die Tür auf. Vor der Revolution musste hier der Adel zu Gast gewesen sein; jetzt waren das Gold, der falsche Marmor und die Kronleuchter nur noch eine Parodie. An der Rezeption wurde ihr Pass gründlich geprüft. Die Frau stutzte über Ninas Russisch, gab sich etwas freundlicher. Im dritten Stock saß die Deschurnaja auf einem Stuhl und las einen Groschenroman, ohne erkennbar von ihr Notiz zu nehmen. Dennoch war Nina sicher, dass sie von dem Leberfleck bis zu der Augenfarbe alles herunterleiern könnte, was man an Äußerlichkeiten über sie wissen wollte.

Ihrer pompösen Zimmerflucht mit Himmelbett haftete ein gewisser Mottenkugelcharme an. Nina wollte, sie könnte jetzt laufen, bis die Schmerzen größer als die Angst wären. Immer dachte sie an den Toten Briefkasten da unten. Was würde Anja Gabriel jetzt tun? Ihre Pistole reinigen vermutlich.

Um drei viertel sieben machte Nina sich fertig, steckte das Manuskript ein und gab der Deschurnaja den Zimmerschlüssel, wie ihr an der Rezeption gesagt worden war. In ihren Sachen würde die Frau nichts Verdächtiges finden.

Der Raum mit den Telefonkabinen war neben einem Kiosk. Sie ging hinein. Vier. Drei davon frei, aber ausgerechnet in der einen, rechts, wurde gesprochen. Mahnwache zu halten würde auffallen. Sie kehrte in die Lobby zurück und blätterte in einer der Zeitungen, die am Kiosk auslagen, *Moskowski Komsomoljez*, Organ der kommunistischen Parteijugend. Der Fünfjahresplan wurde erfüllt, alles in Butter.

Zehn Minuten. Nichts.

Sie könnte den Briefkasten später bei der Rückkehr leeren. Nein, das würde sie verrückt machen.

Endlich kam der Mann heraus.

Nina widerstand dem Drang, sich umzusehen, ging in den Raum, in die Kabine. Mit der linken Hand blätterte sie in dem Telefonbuch. Die andere tastete zitternd unter die Ablage.

Da war ein Fach. Ein Zettel.

Sie wagte nicht zu lesen, bis sie in der Nähe des Hotels eine dunkle Einfahrt sah. Nina huschte hinein, suchte die Straße ab, sah niemanden. Entfaltete den Zettel.

*Morgen, zehn Uhr, Tretjakow-Galerie.*

*Eins der Bilder im siebten Saal rührt mich an.*

*Aber welches?*

Sie hörte ein lautes Zischen, schreckte zusammen. Funken sprühten von der Oberleitung eines Trolleybusses. Sie zerriss den Zettel in winzige Fetzen, die sie nach und nach in Gullys schmiss, während sie die wenigen Worte endlos in Gedanken wiederholte.

Am Gartenring wurde ihr bewusst, dass sie zu weit gelaufen war. Sie sah auf den Stadtplan, wandte sich nach links. Obwohl die schieren Maße der Straße mit den Champs-Élysées hätten wetteifern können, war sie ohne Glanz, Opfer eines krausen Nebeneinanders von Herrenhäusern mit Bröckelputz, kalten Neubauten und klaffenden Brachen. Von den Peitschenmasten flackerte es dünn. Dann schoss vor ihr der Eckturm des Hotels Peking in den Himmel, ein glitzernder Fangzahn Stalins, zum Monument geworden. Nina musste ihren Kopf in den Nacken legen, um seine Spitze sehen zu können. Ihr Gesicht brannte. Aber nicht von der Kälte.

Als sie kurz in die Richtung schaute, aus der sie gekommen war, nahm Nina den Mann wahr. Er zog sich augenblicklich in den Hausschatten zurück. Doch sie wusste Bescheid.

*Könnte sein, dass Sie observiert werden. Für die Botschaften ist die Siebte Verwaltung zuständig*, hatte Boehnke ihr mitgegeben.

Sicher war er schon seit dem Hotel an ihr dran. Wie konnte sie bloß so dumm sein, gleich auf der Straße zu lesen? In der Botschaft hätte sie diesen Zettel in der Toilette hinunterspülen können. Sie war seit kaum vier Stunden in Moskau, und schon beging sie einen Fehler nach dem anderen.

Die Botschaft lag in der Bolschaja Grusinskaja, einer stillen Straße unweit vom Zoo. Hinter dem eisgrünen, zweistöckigen Palazzo im Empirestil erstreckte sich ein Garten, fast ein Park, den der Botschafter Nina von dem Ballsaal aus zeigte, der ihm als Amtszimmer diente. Er hieß Schopen, »mit einem P!«, das schien hier die Norm zu sein. Sie erfuhr, dass ihr Vortrag eine Premiere sei; die Kultur komme viel zu kurz, besonders jetzt. Mitte Juli würden in Moskau die Olympischen Spiele eröffnet werden, und die Boykottdrohung, mit der die meisten Staaten der NATO auf den Afghanistan-Überfall der Sowjets reagiert hatten, ließ die Beziehungen zu Moskau weiter erkalten.

»Nicht, dass die Temperaturen vorher *über* dem Nullpunkt gelegen hätten«, meinte Schopen.

Nina dachte nur an den Mann auf dem Gartenring.

Danach hatte sie sich nicht mehr umgedreht.

Die Botschaft prunkte mit dem Glanz einer untergegangenen Epoche. Doch der Raum, in dem die Veranstaltung stattfand, war ohne Schmuck und lieblos bestuhlt; eine zu groß geratene Abstellkammer. Aber siebzig Zuhörer, immerhin. Sie begann mit Gorkis Gang in das italienische Exil, seinen Tiraden gegen Lenin, in denen er anprangert, dass dieser die einfachen Leute nicht kennt und bloß gelernt hat, wie er sie aufwiegeln muss. Jahre später erteilt Stalin seinem Geheimdienst, der Tscheka, den Befehl, Gorki nach Russland zurückzulocken. Er will den berühmten Schriftsteller als Galionsfigur der Sowjetliteratur, sieht einen nützlichen Idioten in ihm. In der Tscheka wird ein abgefeimter Plan ersonnen. Spezialisten fälschen in mühsamer Kleinarbeit unzählige Briefe, in denen »Sowjetbürger« Gorki bitten zurückzukommen. Ganze Schulklassen schreiben ihm vermeintlich, Kader von Industriekombinaten, Matrosen der Roten Flotte. Und weil uneitle Schriftsteller so häufig sind wie Limbo-Tänzer in Perm, gelingt die Täuschung. Gorki besteigt im Mai 1928 in Neapel einen Zug und wird am Bjelorussischen Bahnhof, direkt um die Ecke, von zigtausenden begeisterten Moskowitern empfangen. Dass die Tscheka dafür gesorgt und die meisten dorthin gekarrt hat, mindert Gorkis Glückstaumel nicht. Der verlorene Sohn ist heimgekehrt.

Nina merkte, dass sie ihr Publikum schnell in den Bann zog. Sie konnte das. Sie müsste Literaturdozentin sein, anstatt sich zu einem Spiel drängen zu lassen, dessen Regeln sie nur in der Theorie kannte. Also gar nicht.

Wie bestellt wettert Gorki schon bald gegen die bourgeoise Literatur des Westens. Joyce, Proust, Pirandello: alles Versager. *Bei uns*, prahlt er, *gibt es keine herrschende Klasse. Die Mitglieder des Zentralkomitees sind unsere Lehrer und Freunde, Genossen im wahrsten Wortsinn.* Nach einer Stippvisite in dem Straflager auf den Solowezki-Inseln im Weißen Meer, dessen Kommandant Fjodor I. Eichmans – nicht verwandt und nicht verschwägert – unzählige Häftlinge zu Tode foltern oder durch Genickschuss ermorden lässt, schwärmt Gorki von den überaus angenehmen Unterkünften der Todgeweihten und singt das Hohe Lied der sozialistischen Lebensertüchtigung. Gleich bei der Straße, die in Moskau noch zu Lebzeiten nach ihm benannt wird, wohnt er, ein Katzensprung über den Gartenring. 1933 erfindet er in der Jugendstil-Villa gemeinsam mit Stalin die unselige Formel vom Schriftsteller als *Ingenieur der Seele.* Mehr als dreißig Jahre zuvor ließ Maxim Gorki in seinem Schauspiel *Nachtasyl* Luka von einem Menschen berichten, dessen einzige Hoffnung das *Land der Gerechten* ist. Und als ein Gelehrter ihm erklärt, dass das Land nicht existiert, bringt dieser Mensch sich um. Darum, so Luka, müsse man jedem seine eigene Wahrheit lassen, um etwas zu haben, woran man glauben könne.

»So war es mit Gorki«, schloss Nina. »Im Grunde wusste er, dass er einer schlechten Sache diente. Doch er sehnte sich so sehr danach, an etwas zu glauben, dass er sich selbst belog.«

Dabei zitterte sie. Und hoffte, dass niemand es bemerkte.

Der Applaus war schmeichelhaft. Im »Bit-Stübchen«, einer potjomkinschen deutschen Eckkneipe im Kellergeschoss, gab es Häppchen. Nina wurde heiß, als ein Mann sie ansprach, der in ihrer Bonner Zeit bei der Presseabteilung des Auswärtigen Amtes gewesen war. Er gestand, für ihr Pamphlet damals kein Verständnis besessen zu haben, was sich hier radikal geändert hätte. Na, Gott sei Dank sei sein Moskauabenteuer am Ersten beendet. Wo arbeite sie denn jetzt?

»Ich schlage mich so durch«, antwortete sie.

Sie dachte an Angelika Leidinger, die erzählt hatte, dass sie auf die Frage nach ihrer beruflichen Tätigkeit stets erkläre, im Öffentlichen Dienst zu sein. Einem, der es ganz genau wissen wollte, habe sie auf einer Fete entgegengeschleudert: »Ich bin Politesse. So!« Unwürdig sei das.

»Es ist unwürdig, wie das AA mit Ihnen umgesprungen ist«, sagte der Mann in der Botschaft.

Während Nina Menschen vorgestellt wurden, deren Namen und Aufgaben sie sofort wieder vergaß, überlegte sie, wer von ihnen wohl der BND-Resident war. Als sie Boehnke nach dem Namen gefragt hatte, hatte er gemeint: »Sollte er auftauchen, werden Sie ihn leicht erkennen. Es ist der, mit dem keiner was zu tun haben will. In den Botschaften verwechselt man unsere Leute mit Hämorrhoiden.«

Als Favorit kristallisierte sich ein Mittvierziger heraus, der sich an der Bar verbissen an seinem Wodka festhielt. Es mochte Frauen geben, die ihn nicht unattraktiv fanden. Aber für Nina hatte er ein Gesicht, das in einen fensterlosen Raum passte.

Er wartete den richtigen Moment ab und kam dann zu ihr. »Norbert Röttger. Guter Vortrag.« Es erforderte Größenwahn, das Lächeln von Burt Reynolds covern zu wollen, und Röttger schoss in Ninas Hitparade der Gescheiterten von null auf eins. »Ich bin hier in der Wirtschaftsabteilung«, sagte er.

*Na bitte.*

Ungewollt sah sie ihn mit dem Dünkel der Analysten an, für die Agenten primitive Arbeit verrichteten, während sie selbst Wissenschaftler waren, an denen vom Dreck der Beschaffung nichts haften blieb. Aber jetzt war sie eine von denen, und ihr Lächeln kam ihr so anmaßend vor, dass sie rot wurde.

»In der Ankündigung stand, dass Sie Ihre Dissertation über Gorki geschrieben haben«, meinte Röttger. »Ihre Verachtung für ihn ist jedoch unverkennbar. Wie passt das zusammen?«

»Mich interessiert Gorkis Scheitern«, antwortete sie. »Sein völliges menschliches Versagen.«

»Immerhin war er drei Mal für den Nobelpreis nominiert.«

»Und er hätte nicht den Anstand besessen, ihn abzulehnen.«

Sein Lachen erinnerte an Bremerhaven im Regen. »Kennen Sie Moskau?« fragte er.

»Nein.«

»Ich könnte Sie ein bisschen rumführen. Der Rote Platz ist Pflicht. Gorkis Asche ist an der Kremlmauer bestattet, er liegt neben Stalin und Juri Gagarin.«

»Leider fliege ich schon morgen früh.«

Er würde das natürlich nachprüfen. Aber das war ihr egal.

Sie ließ sich von Lips zu ihrem Hotel fahren. Die Stadt war wie ausgestorben, Katzen huschten über die Straßen. Um eins glaubte sie, noch wach zu sein, doch träumte längst.

Nina ging mit Pilger über den menschenleeren Roten Platz. Seine Wucht drückte ihr auf das Herz; in Moskau war alles eng und weit zugleich. Sie blieben an der Nekropole stehen.

»Da liegt er, der Ingenieur der Seele«, sagte Pilger. »Aber ob er eine hatte?«

»Warum ich? Sie hätten jeden haben können.«

»Ihr Vorgänger war ein Profi und ist jetzt tot. Da dachte ich: Versuch's mit einer Anfängerin.«

# ANNA

Sie verließ das Hotel nach dem Frühstück. Sofort bemerkte sie den weißen Lada auf der anderen Straßenseite. Der Motor lief. Die Seitenscheiben waren beschlagen; sie konnte nicht sehen, wie viele Männer im Auto saßen. Auf ihrem kurzen Weg zum Dynamo-Stadion war ihr, als starre man sie an. Sie verstand es nicht; von den hohen Stiefeln über den Schaffellmantel bis zur Schapka war sie wie eine Russin gekleidet.

Das Gebäude der Metrostation wäre im Forum Romanum nicht aufgefallen. Vorm Eingang sprach Nina eine weißhaarige Frau an. »Entschuldigung, wie komme ich zur Leninka?«

»Mit der Grünen bis Swerdlowa und von da mit der Roten.«

Nina hatte den Moment genutzt, um unauffällig nach dem Lada Ausschau halten zu können. Er stand jetzt fünfzig Meter von der Station entfernt.

Drinnen stachen Reliefs mit Sportmotiven aus dem Marmor. Sie rätselte, wo all diese Leute herkamen. Obwohl sie auf dem Prospekt kaum jemanden gesehen hatte, drängten sie sich auf der Rolltreppe, die so steil hinabschoss, dass Nina glaubte, in einem Paternoster zu sein. Die Halle ähnelte der Krypta einer Kathedrale. Auf dem Bahnsteig harsches Geschiebe, dabei fast Stille, was aber auch am Pelz über ihren Ohren liegen konnte. Alle folgten der geheimnisvollen Choreografie, die von einem blau Uniformierten mit roter Kelle dirigiert wurde. Die Masse wogte hierhin, dann dahin, Nina mittenmang. Bald setzte sie wie die anderen rigoros Ellbogen und Schultern ein, um nicht umgerissen zu werden. Als ein Donnern den Zug ankündigte, war er bereits da, schoss mit einer anderen Geschwindigkeit aus dem Tunnel, als sie das von der schlafmützigen Münchner und Berliner U-Bahn kannte. An einen Sitzplatz war nicht zu denken. Aufs Neue hatte sie das Gefühl, angestarrt zu werden. Vielleicht, weil sie die Einzige war, die nicht las. Einfach jeder hatte ein Buch, ein Heft, ein Magazin in der freien Hand. Nina holte ihren Stadtplan hervor, tat, als würde sie etwas suchen. Beim Bolschoi musste sie raus, um zu der Station Ploschtschad Rewoljuzii zu wechseln. In dem Verbindungstunnel wurde ein heillos Betrunkener von Milizionärinnen abgeführt. »Freiheit für alle Polarelefanten!« krakeelte er ohne Zahn im Mund. Auf der Plattform die Menschenwoge, das stumme Ellbogenballett, alles von vorn.

An der Leninbibliothek stieg sie aus. Hier wieder gähnende Leere. Das Leben schien sich im Untergrund abzuspielen.

Der Lada stand an der Ecke Kalinina und Marx Prospekt.

Zwei Männer, das erhaschte sie jetzt aus dem Augenwinkel.

*Es muss mindestens einen dritten Mann geben, der in der Metro war und die anderen über Funk informiert hat.*

Bei der Bibliothek waren Bücherstände aufgebaut, eine Art Basar, aber keine Kundschaft. Nina blieb stehen, nahm einen Band mit Tschechow-Novellen zur Hand, vor der Revolution gedruckt, jedoch gut erhalten. Sie ignorierte den Lada, durfte nicht offenbaren, dass sie von ihrer Beschattung wusste, denn das würde sie enttarnen. Eine Slawistin, die auf Einladung der Botschaft ein Wochenende in Moskau verbrachte, sorgte sich um sowas nicht.

»Nur fünfzehn Rubel, das ist geschenkt! Und sehen Sie, ich habe auch den *Kirschgarten*!« sprudelte es aus der Frau mit der dicken Hornbrille.

Sie wehrte ab, ging den Prospekt runter. Die Häuser waren verwelkte Primadonnen, abgetakelt im unbarmherzigen Licht der Wintersonne. Vogelschwärme zogen zum Fluss.

Nina kam auf die Bolschoi-Kamenny-Brücke, auch sie mit acht Spuren. Ein Eisbrecher räumte die Fahrrinne der Moskwa frei; in seinem Schlepptau Kohlenschiffe. Auf grauen Schollen schunkelten Elstern.

Und hinter Nina der Lada.

Ihr größtes Problem war der Zeitdruck. Sie hatte noch eine halbe Stunde, um die Tretjakow-Galerie zu erreichen. Es war weniger als ein Kilometer bis dorthin, keine Entfernung. Bloß: Wie lange brauchte sie, um ihre Beschatter loszuwerden? Falls es ihr überhaupt gelänge. Ein Rehkitz auf einer Lichtung wäre unsichtbarer gewesen als sie auf dem Brückenprospekt.

Anja Gabriel würde die Männer mit einem raffinierten Trick in die Irre führen.

Aber Nina beherrschte keine Tricks.

Um Mitternacht hatte sie im Hotel den Weg zum Museum einstudiert. Gleich hinter der Moskwa lag Samoskworetschje, ein großes, altes Viertel mit verwinkelten Gässchen, in denen sie abtauchen konnte.

Sie ging bis zur Brückenmitte, sah übern Fluss. Am anderen Ufer quoll Rauch aus dem Schornstein der Schokoladenfabrik Roter Oktober. Unweit davon war ein freistehendes Haus, das Nina erschreckte, ein klotziger Dreißigerjahre-Bau. Er lag wie unter einem düsteren Schatten. Etwas klang in ihr an, ein Film oder Roman, aber sie wusste nicht, welcher.

Sie schoss Fotos mit der Pocketkamera, tat ein paar Schritte, blieb wieder stehen und kannte nichts Interessanteres auf der Welt als den Stadtplan. Nina drehte sich wie in Gedanken um und rannte vor einem Bus über die acht Spuren, bis sie drüben zum Kreml sah. Falls der Fahrer des Ladas nicht auf der Brücke stoppen wollte, musste er vorbeifahren. Sie wartete, den Blick ununterbrochen auf die Basilius-Kathedrale gerichtet, bis sie es schließlich wagte, nach dem Wagen Ausschau zu halten. Er entfernte sich, verschwand hinter der Fahrbahnwölbung.

Wo war der Mann, der ihr in der Metro gefolgt war?

Auf der Brücke kein Mensch außer ihr.

Sie rannte, erreichte die Baltschug, die langgestreckte Insel in der Moskwa. Links war ein Park, wo sie zwischen Gesträuch und schneebedeckten Bäumen verschwand. Nina sprintete zu einer kleineren Brücke, überquerte erneut den Fluss und war in Samoskworetschje. Im säuerlichen Dunst von billiger Kohle lief sie kreuz und quer durch Gassen.

Kein Lada.

Von roten Stuckfassaden bröckelten Schimmel und Salpeter. Manche der Häuser sahen aus, als müssten sie jeden Moment einstürzen, aufgeben unter der Last der Lieblosigkeit, mit der sie so lange schon behandelt wurden. Dann ein Turbinenwerk. Gewaltige Generatoren ließen das Kopfsteinpflaster vibrieren. Im Eiswind ein halb losgerissenes Transparent.

*Kommunismus = Sowjetmacht + Elektrifizierung!*

Ganz unerwartet ein Blick über den Fluss; auch dort Fahnen, ein einziges Rot Rot Rot.

Da sah sie den Mann, links in der Seitenstraße.

Einen zweiten, der von rechts kam.

Nina rannte los, in die nächste Straße, wo schon die Galerie sein musste. Sie hatte nur noch wenige Minuten, es gab keine andere Chance. Das Museum kam in Sicht, ein orientalisches Serail, grotesk deplaciert und doch richtig in einer Stadt, in der nichts zusammenpasste. Sie schaute gehetzt über die Schulter; einer der Männer hatte die Verfolgung aufgenommen. Aber er konnte das Tempo nicht mitgehen und fiel zurück. Sie riss die schwere Tür auf, musste sich keine Mühe geben, Angst in ihre Stimme zu legen. »Bitte helfen Sie mir! Dort ist ein Mann, der mir nachstellt!«

Ein Wärter lief herbei, winkte einem anderen. »Wo?«

»Draußen!« Nina markierte Atemlosigkeit, obwohl sie sich kein bisschen verausgabt hatte. Die Wärter rannten raus.

Sie sah ihre Beschützer mit dem Mann sprechen. Der Lada stoppte ein gutes Stück entfernt. Der zweite Beschatter stieg ein. Unschlüssig starrte der bei den Wärtern zu Nina.

»Rufen Sie die Miliz!« schrie sie zitternd. »Eine Schande ist sowas! Am helllichten Tag! Da heißt es, Moskau wäre für eine Frau sicher!«

Der Kerl dackelte zu dem Lada. Die Museumsleute kamen zurück. »Komischer Vogel. Aber jetzt müssen Sie keine Angst mehr haben.«

Nina sah den Lada fortfahren.

Sie gab den Mantel an der Garderobe ab und ging durch den engen Treppenschacht hoch ins erste Stockwerk. Auf grünem, fleckigem Putz hingen die Gemälde viel zu dicht, ein einziges Kuddelmuddel, als sei der Kurator besoffen gewesen. Schwere Rahmen erschlugen alles. Das Pathos der russischen Romantik zwischen heroischen Revolutionsszenen. Kein einziger dieser braunstichigen Schinken könnte irgendjemanden rühren. Sie durchwanderte einen Saal nach dem anderen. Die kalte Sonne kam kaum durch die gläserne Kassettendecke, das Tafelparkett war wie von Soldatenstiefeln zertreten. Wärter in abgewetzten Uniformen saßen bei den Türen, lasen Heftchen, ohne auf die wenigen Besucher zu achten.

Dann kam sie in den siebten Saal. Sofort stach die knallrote Seidentapete ihr ins Auge.

*Sammlung George Costakis.* Hier hing die Avantgarde. Viele Russen, aber auch Mondrian, Delaunay, Léger. Pechschwarze Rahmen, ein revolutionärer Tusch auf dem Rot. Nina blieb vor einem Rodtschenko stehen.

Nein. Subtil, aber kalt.

Drehte sich um und sah den Munch.

Das Gemälde gehörte hier nicht hin. Als sei es aus Versehen aufgehängt und vergessen worden. Sie trat näher. Ninas Blick wurde davon angesaugt.

Die Frau lag auf einem Diwan. Die Schönheit ihres strengen Gesichts wurde auf seltsame Weise durch die große, adlerhaft geschwungene Nase noch verstärkt. Sie trug eine Art Umhang, leuchtend hell, so wie das ganze Bild strahlte, eine Explosion von Licht, in deren Epizentrum die Frau friedlich schlief. Ein aufgeschlagenes Notizheft auf ihrer Brust, die linke Hand mit dem Stift herabgesunken, an allen Fingern funkelnde Ringe.

Nina wünschte, sie hätte sich zu der Frau legen können. Sie hockte sich auf eine Bank davor, war allein. Kein Wärter. Zeit und Raum stahlen sich weg. Das Bild wirkte so beruhigend auf sie, dass sie ohne Herzklopfen war, als er sich zu ihr setzte.

»Das ist Anna Achmatowa«, sagte sie.

Kukuras Stimme war warm, angenehm. »Ja. Edvard Munch lernte sie während seines kurzen Petrograd-Besuchs in einem Künstlerzirkel kennen und porträtierte sie an einem einzigen Nachmittag. Es war im Spätsommer 1918, im Jahr eins unseres Jahrhundertexperiments. Sie war bereits eine große Dichterin, doch noch nicht berühmt.«

In ihrem Traum war er größer gewesen, mit kantigem Kinn und Kohleaugen, hatte nicht diese feinen, beinah zarten Züge, die Hände eines Geistmenschen. Nie hätte Nina in ihm einen Oberst der Ersten Hauptverwaltung vermutet.

»Damals stand der Achmatowa das Entsetzen noch bevor«, sagte er. »Sie musste noch keine toten Ehemänner und keine Geliebten betrauern, nicht für ihren Sohn im Gefängnis beten, um ihr Leben bangen. Erst kommt das Sterben, dann der Tod. Doch manchmal ist es umgekehrt.« Er bemerkte, dass sie sich umsah. »Falls wir Besuch kriegen, wird man uns warnen.«

»Wer würde uns warnen?«

Er ließ den Zeigefinger kreisen. »Am Zoll in Scheremetjewo waren Ihre Wangen bereits rot vor Angst. Beim Ausfüllen der Papiere hat Ihre Hand gezittert. Zu Ihrem und meinem Glück war der Zollbeamte in Gedanken längst auf seiner Datscha.«

Nina starrte ihn an.

»Ungeduld ist der Hauptfeind jedes Agenten. Und wenn Sie im Sowjezki partout nicht warten konnten: Welche Frau aus dem Westen würde im *Moskowski Komsomoljez* blättern?«

»Ich wirke nicht wie eine Westfrau.«

Kukura lächelte spöttisch. »Ja, glauben Sie? Ich war übrigens der Mann in der Telefonkabine.«

»Das ist –«

»– *unmöglich*? Das Wort müssen Sie jetzt vergessen. Meine Nachricht in dieser Einfahrt zu lesen, war auch Ihrer Ungeduld geschuldet. Wieder hatten Sie Glück, denn dem Mann von der Siebten ist es durch Zufall entgangen. Für die Metro nehmen Sie nächstes Mal ein Buch mit, das ist besser als ein Stadtplan. Auf der Brücke haben Sie mir gefallen, bravo. Auch wie Sie die Situation vor dem Museum gelöst haben, zeigt Talent; darauf lässt sich aufbauen. Um einen Verbindungsoffizier zu formen, braucht es Jahre. Sie bekommen für Ihre Grundausbildung in Deutschland zwei Monate von mir. Den Rest bringe ich Ihnen dann bei. In Russisch gebe ich Ihnen schon mal eine Eins. Die meisten Moskowiter wären neidisch.«

Nina fragte sich, wer hier wen führte.

»Was ist mit meinem Vorgänger passiert?«

»Vergessen Sie ihn. Es wäre wie das Sieben von Wasser. Bei Ihrer Rückkehr werden Sie den Toten Briefkasten am Kiewer Bahnhof nutzen. Wir zwei nennen ihn ab jetzt *Anna*. Ich habe Ihnen alles Nötige notiert.« Kukura stand auf, indes sie sitzen blieb. »Auf der Bolschoi Kamenny haben Sie zu dem Haus am Ufer geschaut. Kennen Sie es?«

»Ich bin mir nicht sicher. Es erinnert mich an etwas.«

»In seiner Zeit war es eins der modernsten in Moskau. Dort wohnten Parteifunktionäre mit ihren Familien. Während des Großen Terrors ließ Stalin zweihundertfünfzig von ihnen als Saboteure und Volksverräter hinrichten.«

»Das Haus aus Trifonows Roman«, sagte sie.

»Ja. Er hat mit seinen Eltern dort gelebt, sein Vater war eins der Opfer. Sie verschwanden einfach, lösten sich in Luft auf. Es heißt, diese Zeit sei vorüber. Wenn Sie das glauben, und sei es für eine Sekunde, werden wir beide sterben.«

Kukura ging, ließ Nina betäubt zurück. Erst Minuten darauf erwachte sie aus der Starre. An der Garderobe kam er aus dem Nichts, fragte leise: »Wo wollen Sie denn hin?«

Und verschwand.

Sie dachte nach. Ging wieder nach oben. Setzte sich auf die Bank und langte vorsichtig darunter. Sie ertastete den Zettel, der dort festgeklebt war. Ihre erste Lektion.

Nina kehrte auf dem gleichen Weg zum Hotel zurück, ohne auf eine Beschattung zu achten. Im Zimmer lag sie da wie tot. Als es dämmerte, ließ sie sich an der Rezeption ein Taxi rufen und bat den Fahrer, sie zum Roten Platz zu bringen. Schon auf der Gorkistraße sah sie die Beflaggung.

»Was wird gefeiert?« fragte sie.

»Der Tag der Armee und der Seestreitkräfte.«

Nina stieg am Hotel Moskwa aus und ging den Rest zu Fuß. Strahler klatschten Neon auf braunen Schnee. Eine Handvoll Menschen verloren sich im Vakuum ewiger Macht. Allein der harte Wind trotzte hier den Geboten der Partei. Das GUM und das Historische Museum, alles rot verhängt. Vom Mausoleum baumelte ein monumentales Lenin-Banner herab. Im ersten Jahr beim Dienst hatte Nina eine Meldung aus Moskau auf den Tisch bekommen, in der stand, dass Lenins Leiche ohne Herz aufbewahrt wurde. *Die müssen dort sehr verzweifelt sein*, hatte sie gedacht. Und nichts von Pilger gewusst. Langsam ging sie nach Süden, dann am Fluss lang. Als sie das Haus am Ufer sah, blieb sie stehen. In der Festung der Finsternis brannte in einem einzigen Fenster Licht. Und ging in diesem Moment aus.

# SHAKE, RATTLE AND ROLL

Das Objekt lag am Staffelsee, einige Kilometer außerhalb von Murnau, ein mit Maschendraht umzäunter Gutshof, der vom Dienst lange als Schulungsstätte für Agenten genutzt worden war, doch jetzt vor sich hin gammelte. Er erinnerte Nina an die verranztesten Jugendherbergen, die sie gesehen hatte. In zwei Schlafsälen mit Doppelstockbetten hatte sie freie Wahl, denn sie würde die einzige Absolventin dieses exklusiven Lehrgangs sein. In der Dusche stand an der Wand: *Sag meiner Mutter nicht, dass ich beim BND bin. Sie denkt doch, ich wäre Pianist im Puff.*

Wäre sie dem kunterbunt gekleideten Endvierziger, der sie in Boehnkes Auftrag zu einer Feldagentin ausbilden sollte, in Berlin begegnet, hätte sie gewettet, dass ihm in Kreuzberg ein Kifferladen gehörte. Seine ergraute Tolle war sturmsicher, die dünne Selbstgedrehte gehörte zum Gesicht wie die Boxernase. Er hieß Thräne, »mit einem H«, was sie vermuten ließ, dass er schon mal in Moskau gewesen war.

Zur Begrüßung knurrte er: »Zwei Monate. Das ist ein Witz. Es braucht Jahre, um einen Verbindungsführer zu formen.«

Sie fühlte sich sofort wie zuhause.

Er begann mit der Technik, weil Nina deren Gebrauch Tag für Tag pauken musste, bis sie alles im Schlaf beherrschte. Sie lernte die Handhabung von »Containern«, Gegenständen, die aussahen wie Portemonnaies, Schminkdosen, Kugelschreiber, Handschuhe, Schals, aber dem Transport von Geheimmaterial dienten. Thräne brachte ihr das Fotografieren mit einer Minox bei, die kleiner als Ninas Daumen war, und zeigte ihr, wie man die Positive bis auf einen Quadratmillimeter reduzierte. Über hundert dieser Mikropunkte ließen sich unter einer einzigen Freimarke verbergen. Und das dazugehörige Schreiben schien nichts Aufregendes zu enthalten, da die eigentliche Botschaft in Geheimschrift verfasst und unsichtbar zwischen den Zeilen versteckt war.

Die Arbeitsweise von Funkgeräten und Kurzwellensendern, das Codieren und Entschlüsseln von Nachrichten, all das und mehr floss pausenlos durch Nina, ein nie versiegender Strom, dessen dunkles Rauschen sie noch in ihren Träumen hörte, in den drei Stunden Ohnmacht, die sich Schlaf schimpften. Und jeden Morgen lief sie vor der Dämmerung zehn Kilometer, im Regen, im Hagel, im Matsch, unter geizigen Laternen.

Als sie nach der zweiten Woche in dem riesigen Speisesaal Kaffee schlürften, schaute Thräne in ihre Mikropunktpupillen. »Elvis sagt: Nights are for winners, sleep is for creeps.«

»Ich steh auf die Sex Pistols: Shut up and fuck off.«

Sie machten einen Spaziergang. Über den tiefen, schweren Wolken musste irgendwo die Zugspitze sein. »Lassen Sie uns darüber reden, wie man Quellen anwirbt. Eins vorweg: Jeder VF behauptet, dass seine Quelle der Fang des Jahrhunderts ist, auch wenn es sich bloß um eine Sprotte handelt. Doch unter hundert Kontakten ist vielleicht ein brauchbarer.«

»Die Anwerbung können wir in dem Fall überspringen.«

Er ließ seine Selbstgedrehte von einem Mundwinkel in den anderen wandern, ohne dafür die Hand zu brauchen. »Ist Ihre Quelle ein Idealist, oder bezahlt man ihn?« fragte er dann.

»Idealist. Glaube ich.«

»Das kann gut oder schlecht sein. Idealisten riskieren mehr, aber es erhöht auch die Gefahr für Sie. Kaufmichs haben einen höheren Output, dafür liefern sie mehr Schwund. Und wenn sie enttarnt werden, reden sie wie ein Wasserfall.«

»Er hat sieben Jahre überlebt«, sagte Nina.

»Dann hoffen wir, dass er in China nicht das Sternzeichen Katze hat.« Thräne kickte einen Kiesel. »Sie führen die Quelle, aber *sie* bestimmt Rhythmus und Tempo. Schenken Sie ihr das Gefühl, dass Sie ihr fest vertrauen. Die Quelle braucht das wie die Luft zum Atmen. Sie sind der einzige Mensch, von dem sie Bestätigung kriegt; außer Ihnen weiß niemand auf der Welt, was sie wagt und opfert. Sie sehnt sich nach Lob. Erzählen Sie ihr von begeisterten Reaktionen Ihrer Vorgesetzten, dass der BND-Präsident herzlich grüßen lässt. Die Quelle will Ihnen so sehr gefallen, dass daraus mit der Zeit eine Abhängigkeit wird. Das ist ebenso unvermeidlich wie Durst in der Wüste. Aber es ist eine Einbahnstraße. Sie selbst dürfen nie – niemals! – Ihre emotionale Distanz zu einer Quelle verlieren. Sie ist nichts als ein Bote, ein Lieferant, ein Geschäftsverhältnis.«

Sie dachte an Kukura, konnte sich nicht vorstellen, dass er zu irgendetwas die Distanz verlor, und schon gar nicht zu ihr.

»Fordern Sie von der Quelle nicht zu viel«, hörte sie Thräne wieder. »Sie weiß besser als Sie, wie breit die Rasierklinge ist, auf der sie tanzt. Dringen Sie nicht in sie, wenn sie mal etwas ablehnt. Sie wird ihre Gründe haben. Das gilt auch für den Fall, dass sie beim Treff nicht auftaucht. Eine Million Dinge können dazwischengekommen sein. Geduld ist die wichtigste Tugend eines Verbindungsführers. Oder anders gesagt –«

»– Ungeduld ist der Hauptfeind jedes Agenten.«

»Ja. Aber manchmal ist Geduld falsch. Falls Ihre Quelle von einem Tag auf den anderen mehr liefert als gewohnt: Vorsicht. Die plötzliche Leistungssteigerung deutet darauf hin, dass sie umgedreht wurde. Die gegnerische Seite will mit Hühnerfutter das Ansehen der Quelle beim Dienst aufpeppen.«

»Ich bin für Sie ein Hühnchen?«

»Fachterminus, Baby. Bislang haben Sie sich nicht schlecht geschlagen, aber fürs Beleidigtsein gibt's einen Punktabzug.«

Abends gingen sie in ein Murnauer Wirtshaus. Der Stammtisch wetterte über den Majdanek-Prozess. »Ich hab in Polen keine toten Juden gesehen«, dröhnte einer. »Aber hübsche Mädchen gab's!« Darauf einen Enzian.

Sie fanden eine ruhige Ecke. Nina spürte den Alkohol schon nach einem Glas Wein.

»Wo werden Sie hingeschickt?«

»Genf.«

»Ich bin ziemlich lange raus«, murmelte Thräne. »Boehnke ist extra mit dem Firmenjet in die Provence geflogen, wo ich mein Häuschen habe. Er hat mir so viel Geld geboten, dass ich dachte, er hätte seinen Verstand verloren. Ich bin gut, aber vor allem war ich eine Zeit in Moskau stationiert. Darum wollte er mich.« Thräne leckte Schaum vom Weißbierglas. »Wir müssen lügen und betrügen, ohne die Selbstachtung zu verlieren. Wie das gehen soll, kann Ihnen niemand beibringen, vor allem ich nicht. Aber wen auch immer Sie im ewigen Eis führen sollen: Es muss einer sein, der heißer ist als der King im 73er Konzert auf Hawaii. Um es mit seinen unsterblichen Worten zu sagen: Schubidubidu.«

»Was machen Sie, seit Sie raus sind?«

»Beratung.«

»Stimmt es, dass die Moskauer Residentur bloß aus einem Mann besteht?«

»Wie gut kennen Sie Boehnke?«

»Ich war zehn Minuten mit ihm in einem Bunker.«

»Dann wissen Sie alles über ihn. Und was Moskau anlangt: Zu meiner Zeit war ich der Einzige, und davor hatten wir dort überhaupt keinen. Aber beim Dienst sollte man grundsätzlich gar nichts glauben, dann kann man's weit bringen.«

»Der Resident nennt sich Röttger. So ein Rolf-Eden-Double mit Goldkettchen und Fernfahrerkoteletten. Ist er Ihnen mal untergekommen?«

Thräne hob eine Augenbraue. »Schon ist der Geheimschutz in der Tonne. Und das Kotelett: Selbst wenn er mein direkter Nachfolger gewesen wäre, die Übergabe wird vom SU-Referat gemacht, wir sollen uns nicht kennen.« Er sah zur Bedienung, tippte auf seinen Geldbeutel. »Sie brauchen einen Codenamen. Haben Sie schon einen?«

»Sie meinen den Namen, unter dem ich in Moskau bin?«

»Nein, ein Kürzel, das Sie für die Kommunikation mit dem Dienst verwenden. Das ist was anderes.«

»Dann hätte ich insgesamt vier Namen«, sagte sie.

»Ich hatte mal acht zur selben Zeit. Sieben davon haben zu Arschlöchern gehört. Aber der Achte war ein netter Kerl. Hin und wieder vermisse ich ihn.«

Sie gingen zum Auto. Nina ließ ihre Jacke offen. Seit sie aus Moskau zurück war, kam es ihr vor, als ob Deutschland in den Tropen läge.

»Welche Stadt kennen Sie am besten?«

»Berlin.«

»Dort habe ich auch ein paar Jahre gewohnt. War beim Amt für Schadensabwicklung. Sagt Ihnen das was?«

»Haben Sie Inkasso gemacht?«

»So lautet die Tarnadresse der Berliner BND-Niederlassung. Packen Sie Ihre Siebensachen. Es wird Zeit, dass Sie Frontluft schnuppern.«

In dieser Nacht lag sie zum ersten Mal vor zwei im Bett. Sie sann über den Codenamen nach und entschied sich für *Popeye*; so hieß Gene Hackman in *French Connection*. Heute ließen die Träume sie in Ruhe. Dachte sie. Doch als Nina früh am Morgen aufwachte, hatte sie den Geschmack von Diesel auf der Zunge, wie in dem Hohlraum des Autos, mit dem ihr Vater sie in die Freiheit holen ließ, während der Stunden, in denen sie sicher war zu ersticken, sterben mit dreizehn. Jetzt, in dem Schlafsaal, wurde ihre Brust so eng, dass Tränen ihre Augen fluteten. Sie konnte nichts dagegen machen, weinte minutenlang, weil sie sich wieder so allein fühlte wie damals, als ihre Mutter selbst so schlimme Angst gehabt hatte, dass sie kein Trost war. Und wer sollte ihr jetzt beistehen, in Moskau, wo sie der einsamste Mensch der Welt sein würde? Im Speisesaal waren ihre Augen noch immer verquollen, und Thräne schaute sie prüfend an.

»Sometimes you cry and you don't know why«, sagte sie.

Er nickte.

Am Flughafen stand ein Auto für sie. Es ging nach Steglitz, in die Nähe des Botanischen Gartens. Das Sichere Haus war eine Villa, überraschend luxuriös, was Thräne damit erklärte, dass sie für Besprechungen mit der CIA genutzt wurde.

Er unterwies sie im Anlegen von Toten Briefkästen, zeigte ihr Stellen, die sich eigneten. Orte mit vielen Menschen seien gut. Die Kunst bestehe darin, etwas zu wählen, wo man lange genug unbeobachtet sei, um Nachrichten zu deponieren oder abzuholen.

*Wie die Telefonkabine im Sowjezki*, dachte Nina.

In der Nähe des Toten Briefkastens müsse man ein Zeichen anbringen können, um zu signalisieren, dass es Post gab oder man Post gelesen hatte. Ein Kreidestrich an einer Hauswand, ein abgeknickter Zweig an einem Baum, ein Stein, geschickt platziert, die Möglichkeiten seien nahezu unbegrenzt. Bei der Verabredung eines Treffs mit der Quelle solle Nina unbedingt daran denken, auch einen Ausweichtreff festzulegen.

»Nie ohne Netz aufs Trapez«, sagte Thräne.

Die Orte sollten abgelegen sein, aber keine Freiflächen, auf denen man wie auf einem Präsentierteller war. In Berlin käme dafür etwa das Moabiter Großmarktgelände infrage. Oder das Landwehrkanalufer. Sie müsse notfalls schnell verschwinden können, das sei wichtig. Für ihren Weg zum Treff wären zwei bis drei Stunden das Minimum; diese Zeit benötige sie für die

»Schüttelstrecke«, auf der Nina mögliche Verfolger loswerden könne. Busse und U-Bahn eigneten sich besonders, aber auch Kaufhäuser, Museen, Demonstrationen. Zwischendurch solle sie immer wieder so tun, als würde irgendetwas sie brennend interessieren: ein Schaufenster, ein Baby, ein Hund, ein Vogel. Das sei die »Reinigungsschleuse«, in der sie abchecken könne, ob sie observiert wurde.

*Deshalb hat Pilger mein Verhalten auf der Brücke gelobt. Dort habe ich es instinktiv richtig gemacht.*

Und sollte Nina trotz aller Vorsicht erst im letzten Moment eine Beschattung bemerken: »Cold Approach«. Weitergehen, nicht die Schritte verzögern, nicht zur Quelle schauen, ihr im Vorbeigehen eine Warnung zuflüstern.

»In welchem Bezirk sind Sie wie zuhause?« fragte Thräne.

»Kreuzberg.«

»Legen Sie dort drei Briefkästen an und suchen Sie Stellen für einen Treff und einen Ausweichtreff irgendwo in der Stadt. Behalten Sie alles hübsch für sich. Heute Abend versuchen Sie, mich abzuschütteln.«

»Was war Ihr Kiez?« fragte Nina.

»Schöneberg.«

»Dann sind die Toten Briefkästen dort.«

Thräne lächelte. »Shake, Rattle and Roll.«

Ihre drei Briefkästen hatte sie schnell gefunden; unter den Yorckbrücken, am Viktoria-Luise-Platz in der U-Bahn und auf einem Trümmergrundstück an der Bülowstraße. Für Treff und Ausweichtreff wählte Nina die Luiseninsel im Tiergarten und das Parkhaus des ICC.

Abends ging sie mit Thräne zum U-Bahnhof Schlossstraße. Vorm Eingang drehte er sich eine spuchtige Gitanes, während Nina die Treppen hinunterrannte, durch die Station sprintete und sie über ihren nördlichen Ausgang wieder verließ. Es war Viertel vor sechs, auf der Steglitzer Shoppingmeile hatten die

Geschäfte noch geöffnet. Sie mischte sich unter die Menschen, die auf den letzten Drücker einkaufen wollten, spurtete vorm Walther-Schreiber-Platz über die Straße und rannte zu Hertie. Eine Zeitlang trieb Nina sich auf verschiedenen Stockwerken herum, bis eine Verkäuferin sie auf den Ladenschluss hinwies. Sie fuhr mit dem Lift wieder ins Erdgeschoss und nahm den Seitenausgang zur Gutsmuthsstraße. Ziellos streifte sie kreuz und quer durch Friedenau, bis sie beim Rias war. Hier nutzte sie einen Unfall mit Blechschaden als erste Reinigungsschleuse. Keine Spur von Thräne. Nina trabte wieder los. Sie stieg an der Wexstraße in einen 288er Doppeldecker und fuhr mit viermal Umsteigen bis zum Wedding. Die nächste Reinigungsschleuse war genauso sauber. Danach nahm sie wieder die U-Bahn und fuhr nach Schöneberg zum Nolle. Dritte Reinigungsschleuse, kein Thräne. Sie ging zum Viktoria-Luise-Platz, »leerte« den ersten Briefkasten, dann den zweiten, den letzten. Es war ein Spaziergang; Nina wusste, dass Thräne ihr auf dieser Odyssee nie im Leben hätte folgen können. Als sie bei der Luiseninsel im Tiergarten ankam und sich auf eine Bank setzte, freute sie sich bereits auf sein Gesicht und suchte nach einer Elvis-Zeile, mit der sie ihn necken könnte.

Er hockte sich neben sie, zum ersten Mal ohne Kippe, und sagte: »Die Briefkästen waren nicht schlecht, vor allem der an der Bülowstraße. Aber das hier taugt nicht als Treff. Wo ist der Fluchtkorridor?«

»Ich bin schnell«, brachte sie hervor.

»War nicht zu übersehen. Ich bleibe mindestens eine halbe Stunde sitzen, sonst kriege ich einen Herzinfarkt.«

»Wie geht das?« fragte sie.

»Ohne Kardiologe zu sein, vermute ich mal laienhaft, dass die Herzkranzgefäße dann zumachen und meiner Pumpe den Saft abdrehen.«

»Bitte.«

»Sie werden es pauken, wochenlang, jeden Tag, bis Sie mich hassen. Ich war heute allein, aber die Siebte Verwaltung setzt in Moskau auch mal sechzig Leute für eine Observation ein. In einer Stadt, in der die zuhause sind. But some day, you know, you'll be Just a Face in the Crowd. Geiler Song übrigens.«

»Was habe ich falsch gemacht?«

»Eigentlich nicht viel. Sie müssen vor allem ruhiger werden. Das Tempo, das Sie an den Tag legen, ist unnötig. So verlieren Sie nur den Überblick. Sie werden lernen, sich zu verwandeln. Sie sind groß und gertenschlank und deshalb gut zu erkennen. Also machen wir Sie in der ein oder anderen Situation kleiner. Eine Tasche, in der Sie zwei dicke Pullover haben, die Sie bei Gelegenheit unter einem zu engen Mantel anziehen: Prompt sehen Sie von hinten anders aus. Ein Pferdeschwanz statt der offenen Haare, ein zweiter Schal in einer anderen Farbe, eine andere Mütze; einfache, aber wirkungsvolle Dinge. Bei Hertie habe ich in der Parfümerie so dicht bei Ihnen gestanden, dass ich das Pröbchen riechen konnte, das Sie sich aufs Handgelenk gerieben haben.« Er nahm eine Schiebermütze aus der Jacke und setzte sie schief auf. »Sie werden lernen, der Mensch zu sein, den andere in Ihnen sehen sollen. Nennen Sie mich Lee Strasberg, das hier ist meine Schauspielschule. Ihr Gesicht ist ein Plus. In Moskau gehen Sie als Sibirierin durch.«

»Das dachte ich auch, aber ich habe dort bemerkt, dass ich angestarrt wurde.«

»Nicht Ihr Gesicht war das Problem, sondern der Ausdruck darin. Ist Ihnen nicht aufgefallen, dass die Russen meistens ins Leere gucken, wenn sie unterwegs sind – oder zumindest nie jemandem direkt in die Augen schauen? So ist das in Väterchen Russland, wenn man nicht beim KGB oder der Miliz ist, kein hohes Parteitier, kein General und nicht der Rehpinscher von Breschnew. Sie haben einen neugierigen Blick. Gewöhnen Sie sich den ab. Kommen Sie, ich hab Kohldampf.«

Er ging mit ihr in eine Kneipe am Schöneberger Gasometer, die *Zur blinden Hannelore* hieß, und wer noch nicht blind war, würde es in dem Zigarettennebel werden. Sie tranken Pils und Jägermeister zu was Gelbem, das Nudelsalat sein konnte. Rex Gildo feierte die Fiesta Mexicana.

»Na, gefällt's Ihnen«, fragte Thräne.

»Ist prima. Und nachher verbrenne ich meine Klamotten.«

»Aufklärer führen Krieg mit ihrem Verstand. Es geht darum, in den Kopf des Feindes einzudringen, nicht in seine Tresore. Sie denken viel, aber auch zu kompliziert. Vermutlich, weil Sie kein Mann sind.«

»Ich könnte mich breitbeiniger hinsetzen.«

»Würd hier nicht auffallen.«

»Waren Sie mal ein Illegaler?« fragte sie.

»Ja.«

»Wie ist das?«

»Als ob Sie versuchen, durch eine Plastiktüte zu atmen.«

»Aber als Legale bin ich doch einigermaßen sicher?«

»In der Moscow Station der CIA gab's einen drolligen Kerl, mit seiner Dean-Martin-Nummer hätte er in Vegas auftreten können. Man hat ihn im Gorkipark gefunden. Messerstich ins Herz, sah nach Raubmord aus. Die Amis haben seine Leiche in Ramstein obduzieren lassen. Es heißt, dass er Spy Dust in den Haaren hatte.«

»Was ist das?«

»Eine radioaktive Substanz, mit der man eine Zielperson markieren kann. Der KGB benutzt die, und wir auch.« Thräne stierte ins Bier. »Am Ende hab ich nicht mehr geschlafen. Hab zu Boehnke gesagt: Aus, vorbei. Als ich zurückgekommen bin, war meine Frau weg, und alte Freunde haben den Telefonhörer aufgelegt. Hab mich gefühlt wie ein Hund, der neben seinem toten Herrchen wacht. Don't look so sad. That's life, it's bad.«

# THE SMARTEST GIRL OF ALL

*Sie werden mich hassen.* Das war keine Übertreibung gewesen. Fünf Wochen lang versuchte sie, ihn abzuschütteln, und doch folgte er ihr zu jedem Toten Briefkasten, war beim Treff. Stets beging sie dieselben Fehler, wählte eine U-Bahn-Station, weil sie die nächste war, vergaß, sich in Menschenmengen kleiner zu machen, lief vorhersehbare Wege.

Und noch immer war sie zu schnell.

Thräne juxte ständig darüber, parodierte ihren Laufstil, ihr enttäuschtes Gesicht. Obwohl sie wusste, dass er das tat, um sie zu pushen, machte es sie so fuchsteufelswild, dass sie sich verkrampfte und nicht besser wurde, sondern schlechter.

Aber in einer Aprilnacht, in der ein arktischer Kälteeinbruch Berlin in Moskau verwandelte, ließ Nina los und konnte alles traumwandlerisch sicher. Sie folgte nicht mehr der Logik, nur ihrem Instinkt. Tat das Unerwartete. Rannte nicht, nein, glitt durch die Stadt. Sprang an einer roten Ampel aus ihrem Taxi. Setzte in einer U-Bahn-Fotofixkabine die blonde Perücke auf, von deren Kauf Thräne nichts wusste. Leerte die Briefkästen wie in Trance, schwebte zu Treff und Ausweichtreff und stand dann so unter Strom, dass sie im Mata Hari am Winterfeldplatz zum Runterkommen drei Tequila kippte.

Bei ihrer Rückkehr in das Sichere Haus saß Thräne vor dem Fernseher, schaute *Dalli Dalli* und wandte im Sessel den Kopf. »Dachte schon, ich müsste eine Vermisstenanzeige aufgeben.«

»Hab Sie auch lieb.«

»Weiß ich doch.«

Als sie zwei Tage darauf zum Frühstück kam, saß Boehnke mit Kippe, Kaffee und Thräne am Küchentisch. Ihr Ausbilder stand auf. »Ich geh dann zum Arzt und lasse mir Betablocker verschreiben. Hätte in der Provence bleiben sollen.«

»Sie war Vorletzte bei einer Europameisterschaft«, meinte Boehnke grinsend.

»Vierte«, schoss Nina aus der Hüfte. »Und verraten Sie mir bloß nicht, dass er mich über den grünen Klee gelobt hat.«

»Hab nur gesagt, dass es keine Katastrophe ist«, brummte Thräne und ließ sie mit Boehnke allein.

Bis sie mit dem Frühstück fertig war, redeten sie über Zeug. *Die Blechtrommel* war für einen Oscar nominiert. Ali wollte in den Ring zurück, mit einem Kampf gegen Larry Holmes. Aber Boehnke war kein Filmliebhaber, und Nina gab Boxen nichts. Sie sah ihm an, dass seine Nächte kaum besser waren als ihre, und fragte sich, ob Pilger dafür gesorgt hatte.

»Ich bin so weit«, sagte sie schließlich.

»Ja, ich weiß. Aber ich habe seit Tagen eine juckende Stelle am Rücken, und egal, wie viel ich mich kratze, es wird immer schlimmer. Dauernd denke ich, dass Pilger jetzt zwei Herren dient und wir Sie auf eine Reise ohne Wiederkehr schicken.«

»Weshalb ist er dann so kompliziert vorgegangen? Die Art und Weise der Kontaktaufnahme, das ›Vorstellungsgespräch‹ im Museum? Das ergäbe keinen Sinn.«

»Vielleicht doch. Es wäre möglich, dass man ein spezielles Interesse an Ihnen hat und einen enormen Aufwand betreibt, um uns in Sicherheit zu wiegen.«

Sie schaute Boehnke fragend an.

»Ihr Vater ist bei der BKA-Spionageabwehr. Wenn man Sie umdrehen könnte, wäre das für Moskau der Jackpot.«

Ninas Mund war plötzlich trocken. »Dazu müssten die von mir erheblich mehr als bloß den Klarnamen wissen. Winter ist der Mädchenname meiner Mutter.«

»Wer sagt uns, dass es nicht so ist? Wir hatten schon einmal einen Maulwurf, der uns fast das Genick gebrochen hat. Heinz Felfe, am Ende der Leiter unserer Gegenspionage. Geschichte wiederholt sich gelegentlich als Tragödie statt als Farce, auch wenn Karl Marx das anders sieht. Nach Felfe haben wir zehn Jahre gebraucht, um wieder auf die Füße zu kommen.«

»Sie halten es für denkbar, dass man seit meinem Text über die Situation sowjetischer Schriftsteller auf eine Gelegenheit gelauert hat, elegant an mich heranzukommen?«

»Die haben gute Leute. ›Wer eilt, wird ausgelacht‹, schönes russisches Sprichwort.«

»Ich soll wegen meines Vaters ein verwundbares Ziel sein? Lächerlich. Wenn der KGB sich so intensiv mit mir beschäftigt hätte, wüsste man, dass ich ihn in zehn Jahren dreimal gesehen habe – auf den letzten drei Geburtstagen meiner Mutter.«

»Aber Sie telefonieren gelegentlich mit ihm. Immer ruft er an, nie umgekehrt, und Sie sind genervt.«

Jetzt war ihr Mund trocken, bitter und hart.

»Sie lassen mich abhören?«

»Ich werde ungern kalt erwischt.«

Er machte keine Anstalten, sich zu entschuldigen, und Nina wusste, dass sie jetzt nicht zeigen durfte, wie verletzt sie war. Denn in der Sekunde stand es auf Messers Schneide. Vielleicht war es ein Test von ihm. Aber das spielte keine Rolle. Boehnke wollte in Moskau einen Profi und kein gekränktes Mädchen.

Nina drückte das Kreuz durch. »Sie bilden sich was auf Ihre Menschenkenntnis ein, und sicher zu Recht. Sonst wären Sie nicht Chef der Aufklärung. Sonst hätten Sie mich niemals ins Vertrauen gezogen. Doch nicht Sie haben Pilger in die Augen geblickt, sondern ich. Sie wissen nicht einmal, wie er aussieht. Man hat ihn nicht umgedreht. Er ist unser Mann. Und der KGB ahnt nicht, für wen ich arbeite, sonst hätte man mehr als einen lächerlichen Lada zu meiner Observation eingesetzt.«

»Es gibt nicht viele, die so mit mir sprechen«, sagte Boehnke nach langem Schweigen.

»Dann schicken Sie einen Ihrer Bewunderer nach Moskau.«

»Ich stimme Ihnen zu, ich habe Menschenkenntnis. In zwei Wochen geht Ihr Flug. Um Pilger zu führen, wäre es am besten, Sie als Illegale zu schicken. Der Präsident wollte das; Sekretärin bei Mannesmann hat ihm vorgeschwebt. Habe ich rundheraus abgelehnt. Für den KGB wären Sie bei der Enttarnung Freiwild. Sie gehen in die Residentur. Ich weihe Röttger ein.«

»Nein.«

»Mit diplomatischem Schutz oder gar nicht.«

»Sehr einverstanden. Ich werde morgen offiziell den Dienst verlassen und zum Auswärtigen Amt zurückkehren. Sie regeln das für mich und sorgen dafür, dass die Botschaft eine Stelle für Kulturarbeit schafft, die ist dort längst überfällig. Es wirkt absolut glaubwürdig, dass ich das übernehme. Schließlich war man von meinem Gorki-Vortrag überaus angetan; so wird der Botschafter es auch dem Ministerium mitgeteilt haben. Noch ehe ich meine Stelle antrete, erweitern Sie unsere Residentur um einen Mann. Nein, besser zwei. Setzen Sie die auf Posten, bei denen der KGB sofort Bescheid weiß. Wirtschaftsabteilung oder Konsulat, aber da kennen Sie sich besser aus als ich. Die Siebte Verwaltung wird erst mal mit denen zu tun haben und sie so hingebungsvoll studieren, dass die kleine Slawistin sich in aller Ruhe einleben kann. Wenn meine Verbindung zu Pilger gehärtet ist, habe ich das Operationsgebiet inhaliert. Dann bin ich eine ganz andere Gegnerin für die.«

Boehnke schwieg für die Länge einer halben Roth-Händle. »Sie hatten Zeit, sich so etwas auszudenken? Hat Thräne mit Ihnen den lieben langen Tag Shetlandpullover gestrickt? Und ich soll das in zwei Wochen hinkriegen?«

»Machen Sie doch mit links«, sagte sie.

Nina bat Thräne um einen freien Nachmittag. Er stellte keine Fragen. Ein Spaziergang durch den Berliner Süden. Sonne und Regen spielten Verstecken, wendischer April. In Dahlem-Dorf blieb sie am Zeitungskiosk stehen. Die *Bild* machte knallig mit dem Saarbrücker Parteitag der kürzlich gegründeten Grünen auf: *Sie wollen Deutschland abschaffen!* Eine Minute stand Nina da, griff nach einer *Quick*, legte sie wieder hin, als ihr bewusst wurde, dass sie sich einer Reinigungsschleuse unterzog.

Sie ging hoch zum Roseneck, wo die Dahlemer Witwen die üppigen SS-Pensionen ihrer *Meine-Treue-heißt-Ehre*-Gatten in der Wiener Konditorei verfutterten, und schellte an dem Haus mit dem abgeschlagenen Stuck.

Ihre Mutter fiel aus allen Wolken. Kind, wieso hast du denn nicht angerufen? Aber die Stimme flatterte vor Seligkeit. Nina sagte, dass sie für ein Fortbildungsseminar in Berlin sei, ganz kurzfristig, am Abend fliege sie schon wieder zurück. Kuchen war unten schnell besorgt; sie kaffeesierten zwischen Türmen von Umzugskartons. Morgen in der Frühe käme die Spedition, um alles ins Rheinland zu bringen. Über zehn Jahre waren ihre Eltern geschieden gewesen, ohne voneinander loszukommen. Nun würden sie wieder heiraten. In acht Wochen, das Aufgebot war schon bestellt.

»Es bleibt doch dabei, dass du kommst?« fragte ihre Mutter.

Nina streichelte ihre faltenlose Porzellanwange und kriegte diese vermaledeite kleine Stimme. »Ich wollte es dir nicht am Telefon sagen. Bald geh ich für meine Behörde nach Hongkong. Es könnten Jahre werden.«

Aus den Bernsteinaugen ihrer Mutter wich die Farbe. »Was um Himmels willen hat die Bundesvermögensverwaltung mit Hongkong zu tun?«

»Das ist ein wichtiger Finanzplatz, dort werden Werte von uns gehandelt. Ein solches Angebot kann ich nicht ablehnen, zumal als Frau. Ich will das unbedingt.«

»Was reizt dich bloß daran, ich verstehe das nicht. Du hast doch unbedingt etwas mit Literatur machen wollen. Wenn du wenigstens im Ministerium geblieben wärst.«

»Es ist eine Arbeit, bei der ich Ergebnisse sehe«, sagte Nina. »Das ist befriedigender, als in einem Wolkenturm zu sitzen.«

Eine Zeit ging es noch hin und her, aber ihre Mutter wusste, dass sie sich von einer Entscheidung nicht abbringen ließ.

»Schau mal, was ich gestern in der Hand hatte«, meinte sie und nahm ein Album aus einem Karton. Sie saßen Schulter an Schulter, verloren in Erinnerungen. Nina mit fünf in Leipzig, auf dem stinkigen Spielplatz zwischen Mietskasernen, die an Chruschtschowkas erinnerten. Ein Ausflug zur Wartburg mit Müller, sie mit kratzigen Strumpfhosen auf dem Esel reitend. Müller tat, als würde er lächeln, aber das war nicht sein wahres Gesicht. Dann mit sechzehn im Westen, ihr Vater und sie auf dem Wiesbadener Neroberg, sein Mund dümmlich verzogen, weil wieder betrunken. Aber sie mit jeder Faser bei Alexander, dessen Eltern am Abend zuvor nicht zuhause gewesen waren. Der Tag, an dem sie das Abi bestanden hatte, herausgestreckte Zunge, das Kreuzberger WG-Zimmer im Sack. Später Besuche bei der Mutter, die in Kaiserslautern lebte, vom Vater getrennt. Sonntagsspaziergänge in Berlin, als die Mutter hier Arbeit bei der Rentenversicherung bekam. Jetzt hatte sie gekündigt, um Hausfrau zu werden. Ninas erstes Jahr beim AA, Eisessen auf dem Bonner Marktplatz. Sie hatte der Touristin umständlich den Auslöser erklären müssen. Aber sie und ihre Mutter innig, auf immer und ewig verbunden, weil sie Schrecken und Glück geteilt hatten, beides in derselben Nacht.

Es konnte unmöglich schon dunkel sein, sie war doch eben erst gekommen. Ihre Mutter hatte mit keinem Wort über den Vater gesprochen; Nina wusste, wie schwer es ihr gefallen sein musste. Die Umarmung war weh. Es würde für lange sein.

Das Training ging weiter, aber es kam nichts Neues dazu. Nina kannte jede Volte und jede Finte; es war, als besäße sie einen magischen Umhang, der sie unsichtbar machte. Es begann, sie zu langweilen. Am siebten Abend klapperte sie die Briefkästen ab, kein Thränchen auf weiter See. Sie schlenderte zum Treff, den sie ins Delphi-Kino gelegt hatte, gespannt auf den neuen Fassbinder. Als sie reinkam, sah sie Thräne Popcorn futtern.

Nina ging zu ihm und fühlte sich schrecklich. Er hielt ihr die Tüte hin. Sie schüttelte den Kopf.

»Es perfekt zu beherrschen, bedeutet nichts«, sagte Thräne. »Sie wollen Spaß dabei haben. Aber das ist genauso falsch, wie davon genervt zu sein. Es ist kein Spiel, sondern einfach nötig. Wie Atmen. Jede Wiederholung, und sei es zum tausendsten Mal, muss eine Premiere sein. Sonst fällt für Sie ganz schnell der Vorhang. She was the smartest girl of all. Because she knew how easy it is to fall.«

»Kommen Sie mit in den Film?«

»Worum geht's?«

»Irgendwas Trauriges und irre Schicksalhaftes, wo es keinen Ausweg gibt und am Ende alle sterben.«

»Verlockend. Leider haben wir was anderes vor.«

Er fuhr mit ihr nach Lichterfelde, zu einem Industriebau in der Nähe der Andrews Baracks. Thräne öffnete das große Tor mit einem Signalgeber. Sie stiegen auf dem dunklen Hof aus.

»Willkommen im Amt für Schadensabwicklung«, meinte er. »Aber Sie lernen, Schaden zu verursachen.« Er ging mit ihr zu einem kleinen Wagenpark, alles osteuropäische Modelle. »Das sind die üblichen Verdächtigen: Moskwitsch, Wartburg, Wolga und Trabbi. Das Kastenbrot hier heißt in Pelmenistan Schiguli, für den Rest der Welt ist es ein Lada. Bonzen fahren Tschaika, Sil oder Daimler. Ist schnurz, eine Stulle schmiert sich wie die andere. Gucken Sie nicht so pikiert. Wir brechen Gesetze, das ist unser Job.«

Er zeigte es Nina an dem Lada, auf der Beifahrerseite, weil da weniger Elektrik war. Mit einem Stück Metall keilte er oben am Fenster einen Spalt. Er bog einen Kleiderbügel, führte den Draht ein, zog den Knopf mit der Schlaufe hoch. Thräne ließ es Nina wiederholen, bis sie unter dreißig Sekunden blieb. Das Kurzschließen ging einfacher. An der Lenksäule befanden sich zwei Kabel. Er riss sie heraus, entfernte die Isolierung mit den Zähnen und drehte die Kabel zusammen. Das Auto sprang an.

»Und wie ist es so als Kriminelle?«

»Morgen will ich lernen, wie man einen Safe knackt.«

»Ein andermal. Wohnungseinbruch machen wir aber noch, bei uns ›Black-Bag-Job‹ genannt. Und Trickdiebstahl. So lange, bis Sie mir meine Socken von den Füßen klauen.«

Als Nina am letzten Abend hinunterkam, stand er am Herd und kochte. Der Tisch war hübsch gedeckt, sogar Kerzen.

»Ich wusste, dass Sie ein Romantiker sind.«

»Die Letzte, die das gesagt hat, ließ sich von mir scheiden.«

Borschtsch und Hühnchen Kiew, es schmeckte himmlisch.

»Hab damit erst angefangen, als ich sesshaft geworden bin«, meinte er. »Ich wusste früher nicht, was ich für einen Dreck in mich reingeschaufelt habe. Können Sie kochen?«

»Bei mir brennt Apfelmus an.«

»Sie braten Apfelmus?«

»Lassen Sie uns nicht drüber reden.«

»Sie werden in Moskau leiden.«

Er hatte einen spektakulären Bordeaux besorgt. Sie hörten Musik, Bob Dylan, *Strangers & Friends*. Das waren sie.

»Die Frage nach Ihren Sprachkenntnissen schenke ich mir. Boehnke sagt, dass Sie Slawistik studiert haben. Warum?«

»Ich war schon als Teenager verhaltensauffällig und habe in jeder freien Minute gelesen, statt mit den anderen in der Disco zu sein. Russisch ist einfach wunderschön. Eine Mischung aus Italienisch und Französisch, nur poetischer.«

»Meins ist eine Mischung aus Stottern und Stammeln.«

Sie lachte.

»Ein paar Sachen noch. Die meisten Botschaftsmitarbeiter wohnen im Deutschen Haus beim Ukraina. Aber es ist wichtig, dass Sie weder dort noch in einem der Diplomatenblöcke am Prospekt Kalinina unterkommen. Die Residentur regelt das.«

»In meinem Fall nicht.«

»Verstehe. Aber dringen Sie drauf. Die Compounds werden überwacht. Zumindest in den Abendstunden müssen Sie sich bewegen können, ohne dass die jeden Schritt wissen. Das wird schwer genug. Nach ein paar Tagen meldet sich die UpDK bei Ihnen, die Ausländerbetreuungsbehörde. Ein lieblicher Name, steht für KGB. Man wird behaupten, dass irgendein Rohr oder sowas erneuert werden muss. Ab dann ist Ihre Bude verwanzt. Sollten Sie im Schlaf reden, haben Sie ein Problem. Die Mikros sind so sensibel, dass die einen Wassertropfen platzen hören. Was wissen Sie von der Siebten Verwaltung?«

»Gehört zur Spionageabwehr, macht Beschattungen.«

»Sie sagen das so harmlos. Das ist deren Observationselite, die sind Ihnen in allem weit überlegen: Manpower, Ausrüstung, Ortskenntnisse, Erfahrung. Vom ersten Tag an werden die sich für Sie interessieren; Botschaftsangehörige, speziell weibliche, gelten als ideale Zielpersonen für eine Anwerbung. Die Siebte ist erste Sahne. Aber nichts desto Trotzki: Niemand ist perfekt. Zum Beispiel fahren sie generell weiße Ladas, ohne je auf die Idee zu kommen, dass das auffällig sein könnte.«

»Ich hatte schon das Vergnügen.«

»Es ist die einzige operative KGB-Einheit in Moskau, in der auch Frauen sind. Sollten Sie also zufällig irgendeine Lida oder Galina kennenlernen, die Sie zum Tee einlädt: Achtung. Und wenn Sie keinen Schatten sehen: Sie könnten immer noch mit Spy Dust markiert sein. Sie erinnern sich.«

»Was genau ist das für ein Zeug?«

»Nennt sich auch Tracer. Ist radioaktiv, hat angeblich eine Halbwertszeit von drei Tagen und erzeugt keinen Krebs. Sagt der Dienst, also geb ich einen Scheiß drauf. Es ist nur mit einer Spezialbrille sichtbar. Haftet auf jedem Material, man kann es mit einer Pistole verschießen, ohne dass Sie es mitbekommen. So lassen sich Bewegungsprofile erstellen. Wenn Sie Kontakt damit hatten, leuchten Sie wie die Nase von Rudi dem Rentier und haben keine Ahnung.«

Diese Angst legte sie zu den anderen auf den Riesenhaufen.

»Sie schleppen irgendwas Schweres«, sagte Thräne. »Aber vielleicht ist das Ihre größte Stärke. Ich hätte nie gedacht, dass in der kurzen Zeit jemand so weit kommen könnte. Das habe ich auch Boehnke gesagt. Hier ist meine Nummer, sollten Sie mal am Arsch sein oder einen blöden Spruch brauchen. Auch wenn die Leitung in der Botschaft nicht sicher ist: Abends um elf und morgens um sieben hat Genosse Horch Schichtwechsel, dann geht es.«

Sie flogen zusammen nach München. Bei den Taxis reichte er ihr die Hand, aber Nina zog ihn an sich und drückte ihn fest.

»Der Tag wird kommen, an dem Boehnke Ihnen sagen wird, dass Sie Soldatin im Krieg sind und an der Front Befehle nicht diskutiert, sondern gefälligst ausgeführt werden«, flüsterte er ihr ins Ohr. »Sagen Sie ihm, er soll es sich sonst wohin stecken. Es geht um Ihr Leben, nicht um seins.« Sie wollte sich von ihm lösen, aber er ließ sie nicht. »Merken Sie sich, was ich über die Quelle gesagt habe: Sie ist nichts als ein Bote. Sollten Sie das je vergessen, werden Sie sich in einer Zwangsjacke wiederfinden und keiner hält Ihre Hand.«

Als sie im Taxi saß, in Gedanken in ihrer kalten Wohnung, von der sie morgen Abschied nehmen musste, kam er nochmal angelaufen: »Und achten Sie im Winter immer auf eine Mütze, sonst fallen Sie auf der Straße auf!«

# MOTTE

Ende April war in München die Kirschblüte fast vorüber, aber Moskau duckte sich noch unter dem letzten rauen Winterwind. Zwei Monate lang hatte sie bei jedem Atemzug Angst vor der Stadt gehabt, in der sie ganz schnell zu einer Kugel in einem Flipper werden konnte. Aber schon in Scheremetjewo war sie im Innern der Welle, wie Thräne das nannte, und taxierte den Kerl am Zeitungsstand binnen eines Wimpernschlags: siebzig Kilo, gute Physis. Ein Späher.

Ihr Botschaftsbüro befand sich in einer zweistöckigen Villa auf dem Gelände. Das Zimmer war klein. Obzwar nur hundert Menschen hier tätig waren, ging es im Palais Morosow beengt zu, denn das Obergeschoss des Haupthauses wurde in Gänze vom Militärattaché und seinem Stab beansprucht. Die beiden neuen Agenten ließen sich problemlos ausmachen, blutarme Männer, Magerquark in Nadelstreifen. Außer Norbert Röttger hielten alle von ihnen Abstand. Erneut versuchte er, sich Nina zu nähern, dieses Mal so aufdringlich, dass sie deutlich wurde und fragte, welcher Teil von Nein für ihn zu hoch war.

Nina erhielt eine provisorische Aufenthaltsgenehmigung in Gromykos wolkensprengendem Protzpalast, so vulgär wie ein mit Edelsteinen besetzter Zahnstocher. Danach ging sie in die Bar des Presseklubs im obersten Stock. Blick in den Abgrund der Stadt, tief unter ihr graue, abgegriffene Klötze aus Stalins Kinderbaukasten. Um Nina herum Lachen, glasige Augen. Vor elf soffen Westjournalisten kubanischen Rum mit Kerlen, die aussahen, wie Frederick Forsyth sich KGB-Offiziere vorstellte.

Ihre offizielle Aufgabe sollte dank Boehnke kaum mehr als den Kontakt zum Goethe-Institut umfassen. Aber wegen des absehbaren Olympiaboykotts lag selbst das auf Eis.

Auch die Wohnungsfrage hatte sich durch den Boykott von allein geregelt. Die Diplomatenblöcke wurden ausschließlich für Sportdelegationen aus den sozialistischen Bruderländern freigehalten, sodass sie nach einigen Tagen im Gästeapartment der Botschaft eine karg möblierte Zweiraumwohnung in den Patriarchenteichen beziehen konnte, einem Viertel hinter der belebten Gorkistraße, wie passend. Ihrem Promotionsthema konnte sie hier nicht entkommen, selbst die Metrostation war nach dem Staatsschriftsteller benannt; ein roter Granitpalast als Diener vor einem Mann, der getönt hatte, dass der Mensch erst zum Menschen wird, wenn er Arbeiter ist.

Die Gegend war still, fast dörflich, mit Bäumen, deren Äste sich bis zum Boden neigten, weil sie nie beschnitten wurden, wie überall in Moskau. In der Straße gab es schöne Häuser aus der Jahrhundertwende, doch Ninas war das einzige hässliche, erbaut in den Fünfzigern. Sieben Stockwerke; sie wohnte im Erdgeschoss. Durch die Fenster kam kaum Licht. Abends roch es im Flur nach Kohl und morgens nach was Säuerlichem. Von ihren Nachbarn kannte Nina nur die Markowa, die Portjesche, eine Frau von möglicherweise Mitte vierzig, soweit das unter der Schminke zu ahnen war. Die Nase thronte wie ein Accent aigu über dem prallen O ihres Mundes; tagein, tagaus trug sie einen stockigen schwarzen Persianer. Im Flur hing ihr Parfüm, *Rotes Moskau*. Nina hatte es erst für ein Putzmittel gehalten.

Gleich am ersten Tag hatte die Markowa bei ihr geklingelt, um sie im Haus willkommen zu heißen. Sie war mit Blicken in allen Winkeln der Wohnung herumgestromert und merklich enttäuscht gewesen, denn von der Kaffeemaschine abgesehen, hatte Nina nichts Persönliches mitgebracht.

»Die Vitrine steht auf Eck, das bringt Unglück.«

»Was kann man da machen?« fragte Nina.

»Weiß doch jeder: Man muss einen Kiesel drunterlegen.«

Als Fingerübung stahl Nina ihr die Kippen aus dem Kittel.

»Sie reden wie eine Russin. Wo sind Sie her?«

»Aus Deutschland.« Und tat die Kippen wieder zurück.

»Ost oder West?«

»Ostwest.«

Könnten Lurche lachen, so müsste es sich anhören.

Jeden Morgen lief Nina vor der Arbeit zwanzig Runden um den Patriarchenteich, das von einem Garten umgebene Bassin, dem das Viertel den Namen verdankte. Ehedem waren es drei Becken gewesen, zwei davon längst zugeschüttet, weshalb die Moskowiter im Plural davon sprachen. Das erzählte einer aus der Botschaft, der im Norden der Stadt etwas in einem Neubau ergattert hatte; ein Mensch, dem Schönheit nichts bedeutete.

Obwohl sie die zehn Kilometer um sechs Uhr fraß, hatte sie anfangs Gesellschaft von zwei anderen Läufern. Nach kurzer Zeit gaben sie auf. Nun ging ein Mann mit einem affigen Hund am Bassin Gassi. An anderen Tagen saß einer mit der *Iswestija* auf einer Bank, die sie am Ende der Strecke auf dem Heimweg passierte. Ihre Ladas parkten sie unauffällig. Wenn Nina nach dem Frühstück durch die Malaja Bronnaja zum Palais Morosow ging, wechselten sie sich bei der Verfolgung so clever ab, dass sie es ohne ihr Training nie bemerkt hätte. Sie waren Profis.

Als ob sie daran gezweifelt hätte.

Thräne meinte, dass sie außerhalb der Compounds größere Bewegungsfreiheit hätte. Doch davon konnte keine Rede sein.

Moskau war viel übersichtlicher, als Nina befürchtet hatte. An seinen Rändern wucherten Mietskasernen-Metastasen bis über den Horizont, doch die Entfernungen in der Innenstadt ähnelten denen Berlins; mit Metro oder Tram kam sie überall schnell hin. Am liebsten war ihr der Boulevardring um die alte »Weiße Stadt« mit den Patrizierhäusern, denen nicht einmal

Gleichgültigkeit, Fäulnis und Agonie etwas anhaben konnten, weil sie natürliche Würde besaßen. An manchen Tagen stand sie dort mit geschlossenen Augen, fiel durch Zeiten und hörte das Flüstern von Romanfiguren, die für immer und ewig hier leben würden. Und ein andermal das grelle Lachen des Teufels in Bulgakows *Der Meister und Margarita.*

Angestarrt wurde sie nicht mehr; der desinteressierte Blick, den sie sich schnell antrainiert hatte, machte sie anonym. Und ständig dachte sie: *Da wäre ein guter Briefkasten ... Hier könnte man einen Treff machen ... Das dort eignet sich als Fluchtkorridor.*

Eine Woche nach dem Einzug wurden in der Wohnung die erwarteten »Reparaturen« durchgeführt. Als sie ins Haus kam, gingen die Techniker gerade; die Markowa hatte ihnen Zutritt verschafft. Nina schloss die Tür hinter sich, wartete. Doch kein besonderes Gefühl stellte sich ein. *Sie brauchen nach den Lollis nicht zu suchen,* hatte Thräne gesagt. *Die sind unter Putz.*

Ab da grüßte Agrippina Antonowna Markowa nicht mehr.

Auf jedem Schritt, den sie in der Stadt tat, war Nina, als ob Kukura sie beobachtete, weil er sehen wollte, was sie gelernt hatte. Im GUM glaubte sie einmal, er habe sie flüchtig an der Schulter berührt. Der Mann, der dicht an ihr vorbeiging, hatte Kukuras Figur, diesen leicht staksigen, hüftsteifen Gang, der ihr im Museum aufgefallen war. Aber dann wandte er sich um, ein Allerweltsgesicht.

Für die erste Inspektion des Toten Briefkastens am Kiewer Bahnhof wählte sie den 9. Mai, weil es der Tag des Sieges über die Deutschen war und alle Welt in das Zentrum strömte. Ein Starkregen hatte die Stadt über Nacht in einen Schlammpfuhl verwandelt. In Gassen kauerten knochige Katzen auf Mauern und schauten dem regen Treiben zu. Man trug Sonntagsstaat. Resolute Babuschkas säuberten die angeekelten Gesichtchen der Enkel mit Spucke, damit sie dem Politbüro auf dem Roten Platz ja keine Schande machten. Jeder, der ein Stück Blech aus dem Großen Vaterländischen Krieg besaß, trug es mit Stolz. Allerorten Menschentrauben um alte Männer, Deduschki, die ihre Geschichte erzählten; Überlebende eines Ameisenvolkes, durch Heldenmut dem riesigen Stiefel entgangen.

Als Nina sich zur Metro durchgekämpft hatte, sah sie, dass der Gartenring wegen der Militärparade schon abgesperrt war. An ihre Verfolger vergeudete sie keinen Gedanken. Sie waren einfach da. Wie die Rotbannerparolen, das Stimmenchaos, die Luft. Auf dem Bahnsteig herrschte ein solcher Zirkus, dass ihr das Observationskommando fast leidtat. Die Züge kamen im Dreißigsekundentakt angerast und konnten doch die Massen nicht fassen. Nina erwischte den dritten, quetschte sich in den Waggon, stieg am Bolschoi aus. Als sie zur Station Ploschtschad Rewoljuzii ging, war sie, ohne sich ein einziges Mal umgedreht zu haben, sicher, dass mindestens noch einer an ihren Hacken klebte. Sie war häufig hier unten gewesen und wusste, welche Bewandtnis es hatte, dass viele sich an den Bronzeskulpturen entlangdrückten, die den sozialistischen Menschen ehrten. Es brachte Glück, hieß es, sie an bestimmten Stellen zu berühren. Die Soldatenwaffe, der Hund des standhaften Milizionärs und der Schuh der Studentin waren wie poliert.

In der Halle ging sie in die Hocke und tat, als wollte sie am Reißverschluss der Stiefel nesteln. Nina wendete blitzschnell ihre Wollmütze, die jetzt rot, nicht mehr blau war, und steckte ihre Haare drunter. Sie machte sich kleiner, ließ sich mittreiben und verließ die Ploschtschad durch den zweiten Ausgang. Am Maly Teatr unterzog sie sich einer Reinigungsschleuse. Clean. Nina kreuzte Stunden scheinbar ziellos durch die Stadt, bis sie sicher war, nicht mehr verfolgt zu werden. Am Kinderkaufhaus Detski Mir stieg sie wieder in die Metro und fuhr bis Kiewskaja, auf deren Mosaiken die Freundschaft zwischen Russland und der Ukraine gefeiert wurde.

Letzte Reinigungsschleuse: *Adieu Siebte.*

Der Briefkasten war in einer Berjoska, einem Supermarkt für Ausländer, wo man mit *Tscheki*, Devisen-Rubel, Westware kaufen konnte. Doch als sie nach dem Kreidekreuz Ausschau hielt, das für den Fall, dass es Post gab, am südlichen Ausgang neben der Rolltreppe sein musste, sah sie dort nichts.

Nina blieb ruhig. Sie war erst seit Kurzem in Moskau, und Kukura gab ihr Zeit, die Strategien ihrer Gegner zu studieren, Schüttelstrecken zu testen, Witterung aufzunehmen.

Zur Berjoska wollte sie dennoch. Dort sollte es guten Kaffee geben; Russen wussten nicht, was das war. Um hinzugelangen, musste sie die Station verlassen und den Vorplatz überqueren. Da Nina sich ständig vom Kreml fortbewegt hatte, war sie auf dem letzten Streckenabschnitt allein im Abteil gewesen. Aber oben quollen wieder Massen aus dem Bahnhof. Schwerbepackt waren sie aus aller Ferne gekommen, um auf Kolchosmärkten Obst zu verkaufen, das hier erst in einem Monat reifen würde, wenn überhaupt.

In der Berjoska war Nina die einzige Kundin. Sofort bereute sie, hergekommen zu sein, bloß wegen des Kaffees. Aber dann sagte sie sich, dass die gelangweilte Frau an der Kasse, selbst wenn sie dem KGB berichten müsste, allenfalls sagen könnte, dass eine blonde, englisch sprechende Ausländerin eingekauft hätte; Perücke und Hornbrille hatte sie längst aufgesetzt. Der Briefkasten war perfekt gewählt, ganz hinten im toten Winkel, unter einem Regal. Sie konnte nicht widerstehen und ertastete das kleine Fach.

Leer, natürlich. Aber das Adrenalin schoss trotzdem hoch.

Der Kaffee war für hiesige Verhältnisse sündhaft teuer. Im Gesicht der Verkäuferin spiegelte sich das Unverständnis, für das bittere Zeug ein Vermögen auszugeben. Das Wechselgeld errechnete sie so rasend schnell mit ihrem Abakus, dass keine Registrierkasse hätte mithalten können.

*Und schöne Grüße an den KGB.*

Abends um zehn hörte sie das Feuerwerk. Sie ging auf die Straße, wo schon die ganze Nachbarschaft stand. Kein weißer Lada, selbst Tschekisten mussten mal feiern. Der Himmel war ein rotes Farbenmeer; in den vielstimmigen Ahs und Ohs, die jede Rakete, jeden Funkenflug begleiteten, lag das Glück der Davongekommenen. Nina fragte sich, ob sie jemals zuvor eine solch ausgelassene Stimmung erlebt hatte, aber erinnerte sich nicht. Sie jubelte mit, bis ihr bewusst wurde, dass sie Deutsche war. Als sie zurück zum Haus ging, sah sie die Markowa. Beide wichen sie dem Blick der anderen aus.

Zwei Wochen später hatte sie ihren dritten Abstecher zum Kiewer Bahnhof absolviert. Kein Lebenszeichen von Kukura. Ninas Alltag verlief im immergleichen ruhigen Rhythmus. Ein bisschen Botschaft; den Rest ihrer Zeit verbrachte sie mit dem Besuch von Museen und Theatern, schließlich gehörte das zu ihren Aufgaben. In der Regel aß sie in der Mitarbeiterkantine; manchmal bekam sie auch erst am Abend Hunger, kaufte sich ein Sandwich in der Buterbrodnaja um die Ecke oder ging ins Schnellrestaurant hinter der Majakowskaja. Thräne hatte recht behalten. Alles schmeckte wie Styropor.

Das Haus an der Uferstraße mied sie, sah nie mehr hin.

Meist vergaß sie, dass zuhause jeder Laut mitgehört wurde. Aber einmal, schon halb im Schlaf, fragte sie sich, ob die Siebte auch ihre Träume belauschte. Es waren jede Nacht die gleichen. Der Hohlraum, der Drang, in der Finsternis zu schreien. Doch auch Kukuras Lächeln in der Garderobe der Tretjakow-Galerie, als er fragte: *Wo wollen Sie denn hin?*

Manchen ihrer Beschatter gab sie Namen. Plisch und Plum waren cool und zäh. Zinnober und Rübe ließen ihr mehr Luft. Dann schaute sie eines Abends hinter der Gardine verborgen aus dem Fenster. Da war ein neuer Mann. Er stand halb in der unbeleuchteten Einfahrt gegenüber. Als er sich eine Zigarette anzündete, konnte Nina ganz kurz das Gesicht sehen.

Es war, als flackere eine Mephisto-Maske auf. So starr, kalt, mitleidlos, dass sie vom Fenster zurückwich. Als sie es wieder wagte hinauszulugen, ging er die Straße hinunter, nicht groß, nicht klein. Unscheinbar. Aber jeder Schritt so selbstbewusst, wie sie es noch bei keinem sah. Wo eine Laterne ausgefallen war, wurde er eins mit den Schatten. Sie taufte ihn Motte, weil sie es nicht verkraftet hätte, ihm den Namen zu geben, der in Wahrheit zu ihm passte.

Obwohl nichts Verräterisches in ihrer Wohnung war, legte sie am nächsten Morgen eine Heftklammer hinter die Tür. Sie würde beim Öffnen beiseitegeschoben und konnte von einem ungebetenen Besucher nicht mehr an exakt der gleichen Stelle platziert werden.

Abends lag die Klammer woanders.

Jeden Montag schrieb sie einige Zeilen an ihre kranke *Tante Margot.* Da Nina keinen Zugang zu den nötigen Chemikalien besaß, improvisierte sie die Geheimschrift mit Spülmittel, so wie Thräne es ihr gezeigt hatte. Jeden Dienstag kam der Kurier ins Palais Morosow und nahm die Post nach Deutschland mit.

*Pilger stellt sich immer noch tot.*

*Ruhig bleiben, er hat alles im Blick*, schrieb Tante Margot.

Am Prospekt Mira kaufte sie sich einen Wega-Plattenspieler und hörte Prokofjew. Die Botschaft hatte ihr einen Fernseher zur Verfügung gestellt. Abends um neun schaute sie *Wremja*, die Nachrichten. Die Bundesrepublik nahm darin erstaunlich viel Raum ein, besonders die Massendemonstrationen gegen den NATO-Nachrüstungsbeschluss und die Aufstellung von Cruise Missiles und Pershings, das Agieren der westdeutschen Polizei. Nina wusste, dass die europäische Friedensbewegung vom KGB gesteuert wurde. Ein Beispiel war der *Weltfriedensrat* in Wien, in Wahrheit eine Aktive Maßnahme des »Dienstes A« der Ersten Hauptverwaltung. Vierhundert SS-20-Rakten und zweiundvierzigtausend Sowjetpanzer standen hinter der Elbe.

Aber dem KGB war es gelungen, die Sowjetunion zum Opfer und die NATO zum Aggressor zu machen. Auf Russisch gab es ein schönes Wort für solche Täuschungsmanöver: *Maskirowka*. Als Nina noch Studentin gewesen war, hatte sie über so etwas nie nachgedacht, war auf Demonstrationen mitgelaufen. Nach der Naivität von damals sehnte sie sich manchmal zurück.

Auf den Tag genau einen Monat nach ihrer Ankunft sah sie in der Kiewskaja das Kreidekreuz. Ihr Herz flog, als sie in die Berjoska ging und den Briefkasten leerte. Auf dem Heimweg umklammerte sie den ungelesenen Zettel in der Manteltasche, bis sie Angst bekam, Kukuras Nachricht mit ihrem Schweiß zu verschmieren.

Dann, endlich allein, las sie.

*Morgen, 20 Uhr im Sosulka.*

Es war ein Lokal beim Komsomolskaja-Platz. Diesmal war die Schüttelstrecke kein Spaziergang gewesen, und Nina war spät dran. Als sie die ewige Schlange vorm Eingang sah, wägte sie Für und Wider ab, überwand sich und steckte dem Türsteher einen Dollar zu. Drinnen wechselte die Musik von Blondie zu Queen. Das Publikum war in ihrem Alter, *Bogema*, ein buntes Volk aus Arbat-Poeten, Intellektuellen, Lebenskünstlern jeder Art. Sie war zu schick angezogen. Rasch zerrte Nina die Bluse aus ihrem Rock, öffnete noch einen Knopf und wuschelte sich durchs Haar. Von den Wänden platzte die Farbe, an der Decke hingen Neonlampen, die jede Pore grell ausleuchteten. Tische gab es keine. Alle standen dicht an dicht, tranken Bier aus der Flasche und diskutierten die Probleme des Planeten, ohne mit einer Silbe über Politik zu sprechen. Sie ergatterte einen Platz an der Bar, schaute sich um, aber entdeckte Kukura nirgendwo. Nina wunderte sich, dass er dieses Lokal gewählt hatte. Er war um die fünfzig und würde hier auffallen.

Zwanzig Minuten vergingen. Sie war längst unruhig.

»Wie heißt du?« brüllte ihr jemand ins Ohr.

Nina drehte sich um und sah in das Gesicht eines Kerls, der rotzig grinste, als würde ihn der Preis der Welt nicht jucken, weil er dafür immer genug Kleingeld in der Tasche hätte. Sein Blondschopf strubbelte in die hohe Stirn. Mit einem Surfbrett unterm Arm wäre er in Venice Beach nicht aufgefallen. Er sah viel zu gut aus, um sich mit ihr abzugeben. Vermutlich hatte er gesehen, wie sie den Türsteher geschmiert hatte, und dachte, wo ein Dollar ist, ist noch mehr. Nina drehte sich zur anderen Seite. Er kam mit, grinste noch frecher.

»Such dir eine andere Natascha!« kofferte sie.

»Wo bist du her?« fragte er, sich seiner Wirkung auf Frauen bewusst. »Sibirien? Welche Stadt?«

»Den Namen müsste ich buchstabieren. Aber ich bezweifle, dass du's mit Buchstaben hast.«

Er zuckte die Schultern, ließ jedoch von ihr ab. Sie wartete noch zehn Minuten, bis sie aufgab. Nina ging zur Metro beim Kasaner Bahnhof. Der Himmel kippte Mondlicht aufs Pflaster. In Ecken dämmerten Betrunkene. Irgendwo krachte Blech auf Blech. Dann war die Stadt wieder leise, schlich auf Samtpfoten.

Schritte.

Nina fuhr herum und sah den Blondschopf. Sie rannte in die nächste Gasse und hätte ihn sicher abgeschüttelt, wenn es ein Langstreckenlauf und kein Sprint gewesen wäre. Aber er war zu dicht hinter ihr, sie hatte keine Chance.

Sie blieb stehen. Er kam näher, musterte sie belustigt. Eins fünfundachtzig, breites Kreuz. Sein Gang war federnd, leicht. Zitternd steckte sie eine Hand in die Manteltasche.

»Ich habe eine Waffe.«

»Ja, ist das so?« fragte er. »Ich heiße Leo, wie der Sohn von Anna Achmatowa. Mein Vater hat mir das ein oder andere von dir erzählt. Aber nicht, dass ich Angst vor dir haben soll.«

# STUKATSCH

Am darauffolgenden Tag verließ sie die Wohnung im frühen Abendrot. Nach einer Stunde war sie überzeugt, für die Siebte unsichtbar geworden zu sein. Doch obwohl sie ihre Ungeduld nur mit Mühe bezähmen konnte, setzte sie die Odyssee bis in die Außendistrikte fort, bevor sie ins Zentrum zurückkehrte. In der letzten Maiwoche war es endlich warm geworden. Die Menschen hatten den Winter in die Kleiderschränke gehängt. Mitunter sah Nina sogar ein Lächeln.

Auf der Gorkistraße waren die Läden bis neun geöffnet. Sie ging in den Gastronom Nr. 1, nur fünfhundert Meter von ihrem Zuhause entfernt. Bis 1917 hatte in dem Belle-Époque-Tempel das Delikatessengeschäft Jelissejew residiert, Hoflieferant der Romanows und Russlands edelster Spezialitätenhändler. Jetzt prunkten Goldputten über mauen Vitrinen. Wer Kalten Hund oder Büchsensprotten in Tomatensoße als Köstlichkeit ansah, war hier richtig.

An der spärlichen Obsttheke trat Leo neben Nina. »Neulich hatten sie Kirschen, stell dir vor.«

»Im Sozialismus ist alles wie in der Realität. Bloß viel, viel schöner«, flüsterte sie.

*Wir sind unbeobachtet.*

»Gleich auf dem Sowjezkaja-Platz«, sagte er und ging.

In der kleinen Grünanlage setzte sie sich auf eine Bank. Es war bereits dunkel, unter Laternen schmusten Pärchen. Pilger hatte seinen Sohn eingeweiht. Den Einsatz weiter erhöht. Seit gestern dachte sie an nichts anderes mehr.

Leo setzte sich neben sie. »Wir werden nur im Freien offen reden. Die meisten Räume sind radioaktiv.«

»Warum hat dein Vater dich hinzugezogen?«

»Du hast Angst? Das solltest du auch. Heute Morgen hat die Zweite Hauptverwaltung mich zum Gespräch in die Lubjanka gebeten. Besser gesagt: Man hat mich in ein Auto verfrachtet. Kekse bekam ich keine angeboten.«

Nina wünschte, sie hätte ihren Wintermantel an.

»Der Geldschein, den du gestern dem Türsteher zugesteckt hast, war ein Fehler. Er hat einen Spitzel auf dich aufmerksam gemacht, der uns im Sosulka und in der Gasse gesehen hat.«

»Was hast du der Spionageabwehr gesagt?«

»Dass du eine hübsche Ausländerin bist, mit der ich nur ein bisschen Spaß haben wollte. Natürlich habe ich beteuert, dass ich den Kontakt sofort abbreche. Aber das wollte man nicht.«

»Warum?«

»Ich bin ab jetzt ein *Stukatsch*, ein Informant. Einmal in der Woche muss ich über dich berichten.«

»Dein Vater ist beim KGB, das wissen die doch.«

»Sicher. Man wird auch mit ihm sprechen. Er wird den Kopf schütteln und auf seinen missratenen Sohn schimpfen. Dann wird er lächeln und sagen: ›Andererseits könnte diese putzige Botschaftsangestellte uns noch viel Freude machen.‹«

»Er hat das geplant«, erwiderte Nina tonlos.

»Hab schon gehört, dass du fix im Kopf bist.«

»Dein Vater wusste, dass im Sosulka Spitzel sind. Wenn ich diesem Kerl an der Tür den Dollar nicht gegeben hätte, wäre es auf dasselbe hinausgelaufen.«

»Das Schicksal würfelt nicht.«

»Bist du so etwas wie ein Kurier?«

»Nein. Mein Vater will, dass ich dir ein paar Dinge zeige, die du vor einer direkten Verbindung kennen musst.«

»Wann wird –«

Sie sah zwei Männer der Miliz auf Patrouille. Leo legte den Arm um sie. »So ist es besser.« Als die Miliz fort war, meinte er: »Wenn er's für richtig hält.«

Er roch gut.

»Mein Vater sagt, dass du Sport machst.«

»Ein bisschen.«

»Ich auch.«

»Sieht man.«

»Boxtrainer beim ZSKA Moskau. Morgen ist Sonntag, lass uns mittags auf den Leninhügeln laufen. Aber hab Erbarmen. Nach allem, was ich gehört habe, könntest du Vogelfutter aus mir machen.«

Sie kam etwas vor der Zeit und genoss auf der Plattform das Cinemascope-Panorama. Moskau war in tiefes Blau gegossen, als habe der Himmel sich an einem perfekten Tag zum Dösen hingelegt. Und hinter ihr schoss die mächtigste, verstörendste der Sieben Schwestern empor, die Lomonossow-Universität, zweihundertvierzig Meter Größenwahn. Am monumentalen Bassin stieg ein Brautpaar aus einem Tschaika, dahinter Ladas mit der Hochzeitsgesellschaft.

Schampanskoje, verliebte Fotos, Lachen.

Leo kam lässig angetrabt. Er war muskulös, doch nicht auf die Art von Männern, die sich bloß aufpumpten. Sein Körper gehörte wie selbstverständlich zu ihm, er fühlte sich drin wohl. Küsschen rechts und links.

»Du weißt doch, das bedeutet hier nichts«, meinte er.

Der Parcours führte in den Wald. Die Sonne linste zwischen frisches Grün, tupfte Maikäferpunkte auf den Weg. Vor ihnen waren andere Läufer. Nina ließ es langsam angehen, aber nach einer Weile rief Leo ihr zu: »Zeig mal dein übliches Tempo.« Und bald darauf: »Danke.« Er trudelte aus, legte ein Bein über eine Bank, Dehnübungen.

Nina lief auf der Stelle, lachte. »Das ging ja schnell.«

»Du solltest dich auch dehnen.«

»Nicht nötig.«

»Doch. Und fass dabei unter die Bank.«

Sie tat es. Ertastete den Schuber.

»Den Briefkasten nennt mein Vater *Wolke.* Aber komm nur am Wochenende her. Und nie nach Einbruch der Dunkelheit. Das Zeichen zum Leeren ist der Stein dort. Wenn er mit der bemosten Seite nach oben liegt, ist Post da.« Er verfiel wieder in Trab. »In der Lubjanka haben sie mir eine Liste von Fragen mitgegeben, die für sie interessant sind. Neugierig?«

»Lass mich raten: wie ich meinen Kaffee trinke?«

»Ja, klar. Einschätzung deiner politischen Überzeugungen. Kritische Einstellung zu den USA? Falls ja, warum? Beurteilung deines Charakters. Hast du Macken? Spezielle Leidenschaften? Ein Faible für Luxus? Geldnöte? Ein medizinisches Problem? Bist du drogensüchtig? Hab bestimmt was vergessen.«

»Ich weine im Kino.«

»Geb ich sofort weiter.«

Am Ende der Runde kamen sie an ein Freiluft-Gym. Männer stemmten Lkw-Reifen, verrostete Fahrzeugachsen, machten Klimmzüge an den dicken, tiefen Ästen von Bäumen.

Leo wies mit dem Kinn auf eine Mauer. »Rechts kann man den dritten Stein von oben rausziehen. Der Briefkasten heißt *Bunin.* Er ist für Dinge, die größer sind als ein Umschlag.«

Wieder machte Nina Dehnübungen, dieses Mal war es eine Reinigungsschleuse. Sie registrierte, dass einer von denen, die dort trainierten, sie und Leo im Auge hatte.

Sie liefen weiter, den Hügel hinab und über die Brücke zur Metro am Lenin-Stadion, das schon für die Spiele beflaggt war.

»Du kannst bei mir duschen«, sagte sie.

»Ich bin kein Junge für eine Nacht.«

»Meine Wohnung wird abgehört. Das sollten wir nutzen.«

Im Hausflur sah die Markowa sie mit Leo. Ihren Blick hätte Nina gern in Harz gegossen und auf ihren Nachttisch gestellt. Als er mit nassen Haaren aus der Dusche kam, wusste sie nicht, wohin mit den Augen, und hoffte, dass er es nicht bemerkte.

»Was machst du eigentlich in der Botschaft?« fragte er.

»Kultur. Aber mehr oder weniger koch ich nur Kaffee für die Männer. Im Moment ist jede Menge Freizeit, du weißt ja, dass die Bundesrepublik die Olympischen Spiele boykottiert.«

»Und wie findest du das?«

»Ich versteh nicht, was Sport mit Politik zu tun haben soll.«

»Du könntest mir ein bisschen Kultur beibringen. Als Boxer habe ich da Nachholbedarf. Wie wär's morgen? ... Hast du was? Sag schon.«

Sie zögerte gekonnt. Holte tief Luft. »Oft kommt es mir vor, als ob Männer mich beobachten. Einer ist mir mal bis zu einem Museum hinterhergerannt.«

»Klar gucken Männer dich an.«

»Ich hatte wirklich Angst.«

»Bei mir bist du absolut sicher, Njuscha. Gehen wir nachher was trinken?«

»Hab noch einen dicken Kopf von gestern.«

Wieder küsste er sie auf beide Wangen. Er roch nach ihrem Shampoo. Als er fort war, schrieb sie an Tante Margot.

*Kontakt mit Pilgers Sohn.*

*Melde mich, sobald Genaueres.*

Mitten in der Woche rief Leo an und meinte, dass er ihr etwas schenken wolle. Morgen? Sie ließ die Schüttelstrecke aus, traf sich mit ihm an der Kusnjezki most. »Most« hieß Brücke. Nina fragte sich, wie die Gasse zu dem Namen gekommen war. Als würde Leo ihre Gedanken lesen, sagte er, dass unter ihnen ein Fluss sei, die Neglinka, unter dem Zaren kanalisiert, um diese Straße darüber zu bauen.

»Unsere Freunde haben mir erzählt, dass du Prokofjew zu mögen scheinst. Mein Vater hat sich etwas Nettes ausgedacht, hoffentlich trifft es deinen Geschmack.« Er steuerte einen der zahlreichen Buchläden an. »Es ist eine Berjoska, du musst mit Tscheki bezahlen.« Der Verkäufer zog eine Schwarte aus dem Regal. Leo gab ihm Ninas Devisen-Rubel und überreichte ihr mit großer Geste die Prokofjew-Biografie. Draußen meinte er: »Halt das Buch so, dass man den Titel gut lesen kann. Und du könntest ein bisschen strahlen.«

Sie gab ihm einen Kuss auf die Wange. Für seine Grübchen bräuchte er einen Waffenschein.

Sie bummelten durch das Viertel. Die Stadt trug wieder ihr ganz besonderes Parfüm, eine Komposition aus armer Küche, Zweitakterauspuffgasen und Müllverwesung. Nina nannte es Bolschewik N° 5. Am Schaufenster eines Bekleidungsgeschäfts nahm sie sich Zeit, ihre Verfolger zu lokalisieren.

Zinnober und Rübe. Alles wie gehabt.

So viele Male hatte sie seit jener Nacht nach Motte Ausschau gehalten, ihn jedoch nicht mehr gesehen. Etwas sagte ihr, dass sich das ändern würde.

Bei der Kirowa begann es zu schütten, nadelspitze Tropfen, aber warm. Eine Straßenbahn kam kreischend angeschaukelt, hielt hundert Meter weg. Sie sprinteten, erwischten sie gerade noch. Nass wie Hunde juckelten sie nach Süden. Die Tram war voll. Nina und Leo wurden aneinandergepresst.

Und bei jedem Halt kreischte die Schaffnerin: »Aufrücken!«

Die Scheiben waren fast blind. Draußen ahnte Nina Häuser aus dem neunzehnten Jahrhundert, zeitlos bei dieser Sicht. Es ging über den Fluss, vorbei an Bahngleisen und Fabriken. Am Pawelezki stiegen sie mit anderen aus. Anstatt eines Bahnhofs hätte es auch ein Sommerpalast der Romanows sein können.

»Wo geht es hin?« fragte sie.

»Zum Neujungfrauen-Friedhof.«

Sie nahmen den Bus. Auf dem Oktoberplatz war ein Plakat, das Lenin mit seinen Kampfgefährten zeigte. Aber kein Stalin. Ihn hatte das Schicksal der Männer ereilt, die er töten und aus der Geschichte tilgen ließ. *Es heißt, diese Zeit sei vorüber. Wenn Sie das für eine Sekunde glauben, werden wir beide sterben.*

Am Friedhofseingang kaufte Leo Blumen bei einer Frau. In einer kleinen Halle waren Vasen. Sie gingen über die Allee. Im Westen noch Wolken, der Regen hatte sich nach dahin getrollt. Vor ihnen marschierte eine Schar Oktoberkinder stramm mit ihrer Lehrerin. Nina dachte an die Appelle in Leipzig.

*Seid bereit! Immer bereit!* War das wirklich sie gewesen?

»Da vorn ruht Chruschtschow«, meinte Leo. »Den besucht aber keiner mehr. Sie wollen zu Soja Kosmodemjanskaja, der Partisanin. Oder zu Dmitri Uljanow, Lenins Bruder. Wer hier liegt, hat es geschafft. Angeblich denkt man darüber nach, nur noch Angehörige reinzulassen. Dann wäre man unter sich. Ich könnte dir Friedhöfe zeigen, wo die Gräber weniger imposant sind und du andere Todesjahre siehst. 1937, 1938. Dort pilgern keine Oktoberkinder hin.«

Er blieb an einem schwarzen Stein stehen.

*Sergei Sergejewitsch Prokofjew – 1891-1953*

Das Grab war ungepflegt, zwischen Unkraut und Gesträuch verrotteten Veilchen. »Mein Vater sagt, dass er am selben Tag wie Stalin gestorben ist und sein Tod deshalb keine Zeile wert war. Es kommt kaum einer her. Der Briefkasten ist in der Vase. Wenn Blumen drin sind, kannst du ihn leeren.«

Sie steckte die Vase in die Erde.

»In der Schule haben wir *Peter und der Wolf* gehört, bis ich's gehasst habe«, sagte Leo. »Was liebst du an seiner Musik?«

»Leichtigkeit und Schwermut. Das ist Russland für mich.«

»Falls du irgendwo Leichtigkeit siehst, zeig sie mir.«

Sie gingen zurück zum Tor. Die Sonne kapriolte, Sperlinge machten späten Morgenputz in Pfützen. Die Kinder sangen.

Nina stellte die große Frage: »Warum machst du mit?«

»Natürlich habe ich mir die Frau erst mal angeguckt.«

»Du hast in der Tretjakow-Galerie Schmiere gestanden.«

»Ja. Aber seitdem hast du dich verändert.«

»Warum?«

»Das weißt du besser als ich.«

»Du musst meine Frage nicht beantworten.«

»In meiner Kindheit war er kein guter Vater«, sagte er nach langem Schweigen. »Aber später hat er was für mich gemacht, das ich ihm nie zurückzahlen kann.«

Nina hoffte, er würde weitersprechen, doch er fragte bloß: »Wann hat Anja Gabriel Geburtstag?«

Sie trafen sich zwei, drei Mal die Woche. Leo zeigte ihr Winkel, die nur jemand kennen konnte, der in Moskau aufgewachsen war. Abgesehen von den Leninhügeln und dem Friedhof lagen die Treffs und Briefkästen alle im Zentrum. Sonst wäre es der Siebten aufgefallen. Mitunter gingen sie abends ins Kino oder was trinken. Aber nie zu ihm; Nina wusste nicht einmal, wo er wohnte. Wenn er bei ihr war, tat Leo sehr verliebt. Es war Teil ihres Spiels, sie nahm es nicht ernst. Ab und an steckte sie ihm Hühnerfutter zu. Ihr Botschafter hält nichts von Genscher, die meisten ihrer Arbeitskollegen lehnen den Olympiaboykott ab. Harmloses Zeug.

Sie wurde immer noch observiert, von harten, zähen Jungs. Motte sah sie nicht wieder. Aber Nina hielt nach ihm Ausschau. Wusste: Er war dort irgendwo. Wenn sie an ihn dachte, stellte sich jedes Mal dasselbe Gefühl wie damals ein. Solche Männer lebten nach dem Kodex von Skorpionen.

Es wurde an der Zeit, dass Kukura aufhörte, sich im hohen Gras zu bewegen. Aber sie sprach Leo nie darauf an. Im Stillen gestand sie sich ein, Angst vor dem Moment zu haben. Denn dann würde Leos Arbeit getan sein.

Mitte Juli begannen die Spiele. Die Miliz war schon vorher omnipräsent gewesen, jetzt wachten sie an jeder Ecke. Ständig wurde Nina kontrolliert. Andererseits waren viele Menschen aus dem asiatischen Teil der Sowjetunion in Moskau, sodass sie noch weniger auffiel als eh. In den Läden gab es auf einmal Produkte aller Art, sogar Pepsi. Nachts war die Stadt totenstill, verlassen durfte man sie bloß noch mit Sondergenehmigung. Der Wochenendausflug nach Archangelskoje, den Leo mit ihr vorgehabt hatte, fiel ins Wasser. Dafür sahen sie sich bei Nina zuhause die Eröffnungsfeier an. Die olympische Fahne wurde von Männern im Stechschritt in das riesige Stadion gebracht. Sie waren in Zivil, hätten aber aus einem Rekrutierungsvideo für das Wachregiment Felix Dserschinski sein können. Ständig zeigte die Kamera Breschnews wächsernes Gesicht. Ein Blick so leer wie der eines Toten. Vermutlich glaubte er, auf Stalins Geburtstagsfeier zu sein.

Ende des Monats lud sie Leo ins Praga ein, das als eines der besten Restaurants von Moskau galt; sie hatte den Schwejzar fürstlich bestochen, um den Tisch zu kriegen. Und doch hatte er die Nase gerümpft. Ein Schwejzar war nicht nur Türsteher, sondern halb Mensch, halb Gott. Drinnen abgerockter Luxus, das Essen prekär wie überall. Mit dem Cremekuchen, den sie zum Nachtisch hatten, hätte man die Kremlmauern verfugen können. Aber der armenische Cognac half über vieles hinweg.

Nina fragte Leo, weshalb er Trainer war. Er sei ja nicht zu alt für Kämpfe. Eine Knieverletzung habe seine Karriere beendet, Jahre her. Davor sei er als Halbschwergewichtler sogar für das Olympiateam gehandelt worden. 1963 habe sein Vater Karten für die Europameisterschaften gehabt, hier in Moskau. Leo sei fünfzehn gewesen und zum allerersten Mal richtig verliebt. Er habe das Mädchen mitgenommen.

»Sie hat Boxen gehasst. Da wusste ich, dass es nichts wird«, sagte er und schaute Nina in die Augen.

Als sie an der Garderobe ihren Sommermantel holte, sah sie in die Bar. Röttger saß dort mit einer Blondine, die ihm beinah auf den Schoß kroch. Er war betrunken, fummelte ein Bündel Dollarscheine aus dem mit Asche versauten Jackett, bemerkte Nina nicht. Thräne würde einen Songtext von Elvis anbringen. Stupid boys are bad girl's toys vielleicht.

Leo begleitete sie zu ihrer Wohnung, zehn Minuten zu Fuß. Es folgte ihnen niemand. Er hätte den Arm nicht um sie legen müssen, tat es aber. Als sie beim Patriarchenteich waren, sagte er: »Ich habe einen Bericht über dich abgegeben. Du hast nicht viel Selbstbewusstsein und bist zu dem Job gekommen, weil zwei andere Frauen abgesagt haben. In der Botschaft wirst du von den Männern schäbig behandelt, so bist du's gewohnt. In Moskau macht dir jede Kleinigkeit Angst; am liebsten wäre es dir, wenn man dich morgen wieder abziehen würde. Politik ist dir egal, du lebst in einem Wolkenkuckucksheim mit deinen toten Dichtern. Du bist zerbrechlich und zickig, an manchen Tagen unausstehlich.« Er blieb stehen, schaute sie an. »Und in allem bist du das Gegenteil.«

Einen Atemzug lang war Nina, als neige er sich zu ihr, aber er meinte: »Am Samstag musst du dich wieder aufbrezeln. Wir feiern den Geburtstag von Anja Gabriel.«

Es war das Aragwi, wegen seiner georgischen Küche angeblich das Lieblingsrestaurant von Stalins Schlächter Lawrenti Berija. Sie kam pünktlich, stellte sich ans Ende einer kurzen Schlange. Am Eingang nahm der Schwejzar Haltung an. Der Mann, dem das galt, drehte den Kopf. Nina sah das starre Gesicht, das in Pullach jeder kannte: Wladimir Alexandrowitsch Krjutschkow, der stellvertretende Vorsitzende des KGB. Hastig wandte sie sich zum Gehen. Und lief direkt in Kukuras Arme.

»Wo wollen Sie denn hin?« fragte er lächelnd.

# MIT WÖLFEN SPEISEN

Was ging, ohne zu atmen: den Arm fassen, den er ihr hinhielt. Die galanten Komplimente hören, die er ihr für ihr Aussehen machte. Stufen nehmen, ohne zu stolpern. Das Kellergewölbe betreten, dessen hohe Decke sie an das Innere eines Schädels denken ließ. Die weiß gedeckten Tische sehen, jeder besetzt, die Gesichter von Männern, denen die Stadt gehörte.

Sie wusste sofort: Jeder einzelne von ihnen war beim KGB.

Was nicht ging: lächeln.

Kukura grüßte im Vorbeigehen lässig hierhin, dorthin. Ein neuer Raum. Dort weitere dieser Männer, einige in weiblicher Begleitung. Ehefrauen, keine Nataschas.

Leo trug einen dunklen Anzug mit Krawatte. Er stand von dem Dreiertisch auf, küsste ihr die Hand. Seine Lippen waren warm, ihre Hand eiskalt.

Als sie Platz genommen hatten, beugte Kukura sich zu Nina und sagte leise. »Die Tische sind nicht radioaktiv, zumindest nicht heute Abend. Man könnte es eine Betriebsfeier nennen, anlässlich der Spiele. Unsere komplette Teppichetage ist hier, bis auf den Genossen Andropow. Der Vorsitzende pflegt seine Abende vorzugsweise bei einem Gläschen warmem Wasser zu verbringen. An jedem zweiten Sonntag erlaubt er sich einen Schuss Zitrone darin. Der gutaussehende Mann, der gleich an unseren Tisch kommt, ist nebenbei ein bekanntes Gesicht für Sie. Und jetzt holen Sie bitte wieder Luft.« Kukura stand auf. »Schön, dass Sie Zeit fanden, lieber Mischa Friedrichowitsch.«

Nina verkrampfte sich so, dass jeder Muskel schmerzte.

Es war Markus Wolf. Der Chef der HVA.

Die Mundwinkel lächelten, doch hinter der getönten Brille blieben seine Augen kalt. »Die Freude ist ganz bei mir. Schade, dass wir uns nur noch selten sehen. Die Gespräche bereichern mich immer.« Sein Russisch war so gut wie Ninas. Er schaute zu Leo. »Und das ist bestimmt Ihr Sohn, der Boxer, von dem Sie so viel erzählt haben.«

Leo gab Wolf die Hand. Nina spürte, dass Kukura sie sachte antippte. Sie erhob sich wie im Traum, sagte irgendwas, doch reihte nur Buchstaben aneinander.

»Anja ist Deutsche«, sagte Kukura. »Sie hat Geburtstag.«

»Meinen Glückwunsch. Aus welcher Stadt denn?«

Sie hörte sich selbst zu. »Berlin. Aber die Kindheit habe ich in Leipzig verbracht.«

»Dann wird es immer Ihre Heimat bleiben, so wie Moskau die meine. Als ich 1934 mit meinen Eltern herkam, haben die anderen Kinder mich beschimpft. Später war ich einfach bloß Mischa. Bei Ihrem Russisch vermute ich, dass Sie hier studiert haben. Pardon – sind Sie bei der Firma?«

Er musterte sie. Doch von Markus Wolf gefragt zu werden, ob sie für die Stasi arbeite, schien so unwirklich, dass ihr Mund wie zugeklebt war.

»Nein, nein«, sprang Kukura ihr bei. »Sie bemüht sich, uns Kultur zu vermitteln.«

Obwohl es ganz und gar unmöglich war, lag die Temperatur von Wolfs Lachen noch unter der seines Lächelns. »Das stelle ich mir als eine sehr interessante Aufgabe vor. So ungefähr wie den Versuch, in Amerika Coca-Cola zu verkaufen.«

Er entschuldigte sich und nahm im angrenzenden Raum an Krjutschkows Tafel Platz. Nina sank auf ihren Stuhl, Schweiß rann eisig über ihren Rücken. Kukura hielt ihr eins der vielen Vorspeisenschälchen hin. »Kosten Sie die scharfe kaukasische Feige. Für diese Feige braucht es Mut.«

Minutenlang schien das Tischgespräch in einer ihr fremden Sprache geführt zu werden. Wurde wieder Russisch. Leo war für Kukura *Ljowuschka*. Eigentlich heiße er Lew, doch so habe ihn nur seine Mutter genannt. Leo griff ihre Hand, um sie sanft zu drücken. Sie entzog sie ihm.

Neue Getränke kamen, Weißwein und Limonadenflaschen. Kukura füllte die Weingläser mit dem süßen Zeug auf. »Stalins Lieblingsgetränk«, meinte er. »Es ist bis heute hier auf Vorrat, wenngleich nicht unter diesem Namen. Die Limonade ließ er jeden Tag frisch aus Georgien einfliegen. Berija hat das Gesöff gehasst, aber etliche Gläser davon gekippt, wenn er im Aragwi getafelt hat, in der Regel zwei Mal die Woche. Er hat gewusst, dass sogar seine Trinkgewohnheiten dem Gebieter über Leben und Tod gemeldet wurden, und Berija wollte ihm so hündisch gefallen, dass er auch Stalins Scheiße gefressen hätte, wenn es dessen Leibgericht gewesen wäre. Die Ironie ist zweifelsohne, dass er am letzten Abend des Stählernen mit der Parteiführung auf dessen Datscha war und ihm Gift in den georgischen Wein geträufelt hat. Jedenfalls schwört Molotow das stur. Der Rest ist trivial, selbst Berijas Hinrichtung. In den Kopf hat man ihm nicht wegen all der Namenlosen geschossen, die er in Gruben werfen ließ. Nein, das Gericht hat ihn zu einem MI6-Agenten gemacht, so hatte alles seine Ordnung.« Kukura hob sein Glas. »Liebe Anja Gregorowna, Sie sollen ewig leben. Und am Ende den Trost haben, dass die Toten jung bleiben.«

Nina tat so, als ob sie trank. Sie hörte Lachen im Nebenraum und schaute zu Krjutschkows Tafel. Andropows Stellvertreter thronte an einer der Stirnseiten. Sein Pendant gegenüber war ein blasser Mensch, merklich still. Auf der Stirn verirrten sich fettige Haarsträhnen. Er bleckte die Zähne. So stellte sie sich jemanden in einer Höhle vor, kurz bevor die Fackel erlosch.

Er musste wichtig sein. Aber sie konnte sein Gesicht nicht unterbringen.

»Wenn man gestorben ist, dann für lange«, meinte Kukura leise. »Wenn man ein Dummkopf ist, dann für immer.«

Das Essen, die Toasts und Anekdoten, die Volkslieder, die eine georgische Vicky Leandros sang, all das sickerte in einen dunklen, tiefen Brunnen, in dem Nina ihr Spiegelbild anstarrte. Irgendwann wurde sie von Kukura auf einen älteren, auffällig gutgekleideten Mann aufmerksam gemacht, der sich früh ins Eck gesetzt hatte, wo er seither für sich geblieben war. Er hätte einmal attraktiv gewesen sein können, auf die Weise zynischer Intellektueller. Aber jetzt war er eine traurige Gestalt.

»Vor siebzehn Jahren hat sein Weg ihn von London hierher geführt«, meinte Rem. »Er wurde mit Orden behängt, bekam eine Vierzimmerwohnung am Puschkinplatz und das Gehalt eines Generals. Eine Zeitlang hat er Vorträge gehalten, dann hatte man alle seine Geschichten gehört. Das Aragwi ist sein Stammlokal; meist ist er mit seiner Frau hier, Rufina Puchowa, eine Russin, aber sie hält sich von unseren Kreisen fern. Man sagt, dass sie ihn vom Alkohol abbrachte; die Flasche Wodka, die er bereits intus hat, spricht dagegen. Er heißt Kim Philby, und er ist der berühmteste Spion der Welt.«

Es war bereits spät, als Kukura sie erlöste. Vorm Restaurant wollte Leo ihre Wangen küssen. Sie wusste, es war ihr letzter Abend, doch sie wandte den Kopf ab. Kukura begleitete sie auf dem Heimweg, es war nicht weit. »Soll es aussehen, als ob Sie nichts mit mir zu tun haben wollen? Dann schlage ich vor, dass wir uns gleich hier verabschieden«, sagte er.

Nina nahm seinen Arm. Ihr war, als würde sie mit nackten Füßen über Glasscherben spazieren.

»Sie haben zu dem Mann geschaut, der bei Krjutschkow am Tisch gesessen hat. Sein Name ist Kusmin, ein Natschalnik der ›Verwaltung K‹. Eigentlich ist er ein recht geselliger Kerl. Aber Krjutschkow platziert stets denjenigen am anderen Stirnende, der bei ihm in Ungnade gefallen ist. So kann er ihn den ganzen

Abend ansehen. Früher musste man sich bei so etwas von Frau und Kindern verabschieden. Heute wird man nur versetzt. An idyllische Orte wie Norilsk.«

»Es scheint Ihnen Vergnügen zu bereiten, mich zittern zu sehen. Sonst hätten Sie mich durch Leo vorgewarnt.«

»Wären Sie gekommen? Und falls doch: Hätten Sie dann so überzeugend ängstlich gewirkt, als Sie sich von einer Minute auf die andere im Allerheiligsten des Bösen wiederfanden?«

»Was haben Sie mit mir vor?«

»Nun, zunächst mal hat Daniil Kamyschin mir gestattet, Sie näher kennenzulernen. Er war im Aragwi, der Dicke mit dem Basedow. Beim Essen grunzt er wie ein Schwein, Sie müssten ihn bemerkt haben. Man käme nie auf den Gedanken, dass er der hellste Kopf unserer Gegenspionage ist. Sie sind nun eine Perspektivquelle. *Ptitschka* sagen wir dazu, Vögelchen. Morgen werden Kamyschin und ich frühstücken, dann kriegt er meine Einschätzung. Sie und ich sehen uns um elf vor der Kirche der heiligen Barbara. Und ohne Begleitung bitte.«

»Bin ich für Sie so etwas wie eine Schachfigur?«

»Anja, Sie haben in diesen letzten Monaten erstaunlich viel gelernt. Ich bin beeindruckt. Das Wort verwende ich nicht oft. Wer auch immer Sie ausgebildet hat: Er versteht etwas davon. Sie bewegen sich in dieser Stadt, als hätten Sie Ihr Leben lang Observationsteams zum Narren gehalten. In Kitai-Gorod habe ich Sie im hellen Sonnenschein auf der menschenleeren Straße vor der Choral-Synagoge verloren; der Himmel weiß, wie Sie es angestellt haben. Der Mann, in dessen Schule Sie gegangen sind, muss einmal ein Illegaler gewesen sein. So etwas steht in keinem Lehrbuch. Das ist die Handschrift eines Meisters.«

Nina nickte unmerklich.

»Moskau ist für ihn ein offenes Buch, und die Siebte kennt er besser als sie sich vermutlich selbst. Würden Sie mir sagen, wer er ist? Nur aus Neugierde.«

»Sie wissen, dass ich das nicht kann. Aber vielleicht sind Sie ihm irgendwann begegnet. Er mag Elvis.«

»Nein, ich glaube nicht.«

»Sie überraschen mich, Rem Adrianowitsch. Immerhin war er einmal Ihr Verbindungsführer.«

*Thräne, du hast es gewusst. Das verzeihe ich dir nie.*

Kukura blieb stehen. Eine Leuchtreklame für Caramel-Bier flackerte über ihnen. Sein Gesicht war in dieses Rot getaucht.

»Wie lange?« fragte sie. »Nur aus Neugierde.«

»Vier Jahre.«

»War er der Erste, der Agent, für den Sie Ihren Stadtplan im Hotel liegenließen?«

Kukura nickte.

*Boehnke hat die Pilger-Akte ausgebürstet, um alle Hinweise auf Thräne zu tilgen.*

*Warum?*

»Ich habe es bedauert, als er einen Schlussstrich zog«, sagte Kukura. »Sicher konnte ich ihn verstehen. Manche Jahre sind Hundejahre, heißt es, doch in unserem Metier ist ein Jahr ein Leben. Mit seinem Nachfolger war es leider nie dasselbe. Geht es Elvis gut?«

»Er hat mit dem Kochen angefangen.«

»Grüßen Sie ihn von mir, falls sich die Gelegenheit ergibt.« Sie gingen schweigend. Dann sagte Kukura: »So talentiert Sie sind, wie stellen Sie sich unsere Verbindung vor? Es steht fest, dass man sich über Gebühr mit Ihnen beschäftigt.«

»Ich weiß. Der Aufwand, den man bei meiner Observation betreibt, war vom ersten Tag an viel zu hoch.«

»Für eine Frau, die nur Kulturarbeit macht.«

»Deshalb haben Sie Leo eingeweiht«, sagte Nina.

»Ich habe lange mit mir gerungen. Aber ich sah sonst keine Möglichkeit. Andernfalls hätten wir es vergessen müssen.«

»Warum interessiert man sich so für mich?«

Und dachte an ihren Vater.

Und dachte, wie klug Boehnke war, wie dumm sie.

Und dachte, dass Kukura nichts davon ahnte.

»Sie stellen die richtigen Fragen«, sagte er.

»Was ist mit meinem Vorgänger passiert? Dass Sie es nicht wissen, glaube ich Ihnen keine Sekunde.«

»Ich vermute, dass Sie bislang Analystin waren.«

Sie nickte.

»Dann sagt Ihnen das Institut für USA-Studien etwas.«

»Ein Ende der Sechziger in Moskau gegründeter Thinktank, der das Politbüro angeblich in außenpolitischen Fragen berät. Mitarbeiter von denen touren durch amerikanische Talkshows, wo sie die Sowjetunion als eine Art Insel der Seligen darstellen. Wir vermuten, dass es sich bei dem sogenannten Institut um eine Tarnorganisation des KGB handelt.«

»Falsch. Darunter sind kluge Leute, und sie sind nicht von uns. Einige bemühen sich in den Vereinigten Staaten, die von den Kremlfalken zubetonierten Kanäle wieder zu öffnen. Ich kenne einen von ihnen ganz gut. Er ist ein Sisyphus des Kalten Krieges. Doch, die gibt es.«

»Was hat das mit Ihrem alten Verbindungsführer zu tun?«

»Er hatte ein Verhältnis mit der Frau eines Wissenschaftlers aus dem Institut. Der Mann kam nachhause und überraschte seine Frau mit ihm. Er hat Ihren Vorgänger im Affekt ermordet, Die Verhandlung dauerte keine zehn Minuten. Man hat diesen Wissenschaftler direkt im Anschluss in der Butyrka exekutiert. Die Asche Ihres Vorgängers ist in die Kljasma gestreut worden, einen Fluss nördlich der Stadt. Er mochte das Meer, vielleicht kam er am Ende hin.«

In München ging gerade die Sonne unter. Nina stellte sich vor, mit einem Buch und einem Weißbier dort im Taxisgarten zu sitzen. München konnte ebenso gut im Meer der Ruhe auf dem Mond sein.

Sie langten bei ihrem Haus an. Irgendwo grölten Betrunkene. »Ich habe noch ein Geschenk für Sie. Machen Sie's auf.«

Sie entfernte Packpapier und Schleife. Es war ein Stadtplan. »Sie wissen, welche Straße falsch geschrieben ist?«

Nina nickte.

»Am Nordende ist ein kleiner hässlicher Platz, auf den sich selten jemand verirrt. Dort steht eine alte Wasserpumpe; die Zierkappe des Schlegels lässt sich abdrehen. Den Briefkasten sollten wir *Sturm* nennen. Wir zwei werden nicht immer einer Meinung sein, und es werden Zeiten kommen, in denen einer von uns beiden eine Pause braucht. Dann kommunizieren wir bloß noch auf diesem Weg. Auch für den Fall, dass ich weder bei einem Treff noch bei dem Ausweichtreff erscheinen sollte, gehen Sie dorthin. Ist der Tote Briefkasten leer, muss es nichts heißen, vielleicht bewege ich mich nur im hohen Gras. Doch sollte ich ein Blatt Papier mit einem Kreuz hinterlassen haben, müssen Sie sofort aus Moskau verschwinden.«

»Und wenn *ich* zu einem Treff nicht erscheine?«

»Falls Sie festgenommen wurden oder Schlimmeres, werde ich es erfahren.« Er schwieg kurz und fügte an: »So oder so.«

Eine solche Sorgfalt wie am nächsten Morgen hatte Nina noch in keine Schüttelstrecke investiert. Sie nahm sich vier Stunden, um ihre Spuren so gewissenhaft zu verwischen, dass selbst der Wind sie verloren hatte. Sie wartete an der Kirche, machte sich unsichtbar. Um elf kam er heraus. Sie fragte sich, ob er gläubig war. Sie stieg in seinen Lada-Kombi, fuhr mit ihm nach Osten, dann Norden.

Als sie in Plattenbauschluchten eintauchten, brach Nina das Schweigen. »Was haben Sie Kamyschin gesagt?«

Er stoppte am Bankett. Sah ihr in die Augen. »Ich sagte ihm, dass Sie eine Agentin des Bundesnachrichtendienstes sind.«

# MEISTER UND MARGARITA

Nina starrte aus dem Autofenster. Vor einer Bierverkaufsstelle leere Kästen. Ein Auto, bis auf das rostige Chassis ausgebeint. Müll auf dem Bürgersteig. Ein Kinderwagen ohne Hüter. Ein verendeter Vogel. Artefakte einer untergegangenen Welt.

»Gestern Abend bin ich zum Aragwi zurückgegangen, dort stand mein Auto«, sagte Kukura. »Vor der Gorkistraße hatte ich das Gefühl, beobachtet zu werden. Sie kennen das. Als ich mich kurz umdrehte, war da ein Mann. Er hat sofort so getan, als wolle er zu dem Olympiade-Nachtkiosk gegenüber. Er war zu weit weg von mir, und es war zu dunkel, um sein Gesicht zu sehen. Aber ich habe ihn am Gang erkannt.« Kukura zündete sich eine seiner Javas an, inhalierte einen Zug. Noch einen. »Er ist weder groß noch klein, die meisten beachten ihn nicht. Die haben ihn niemals richtig angeschaut. Seine Haut spannt über dem Gesicht wie eine Strumpfmaske. In seinen Augen können sie alles lesen, was man über Grausamkeit wissen muss.«

Motte.

»Ich sehe, Sie haben ihn einmal bemerkt. Das sagt viel über Sie. Doch alles, was Sie aus Ihrem Instinkt heraus tun, einfach, weil das schon immer in Ihnen war, hat er zwanzig Jahre lang perfektioniert, und er macht es mit dem kalten Verstand des Berufsverbrechers. Ich war mit ihm in New York stationiert. Er hat dort unsere ›Linie KR‹ geleitet, die für die Infiltration der US-Geheimdienste sowie einige äußerst unappetitliche Dinge zuständig ist, von denen Sie nichts wissen wollen, es sei denn, Sie hätten Sehnsucht nach Albträumen. Was er jetzt erledigt, weiß ich nicht. Unsere Verwaltungen sind ebenso abgeschottet wie Ihre. Aber diesem Mann erteilt man keine Routineaufträge. Er war nicht mal fünfhundert Meter von Ihrem Haus entfernt. Und ich glaube nicht an Zufälle.«

Ninas weiße Hände. Noch ein Artefakt.

»Ich bin ins Aragwi und habe Kamyschin gebeten, mit mir auf eine Zigarette vor die Tür zu gehen. Wir kennen uns schon lange und sind damals zusammen ausgebildet worden. Ich sah ihm in die Augen, sie erzählten mir alles. Hätte ich behauptet, dass ich Sie für harmlos halte, wäre ich jetzt womöglich schon in einer Zelle der Lubjanka. Kamyschin wusste längst, dass Sie für den BND arbeiten. Er hat gesagt: ›Es hätte mich doch sehr gewundert, Rem Adrianowitsch, wenn du die Kleine nicht im Nu durchschaut hättest. Eine Frau, sieh an, sieh an. Nun lautet die Frage: Was bezweckt Boehnke damit? Ist sie bloß Teil des Spiels oder für eine ganz bestimmte Aufgabe vorgesehen?‹«

»Wie viele Männer hat man auf mich angesetzt?«

»Dreißig.«

»Sollte ich geschmeichelt sein?«

»O ja.«

»Seit wann weiß man es?«

»Gute Frage. Korrespondieren Sie per Funk mit Pullach?«

»Nein. Unser Botschafter ist so ahnungslos wie der Resident. Meine Wohnung wird regelmäßig gefilzt, dort kann ich weder ein Kurzwellenradio noch ein Codebuch verstecken. Post geht in Geheimschrift per Kurier raus.«

»Also scheidet ein Einbruch in Ihren Funkcode aus. Bleiben noch zwei Möglichkeiten.«

»Entweder wir haben einen Verräter beim Dienst, oder der Kurier wurde umgedreht«, sagte Nina.

*Oder es geht um meinen Vater.*

*Soll ich es Kukura sagen?*

*Dann wäre auch ich eine Verräterin.*

Vor der Bierverkaufsstelle hatte sich plötzlich eine Schlange gebildet. Wie lange standen sie schon hier? Es kam ihr vor wie eine Sekunde. »Haben Sie Daniil Kamyschin auf den Mann aus New York angesprochen?« fragte sie.

Er lachte stumm und bitter. »Früher war ich sicher, dass ich mit fünfzig in Ruhestand gehen würde, wie es einem Obersten des KGB zusteht. Darüber bin ich zwei Jahre hinaus. Vielleicht werden es noch ein paar mehr.«

Nina sah die Farbe in ihre Hände zurückkehren.

»Anjuta, wir sind jetzt an einen Punkt gelangt, an dem Sie eine Entscheidung treffen müssen. Das Vernünftigste wäre, in das nächste Flugzeug zu steigen. Dafür hätte jeder Verständnis. Ich zuallererst.«

Sie schaute Kukura an. »Das Spiel ist noch in der Eröffnung, tun wir den nächsten Zug. Sagen Sie Ihrem Freund Kamyschin, dass Sie versuchen wollen, mich umzudrehen. Dann können wir so viel Zeit zusammen verbringen, wie wir möchten, wann und wo es uns gefällt. Wahrscheinlich hat er vor, einen seiner eigenen Leute einzusetzen, jemanden von der Gegenspionage. Argumentieren Sie, dass Sie den Kontakt ja bereits hergestellt haben und es alles andere als klug wäre, eine so zarte Pflanze zweimal rasch hintereinander zu gießen.«

Kukura lächelte. »Das meiste habe ich Kamyschin exakt so gesagt. Allerdings musste ich ihn nicht erst überzeugen, dass ich der Richtige für Sie bin. Sie werden es bald verstehen. Aber der Vergleich mit der Pflanze fiel mir nicht ein, verdammt.«

»Sie waren sich sicher, dass ich mich so entscheide?«

»Von unserer ersten Begegnung an.«

Sie fuhren weiter. Die Chruschtschowkas waren Geschwüre im Gesicht eines Riesen. Kukura wies nach links. »Dort wohnt Leo. Er hat Telefon. Ein Vater beim KGB ist hilfreich.«

Sie sah nicht hin.

Wusste, sie würde Leo nie wiedersehen.

Kukura stellte den Wagen vor dem Hotel Kosmos ab, das zu den Spielen eröffnet worden war; man hätte das UN-Gebäude darin verstecken können. Sie überquerten den Prospekt, dann einen poesielosen Park, einen weiteren Prospekt, einen Platz. Entgleiste Dimensionen. Der Triumphbogen, der in die Höhe ragte, würde das Brandenburger Tor erschlagen.

»Was ist das?« fragte Nina.

»Die Ausstellung der Errungenschaften der Volkswirtschaft der UdSSR. Aber den Ausdruck kennt kein Mensch. Alle sagen WDNCh. Wir lieben Abkürzungen, wie Sie wissen. Selbst für Gott haben wir eine. Sie lautet STALIN.«

Nina fand sich auf einer Allee wieder, so gewaltig, dass sie das Ende nicht ahnte. In der Ferne stach Gagarins Sojusrakete aus einem schwarz-grau gescheckten Himmel. Pärchen, Eltern, Kinder, Babuschkas bevölkerten zu Tausenden das Areal und fielen doch so wenig auf wie Termiten in einem Sägewerk. Sie standen Schlange vor Buden, an denen Kwass, Naschzeug und diese Eiscreme verkauft wurde, die so herrlich schmelzig, aber süß wie die Hölle war.

Kukura bemerkte ihren Sehnsuchtsblick. »Na los. An einem Tag wie diesem sollte man nicht an Kalorien denken.«

Plombir schleckend flanierten sie an eindrucksvoll albernen Pavillons vorbei. Das Hauptgebäude glaubte sie schon einmal gesehen zu haben. Jedoch nicht hier, sondern auf der Piazza Venezia in Rom. Ein Stück weiter thronte eine prometheische Transformatorenstation neben dem Koloss einer Moschee, in deren gläserner Kuppel Wolken tanzten. Der Mensch, der das ersonnen hatte, dürfte als Kind kein Spielzeug gehabt haben.

»Es war eins von Stalins Lieblingsprojekten«, sagte Kukura. »Hier können Sie besichtigen, was unser Weltreich ausmacht: Protz, Kitsch und ein bizarrer Minderwertigkeitskomplex. Ich werde Kamyschin mitteilen, dass ich Sie angestoßen habe. Sie wissen jetzt von Ihrer Enttarnung.«

»Machen Sie mich so klein wie möglich. Ich bin bloß wegen meiner Sprachkenntnisse nach Moskau geschickt worden. Mir fehlt es an Erfahrung; ich weiß nicht, wie ich mit der Situation umgehen soll. Ich liebe die russische Kultur. Pullach werde ich Ihrer Meinung nach nicht informieren. Wenn man dort davon erführe, würde man mich sofort abziehen.«

Kukuras Blick sagte: *Wollen Sie einem Rottweiler erklären, wie man das Bein hebt?* »Erzählen Sie mir von sich. Eigentlich weiß ich kaum mehr von Ihnen, als dass Sie ein Faible für Prokofjew haben und rennen können wie Nurmi.«

»Ich fürchte, mein Leben war bis jetzt nicht sehr aufregend. Geboren wurde ich in Saarbrücken, das ist nah bei Frankreich. Meine Brüder und ich hatten eine behütete Kindheit. Ich mag klassische Musik, aber auch Rock. Literatur ist meine Passion. Wenn ich mich langweile, schreibe ich Dostojewski-Novellen um. Von meinem Studium und dem Auswärtigen Amt wissen Sie. Meine dortige Tätigkeit hat mich angeödet. Als der Dienst um mich warb, musste ich nicht überlegen. Ich war ein kleines Licht in der Auswertung. Dass Sie ausgerechnet mich als Ihre Verbindungsführerin wollten, hat alle verblüfft. Ich frage mich immer noch, was an mir besonders sein soll.«

Er blieb stehen. »Als ich klein war, hat meine Mutter gesagt: ›Für jede Lüge lässt der Beelzebub dich in der Hölle eine heiße Pfanne auslecken.‹«

Nina wurde rot.

»Wir spielen beide um unser Leben. Ich bin bereit, zu Ihnen so ehrlich zu sein wie zu keinem anderen Menschen, meinen Sohn eingeschlossen. Wenn Sie dazu nicht imstande sind, weil das, was man Ihnen über den Umgang mit Quellen eingebläut hat, Ihren Kopf verstopft, ziehen wir die Notbremse, hier und jetzt. Flanieren Sie noch ein bisschen über diese Geisterbahn, genießen Sie Ihr Eis und bilden Sie sich weiter ein, die Russen und Russland zu verstehen.«

»Rem Adrianowitsch –«

»Wenn Sie mich anreden, dann mit Nikolaj Artjomowitsch Bowin. Das ist der Deckname, den ich bei Ihnen führe«, sagte er hart. »Wollen Sie es sich merken, oder ist es überflüssig?«

»Nein, ist es nicht.«

»Sogar wenn Sie an mich denken oder von mir träumen: So heiße ich von nun an für Sie. Denn hat man sich erst einmal an einen Klarnamen gewöhnt, verplappert man sich irgendwann. Dann werden selbst Sie nicht schnell genug rennen können.«

Eine Zeitlang gingen sie ohne ein Wort, vorbei an dem mit gigantischen goldenen Ähren und Maiskolben geschmückten Palast der Ukraine, der sowjetischen Kornkammer.

»Ich wollte nie Geheimagentin werden, falls es so etwas als Berufswunsch überhaupt gibt«, sagte sie. »Im Grunde bin ich immer in alles so reingeschlittert. Von der Uni ins Ministerium nach Bonn, dann Pullach. Aber als ich getippt wurde, hatte ich zum ersten Mal das Gefühl, etwas Sinnvolles tun zu können.«

»Wer ist Ihr russischer Lieblingsdichter?«

»Es sind zwei, Tschechow und die Achmatowa. Und danach Michail Bulgakow mit *Der Meister und Margarita*, dem Roman, in dem der Teufel nach Moskau kommt und die Menschen für ihre größte Sünde bestraft, die Feigheit. Jetzt wohne ich sogar am Patriarchenteich, wo die Geschichte beginnt.«

»Zwölf Jahre hat er daran geschrieben«, sagte Kukura. »Das letzte Kapitel diktierte er seiner Frau; er war bereits todkrank. Lesen durften meine Landsleute es erst 1966, zehn Jahre nach Chruschtschows Abrechnung mit Stalin.«

»Warum wissen Sie so viel über Kunst und Literatur?«

»Sie meinen: weil ich Oberst des KGB bin?«

»Natürlich.«

»Würde man einer BND-Agentin eher zutrauen, Bulgakow gelesen zu haben?«

Lachen ging.

»Mein Vater stammte aus der Slowakei«, sagte Kukura. »Er ist um die Jahrhundertwende nach Russland gekommen und war einer der Rädelsführer beim Petersburger Blutsonntag, als der Zar über tausend Menschen vorm Winterpalast erschießen ließ. Glühender Kommunist ist er geblieben, das sehen Sie an meinem Vornamen. Rem steht für *Revolution, Elektrifizierung, Mechanisierung.* Meine Schwester hieß Ninel, Lenin rückwärts. Sie ist früh gestorben. Wenn ich etwas richtig gemacht hatte, hat mein Vater genickt. Und wenn es nicht gut war, hat er mich geschlagen. ›Du wirst mir später mal dankbar sein.‹ Er war ein schlechter Prophet. Nachdem er erst in Ungnade gefallen und dann tot war, hat man meine Mutter mit mir und meinen zwei älteren Brüdern nach Magnitogorsk verbannt. Stalin hatte die Stadt bauen lassen, dort war eins der größten Stahlwerke der Sowjetunion. Im Winter war mein Gesicht so vereist, dass die Zähne zusammengeklebt haben. Als der Krieg gekommen ist, war ich dreizehn. Meine Brüder wurden Teil der menschlichen Welle, sie liegen irgendwo im Donbass.«

Musik plärrte aus den Lautsprechern eines Kettenkarussells. Edita Pjecha sang *Let's Twist Again* auf Russisch.

»Schon auf der Schule war ich beseelter Komsomolze. Was die Väter uns aufpacken, drückt uns noch auf dem Sterbelager in die Kissen. Nicht, dass ich im Bett sterben werde«, fügte er hinzu. »Mit neunzehn bin ich an den Hochofen gegangen. Wer meine zarten Hände sieht, würde es nicht vermuten. Ich habe den *Orden des Roten Banners der Arbeit* gekriegt. Das bronzene, schwere Abzeichen mit dem blauen Band habe ich selbst beim Schlafen getragen. Eines Morgens ist ein Brief aus Moskau mit meiner Delegierung zum Studium am Staatlichen Institut für Internationale Beziehungen gekommen. Vor Aufregung habe ich tagelang vergessen zu essen. Meine Mutter war stolz, aber auch traurig. Es war ein Abschied für immer, sie ist im Winter darauf gestorben. Das Institut ist an der Krimbrücke, in seiner

Hässlichkeit kann man es kaum übersehen. Studiert habe ich Politökonomie, Internationales Recht und Philosophie, sprich Marxismus-Leninismus. Stalin dachte sich zu jener Zeit seine *Ärzteverschwörung* aus, eine neue Verfolgung der sowjetischen Juden. Ich hatte einen jüdischen Kommilitonen. Mendele. Er war mein Freund. In einem Lokal hat er betrunken einen Witz erzählt. Ich sah ihn nie wieder.«

»Wie ging der Witz?«

»Was passiert, wenn man den Fünfjahresplan in der Sahara einführt? Zunächst nichts. Aber dann wird der Sand knapp.«

*Auf und ab und jetzt im Kreis! Du willst twisten, ja, ich weiß!*

»Habe ich Stalin dafür verachtet? Aber nein. Als er im Haus der Gewerkschaften aufgebahrt wurde, bin ich Teil der Masse gewesen, die dorthin geströmt ist. Ich erinnere mich an meine Tränen; neben mir haben Menschen sich aus Gram die Haare ausgerissen. Dann war alles ein Gewölle aus Schreien, leblosen Leibern. Hunderte sind damals auf der Puschkinskaja zu Tode gequetscht worden. Das behält man hier für sich. Trotzki hatte feuchte Träume vom Homo sovieticus, einer Art Übermensch, dessen Durchschnitt sich auf das Niveau von Goethe, Darwin, Platon emporschwingen würde. Wir sehen: Trotzki irrte.«

Sie machten kehrt, langten wieder bei dem enormen Bassin an. Fontänen sprühten aus einem Blütenkelchbrunnen. Er war von leuchtend goldenen Frauenskulpturen umkränzt, die von Breker hätten stammen können. Ein Dreikäsehoch setzte sein Papierschiffchen aufs Wasser. Ein Hund sprang hinterher und versenkte es. Das Kind weinte.

»Das ist der Völkerfreundschaftsbrunnen, jede Grazie eine Sowjetrepublik«, meinte Kukura bitter lächelnd. »An dem Tag, an dem wir unter der Last unserer Schuld und Lächerlichkeit und Nichtigkeit zusammenbrechen, wird dieses Imperium zu Staub zerfallen wie alle Weltreiche vor ihm.«

»Wie kamen Sie zum KGB?« fragte Nina.

»Im letzten Studienjahr bin ich getippt worden, ähnlich wie Sie. Ich habe es als Ehre empfunden, keine Sekunde gezögert. Die Agentenschule war in Balaschicha, nicht weit von hier. Es war hart, und viele sind gescheitert. Über ideologische Fragen haben meine Instrukteure bald nicht mehr mit mir diskutiert. Der Dialektische Materialismus war mein Evangelium.«

»Da war Leo doch schon geboren«, sagte Nina.

»Ja, noch in Magnitogorsk. Ich habe diese Frau für die große Liebe gehalten. Weil ich nichts vom Leben gewusst habe, viel zu jung war. Und sie auch. Sie ist mit Leo dortgeblieben; mit meinem Stipendium konnte ich ja keine Familie ernähren. Ihr eigenes Studium hat sie aufgegeben und ist an die Werkbank gegangen. Erst nach meiner KGB-Ausbildung haben wir uns wiedergesehen. Leo hat sich vor mir versteckt, ich war für ihn ein fremder Mann. Lassen Sie uns zum Auto gehen. Ich werde Ihnen zeigen, was der Homo sovieticus wirklich ist.«

Unterwegs sprachen sie kein Wort. Nina dachte unentwegt an das, was er von ihr verlangte. Thränes Worte dröhnten in ihr: *Die Quelle ist nichts weiter als ein Bote. Sollten Sie das je vergessen, finden Sie sich irgendwann in einer Zwangsjacke wieder und keiner hält Ihre Hand.*

Ihr Vater.

Würde sie Kukura erzählen, dass er beim BKA war, bei der Spionageabwehr, begäbe sie sich ganz und gar in seine Hände. Was, wenn das alles ein brillantes Manöver des KGB war, wie Boehnke gewittert hatte? Kukura spielte mit Nina, seit sie in Moskau war. Er war der Meister, sie Margarita. Seine Biografie konnte erfunden sein. Auch beim Dienst gab es Spezialisten, die sich darauf verstanden. Verzweifelt suchte sie nach einem Ausweg, als sie auf dem Prospekt Mira nach Süden fuhren. Am Rigaer Bahnhof war eine Verkehrskontrolle der Miliz, aber die Gaischniki winkten sie durch.

»Sie sehen an meinem Nummernschild, mit wem sie es zu tun haben«, sagte Kukura achtlos. »Den Ausweis, den ich bei mir trage, nennen wir *Jeep*, weil er uns überall hinbringt.«

Er fuhr in eine ruhige Straße östlich vom Kreml. Sie stiegen aus, gingen in Richtung Moskwa. Sonst kein Mensch.

»Natürlich wissen Sie, was die Glawlit ist«, meinte Kukura.

»Die Zensurbehörde. Sie entscheidet darüber, welche Filme oder Bücher erscheinen dürfen. Und regelt einiges mehr.«

»Zum Beispiel, dass keine Meldungen über große Unglücke und Naturkatastrophen in der Presse stehen.«

»Und nichts über Kriminalität, Alkoholismus, Gefängnisse, den Gulag oder den Aufenthaltsort von Politbüromitgliedern. Habe ich irgendwas vergessen?« fragte Nina.

»O ja, das Wetter. Es hat schon Paraden auf dem Roten Platz gegeben, bei denen es wie aus Kübeln geschüttet hat. Aber am nächsten Tag haben die Moskowiter aus der *Prawda* erfahren, dass schönstes Maiwetter gewesen ist.«

»In den Lagern wird keiner darüber lachen«, erwiderte sie.

»Zuerst verschwindet der Name, dann der Mensch.« Als sie ein Stück gegangen waren, sagte er: »In dem Gebäude links ist die Zentrale der Glawlit. Halten Sie die Augen ruhig; es genügt, wenn Sie es ahnen.«

Sie erhaschte aus dem Winkel einen Blick auf einen grauen, unscheinbaren Verwaltungsbau, wie es in Moskau viele gab.

»Schon bald nach dem Ende meiner KGB-Ausbildung hat man mir dort ein Büro zugewiesen. Auf den Fluren roch es, als hätte Stalins Kadaver in einer Kammer gelegen. Ich habe Texte gelesen, die Verlage bei der Glawlit zur Durchsicht eingereicht hatten. Wenn ich der Meinung war, dass irgendetwas auf eine konterrevolutionäre oder allgemein suspekte Gesinnung des Autors hindeutete, hat die Zweite Hauptverwaltung sich mit ihm befasst. Dieser Mensch war jetzt im ›Zirkular‹. Das hieß, er war verloren. Sein Verbrechen bestand darin, kein Arbeiter oder Bauer zu sein. Warnte nicht bereits Lenin vor der Gefahr durch die Intellektuellen? Für ihn waren sie zu der Erziehung der Massen in etwa so geeignet wie Kinderschänder, die man mit der Aufsicht Minderjähriger beauftragt. Niemand hat es je gewagt, die Glawlit infrage zu stellen. Eine Entscheidung von ihr ist Gesetz, etwas Vergleichbares hat es seit der Inquisition nicht mehr gegeben. Und ich war Teil davon. Habe ich am Sinn meiner Tätigkeit gezweifelt? Hatte ich gar Mitleid mit diesen Unglücklichen? Keine Sekunde. Es war Abschaum, ein anderes Wort wäre mir nie und nimmer eingefallen. Im Haus war eine Bibliothek, in der all die verbotenen Bücher und Manuskripte lagen. *Spezchran – Abteilung zur speziellen Aufbewahrung*, hieß sie. Für uns war es das *Giftlabor.* Oder der *Raum der verbotenen Früchte.* Manche der Bücher waren in Handschrift verfasst. Die Autoren hatten ihr Manuskript nach der Ablehnung durch die Glawlit ein paarmal abgeschrieben, um wenigstens fünf, sechs Leser zu haben. Eines handelte von einem Mädchen, das von einem blinden Bären die Sprache der Tiere lernt und sich von nun an weigert, noch irgendetwas zu glauben, was ein Mensch spricht. Die Autorin war eine junge Frau, kaum über zwanzig Jahre alt. Ich hätte sie melden müssen. Habe es nicht getan. Ich habe den Text heimlich mit nachhause genommen und darin gelesen, wenn ich betrunken war.«

Das Haus der Glawlit blieb hinter ihnen zurück. Aber Nina spürte es heiß in ihrem Rücken, als loderte dort ein Feuer.

»Auch Gedichte von Anna Achmatowa waren im Raum der verbotenen Früchte weggeschlossen. Ich bin für den KGB auf ihrer Beerdigung gewesen, in Komarowo, in einem Eis-März. Dort kamen sie alle zusammen, die Verbotenen, Verachteten, Verfemten, um der Größten von ihnen den letzten Dienst zu erweisen. Ich habe gesehen, wie Solschenizyn ihren Leichnam zugedeckt hat. Als diese Männer und Frauen furchtlos an dem offenen Grab standen, habe ich Namen notiert. Mehrere von ihnen haben mir neues Unglück verdankt. In dem Jahr, in dem die Achmatowa gestorben ist, war Bulgakows *Der Meister und Margarita* endlich erschienen, obschon stark zensiert, entleibt. Aber ich hatte sein Buch natürlich längst gekannt. Oft habe ich seit diesem Märztag in Komarowo an die Beerdigung gedacht und auch an das Kapitel, in dem der Teufel Jesus Christus vor Pontius Pilatus stellt und ihn um sein Leben betteln lässt. Bei Bulgakow wollte Jesus nicht ans Kreuz. Doch manches muss einfach getan werden. Sonst wären wir keine Menschen, bloß Vieh. Jesus wusste das. Glauben Sie nicht, ich würde mich mit ihm vergleichen. Ich habe geschworen, nicht zu flehen, wenn die Stunde kommt.«

Sie waren am Fluss. Ein dräuendes Gewitter spiegelte sich im Wasser. Vögel stoben kreischend auf. Rechts wusste Nina das Haus an der Uferstraße. Aber sie sah nicht hin.

»Für heute habe ich genug von mir erzählt«, meinte Kukura. »Zurück nehmen Sie am besten die Metro.«

Er reichte ihr die Hand zum Abschied. Doch Nina ergriff sie nicht. »Wie haben Sie es mit Elvis und dem anderen gehalten, der jetzt tot ist? Was für ein Verhältnis war das?«

»Ihr Vorgänger und ich hatten einen sachlichen Umgang. Er hat mich als Mensch nicht die Spur interessiert; es lag mir fern, ihn nach etwas Persönlichem zu fragen oder einen Funken von mir preiszugeben. Aber als ich von seinem Tod erfahren habe, hat es mich getroffen. Wohl weil die Einschläge näher kamen. Mit Elvis verhielt es sich völlig anders. Auch mit ihm habe ich kaum mehr als das Nötigste geredet. Und doch haben wir viel voneinander gewusst. Verstehen Sie das?«

»Ja.«

»Er war einsam, und es hat ihn verwirrt, dass ich der Einzige war, der das erkannt hat. Er ist mutig, weil er weiß, was Angst ist. Elvis ist oft verletzt worden. Es hat ihn nicht zum Zyniker werden lassen, aber vorsichtig gemacht. Er geht auf Menschen zu, weil es sein Wesen ist, und zieht sich gleichzeitig vor ihnen zurück. Das und vieles mehr hat uns verbunden, denn ich bin genauso. An dem Tag, an dem Thräne gesagt hat, dass er nicht mehr kann, begann eine Zeit der Trauer für mich.«

»Er hat Ihnen seinen Klarnamen genannt?« fragte sie tonlos.

»Beim Abschied. Wir haben beide geweint. Mit jedem Tag, mit jedem Treff tue ich einen Schritt zum Schafott. Ich finde, es steht mir zu, den Menschen zu kennen, von dem abhängt, wie viele Schritte es noch sind.«

»Boehnke sagte, der Text, den ich im Ministerium schrieb, sei wie ein Bewerbungsschreiben für Pullach gewesen. Haben Sie es auch so aufgefasst?«

»Ja. Sofort. Schauen Sie, Anjuta, gelegentlich tun wir Dinge, deren Sinn wir erst sehr viel später verstehen. Als ich Sie in der Tretjakow-Galerie vor dem Bildnis der Achmatowa sitzen sah und lange Ihr Gesicht betrachtete, habe ich gedacht: Ihnen zu begegnen, hier, ist Schicksal. Was Sie über unsere Schriftsteller gesagt hatten, hat mich berührt. Ich bin Ihretwegen sogar ein Risiko eingegangen und habe Ihren Text eingesteckt. Auf der Insel kennt ihn keiner. Doch erklärt das, warum Sie zwei Jahre in meinem Kopf rumgespukt sind?« Er sah sie an. Sonst waren seine Augen braun, jetzt wie Schiffskohle. »Ich weiß, dass Sie den Fehler in dem Gemälde bemerkt haben.«

»Die Achmatowa hält den Stift mit links«, sagte Nina. »Aber sie war Rechtshänderin.«

»Sie kennen die Erklärung.«

»Munch wollte damit sagen, dass es ein gnädiger Traum sei, sie inmitten der Explosion eines grausamen und gnadenlosen Jahrhunderts friedlich schlummern zu lassen. Er muss geahnt haben, dass ihr Leben anders verlaufen würde.«

Kukura lächelte. »Manches ist einfach Magie, oder?«

»Nach meinem Gorki-Vortrag wurde ich gefragt, wieso ich über einen Mann promoviert habe, den ich verachte.«

»Ist das nicht offensichtlich?« entgegnete er. »Gorki zufolge haben russische Schriftsteller ein einziges Thema: ihr eigenes Leiden. Dabei hat er von Leid gar nichts verstanden. Aber Sie wissen viel darüber. Sie wollten verstehen, wie es sein konnte, dass jemand, der den Künstlernamen ›Der Bittere‹ gewählt hat und als Moralist weltberühmt wurde, am Schluss moralischen Bankrott anmelden musste.«

»Sie haben von Ihrem Vater gesprochen«, sagte sie, plötzlich sicher, dass es richtig war. »Meiner ist mir mein Leben lang so fremd gewesen wie der Spaziergänger da. Wieso meine Mutter nicht von ihm loskommt, konnte ich nie verstehen. Wenn ich an die wenigen Tage denke, an denen ich ihn nüchtern erlebt habe, kommt es mir falsch vor. Er war nie gewalttätig. Er war bloß nicht mein Vater. Es gab eine Zeit, da habe ich mich dafür geschämt. Dabei bemüht er sich um mich, besonders seit ich beim Dienst bin. Meine Mutter meint, dass er viel für sie und mich getan hat. Aber es war nur etwas, das sich mit Geld regeln ließ. Als ich von zuhause fortgegangen bin, habe ich auf Jahre vergessen, wie er aussieht. Hört sich das schrecklich an?«

»Es hört sich ehrlich an.«

»Sie müssen etwas Wichtiges wissen: Mein Vater ist bei der Spionageabwehr des BKA. Boehnke hielt es für möglich, dass der KGB mich seinetwegen als Primärziel betrachtet.«

Kukura schwieg länger, als eine Schwalbe brauchte, um den Fluss zu überfliegen. Dann sagte er: »Danke, dass Sie mir das anvertrauen. Doch Kamyschin weiß es ganz sicher nicht, sonst hätte er es erwähnt.«

In der Metro war sie so durcheinander, dass sie vergaß, ihr Buch aufzuschlagen. Die Siebte lungerte vorm Haus rum. Die Wohnung hatte keinen Besuch gehabt. Der Kurier kam erst in zwei Tagen, aber sie schrieb die Nachricht schon jetzt.

*Dringend Treffen. Hier oder in D?*

# TANZEN AUF DEM MARS

Sie powerte ihre Runden. Das Blattwerk der hohen Buchen am Patriarchenteich glomm in der ersten Morgenröte. Kein Mann mit der *Prawda*, kein Spaziergänger mit Hund. Die Siebte ließ Nina in Ruhe. Seit Tagen stellte sie einen persönlichen Rekord nach dem anderen auf. Mit der Zeit von gestern früh wäre sie voriges Jahr Deutsche Meisterin geworden und hätte sich für die Olympischen Spiele qualifiziert, dürften Frauen dort über zehntausend gehen. Vieles liebte Nina am Laufen: das Driften zwischen Denken und Unterbewusstsein, die Überflutung mit Glückshormonen nach halber Distanz. Später das Flehen der Lunge, bitte, bitte aufzugeben. Der Triumph über den Körper. Natürlich war es in einem Wettbewerb ganz anders. Wenn das Adrenalin bereits beim Startschuss in die Venen jagte. Sie war eine gewiefte Taktikerin gewesen, bei ihren Konkurrentinnen gefürchtet. Manche Läuferinnen wollten zerstören. Sie traten so dominant auf, dass die Gegnerinnen zuerst verzweifelt und zunehmend wie gelähmt waren. Angst fraß die Muskeln. Aber ein Start-Ziel-Sieg reizte sie nie. Es hatte Rennen gegeben, in denen Nina bereits nach der zweiten Kurve wusste: Wenn ich jetzt das Tempo anziehe, hören die anderen meinen Atem nur noch beim Überrunden.

Was sollte daran erstrebenswert sein? Für sie zählten allein die letzten achthundert, wenn drei oder vier den Pokal holen konnten und es bloß darum ging, die größeren Schmerzen zu ertragen. Am Schluss musste Nina dem Drang widerstehen zu kotzen. Sonst war der Sieg nichts wert.

Mit dem Wettkampfsport hatte sie aufgehört, als sie beim Dienst unterschrieb. Sie glaubte, nie wieder gut genug zu sein. Nicht bei ihrem Arbeitspensum. Und jetzt dachte sie dran, von den zehntausend auf Marathon umzusatteln. Die Strecke war sie schon oft gelaufen, aus Spaß. Vielleicht war es an der Zeit, neue Grenzen auszutesten.

Nina sprintete zum Haus. Als sie den Flur betrat, stand die Markowa mit einem Mann in der Wohnungstür. Sie war noch im Morgenmantel, die Haare ein Vogelnest. Die zwei küssten sich, sahen Nina nicht sofort. Er griff der Markowa mit beiden Händen an den Hintern. Nina hörte ihr Lurchenlachen. Als sie ihre Tür aufschloss, drehte der Mann sich um. Er war gut und gern zehn Jahre jünger als die Frau. Sein Gesicht hatte über die Jahre Schläge eingesteckt, aber er besaß den Körperbau eines Kohlenträgers und wusste bestimmt, wie es war, die Knochen von anderen zu brechen. Unter verschmierter Wimperntusche schaute die Markowa verlegen zu Boden. Dieser Kerl tat ihr so gut wie ein Vorschlaghammer einer Blumenvase.

Nina duschte brüllend heiß, sperrte die Gedanken weg, die immer wieder zu Kukura zurückwollten, zu dem Barfußtango auf einem Tanzboden voller Giftschlangen.

Fast hätte sie beim Haareföhnen das Telefon überhört.

»Na, schon wach?«

Ninas Herz hämmerte wie nach einem Rennen, bei dem sie alles gegeben hatte. Sie brauchte nicht mal eine Sekunde, um zu vergessen, wie wütend sie im Aragwi auf ihn gewesen war.

»Hast du heute Abend schon was vor?«

Sie schaffte es, absolut lässig zu klingen. »Warum?«

»Ich habe Karten für den Finalkampf im Schwergewicht.«

»Wer gegen wen?«

Er lachte. »Ach, bloß der beste Boxer der Welt gegen einen Russen. Sei um sieben am Metroausgang Prospekt Mira.«

Schon im Zug hatte sie kaum Luft bekommen, so eng wurden die Menschen zusammengepfercht. Nina sah fast nur Männer. Und einfach jeder schien an der gleichen Station auszusteigen wie sie. Auf den Rolltreppen ging es so hart zur Sache, dass sie glaubte, schon im Boxfinale zu sein. Oben war's noch heftiger. Stalins Beerdigung konnte kaum schlimmer gewesen sein. Sie fragte sich, wie in aller Welt Leo sie in dem Menschenwirrwarr je finden sollte. Nachdem sie sich eine halbe Ewigkeit an eine Hauswand gepresst und ihrer Haut gewehrt hatte, kämpfte sie sich den Weg zu einem Stromkasten frei, stieg drauf. Endlich machte sie seinen Blondschopf aus; ein Farbklecks im grauen, wogenden Ozean.

Nina schrie seinen Namen, winkte wild.

Als sie sich umarmten, war sie entschlossen, sich nicht zu fragen, wieso er keine Frau zu dem Kampf mitnahm, nach der jeder sich umdrehen würde.

Es war ganz unmöglich, auch nur ein Wort zu wechseln, so wild brüllten alle durcheinander, aufgeputscht, weil sie gleich ihr Idol im Ring sehen würden.

Teófilo Stevenson.

Nina hatte in der Botschaft einen Kollegen nach dem Mann gefragt, in den ganz Moskau verknallt zu sein schien. »Ist aus Havanna und wird heute zum dritten Mal Olympiasieger, das hat noch keiner geschafft. Die Amerikaner haben ihm enorm viel Geld geboten, damit er in Vegas gegen Ali kämpft. Aber er hat ihnen einen Korb gegeben und will Amateur bleiben. ›Was ist eine Million Dollar gegen acht Millionen Kubaner, die mich lieben‹, soll er gesagt haben. Wie, Sie haben eine Karte? Haben Sie einen Draht zu Breschnew?«

Sein Konterfei prangte überlebensgroß vorm Sportkomplex Olimpijski. Ein Kerl wie aus Ebenholz modelliert. Auf seinem Brustkorb hätte man eine Tasse abstellen können. Und hübsch war er auch noch.

Auf einem zweiten Plakat war sein Gegner zu sehen, Pjotr Sajew. Neben Stevenson wirkte er wie eine Nagelschere neben einem Bolzenschneider. Er tat Nina jetzt schon leid.

Sie brauchten über eine Stunde, bis sie in der Halle waren, diesem kolossalen Raumschiff, das Zehntausende fasste. Hoch oben rotierten Neonbänder an der kreisrunden Decke. Plätze in der zweiten Reihe, nah am Ring; für andere ein Traum, für einen Oberst des KGB ein Anruf.

Nina war, als würden die Sitze vibrieren. Die Luft dampfte von der fiebrigen Erregung der Masse. Leo musste sich zu ihr beugen, damit sie ihn verstehen konnte.

»Stevenson ging in keinem seiner Olympiakämpfe über die volle Distanz. Du hast keine Zeit, seine Rechte zu sehen. Und wenn du sie siehst, hast du sie schon am Kinn.«

Sie grübelte, was ihn immer so gut riechen ließ. Es war kein Aftershave. Frisch gebackenes Brot vielleicht? Oder etwas, das es nirgends zu kaufen gab.

Warum hatte er sie eingeladen? Jetzt dachte sie doch daran.

Sie war Agentin eines feindlichen Geheimdienstes, und der KGB wusste, dass Leo inzwischen im Bilde sein musste. Jeder direkte Kontakt zu ihr brachte ihn in größte Gefahr. Sollte es zur Enttarnung seines Vaters kommen, würde er am gleichen Tag unter Spionageverdacht verhaftet werden. Sie war sicher, dass es ihm klar war. Und doch saß er Schulter an Schulter mit ihr und bot ihr vergnügt Schokolade an.

»Mein Vater denkt genau wie du, Njuscha«, flüsterte er ihr ins Ohr. »Aber das geht nur dich und mich etwas an. Wenn du willst, dass wir uns nie mehr wiedersehen, gehe ich und lasse dich den Kampf des Jahrhunderts allein schauen.«

Sie steckte sich die Schokolade in den Mund.

Im selben Moment raste eine Welle der Begeisterung durch die Halle. Stevenson kam. Dahinter Sajew, einen Kopf kleiner und zwanzig Kilo leichter.

Ohne nachzudenken, war auch Nina aufgesprungen, erfasst von dem Taumel, der die Halle zum Beben brachte.

»Sajew ist in meinem Klub, bei ZSKA Moskau«, schrie Leo. »Ich kenne ihn gut, habe oft mit ihm Sparring gemacht. Er ist ein feiner Kerl, der mit Herz und Verstand boxt. Dafür, dass er im Grunde zu klein und zu leicht fürs Schwergewicht ist, hat er's weit gebracht. Stevenson könnte ihn in der ersten Runde auf die Bretter schicken. Aber das wird er nicht.«

Sie setzten sich wieder. »Weil Sajew Russe ist«, sagte sie.

»Genau. Du wärst übrigens eine sehr gute Boxerin.«

»Ich? Warum?«

»Jeder Schlag beginnt in den Beinen. Darum trainieren wir sie so hart mit dem Seil. Viele Boxer machen Ballett, ich auch. Ja, lach nur. Wenn du deine Statik verlierst, ist der Kampf aus. Und deine Statik ist Weltklasse. Pass auf Stevensons Beine auf, dann weißt du alles übers Boxen.«

Sajew fightete auf der Erde. Aber Stevenson tanzte auf dem Mars, wo nur ein Drittel der Erdgravitation herrschte und die hundert Kilo, die er auf die Waage brachte, nichts waren.

Als alle den Punktsieg des Kubaners bejubelten, traf sich ihr Blick mit dem von Leo, und sie sah seine Gewissheit, von allen Frauen dieser Welt die Richtige mitgenommen zu haben.

Sie gingen noch in eine Rjumotschnaja am Apothekergarten, wo sie belegte Brote im Stehen aßen und Wodka tranken und über den Kampf diskutierten, über Stevenson, den Mann von diesem anderen Planeten, auf dem auch Leo lebte.

Auf dem ganzen langen Weg zur Metro fragte Nina sich, ob er sie küssen würde. Und das tat er auch.

Auf die Wangen.

Dennoch schwebte sie nachhause. Sie legte ihre Handtasche auf die Ablage in der Diele. Und sah, dass sie aufgeschlitzt war.

Sie war starr. Die Geldbörse fehlte, außerdem die *Sprawka*, ihre immer noch provisorische Aufenthaltsgenehmigung.

Es musste im Gedränge der Metro passiert sein. Der Schnitt war absolut ebenmäßig, wie von einem Messer oder Skalpell.

KGB?

Die schlimmstmögliche aller Erklärungen. Denn das hieße, dass man Kukura kein Vertrauen entgegenbrachte. Sofort war Leo wieder in ihrem Kopf. Wie selbstsüchtig es gewesen war, ihn einer solchen Gefahr auszusetzen. Sie hätte in der Boxhalle aufstehen und gehen müssen. Hätte ihn heute Abend gar nicht erst treffen dürfen. Was würde Thräne denken, wüsste er, wie unprofessionell sie sich verhielt? Dann kam Nina in den Sinn, dass er Kukura seinen Klarnamen nannte. *Es wird Situationen geben, in denen Sie sich ganz schrecklich dumm vorkommen*, hatte er mal gesagt. *Wie sollte es anders sein? Die Dummheit wohnt mit unserem Verstand unter einem Dach.*

Nachts um eins hatte sie noch immer keine Ruhe gefunden, starrte im Bett die Zimmerdecke an. Nina hörte lautes Klirren, gefolgt von einem Schrei. Sie sprang auf und lauschte. Wieder ein Schrei. Die Markowa. Nina lief im Pyjama auf den Flur und hämmerte gegen die Tür ihrer Nachbarin. Sie wurde von dem Kohlenträgerkerl aufgerissen. Er war im Unterhemd und hielt einen Gürtel in der Hand. Das Gesicht wirkte noch brutaler als im Tageslicht, seine dicken Arme waren tätowiert. Hinter ihm sah sie die Markowa in Scherben auf dem Teppich liegen. Blut lief aus der Nase, ein Auge schwoll an.

Der Mann musterte Nina wie ein drolliges Insekt. »Verpiss dich, sonst kriegste auch Senge.« Sein Adamsapfel war größer als ihre geballte Faust. Typen von der Sorte lauschten Schreien wie der schönsten Musik.

»Hör gut zu, Arschloch«, sagte sie mit einer Stimme, die ihr selbst Angst machte. »Ich bin Diplomatin. Vorm Haus hocken drei vom KGB in einem Lada. Wenn ich denen von dir erzähle, verarbeiten sie dich in Lefortowo zu Fischmehl.«

Sie hielt seinem Blick stand.

Er nahm wortlos Hemd und Jacke. Rempelte Nina an, als er aus der Tür stampfte. Sie hielt ihn am Arm fest.

»Versteh mich richtig: Wenn du dich hier nochmal blicken lässt oder wenn ich höre, dass du meiner Nachbarin irgendwo in der Stadt in den Nacken gepustet hast, sorge ich dafür, dass du Bettwanze Matratzenwolle zu fressen kriegst.«

Er schmiss die Haustür zu, dass Nina dachte, sie würde die Angeln sprengen. Sie ging zur Markowa, half ihr hoch. Führte sie zur Schlafcouch der Einzimmerwohnung. Schloss die Tür. Lief in die Küche und nahm Eiswürfel aus dem Gefrierfach, tat sie in ein Geschirrtuch, das sie der Frau in die Hand drückte. Fand in dem winzigen Bad einen Waschlappen, hielt ihn unter Wasser und tupfte der Markowa das Blut aus dem Gesicht.

Ließ sie weinen.

Die Einrichtung war karg, die Samtpolster der beiden Sessel zeigten Flickspuren. Aber in einer Glasvitrine sah Nina teures Porzellan. Einige gerahmte Fotos auf dem Fensterbrett, uralt, vergilbt. Auf einem war eine Dame im schwarzen Pelzmantel, möglicherweise der Persianer der Hauswartsfrau.

Nina kniete neben ihr. »Geht es, Agrippina Antonowna?«

»Bitte sagen Sie Grunja.« Wieder weinte sie, flüsterte dann: »Danke.«

Nina wollte sich aufrichten, doch Grunja fasste sie am Arm. »Ich mach uns einen Tee, ja?«

Sie zögerte, nickte dann. Grunja verschüttete die Hälfte des Wassers. Nina nahm die Sache in die Hand. Sie setzten sich an den Tisch, tranken aus Tassen von dem schönen Porzellan.

»Er ist ein Gaischnik, bei der Verkehrsmiliz. Ich bin bei Rot über eine Ampel gelaufen. Er hat gemeint: ›Wenn Sie mich zu nem Bier einladen, lass ich fünfe gerade sein.‹«

»Er wird Sie jetzt in Ruhe lassen.«

»Ist draußen wirklich der KGB?«

»Nein, nicht mehr.«

»Ich musste denen von Ihnen erzählen. Wo die Handwerker hier waren. Sie wissen schon. Ob mir was an Ihnen aufgefallen ist und so.« Grunja schämte sich, sah Nina nicht an.

»Das ist Routine, weil ich ja von der Botschaft bin. Seien Sie einfach ehrlich, das macht nichts. Sagen Sie, dass ich bekloppt sein muss, jeden Morgen um den Teich zu rennen.«

»Das stimmt. Sie sind wirklich bekloppt.«

Sie lachten. Grunja fehlte ein Eckzahn, aber schon länger.

»Anja Gregorowna –«

»Anja genügt.«

»Seien Sie vorsichtig mit denen, Anja. Ich arbeite auf dem Hauptpostamt am Schalter, die Hauswartsstelle hab ich ja nur wegen dem Telefon. Die kommen jede Woche zu uns, für die Postkontrolle. Ich schwitz schon, wenn die mich angucken.«

»Ich weiß. Versuchen Sie jetzt zu schlafen.«

Grunja brachte sie zur Tür. An der Garderobe sah Nina eine aufgeschlitzte weiße Skai-Handtasche hängen.

»Das wird immer schlimmer«, sagte Grunja. »Ist schon das dritte Mal in dem Jahr. Aber wen wundert's. Heut früh ist eine schwarze Katze auf mein Fensterbrett gesprungen.«

In ihrer Wohnung sah sie sich den Ausweis an, den sie dem Kerl geklaut hatte, als er sie zur Seite rempelte.

*Ruslan Gennadjewitsch Frolow, Verkehrspolizist, 2. Abteilung.*

Nina fiel in den Schlaf wie ein Stein. Im Traum stand sie auf einer riesigen Brücke und wartete. Sie wusste nicht, auf wen, aber sehnte diesen Menschen herbei wie nichts zuvor in ihrem Leben. Sie spürte, dass sich etwas in ihrer Hand bewegte. Ein zuckendes Herz. Angewidert schmiss sie es ins Wasser. Als sie sich umdrehte, lag Kukura mit offenem Brustkorb vor ihr; das Herz fehlte. In tiefer Nacht fuhr Nina hoch, der Traum war fort. Aber auf der Zunge schmeckte sie Asche. Am Morgen meldete sie der Botschaft den Diebstahl der Sprawka.

# WEISSES RAUSCHEN

In der Woche darauf lief sie mit Leo im Luschniki-Park, ohne dass es um Tote Briefkästen oder Treffs ging, genoss für eine Stunde das gemeinsame Schweigen, während sie den ruhigen Rhythmus langer Schritte miteinander teilten. Am Tag darauf lud Nina ihn abends in die Cocktail Hall ein. Die Spiele waren vorbei, die in Moskau lebenden Ausländer waren wieder unter sich. Man trank Heineken und Four Roses und betrauerte das Ende der Partys mit den hübschen Hostessen, die vier Wochen lang kein Ende genommen hatten.

Leo sprach über seine Karriere als Boxer, wie hart es für ihn gewesen war, sie wegen dieses Meniskusschadens beenden zu müssen. Er konnte laufen, boxen, ja sogar mit dem Springseil arbeiten. Aber auf seinem vorherigen Level würde er nie mehr kämpfen können. Dem Himmel sei Dank, dass er ein Studium der Sportpädagogik mit einer Promotion abgeschlossen habe; das zahle sich bei der Arbeit als Trainer aus.

»Überrascht?« fragte Leo grinsend. »Hast du mich für einen Bauern gehalten?«

»Nein, für einen Surfer ohne Manieren.«

Die Bar wurde abgehört. Sie wusste, dass sie vorsichtig sein musste, wenn sie von sich erzählte. Aber über ihre Kindheit in Leipzig konnte sie reden, die Berliner Studienjahre, das Leben, ein Spiel mit Möglichkeiten. Immer wieder stockte Nina, weil sie auf gefährliches Terrain geriet. Leo legte dann seine Hand auf ihre, verstand. Über Wangenküsse kamen sie nicht hinaus. Seine Manieren waren deutlich zu gut für ihren Geschmack.

Sie verirrten sich in Kolomenskoje zwischen Ruinen, gingen ins Bolschoi; Staunen und Schweben, Geschwister. Dann zur Disco in den Sujew-Arbeiterklub, wo Beerdigungsanzüge mit schmalen Krawatten zu roten Socken der letzte Schrei waren und die Frauen aussahen wie auf einem Casting für *Drei Engel für Charlie.* Die Eagles, The Police und Kate Bush wechselten sich mit Roberto Blanco ab, doch keiner fand das merkwürdig.

Leo tanzte, wie Nina es sich vorgestellt hatte. Er folgte nicht der Musik, sie folgte ihm. Ihre Gebete wurden erhört, und ein langsamer Titel kam, Tom Waits, *Somebody Is Loving You.* Leo zog sie an sich. Sie legte ihre Hand auf sein Herz, aber fühlte es viel ruhiger schlagen, als sie gehofft hatte.

Von seinem Vater hatte Nina seit ihrem letzten Treff nichts mehr gehört. Sie hätte *Anna, Schiwago und Sturm* abklappern können, um nachzusehen, ob er dort etwas hinterlassen hatte. Aber seitdem sie eine Ptitschka war, konnte Kukura sie anrufen, wann immer der Sinn ihm danach stand. Leo wollte Nina nicht nach ihm fragen. Das hier gehörte nur ihnen beiden. Erst jetzt merkte sie, wie einsam sie gewesen war.

Wenn Kukuras Schweigen ihr in dunklen Momenten Angst machte, erinnerte Nina sich an Thränes Worte.

*Die Quelle bestimmt den Rhythmus, nicht Sie.*

Schlimmer war Boehnkes Funkstille. Sie hatte dringend um ein Treffen gebeten, unmissverständlich. Doch der Kurier war ohne Antwort zurückgekehrt. Warum? In jeder Matrjoschka, und sei sie noch so klein, steckte eine weitere.

Freitagfrüh kam der Botschafter in Ninas Büro, zum ersten Mal überhaupt. Er fragte, ob sie übermorgen zu dem Empfang der Amerikaner gehen würde. Die Einladung vergammelte auf ihrem Schreibtisch.

»Ich sehe nicht, was das mit meiner Aufgabe zu tun hätte.«

Am Sonntag war sie mit Leo im Kino verabredet.

»Man hat mich gebeten, darauf zu dringen.«

Sofort war sie hellwach.

»Es kam aus dem Auswärtigen Amt«, sagte er.

»Wer ist auf der Gästeliste?«

»Vorrangig Diplomaten der NATO-Vertretungen, aber auch ein paar Sowjets werden sich rumdrücken. Uncle Sam erinnert die Russen jedes Jahr an den Verkauf von Alaska. Traditionell ist es am 18. Oktober, dem Tag der Vertragsunterschrift. Aber dieses Mal haben sie es vorverlegt, um nach den Olympischen Spielen möglichst schnell den nächsten Nadelstich zu setzen.«

»Ich denke, ich kann es einrichten«, sagte sie.

»Schön.« Schopen musterte Nina kurz, als warte er auf eine Erklärung, nickte dann und ging.

Die Residenz des US-Botschafters, von allen nur Spaso House genannt, war im Arbat, Moskaus Montmartre, durch den die quirlige Straße gleichen Namens schnitt. Früher war das Palais der Familiensitz eines zaristischen Großindustriellen gewesen, der als reichster Mann Russlands gegolten hatte. Dass Nina an der Garderobe niemand den Mantel abnahm und sie ihn selbst aufhängen musste, tat sie noch als Lässlichkeit ab.

Der Saal hätte die Romanows stolz gemacht; keiner, in dem Nina je gewesen war, könnte mit seiner Eleganz konkurrieren. In der Mitte stand ein ausgestopfter räudiger Eisbär auf einem knallblauen Teppich mit dem Seeadler. Easy Listening aus der Konserve konkurrierte mit dem Geplauder von zweihundert Personen, die Männer im Smoking, die Damen im Abendkleid. Nina war heilfroh, gestern angerufen und nach dem Dresscode gefragt zu haben, um dann zum Metropol zu rasen und in der Mode-Berjoska auf den letzten Drücker eine rote Seidenrobe samt Schuhen zu ergattern. Übel waren die ungewohnt steilen Absätze, auf denen sie schwankte wie ein Schiffer.

Sie rückte im Defilee zum Botschafter vor, an dem nur sein grandios verknitterter Smoking bemerkenswert war.

»Wie gefällt es Ihnen in Moskau«, fragte er.

»Juckpulver ist nichts dagegen.«

Er lachte, als hätte er es in einem Fernkurs gelernt.

Nina wanderte umher. Röttger stand mit einigen Männern zusammen; Geheimdienst, nahm sie an. Die Moscow Station war die weltgrößte CIA-Residentur, Operationsbasis für mehr als hundert Agenten.

Sie schnappte Gespräche über Breschnew auf. »Man glaubt nicht, wie er vor zehn Jahren war. Witzig, gewinnend. Er soll tablettensüchtig sein. Aber so ein Wrack? Ob das alles ist?«

Dinge, die Nina auffielen: Unter den Pumps knirschte Sand. Die Fenster waren nicht geputzt. Der lauwarme Champagner wurde von kräftigen Kerlen mit Bürstenhaarschnitt gereicht; offensichtlich Marines. Zweimal polterten Tabletts zu Boden, niemand nahm davon Notiz. Das war so seltsam wie die nicht geleerten Aschenbecher und der Franzose, der sich bei seinem Gesprächspartner über die dreckigen Toiletten mokierte. Das Buffet wurde von einer windschiefen Torte gekrönt, auf der in Zucker die Zahl Sieben prangte. Ein Fingerzeig, dass die USA den Russen Alaska für rund sieben Millionen Dollar abgeluchst hatten. Über das Essen wunderte sie sich schon nicht mehr. Es gab das Angebot der amerikanischen Dosenküche, von Heinz Baked Beans bis zu Campbell's Tomatensuppe. Was an Fleisch aufgebahrt war, dürfte von Gastronom Nr. 1 gewesen sein.

Lenin hätte gesagt, der Imperialismus ist am Ende.

»Finger weg von den Rippchen«, nuschelte ein Skandinavier neben ihr. »Es sei denn, Ihre Zähne bedeuten Ihnen nichts.«

Das Licht ging aus, die Musik verstummte. Im Dämmer der letzten Sonnenstrahlen ahnte sie den Botschafter zu einigen der Russen gehen, die sich kaum übersehen ließen. Sie waren demonstrativ proletarisch gekleidet und trugen Alltagsanzüge mit offenen Hemden, ausgelatschte Schuhe. Einer der Russen verließ den Saal, kehrte zurück. Das Licht ging wieder an.

Boehnke stand neben Nina.

Er stocherte im Buffet, sprach leise mit ihr, ohne Aufsehen zu erregen. »Die Sowjets haben jüngst spitzgekriegt, dass ihre neue Botschaft in Washington mit einer schallleitenden Farbe angestrichen worden war. Das ganze Gebäude ist ein einziger großer Resonanzkörper. Auf der anderen Straßenseite lag das FBI mit Richtmikros auf der Lauer und konnte jedes Hüsteln mithören. Als Revanche haben die Russen postwendend über zweihundertsechzig zivile Mitarbeiter hier abgezogen. Köche Küchenhilfen, Putzkolonne, Handwerker, was weiß ich. Alles KGB-Spitzel. Die besaßen zwar keinen Zutritt zur Residentur in der Botschaft drüben, doch der ganze Betrieb ist lahmgelegt. Der Hausherr bügelt seine Klamotten selbst, wie zu sehen ist. Vorige Woche haben sie den amerikanischen Chef de Cuisine ausgewiesen; bei seinem Nachfolger soll es Probleme mit dem Visum geben. In Scheremetjewo steht seit ein paar Tagen ein US-Frachtflugzeug mit dem Essen, das extra für heute Abend aus Alaska eingeflogen wurde. Onkel Wanja gibt die Maschine nicht frei; Verstoß gegen ihre Hygienevorschriften. Was ist das da? Lungenhaschee?«

»Sind Sie dreieinhalb Stunden geflogen, um mir Anekdoten zu erzählen?« fragte Nina, ohne Boehnke anzuschauen.

»Kellergeschoss. Über die Treppe, nicht mit dem Fahrstuhl. Wenden Sie sich nach links, dann der zweite Gang rechts. Dort steht ein Marine, er ist informiert.« Boehnke nahm sich einen grauen Maiskolben, nagte dran und legte ihn weg. »Margarine, Geißel der Menschheit.«

Nina ging aus dem Saal, keiner beachtete sie. Im Keller roch es muffig. Der Marine wartete am Ende des Ganges, sagte kein Wort, öffnete eine Stahltür. Sie folgte ihm in eine Schleuse. Er entriegelte eine zweite Tür. Sie betrat einen leeren Container, wurde eingeschlossen. Die Wände waren aus Plastik. Es kam Nina vor, als würde der Boden leicht schwanken.

Einige Zeit später kam Boehnke. »Der Container schwebt auf einem Luftkissen und ist total abhörsicher«, meinte er. »In unserer Botschaft haben wir auch einen Raum dafür, aber der taugt nichts. Der CIA-Resident weiß jetzt, dass Sie für mich arbeiten. Wir kennen uns ewig. Er ist verschwiegener als mein Golden Retriever. Wollen Sie was Lustiges hören? Röttger hat gefunkt, dass Anja Gabriel wahrscheinlich von der Konkurrenz angeworben wurde. Sie trifft sich mit einem jungen Mann, der bisher allerdings noch nicht identifiziert werden konnte.«

»Ich habe auch was Lustiges für Sie«, sagte Nina. »Die Erste Hauptverwaltung weiß, dass ich für den BND arbeite, und hat mich mit dreißig Mann beschatten lassen, seit ich den Fuß auf Moskauer Boden gesetzt habe.«

Boehnkes Lachen erstarb, als er Ninas versteinertes Gesicht sah. »Hat man Sie angestoßen?«

»Ja. Pilger hat das persönlich erledigt, nachdem er bloß um Haaresbreite seiner Enttarnung entgangen ist.«

Sie gab Boehnke eine Zusammenfassung, erzählte von dem Abend im Aragwi, wo Mischa Wolf an ihren Tisch gekommen war, von Motte, den Kukura durch reinen Zufall bemerkt hatte. Was ihm das Leben rettete.

»Wer ist bei der Gegenspionage mit Ihnen befasst?«

»Daniil Kamyschin.«

»Ich kenne ihn«, sagte Boehnke. »In Nairobi hat er sich auf der Kenyatta Avenue mal an meinen Tisch gesetzt und Essen von meinem Teller gepickt. Er sieht wie ein Trottel aus, aber in Jassenewo wird man irgendwann eine Bronzestatue von ihm hinstellen. Damals hat er gegrunzt: ›Wollen Sie wissen, wieso wir gewinnen werden? Aus dem gleichen Grund, aus dem wir unser rotes Banner auf eurem Reichstag gehisst haben: Wille, Boehnke. Wille.‹ Er ist so fidel wie ein hungriger Grizzly.«

»Wer weiß bei uns von mir?« fragte Nina. »Es wird nicht bei Ihnen und dem Präsidenten geblieben sein.«

»Der Kreis ist immer noch wahnsinnig klein«, wich er aus.

»Wer?«

»Unser Mann im Auswärtigen Amt. Er sitzt dort weit oben. Ich vertraue ihm. Aber wir machen eine G-10 bei ihm.«

So nannten sie Überwachungsmaßnahmen gegen deutsche Staatsbürger. Nach dem Artikel 10 des Grundgesetzes, der das Post- und Fernmeldegeheimnis garantierte.

»Durch wen? SI? Sie müssten Simone Weller hinzuziehen. Und schon wüssten beim Dienst mindestens drei von mir.«

»Nein, das lasse ich vom BKA erledigen. Wie Ihnen bekannt ist, führt Richard Wolf deren Spionageabwehr. Von Ihnen oder Pilger braucht er nichts zu wissen. Er wird dafür sorgen, dass unser AA-Freund observiert und abgehört wird.«

»Was ist mit dem Kurier? Der ist Nummer vier.«

»Dasselbe Programm. Doch selbst wenn Wolfs Leute nichts finden, wird der Mann ausgewechselt.«

»Ich will einen Kurzwellenempfänger, damit Sie auf meine Nachrichten sofort reagieren können«, sagte Nina.

»Wo wollen Sie den verstecken?«

»In meinem Büro in der Botschaft. Ich habe mir vor ein paar Tagen einen Container hinter der Wandtäfelung gebaut.«

»Da heißt es, Frauen hätten kein handwerkliches Talent.«

»Sie waren sicher mal mit Röttger einen trinken.«

»Er benimmt sich wie offene Hose, ja, ich weiß. Aber er hat was drauf. Ich kann das auseinanderhalten, ist so'n Männerding. Von der Beschattung scheinen Sie nichts bemerkt zu haben.«

Sollte Nina Boehnke sagen, was sie in der Hotelbar gesehen hatte? Röttger und die Russin? Doch was hätte das bewiesen?

»Er bleibt draußen, darauf bestehe ich.«

»Lieber laufen Sie in Stöckelschuhen über rohe Eier?«

»Was Röttgers Fähigkeiten angeht, raube ich Ihnen ungern Ihre Illusionen. Aber wenn ich mich mit Leo treffe, achte ich nicht darauf. Einfach, weil es nicht mehr nötig ist.«

Nina schwebte mit Boehnke in dem weißen Rauschen, das die Stahlwände umhüllte. »Sie haben etwas mit dem Sohn von Pilger angefangen?« fragte er schließlich.

»Das geht Sie nichts an.«

»Ich denke, doch.«

Nina sah ihm in die Augen. »Wenn Sie mich noch einmal auf ihn ansprechen oder in Pullach mit irgendjemandem über Leo reden, packe ich meine Koffer. Halten Sie ihn da raus.«

Nach zehn Sekunden nickte er.

»Da wäre noch eine Sache«, sagte sie. »Thräne. Wieso haben Sie es mir verheimlicht?«

»Mir war klar, dass Sie es herausfinden.«

»Ich will eine Antwort. Ist so'n Frauending.«

Boehnke leckte sich seine Wut von den Lippen. »Er war der beste Agent, den wir jemals hatten, mich eingeschlossen. Ihm verdanken wir Pilger, Guillaume. Und doch war er der falsche Mann für diesen Job. Es hat ihn zerstört. Nach seiner Rückkehr hat er versucht, sich umzubringen. Er war ein halbes Jahr auf unsere Kosten in einer Klinik und hat es nur mit Müh und Not geschafft. Es brauchte viele wache Nächte, bis ich zu ihm nach Frankreich flog. Keiner hätte Ihnen so viel beibringen können. Aber Sie sollten nicht von ihm lernen, wie man vor die Hunde geht. Thräne musste mir versprechen, Ihnen nichts zu sagen.«

»Erwarten Sie ein Danke?«

»Ich bin ganz gut darin, mir selbst zu vergeben.«

»Haben Pilger und ich Ihr Go?« fragte sie.

»Ja. Es ist gefährlich. Aber intelligent. Ich vermute, dass es Ihre Idee war.«

»Sie scheinen mir bereits einiges zuzutrauen.«

»Ihnen traue ich alles zu.«

In diesem Moment fiel das Licht aus.

»Die Russen sind gegangen«, sagte Boehnke.

Statt ein Taxi zu nehmen, lief sie zu Fuß. Nach fünf Minuten kam Nina zum Prospekt Kalinina, einem der großen Moskauer Experimentierfelder der Sechziger; ein grausamer Kahlschlag, dem Ost-Berliner Todesstreifen ähnlich. Wohntürme, als hätte ein zweihundert Meter großes Kind mit Betonmatsch Burgen gebaut. Nina rannte zur anderen Seite, wo dunkle Gassen sie erwarteten. Ein schüchterner Vollmond spitzte aus schwarzen Wolken. Ein Kater im Stimmbruch sang was Trauriges. Ab elf war alles verrammelt, dann legte sich eine große Stille über die Stadt. Sie blieb auf der Trubnikowski stehen und streifte einen Schuh ab. Nina tat, als würde sie ein Steinchen herausschütteln. Begab sich in die zweite Reinigungsschleuse.

Sie zog den Schuh wieder an, wartete, bis Kukura kam.

»Wie war der Empfang?« fragte er.

»Es hat nur noch ein blinder Akkordeonspieler gefehlt.«

Er begleitete sie auf dem Nachhauseweg. »Die CIA hat es in Washington zu wild getrieben, es geschieht ihnen ganz recht«, meinte er. »Haben Sie grünes Licht von Boehnke?«

»Ja.«

»Hat er Ihnen von *Koi* erzählt?«

»Über Karpfen haben wir nicht gesprochen.«

»Das ist der Deckname des Stasi-Topagenten in Pullach.«

Nina blieb abrupt stehen.

»Gehen Sie weiter. Wir könnten beobachtet werden.«

Wäre sie ihrem Herzschlag gefolgt, wäre sie gestolpert.

»Ich weiß seit drei Jahren davon«, sagte Kukura. »Seitdem suchen sie in Pullach nach dem Mann. Oder der Frau. Vielleicht schwimmt Koi bereits viel länger im BND-Becken. Anders als bei Ihnen gern geglaubt wird, bewahrt die HVA selbst vor uns Geheimnisse. Klarnamen sehe ich nie. Bei Guillaume konnte ich das Umfeld stark eingrenzen; es braucht auch Glück. Und was uns angeht: Wer ist bei Ihnen eingeweiht? Außer Boehnke, dem Präsidenten und dem Kurier?«

»Einer«, sagte sie. *Boehnke, erstick an deinen Geheimnissen.*

»Betrachten Sie es mit kühlem Herzen. Seine Entscheidung, Ihnen Koi zu verschweigen, bedeutet: Er hat Sie bestmöglich abgeschottet und will Sie nicht beunruhigen. Über Koi habe ich mir oft das Hirn zermartert. Es ist schwer zu sagen, wo die HVA ihn platziert hat; ich tippe auf ein Querschnittsreferat.« Der Mond hatte sich wieder versteckt, überließ die Arbeit den Straßenlaternen. Kurz vorm Patriarchenteich meinte Kukura: »Hier ist meine erste Meldung. Ihr Oppositionsführer Helmut Kohl pflegt mit Parteispenden äußerst kreativ umzugehen. Es fließen Gelder vom Flick-Konzern, und zwar schon seit Jahren. Franz Josef Strauß, Walter Scheel, Otto Graf Lambsdorff und andere halten ebenfalls die Hände auf. Das wird bar übergeben. Die Waschanlage heißt *Staatsbürgerliche Vereinigung.*«

»Wo verorten Sie die Quelle?« fragte Nina.

»Dicht bei von Brauchitsch, dem Geschäftsführer von Flick, einem Duz- und Jagdfreund von Kohl. Die Bestechungsgelder nennt er *Pflege der politischen Landschaft*; es steckt ein Lyriker in ihm. Müsste ich tippen: eine Frau im Vorzimmer.«

»Werden Sie das Politbüro darüber informieren?«

»Habe ich bereits. Kohl könnte Ihr nächster Bundeskanzler werden. Und er wäre erpressbar.«

»Das Dossier dürfte umfangreich sein.«

»Ein ganzer Mikrofilm. Der Kurier wird überprüft?«

Nina nickte.

»Dann warten wir mit dem Material bis dahin.« Kukura gab ihr die Hand. »Mittwoch, um zehn im Alexandergarten?«

»Ich hatte erwartet, dass Sie mich bitten würden, Leo nicht mehr wiederzusehen.«

»Darüber habe ich nachgedacht. Aber ich war es, der ihn da hineingezogen hat. Mir steht so eine Bitte nicht zu. Und mein Sohn ist glücklich. Das war er nicht immer.«

# PYTHAGOWITSCH

Nina fuhr mit der Metro bis zur Kalininskaja, einer der ältesten Stationen der Stadt. Sie war kalt und schmucklos, nur wenige Meter unter der Erde, als habe Stalin nie den Befehl erteilt, im Untergrund Paläste errichten zu lassen. Der Park zog sich fast einen Kilometer an der nordwestlichen Seite der Kremlmauer lang, und Kukura hatte mit keinem Wort gesagt, wo genau sie sich treffen würden.

Nina wusste, er würde sie finden.

Sie war früh dran, schlenderte am Marmorobelisken vorbei und hockte sich beim Grabmal des unbekannten Soldaten auf eine Bank. Da war eine Hochzeitsgesellschaft. Doch nicht laut, ausgelassen. Die Menschen standen in respektvollem Abstand zu dem Brautpaar, stumm. Die verschleierte Braut kniete auf den regennassen, mit billigen Blumen übersäten Granitstufen vor der Gedenkstätte mit der ewigen Flamme. Ihre Schultern zuckten in einem Weinkrampf. Zwei Meter dahinter ihr Mann, im Gebet versunken. Als die Braut sich aufrichtete, taumelte sie, musste von ihm gestützt werden. Leise entfernte sich die Gesellschaft. Die Wachsoldaten standen in den Häuschen, als wäre der Kreml ein Wachsfigurenkabinett.

Kukura hockte sich neben sie, nahm seine Sonnenbrille ab. »Offiziell wird hier nur der Toten des Großen Vaterländischen Krieges gedacht«, sagte er. »Für Afghanistan haben wir keinen Ort, aber niemand kann den Menschen verbieten zu kommen. Wir sind gerade einmal sieben Monate am Hindukusch. Diese Stufen werden noch mehr Kniefälle sehen.«

»Ich habe Berichte über Ihre Verluste gelesen«, sagte Nina. »Selbst die Glawlit kann das auf Dauer nicht unterdrücken.«

»Niemand weiß genau, wie viele es sind. Sogar das Politbüro wird im Unklaren gelassen – und will die Wahrheit auch nicht hören. Doch wenn es Sie interessiert, wie wir die feindlichen Verluste ausrechnen: Unser Oberkommando hat dafür eigens eine mathematische Gleichung entwickelt. Wir dividieren die abgeworfenen Bomben durch einen Faktor X. Daraus soll sich angeblich die Zahl der gefallenen Afghanen ergeben. Für mich klingt das, als könne man einen Liter Wodka durch die Summe aller Trinksprüche teilen, um Rückschlüsse auf die Dicke des Kopfes am nächsten Tag zu ziehen.«

»Der Satz des Pythagowitsch«, sagte Nina.

»Sehen Sie den Mann dort?« Kukura wies mit dem Kinn auf einen Spaziergänger. »Er ist Amerikaner. In den Staaten war er Mitglied der Kommunistischen Partei; seit zehn Jahren lebt er hier. Die Siebte lässt Ausländer durch ihn bespitzeln. Er gibt sich dann als Tourist oder Journalist aus. Vor Ewigkeiten hatte ich auch mal mit so einem Russlandfanatiker zu schaffen. Das war in Mexico City, eine lange Geschichte.«

»Sie haben neulich gesagt, dass Sie in New York stationiert waren. Wie kam das?«

»Die erste Hauptverwaltung wollte mich. Als Erstes bin ich in Regimelehre geschult worden; heißt: Ich habe gelernt, wie man sich in den imperialistischen Ländern bewegt, ohne dort aufzufallen. Wichtig: Rippchen niemals mit Messer und Gabel essen! Man hat mich der Ehre für würdig befunden, zu unserer Spitzenresidentur zu kommen. Sie befindet sich beim Sitz der Vereinten Nationen. Es ist die schlagkräftigste Operationsbasis in den Staaten, noch weit vor der in Washington, D.C. Von den über dreihundert Mitarbeitern unserer UNO-Vertretung sind zweihundert beim KGB. Wir genießen dort große Freiheiten, können uns im ganzen Land bewegen. Aber das Schönste: Da die USA ein Viertel des UN-Haushaltes tragen, werden unsere Kriegszüge gegen den Klassenfeind von dessen Steuerzahlern finanziert. Manhattan hasse ich. Aber ich hatte ja ein Haus auf dem Land. Darauf wird bei KGB-Obersten geachtet. Damit sie nach dem sowjetischen Atomschlag gegen New York City noch lange genug leben, um Sabotageakte zu verüben.«

»Sie scherzen«, sagte Nina.

»Aber nein. Der erste Auftrag für alle sowjetischen Agenten in den USA lautete damals wie heute: herauszufinden, wann die Amerikaner uns angreifen werden. Nicht ob. Nur wann.«

»Also darum sind Sie in Kamyschins Augen der Richtige für Anja Gabriel. Sie haben in New York Quellen geführt.«

Kukura nickte. »Ein gefährliches Terrain. Das FBI hat allein in Big Apple mehr Agenten als die CIA im gesamten Ausland. Sein Sowjetdezernat ist der härteste Gegner, den wir kennen. Aber ich habe Beute gemacht. Eine meiner Quellen besaß eine Freigabe für Blue-Border-Papiere des State Departments.«

»Und dort war auch dieser Mann, den Sie an der Gorkistraße gesehen haben«, sagte Nina. »Ich nenne ihn Motte.«

»Ein passender Name. Könnten Motten töten.«

»Was muss ich noch von ihm wissen?«

»Er heißt Demjan Bossoi. Man erzählt sich eine Geschichte über ihn. Er soll auf offener Straße einen Special Agent des FBI niedergestochen und geschrien haben: ›Der Mann ist verletzt!‹ Dann sei er weggegangen. Der Vollständigkeit halber: Das war auf der Third Avenue, vor dem New Yorker FBI-Hauptquartier. Angst hält Bossoi für eine schlechte Angewohnheit.«

»Ein überzeugter Kommunist?«

»Kommunismus? Davon hat er entfernt gehört.«

Am Himmel war keine Wolke, doch Nina vermeinte, kalten, schweren Regen im Gesicht zu spüren. »Was war mit Leo und Ihrer Frau? Nach Amerika konnten Sie die beiden doch nicht mitnehmen?«

»Ljowuschka war im ersten Jahr an der Sporthochschule, er hatte ja schon sein eigenes Leben. Oxana ist in der Wohnung geblieben, in der ich bis heute lebe. Der Abschied von ihr war nichts. Wir hatten miteinander nur noch Wände geteilt, keine Worte oder mehr. Sie war versorgt; die Insel kümmert sich um alles, wenn wir im Auslandseinsatz sind.«

Eine Elster lugte müde aus einem Abfallkorb. Etwas weiter Gezeter. Zwei Milizmänner schleiften einen Besoffenen weg.

»Diese Wohnung ist ganz nah beim Lefortowo-Gefängnis«, sagte Kukura. »Aus meinem Küchenfenster kann ich es sehen. Unter Berija war dort eine Spezialzelle, genannt *Die Presse*, in der sich die Wände zusammenschoben, um so den Häftlingen die Knochen zu brechen. Heute wird das selbstredend anders gemacht. Man schmeißt die Insassen gegen Hartgummiwände, damit sie an inneren Verletzungen verrecken; das ist die neue Zeit nach Breschnews Tinte unter der Menschenrechtscharta. *Heißes Herz, kühler Kopf, saubere Hände*, der Leitspruch von uns Tschekisten. In Jassenewo hat man mir eine schöne Wohnung angeboten, direkt bei der Insel. Dass ich in Lefortowo bleiben wollte, wurde als Beweis meiner Prinzipientreue ausgelegt.«

»Warum der BND und nicht die CIA?«

»Mein Vater hat Anfang der Zwanziger in Berlin gelebt und war dort Stammgast in den russischen Salons. Als Kurier hat er Devisen in die Sowjetunion geschmuggelt, die von Tarnfirmen in Berlin kamen. Er liebte Ihr Land. Hätte er noch den Krieg erlebt, wäre sein Menschenbild vernichtet gewesen. Ich wollte etwas tun, das ihm gefallen hätte. Bemühen wir uns am Ende nicht alle, uns den Vätern würdig zu erweisen?«

»Ich nicht.«

»Ich weiß.« Die Elster hatte einen Griebs erbeutet, flog fort. »Es gibt einen weiteren Grund, warum ich mich für den BND entschied. Heute ist ein Jubiläum. Auf den Tag vor zehn Jahren wurde ich nach Berlin versetzt.«

Das sagte er auf Deutsch.

Kukura lächelte. »Ich habe es schon auf dem Institut gelernt. Mein deutsches Lieblingswort ist Kokolores.«

»Firlefanz!«

Sie lachten.

»Kam Ihre Frau nach Berlin mit?«

»Ja. Wir haben in Karlshorst gewohnt, im russischen Ghetto. Oxana war schockiert, in welchem Überfluss die DDR-Bürger schwelgten. Sie hatte Russland ja nie verlassen.«

»Daher kennen Mischa Wolf und Sie sich«, sagte Nina.

»Ja und nein. Damals habe ich ihn zwar ab und an gesehen, aber es waren formelle Arbeitstreffen. Das änderte sich, als ich auf der Insel für die HVA zuständig wurde. Er hat Bildung; es ist intellektuell anregend, über Kunst und Kultur mit ihm zu sprechen. Etwas Seltenes in unserem Gewerbe, wie wir beide wissen. In seiner Datscha bei Berlin läuft er meist nackt rum, sein Vater war notorischer Nudist. Er bildet sich was auf seine Pelmeni ein und hält sich für einen halben Russen. Sein Chef Mielke ist für ihn eine hoch dekorierte Bisamratte. Eine Ratte erkennt die andere, oder? Unter Stalin hat Wolf im Hotel Lux verkehrt, wo die deutschen Exilkommunisten sich gegenseitig bespitzelt haben, um zu überleben. Ulbricht, Wehner, Wilhelm Pieck; keiner ist ohne Schuld geblieben. Gelegentlich frage ich mich, durch welche Abflussrohre Mischa kroch.«

»Wir nennen Karlshorst *Die Fabrik*«, sagte sie.

»Das kommt hin. Gut und gern achthundert Agenten, es ist die größte Residentur der Welt. Die gesamte KGB-Spionage in Europa wird von dort aus gesteuert. Es mag sein, dass wir die USA als Hauptfeind bezeichnen. Doch wahrhaft besessen sind wir von Deutschland, mit dem uns seit Katharina der Großen eine Schicksalsgemeinschaft verbindet. BND-Angehörigen ist es nicht gestattet, in die DDR zu reisen. Aber sind Sie in Ihrer Studienzeit einmal in Potsdam gewesen?«

Sofort war sie glücklich. Sie hatte Leo erzählt, dass sie noch nie in Potsdam war. Er hatte seinem Vater also nicht über ihre Gespräche berichtet.

Oder spielte Kukura das nur?

»Nein, leider nicht«, sagte Nina.

»Das ist schade. Ich war öfter in der Villa Quandt, unserem Potsdamer Sitz. Wenn Zeit dafür war, bin ich extra den Umweg über Alexandrowka gefahren, die russische Siedlung, die Zar Alexander dem Preußenkönig geschenkt hat. Ein Stück weiter ist eine Anhöhe mit einer orthodoxen Kirche. Im Sommer ist der Blick mit dichtem Grün verstellt, doch winters schaut man bis zur Glienicker Brücke, wo Abel und Powers ausgetauscht worden sind. Heute weiß ich: Mich wird man nicht austauschen, sondern hinrichten.«

Ninas Schulter berührte seine; er zitterte nicht.

»Was ist Ihr Lieblingsort in Berlin?« fragte er.

»Der Kreuzberg, oben beim Wasserfall. Bei schönem Wetter habe ich mit Freunden nachts im Park campiert, Rotwein aus der Flasche getrunken und auf der Gitarre geklimpert. Wenn ich nachts über die Stadt gesehen habe, war sie in dieses tiefe rote Licht getaucht, als wäre es ein Gemälde von Tizian.«

Sie schwiegen eine Weile, das konnte sie gut mit ihm. Nina fragte sich aufs Neue, was mit Kukura geschehen war. Was den glühenden Kommunisten mit einem Büro in der Glawlit, den späteren Top-Agenten in den Staaten, zu dem Mann gemacht hatte, der Guillaume verriet.

»In West-Berlin habe ich mich mit Quellen getroffen«, sagte er. »Beim Charlottenburger Savignyplatz sind viele Buchläden, wo die Werke deutscher und amerikanischer Autoren standen, die es nicht einmal im Raum der verbotenen Früchte gegeben hatte. Dort habe ich immer mehr Zeit verbracht, und ich fing an, meine Arbeit zu vernachlässigen. Schließlich habe ich eine Quelle erfunden, einen Studenten, der angeblich an der Freien

Universität Professoren bespitzelt hat. Die ›Berichte‹ habe ich selbst geschrieben. Mein erfundener Student hatte Auslagen, man hat mir einen Spesenetat bewilligt. Davon kaufte ich mir Bücher. Ganze Nachmittage habe ich am Landwehrkanal oder im Rehberge-Park gesessen und gelesen. Manche Bücher habe ich nach Ost-Berlin geschmuggelt; wir sind nicht kontrolliert worden. In der Residentur hatte ich ein Versteck. Dort dürften sie immer noch sein. Damals habe ich *1984* von Orwell gelesen, und mir ist klargeworden, dass die Glawlit das Vorbild für sein Wahrheitsministerium war. *Wer untadelig lebt und recht tut und die Wahrheit von Herzen spricht; mit seiner Zunge nicht verleumdet, dem Nächsten nichts Arges tut, seinen Nachbarn nicht verächtlich macht*, heißt es im Psalm. Wenn die, die nicht in das Taxi zur Lubjanka mussten, vom Haus am Ufer über den Fluss blickten, sahen sie die Grube, wo einmal die Christ-Erlöser-Kathedrale stand, die der Hohepriester Stalin auf seinem Altar des Irrsinns geopfert hat. Unsere Städte haben vieles gemeinsam. Auch die Allianz von Schrecken und Schönheit.«

»Sie sind gläubig.«

»Sonst wäre ich längst tot.«

Auf dem Spasski-Turm ertönten die Glocken elf Mal. Nina stand auf. »Es wird Zeit, zur Lenin-Bibliothek zu gehen.«

»Was wollen wir dort?«

Sie dachte an die letzte Nacht mit Thräne, die dritte Flasche Rotwein im ersten Morgengrauen. Und dann betrunken nach Tempelhof zum Flughafen.

»So romantisch es auch wäre«, sagte sie. »Daniil Kamyschin wird es nicht genügen, bloß von Smalltalk auf Spaziergängen zu hören. Von hier aus sind es nur ein paar Minuten zu Fuß bis zur Bibliothek. Der große Lesesaal der Leninka ist radioaktiv. Kriegsführung beruht auf Täuschung, nicht wahr?«

»Manchmal vergesse ich Ihre Intelligenz.«

»Nein, tun Sie nicht.«

Bis zum Obelisken mieden sie Worte. Dann meinte er: »Ich nehme an, dass Sie Boehnke bereits von Flick erzählt haben.«

»Am Montagmorgen. Er kam vor seinem Rückflug noch in die Botschaft.«

»War er erfreut?«

»Was denken Sie?«

»Er wird geflucht haben«, meinte Kukura. »Der BND ist in Bonn schlecht gelitten. Schmidt lässt Ihren Präsidenten hartes Brot kauen.«

Sie wusste, woher er diese Information hatte. In der Pilger-Akte war eine Kanzleramtssekretärin notiert, die für die HVA spionierte, aber noch nicht enttarnt werden konnte.

»In Pullach hofft man innig auf einen Regierungswechsel«, sprach er weiter. »Doch jetzt besitzt der Feind ein Kompromat gegen Helmut Kohl. Boehnke wird kein Auge zutun.«

*Soll ich das dem BKA geben oder es verbrennen?* hatte er gesagt, als Nina ihn ins Bild setzte. *So eine verdammte Scheiße!*

»Manchmal vergesse ich, wie dreckig der Job ist«, sagte sie.

»Nein, tun Sie nicht.«

Im Vestibül der Leninka wurde Nina aufgefordert, ihre Tasche abzugeben. Aber Kukura zückte seinen Ausweis, und die Frau wich zurück. Sie gingen in den ersten Stock. Noch im Frühjahr wäre sie vom Treppengewölbe, den endlosen Fluchten, dieser Raumverschwendung erschlagen worden, doch daran war sie längst ebenso gewöhnt wie an Marmor, Kristall und Gold, das Moskauer Standard-Interieur. Die Bibliothek war eine Stadt in der Stadt. Überall auf den Gängen Nischen mit Menschen, in Bücher Bücher Bücher versunken. In der tiefen Stille hörte sie das Parkett unter ihren Schritten knarren.

Eine Frau schaute unwillig auf, als Kukura Nina zuflüsterte: »Genießen Sie die letzte saubere Luft.«

Der Saal erschlug sie dann doch.

Sie standen auf einer getäfelten Empore, von der zu beiden Seiten Treppenstufen hinunterführten. Die Wände waren im Moskauer Grün gestrichen, etwas zwischen frisch gemähtem Gras und Laubfrosch. Zwölf mächtige Kronleuchter zählte sie. Haushohe Fenster, weiße Rüschenstores. Dazwischen Büsten russischer Denker, die mahnend auf die unzähligen Menschen an den Lesepulten herabschauten. Ein Raum wie in Versailles, nur eindrucksvoller.

In der Stille hörte Nina das Umblättern von Seiten.

Kukura ging mit ihr zu einem Tisch ganz hinten. Bevor sie diese Kathedrale betraten, hatte er sie wissen lassen, dass die letzten drei Reihen auf der linken Seite für den KGB reserviert waren. Tatsächlich saß dort außer ihnen niemand.

»Warum sind Sie mit mir hierhergekommen?« fragte Nina flüsternd und ließ ihre Stimme gekonnt vibrieren.

»Ich wollte Ihnen zeigen, auf welcher Kulturtradition mein Vaterland fußt. Natürlich wissen Sie das als Kennerin unserer Literatur. Aber doch nur in der Theorie. Hier können Sie es mit eigenen Augen bestaunen.«

»Wird der Saal abgehört?« fragte sie und dachte an Thränes Worte. *Unter jedem Tisch ein Mikro.*

»Garantiert wurde Ihnen in Pullach eingetrichtert, dass Sie in Moskau rund um die Uhr belauscht und observiert werden. Aber nun sind Sie lang genug hier, um zu wissen, dass es nicht stimmt. Sehen Sie die da?«

Sie folgte seinem Blick. Ein Pärchen turtelte frischverliebt.

»Die Leninka ist eine – wie sagen Sie? – Partnerbörse. Viele kommen hierher, um jemanden kennenzulernen, der sich für Literatur begeistert und gebildet ist. Wie viel Wert legt man im Westen auf Bildung?«

»Falls Sie mir erzählen wollen, dass es eine der fünf größten Bibliotheken der Welt ist: Das stimmt. Sie wurde jedoch nicht von Kommunisten erbaut, sondern auf Befehl des Zaren.«

»Denken Sie vielleicht, die Menschen wären unter Nikolaus zum Lesen gekommen? Was ist Bildung, wenn nur Wenige sie erfahren? Ihre sogenannte Freiheit ist eine Illusion. Ihre freien Gewerkschaften, Ihre freien Wahlen, Ihre freie Presse.«

»Bitte sagen Sie mir doch, Genosse Nikolaj Artjomowitsch, in welchem der über vierzig Millionen Bücher, von denen wir hier umgeben sind, wird der Kommunismus kritisiert?«

»Und was machen die Autoren, die in den imperialistischen Ländern den größten Erfolg haben? Günter Grass, John Irving, Beckett? Sie flüchten sich in Zynismus, anstatt die Menschen wachzurütteln. Sie sollten etwas bescheidener sein, liebe Anja Gregorowna. Hier wird ein vergilbter Zettel aufbewahrt. *Wenn Bücher nicht aushäusig entliehen werden: Könnte ich sie eventuell nach Bibliotheksschluss nur für einen Abend bekommen? Morgens würde ich sie zurückgeben.* Das schrieb Lenin im Jahr 1920.«

»Auf Lenin habe ich gewartet. Sie loben die Bescheidenheit eines Mannes, der Priester erschießen ließ? Das siebenhundert Jahre alte Danilow-Kloster ist zu einem Gefängnis geworden. Das Auferstehungstor beim Roten Platz war für die Panzer zu klein. Weg damit. Ich bin gläubig. Woran glauben Sie? An den Sieg über den Imperialismus? Wie arm.«

Sie sah flammende Wut in Kukuras Augen schießen. »Gott ist die größte Erfindung der Menschheit«, sagte er mit eisiger Beherrschung. »Haben Sie sich nie gefragt, wem sie dient?«

Sie standen gleichzeitig auf, gingen. Auf den Stufen vor der Bibliothek blieb er stehen und fuhr sie an: »Zwingen Sie mich nie wieder, meinen Glauben zu verleugnen.«

»Sie reden ständig vom Sterben«, sagte Nina. »Man könnte meinen, Sie hätten mit allem abgeschlossen. Wüsste der KGB, dass Sie zur Kirche gehen, wären wir beide verloren. Vielleicht sehnen Sie sich sogar danach. Ich mich nicht.«

Sie ließ ihn stehen.

# 39,7 GRAD

## *Ein Jahr später*

26. Juni 1981. Vernehmung Opel, Elsa. Abt.1. Operationsname: Popeye. Durch: Weller, Simone. Erste Direktorin, Leiter SI.

»Frau Dr. Opel, ich befrage Sie zu Ihrer Moskauer Mission als VF der Quelle Pilger. Sie sind verpflichtet, sämtliche Fragen wahrheitsgemäß zu beantworten. Eine Weigerung hätte sowohl dienstrechtliche als auch juristische Konsequenzen. Sind Sie sich dessen bewusst?«

»Ja.«

»Nach Antritt der Mission vergingen drei Monate, bis die Verbindung zustande kam. Wie erklärt sich das?«

»Pilger gab mir Zeit, mich einzugewöhnen und mich mit dem Operationsgebiet vertraut zu machen.«

»Erzählen Sie mir von seinem Sohn.«

»Da gibt es nicht viel zu erzählen. Wir haben uns zufällig kennengelernt, in einer Bar.«

»Er war ein Informant des KGB. Korrekt?«

»Ja. Pilger hat unsere Bekanntschaft zum Anlass genommen, mich im Auftrag der KGB-Gegenspionage als Perspektivquelle bearbeiten zu können. Zum Schein.«

»Es war Ihre Aufgabe, Pilger zu führen, nicht umgekehrt.«

»Hatten Sie schon einmal Verantwortung für eine Quelle?«

»Ich stelle die Fragen, Frau Dr. Opel.«

»Also nein. Darum wissen Sie auch nicht, wie kompliziert dieses Verhältnis ist.«

»Was hat Pilgers Sohn dem KGB über Sie berichtet?«

»Lappalien.«

»Waren die dreißig Mann, die von der Siebten Verwaltung zu Ihrer Beschattung eingesetzt wurden, auch Lappalien?«

»Ich wurde enttarnt. Dafür gab es einen Grund.«

»Nennen Sie ihn mir.«

»Das könnte Ihre Sicherheitseinstufung übersteigen.«

»Ich bin Erste Direktorin und besitze dieselbe Freigabe wie der Präsident.«

Protokollnotiz: E. O. verschränkt die Arme vor der Brust.

»Sehr gut, Frau Dr. Opel. Ich weiß, dass die HVA eine Quelle mit dem Decknamen Koi beim Dienst hat. Und Sie hätten gegen den Geheimschutz verstoßen, wenn Sie es mir erzählt hätten.«

»Machen solche Spielchen Spaß?«

»Kommen wir zurück auf den Sohn von Pilger. Welcher Art war Ihre Beziehung?«

»Wir hatten keine Beziehung. Wir mochten uns. Sie werden den Unterschied kennen. Hoffe ich.«

»Ist Ihnen nie in den Sinn gekommen, dass Pilger seinen Sohn als Romeo auf Sie angesetzt haben könnte, um Sie abhängig und emotional erpressbar zu machen?«

»Ich hatte mal hohes Fieber. Da habe ich auch so geredet.«

»Polemik wird Ihnen nicht helfen.«

»Ich habe kein bisschen das Gefühl, dass Sie mir helfen wollen. Oder sonst irgendjemand beim Dienst.«

»Man hat Sie mit Ihren Gefühlen für Pilgers Sohn geschickt kompromittiert, Frau Dr. Opel. Wollen Sie das nicht sehen?«

»Definieren Sie ›man‹.«

»Pilgers Meldungen während Ihrer Zeit als VF wurden alle überprüft. Sie lassen sich größtenteils nicht verifizieren. Es könnte sich dabei um Provokationen des KGB handeln. Wie nennen die Russen das nochmal? Maskirowka?«

»Sie behaupten, dass er ein Doppelagent war?«

»Man hat ihn umgedreht, ehe Sie nach Moskau kamen.«

»Es waren 39,7 Grad damals. Aber das hier ist mehr.«

»Ich zitiere aus dem Gedächtnisprotokoll von J. Boehnke, Leiter der Aufklärung: ›Frau Dr. Opel hielt es zu Anfang für wahrscheinlich, dass Pilger vom KGB umgedreht wurde.‹«

»Als ich Pilger noch nicht kannte. Auch Boehnke hat die Möglichkeit zu diesem Zeitpunkt nicht ausgeschlossen.«

»Im Hinblick darauf, dass die Ereignisse in Moskau sich überschlagen haben, verwundert es, dass Sie sich weigerten, Rat und Hilfe bei unserem dortigen Residenten zu suchen.«

»Ich hatte seine Nummer verlegt.«

»Wollen Sie seine Aussage hören?«

»Wozu? Was mich an ihm abstößt, wird nicht drinstehen. Ich behalte Dinge, die ich nicht beweisen kann, für mich. Was mich von Ihnen und Herrn Röttger wohl unterscheidet.«

»Hat Pilger mit Ihnen über das Schicksal Ihres Vorgängers gesprochen, der im November 1979 spurlos verschwand?«

»Ja. Der VF hatte in Moskau eine Affäre und wurde von dem Ehemann seiner Geliebten getötet.«

»Sagt Pilger.«

»Ich habe die Frage beantwortet.«

»Woher wissen wir, dass das nicht die Version ist, die der KGB Pilger diktiert hat, nachdem er enttarnt wurde? In diesem Fall hätte Ihr Vorgänger sein Ende in der Lubjanka gefunden.«

»Ihre Unterstellungen haben nur ein einziges Fundament: die Tatsache, dass der Kontakt zu Pilger abgerissen ist. Es müssen Köpfe rollen. Im Zweifel meiner.«

»Sie sind vor drei Wochen nach Deutschland zurückgekehrt. Was glauben Sie, was aus Pilger geworden ist?«

»Er ist tot oder in Haft.«

»Tragen Sie daran Schuld, Frau Dr. Opel?«

Protokollnotiz: E. O. schweigt dreißig Sekunden.

»Wir unterbrechen und machen dann mit der Frage weiter, ob Sie Hochverrat begangen haben.«

# SCHARIK

*August 1980*

Ihr wäre nach Pink Floyd gewesen, nach David Bowie, Genesis, Yes, dem hypnotischen Beat von Led Zeppelin. Aber die gab es im Melodija-Plattenladen beim Haus der Freundschaft nicht. Im Angebot war sowjetischer Pop, was Ninas Schmerzgrenze ebenso überstieg wie Kosakenweisen, Märsche, Gassenhauer von der Krim und der Alexandrowchor der Roten Armee. Also erstand sie Prokofjews Sinfonien und drehte die Musik jeden Abend bis elf so laut auf, dass es kein Wunder gewesen wäre, wenn ihre Nachbarn die Miliz verständigt hätten.

Der Anruf kam nach einer Woche, morgens, als sie auf dem Bett lag und Majakowski las. Grunja war dran. »Ich hab gestern Abend wie eine Geistesgestörte an Ihre Tür gehämmert! Eine Frechheit ist das, Sie quälen das ganze Haus mit diesem Krach! Ihr Ausländer glaubt ja, ihr könnt euch alles rausnehmen! Das hört auf, oder ich melde Sie der UpDK!«

»Agrippina Antonowna –«

»Für Sie immer noch Frau Markowa!« Aufgelegt.

Nina griff sich ihren großen Einkaufsbeutel und verließ das Haus. Sie bummelte zur Gorkistraße, wo vor den Geschäften die üblichen Schlangen waren.

»Hallo, sind Sie zu Besuch in Moskau? Haben Sie Zigaretten, Nylons, Seife, Schweizer Schokolade?« wurde sie auf Englisch angesprochen. Es war ein junger Kerl. Braune Kunstlederjacke, Nietenhose mit Schlag. Entweder war er kürzlich gegen eine Tür gerannt, oder die Stirn war von Natur aus grünblau. »Hey, ich zahle sehr gute Preise in Rubel!«

Farzowschtschiki wurden die Typen genannt, Strizzis, die Ausländer überall in der Stadt anquatschten, um Westware zu erstehen, die sie für das Fünffache weiterverkaufen konnten.

Nur dass der hier kein Farzowschtschik war.

Nichts wies Nina als Ausländerin aus, schon gar nicht ihre Tasche mit dem Emblem des Sportgeschäfts Olimp. Sie hatte den Kerl schon auf der Bolschaja Bronnaja bemerkt. Das Team würde aus mindestens sechs Männern bestehen. Zwei waren auf der anderen Straßenseite, ein Pickelgesicht und ein älterer, erfahrener mit Leninkappe. Sie ließen ihr gerade so viel Luft, um sie im Auge zu haben, aber nicht aufzufallen. Die anderen würden in einer der vielen Seitenstraßen im Auto warten und sich dann mit den Kollegen abwechseln.

»Nein, danke«, versetzte sie auf Englisch.

Er tanzte noch eine Weile neben ihr her und quatschte sie voll, charmant wie ein Leichenwäscher. Erst als Nina sich ans Ende der Schlange vorm Kulinarija-Laden stellte, gab er auf.

*Man versucht, mich zu korrumpieren. Ein kleiner Verstoß gegen die Devisenvorschriften, und schon hätten sie ein Druckmittel, um mir mit Ausweisung zu drohen.*

*Was sagt das über Kukura?*

*Zählt man nicht mehr auf ihn?*

Nach fünfzehn Minuten war sie im Geschäft, kaufte Sachen, die sie niemals essen würde, und packte den Beutel so prallvoll, dass das Grünzeug der Mohrrüben über den Rand hing. Sie lief zurück. Beim roten Haus des Stadtsowjets sah sie unauffällig auf die Uhr.

Zwei Minuten für einen Block. Sie musste nicht hetzen.

Die Siebte hatte wie erwartet das Kommando ausgetauscht. Zwei vertraute Gesichter, Zinnober und Rübe. Sie waren auf der anderen Straßenseite, bei dem Reiterstandbild. Bewegten sich parallel zu ihr. Den dritten konnte sie bis jetzt noch nicht ausmachen, aber spürte ihn hinter sich, im Gewühl.

*Irgendwann werden Sie es einfach wissen*, hatte Thräne gesagt. *Wie Sie wissen, dass in einem feuchten Keller Asseln sind.*

Die Trolleybus-Haltestelle kam in Sicht. Da tauchte er auch schon auf, pünktlich wie stets, darauf durften die Moskowiter sich was einbilden. Sie war die Strecke viele Male langspaziert, kannte die Zeiten im Schlaf. Wenn nichts Unvorhergesehenes geschah, würde sie auf die Sekunde genau an der Einmündung der Gasse sein, die links abging.

Wie weit war der dritte Mann von ihr entfernt? Mindestens dreißig Meter, schätzte Nina, sonst wäre es zu plump. Der Bus hielt, Menschen stiegen ein. Er fuhr wieder an, passierte Nina exakt im richtigen Moment. Sie war für drei Sekunden aus der Sicht von Zinnober und Rübe und sprintete in die Gasse. Der dritte Mann würde ebenfalls losrennen, aber durch Passanten behindert sein. Es war ausgeschlossen, dass er auf der Strecke unter fünf, sechs Sekunden blieb, es sei denn, die Siebte hätte den Hundertmeter-Olympiasieger dienstverpflichtet.

Schon war sie in der Hauseinfahrt, die zu dem weitläufigen Parkplatz für die Nomenklatura des Stadtsowjets führte. Den Schlüssel hatte sie längst in der Hand, huschte in den Aufgang, schloss die Tür auf und drückte sie zu.

Nina hockte sich im Halbdunkel auf die blankgescheuerten Treppenstufen. Sie stellte sich vor, wie die Männer in die leere Gasse starrten, sich dann für die wahrscheinlichste Möglichkeit entschieden, in die Einfahrt liefen, den Parkplatz absuchten.

Vorletzte Woche hatte sie einen Plausch mit der Babuschka gehalten, die vor dem Haus ihr Enkelchen in den Kinderwagen setzte. Nina berichtete, dass sie aus Dnjepropetrowsk sei, und die Babuschka gab flüsternd zurück, dass ihr älterer Sohn dort in der Fabrik arbeitete, in der Raketen hergestellt wurden. Es war ein netter Schwatz über die Verrücktheiten der Welt, und als Nina sich herzlich verabschiedete, hatte sie der alten Frau ihren Schlüssel geklaut.

Sie würde jetzt eine halbe Stunde warten müssen, um dem Beschattungsteam nicht in die Arme zu laufen. Es war still im Treppenhaus. Der übliche Geruch nach nassem Hund stieg ihr in die Nase, die Scheuermilch, der man nirgends entkommen konnte. Sie dachte an ihr Gespräch mit Boehnke, am Morgen nach dem Empfang in der US-Residenz.

»Das mit dem neuen Kurier könnte sich hinziehen, ich will keinen Schnellschuss«, hatte er gesagt. »Beim Radioempfang von Nachrichten sind Sie außerdem an Ihre schmale Bürozeit gebunden. Darum lasse ich Ihnen von den Amerikanern deren neuestes Spielzeug liefern. Der Empfänger ist keine Kurzwelle, wir machen das über einen unserer Satelliten. Die Nachrichten werden auf eine Sekunde komprimiert und von dem Apparat automatisch entzerrt. Sie können sie dank seiner eingebauten Aufnahmefunktion abhören und decodieren, wann immer Sie wollen. Das Ding ist nicht größer als ein Transistorradio.«

»Nein«, hatte sie erwidert. »Mir passt schon nicht, dass der Chief der Moscow Station von mir weiß. Wenn die in unsere Botschaft liefern, werden sich noch andere einen Reim darauf machen.« Sie hatte nachgedacht. »Ich habe eine bessere Idee.«

»Nämlich?«

»Die CIA wird den Empfänger in einem Toten Briefkasten deponieren, ohne zu wissen, für wen die Ware bestimmt ist.«

»Briefkästen lassen sich observieren, wie Sie wissen.«

»Der nicht.«

Boehnke hatte sie neugierig angeschaut.

»Sie sollen es als Paket verpacken und zum Hauptpostamt in die Kirowstraße schaffen. An einem der Schalter sitzt eine Frau, sie ist leicht zu erkennen. In den Vierzigern, rot gefärbte Haare, Schminke wie Beton. Der Kurier soll fragen: *Haben Sie die Gagarin-Sondermarke?* Antwortet sie: *Tut mir leid, die hätte ich selber gern*, ist alles in Ordnung. Sagt sie was anderes, ist es nicht sicher, oder er hat die falsche Frau.«

»Wer ist sie?« hatte Boehnke gefragt.

»Eine Freundin.«

»Manchmal frage ich mich, wer von uns der Chef ist.«

»Weil ich keine Stöckchen apportiere?«

Inständig hatte Nina gehofft, dass Grunja mitspielen würde. In den Wochen, die seit jenem Abend vergangen waren, hatte sie einige Male Tee mit ihr getrunken. Genügte das, um sowas von ihr zu verlangen?

Nina saß jetzt vierzig Minuten in dem Treppenhaus. Es war Zeit. Draußen die Müllabfuhr, sonst niemand. Ohne Hast ging sie mit ihren Einkäufen zur Metro Gorkowskaja. Keine Siebte, sie wusste es einfach. In der Station lief sie an der Bronzestatue des größten Feiglings der russischen Geistesgeschichte vorbei. Gorkis Gehirn schwamm im Institut für Neurologie in einem Einweckglas. Es wog nur zwanzig Gramm weniger als das von Lenin, was als Beweis seiner Genialität galt.

Sie fuhr mit dreimal Umsteigen bis zu der Station Rischkaja am Rigaer Bahnhof, ein Monument für die Russisch-Lettische Freundschaft. Oben standen Taxis. Nina ging an ihnen vorbei, studierte die Gesichter der Fahrer. Sie nahm das sechste Auto; der Mann hatte Turgenjews *Väter und Söhne* auf der Hutablage. Er fuhr einen Umweg, aber das war ihr recht. An der Kreuzung Kirowstraße und Boulevardring stieg Nina aus, ohne auf das Wechselgeld zu warten; sinnlos bei Moskauer Taxifahrern. In der Kirowa sah sie das riesige graue Gebäude, folgte aber der Grünanlage nach Osten in Richtung der Reinen Teiche. Rechts ging es zu den Gewerbehöfen. Nach gut zweihundert Metern gelangte sie zum Hintereingang des Amtes. Laster fuhren weg, andere kamen, Pakete wurden entladen, Postsäcke.

Nina wartete eine Viertelstunde an der verabredeten Stelle. Natürlich wäre es einfacher gewesen, wenn Grunja das kleine Paket hätte mit nachhause nehmen können. Aber die Frauen wurden am Auslass kontrolliert, wie Grunja erzählt hatte.

Sie sah ihre Nachbarin aus einer Seitentür spitzen, hob kurz die Hand. Grunja verschwand wieder und lief dann mit dem Päckchen zu ihr. Nina zog sie zu sich in die Gasse.

»Wo waren Sie denn? Ich bin vor Angst schon verrückt.«

»Ich wurde aufgehalten«, sagte sie. »Vielen Dank, ich stehe in Ihrer Schuld.«

»Quatsch. Das wissen Sie auch, Anja.« Grunja klang schon wieder mutiger. »Verraten Sie bloß nicht, was da drin ist. Sonst trink ich heut Abend Wodka.«

»Keine Bombe jedenfalls.«

»Nee. Leicht, wie es ist. Ich muss wieder rein. So oft wie ich heute pinkelt kein Mensch. Außer Gromyko vielleicht.«

Sie tat das Päckchen ganz unten in ihren Beutel und musste zwei Konservendosen dafür wegschmeißen. Nina fuhr mit der Metro bis Majakowskaja. Immer wenn sie in dieser Station die mit Edelstahl verblendeten, federleicht wirkenden Bögen sah, wurden ihr die Pole bewusst, zwischen denen Moskau ständig oszillierte. Not und Verschwendung. Hochmut und Sehnsucht. Leere und Fülle. Wahrheit und Lüge.

Als sie am Hotel Peking vorbeiging, dachte sie an den Abend, an dem sie den Gorki-Vortrag gehalten hatte. Da drüben hatte sie gestanden, als sie den Mann sah. Einer hatte genügt, um sie zittern zu lassen. Es war wie die Erinnerung einer Anderen.

Die Bolschaja Grusinskaja lag verlassen vor ihr, wie immer. Die Vertretung der Bundesrepublik war nur eine unter vielen Botschaften im Viertel. Am Eingang wachten zwei Milizionäre. Vom KGB hatte Nina hier nie jemanden gesehen. Doch sie war sicher, dass die Siebte in der Nähe in Stellung lag.

Sie ging ins Haus und wartete an der Panzerglastür, bis der Pförtner den Summer betätigte. Sie musste über den Hof. Dort stand einer der zehn Bundesgrenzschutzbeamten, die für die Sicherheit der Botschaft verantwortlich waren. Er rauchte, die Augen auf Halbmast, harte Nacht gehabt.

Nina ging in den ersten Stock der Villa, schloss ihre Tür ab und öffnete das Päckchen. Sie studierte das Handbuch, halbe Stunde, schob dann den Schreibtisch von der Wand weg, löste die Schrauben der Holzpaneele. Das Fach war groß genug für das batteriebetriebene Gerät samt ausgefahrener Miniantenne. Boehnke hatte gesagt, dass der Funkstrahl des BND-Satelliten die Wand durchdrang. Das Codebuch passte auch hinein. Nur sie und Boehnke kannten den Schlüssel.

Als gerade alles wieder an seinem Platz war, klopfte es. Nina versuchte, ihre Tür so leise wie möglich aufzuschließen, doch das Geräusch war zu laut, um überhört zu werden.

Botschafter Schopen stand vor ihr. »Störe ich?«

»Nein, bitte.«

Er kam rein und setzte sich mit ihr in die Besprechungsecke. »Sie sind eine interessante junge Frau«, meinte er. »Nach gut vier Monaten könnte ich immer noch nicht sagen, was Sie hier eigentlich tun. An manchen Tagen kommen Sie, an anderen nicht. Müsste ich mich festlegen, würde ich schätzen, dass Sie höchstens zehn Stunden in der Woche bei uns im Haus sind.«

»Das Auswärtige Amt sah da kein Problem«, erwiderte sie.

»In der Tat. Dort haben Sie ja einen mächtigen Mentor. Ich kenne ihn.« Schopen schwieg für Sekunden. »Vor dem AA war Dr. Kling beim Bundesnachrichtendienst, wussten Sie das?«

Was tun, wenn ihre Gedanken nach rechts wollten, aber die Zunge nach links? Sie schüttelte den Kopf.

»Ich war bei Ihrem Vortrag, daher weiß ich, wie intelligent Sie sind, Frau Gabriel. Wir könnten uns einiges ersparen, wenn Sie darauf verzichten würden, mich für dumm zu verkaufen.«

Er hatte so harmlos gewirkt, mit seinem weichen Kinn, der Brille, den lustigen Augen.

»Ist Herr Röttger darüber informiert?« fragte er.

»Nein. Und das bleibt so. Ich habe eine EXiS-Freigabe und bin befugt, Ihnen diesbezüglich Anweisungen zu erteilen.«

Er steckte es weg wie ein gebrauchtes Taschentuch. »Keiner geht in den Diplomatischen Dienst, weil er naiv oder Pazifist ist. Meine Aversion gegen Röttger ist eher persönlicher Natur. Sie werden wissen, was ich meine.«

»Ich denke bei ihm an abgeknipste Zehennägel.«

Schopen stand auf. »Gut, dass wir das geklärt haben. Sollten Sie einmal meine Hilfe oder meinen Rat brauchen: gern.«

Um eins war sie daheim, zur Toten Stunde, wie die Moskowiter sagten. Sie legte sich hin, schlief ein. Das Telefon weckte sie.

»Heut Abend Lust auf ein bisschen Sport?«

Leo wartete auf sie vor der Metrostation Aeroport und trug Alltagskleidung. Er lachte über Ninas Gesicht, griff ihre Hand, ging mit ihr den endlosen Leningradski Prospekt lang, und es bereitete ihm sichtlich Vergnügen, keine einzige ihrer Fragen zu beantworten und stattdessen Quatsch zu quasseln. Vor der Wolokolamsker Chaussee steuerte er auf einen Industriebau zu, ein marodes Gemäuer mit Ziegelfassade.

Bereits im Gang hing der vertraute Geruch nach Shampoo und Schweiß und dem Willen, immer besser zu werden. In der Halle waren drei Boxringe, in zweien wurde Sparring gemacht. »Fäuste höher! Pendeln! Pivot! Beine, Beine, Beine!« brüllten die Trainer. Der Jüngere wandte seinen Kopf und hob die Hand. Der Ältere musterte Nina starr.

»Rechts! Links! Schultern!«

»Ich zieh mich um.« Schon war Leo weg.

Sie sah beim Sparring zu. Die Männer schlugen so hart, dass bei Treffern Schweiß von ihren Köpfen sprühte. Nina ging zu einer Wand mit gerahmten Fotos von Boxern, offenbar eine Galerie berühmter ZSKA-Kämpfer. Auf einem der Fotos war Teófilo Stevenson, ein Gesicht aus blitzenden Zähnen. Hinter ihm die Trainer. Auch Leo war dabei, mit diesem Grinsen, das nicht nach Moskau passte, sondern nach Hollywood.

Er kam in Boxerhosen und Muscle-Shirt zurück und stellte sich zu ihr. »Das war ein paar Tage nach seinem Sieg. Jeder von den Trainern durfte eine Runde mit ihm sparren. Ich habe in meinem Leben noch nie so miserabel geboxt.« Er deutete auf ein anderes Foto. »Das ist Boris Nikolajewitsch Lagutin, mein Jugendtrainer. Er war zwei Mal Olympiasieger im Halbmittel. Von Boris habe ich gelernt, dass Boxen eine Form der Beichte ist. Du sagst Sachen, die du vor dir selbst verschwiegen hast.« Leo lachte. »Das tut eben manchmal weh.«

»Und wenn es nichts für mich ist?« fragte sie.

»Sei nicht albern.« Er bandagierte ihre Hände, so sanft, dass es nicht sorgfältig, sondern zärtlich wirkte. Leo streifte ihr die Handschuhe über, hielt den Zahnschutz hoch.

Sie beäugte das Ding misstrauisch.

»Frisch aus der Verpackung«, sagte er.

Bei Stevenson war ihr der Ring groß vorgekommen. Doch als sie jetzt über die Seile stieg, erschien er ihr winzig.

»Es spielt keine Rolle, wie groß oder klein er ist«, sagte Leo. »Der Kampf spielt sich auf maximal einem Quadratmeter ab.«

»Auf einem Quadratmeter kann viel passieren«, erwiderte sie, dicht vor ihm.

Er kam noch etwas näher. »Manchmal genügt weniger.«

»Und wer unten liegt, hat verloren?«

Leo grinste breit. »Einiges ist für dich eine Umstellung. Du bist es gewohnt, beim Laufen durch den Mund zu atmen. Das geht hier natürlich nicht. Der Mund muss immer zu sein. Beiß fest auf den Schutz und zieh die Zunge zurück, sonst lispelst du demnächst. Du arbeitest nicht mit den Bauchmuskeln, hier ist das unverzichtbar. Spann sie ständig an, um deine inneren Organe zu schützen. Zu guter Letzt: Beim Laufen bewegst du die Schultern kaum. Jetzt musst du sie einsetzen. Du pendelst damit, täuschst, legst Kraft in den Schlag. Schultern und Beine, das ist Boxen. Versuch mal, mich zu treffen.«

Er stand nur einen Meter vor ihr, sie war sicher, dass sie ihn erwischen würde. Aber Leo tanzte sie minutenlang lässig aus, als würde er Papierfliegern ausweichen.

»Warum wedelst du so rum, willst du eine Mücke verjagen?« fragte er, während er Schwanensee war und sie Rummelplatz. »Erstens: Schau deinem Gegner nie in die Augen, sondern nur auf den Oberkörper. Die Muskeln verraten, was man vorhat.«

Plötzlich stand er still. Sie erwischte ihn an der Brust. Doch im nächsten Moment lag sie auf den Brettern, weil Leo ihr die Beine weggehauen hatte.

»Zweitens: Du schließt deine Augen, wenn du einen Treffer gelandet hast. Das ist normal. Aber mach sie sofort wieder auf, sonst verpasst du die Reaktion des Gegners.«

»Der Boden federt«, sagte sie, als sie wieder stand.

»Das hättest du schon früher gemerkt, wenn du deine Beine bewegt hättest. Grundstellung: Stell deine Füße schulterbreit, aber der starke Fuß steht etwas weiter hinten. Gut so. Du bist Rechtshänderin. Das ist die Schlaghand, deine stärkste Waffe. Mit der Linken führst du, was mehr oder weniger heißt, dass du deinen Gegner damit auf Abstand hältst. Aber bei Schlägen mit rechts schützt deine Linke auch Nase und Mund. Heb die Fäuste. Nicht vor die Stirn. Dein Schädelknochen ist hart wie Stein, um den musst du dich nicht kümmern. Tiefer, vor Kinn und Nase. Exakt so. Handrücken leicht nach außen, Ellbogen an den Körper; deine Rippen werden es dir danken. Du stehst zu gerade, mach dich kleiner, dann bist du beweglicher. Kopf runter. Gut. Heute zeige ich dir nur einen Schlag: die Gerade, du benutzt dazu deine Führhand. Schieß die Faust nach vorn, hol dir die Kraft aus dem Trizeps. Nicht schwingen, Schulter und Arm auf einer Linie, explosiv. Schön. Schneller! Schneller! Ist das alles? Härter! Dreh die Hüfte in den Schlag. Ja! Ja! Ja!«

Nach einer halben Stunde war ihr linker Arm aus Pudding.

»Genug für heute«, sagte Leo.

»Kann ich hier duschen?« fragte sie.

»Klar.« Er warf ihr das Handtuch zu, das am Seil hing, und sah zu den anderen, die ihr Sparring ebenfalls beendet hatten. »Ich hab die Jungs im Blick.«

Sie grinsten.

Nachher gingen sie alle etwas trinken, in einer Halle gleich nebenan, wo sie für ein paar Kopeken ihre Biere selbst zapften und scharfen Fisch aßen, der durch eine Wandklappe gereicht wurde. Sie waren neugierig auf Nina, aber nicht auf die platte Art. Sie meinte, dass sie Dolmetscherin in der DDR-Botschaft sei, und brachte sie mit einer Parodie von Honeckers Russisch zum Grölen. An dem Respekt, den sie Leo entgegenbrachten, aus Frotzeleien, Anspielungen, erkannte Nina, dass ohne die Verletzung sein Bild irgendwann in der Halle gehangen hätte.

Als Leo auf der Toilette war, sagte sie: »Bestimmt bringt er öfter Mädchen mit zum Boxen.«

Der Riese, den alle Scharik nannten, Murmel, brummte ins Glas: »Wir haben ihn überhaupt noch nie mit einem Mädchen gesehen. Seit damals.«

Alle schauten sehr ernst. Sie wagte nicht nachzufragen.

Als Leo sie zur Metro brachte, sagte er: »Lust auf mehr?«

»Lass mich überlegen. Okay. Montags bis sonntags ging's.«

Er griff in seine Jeansjacke und gab ihr ein Springseil. »Jeden Tag eine Viertelstunde.«

Am nächsten Morgen wachte Nina mit Muskelkater in den Armen auf. In der Botschaft schloss sie ihre Tür ab und nahm den Empfänger aus dem Versteck. Er meldete eine Nachricht. Es waren wenige Zahlenkolonnen, die sie mit dem Codebuch im Handumdrehen in Text umgewandelt hatte.

*Neuer Kurier in 2 Wochen. Bringt Container. B.*

Dann würde Nina ihm melden müssen, dass der Kontakt zu Kukura seit dem Tag in der Bibliothek abgerissen war.

# FRATZE

Nina konnte die Trainingsstunden kaum abwarten. Sie lernte die Grundschläge, wieder und wieder die Gerade, dann einen Cross-Punch. Meist lag sie dabei auf der Matte, und Leo stand mit den Pratzen über ihr. Das kräftige ihre Bauchmuskulatur, meinte er. Wenn sie morgens aus dem Bett stieg, kriegte sie es zu fühlen. Aber größtenteils machten sie Beinarbeit. Sidestep, Diagonal, Pivot. Dabei wurden ganz andere Muskeln belastet als beim Laufen, und auf den morgendlichen Runden um den Patriarchenteich spürte Nina anfangs jeden ihrer Schritte. Am meisten mochte sie den Passgang, dieses ständige Tänzeln um Leo rum. Er trug noch immer keine Handschuhe, deutete die Schläge nur an, aber sie kamen so schnell und präzise, dass sie eine Ahnung davon bekam, wie es sich anfühlen musste, ihm bei einem Kampf gegenüberzustehen. Nina lernte, aus seiner Reichweite zu hüpfen, mit dynamischen Bewegungen, um die Balance nicht zu verlieren.

Zuhause machte sie Schattenboxen vor dem Spiegel, sprang mit dem Seil. Vor der Tür begegnete sie Grunja. »Was treiben Sie denn den halben Abend, Anja? Es hört sich ja an, als ob Sie Stechschritt für die Maiparade üben.«

»Ich tanze nur ein bisschen«, erwiderte sie lachend.

In den Stunden, die sie trainierten, waren immer dieselben Jungs mit ihren beiden Trainern in der Halle. Nach einer Zeit kannten sie Nina schon recht gut, frotzelten ein bisschen, aber sahen auch, dass ihre Beine, ihr Körpergefühl fürs Boxen wie geschaffen waren.

Der kleine Sila, Leichtgewicht, menschlicher Flummi, rief: »Hey, Leo, endlich bringt dir jemand Tanzen bei.«

»Ich finde, er ist fürs Frauenboxen wie gemacht«, gab Tolja seinen Senf dazu.

Leo grinste. »In einem Jahr stelle ich sie gegen euch in den Ring, dann heult ihr bei euren Mamas.«

*In einem Jahr werde ich nicht mehr hier sein*, dachte Nina. *Ich habe Kukura in der Leninka so verletzt, dass er es beendet. Boehnke wird mich abziehen, und ich werde Leo nie wiedersehen.*

Sie hätte ihn nach seinem Vater fragen können, tat es nicht.

Und fragte nicht nach diesem Mädchen.

Nach ihrem Manöver auf der Gorkistraße hatte die Siebte die Teams gewechselt. Kein Zinnober mehr, kein Rübe. Selbst Plisch und Plum, die sie bisher für die härtesten Kerle gehalten hatte, sah sie nicht mehr. Ihre Nachfolger waren so unsichtbar, dass Nina sie eines Abends, als sie vom Boxtraining heimfuhr, erst in der vorletzten Metrostation bemerkte.

In der dritten Reinigungsschleuse.

Am Abend bevor der Kurier kam, hielt sie es nicht mehr aus und fuhr zu dem Briefkasten, den Kukura *Sturm* nannte. Die Straße, die auf ihrem BND-Stadtplan falsch geschrieben war, lag in Sokolniki, im Nordosten. Sie nahm sich vier Stunden für die Schüttelstrecke. Die Männer waren Elite, doch das war sie auch, und am Ende zweifelte sie nicht daran, sie losgeworden zu sein. Die Kreuzung an der Russakowskaja war so belebt wie Pullach bei Nacht, aber ein einsamer Verkehrspolizist hielt auf der anderen Seite des Prospekts die Stellung. Nina kam in die kleine Straße und folgte ihr bis zum Ende. Der Platz lag rechts hinter Bäumen, war mit Unkraut überwuchert, vergessen. Sie ging zu der Wasserpumpe, schraubte die Zierkappe ab.

Da war ein Zettel. Nina steckte ihn rasch ein.

Hinter ihr knackte ein Zweig.

Sie fuhr herum.

Und starrte in das Gesicht von Ruslan Frolow.

Er war in Uniform. »Das is ja'n Ding«, sagte er.

Nina hatte alles bedacht, sich in sechs Reinigungsschleusen begeben und in der Halle des Leningrader Bahnhofs eine Volte vollführt, die selbst Thräne zum Staunen gebracht hätte. Erst war sie in einem Pulk von Zugreisenden verschwunden, hatte dann einen Wimpernschlag gebraucht, um sich zwischen zwei Getränkebuden den Blicken ihrer Verfolger zu entziehen und wenige Sekunden später auf der anderen Seite als gebrechliche, alte Frau mit Kittelschürze wieder aufzutauchen.

Aber Ruslan Frolow musste von allen Kreuzungen der Stadt ausgerechnet hier oben an der Rusakowskaja Dienst schieben. Er hatte den gleichen bösartigen Blick wie an jenem Abend in Grunjas Wohnung, ein Klotz von einem Mann, einen Zentner schwerer als sie.

»Bei welcher Botschaft bist du nochmal?«

Nina täuschte links an, rannte nach rechts, war fast an ihm vorbei, aber er erwischte ihren Jackenärmel. Sie stürzte, er riss sie hoch. Schmiss sie gegen einen Baum. Es fühlte sich an, als ob ihr Rückgrat brach. Frolow packte sie an der Gurgel, zog sie hoch und drückte sie an den Stamm.

»Hab dich was gefragt.«

Durch ihren Kopf wirbelten alle Boxschläge, die sie in den zwei Wochen gelernt hatte. Wie töricht. Sie war keine Boxerin, bloß eine achtundfünfzig Kilo schwere Anfängerin, die bisher noch keinen einzigen Wirkungstreffer anbringen konnte. Und selbst wenn sie schon ihr Leben lang im Ring gestanden hätte, wäre sie für diesen Mann bloß Spielzeug.

Ihr wurde schwarz vor Augen. »Ich kriege keine Luft mehr«, quetschte sie heraus. Sie hörte ihre eigene Stimme kaum.

Wäre Nina in der Lage gewesen, den Schlag zu analysieren, hätte sie ihn als Haken identifiziert, von der Seite gegen ihre Schläfe. Aber in ihrem Kopf war nur Platz für den Schmerz.

Erst als sie auf dem Boden lag, kam sie wieder zu sich und wurde gewahr, dass er sie losgelassen hatte und ein bisschen mit ihr spielen wollte. Frolow trat ihr steil auf den Bauch, dann zweimal in die Rippen. Sie schwebte für einen Moment neben ihrem Körper, betrachtete ihn bedrückt, sah, wie er litt, hörte ihren eigenen Schrei.

Aus dem Funkgerät an Frolows Gürtel knarzte eine Stimme. »Swesda 17, Unfall an der Babajewskaja. Sind Sie in der Nähe? ... Swesda 17?«

In weiter Ferne segelte ein Gedanke durch die Nacht. *Wenn er jetzt meldet, wen er hier hat, ist alles verloren.* Sie wusste, dass es sinnlos war, aber als sie sah, dass Frolow nach dem Funkgerät griff, sprang sie hoch und stürzte sich auf ihn. Sie wollte ihren Schlüssel in sein Auge stechen, doch er machte irgendwas mit ihr, das die letzte Luft aus ihrem Körper pumpte.

Sie lag wieder auf der Erde, hörte ihn sagen: »Swesda 17. Bin bei einer Personenüberprüfung, kann sich hinziehen.«

»Verstanden, Swesda 17. Brauchen Sie Verstärkung?«

»Momentan nicht.«

Frolow setzte sich auf sie, wog Tonnen. »Wer von uns muss Schiss vorm KGB haben, Schljucha? Ich hab jetzt meinen Spaß mit dir, dann schleif ich dich zur Lubjanka.«

Er machte seine Hose auf. Ninas Hände fuchtelten im Gras herum, so verzweifelt, dass sie Frolow vor Tränen kaum noch sah. Ihre Linke fand etwas. Einen großen Stein. Sie schlug ihn mit aller Macht in Frolows Gesicht. Hörte seine Nase brechen. Sie schlug noch einmal zu, jetzt gegen sein Kinn. Er kippte um, halb bewusstlos. Sie strampelte sich frei, sah ihn da liegen. Er stöhnte, wollte schon wieder auf die Knie. Nina trat ihm in die Drosselgrube, er sackte zusammen.

Sie hätte fliehen können. Aber wusste: Auch dann wäre die Lubjanka die Endstation gewesen. Fieberhaft suchte sie nach einem Ausweg. Es gab nur den einen.

Sie lief zur Wasserpumpe und fand die Stahlkappe. Sie war groß wie ein Treppenknauf der Lenin-Bibliothek, wog schwer. Sie ging zu Frolow. Er sah mit glasigen Augen hoch, versuchte, sich aufzurichten, und murmelte etwas Dumpfes. Nina kniete sich vor ihn, packte den Knauf mit beiden Händen, holte aus. Sechs Schläge brauchte sie, um seinen Schädel so gründlich zu zerschmettern, dass in ihm kein Leben mehr sein konnte. Sie ließ die Stahlkappe fallen, glitt in eine Welt, in der kein Licht war, kein Laut bis auf das Brechen der Knochen, das sie wieder und wieder hörte. Sah ihn dann vor sich liegen, die Fratze aus Blut und Gehirnmasse, nicht mehr menschlich.

Sie tastete am Hals nach dem Puls. Die Berührung kostete sie so viel Überwindung, dass sie kotzen wollte.

Da war nichts.

Nina schraubte die Kappe wieder auf den Schlegel, zog das T-Shirt aus ihrer Jeans und wischte sie damit ab. Sie rannte los. Als sie schon fast auf der Straße war, dachte sie siedend heiß an die Fingerabdrücke, die sie auf Frolows Uniform hinterlassen haben musste. Nina rannte zurück und zwang sich, die Leiche anzusehen. Hatte sie ihn überhaupt berührt?

Doch, am Arm, als er sie würgte, fiel ihr ein.

Wo noch? Alles war weg.

Sie zog ihn aus. Es war das Ekligste, was sie in ihrem Leben je getan hatte. Nina verschnürte seine Uniform und die Schuhe mit ihrer Jacke zu einem Bündel. Rieb mit dem Shirt über die Stelle am Hals, wo sie den Puls gesucht hatte. Sie brach einen großen Laubzweig von einem Busch ab, verwischte sorgfältig ihre Fußspuren, während sie sich langsam rückwärts bewegte. Vor der Straße wischte sie auch den Zweig ab, ließ ihn liegen. Wo genau war sie? Im Osten musste die Jausa sein, Nebenfluss der Moskwa. Nina erinnerte sich, dass Kukura das fallenließ, als sie zum WDNCh gefahren waren. Wie weit konnte es sein? Höchstens zwei Kilometer, schätzte sie.

Sie folgte kleinen Straßen und zwang sich zu Schritttempo, um kein Aufsehen zu erregen. Es war fast Mitternacht; bis auf ein knutschendes Pärchen vor einem Haus sah sie niemanden. Dann kam sie zum Fluss, eine trübe Kloake, die nach Fäkalien stank. Sie stieg die Böschung hinunter, suchte nach etwas, um das Bündel zu beschweren, fand nichts. Ließen sich Abdrücke auf nassen Textilien sichern? Sie wusste es nicht. Nina fiel aus der Zeit und merkte plötzlich, dass sie betete. Sie zog die Jacke wieder an, legte sich am Ufer auf den Bauch und tunkte jedes Stück der Kleidung hinein, ehe sie die Sachen der schwachen Strömung überließ. Sie setzte sich hin und sah zu, wie alles in der Dunkelheit verschwand.

*Und wenn Sie noch so schlau sind, der Zufall ist schlauer.*

Sie fragte sich, ob Frolow schon vermisst wurde. Vermutlich hatten Gaischniki sich in festen Abständen bei ihrer Zentrale zu melden. Vielleicht wimmelt es rund um die Russakowskaja bereits von Miliz. Ein paar hundert Meter entfernt sah sie eine Brücke. Sie lief in die Richtung. Am anderen Ufer befand sich eine Metrostation. In den Sechzigern gebaut, keine Spur von dem Pomp der meisten Bahnhöfe des Stadtzentrums. Sie war bereits in der Halle, als ihr zum ersten Mal einfiel, ihr wehes Gesicht abzutasten. Kein Blut, Gott sei Dank. Nina streifte die Kapuze ihrer Jacke über den Kopf, hockte sich auf eine Bank. Der Zug kam schon nach einer Minute, sie war allein im Abteil. Sie nahm die Kapuze runter und studierte ihr Spiegelbild im Fenster des Waggons. Im grellen Licht sah sie kaum eine Spur von Frolows Schlägen. Nina verstand es nicht. In ihr war kein Knochen, kein Muskel, der nicht aus purem Schmerz bestand.

Sie musste einmal umsteigen, war an der Gorkowskaja, lief zum Haus. Jemand packte sie an der Schulter und zerrte sie in eine Einfahrt. Sie schlug um sich.

Aber er war stärker.

# BETEN

Sie sank an Kukuras Brust und weinte ohne Unterlass. Es war, als hätte sie alle Tränen ihres Lebens für diesen einen Moment aufgespart. Am Ende würgte sie nur noch.

»Was ist passiert?« flüsterte er.

Seltsam, dass ihr erster klarer Gedanke war: »Wir können den Briefkasten in Sokolniki nicht mehr benutzen.«

Nina erzählte alles, hatte das Gefühl, die halbe Nacht dafür zu brauchen. Weinte immer wieder.

»Wie lang ist das her?« fragte Kukura ruhig.

»Ich weiß nicht.«

»Wie heißt der Gaischnik?«

»Ruslan Gennadjewitsch Frolow, 2. Abteilung.«

Er fasste sie an den Schultern, schaute ihr in die Augen. »Sie müssen die Kapuze absetzen. Es ist nicht kalt, und es könnte sein, dass die Siebte vor Ihrem Haus ist.« Er strich ihre Haare zurück, inspizierte ihr Gesicht. »Man sieht kaum etwas, aber morgen werden Schläfe und Kinn geschwollen sein. Das lässt sich mit Schminke lösen. Ich bin um neun bei Ihnen.«

Sie wollte wieder weinen.

»Haben Sie mich verstanden, Anjuta?«

Sie nickte.

Er verschwand.

Die räudige Katze, die sie schon kannte, saß in ihrer Straße auf der Mauerkrone. Nina ging in die Hocke und lockte sie. Die Katze streunte lässig zu ihr, ließ sich abschmusen. Nina nahm sich Zeit. Als hätte sie einen netten Abend gehabt.

Als sie dann ihre Wohnungstür hinter sich abschloss, wollte sie schreien, aber durfte nicht. Sie versuchte, ein kleines Lied zu pfeifen, hatte keine Spucke. Im Bad zog sie ihre Sachen aus und betrachtete sich im Spiegel.

Die rechte Schläfe war geschwollen, die Haut abgeschürft, wo Frolows Faust sie getroffen hatte. Am Kinn sah Nina nichts. Als sie den Hinterkopf abtastete, fühlte sie, dass die Haare dort verklebt waren. Also doch Blut, aber verkrustet. Nina musste hoffen, dass es niemandem aufgefallen war. Den rechten Arm konnte sie kaum heben. Atmen ging. Wenn Rippen gebrochen waren, dann glatt. Sie sank auf den Klodeckel und las Kukuras Zettel. *Wir werden reden. Melde mich.*

Nina spülte das Papier runter, duschte. Legte ihre Kleidung dann zum Einweichen in die Wanne. Sie zog ihren Pyjama an und saß steinern auf dem Bett, wissend, dass sie keinen Schlaf finden würde. Es war, als ob Frolow ihr Herz zerquetschte. Sie zog sich an, öffnete leise die Wohnungstür, drückte sie zu und klopfte gegenüber.

Grunja machte im Nachthemd auf. Sie sah ihr in die Augen, sagte nichts, zog sie hinein. Nina fiel auf die Schlafcouch. Wie konnte ein Mensch nur so viele Tränen haben?

Grunja hielt ihre Hand. »Was ist passiert?« flüsterte sie.

»Ein Mann hat mich geschlagen«, brachte sie raus.

»Bist du verletzt?«

»Am Hinterkopf. Kannst du nachschauen?«

Sie begutachtete die Wunde. »Ist nicht so schlimm. ›Es gibt nichts auf der weiten Welt, was sich nicht mit einer Tasse Tee heilen lässt‹, hat mein Papa gesagt. Und wenn du einen Schuss Wodka reinkippst, erst recht.«

Es war eher Wodka mit Tee, aber das tat gut.

Grunja musterte Nina wissend. »Wir zwei haben wohl eine Schwäche für die falschen Kerle. War es der Hübsche, der ein paarmal hier war?«

»Nein. Hast du den Gaischnik eigentlich nochmal gesehen?«

»Um Gottes willen. Ich hab keine Sehnsucht danach.«

»Vielleicht hat er Frau und Kind und ist an dem Abend zur Vernunft gekommen«, sagte Nina wie nebenbei.

»Bestimmt nicht. Ich war mal bei ihm, in Chowrino. In der Bude lag Essen von vor der Revolution rum.«

Ohne Schminke sah sie zehn Jahre jünger aus.

»Du hast schönes Porzellan, das ist mir sofort aufgefallen.« Es half, irgendwas zu reden. »Erbstücke?«

»Von meiner Mutter. Sie war aus einem vornehmem Haus in Sankt Petersburg. Als Kind hatte sie ein Zimmer ganz allein für sich, stell dir das mal vor. Mein Opa war Spielzeugfabrikant, den habe ich nie kennengelernt, weil er aufgehängt worden ist. *Gewesene Leute* haben sie Menschen wie meine Mutter genannt. Sie ist mit meinem Vater dann nach Moskau, wo er Arbeit im Volkskommissariat für Industrie gekriegt hat. Die Dienststelle war im 13. Stock, Jesses. Drum haben sie in einer Kommunalka gewohnt, da mussten alle alles teilen, sogar die Unterwäsche.«

Sie hätte nicht gedacht, je wieder lachen zu können.

»Von meiner Mutter habe ich nur noch den Mantel und das Porzellan und das Foto. *Moskau glaubt den Tränen nicht* heißt ein Film, in dem ich neulich war. Ja.«

Nina blieb, bis sie von jetzt auf gleich so müde wurde, dass sie sich zwingen musste, die Augen aufzuhalten. Sie fiel in ihr Bett und schlief tief und traumlos. Die Schmerzen weckten sie um sechs. Sie schaffte es kaum ins Bad. Im Spiegel sah sie ihr Kinn. Sie legte so dick Schminke auf, dass sie sich wie Grunja vorkam. Die Schläfe würde kein Problem sein, solange sie die Haare offen ließ. Alles in Nina wehrte sich dagegen, doch sie wusste, dass sie laufen musste, um die Siebte nicht hellhörig zu machen. Schon die paar Meter bis zur Tür waren eine Qual. Vorm Haus trabte sie los, jeder Schritt ein Messerstich in ihre Rippen. Sie bekam nicht genug Luft durch die Nase, riss weit den Mund auf, gierte. So musste es gegen Ende des Badwater Ultramarathons sein, zweihundert Kilometer durch das Death Valley, im Juli, bei fünfzig Grad Celsius. Und Nina hatte noch alles vor sich. Am Ende ertappte sie sich wieder beim Beten.

In der Dusche konnte sie sich bloß mit links einseifen. Jetzt sah sie auch den Bluterguss am Oberbauch. Sie schminkte sich noch einmal. Selbst die kleinste Berührung trieb ihr Tränen in die Augen. Um neun klingelte es an der Tür.

»Guten Morgen, junge Dame«, sagte Kukura fröhlich. »Ich fand es schön, dass wir uns gestern Abend auf dem Arbat über den Weg liefen. Doch Sie hätten im Restaurant wirklich nicht bezahlen müssen. Tschekisten kriegen am Einundzwanzigsten Geld, weil das Dserschinskis Geburtstag ist.«

»Gern geschehen«, meinte sie.

»Ich dachte mir, dass Sie an so einem strahlenden Tag Lust auf eine kleine Kahnpartie im Gorkipark haben könnten.«

»Eigentlich müsste ich in die Botschaft«, sagte sie.

»Kommen Sie schon, Sie mögen doch unser Eis so gern. Ich lade Sie zu einer großen Waffel ein.«

»Sicher wollen Sie mir wieder die Freuden des Sozialismus nahebringen, mir klingeln noch von gestern die Ohren.«

»Es wäre mir ein Fest, meine liebe Anja Gregorowna! Nichts geht über einen gemeinsamen Ausflug von Klassenfeinden!«

Sie fuhren über den Gartenring. Draußen Stalins steinerne Hochzeitstorten. Kukura kontrollierte permanent die Spiegel. Am Hotel Warszawa fuhr er auf einen Parkplatz.

»Wie geht es Ihnen?«

»Wie Scott am Südpol.«

»Sie scherzen schon wieder, das ist gut.«

»Was, wenn man ein Foto von Frolows Leiche an den KGB schickt und einer aus meinem Observationskommando sich erinnert, dass er ihn mal in mein Haus gehen sah?«

»Machen Sie sich keine Gedanken mehr um ihn.«

»Ich würde lachen, wenn es nicht so wehtun würde.«

»Man hatte gestern Nacht noch nicht nach Frolow gesucht, und wenn doch, hat die Miliz ihn nicht gefunden. Ich habe in seinem Rattenloch von einer Wohnung dreißigtausend Rubel deponiert. Das bringt auf dem Schwarzmarkt fast fünftausend Dollar. Die Leiche habe ich auf einer Brache abgelegt und eine Raute in seine Brust geschnitten, das Erkennungszeichen der Tirowskaja-Mafia. Man wird denken, dass Frolow korrupt war und von der Unterwelt erledigt wurde.«

»Woher wussten Sie, wo er wohnt?« fragte Nina tonlos.

»Ich kenne jemanden bei der Miliz. Er wird schweigen.«

»Wo haben Sie so viel Geld her?«

»Haben Sie vergessen, wo ich arbeite?« Und dann: »Warum haben Sie Frolow ausgezogen?«

»Ich wusste nicht mehr, wo ich ihn angefasst hatte.«

»Unnötig. Auf Textilien haften keine Fingerabdrücke.«

Sie spazierten durch den Park. Nina war an einem Sonntag mal hier gewesen, als es ein Gewimmel gewesen war, jauchzende Kinder auf den Karussells. Aber unter der Woche verloren sich ein paar hundert zwischen den Buden. Am leeren Autoscooter blökte *O Odessa* aus dem Lautsprecher.

»Kamyschin hat mir berichtet, dass Sie auf der Gorkistraße ein Zauberstück dargeboten haben. War das klug?«

»Klug nicht, aber unumgänglich.«

»Man bringt uns in der Ausbildung bei, dass ein Feindagent eine Observation nur bemerkt, wenn wir es ihn wissen lassen wollen. Sie sind für die Siebte eine narzisstische Kränkung.«

Nina erzählte ihm von dem Satellitenempfänger.

»Das war riskant«, sagte Kukura. »Woher wussten Sie, dass Agrippina Markowa Sie nicht verraten würde?«

»Am Trillern erkennt man die Lerche.«

»Vielleicht habe ich zu lange unter Raubvögeln gelebt.«

Als sie im Kahn saßen und Kukura sie über den See ruderte, holte sie Luft. »Nikolaj Artjomowitsch –«

»Ab jetzt Rem. Ich weiß, du wirst dich nie verplappern.«

Dankbar erwiderte Nina sein Lächeln. »Rem, es tut mir leid, dass ich deine Gefühle verletzt habe. Das wollte ich nicht. Ich hoffe, dass du meine Entschuldigung annimmst.«

»Ach, Ninotschka, wir Russen sind im Nu gekränkt. Bei mir wird es schlimmer mit jedem Jahr. Dass ich gläubig bin, macht mich nicht zu einem besseren Menschen. Stalin war als junger Mann in Tiflis auf dem Priesterseminar. Später hat er heimlich in der Kreml-Kapelle gebetet. Es hielt ihn aber nicht davon ab, tausende Priester ermorden zu lassen. Ich weiß, dass du nicht an Gott glaubst. Und doch hast du ein gutes Herz. So werden wir uns immer verstehen, mit dem Herzen.«

»Magst du den Gorkipark?« fragte sie etwas später.

»Im Winter. Wenn die Menschen rote Nasen haben und auf der Schlittschuhbahn beim Hinfallen lachen, könnte man fast denken, sie wären glücklich.«

Nina sah auf ihre Uhr. »Lass uns bald zurückfahren. Heute kommt der neue Kurier in die Botschaft und bringt mir einen besonderen Container.«

»Was kann er?«

»Er hat eine Nummernscheibe. Wird sie beim Öffnen nicht auf genau zweiundsechzig Grad gestellt, vernichtet der Inhalt sich selbst. Nur Boehnke und ich kennen die Einstellung.«

»Das schönste Spielzeug haben stets die anderen. Ich gebe dir den Film mit der Flick-Datei. Und mehr.«

Sie schaute ihn fragend an.

»Die HVA besitzt umfassende Kenntnis über die Stärke der Pershings und Cruise Missiles, die in Westdeutschland in den kommenden Jahren stationiert werden sollen.« Rem hielt die Ruder still. »Und sie sind in die funkelektronische Aufklärung der USA eingebrochen.«

»Sie müssen eine Quelle bei SIGINT haben«, meinte Nina nach einer Schocksekunde.

»Richtig. Eine bei der Signals Intelligence und eine weitere im NATO-Hauptquartier. Wie du aus meiner Akte weißt.«

Die Quelle saß in Brüssel. Ihr Deckname war *Topas*, und sie hatte Zugriff auf Papiere der sensibelsten NATO-Geheimstufe *Cosmic Top Secret*. Bis jetzt unentdeckt.

Rem wendete das Boot. »Gestern habe ich das Politbüro in Kenntnis gesetzt. Im Bulletin muss übrigens eine extrabreite Schrift mit Großbuchstaben benutzt werden, damit sie's lesen können. *Gähnende Höhen* hat Sinowjew seinen Kreml-Roman genannt; vor zwei Jahren haben sie ihn ausgebürgert.«

»Ich frage mich schon lange, wie du die Filme aus der Insel rausschmuggelst. Wirst du nicht kontrolliert?«

»Wie oft bist du in Pullach kontrolliert worden?«

»Noch nie«, musste sie zugeben.

»Geheimdienste sind immer derselbe Zoo. Es gibt ein paar Elefanten, die Hyänen, die Orang-Utans und die Aasgeier. Am Auslass sitzen die Kapuzineräffchen.«

»Und was sind wir beide?« fragte sie.

»Ist doch klar: die Maulwürfe.« Sie lachte mit, auch wenn es weh tat. »Meistens mache ich es aus dem Gedächtnis, so ist es sicherer. Ich bin kein Adrenalinschik und vermeide Stress.«

Im Auto nahm er den Rekorder aus dem Handschuhfach. »Wir müssen noch unser offizielles Programm absitzen«, meinte er und schaltete das Gerät ein. »Was ich Sie gestern schon fragen wollte: Wie bringen Sie Ihre strengen Moralvorstellungen mit den Klassenunterschieden bei Ihnen überein?«

»Was wissen Sie denn über meine Moralvorstellungen?«

»Ich bin ein guter Menschenkenner. So wie Sie. Das dürfte die wichtigste Voraussetzung für unseren Beruf sein.«

»Und ein guter Magen. Wenn man hier stationiert ist.«

»Kann es sein, dass Sie mir ausweichen?«

»Wir überlassen es den Menschen selbst, aus ihrem Leben das Beste zu machen. Was soll schlecht daran sein?«

»Ja, was wohl? *Das Gesetz in seiner majestätischen Gleichheit verbietet es Reichen wie Armen, unter Brücken zu schlafen, auf den Straßen zu betteln und Brot zu stehlen.* Schrieb das nicht Anatol France? Sie kennen sich da besser aus.«

»Ich verstehe, dass Sie versuchen, mich anzuwerben«, gab sie zurück. »Das nehme ich Ihnen nicht übel. Da fällt mir ein: Haben Sie eine Vorstellung, was wir Ihnen bezahlen würden, wenn Sie sich entschließen könnten, für uns zu arbeiten?«

Er lachte leise. »Besuchen Sie mich doch bei Gelegenheit in Jassenewo, dann besprechen wir das bei einer Tasse Tee.«

»Oder Sie fahren mit mir mal aus der Stadt raus und zeigen mir eins dieser potjomkinschen Musterkombinate, die man so gern Ausländern vorführt. Ich wäre bestimmt beeindruckt.«

»Rausfahren könnten wir. Ich habe eine kleine Datscha bei Swenigorod. Wie wär's? Am Wochenende?«

»Warum nicht. Aber jetzt will ich mein Eis.«

Sie öffneten beide die Autotüren, zogen sie wieder zu. Rem beendete die Aufnahme. »Gut gemacht. An so einem Tag.«

Er fuhr zurück. Sie wusste nicht mehr, wie sie sitzen sollte, spürte jede Bodenwelle in den Rippen. Hinter der Krimbrücke überholte sie ein schwarz-grauer Kastenwagen.

»Das ist ein Gefangenentransporter für Dissidenten«, sagte Rem. »In der Fünften werden sie *Mülllaster* genannt.«

Ein Schlagloch wie ein Tritt. Nina sah wieder Frolows Fratze. »Hast du schon einmal einen Menschen getötet?« fragte sie.

»Ja.«

»Wer war er?«

Rem schwieg bis zum Arbat, bog in eine Gasse und stoppte. »Er hieß Rolf Köhler. Und er war dein Vorgänger.«

Einen Moment hoffte sie noch, es sei ein Scherz. Doch er sah ihr in die Augen, und es traf sie wie Frolows Faust.

»Er hätte mir von seinem Verhältnis mit der Ehefrau dieses Wissenschaftlers aus dem Institut für USA-Studien erzählen müssen, tat es jedoch nicht. Als ich das herausgefunden hatte, musste ich meine Enttarnung befürchten. Ich habe mit Köhler gesprochen, er hat mich ausgelacht. Wochenlang bin ich ihm gefolgt. Er trank, das hatte ich längst vermutet. Er schien auch in finanziellen Nöten zu stecken. In einem Hinterzimmer des Metropol hat er um Geld gezockt und verloren. Ich habe zwei Treffs platzen lassen, den Schalldämpfer auf meine Makarow geschraubt, ihm in den Kopf geschossen und ihn im Wald bei Sagorje verscharrt.«

»Warum hast du mich angelogen?« fragte sie rau.

»Wir kannten uns noch nicht. Nicht wie jetzt.«

»Du hättest Boehnke über den Toten Briefkasten im Hotel Sowjezki eine Nachricht zukommen lassen können. Er hätte Köhler sofort abgezogen und durch jemand anderen ersetzt.«

»Denk nach. Dass mein Verbindungsführer von mir wusste, war viel Geld wert. Die Insel bezahlt für so etwas sechsstellige Dollarbeträge. Ich wäre nie mehr sicher gewesen.«

»Warst du das denn je?« Und wusste, er hatte recht.

»Du hast vor der Leninka gesagt, dass ich mich nach dem Sterben sehne. Du irrst dich, wie du siehst. Ja, es gab eine Zeit, da fiel Atmen mir unendlich schwer. Doch jetzt habe ich mich so daran gewöhnt, dass ich es vermissen würde.«

Er setzte sie vor dem Haus ab und gab ihr im Auto die Hand. Nina fühlte zwei kleine Gegenstände, steckte sie wortlos ein. Um eins ging sie in die Botschaft und schloss ihre Bürotür ab. Rem hatte ihr zwei Mikrofilme überantwortet. Die Residentur benutzte einen Briefkasten im Untergeschoss, ein Wandtresor, unsichtbar hinter einem Gemälde installiert. Ninas Post nahm andere Wege. Sie ging mit Bunins Gedichten hinunter in den Garten und setzte sich in die von Bäumen verborgene Rotunde. Sie war die Einzige im Haus, die an schönen Tagen genügend Muße dafür besaß, das hatten die Kollegen längst neidisch zur Kenntnis nehmen müssen. Sie blickte sich kurz um, war allein. Nach einigen Minuten langte sie unter die Bank. Sie war geübt darin, den Zahlencode blind einzugeben. Nahm den Container aus dem Stahlfach. Er war nicht größer als eine Thermoskanne. Sie drehte das Zahlenrad in die korrekte Stellung, tat die Filme hinein, verriegelte den Behälter und legte ihn wieder ins Fach. Der Kurier wusste zwar, dass *Popeye* außerhalb der Residentur operierte, kannte ihre Identität jedoch nicht. Normalerweise flog er direkt nach Pullach zurück. Aber heute würde er diesen Briefkasten sicher ein weiteres Mal aufsuchen, denn Boehnke wartete auf das Flick-Material, das ihm so viel Kopfzerbrechen bereitete. Was Nina ihm zu SIGINT und den Pershings mitgab, würde seine Laune kaum bessern.

Eine gute halbe Stunde blieb sie noch in der Rotunde sitzen und las, dann machte sie Büroablage und telefonierte wegen einer fürs nächste Jahr geplanten Kokoschka-Ausstellung mit dem Puschkin-Museum. Damit war ihre Wochenarbeit schon getan. Zuhause rief sie bei ZSKA an und ließ Leo ans Telefon holen. Nina sagte das Boxen ab, erfand Botschaftstermine und behauptete, in den nächsten Wochen keine Zeit zum Training zu finden. Und auch für nichts anderes. Sie wusste, dass Leo ihr kein Wort glaubte. Aber sie hätte es nicht ertragen, ihm die Wahrheit zu sagen.

An den nächsten Tagen lief sie ihre üblichen Morgenrunden um den Patriarchenteich. Anstatt sich zu bessern, wurden ihre Schmerzen schlimmer. Aber so qualvoll es auch war, es lenkte sie für eine Dreiviertelstunde von Frolow ab. Sie wachte jeden Morgen mit seiner Fratze auf, sah sie den ganzen Tag vor sich, nahm sie mit in den Schlaf. Sie hatte Angst, aus ihren Träumen schreiend aufzuwachen und sich dem KGB zu verraten, doch sie schien ihr Unterbewusstsein kontrollieren zu können, und alles, was auf die Träume hindeutete, war der eiskalte Schweiß, in dem sie jeden Morgen lag.

Am dritten Tag passte Grunja sie nach dem Laufen im Flur ab. »Die UpDK war in deiner Wohnung, als du gerade aus dem Haus warst«, flüsterte sie. »Sie haben Werkzeug dabeigehabt. Nach zehn Minuten sind sie wieder verschwunden.«

Nichts schien verändert, alles lag an seinem Platz. Während Nina sich Frühstück machte, überlegte sie, was der Grund für den ›Besuch‹ gewesen sein könnte.

Wusste es plötzlich.

Man hatte eine Kamera in der Wohnung installiert, um sie lückenlos überwachen zu können. Sie bezahlte für die Aktion auf der Gorkistraße einen hohen Preis. Kamyschin wusste nun, was sie konnte, und wollte ihr selbst den geringsten Freiraum nehmen. Wo könnte die Kamera sein? Nina hielt ihre Augen ruhig und dachte beim Blättern in der gestrigen *Prawda* nach. Die Deckenlampe wäre eine Möglichkeit, weil die Kamera sich dann unauffällig mit Strom versorgen ließ. Nein, damit würde nur das halbe Zimmer abgedeckt werden.

Die Schrankwand war besser.

Sie nahm fast die ganze Stirnseite ein, war perfekt für einen großen Bildwinkel. Dahinter verliefen Elektrokabel, die man anzapfen konnte. Als sie den Kaffee ausgetrunken hatte, ging sie hin, nahm eins der Bücher zur Hand, die sie nach und nach in den Antiquariaten auf der Puschetschnaja erstanden hatte.

Im Bruchteil einer Sekunde huschte ihr Blick über das Trumm von einem Möbel. Die Kamera konnte überall sein. Man hätte nur das Holz anbohren müssen. Oder versteckte sie in einem der Schlüssellöcher. Sie legte sich mit dem Buch aufs Bett und fand keine Ruhe. Das Wissen, in der Wohnung beobachtet zu werden, war schrecklich. Gab es gar noch eine zweite Kamera im Bad? Ihr wurde schlecht.

Am Samstagmorgen holte Rem sie ab, und sie fuhren raus zu seiner Datscha. Swenigorod lag fünfzig Kilometer im Westen, sie nahmen die Autobahn. Zweimal kamen sie an Autowracks vorbei. Einer der Unfälle war schlimm ausgegangen. Nina sah einen Mann leblos auf dem Bankett liegen, Gesicht und Hände waren blutverschmiert. Obwohl die Miliz bereits vor Ort war, schien sich niemand um ihn zu kümmern, vielleicht war er tot.

Rem steuerte den Lada ganz entspannt, rauchte. »Was die Leute hier unter Autofahren verstehen, weißt du ja. In meiner Verwaltung sterben im Monat fünf, sechs bei Verkehrsunfällen, das finden alle absolut normal. Ich hätte zu diesem Thema drei Vorschläge: Erstens dürfte man keine Pappautos aus der DDR mehr importieren. Zweitens müsste an jedem Kraftwagen ein Schild kleben: *Achtung! Die Gesetze der Physik gelten weiterhin!* Zuletzt sollte man für Russen Autos herstellen, die höchstens Schritttempo fahren. Und wenn alles nichts hilft: beten.«

»In meiner Wohnung ist jetzt eine Kamera«, sagte Nina.

»Was hast du erwartet – dass du der Siebten eine lange Nase drehen kannst und Kamyschin dir noch applaudiert?«

»Du könntest etwas Teilnahme zeigen.«

»Du könntest etwas vernünftiger werden.«

Sie ließen die Stadt hinter sich, kamen durch dichte, kühle Nadelwälder. Altweibersommer, die Sonne badete in tiefstem Blau. Bald glitzernde Staubwolken über weiten Feldern. Raps wurde geerntet, die Mähdrescher waren groß wie Häuser.

»Puschkin war in seiner Kindheit oft hier«, sagte Rem. »Das weißt du bestimmt.«

»Bei seiner Großmutter. Sie hat ihm Russisch beigebracht, was alles andere als selbstverständlich war; der Adel sprach zu seiner Zeit vorwiegend Französisch oder Deutsch.«

»Da hast du sie wieder, unsere deutsche Obsession.«

Nina mochte die behaglich gewellte Landschaft. Bei einem Spaziergang fühlte man sich wahrscheinlich wie eine Ameise, die über die Stirn einer Bulldogge krabbelte. Dann Swenigorod. Das Städtchen war früher sicher pittoresk, jetzt ein Sündenfall aus grauen Spritzbetonfassaden und verrotteten Holzhäusern. Vorm Bahnhof Himmel und Menschen, mit der Elektritschka aus Moskau gekommen. Sie schnatterten so laut, dass Nina es durchs geschlossene Fenster hörte, waren beladen, als wollten sie Jahre bleiben. Kein Wunder, dass die Stadt am Wochenende menschenleer war.

Die Datscha lag direkt an der Moskwa, umgeben von Wald. Ein verwunschenes Grundstück; von der Straße aus nicht zu sehen. Es hätte sie nicht gewundert, wenn Rem erklärt hätte, dass das blaue Häuschen aus Lebkuchen war.

»Ich habe noch eine Dienstdatscha, bloß ein paar Minuten von meinem Büro«, sagte er, als sie das Gepäck ausluden. »Sie ist doppelt so groß, dreimal so komfortabel und viermal so fad. Die Insel ist ein einziges KGB-Ghetto, doch die meisten stört es keinen Deut. Sie kaufen in unseren Spez-Magazinen ein, wo wir alles bekommen, wovon Normalsterbliche bloß träumen. Sie verbringen die Freizeit zusammen. Falls sie krank werden, behandelt man sie in unserer eigenen Klinik mit den neuesten westlichen Medikamenten. Nach Moskau fahren sie nur noch, wenn es sich gar nicht umgehen lässt. Es ist ja auch weiß Gott niederschmetternd zu sehen, wie Menschen leben, die unsere heiligen Weihen nicht empfangen haben. Sie senken den Blick vor uns. Wir sind die *Wlasti*, die Mächtigen.«

Hätte sie eine Datscha, genau so würde Nina sie einrichten, mit alten schönen Möbeln, die eine Geschichte hatten, einem Sofa wie diesem, das schon müde machte, wenn man es bloß ansah. Lange stand sie am Fenster ihres Zimmers, schaute auf den ruhigen Fluss, ein flirrendes Stückchen Ewigkeit.

Dann sah sie Rem mit einem kleinen Gerät hereinkommen und damit über die Wände streichen, ihr Bett, den Schrank.

»Alles sauber«, sagte er bald darauf. »Wir sollten Kamyschin zwei Stunden Material liefern, das dürfte genügen. Jetzt oder morgen früh, was ist dir lieber?«

»Gleich, dann haben wir es hinter uns.« Sie setzten sich mit dem Rekorder vors Haus und spielten ihr Agentenschach. Am Ende meinte sie: »Nikolaj Artjomowitsch, gestern musste ich feststellen, dass in meiner Wohnung eine Kamera ist. Und Sie betonen ständig unser freundschaftliches Verhältnis?«

»Eine Kamera? Sind Sie sicher?«

»Nein, ich mache nur Konversation.«

»Ich werde mich darum kümmern.«

»Das hoffe ich. Denn wenn dieses Ding nicht verschwindet, verzichte ich von jetzt an auf Ihre Gesellschaft, so amüsant sie auch sein kann.«

Er schaltete den Rekorder aus und lächelte. »Es hätte mich sehr gewundert, wenn du das nicht getan hättest.«

»Ich hätte noch etwas wütender klingen können.«

»Sei nicht so kritisch mit dir.«

Sie lachten.

»Warst du schon mal angeln?« fragte Rem.

»Nein. Macht das Spaß?«

»Finden wir's raus.«

Sie hockten auf dem Bootssteg, ließen die Beine baumeln. Die Angeln lagen neben ihnen. Es war beruhigend zuzusehen, wie ihre Schwimmer auf und ab hüpften. Libellen verhöhnten die Schwerkraft; es war noch warm, aber duftete nach Herbst.

»Jeden Freitag kriegt die Botschaft unsere Presse der letzten Woche«, meinte Nina. »In der *FAZ* bin ich auf einen winzigen Artikel gestoßen, ganz hinten in *Deutschland und die Welt.* Ein stellvertretender sowjetischer Generalkonsul in San Francisco, Jegor B., wurde in den USA wegen Mordes zum Tode verurteilt. Kannst du damit was anfangen?«

»Soso, *Jegor B.* wird er genannt? Gemeint ist Jegor Beljakow. Du dürftest wissen, wer sein Vater ist.«

»Konstantin Beljakow – das ZK-Mitglied?«

Rem nickte. »Im Westen ist er nahezu unbekannt, hier gilt er als ein Mann der Zukunft. Es ist noch nicht offiziell, aber auf dem Oktoberplenum wird er Kandidat des Politbüros. Das mit seinem Sohn ist eine dumme Sache.«

»Man wird Beljakow trotzdem berufen?«

»Wie viele Analysten gibt es in Pullach?« fragte er zurück.

»Achthundert. Die militärische und politische Auswertung zusammengerechnet.«

»Bei knapp siebentausend Mitarbeitern. Wie viele der KGB hat, weiß keiner genau; mehr als hundert Mal so viel, schätze ich. Die Zahl unserer Analysten kenne ich allerdings. Es sind genau fünf.« Rem sah ihre Verblüffung. »Der Kreml traut uns nicht. Wir informieren ihn, aber die Analyse übernehmen die alten Männer selbst. Sie wünschen lediglich gute Nachrichten, etwas anderes dringt längst nicht mehr zu ihnen vor. Vielleicht befragen sie auch den Geist von Rasputin.«

»Du meinst: Sie wollen gar nicht wissen, was Jegor Beljakow getan hat?«

»In etwa. Man hat sich entschlossen, seine Verurteilung als amerikanische Provokation zu betrachten. Gromyko bestellt deren Botschafter ein, es gibt die ein oder andere Ausweisung von US-Diplomaten, und der Kalte Krieg wird noch ein wenig kälter. Damit hat sich die Sache.«

»Aber ihr kennt die Wahrheit«, sagte Nina.

»Es ist bei den Mitgliedern des Zentralkomitees ein schöner Brauch, den eigenen Söhnchen hübsche Posten im Westen zu besorgen. Diplomatische Vertretungen sind besonders beliebt. Bei unserem sogenannten Konsulat in San Francisco handelt es sich in Wirklichkeit um die drittgrößte KGB-Residentur der USA; sie ist mit rund dreißig Mann besetzt und für die ganze Westküste zuständig.«

»Jegor Beljakow ist beim KGB?«

»Der Form halber. Mit den Niederungen unseres Gewerbes hatte er natürlich nichts zu tun. Er frönte in Kalifornien dem Bolschewita. Allerdings etwas zu viel. Erst hat er sich das Hirn weggekokst, dann ließ er eine Edelhure ins Beverly Wilshire in Los Angeles kommen und richtete sie so zu, dass der Tatort an ein Schlachthaus erinnerte. Das Protokoll des LAPD kursiert auf der Insel. Beljakow hat das Herz der Frau aus dem Fenster geschmissen, man fand es im Pool.«

Es war seltsam, sich dermaßen zu ekeln und eine sachliche Frage zu stellen. »Genießt er keine Immunität?«

»Nicht bei einem Kapitalverbrechen, das bleibt das Privileg von Botschaftsangehörigen.«

»Denkst du, dass man ihn tatsächlich hinrichten wird?«

»Er hätte den schlimmsten Tod verdient. Aber ich würde es anstelle der Amerikaner nicht tun. Wer weiß, wen *wir* einmal in die Finger kriegen. Jeg ›The Ripper‹ Beljakow wäre dann ein schönes Faustpfand für einen Austausch.«

»So wie damals bei Abel und Powers«, sagte Nina.

»Beljakow ist ein wunderbares Investment, dessen Wert in den kommenden Jahren immens steigen dürfte. Sein Vater ist schließlich ein Protegé des Genossen Andropow, und der wird Breschnews Nachfolger.«

»Warum er?«

»Andropow ist der KGB. Er kennt jede Sauerei der anderen. Und keiner hat so oft vor Lenins Leiche gekniet.«

Das Glöckchen an Ninas Angel bimmelte. Die Leine wurde straff, der Schwimmer ging unter Wasser. Sie griff rasch nach der Rute. »Was muss ich tun?«

»Mach den Bügel der Rolle auf, sonst reißt es dir die Schnur weg. Jetzt zieh mit einem kräftigen Ruck. So, er hat angebissen. Lass die Spitze unten, damit du den Haken nicht gleich wieder aus seinem Maul ziehst.«

Nina sah den Fisch aus dem Fluss springen und in der Luft zappeln. Er war recht fett, schwarz-gelb getigert, kämpfte um sein Leben.

»Dreh die Leine langsam rein.« Rem zog den Fisch mit dem Kescher raus. Er löste den Haken vorsichtig aus dem Maul und sagte auf Deutsch: »Ist der erste Fisch ein Barsch, ist der Rest vom Tag im Arsch.«

»Warum?«

»Weil es sich reimt.« Er warf den Fisch wieder ins Wasser.

Sie fingen zwei Forellen, denen sie jedoch nicht das Leben schenkten. Rem briet sie mit Butter, Salbei und Knoblauch, es war ein Fest. Im Sonnenuntergang hockten sie sich vors Haus. Sie tranken Honigwein, redeten über das Leben. So seltsam es war, die Geschäfte kamen nicht vor. Später schwiegen sie und lauschten dem Rauschen des mächtigen Stroms. Fremde Vögel sangen, der Sternenhimmel war haarsträubend schön. Es ging bereits gegen halb zwei, als sie Rem fragte, ob er mit Leo öfter hier sei.

»Nur selten, wenn Ljowuschka das Gefühl hat, dass ich ihn gerade brauche. Das kann er gut, fühlen.«

»Ich weiß.«

»Aber Mascha kommt oft mit.«

Nina sah ihn an. Sie hätte nie gedacht, dass er mit einer Frau zusammen war.

»Ihr beide würdet euch mögen«, sagte er. »Aber ich werde sie dir nicht vorstellen. Das wäre zu gefährlich für sie.«

Sie schlief bis in die Puppen und wachte ohne Schweiß auf. Am frühen Nachmittag spazierten sie an der Moskwa entlang. Sie gelangten an einen bewaldeten Hügel; steile, ausgelatschte Stufen führten hinauf.

Rem blieb stehen. »Da oben ist meine Kirche. Aber du hast Schmerzen, ich will dir das nicht zumuten.«

»Nein, komm.« Schmerz auszuhalten hatte Nina das Laufen gelehrt, viele Male.

Die Kirche war klein und doch eine Kathedrale, wie Rem ihr sagte. Drinnen keine Seele, die Messe war vorüber. Er ging zu dem Schrein, küsste die Reliquie. Er bekreuzigte sich, zündete eine Kerze an und setzte sich mit Nina in die letzte Bankreihe. Sie roch den Weihrauch, fröstelte.

»Das Gold brauche ich nicht, die Ikonen, die Kerzen«, sagte er. »Bloß die Stille. In Deutschland habe ich das vermisst, der einzige Grund für mein Heimweh.«

»Nostalgija.«

Rem nickte. »Was für ein schönes Wort für so ein schweres Leiden. Meine Mutter hatte in der Flurkommode ein Jesusbild versteckt. Mein Vater durfte nicht wissen, dass sie gläubig war. Sie hat mich gelehrt, niemals darüber zu sprechen. Es gab ein fröhliches Mädchen in meiner Schulklasse. Sie hat eine Kette mit einem Kreuz getragen und ist von Kindern so verprügelt worden, dass sie behindert blieb. Die Partei hat für kostenlose Einäscherungen gesorgt. Damit wollten sie die Menschen von kirchlichen Bestattungen abhalten. Aber die Partei heilt keine Seelen. Mein Vater hing dem *Wissenschaftlichen Atheismus* an: Es gibt keinen Gott und Basta. Denk nicht, dass ich beim KGB der Einzige wäre. Man muss sich rechtfertigen. Es reicht nicht, dazu in den Spiegel zu schauen. Wie machst du das?«

»Ich sehe im Spiegel das, was ich sehen will«, erwiderte sie nach langem Schweigen.

In der Dämmerung fuhren sie zurück. Als sie in der Wohnung war, ging sie zu der Schrankwand, suchte sie ab. Die Kamera war im Schlüsselloch einer Schublade, die sie nie benutzte. Sie schraubte sie los, riss das Kabel raus und zertrat sie.

Nina schaute *Wremja*. Im Auto hatte Rem ihr berichtet, dass die Polen heute Solidarność gegründet hatten. Natürlich kein Wort darüber in den Spätnachrichten. Obwohl sie kaputt war, musste sie wieder aus dem Haus. Seit Frolow hatte Nina Angst, im Dunkeln allein in die Stadt zu gehen, und sie wusste, dass sie sich das nicht erlauben durfte. Es kostete sie Überwindung, ihre Levi's anzuziehen, die sie als Ausländerin brandmarkte.

Als sie die Tür zur Straße öffnete, stand Leo vor ihr. »Hallo. Ich will nicht groß stören. Aber ich war grad in der Nähe.«

Ninas Gesicht wurde heiß. Sie spazierten um den Teich. Sie wusste, dass man sie im Auge hatte. Das Schweigen zwischen ihnen wuchs.

»Hat es dir auf der Datscha gefallen?« fragte er dann.

»Ja. Aber das war Geschäft.«

»Du läufst anders. Und dein Kinn ist dick. Was ist mit dir?«

Nina holte Luft. »Ich hatte einen Unfall. Ein Auto hat mich angefahren. Deshalb kann ich vorerst nicht zum Training. Ich habe dir nichts gesagt, um dich nicht zu beunruhigen. Sei mir bitte nicht bös.«

Leo blieb stehen, sah sie lange an. »Als ich dich vor ein paar Wochen von der Cocktail Hall nachhause gebracht habe, hast du mir erzählt, wie furchtbar es für dich in dem Versteck war, bei der Flucht mit deiner Mutter aus der DDR. Und dass du bis heute deshalb Angst in engen Räumen hast. Ich war froh über dein Vertrauen. Nein, so richtig glücklich. Ich dachte: Njuscha wird dich nie anlügen.«

Sie wich Leos Blick aus. Wollte weinen, konnte nicht. Wollte schreien, durfte nicht. Nina zog ihn an sich.

Flüsterte: »Ich habe einen Menschen getötet.«

»Ich auch.«

Sie löste sich von ihm, starrte ihn an.

Ein Stück weiter war eine Bank. »Du zuerst«, sagte Leo.

Sie erzählte ihm alles, ließ nichts aus. Als sie geendet hatte, war ihr zum ersten Mal seit jener Nacht leichter ums Herz. Er legte den Arm um sie, und sie war am sichersten Ort der Welt.

»Vor zehn Jahren war ich mit einem Mädchen zusammen«, sagte er leise und rau. »Sie hieß Jalina. Alle meinten, dass sie nicht gut für mich wäre, aber ich wollte es besser wissen. Wenn sie fröhlich war, hat die ganze Welt um sie herum gelacht. Aber dann hat sie mich wieder so traurig gemacht, dass ich gedacht habe, sogar die Vögel würden nicht mehr singen. Eines Abends wollten wir auf eine Party, weit draußen, hinter Ramenskoje. Mein Vater war gerade aus New York zurück und blieb einen Monat, bevor er in die DDR versetzt wurde. Ich habe ihn um sein Auto gebeten. Er hat es mir gegeben. Wir haben irrsinnig viel getrunken. Ich wollte Jalina beeindrucken, indem ich ihre Freunde unter den Tisch soff. Auf unserer Rückfahrt haben wir rumgeschmust. Ich hatte keinen Kratzer. Sie ist in die Scheibe geflogen und war tot. Kein Mensch, kein Auto. Ich bin gerannt, habe eine Telefonzelle gefunden und meinen Vater angerufen. Er ist gekommen, hat kein Wort gesagt, die Miliz verständigt. Er hat behauptet, dass ihm ein Reh vor das Auto gelaufen wäre. Sie haben sich ihren eigenen Reim darauf gemacht. Aber er hat ihnen seinen KGB-Ausweis gezeigt. Mein Vater und ich haben nie wieder darüber geredet. Bis heute sehe ich Jalinas Lachen und dann ihr zerschnittenes Gesicht und höre sie ausatmen.«

In diesem Moment wusste Nina, dass er sie liebte. Und sie ihn. Aber sie würden es beide nicht aussprechen und sich nie küssen. Weil sie nicht wussten, wie alles enden würde.

»Warum ich?« sagte sie nur. »Du könntest jede haben.«

»Du bist nicht wie jede«, erwiderte er.

# IN DER TIEFE

***Jetzt***

Im Nichts konnte nichts sein. Aber da war eine Melodie, weit, unendlich weit weg, von außerhalb der Welt. Sie hatte dieses Lied vor langer Zeit gehört, versuchte, sich daran zu erinnern. Es verklang, aber beim letzten Akkord wusste sie es. *Somebody is Loving You.* Und ihr Herz schlug. Drei Mal. Bis das Leben sie verließ. Zurückkam. Und wieder ging, um dem Tod nicht im Weg zu stehen, der ungeduldig war, weil sie sich wehrte. Um sie war allein diese ewige Finsternis, in der sie McGhee hörte: *Wie ist Zarizyno im Sommer?* Als er sie erpressen wollte, hätte sie ihm zu seinem BMW folgen, ein Astholz aufheben, es ihm ins Ohr rammen und in seine Augen sehen sollen, während er verreckte. Irgendwer hatte einmal zu ihr gesagt, dass es nichts Besseres gab. Vorbei. Am Ende war ihr Leben nur die Summe aller Dinge, die sie nicht getan hatte. Sie sah das Grinsen von Beljakow, ein Herz, das in einem Pool in Hollywood schwamm. War das ihres? Sie erinnerte sich an das Lächeln von Rem, den offenen Schnürsenkel, seine flehend ausgestreckte Hand. Den Schneeengel in dieser Wolke aus Blut. Sie sehnte sich danach, so friedlich zu schlafen wie Anna in dem Bild. Aber sie stand in Flammen. Funken erhellten die Nacht. Sie schlug ihre Augen auf, starrte in einen Himmel aus grauer Asche. Wendete den Kopf. Wo die Brücke hätte sein müssen, klaffte ein Loch in der Welt, das sich zuzog wie die Schraubblende eines Stummfilms. Abermals setzte ihr Herzschlag aus. War wieder da. Sie kotzte was Bitteres, Kaltes. Ein Gesicht beugte sich über sie. War das wirklich ein Lächeln? Eine Stimme? »Sie sind in Sicherheit.«

# MÜLL

*Ende September 1980*

Die Tage rasten dahin wie Sternschnuppen. Eben war es noch warm gewesen, dann wachte Nina auf, und am Fenster waren Eisblumen. Draußen kratzte Grunja im Persianer Schnee vom Trottoir. Auf dem Mäuerchen gegenüber schüttelte die Katze sich weißen Puder vom Fell.

Nina liebte es, im Winter zu laufen, unter den Schuhen der verharschte Schnee, die Vorstellung, die eigenen Atemwolken zu überrunden.

»Du wirst dir den Tod holen«, sagte Grunja.

»Der war schon da, hab ihn weggeschickt.«

In der Botschaft bedrückte Gesichter. Ein Neonazi hatte auf dem Münchner Oktoberfest eine Bombe gezündet. Dreizehn Menschen waren tot, darunter vier Kinder. Über zweihundert verletzt. Am schwarzen Brett hing ein Zettel mit den Namen der Opfer. Lips war darunter, der Fahrer, der Nina im Februar am Flughafen abgeholt hatte. Im Mai hatte er bei der Botschaft gekündigt und war nach Stuttgart gezogen, wo er eine Stelle bei Porsche bekommen hatte. Nina wusste nicht viel von ihm, außer dass es nervte, bei ihm im Auto zu sitzen. Er hatte zwei Kinder gehabt, erfuhr sie. Seine Ehefrau war bei dem Attentat verletzt worden, aber würde überleben. Als sie Lips das letzte Mal sah, hatte er zu Nina gesagt: *Wissen Sie, was ich an Moskau gut finde? Den Flieger nach Deutschland.*

Am Abend ging sie zum ersten Mal wieder zum Boxen. Sie dachte, sie würden die bisherigen Techniken auffrischen, aber Leo zog ihr keine Handschuhe an.

Er sagte: »Jetzt lernst du den Uppercut. Das Kinn ist der bei Weitem sensibelste Teil des Gesichts. Vor allem, wenn man es mit voller Wucht steil von unten trifft. Mit diesem Schlag kann man einen Gegner ausknocken. Das Problem dabei: Man muss nah vor ihm sein, sollte man über keine überlegene Reichweite verfügen. Es sei denn, man wäre sehr schnell oder sehr mutig. Beides bist du. Führ deinen starken Arm eng am Körper. Der Winkel stimmt nicht, es sollten ziemlich genau neunzig Grad sein. Gut so. Leg dein ganzes Gewicht auf das rechte Bein und lass die Führhand immer hübsch oben. Schieß den Schlag jetzt brutal durch meine Deckung.«

Er presste seine Fäuste zusammen, aber sie kam durch und stoppte erst kurz vor seinem Kinn.

Leo pfiff durch die Zähne. »Wenn du durchgezogen hättest und ich zwanzig Kilo leichter wäre, würde ich jetzt nicht mehr stehen. Natürlich fehlt es dir an Muskelmasse, um einen Mann von meiner Statur umzuhauen. Aber du kannst ihn mit dem Schlag so aus dem Gleichgewicht bringen, dass du längst weg bist, wenn er wieder orientiert ist.«

Das übten sie eine Stunde. Sollte er recht haben und Boxen wie Beichten sein, dann erzählte sie ihm mit Fäusten, was sie mit Frolow machen wollte, als er sie gewürgt hatte.

»Jetzt wird's ein bisschen schmutziger«, sagte Leo. »Fäuste sind gut, aber draußen ist die offene Hand oft besser. Erstens: Nasenspitze. Dein starker Arm kommt blitzschnell von unten, etwa im gleichen Winkel wie beim Uppercut. Nur dass du den Treffer mit dem Handballen setzt. Keine Nase übersteht sowas, ganz gleich, was dein Gegner wiegt.«

Das machten sie die nächste Stunde.

»Zweitens: Nasenwurzel. Dort verläuft ein Nerv. Du kannst mit einem Schlag so viele Schmerzen auslösen, dass es deinen Gegner verrückt macht.«

Noch eine Stunde.

»Drittens: Kehlkopf. Diese Aktion führst du wieder mit der Faust aus. Der Bewegungsablauf ist exakt derselbe wie bei der schnellen Geraden. Aber Vorsicht: Von diesem Schlag solltest du nur Gebrauch machen, wenn es ums Leben geht. Bei einem harten Treffer kann der Kehlkopf zersplittern und der Gegner an seinem eigenen Blut ersticken.«

Erst jetzt bemerkte Nina die Blicke der anderen Boxer. Sie hatten ihr Sparring abgebrochen und starrten sie an.

»Was ist?« fragte Leo. »Wartet ihr bei einem Straßenkampf auf den Ringrichter?«

Sie machten das den ganzen folgenden Monat und bauten es immer weiter aus. Dann boxten sie wieder. Doch sie übte das Schmutzige täglich vor dem Spiegel.

Mitte November ging Nina zu einem Treff. Bis zur Metro Pionerskaja hatte sie eine Frau und acht Männer ausgemacht, darunter ihr neuer Favorit. Er wäre im Moskauer Staatszirkus ein Star gewesen, so perfekt verstand er es, sich unsichtbar zu machen. Aber wie Rem beim Angeln gesagt hatte:

*Es gibt immer einen größeren Fisch.*

Beim Wachtangow-Theater war der Buchladen Snamja. Als Nina ihn nach zwei Stunden Katz-und-Maus-Spiel betrat, war nur noch der eine an ihr dran. Die Verkäuferin langweilte sich an der Kasse, die Lider mit den künstlichen Wimpern auf halb acht. Nina ging nach hinten, huschte durch die zweite Tür. Sie zog sich an der Mauer hoch und war, bis es dem Mann einfallen würde, im Laden nach ihr Ausschau zu halten, längst auf dem Prospekt Kalinina abgetaucht. Der Treffpunkt, den sie *Revisor* nannten, war Gogols Grab auf dem Nowodewitschi-Friedhof. Rem wartete schon vor der Marmorstele mit der schneeweißen Büste des Schriftstellers.

»Ich kann nichts mit ihm anfangen«, sagte sie. »Im Grunde will man sich erschießen, wenn man etwas von ihm liest.«

»Lustiger wird's heute nicht mehr, fürchte ich. Ich war ein paar Tage in Ost-Berlin. Was ich dort erfahren habe, wird eure Bundesregierung und das BKA auf Jahre beschäftigen.«

»Sag nicht, dass die Stasi das in München war.«

»Nicht, dass ich wüsste. Obwohl man sich bei euch etwas zu schnell auf einen Einzeltäter festgelegt hat«, sagte Rem. »Aber Christian Klar kuriert in der DDR eine Tuberkulose aus. Er hat sich dieses Jahr schon zwei Mal mit Leuten der Stasi getroffen. Zuerst im Juli bei Königs-Wusterhausen und vorletzte Woche in Dresden. Die HVA ist damit rausgerückt, dass sie seit zwei Jahren Kontakt zu Klars Genossin Inge Viett haben.«

Nina sog scharf die Luft ein. »Was heißt *Kontakt*?«

»Es wurde angedeutet, dass man der RAF Ostdeutschland als Rückzugsort zur Verfügung stellt.«

»Dresden, sagst du? Dort ist eine KGB-Niederlassung.«

»Ja. Der Standort ist abgelegen und wird als Operationsbasis sehr geschätzt«, erwiderte Rem gedehnt.

»Sie wollen sie trainieren«, sagte Nina. »Und ihnen Logistik und Waffen zur Verfügung stellen.«

»In Dresden oder in Brandenburg. Die Stasi hat bei Briesen ein Camp. Mielke lässt seine ›Arbeitsgruppe Sonderaufgaben‹, die für Terror und Morde zuständig ist, dort ausbilden.«

»Und die Lubjanka ist an der RAF-Connection beteiligt.«

»Ab sofort. Sonst hätte ich nicht davon erfahren. Allerdings würde ich weiter gehen als du. Ich vermute, dass der KGB die RAF auf bestimmte Ziele in der Bundesrepublik ansetzen will. Wir kennen eure Schwachstellen, das ist ein gefährlicher Pakt. Terror wird von uns als legitimes Mittel erachtet, schon Lenin hat das gepredigt. Sicher haben wir bereits Spezialisten in die DDR geschickt, die sich auf *Mokrije dela* verstehen.«

Selbst *Drecksarbeit* klang auf Russisch romantisch.

»Um der RAF zu zeigen, wie Profis das machen«, sagte er.

»Davon wüsstest du doch, oder nicht?«

Rem schüttelte den Kopf. »So etwas übernimmt die Achte Abteilung, wie schon bei der IRA, der PLO, den Roten Brigaden und Carlos. *Schweigekloster* nennen wir die Achte.«

»Zuweilen träume ich, dass du ein einziges Mal mit guten Nachrichten kommen würdest.«

»Ich bin nur der Bote.«

»Nein, bist du nicht.« Nina wusste, dass Rem verstand, wie sie das meinte. Sie schlenderten zum Ausgang. Beim Grab von Eisenstein sagte sie: »In meinem Observationskommando ist ein Neuer. Ein Kleiner, Drahtiger. Sommersprossen, fusselige blonde Haare, fischige Augen. Klingelt da was?«

»Hat er ein Feuermal am Hals?«

»Genau der.«

»Nein, den kenne ich nicht.« Rem lächelte. »Scherz. Das ist Nikitin. Er wohnt gleich bei mir ums Eck. Sein Spitzname ist Genialnik. Den hat Daniil Kamyschin dir spendiert? Du kannst dich geehrt fühlen.«

»Heute bin ich ihn erst nach zwei Stunden losgeworden.«

»Das dürfte Rekord sein.«

»Soll ich dir ein paar Tricks zeigen?«

»Ein alter Gaul lernt keine Tricks mehr.«

Am Friedhofstor hielt sie seine Hand fest. »Warum verlangst du keine Entlohnung vom Dienst? Du weißt doch, dass sie dir ein Vermögen zahlen würden.«

»Was soll ich mit Geld, das ich nicht ausgeben kann?«

»Nicht jetzt. Aber irgendwann vielleicht.«

»So romantisch wie du war ich nie. Bitte bleib so.«

Nina fuhr sofort zur Botschaft und deponierte die Nachricht im Container. Auf der Straße lief sie Röttger in die Arme. Sein Anzug sah aus, als hätte er damit in einem Sumpf übernachtet.

»Sie arbeiten am Geburtstag von Kalaschnikow?« fragte er. »Ich hätte zehn Rubel gewettet, dass Sie mit Ihrem Freund an der Kremlmauer knien.«

»Und ich wette, dass Sie durchgesoffen haben.«

Sie wollte an ihm vorbeigehen, aber er hielt sie am Arm fest. »Vorsicht, Frau Gabriel. Ich habe mehr Möglichkeiten, als Sie sich vorstellen können.«

Nina sah ihm in die Augen und dachte: *Ich könnte dir so viele Schmerzen zufügen, dass du schreien würdest.*

»Das bezweifle ich«, sagte sie. »Es übersteigt ja bereits Ihre Möglichkeiten, sich die Zähne zu putzen.«

Sie machte sich los und ging.

Der eigentliche Winter kam erst Anfang Dezember. Das große Thermometer gegenüber dem Gorkidenkmal fiel so tief, dass Nina dachte, es wäre kaputt. Schlimm war, dass die Heizkörper sich nicht regulieren ließen und Tag und Nacht mit voller Kraft bullerten. In der Stadt fror sie wie ein geschorenes Schaf, und die Wohnung war eine Sauna. Zwischen drinnen und draußen betrug der Temperaturunterschied sechzig Grad. Nina lernte, sich ihre Schapka vom Kopf zu reißen, bevor sie geschlossene Räume betrat, denn beim ersten Mal wäre sie fast umgekippt. Die Moskowiter ertrugen alles stoisch, doch sie sah jetzt noch mehr Betrunkene. Rund um die Uhr waren die Streubrigaden unterwegs, selbst in Ninas kleiner Straße. Sie schleuderten ihr Kiesgemisch mit einer solchen Wucht heraus, dass sie auf dem Gehweg in Deckung gehen musste. Oft sah Nina Lkw-Fahrer Feuer unter den Motoren machen, um den Diesel aufzutauen. Sie wusste, dass Diesel nicht brannte, aber hielt Abstand.

»Du musst mehr essen, der Winter hat einen großen Bauch«, ermahnte Grunja sie. Und Leo lachte die Kälte aus. »Guck mal, die Vögel frieren am Himmel ein.«

An einem Mittwochmittag ging sie zum Puschkinplatz. Im Rossija lief Herzogs *Aguirre, der Zorn Gottes.* Sie hatte Leo von dem Film vorgeschwärmt und wollte abends nach dem Boxen mit ihm hin; vielleicht konnte sie noch Karten ergattern.

Sie trug zwei Strumpfhosen unter der wattierten Hose, und doch klapperten ihre Zähne. Nina fragte sich, ob Motte auch fror. Eher nicht. Wahrscheinlich ging er jeden Morgen vor der Dämmerung zum Eisbaden. Sie freute sich auf den Abend. In Russland wurden bei ausländischen Filmen alle Rollen von ein und derselben theatralischen Sprecherin übernommen. Kinski mit Frauenstimme. Lustig bestimmt.

Nina lief über den Twerskoi-Boulevard, wo die Stadtmauer gewesen war, die Katharina die Große schleifen ließ, um Platz zu schaffen für die Kapitale eines Imperiums.

Schon von Weitem sah sie die Menschen.

Es waren Hunderte. Sie standen schweigend auf dem Platz, rund um das Puschkinmonument. Auf der Gorkogo liefen die Passanten schnell vorbei, mieden selbst Blicke in die Richtung. Sie überquerte die breite Straße. Die Leute waren jeden Alters. Viele von ihnen jung; Studenten, nahm sie an. Sie rührten sich nicht, riefen keine Parolen, standen stumm da.

Sie spürte, dass es gefährlich war, sich diesen Menschen zu nähern. Für gewöhnlich hielt sie sich von Situationen fern, die sie schwer einschätzen konnte. Doch sie sah eine alte Frau das Foto eines kleinen Jungen hochrecken und lautlos weinen. Sie konnte nicht anders und ging auf den Platz. Manche drückten ein Blatt Papier oder ein Stück Pappe an ihre Brust. *Die Illusion, die euch verherrlicht, zieht ihr zehntausend Wahrheiten vor.* Nina erkannte Puschkins Zitat, auch wenn es leicht verändert war. Sie sah Fotos von Solschenizyn, Sacharow, Jelena Bonner. Auf einem Schild stand nur: *KSZE.*

Die alte Frau hielt Nina ein Blatt hin. *Wo ist Ilja Timurowitsch Michailow? Wo sind seine Eltern Timur Alexandrowitsch und Kira Jemeljanowna?* Drei zittrige Unterschriften.

Sie rang mit sich. Sah der Frau in die Augen. Nina nahm den Stift und wollte mit falschem Namen unterschreiben.

In diesem Moment erstarrte die Welt.

Alles um sie herum wurde zu einer riesigen Installation von Eisskulpturen. Die Straße, die Autos, die Menschen auf dem Platz. Die Milizionäre, die urplötzlich da waren, aber mitten in der Bewegung eingefroren, sodass Nina sie in aller Seelenruhe betrachten konnte. Diese geballten Fäuste, diese aufgerissenen Münder, ihre Knüppel, hoch über die Schirmmützen gehoben. Einer hatte ein Gebiss wie aus Blei.

Jetzt zerbarsten die Skulpturen in Millionen Stücke, und sie war in einem Delirium aus flüchtenden Menschen, Schlägen, Schreien. Unmittelbar vor Nina stürzte die alte Frau zu Boden. Das Foto des kleinen Jungen fiel aus ihrer Hand und schwamm mit einem Mal in einer Pfütze aus Blut und grauem Streusalz und dem Weißen, das aus dem aufgeplatzten Kopf dieser Frau kam. Nina sprintete zum Nordende des Platzes. Um sie herum wurden Menschen niedergeknüppelt, an den Haaren über den Schnee geschleift, ihre Gesichter zerschlagen. Rechts von ihr war das Pressehaus der *Iswestija.* Doch dort sprang noch mehr Miliz von Lastern.

Sie wandte sich nach links zum Eingang der Metro. Wurde herumgerissen. Ein Milizionär trieb seinen Knüppel in Ninas Magengrube. Ihr Atem war weg. Sie sackte auf die Knie, er hob sie hoch. Er hatte keine Augenbrauen. Im Gesicht keine Wut, kein Hass, überhaupt keine Regung. Er verrichtete bloß seine Arbeit. Nina stellte seinem Kinn ihre Faust vor. Überrascht ließ er sie los, wankte. Sie sprintete weiter, musste es nur bis zu der Unterführung schaffen, und von da auf den Ring, weit entfernt von dem Inferno hier.

Auf den Treppen nach unten wandte sie den Kopf. Nina sah mehrere Milizionäre sie verfolgen. Es machte ihr keine Angst; sie wusste, dass sie viel schneller sein würde.

So war sie noch nie in ihrem Leben gerannt. Ihr Puls war bei zweihundert, als sie schließlich den Tunnel erreichte. Aber sie behielt ihr Tempo bei, wollte nichts riskieren.

Da sah sie die Männer von der anderen Seite kommen.

Sie trugen schwarze Overalls. *Alfa*, wusste Nina sofort, die Antiterroreinheit des KGB. Sie blickte über die Schulter. Die Polizisten trudelten ein, formierten sich. Sie war in der Falle.

Nina blieb stehen. Sie hob die Hände und rief: »Diplomatin, Vertretung der BRD.« Einer drehte ihre Arme auf den Rücken, legte ihr Handschellen an. »Ich bin Diplomatin«, wiederholte sie. »Ich verlange, dass meine Botschaft verständigt wird.«

Zwei führten sie ab. Am Ring stieß man sie die Stufen hoch. Oben stand ein von Alfas bewachter Kastenwagen. Sie wurde wie Müll reingeschmissen. Nina sah ins Gesicht einer jungen Frau. Sie rappelte sich hoch und setze sich auf die harte Bank. Sie sprachen nicht, atmeten laut. *Wenn ich auch so aussehe, bin ich ein Gespenst*, dachte sie. Der Wagen füllte sich rasch. Kaum einer war ohne Verletzungen. Blut tropfte auf den Boden. Die Tür wurde zugeschlagen, sie fuhren los. Die Fahrt war schnell und kurz. Auf einem großen Hof wurden alle rausgeholt. Nina fragte sich, ob sie in der Lubjanka war. Doch dann übergaben die Alfas sie Männern der Miliz, und sie vermutete, dass man sie zu deren Zentrale auf der Petrowka gebracht hatte. Durch einen langen Gang kamen sie an einen Schalter. Man nahm ihr Schlüssel, Geldbeutel und Papiere ab. Fotos, Fingerabdrücke. Sie wurde in einen Raum gestoßen. Dort stand eine Polizistin. »Ausziehen.« Nina sah den großen Wandspiegel, wusste, dass Männer sie beobachteten. Aber wenn sie sich weigerte, würde es bloß noch schlimmer werden. Die Polizistin warf ihr einen stinkenden Overall zu. Sie zog ihn an und wurde in eine Zelle geführt. Endloses Warten. Gedankenchaos. Man holte sie und drückte sie in einem Kabuff auf einen Hocker vor einem Tisch. Irgendwann ging die Tür auf.

Motte kam herein und setzte sich. Sein Schweigen war das schlimmste Geräusch, das sie je gehört hatte.

*Falls Sie festgenommen werden, müssen Sie sich unbedingt an das Standardverfahren halten*, hatte Thräne ihr eingehämmert. *Sie besitzen diplomatischen Status und das Recht auf unverzüglichen juristischen Beistand durch Ihre Botschaft. Geburtsdatum, Namen und die offizielle Tätigkeit laut Akkreditierung. Mehr erfahren die nicht von Ihnen.*

Es hatte leicht geklungen. Und war so schwer, als sie Bossoi gegenübersaß. Der Schädel schien zu groß für die Gesichtshaut zu sein. Sie saß so stramm, dass sie sich über seinem Jochbein dunkel färbte. Was er ein Lächeln nennen mochte, war nichts als eine Delle in der Mundgegend.

»Ich heiße Anja Gabriel und wurde am 29. Juli 1950 geboren. Ich bin Diplomatin der Bundesrepublik Deutschland und für Kulturarbeit zuständig. Die Botschaft wird das bestätigen.«

»Ja, sicher doch, Frau Gabrielowa.« Er sprach leise, warf die Worte achtlos weg, als würden sie ihm nichts bedeuten. »Was haben wir denn?« Bossoi klappte eine Mappe auf. »Artikel 190, Paragraph 1: *Verbreitung vorsätzlich unwahrer Behauptungen zur Diskreditierung des sowjetischen Staats- und Gesellschaftssystems.* Außerdem noch Paragraph 3: *Organisation und aktive Beteiligung an Gruppenaktivitäten, welche die öffentliche Ordnung stören.*«

»Ich verlange –«

»Sind Sie ein Papagei? Sie sollten mich erst ausreden lassen. Normalerweise würde man in so einem Fall Ihren Botschafter darüber informieren, dass eine Ausweisungsverfügung gegen Sie ergeht und Sie unser Land binnen achtundvierzig Stunden verlassen müssen.« Die Delle um Bossois Mund wurde etwas größer. »Hier kommen jedoch ein Angriff auf einen Milizionär und Körperverletzung dazu.«

»Nicht ich habe ihn attackiert, sondern er mich. Außerdem habe ich mich an keiner *Gruppenaktivität* beteiligt. Ich wollte zum Rossija, um eine Abendkarte zu kaufen. Das ist bei Ihnen schon strafbar?«

»Für Ihren Angriff gibt es mehrere Zeugen, wie ich höre. Da wären wir dann bei drei Jahren Straflager Perm-36. Aber fragen Sie mich nicht nach dem Paragraphen, ich bin kein Jurist.«

»Der interessiert nicht. Ich besitze Immunität.« Sie brachte es nicht fertig, den Blick zu erwidern. Seine Augen waren wie zwei Einschusslöcher.

»So, Kulturarbeit machen Sie? Erzählen Sie doch mal, was das beinhaltet. In einfachen Worten, wenn ich bitten darf. Ich bin ja auch ein einfacher Mann.«

Nina musste darauf nicht antworten. Doch es war sicheres Terrain. »Ich bemühe mich darum, die Beziehungen zwischen unseren Ländern durch den Austausch von Kunstwerken und Künstlern zu verbessern.«

»Ist das zeitaufwendig?«

»Ja.«

»Ich frage, weil Sie so gut wie nie in Ihrer Botschaft sind.«

»Führen Sie darüber Buch?«

»Tag und Nacht.«

»Und was sind *Sie* von Beruf?« fragte sie. Reden war besser als schweigen; endlich bekam sie wieder Luft.

»Ich bin Artist. Aber mein Publikum darf immer nur einer einzigen Vorstellung von mir beiwohnen.« Bossoi blätterte in dem Anja-Gabriel-Dossier. »Wenn ich mir das ansehe, besteht Ihre Arbeit aus Besuchen von Bars, Restaurants, Theatern und Museen. Allein in der Tretjakow-Galerie waren Sie sieben Mal. Und immer betrachten Sie dort nur ein einziges Bild.«

»Ich bin sicher: Sie könnten es hundert Mal anstarren und würden es doch nicht verstehen.«

»Anna Achmatowa, 1918 gemalt von Edvard Munch. Seinen Namen musste ich nachschlagen, ihren nicht, auch wenn ich nie was von ihr gelesen habe. Dass sich Kommunismus bei ihr auf Scheiße reimt, weiß ich auch so. Sie hatte eine imposante Beerdigung, heißt es. Solschenizyn soll an ihrem Sarg geweint haben. In diese Latrine haben auch andere gekackt.«

»Hundert Mal, und es wäre sinnlos«, erwiderte Nina.

»Unter den Subjekten, die zur Leichenfeier der Achmatowa kamen, war Jakow Platonowitsch Below, einer unserer besten Physiker«, sagte Bossoi. »Er hatte Fürsprecher, und man hat es als lyrische Verwirrung abgetan. Below gehörte zur Moskauer Schule, wie Sacharow. Beide wurden Anfang der Fünfziger in die Geheimstadt Arsamas-16 bei Nischni Nowgorod delegiert, um an der Wasserstoffbombe zu arbeiten. Für seine Verdienste hat Below den Lenin-Orden erhalten. Er war in der Akademie der Wissenschaften und durfte die Freuden eines Reisekaders genießen. Ich habe ihn zwanzig Jahre nach seinen Großtaten kennengelernt, in New York, wo Below auf einer Tagung war. Ein Greis, über achtzig, gebrechlich. Zufällig habe ich zu der Zeit einen Mann vom FBI beschattet, der sich mit Below traf. Es stellte sich heraus, dass der schon lange für die Amerikaner spioniert hatte. Als ich mich in seinem Hotelzimmer ausgiebig mit ihm befasst habe, hat er es gestanden. Ich hätte ihn nach Moskau schaffen lassen können. Aber wozu? Jemandem in die Augen zu sehen, während man ihm Mund und Nase zuhält, ist nicht jedermanns Sache. Ich finde, es gibt nichts Besseres.«

Sie erinnerte sich daran, was Rem über Bossoi gesagt hatte. Aber das beschrieb ihn bei Weitem nicht. Dieser Mann würde seiner eigenen Mutter das Herz herausreißen und es ihr in den Mund stopfen. Nur aus Spaß.

»Ist das eine Rolex an Ihrem Handgelenk?« fragte sie.

»Gefällt Sie Ihnen? Sie lag eines Tages auf dem Schreibtisch des Genossen Andropow. Ich nehme an, dass sie zuvor einem Mann gehört hatte, der sie nicht mehr brauchte. Die Uhr hätte Devisen eingebracht, im Westen kostet sie etwa zehntausend D-Mark. Aber der Genosse hat sie mir geschenkt. Er fand das angemessen für das, was mein Land mir verdankt. Sie können daraus schließen, dass Juri Wladimirowitsch Andropow mein direkter Vorgesetzter ist.«

»Den Namen habe ich schon mal gehört, helfen Sie mir.«

Bossoi lehnte sich zurück. »Ich komme aus einem Dorf im Norden, man findet es auf keiner Karte. An meinem neunten Geburtstag habe ich von den Eltern ein Hündchen bekommen. Ich habe es Gascha genannt und gern mit ihm gespielt. Aber es hat mich jeden Morgen gegen fünf wachgemacht, weil es sein Geschäft verrichten wollte. Nach ein paar Tagen habe ich es im Weiher ersäuft und meinen Eltern gesagt, es wäre weggelaufen. Damit die Pointe nicht untergeht: Vor Ihnen habe ich sehr viel weniger Respekt als vor Gascha, denn im Gegensatz zu diesem Hündchen wissen Sie genau, was Sie tun. Sie sind Agentin des BND und führen in Moskau eine Quelle. Jetzt gerade ist sie in Raum 202 im zweiten Stock der Lubjanka, und die Stenografin kommt mit dem Mitschreiben nicht mehr nach.«

*Man wird Ihnen suggerieren, alles über Ihre Agententätigkeit zu wissen. Dass Ihre Quelle verhaftet wurde und in der Lubjanka sitzt. Dass sie umfassend gestanden hat.*

»Es wird langsam langweilig«, sagte sie.

»Wie lässig Sie sich geben. Da Sie jedoch mit unserer Kultur vertraut sind, kennen Sie selbstredend das schöne Sprichwort ›Die Angst hat große Augen‹. Und Ihre, Frau Gabrielowa, sind größer als Essteller. Mir scheint, Sie sind verwöhnt durch die Spaziergänge mit dem Genossen Nikolaj Artjomowitsch, das Wochenende auf seiner Datscha, Bötchenfahren im Gorkipark. All die geistreichen Plaudereien. Und so einen hübschen Sohn hat er. Etwas zu sorglos für mich. Aber boxen kann er, und ich verstehe absolut, dass Sie in ihn vernarrt sind. Um auf Nikolaj Artjomowitsch zurückzukommen: Ich kenne ihn. Nur Wenige sind so gebildet wie er, da kann ich nicht mithalten. Das macht aber nichts. Wenn ich mit Ihnen fertig bin, passen Ihre Augen nicht mehr in dieses Zimmer.«

*Er weiß nichts von Rem und mir, sonst hätte er es längst gesagt.*

»Lassen Sie uns das Gerede über Ausweisung und Straflager vergessen«, fuhr Bossoi fort, »das wird Ihnen nicht annähernd gerecht. In der Siebten Verwaltung singen sie Ihr Hohes Lied.«

*Sie setzen mich in ein Flugzeug, ohne dass ich mich von ihm und Leo verabschieden kann. Aber es wird ihnen nichts geschehen.*

»Es ist kaum zu glauben, dass eine so junge Frau erfahrene Männer wie Rotzlöffel aussehen lässt. Ihre Grabinschrift sollte lauten: *Sie konnte was.*«

*Er will mich anwerben.*

*Und wenn ich zum Schein darauf eingehe? Boehnke besorgt mir das nötige Spielmaterial für die Insel. Ich kann in Moskau bleiben und Rem weiter führen.*

*Leo sehen.*

»Nur dass es für Sie keinen Grabstein geben wird«, hörte sie Bossoi. »Man wird Sie wegen Spionage anklagen und nach der unvermeidlichen Hinrichtung namenlos verscharren.«

»Ich hätte gewettet, dass Sie keinen Humor haben. Aber Sie überraschen mich«, sagte Nina.

»Sie sind seit sieben Monaten Gast meines Landes, aber da unsere Bürokratie leider unzuverlässig ist, haben Sie bis heute keine gültige Aufenthaltserlaubnis, sondern nur eine Sprawka. Und zu dumm: In der von uns geführten Diplomatenliste Ihrer Botschaft ist Ihr Name nicht auffindbar; Ihre Dip-Kartotschka hätte längst sichergestellt werden müssen. In Summe besitzen Sie keinerlei Immunität. Sie sind nichts weiter als eine Illegale. Und mit Illegalen verfahren wir, wie es uns beliebt.«

Die Angst kam mit solcher Macht, dass Nina nur noch den Kopf zur Seite wenden konnte, ehe sie sich auf den Fußboden erbrach. Sie wischte den Mund mit dem Ärmel des stinkenden Overalls ab und saß in ihrem Schweiß.

»Man fragt sich oft, wozu die ganze Plackerei gut ist«, sagte Bossoi. »In Momenten wie diesem weiß ich es.«

»Ich kann sehr wertvoll für Sie sein«, brachte sie heraus.

»Inwiefern? Sitzen Sie beim BND an einer entscheidenden Stelle? Haben Sie Zugang zu Material, das sogar unsere besten Kundschafter nicht beschaffen können? Wären Sie in der Lage, uns mit Informationen direkt aus dem NATO-Hauptquartier zu versorgen? Ich fürchte, nein. Wir haben nicht das mindeste Interesse an Ihnen als Doppelagentin. Sie taugen nicht mal als Aktive Maßnahme. Aber die Exekution einer blutjungen Frau wegen Spionage wird als Botschaft an die Nachrichtendienste der kapitalistischen Staaten ihren Zweck erfüllen. Niemandem kann befohlen werden, als Illegaler in ein feindliches Land zu gehen, das ist selbst bei uns so. Wie viele Freiwillige werden in Zukunft wohl in ein Flugzeug nach Moskau steigen? Ich sehe, Sie wissen die Antwort.«

Nina wollte sich wieder übergeben, würgte.

Er steckte sich eine Zigarette an. »Wir kennen sehr hässliche Hinrichtungsarten. Aber wenn Sie mir alles über Ihren Auftrag sagen, kann ich unter Umständen fünfzehn Jahre Gulag für Sie rausholen. Na, klingt das inzwischen verlockend?«

»Ich heiße Anja Gabriel und wurde am 29.7.1950 geboren.«

Fast glaubte sie so etwas wie Respekt in Bossois Gesicht zu sehen. Es klopfte an der Tür. »Was ist?« rief er unwillig.

Ein Milizionär lugte mit rotem Kopf rein. »Entschuldigung, Genosse Oberst, aber es ist wichtig.«

Bossoi verschwand. Die Zimmerwände stürzten ein. Als sie zu sich kam, stand Rem vor ihr und sagte: »Wir gehen jetzt.«

Sie bekam ihre Sachen zurück. Die Hose war zerrissen. In der Dunkelheit fuhren sie aus der Stadt. Nina zitterte. Rem hielt an, holte eine Decke aus dem Kofferraum und legte sie über sie. Kein Wort. Sie langten an der tief verschneiten Datscha an. Rem fasste sie bei der Schulter und ging mit ihr zum Haus. Auf der Veranda knickten ihr die Beine weg. Er fing sie auf, trug sie ins zweite Schlafzimmer.

»Im Schrank sind Sachen von Mascha«, sagte er.

Ewig saß sie auf dem Bett und hatte nicht einmal Kraft zum Weinen. Dann quälte sie sich hoch, zog eine zu kurze Hose an, wusch das Gesicht. Ein Feuer prasselte im Kamin. Rem stellte einen Teller mit Wurstbroten vor sie. Sie schüttelte den Kopf.

»Du musst etwas essen«, sagte er.

Nina ekelte sich davor, doch nach dem ersten Bissen spürte sie, dass sie am Verhungern war. Rem schmierte weitere Brote. Sie aß alles auf. Minuten schwiegen sie vor dem Kamin.

»Danke«, sagte sie endlich.

»Womit hat er dir gedroht?«

Sie erzählte es ihm.

»Ich hatte dich vor Bossoi gewarnt. Das war raffiniert, aber Unsinn. Du hast über die Akkreditierung deines Botschafters vollen diplomatischen Schutz.«

»Ich habe es geglaubt«, flüsterte Nina.

»Ich werde dir keine Vorwürfe machen, aber wie konntest du derart leichtsinnig sein und zu der Schweigedemonstration gehen? Ich sage das nicht nur deinetwegen.«

»Kennst du den Anfang von Anna Achmatowas *Requiem*?« fragte Nina. »Wo sie beschreibt, wie sie monatelang vor dem Gefängnis in Leningrad stand, weil da ihr Sohn war?«

Er nickte. »Eine der Frauen, die dort warteten, hörte, dass Anna eine berühmte Dichterin war. Sie fragte, ob Anna all das beschreiben könne. Und als diese bejahte, schimmerte in dem zerstörten Gesicht der Frau ein Lächeln auf.«

»Auf dem Puschkinplatz war eine alte Frau mit einem Foto ihres Enkels. Ihr Kopf ... Sie haben sie totgeschlagen.«

Rem strich ihr über die Wange.

»Als ich so große Angst hatte, ist etwas Seltsames passiert«, flüsterte sie. »Ich habe an meinen Vater gedacht und dass ich ihn nie wiedersehen werde. Verstehst du das?«

»Ja. So vieles ist zwischen euch unausgesprochen. Vielleicht weiß er nicht einmal, warum er dich so traurig macht.« Lange lauschten sie dem Prasseln des Feuers. »Meiner war ein stiller Mann. Sollte er je gelächelt haben, dann nicht unter Zeugen. Kein einziges Mal hat er mich gefragt, wie mein Tag war. Eines Abends ist er spät gekommen. Ich bin wach gewesen und habe ihn mit meiner Mutter flüstern hören. Er war im Ministerium befördert worden. Meine Mutter hat geweint. Dann kam mein Vater zu mir ins Zimmer, an mein Bett. Er fragte, wie mein Tag in der Schule gewesen war, ob ich auch fleißig lernte. Morgens haben sie ihn wegen Sabotage und Konterrevolution verhaftet, das war die übliche Anklage. Bald darauf wurde er in einem der Schauprozesse für schuldig befunden. Man erhängte ihn, ehe die Tinte unter dem Urteil trocken war, und ich verstand, dass mein Vater sich an jenem Abend von mir verabschiedet hatte. Ich habe in der Schule vor die Klasse treten und mich von ihm lossagen müssen, sonst hätten sie auch meine Mutter, meine Brüder und mich geholt. Im Großen Terror starben die Besten, geblieben sind die Kriecher und Spitzel.«

Nina rang mit sich, dann sagte sie: »Aber gebrochen hast du damit erst so viel später. Warum hast du es getan?«

Rems Stimme war noch leiser als ihre. »Kurz nachdem ich von Ost-Berlin nach Moskau zurückbeordert worden war und begonnen hatte, auf der Insel zu arbeiten, habe ich von einem Kollegen gehört, dass Sora Felixowna Krylowa sich umgebracht hatte. Das war die Frau, deren Text ich achtzehn Jahre zuvor heimlich aus der Glawlit mitgenommen hatte, das Manuskript, in dem ich gelesen habe, wenn ich betrunken gewesen bin. Ich finde keine Worte für das, was mit mir geschehen war. Aber ich habe gewusst: Ihr Selbstmord war die Strafe Gottes für mein falsches Leben. Ich bin in die Kirche und habe um Vergebung gefleht. Darauf hoffe ich bis heute. Oxana hat gefragt, was mit mir ist, zum ersten Mal seit langem. Da habe ich es ihr erzählt. Sie hat gesagt, dass Menschen wie Sora Felixowna schlimmer als Krebs wären, und schimpfte, weil ich die Frau damals nicht dem KGB gemeldet hatte. Dabei war Oxanas eigener Vater als Beteiligter an der ›Ärzteverschwörung‹ hingerichtet worden.« Rem schwieg lange. »Wochen später hat ein Haar von ihr auf dem Tisch im Wohnzimmer gelegen. Ich habe mich so geekelt, dass ich es weder anfassen noch wegwischen konnte. Sie ist an irgendeiner Krankheit gestorben, im gleichen Jahr. Leo geht manchmal an ihr Grab. Das habe ich nie über mich gebracht.«

Sie legte ihre Hand auf seine. Spürte, dass er weinen wollte.

»Ich kann es auch beschreiben«, sagte er. »Nicht wie Anna. Aber auf meine Art. In derselben Woche habe ich den Stadtplan im Hotel liegenlassen.« Rem sah Nina in die Augen. »Du weißt, wo wir jetzt stehen?«

»Entweder lasse ich mich aus Russland ausweisen oder von dir als Doppelagentin anwerben.«

»Steig in das Flugzeug«, sagte er.

»Es ist besser, ein Mal zu sterben, als andauernd den Tod zu erwarten«, erwiderte sie.

»Steig in das Flugzeug.«

»Du wirst mein Führungsoffizier. Das ist meine Bedingung.«

»Leg dich schlafen. Morgen reden wir noch einmal.«

Vor ihrer Zimmertür blieb Nina stehen. »Als ich damals im Ministerium diesen Text schrieb, konnte ich nicht ahnen, dass ich den BND damit auf mich aufmerksam machen würde. Und von dir oder Leo wusste ich nichts. Aber ich war auf der Suche nach einem anderen Leben. Bei euch habe ich es gefunden.«

Nina fiel in den Schlaf wie in eine Ohnmacht. Beide waren sie früh auf. Rem versuchte nicht mehr, sie umzustimmen. Sie setzten sich an den Tisch. Er schaltete das Gerät ein.

»Anja, Sie haben da eine große Dummheit begangen.«

»Ich bin nur zufällig dort vorbeigekommen.«

»Und haben rein zufällig diese Petition gegen meinen Staat unterschrieben? Und zufällig einen Polizisten angegriffen?«

»Zeigen Sie mir meine Unterschrift.«

»Seien Sie nicht spitzfindig, das ist weit unter Ihrem Niveau. Haben Sie gedacht, Sie könnten diesen Gott, zu dem Sie beten, am Bart herumführen? Jeder, den ich beim KGB kenne, würde ein Monatsgehalt darauf setzen, dass Sie sich brav ausweisen lassen. Dass Moskau für Sie nur eine gescheiterte Mission war, die Sie abhaken. Aber wir zwei wissen es besser, nicht wahr?«

*Nein, das wirst du nicht tun. Das glaube ich nicht.*

»Ihnen muss klar sein, dass es für Sie bloß eine Chance gibt, meinen Sohn weiter sehen zu können.«

Rasende Wut fuhr mit ihr Karussell.

»Hätte ich es als Frage formulieren sollen?«

Sie riss sich zusammen und flüsterte: »Ich liebe ihn.«

»Dann haben wir das geklärt, denke ich.«

Sie schlug auf die Stopptaste des Rekorders. »Wie konntest du Leo ins Spiel bringen? War das von Anfang an dein Plan?«

»Ninotschka, du bist durcheinander, ich werde deine Worte vergessen. Es war allein deine Entscheidung. Und tu nicht so, als würden wir zwei nicht füreinander sterben. Das haben wir längst bewiesen.«

Das Karussell stand still.

Rem schaltete den Rekorder wieder ein. »Wer ist die Quelle, die Sie in Moskau führen?«

»Ruslan Gennadjewitsch Frolow, ein Milizionär. Er hat uns Interna aus dem Polizeiapparat geliefert. Aber die Verbindung ist vor drei Monaten abgerissen. Er meldet sich nicht mehr.«

Rem lächelte. »Haben Sie ihn angeworben?«

»Nein, ich habe ihn übernommen. Wer ihn vor mir geführt hat, weiß ich nicht.«

»Welcher Art waren diese Informationen?«

»Die Miliz ist ein Repressionsinstrument. In Pullach wollen sie alles über den Aufbau wissen. Wer welche Abteilung leitet. Wie die Vorgehensweise bei einer Festnahme von Dissidenten ist. Was ich jetzt ja aus erster Hand erfahren habe.«

»Anja, das muss alles noch verwirrend für Sie sein. Aber ich rate Ihnen, *Repressionsinstrument* aus Ihrem Sprachschatz zu streichen. Selbiges gilt für *Dissident*. Es handelt sich dabei um staatszersetzende Elemente.«

»Der Dienst interessiert sich auch für die Zusammenarbeit zwischen der Miliz und der Neunten Verwaltung, die für den Personenschutz des Politbüros zuständig ist. Wie das Gebäude des Zentralkomitees und der Regierungsflughafen Wnukowo bewacht werden. Wie das Stabsquartier im Kreml arbeitet.«

»Soll das etwa heißen, dass ein Anschlag auf einen unserer Politiker geplant ist?« fragte Rem scharf.

»Falls es so wäre, würde ich es nicht erfahren. Mein Auftrag lautete, die Quelle auszuschöpfen.«

»Und Frolow hat geliefert?«

»Erstaunlich viel für einen einfachen Gaischnik. Er scheint eine Menge Kontakte zu besitzen. Einmal bin ich ihm gefolgt, sah ihn mit einem Mann. Ich habe ein Foto gemacht. Boehnke meinte, dass es sich um jemanden von der Mafia handelte.«

»Sie haben Frolow bezahlt, nehme ich an.«

»In Dollar. Er kriegt den Hals nicht voll genug.«

»Wer gehört außer Ihnen noch zur Moskauer Residentur?«

»Ich arbeite solo. Boehnke wollte das so.«

»Warum?«

»Da kann ich nur spekulieren. Möglicherweise traut er dem Residenten nicht. Norbert Röttger, Wirtschaftsabteilung.«

Sie wusste: Der KGB war darüber längst im Bilde.

»Welche Quellen führt dieser Röttger?«

»Das weiß ich nicht. Allerdings vermute ich, dass darunter mindestens eine Person aus Ihrem Militärsektor ist.«

»Konkretisieren Sie das.«

»Nachdem der Kontakt zu Frolow abgerissen war, hatte ich vor, dort einzudringen. Ein Praporschtschik der Sowjetarmee ist Stammgast in dem Klub im Haus der Architekten, wo ich ab und zu bin. Er hat mit mir geflirtet. Aber Boehnke meinte, wir seien auf diesem Feld bereits sehr gut aufgestellt. Das war bei dem Empfang des amerikanischen Botschafters. Boehnke hatte ziemlich viel getrunken und sprach davon, dass wir über die Armierung Ihrer T-80-Panzer informiert sind. Ich könnte mir denken, dass wir eine Quelle in den Kirow-Werken haben, wo sie hergestellt werden.«

Rem grinste. Eine wunderbare Aktive Maßnahme von Nina. Norbert Röttger würde ab sofort mit mindestens dreißig Mann observiert werden.

Zehn Minuten spielten sie noch Pingpong, dann machte er den Rekorder aus. »Vor dir kann man Angst haben«, sagte er.

Sie zögerte, griff dann in Maschas Jeans und legte einen mit Hammer und Sichel geschmückten Ausweis auf den Tisch.

»Von wem ist der?«

»Bossoi. Als wir im Gefängnis an ihm vorbeigegangen sind, habe ich ihn gestohlen.«

»Du konntest in dem Moment an so etwas denken?« fragte Rem fassungslos.

»Ist wie Atmen.«

»Was willst du damit?«

»Dort steht seine Adresse. Er wohnt in der Belinskogo.«

»Das wirst du nicht tun«, sagte Rem gefährlich ruhig.

»Nein. Aber es tut gut zu wissen, dass ich es könnte.«

# SOMEBODY IS LOVING YOU

Es war ihnen beiden klar, dass Nina nach Deutschland musste, um mit Boehnke und ihrem Präsidenten zu sprechen. Solche Sachen erledigte man nicht per Kurierpost. Sie hatte mit Rem vereinbart, damit bis ins neue Jahr zu warten, um auf der Insel niemanden misstrauisch zu machen. Rem schlug Weihnachten vor, das in Russland wegen des julianischen Kalenders auf den Beginn der zweiten Januarwoche fallen würde. Obwohl es hier normale Arbeitstage waren, hatte Nina sich darauf gefreut, die Abende mit Leo zu verbringen, und im Diplomatenkontor des GUM bereits Delikatessen vorbestellt. Doch es erschien ihnen beiden als optimaler Zeitpunkt für ihren Flug nach München, knapp vier Wochen nach Ninas Anwerbung.

Am deutschen Heiligabend zeichneten sie das Gespräch in der Datscha auf, morgens um zehn, als es gerade hell wurde.

»Man beordert mich in die Zentrale«, sagte sie mit belegter Stimme. »An Ihrem Weihnachten. Gestern hat Boehnke mich per Kurier davon in Kenntnis gesetzt.«

»Aus welchem Anlass?« fragte Rem sofort.

»Das wurde mir nicht mitgeteilt.«

»Was vermuten Sie?«

»Man wird sich darüber Gedanken gemacht haben, dass ich seit fast vier Monaten niemanden führe und keine relevanten Informationen mehr liefere.«

»Sie glauben, man will Sie abziehen?«

»Liegt das nicht nah?«

»Gehen Sie spazieren, ich muss telefonieren.«

Rem schaltete den Apparat aus. Natürlich hätte sie im Haus bleiben können, während er mit Kamyschin sprach, aber Nina ließ ihn allein und ging raus zum Bootssteg. Der Schnee lag so hoch, dass er neben dem freigeschaufelten Trampelpfad bis zu ihrer Hüfte reichte. Ein Rabe schlitterte bei der Landung über das Eis auf dem Fluss. Angler hatten Löcher reingebohrt, Zelte aufgebaut. Wie erfroren kauerten sie mit heruntergeklappten Schapkas auf den Kohlenkästen, in Zigarettenwolken gehüllt. Sie war zum ersten Mal an Weihnachten nicht in Deutschland. In ihrer Kindheit hatte sie sich immer darauf gefreut und war jedes Mal enttäuscht gewesen. Natürlich hatte sie Geschenke bekommen, aber es fehlte etwas, ohne dass sie damals wusste, was es war. Später hatte Nina verstanden, dass ihre Mutter, sie und Müller keine Familie gewesen waren. Im Westen trank ihr Vater von Heiligabend bis Neujahr durch. Aber schön war das eine Fest, an dem er wegen eines Einsatzes fortmusste und sie und ihre Mutter die ganzen drei Tage Karten gespielt und alle selbstgebackenen Plätzchen gefuttert hatten. An ihre letzten beiden Weihnachten erinnerte sie sich gar nicht mehr, sicher hatte sie in Pullach durchgearbeitet. Und doch dachte sie nun voller Sehnsucht an Glitzerlichter, Weihnachtsmärkte. Selbst die Supermarkt-Nikoläuse vermisste sie.

Rem trat zu Nina. »Er hat so reagiert, wie wir dachten. Sie erfinden eine Quelle für dich und sorgen für Hühnerfutter, um das Ansehen von Anja Gabriel in Pullach zu steigern.«

»Wo soll die Quelle sitzen?«

»In der Agentenschule 101, ganz in der Nähe von Jassenewo. Sie beliefern dich mit erfundenen Informationen über unsere Ausbildung. Ich habe vorgeschlagen, dich bei uns als *Nurmi* zu führen, das dürfte dir gefallen.«

»Dann habe ich jetzt fünf Namen.«

»Für mich bleibst du Ninotschka.«

Rem kannte ihren Klarnamen, weil er damals im Auswärtigen unter ihrem Pamphlet gestanden hatte. Für Leo war sie immer noch Anja. Oder Njuscha, was viel schöner klang. Oft war sie kurz davor, ihm zu sagen, wie sie in Wahrheit hieß. Sie sehnte sich danach zu hören, wie er »Nina« sagte. Aber je mehr er von ihr wusste, desto gefährlicher würde es für ihn sein.

Beim Laufen im Botanischen Garten fragte er, warum sein Vater sie Ninotschka nannte. Der Film war in der Sowjetunion verboten, Leo kannte ihn nicht. Nina sagte, dass er von einer glühenden Bolschewikin handele, die in den Dreißigerjahren von Moskau nach Paris kommandiert wird, sich dort in einen Grafen verliebt und dem süßen Leben verfällt.

»Der Graf heißt Leon«, meinte Nina.

»Und wie geht es aus?«

»Sie bleiben für immer zusammen.«

Sie schauten sich nicht an, wurden nicht langsamer. Beide wussten sie, dass es für sie kein Happy End geben konnte. Sie rannten und boxten und lachten miteinander, genossen ihre Nähe in jeder Minute, die sie zusammenkratzen konnten, im Wissen, was sie füreinander waren. Und doch verzagten sie oft, zur gleichen Zeit manchmal, ohne es einzugestehen. Im Bett dachte Nina immerzu an ihn. Wie es sein würde, wenn er jetzt bei ihr läge. Wie seine Haut sich anfühlte, seine Muskeln, sein ganzer Körper. Wie es wäre, neben ihm aufzuwachen.

Und es wieder und wieder und wieder zu tun.

Über Nacht war Silvester da; viel wichtiger als Weihnachten, in Russland das Fest der Geschenke. Die Boxer machten eine Party im Proletarski-Bezirk, aber Leo schob eine Familienfeier vor, obwohl Rem mit Mascha nach Nischni Nowgorod gefahren war. Ninas Nähe war für Leo gewagt genug; seinen Freunden durfte er das nicht zumuten. Beide plagte schon ein schlechtes Gewissen, wenn sie nach dem Training mit den anderen etwas tranken, herumalberten.

Abends gingen sie ins Hotel Berlin. Nina hatte einen Tisch reserviert, doch in dem Restaurant war Totentanz. Noch mehr Gold hier unterzubringen, wäre ganz unmöglich gewesen, es sei denn, man hätte auch die Fensterscheiben damit überzogen. Nina blendete die verkrumpelten Tischdecken aus, die grauen Gardinen, die Wollmäuse, die in den Ecken ihre eigene Party feierten, und stellte sich vor, im Paris von Ninotschka zu sein. Aber als ihr angeschickerter Kellner die Vorspeisenschalen auf den Tisch knallte, begann *Dinner for One*.

Immer wenn sie und Leo zusammen waren, raste die Zeit, als wollte sie vor ihnen fliehen. Gerade hatten sie sich gesetzt, jetzt schlugen die Kremlglocken zur zwölften Stunde. Leo gab ihr Zettel und Stift. »Schnell, schreib einen Wunsch auf, bevor Mitternacht ist.«

Nina machte es ihm nach, verbrannte den Zettel über ihrem Sektglas, ließ die Asche hineinrieseln und trank auf ex. Dann waren die Glocken still, und er küsste sie kurz auf den Mund.

Sie spazierten über die geisterhaft leere Straße, entfernten sich von der weißen Stadt mit dem Kreml. Am Bankett waren Autos aufgebockt, die Räder und Scheibenwischer abmontiert, um sie vor Diebstahl zu schützen. Viele handhabten das so; im Winterland gab's nur Sommerreifen zu kaufen. Das Feuerwerk war erloschen. Aber über ihnen ein magischer Himmel wie bei Lubitsch. Nina zog ein kleines, liebevoll verpacktes Geschenk hervor, eine Kassette mit den Hits von Creedence Clearwater Revival, für die Leo so schwärmte. Sie fragte sich, was Boehnke gedacht haben mochte, als er ihre Bitte vorletzte Woche in der Kurierpost vorfand. Die Beförderung von Rocksongs in einem sich selbst zerstörenden Stahlcontainer, eine Weltpremiere.

»Du darfst es noch nicht aufmachen«, sagte sie. »Es könnte sein, dass wir beobachtet werden, und bestimmte Leute bringt es vielleicht auf falsche Gedanken.«

»Ich habe auch was für dich.«

Er gab ihr ein Geschenk, das noch kleiner als ihrs war. Nina wickelte es aus der Verpackung. Ein Chanel Rouge Allure.

»Du hast doch gesagt, dass dein Lieblingslippenstift alle ist und du ihn hier nicht kriegst«, sagte Leo.

Sie traute ihren Augen nicht, drehte und wendete den Stick. »Wo in aller Welt hast du den her?«

Er lachte. »Blat.« Beziehungen.

»Sag schon!«

»Der Cousin von Stepan hat einen Schwippschwager, der in Jena arbeitet. Und ein Kollege von dem ist mit einer Deutschen verlobt, deren Patentante Westverwandtschaft hat.«

Sie ging rasch weiter, denn sonst wäre sie ihm um den Hals gefallen und hätte sie beide in einen Abgrund gerissen. Auf der Neglinnaja fragte sie, wo Leo hinwollte.

»Tanzen, ins Garmoschka.«

Das war am Puschkinplatz.

Obwohl Nina nicht weit davon wohnte, hatte sie seit jenem Tag keinen Fuß mehr dorthin gesetzt. Immerzu hatte sie das Gesicht der alten Frau vor Augen, ihren zerschmetterten Kopf. Bossois Totenschädel.

Leo spürte, dass ihre Schritte steif wurden. Er blieb wieder stehen. »Mein Vater hat mir erzählt, was passiert ist.«

Warum hatte Rem das getan? Aber Nina wusste die Antwort sofort. Sie hatte außer ihm und Leo niemanden, um darüber zu reden. Er wollte sie damit nicht alleinlassen.

»Du bist sehr mutig gewesen, Njuscha.«

»Ich war nicht mutig, ich war dumm.«

»Als der Mann dir mit der Todesstrafe gedroht hat, hättest du dein Leben retten können, aber du hast meinen Vater nicht verraten. Seine Stimme brach, als er davon sprach. So habe ich ihn noch nie gesehen.«

»Er hätte für mich dasselbe getan.«

»Ja, ich weiß.«

Sie kamen auf den Platz, und die Schatten waren mit dem alten Jahr verschwunden. Im Garmoschka ging es hoch her, es wurde wild getanzt. Als Nina ordentlich durchgeschwitzt war, ging Leo zum Discjockey. Er legte *Somebody Is Loving You* auf. Leo zog Nina an sich. Und dieses Mal schlug sein Herz richtig.

Als sie die Augen wieder öffnete, sah sie Bossoi.

Er starrte sie von der Bar aus an. Sollte Motte tanzen wollen, dann im KGB-Kulturpalast am Dserschinskiplatz. Aber Motte tanzte nicht. Und wenn, verstand er darunter etwas anderes.

»Wer ist das?« fragte Leo.

Sie wusste: Wenn sie es ihm sagte, würde er sich ins Unglück stürzen. Und sie und Rem dazu. »Niemand«, meinte sie.

Sie tanzten noch zwei Stunden, Bossoi war fort. Als Leo sie nachhause gebracht hatte, nahm Nina ihr Picking-Set aus dem Geheimfach des Necessaires. Heute fuhr die Metro die ganze Nacht. Sie stieg an der Arbatskaja aus und ging am Buffet Nr. 11 vorbei, einem Schnellrestaurant am Ende vom Bahnsteig. Sie stellte sich dahinter, war in ihrer Behelfsschleuse. Nach zehn Minuten hatte noch keiner nach ihr geschaut. Die Belinskogo war nah, ums Eck vom Kreml; eine Straße mit Bürgerhäusern, die Nina an den Berliner Chamissokiez erinnerte. Hier lebten Funktionäre. Sie machte sich unsichtbar, sah zu dem Haus auf der anderen Seite. Bis auf eine Wohnung ganz oben war alles dunkel. Eine Stunde später war sie schockgefrostet. Ein Wolga hielt vor dem Haus. Bossoi. Im dritten Stock ging Licht an. Sie lief über die Straße, öffnete die Haustür mit ihrem Picking-Set. Nina huschte die Treppen hoch und legte das Ohr ans Türholz. Sie hörte Wasser laufen. Wahrscheinlich hatte Bossoi auch am Jahresende einen harten Tag gehabt und zwei, drei Menschen gequält. Oder sie gleich totgeschlagen. Jetzt freute er sich auf ein heißes Bad, das hatte er sich verdient.

Das Holster mit seiner Makarow würde in der Diele, in der Küche oder im Schlafzimmer sein.

Sie nahm das Türschloss unter die Lupe. Soweit sie in dem Halbdunkel erkennen konnte, war es ein Bohrmuldenzylinder, nicht ganz einfach zu knacken, aber sie würde es in höchstens einer halben Minute schaffen.

*Ist sowieso eher was für Frauenhände*, hatte Thräne gesagt. *Ich bin mehr der Grobmotoriker.*

Über ihr klapperte eine Tür, dann ertönten laute Stimmen. Im Treppenschacht sprang grelles Licht an. Auf Zehenspitzen lief sie wieder runter und kauerte sich im Erdgeschoss hinter die Treppe. Ein betrunkenes Pärchen schwankte zum Ausgang. Sie sah die beiden nur von hinten. Die Netzstrümpfe der Frau waren zerrissen. »Komm du mir nachhause, dann zeig ich dir, wie die Schildkröten es machen.« In seinem Zustand würde er es eher den Faultieren nachtun.

Als sie fort waren, ging sie zur Tür und legte ihre Geldbörse dazwischen, damit sie nicht zufallen konnte. Draußen sah sie am Haus hoch. Jetzt war bloß noch bei Bossoi Licht. Nina ging zurück, die Treppen hoch. Im dritten Stock lauschte sie wieder. Das Wasser lief noch.

Sie wartete, bis sie drinnen nichts mehr hörte, öffnete dann das Schloss, huschte lautlos in die Wohnung. Die Makarow lag auf dem Bett im Schlafzimmer. Sie nahm sie, war mit wenigen Schritten im Bad. Bossoi lag mit geschlossenen Augen in der Wanne, sah sie nicht. Nina dachte daran, ihm zu sagen, warum sie ihn jetzt töten würde. Ihm sagen, dass sie niemals zuvor so gedemütigt worden war wie in diesem Raum in der Petrowka. Dass sie sonst für immer Angst vor ihm haben müsste. Dass Leo nicht mehr sicher war, weil es Bossoi Spaß bereiten würde, ihm was anzutun. Weil er eine Bestie war. Aber sie verzichtete auf Worte, schoss ihm in den Kopf.

All das stellte sie sich vor, während sie im Treppenhaus vor dieser Tür stand. Dann ging sie heim und legte sich schlafen.

Einen Tag bevor sie nach Deutschland fliegen würde, rief Rem sie morgens an. »Haben Sie etwas für mich?« fragte er.

In ihrer Sprache hieß es, dass *er* etwas für *sie* hatte.

Sie traf sich mit ihm vor dem Winterschwimmbad Moskwa. Schon bei dem Gedanken an den Treff war ihr kalt geworden. Im Frauentrakt zog sie sich um. Als sie vor die Tür trat, war es genau so, wie sie sich einen Temperatursturz um sechzig Grad vorgestellt hatte. Um Rems nackte Schultern lag ein winziges Handtuch. Gänsehaut kannte er nicht.

Sie wollte schnell zu dem gigantischen kreisrunden Becken laufen, aber Rem sagte: »Es gilt als feige, hier zu rennen.« Als sie endlich im aberwitzig heißen Wasser lagen, stieg so dichter Dampf auf, dass sie kaum weiter als fünf Meter sehen konnte und die Umgebung nur noch ahnte; selbst der Sprungturm in der Mitte des Beckens war verschwunden. »Im Grunde liegen wir in einer Baugrube«, sagte Rem. »Hier wollte Stalin seinen Palast der Sowjets errichten, das Pendant zu Hitlers Halle des Volkes. Vierhundertfünfzehn Meter sollte der in den Himmel schießen, die achte und letzte Schwester, die auf alle anderen herabblicken würde, gekrönt von einer fünfundsiebzig Meter hohen Stalin-Statue. Sie hätte bloß bei Stalinwetter bestaunt werden können, weil sie ja in den Wolken verschwunden wäre. Chruschtschow hat den Wahnsinn 1956 gestoppt.«

Soweit Nina in dem Dampf erkennen konnte, waren sie im Becken allein. Rem hatte noch kein einziges Mal gelächelt.

»Ist etwas passiert?« fragte sie.

»Gestern ließ Andropow alle Führungskader zu sich rufen. Es waren auch Offiziere der GRU anwesend, und wie du weißt, hat der Militärnachrichtendienst in der Lubjanka sonst nichts zu suchen. Genosse Andropow hat uns informiert, dass er die *Operation RJaN* starten wird.«

»Was ist das?«

»Das Akronym steht für Atomwaffenangriff.«

Sie hätte nie geglaubt, jemals in heißem Wasser zu frieren.

»Wir sollen alle Indizien sammeln, die für einen atomaren Erstschlag der NATO sprechen. Andropow ist überzeugt, dass er bevorsteht. Die Auslandsagenten werden angewiesen, nach Hinweisen auf eine erhöhte Produktion eurer Schlachthöfe zu suchen. Er will wissen, ob für eure Ministerien Urlaubssperren erlassen wurden, wie lange dort in welchen Fenstern Licht ist. Wenn bei euch eine Blutspendeaktion gestartet wird, muss er sofort unterrichtet werden.«

»Wie schätzt du das ein?« fragte Nina.

»Andropow ist eiskalt und der Beweis, dass man moralisch verkommen und doch hochintelligent sein kann. Als paranoid habe ich ihn nicht kennengelernt.«

»Du traust es der NATO zu?«

»Die HVA hat eine Quelle bei der US-Abhörstation in Berlin, Deckname *Kid*«, sagte Rem rau. »Dieser Mann behauptet, die Amerikaner würden über eine Datenbank mit Aufnahmen der Stimmen von sowjetischen Kommandeuren verfügen und die Möglichkeit besitzen, die Funkanweisungen, die im Kriegsfall an unsere Kampfpiloten gehen, durch amerikanische Befehle zu ersetzen. Entwickelt man so etwas als Defensivmaßnahme? Das zählt zum Instrumentarium eines Enthauptungsschlags.«

»Seit wann weißt du davon?«

»Ich verachte das System. Aber Russland soll nicht wehrlos sein. Wirst du es respektieren und Kid für dich behalten?«

»Ja.« Dann sagte sie: »Man könnte RJaN auch umdrehen.«

»Ich weiß. Reagan hat angekündigt, so massiv aufzurüsten, dass wir unmöglich mithalten könnten. Jetzt wäre der richtige Zeitpunkt für einen Angriff auf den Westen. Die Lüge gehört seit Lenin zur DNA unserer Politik. Und Andropow versteht es meisterhaft, Dinge ins Gegenteil zu verkehren. Stell dir das Schwein Schwatzwutz aus Orwells *Farm der Tiere* vor, und du hast ihn vor Augen.«

»In Pullach fragt man sich seit deiner Breschnew-Meldung, wer bei euch den Finger am Drücker hat«, sagte Nina.

»Der KGB, wie es immer war. Über Breschnew kursiert ein Witz auf der Insel. Es schellt an seiner Datscha. Er zieht einen Zettel aus seinem Morgenmantel, schaut drauf und fragt: ›Wer ist da?‹ Er brächte es fertig, den roten Knopf zu drücken und zu denken, er hätte Wodka bestellt. Für die Oboronka ist es ein gedeckter Tisch. Die legt Leonid Iljitsch Blankoschecks für die Finanzierung neuer Waffensysteme hin.«

So hieß der militärisch-industrielle Komplex der UdSSR.

»Sollte von uns ein Atomschlag geplant sein, sind Boehnke und mein Präsident darüber informiert. Morgen werde ich sie beide in den Alpen treffen und ihre Gesichter genau studieren, wenn ich ihnen von RJaN erzähle.«

»Das solltest du.«

»Du brauchst noch Hühnerfutter. Sag Kamyschin, Boehnke wolle wissen, ob ich an jemanden im Dunst von Innenminister Schtscholokow herankäme. Pullach halte ihn für korrupt.«

»Das gefällt mir. Weil's stimmt. Kamyschin kann sich damit in der Lubjanka lieb Kind machen. Zwischen Andropow und Schtscholokow herrscht seit langem ein Machtkampf, die alte Fehde von Polizei und Geheimdienst. Beide hegen Ambitionen auf die Nachfolge von Breschnew.«

Eine Weile genossen sie die Kälte im Gesicht und die Hitze im Körper. »Warum siehst du mich so an?« fragte Nina.

»Was hast du mit dem Ausweis von Bossoi gemacht?«

»Weggeschmissen.«

Er tippte an seinen Kopf.

»Nein, was hast du hier drin damit gemacht?«

Sie wich seinem Blick aus.

»Ich sagte, dass man Angst vor dir haben kann. Aber was ich meinte, war: Vor dir *muss* man Angst haben.«

# DIE BOEHNKE-DOKTRIN

Moskau lag unter Permafrost. Ende November war die letzte Flocke gefallen, der Himmel jeden Tag strahlend blau. Aber in München regnete es junge Hunde, als Nina von Riem mit dem Taxi ins Lehel fuhr. Es war seltsam, Reklame zu sehen, schicke Kleidung, nirgends eine Schlange. Selbst Karstadt-Tüten fand sie extravagant. In der Maximiliansanlage hielt der Goldengel noch immer seinen Ölzweig empor und glaubte fest an Frieden. Berlin träumte unentwegt von einer Zukunft, die es nie haben würde. Doch München war ewig. Und die Ewigkeit hatte die Nase manchmal weit oben. Obschon sie zwei Jahre hier gelebt hatte, war Nina nicht heimisch geworden. Münchner blieben am liebsten unter Münchnern. Noch ein Unterschied zu ihrer Geburtsstadt, in der man Berliner war, wenn man am Bahnhof Zoo aus einem Interzonenzug stieg. Sie überquerten die träge Isar. Dahinter der Eisbach, ihr Parcours. Der Patriarchenteich war schöner.

In ihrem Haus stand Nina still, sog den Bohnerwachsgeruch ein. Der Dienst hatte während ihrer Abwesenheit alle Kosten übernommen. Blumen, um die sich jemand kümmern musste, hatte sie nicht. Auf halber Treppe begegnete ihr die Frau mit dem Dackel. Sie grüßte Nina wie immer, hatte nicht bemerkt, dass sie acht Monate fort gewesen war. Im zweiten Stock sah sie, dass an der Tür der Nachbarwohnung ein anderes Schild klebte. Also war der alte Mann gestorben. Sie schob mit dem Fuß einen Berg Post zur Seite, ohne sich darum zu kümmern; Werbung und anderer Mist.

Nina machte die Heizung an und setzte sich im Mantel aufs Sofa. Alles fremd. Würde Leo das verstehen? Silvester hatten sie nachmittags *Ironie des Schicksals* im Fernsehen angeguckt, das sowjetische *Dinner for One*. Der Film handelte von einem Mann, der in Moskau besoffen in ein Flugzeug nach Leningrad gerät, dort in einer fremden Wohnung einpennt und sie für die eigene hält, weil in Chruschtschowkas alle Wohnungen gleich aussahen. Leo konnte jeden Dialog mitsprechen.

Der Anrufbeantworter blinkte, sie hatte im April vergessen, ihn auszuschalten. Fast dreitausend Mark kostete so ein Gerät. Der Dienst hatte es bei Nina installiert; wie bei allen Analysten, weil sie in ständiger Bereitschaft sein mussten.

Nur ein Anruf, gestern. Sie drückte auf die Taste.

Ihr Herz setzte aus.

»Guten Tag, Frau Opelowa. Ich hoffe doch, Sie hatten eine gute Anreise. Es gibt nichts Besonderes. Sie sollen nur wissen, dass es ein Vergnügen ist, Sie tanzen zu sehen. Wenn auch mit dem falschen Mann. Vielleicht tanzen Sie auch einmal mit mir. Ich würde sogar sagen, es ist unausweichlich.«

Aufgelegt.

Ninas Gedanken waren plötzlich in einer Nussschale, die in tosender See gegen Sturzwellen kämpfte. Bossoi kannte ihren Dienstnamen. Vermutlich wusste er, wo sie wohnte.

Von Koi.

Dem Stasi-Agenten, der sich in Pullach eingenistet hatte.

*Er will mir Angst machen. Es ist seine Natur. Er hat hin und her überlegt, wo sein Ausweis sein könnte. Bis es ihm dämmerte.*

*Jetzt weiß er, dass er in meinem Kopf ist.*

*Und ich bin in seinem.*

*Ist er hier, in München? Wird mein Haus observiert? Haben sie Wanzen in meiner Wohnung installiert?* Sie wurde ruhiger. *Nein, keine Lollis, keine Beschattung. Sonst hätte Bossoi mit dem Anruf die Operation verraten.*

Aber konnte sie sicher sein?

Sie hatte noch drei Stunden bis zu dem Treffen. Nina nahm ihren Koffer und rief Boehnke von der nächsten Telefonzelle auf seiner direkten Nummer an.

Eine Frau hob ab. »Apparat 34.«

»Delta Omega 13-22«, sagte sie.

»Bleiben Sie dran.«

Während sie wartete, stellte Nina sich so, dass sie die Straße im Blick hatte. Schulkinder lärmten. Lieferverkehr. Gegenüber wurde ein Haus eingerüstet. An einem Zeitungskasten die *TZ* mit der Schlagzeile: *Der Vampir von Sachsenhausen.*

Dann war Boehnke in der Leitung. »Ja?«

»Ich brauche ein Auto. Salvatorgarage, in einer Stunde.«

»Moment.« Er stellte die Leitung stumm, war zurück. »Ein blauer Golf, zweites Deck. Der Schlüssel ist unter dem linken Hinterreifen.«

Sie legte auf und ging zu ihrem Fiat, den sie letztes Jahr um die Ecke geparkt hatte. Zwei neue Dellen, sie hatte mit mehr gerechnet. Der dichte Verkehr war nach Moskau ungewohnt. Eine halbe Stunde kurvte sie durch die Stadt, variierte ständig das Tempo. Alle paar Minuten bog sie scharf ab, rechts, links, rechts. Mehrmals hielt sie in Nebenstraßen, um die Umgebung zu kontrollieren.

Keine Verfolger.

Aber im Fiat hätte ein Sender sein können.

Sie fuhr ins Parkhaus an der Oper und wartete. Zwei Frauen mit Designertüten, das war's. Nina setzte die rote Perücke auf, nahm den Koffer mit. Am Hofgarten mischte sie sich unters Volk. Der Golf GTI stand an der verabredeten Stelle. Sie fuhr nach Süden aus der Stadt, auf die Autobahn, vorbei an Pullach. Vage erinnerte sie sich, dort einmal gearbeitet zu haben. Am Starnberger See hielt sie an einer Raststätte und genoss ihren ersten Espresso seit acht Monaten. Sie blieb eine halbe Stunde sitzen, studierte, wer tankte, wer kam und ging. Die Menschen schienen anders. Sie überlegte, woran es lag. Dann dachte sie: *satt und selbstbewusst.* Sie fuhr gemütlich weiter und nahm die nächste Ausfahrt. Auf der engen Straße beschleunigte sie, sah zwei Autos im Rückspiegel, die beide zurückblieben. In einem dichten Forst zog sie, ohne zu blinken, in einen Waldweg. Sie ließ die Autos passieren, stieß zurück, fuhr mit Vollgas in die Gegenrichtung und wechselte wieder auf die Autobahn. Fünf Kilometer vor Murnau fuhr Nina ab. Das Städtchen lag immer noch im Koma. Rechts ging's zu dem BND-Schulungsheim, in dem Thräne mit ihrer Ausbildung begonnen hatte.

*Es braucht Jahre, um einen Verbindungsführer zu formen.*

Die Moskauer Monate waren wie Jahre gewesen.

Als sie auf dem Parkplatz am Fuß des Hörnle anlangte, war sie eine gute halbe Stunde vor der Zeit. Sie setzte die Perücke ab, nahm ihre Laufschuhe aus dem Koffer. Der Sessellift war in Betrieb. Aber bei der Talstation waren ein paar Krähen unter sich. Mit dem graugrisseligen, pappigen Zeug, das zum Rand des Parkplatzes geschippt worden war, hätte man nicht einmal einen Schneeball machen können. Der Regen hatte aufgehört. Es war viel wärmer als in Moskau, doch Nässe fraß sich unter Ninas Haut. Sie lief den Asphalt ab, machte die Muskeln warm. Die Krähen blieben auf der Lauer und beäugten sie. Über den Berghängen lag weißer Rauch.

Der Daimler kam pünktlich. Boehnke saß am Steuer. Keine Begleitlimousinen. Er ging mit dem Präsidenten zu ihr.

»Sie sehen gut aus«, sagte Schmücke.

»Dachten Sie, ich wäre über Nacht gealtert?«

»Wundern würde es mich nicht, nach allem, was ich in den letzten Monaten gehört habe.«

Boehnke grinste. »Die gute Moskauer Küche hält sie fit.«

Die Männer gingen zum Lift, aber sie zog die Jacke aus und warf sie Boehnke zu. »Wir sehen uns oben.«

Sie war den Hörnleweg schon drei Mal gelaufen, immer im Sommer. Fünfhundert Höhenmeter. Wanderer schafften es in fünfundsiebzig Minuten. Ihre beste Zeit war 9:58, bei hellem Sonnenschein. Jetzt war der Untergrund schlammig, die Jeans konnte sie anschließend vergessen. Bald kreuzte Nina den Lift. Sie wusste, dass Boehnke und Schmücke hinunterstarren und ein paar sexistische Kommentare absondern würden. Morgens hatte sie so früh nach Scheremetjewo fahren müssen, dass sie nicht zum Laufen gekommen war. Tief sog sie die frische Luft ein, genoss es. Rasch ging es steil bergauf. Nina steigerte ihre Schrittfrequenz und verlagerte das Gewicht auf die Fußballen, beugte den Oberkörper vor. Dann war sie im Wald. Die Bäume schüttelten sich, kalte Tropfen sprühten auf sie herab. Sie war eins mit allem, hätte Stunden so laufen können, Tage, bis auf den Everest. Vor der Hörnlehütte erreichte sie freies Gelände und war auf tausendvierhundert Metern. Weit unten sah Nina den Sessellift mit Boehnke und Schmücke, die sich den Arsch abfrieren würden. Am Aussichtspunkt stoppte sie die Zeit.

11:23, bei den Bodenverhältnissen eine Sensation.

Nina holte sich drinnen einen Glühwein. Der Gastraum war ein Stillleben in Nikotinbraun. In der Ecke saßen zwei von der Bergwacht. »Sagen Sie bloß, Sie sind hier hochgerannt?«

»Zügig gewandert.«

»Der Wahnsinn hat viele Gesichter.«

Sie ging auf die leere Terrasse. Der Gipfel der Zugspitze lag im Nebel, ein Himmel wie eine Schlackehalde. Bei besserem Wetter hätte sie bis Ettal sehen können, wo Prokofjew gelebt hatte, bevor er in die Sowjetunion zurückkehrte. Als sie sich umdrehte, sah sie die Männer kommen. Sie hatte beschlossen, ihnen nichts von Bossois Anruf zu erzählen.

Gar nichts von ihm.

»Wollten Sie uns was beweisen?« fragte Boehnke, als er ihr die Jacke zurückgab.

»Wann wollten Sie mir von Koi erzählen?«

Die Männer wechselten einen Blick.

»Sie sahen kein Problem darin, mich auf eine Mission nach Moskau zu schicken, ohne mich zu informieren, dass Mischa Wolf einen Karpfen im Präsidententeich ausgesetzt hat?«

»Pilger scheint Ihnen sehr zu vertrauen«, sagte Schmücke.

»Und Ihnen beiden vertraut er wie zwei fremden Doggen.« Nina sah Boehnke an. »Zuerst stellt sich raus, dass Sie Thräne aus der Akte gebürstet haben. Und jetzt das. Gibt es noch was, das ich wissen müsste?«

»Nein.«

»Ich glaube Ihnen kein Wort mehr.«

»Was hat Pilger Ihnen erzählt?«

»Dass Sie Koi schon drei Jahre suchen. Und bis heute nicht gefunden haben.«

»Wir vermuten diese Quelle in der politischen Auswertung. Darum habe ich Sie auch nicht darüber informiert. Sie waren lange genug da und wissen, dass die von unseren Operationen nie was erfahren.«

»Absolut. Darum bezweifle ich, dass Koi in der Auswertung ist. Sonst wäre ich in Moskau nicht sofort in Daniil Kamyschins Fadenkreuz gewesen.«

Boehnke wollte etwas erwidern, doch Schmücke hob seine Hand. »Reden Sie weiter, Frau Dr. Opel.«

»Es sei denn, der Feind hätte *zwei* Agenten bei uns.« Sie las die Antwort in Boehnkes Gesicht. Und seine Wut sah sie auch. »Keine Stasi. Davon wüsste Pilger.«

Schmücke nickte. »KGB.«

»Wie haben Sie davon erfahren?«

»In Leningrad haben wir jemandem von der Abwehr echtes Material zugespielt, das wir über ihre Interkontinentalraketen besitzen. Es hätte eine sofortige Abriegelung der ukrainischen Fabrik zur Folge haben müssen.«

»Was nicht passiert ist«, sagte Boehnke. »Wir haben eine Quelle in dem Werk, alles lief normal weiter. Die Insel wusste längst, auf welchem Informationsstand wir sind.«

»So etwas hätten Sie nicht preisgegeben, ohne vorher einen Verdacht gehabt zu haben«, stellte Nina fest. »Seit wann?«

»Zwei Jahre. Die Zecke könnte sich in der Auswertung, bei mir oder im Leitungsstab des Präsidenten festgekrallt haben.« Boehnke atmete durch. »Keiner weiß, ob das alles ist, wie tief wir infiltriert wurden. Hätten Sie was Sicheres gesucht, wären Sie Sachbearbeiterin bei Wüstenrot geworden.«

»Es spielt sowieso keine Rolle mehr«, sagte sie.

»Warum?«

»Weil ich von der Insel angeworben wurde. Mein Deckname als Kundschafterin ist Nurmi.«

Seit Wochen hatte sie sich ausgemalt, wie Boehnke und der Präsident es aufnehmen würden. Im Grunde gar nicht, wenn sie nach ihren leeren Gesichtern urteilte.

»Kamyschin wollte Pilger abziehen und einen seiner Leute auf mich ansetzen«, log sie. »Wenn der es nicht geschafft hätte, mich umzudrehen, wäre ich kompromittiert und ausgewiesen worden. Wir hatten das Spiel ausgereizt. Napoleon hat gesagt: ›Man zieht in den Krieg, und dann sieht man, was passiert.‹«

Boehnke fasste sich schneller, als Nina vermutet hatte. »Sie werden eine Menge Hühnerfutter brauchen.«

»Um das Sie sich persönlich kümmern werden«, erwiderte sie. »Wir drei und Dr. Kling in Bonn. Dabei bleibt es.«

Boehnke zuckte. »Sie kennen meinen Mann im AA?«

»Ich weiß genau, wie sich sowas anfühlt«, gab sie zurück.

»Wann war Ihre ›Anwerbung‹?« fragte Schmücke.

»Mitte Dezember. Es wäre nicht klug gewesen, früher nach Deutschland zu fliegen.«

»Ich hatte bei Ihnen Zweifel. Aber ich habe mich getäuscht. Das Material, das Sie liefern, ist unglaublich.«

»Wir brauchen mehr über die Stasi-Connection der RAF«, erklärte Boehnke. »Das hat Priorität vor allem anderen.«

»Ist es wichtiger als der Weltuntergang?« fragte sie.

»Seit wann lesen Sie den *Wachturm*?«

Nina erzählte ihnen von RJaN. Die Männer atmeten so laut, dass sie es trotz des fauchenden Windes hörte. »Ich weiß nicht, ob ich hoffen soll, dass die NATO keinen Enthauptungsschlag plant. Denn das hieße wahrscheinlich, dass Russland uns noch in diesem Jahr angreifen will.«

»Um Ihre Frage zu beantworten: Meine Frau und ich haben gerade ein Haus in Grünwald gekauft«, murmelte Boehnke.

»Was sagt Pilger über Breschnew?« fragte Schmücke.

»Dass er ein Zombie ist, den man ins Schaufenster stellt. Er ist bloß noch eine Marionette der Lubjanka und der Oboronka, und die hat in der Sowjetunion die gleiche Macht wie Thyssen, Krauss-Maffei und Rheinmetall bei uns.«

Schmücke betätigte einen Signalgeber. »Ich muss das sofort ans Kanzleramt geben.« Seine Sherpas, die wahrscheinlich in Murnau warteten, würden ihn unten abholen. Er reichte Nina fahrig die klamme Hand. »Herr Boehnke wird mit Ihnen noch operative Dinge besprechen wollen.«

Sie hielt seine Hand fest. »Pilger will ab jetzt bezahlt werden. Und zwar rückwirkend. Als faire Gegenleistung für die letzten acht Jahre stellt er sich fünf Millionen Schweizer Franken vor. Sie sollen sie auf ein Nummernkonto in Genf überweisen und garantieren, dass er sich in der Bank mit seinem Fingerabdruck identifizieren kann. Das Positiv befindet sich auf der nächsten Mikrofilmspule. Pilger weiß, dass ihm Ihr Wort genügen muss, bitter genug.«

»Er denkt ans Aussteigen?« fragte Boehnke tonlos.

»Nein. Aber er braucht eine Rückversicherung für den Fall, dass er aus Russland verschwinden muss. Er setzt darauf, dass Sie ihn dann rausholen.«

»Glaubt er, wir hätten fünf Millionen in der Portokasse?«

»Natürlich nicht. Er meinte, dort wäre viel mehr. Sehen Sie mich nicht so an, ich bin bloß der Bote. Aber es wäre das beste Geschäft, das Sie je gemacht hätten.«

Schmücke sagte: »Über die Summe lässt sich doch sicher –«

»Halten Sie es für klug, mit ihm zu verhandeln?«

Er hielt sich wie ein Maibaum. »Wir machen es. Und sagen Sie Pilger, wir stehen zu ihm, egal, was passiert.«

Das Erste glaubte Nina – das Zweite nicht.

Dann war sie mit Boehnke allein. Er musterte sie, zündete sich eine Roth-Händle an. »Wüsste ich es nicht besser, würde ich schwören, dass Sie die wiedergeborene Evita Perón sind.«

»Wessen Wiedergeburt sind Sie? Nein, sagen Sie's nicht.«

»Was hat Kamyschin mit Ihnen vor?«

»Ich bin eine Aktive Maßnahme. Man füttert mich mit Mist über eine ihrer Agentenschulen.«

»Und womit haben Sie ihn schon beglückt?«

»Pullach interessiert sich für Innenminister Schtscholokow. Und weiß über die Armierung der T-80-Panzer Bescheid.«

»Schön wär's.«

»Ich hatte eine kurze Nacht. Falls sonst nichts ist, würde ich gern nach München zurück.« Nina wandte sich zum Gehen.

»Sie haben eine Scheißwut auf mich. Und nicht grundlos«, sagte Boehnke. »Aber haben Sie nicht auch etwas vergessen?«

»Ja?«

»Letzten Winter haben wir Ihr Telefon abgehört, wie Ihnen bekannt ist. Der Dienst ist wie jede andere Behörde. Hier und da versickert was in der Bürokratie. Zum Beispiel mein Befehl, den Vorgang zu beenden. In all der Zeit hatten Sie bloß einen einzigen Anruf, gestern. Er wurde bei uns aufgezeichnet.«

Er sagte das ohne Triumph, nicht, um sich zu revanchieren. Boehnke weidete sich auch nicht an ihrem Schweigen, ihrem roten Gesicht. Aber er wollte Antworten.

»In meinem Aufgabenbereich will ich über alles informiert sein, was die Sicherheit meiner Operationen betrifft«, fügte er an. »Auch bekannt als Boehnke-Doktrin.«

»Er heißt Demjan Bossoi«, sagte sie. »Anfang der Siebziger war er eine große Nummer bei der ›Linie KR‹ in New York. Er interessiert sich für mich, schon von Anfang an.«

»Hat Kamyschin ihn auf Sie angesetzt?«

»Das dachte ich zuerst. Aber ich bin mir nicht mehr sicher. Er könnte von einer anderen Verwaltung sein. Sie wissen, wie die miteinander konkurrieren. Oder es ist etwas Persönliches.«

»Inwiefern?«

»Pilger und Bossoi kennen sich, sie waren zur gleichen Zeit in New York. Ich halte es für möglich, dass dort zwischen den beiden etwas vorgefallen ist.«

»Haben Sie Pilger darauf angesprochen?«

»Nein.«

»Warum nicht?«

»Er würde es mir nicht sagen. Und wenn, wäre es nicht die Wahrheit. Was Geheimnisse betrifft, sind wir beide im ersten Lehrjahr, verglichen mit ihm.«

»Bedroht Bossoi Sie?«

»Unterschwellig. Er braucht das für sein Ego.«

*Nein, ich weiß es besser.*

»Weshalb wollten Sie es mir verschweigen?«

»Sie hätten mich abgezogen. Was Sie jetzt vermutlich auch tun werden.«

»Sie haben keine Angst vor Bossoi. Warum?«

»Weil ich nicht mehr Nina Winter bin. Und auch nicht Elsa Opel. Ich bin jetzt Anja Gabriel.«

Er schnippte die Kippe weg. »Gönnen Sie sich ein paar Tage München, essen Sie was Anständiges. Sie kriegen ein Upgrade für die erste Klasse in dem Flieger am Montag.«

Sie kehrte nicht mehr in die Wohnung zurück. Boehnke hatte sicher ein QB-Team zum St.-Anna-Platz beordert und würde sie observieren lassen, um zu wissen, ob der KGB hier an ihr dran war. Bossoi hatte gestern Vormittag angerufen. Also war ihre Wohnung ergebnislos nach Lollis durchsucht worden.

Wellers Leute hatten das erledigt. Oder das BKA.

Richard Wolfs Truppe. Zu der ihr Vater gehörte.

Über die Monate war ihr Gehalt auf ihrem Konto gelandet, ohne dass sie was davon angerührt hatte. Und das Wenige, das sie in Moskau brauchte, waren Spesen. Als sie im Bayerischen Hof in der Wanne lag und das sicher irrsinnig teure Schaumbad genoss, hatte Nina den Blick des Doorman vor Augen, der ihre schlammbesprenkelten Jeans und den verschrammten Koffer gemustert hatte, ehe er sich bequemte, sie im edelsten Hotel Münchens willkommen zu heißen.

Im Badezimmer gab es sogar einen eigenen Fernseher. Und etwas ganz Neues, nannte sich Teletext. Nina schaute sich die Meldungen an. Der Yorkshire-Ripper war geschnappt worden. Griechenland jetzt in der EG. Lech Wałęsa wollte den Papst besuchen. Heftige Kämpfe im Iran-Irak-Krieg. Willy und Ruth Brandt hatten sich vor einem Monat scheiden lassen, wie erst jetzt bekannt wurde. Sie dachte an Rems Worte beim Abschied im Schwimmbad an der Moskwa.

*Ich habe von Markus Wolf erfahren, dass mit dem Kanzleramt über einen Austausch von Guillaume verhandelt wird. So läuft das Geschäft. Doch dass Wolf es ausgerechnet dem Mann erzählt hat, der ihm seine größte Niederlage beibrachte, war lustig.*

Sie ging in die Stadt. Es war schon dunkel, aber die Geschäfte hatten noch auf. Alle Augenblicke bestaunte sie Schaufenster. Bei Konen kaufte sie einen Kaschmirpullover für Leo und eine Straße weiter einen Edvard-Munch-Kunstband für Rem. Auf dem Viktualienmarkt tobte ein Leben, das sie keine Sekunde vermisst hatte. Aber die Ochsenfetzensemmel! Nina aß gleich noch eine. Sie stellte sich vor, mit Leo hier zu bummeln, ihm tausend Dinge zu zeigen. Und dann, wie alles in einer Sekunde von einem Atompilz ausgelöscht wurde.

Plötzlich wusste sie, dass sie verfolgt wurde.

Es war bloß eine leichte Verspannung im Nacken, aber Nina hatte gelernt, darauf zu achten. Sie stromerte durch Gässchen, begab sich in zwei Reinigungsschleusen. Nur ein Mann. Noch ließ er sie an einer langen Leine. Als sie im Tal war, ging sie ins Bräuhaus. Sie setzte sich an einen Tisch am Fenster, den man von der Straße aus sehen konnte, und bestellte ein Augustiner. Nina blätterte in dem Kunstband und wartete, bis ein Schwung Touristen hereinpolterte und sich in dem engen Gang an ihr vorbeizwängte. Schon war sie mittendrin, schien mit ihnen in den hinteren Teil der Gaststätte zu streben, verschwand aber unter den Mänteln in der Garderobennische.

Nach einer Minute sah Nina ihn. Er lief zum Hinterausgang, kam dann zurück, rannte wieder auf die Straße. Sie bediente sich an der Garderobe und trug einen Lodenmantel und eine Mütze, als sie ins Tal kam. Jetzt war sie hinter ihm. Er kehrte zum Markt zurück, in der Hoffnung, sie wiederzufinden. Das Buch und Leos Pullover hatte sie unter den Mantel und ihre eigene Jacke gestopft. Vor der Pferdemetzgerei orientierte er sich, und sie passierte ihn als füllige, leicht angesäuselte Frau so nah, dass sie den Schweiß in seinem Nacken sah.

Als er weiterlief, schenkte Nina ihm Vorsprung, um ihn im Auge zu haben, jedoch unter seinem Radar zu bleiben. Auf der Frauenstraße gab er auf. Er ging zu seinem Auto und kramte nach dem Schlüssel. Linke Tasche, rechte Tasche, Brusttasche.

»Suchen Sie den?« fragte Nina und hielt den Schlüssel hoch.

Er drehte sich langsam um.

»Hallo, Zauberlehrling«, sagte er.

»Hallo, Verlierer.«

# ALWAYS ON YOUR MIND

Nina warf Thräne den Schlüssel zu, kam nicht näher, musterte ihn kalt. Mit der Perücke sah er wie der unbekannte Zwilling von Meat Loaf aus. »At times truth is in vain, 'cause it brings so much pain«, sagte er. »Gibt bessere Songs, aber wenn ich ihn höre, muss ich immer flennen.«

»Kiss my ass and say goodbye. Johnny Rotten.«

»Steigen Sie ein. Wir müssen woanders hin.«

»An einen Ort, wo Ihre Lügen Sinn ergeben?«

»An einen sicheren Ort.«

Er sagte es auf eine Art, die sie dazu brachte, in den großen Citroën zu steigen. Thräne schmiss den Fiffi auf die Rückbank, gab Vollgas, schoss am Isartor über eine rote Ampel, zog scharf nach rechts in Richtung Isar. Hinter ihnen knirschte Blech.

»Ziehen Sie die Jacke aus. Suchen Sie den Lolli.«

Sie wühlte sich aus den Klamotten und tastete den Stoff ab. Der Peilsender war in der linken Brusttasche. Nina schmiss das pfenniggroße Ding aus dem Fenster.

»Boehnke?« fragte sie.

»Bei Ihrem Treff in den Alpen.«

»Wie viele Leute setzt SI ein?«

»Zwei QBs. Festhalten.« Er schleuderte in den Kreisverkehr am Maximilianeum, raste über die Maria-Theresia, überholte halsbrecherisch andere Autos und ignorierte die nächste rote Ampel. Nina verrenkte sich, um den Seitenspiegel einzusehen. Hinter ihnen zuckten die Scheinwerfer von zwei Boliden auf.

»Die nächste rechts«, sagte sie. »Erste Einfahrt.«

Er riss seinen Citroën in die Seitenstraße, auf den Parkplatz, und machte die Lichter aus. Zwei Audis rasten vorbei. Thräne drückte wieder aufs Gas, zurück zum Europaplatz, dann wild durch Sendling. Zehn Minuten später rollte er mit einer Hand eine Kippe, während er mit der anderen steuerte.

»Simone Weller bildet sich was auf ihre QBs ein«, meinte er. »Sie würde mir leidtun, wenn sie nicht so ein Luder wäre.«

»Sie kennen sie näher?«

»Hab ihr mal in den knochigen Arsch getreten.«

»Hat Boehnke Ihnen erzählt, dass ich komme?«

»Vorgestern hat er mich in Frankreich angerufen, in einem seiner seltenen sentimentalen Momente. Er hat gemeint, dass es ein Fehler war, Ihnen das von Rem und mir zu verschweigen. Dass Sie einen Salto Mortale nach dem anderen zeigen und es gut wäre, wenn Sie jemanden zum Quatschen hätten.«

»Was hat er noch gesagt?«

»Dass Sie ihn hassen und mich dazu.«

»Sentimental ist er nie. Er schützt nur sein Investment.«

Thräne parkte den Wagen am Haus der Kunst. Sie gingen in den Englischen Garten, hoch zum Monopteros, dem kleinen griechischen Tempel. An ihren wenigen freien Tagen hatte sie dort im Sommer gelegen, über die träumende Stadt geblickt. Und am Horizont die Alpen. Nina hockte sich mit Thräne auf die eisigen Stufen. Sie hatte sich so an die dunklen Moskauer Nächte gewöhnt, dass das Lichtermeer sie verwirrte.

»Ich soll Sie von Rem grüßen.«

»Sag ihm, dass ich seine hässliche Visage vermisse.«

Sie lächelte zum ersten Mal an diesem Tag.

Er streckte die Hand aus. »Klaus. Für Freunde Thräne.«

»Nina.« Seltsam, den eigenen Namen auszusprechen.

»Du hast in deiner Luxusherberge bis Montag bezahlt, also haben wir jede Menge Zeit. Fang einfach vorne an. Ich bin ein lausiger Lügner, aber als Zuhörer erste Liga.«

Sie erzählte ihm alles und ließ nichts aus. Nicht ihre Fehler, nicht Leo, nicht die tiefe Verbundenheit, die sich zwischen ihr und Rem entwickelt hatte.

»So viel zu der Quelle als reinem Lieferanten«, sagte sie.

»Ich wusste schon letztes Jahr, dass das bei ihm unmöglich sein würde. Je länger er da draußen überlebt, umso mehr sehnt er sich nach einem Menschen, der die Angst und die Wut, die ganze Scheiße mit ihm teilt. Du bist jetzt dieser Mensch, und ich finde, er hat eine gute Wahl getroffen.«

»Du weißt noch nicht alles.« Nina erzählte von Frolow, der Nacht in Sokolniki, in der sie zum ersten Mal getötet hatte.

Und dachte: *Er wird nicht der Einzige bleiben.*

»Bis auf die Fingerabdrucksache war alles richtig«, sagte er. »Sorry. Wir hatten zu wenig Zeit.«

»Es scheint dich kein bisschen zu wundern.«

»Vor fast einem Jahr habe ich eine junge Frau kennengelernt. Sie hatte eine Menge Grütze und war so fit wie niemand sonst, den ich kenne. Vom Geschäft hatte sie keinen Schimmer, aber hat dauernd so getan als ob. Als sie mich in Berlin zum ersten Mal ausgetanzt hat, dachte sie, sie wäre die Königin der Welt. Ich hätte ihr damals gern gesagt, dass sie mit dem Kopf nicht in Moskau war, sondern in Legoland. Aber das durfte ich nicht, weil sie dann vor Angst gestorben wäre. Ist sie dir irgendwann mal über den Weg gelaufen?«

»Kann mich nicht erinnern.«

»Ist auch wurst. Du und diese Frau, ihr habt bloß noch die Schuhgröße gemein. Das wusste ich bereits, als ich dir auf der Straße in die Augen gesehen habe.«

»Hast du Leo damals kennengelernt?« fragte sie.

»Kurz, auf Rems Datscha. Er lacht viel, ist aber traurig. Rem liebt ihn mehr als alles auf der Welt, und er weiß, dass ihn das verwundbar macht. Leo hat im Garten mit mir geboxt, nur aus Jux. Er würde Sugar Ray Leonard umhauen.«

»Das ein oder andere hat er mir beigebracht«, sagte Nina.

Thräne stand auf. »Ja? Zeig mal.«

Sie war noch nicht ganz auf den Beinen, als sie ihm mit der Faust auf die Kniescheibe schlug. Er knickte ächzend ein, und sie schickte einen trockenen Kinnhaken hinterher.

Thräne fiel um, sah benommen hoch. Sie streckte die Hand aus und half ihm auf die Füße. »Jetzt sind wir quitt«, sagte sie.

Er rieb sein Kinn. »Der Junge tut dir gut.«

Sie spazierten durch den dunklen Park. Thräne humpelte.

»Soll ich pusten?« fragte sie. Ihre Fäuste taten weh.

»Ich habe das Gefühl, dass der harte Teil erst kommt.«

Nina erzählte vom Puschkinplatz, dem Verhör bei der Miliz. Aber sie gab Bossoi keinen Namen, kein Gesicht. Wusste nicht, ob sie es Thräne irgendwann sagen würde.

Er rollte die Selbstgedrehte von einem Mundwinkel in den anderen, wie damals am See, als Nina gemeint hatte, dass er in ihrem Fall das Thema Kontaktaufnahme überspringen könne. Dann war Thränes Stimme heiser. »Rem wird versucht haben, dich von der Anwerbung abzubringen.«

»Ja, hat er. Was hättest du an meiner Stelle gemacht?«

»An den Punkt wäre ich gar nicht erst gekommen. Ich hätte spätestens nach der KGB-Butterfahrt, auf der Mischa Wolf dir die Hand geküsst hat, zugesehen, dass ich Land gewinne.«

»Du hältst mich für verrückt?«

»Boehnke wird dir erzählt haben, dass ich ein halbes Jahr in der Geschlossenen war. Da habe ich mit Leuten wie dir Mikado und Halma gespielt. Seitdem habe ich meine eigene Definition von *verrückt*.« Er sah sie an. »Ich halte dich für jemanden, dem man jederzeit sein Leben anvertrauen kann. Aber eine wie du macht den Tod ungeduldig.«

Eine Zeit gingen sie schweigend. Hinter trostlosen Bäumen ahnte Nina den Chinesischen Turm. Auf Ästen froren Krähen, totes Laub roch modrig.

»Dort habe ich meine Frau getroffen«, meinte Thräne. »Im Biergarten hat sie sich mit einer weißen Rüschenbluse zu mir gesetzt, hat eine Flasche Hofbräu geschüttelt und erklärt, dass sie Schaum hasst. Hätte mich misstrauisch machen müssen.«

»Vor allem die Bluse.«

»Und dass sie Mentholzigaretten geraucht hat.«

Sie kamen zum Citroën. »Ich kann nicht in den Bayerischen Hof zurück«, sagte Nina. »Muss mir neue Sachen kaufen.«

Thräne öffnete den Kofferraum und zog den Reißverschluss einer Reisetasche auf. »Alles in deiner Größe. Toilettenartikel sind auch drin. Und so ne Frauencreme. Beim Parfüm habe ich mich an das Pröbchen erinnert, an dem du bei Hertie in Berlin geschnuppert hast. Schien dir zu gefallen. Da sind Turnschuhe, Laufklamotten. Bei der Unterwäsche musste ich schätzen. Die Verkäuferin hat mich bestimmt für einen Perversen gehalten.«

Sie drückte ihm einen Kuss auf. »Irgendwann werde ich dir mal sagen, wie toll du bist.«

»Vergiss das bloß nicht.«

In einem kleinen Schwabinger Hotel hatte er zwei Zimmer besorgt. Sie aßen was bei einem Italiener, gingen dann in die Bar ums Eck, wo sie allein mit einem Handelsvertreter waren, auf dessen Musterkoffer *Karcher Teflon* stand. Nach der Menge an Rum Cola zu urteilen, die er in sich hineinkippte, klebte an der Teflonbranche das Pech.

»Hast du schon in den Spiegel geguckt?« fragte Thräne.

»Du hast es drauf.«

»Das Magazin. Die Amerikaner haben einen Nachfolger für die U2 entwickelt. Das Flugzeug ist komplett aus Plastik und auf keinem Radar zu sehen. Nennt sich *Stealth*.«

»Kommt möglicherweise zu spät«, sagte sie und schaute zu dem Handelsvertreter. Doch der war im Lallaland. Sie senkte ihre Stimme und erzählte Thräne von RJaN.

»Noch ein Grund, warum ich nichts davon vermisse.«

»Ich weiß, was du meinst. Als ich heute Nachmittag durch die Stadt geschlendert bin, habe ich all die Menschen gesehen und gewünscht, ich wäre genauso ahnungslos.«

»Der Kreml behauptet in der Regel das Gegenteil von dem, was er in Wahrheit vorhat«, sagte Thräne.

»Ja, Maskirowka. Das beschäftigt Rem und mich auch.«

»Was hat er noch so geliefert?«

»Guillaume wird wahrscheinlich ausgetauscht.«

»Mein Lebenswerk: vernichtet.«

Der Barkeeper legte *Moskau* von Dschingis Khan auf. Nina und Thräne prusteten los. Dann beugte sie sich vor und sagte leise: »In Murnau habe ich dich nach Röttger gefragt. Du hast behauptet, dass du ihn nicht kennst. Stimmt das?«

»Er hat sich mal blicken lassen. Von seiner Sorte gibt's beim Dienst eine Menge. Er ist kein Dummkopf, aber er vergeudet seine Zeit damit, sich auszudenken, wie er möglichst schnell vorankommt. Mit den Russen kann er gut, weil er genauso viel Testosteron ausdünstet wie sie. Boehnke drückt das Kreuz für ihn durch, vielleicht waren sie zusammen beim Bund oder im Puff. Falls du wissen willst, ob ich Röttger trauen würde: Eher trinke ich aus dem Ganges.«

»Wieso hast du mir in Berlin nicht Schießen beigebracht?«

»Weil wir nicht James Bond sind. Außer manchmal.«

»Ich brauche eine Waffe.«

»Wegen Röttger?«

»Nein, den spüle ich zur Not im Klo runter.«

»Mein Knie tut weh, und ich muss pennen.«

Ihre Zimmer lagen nebeneinander. Er blieb vor seiner Tür stehen. »Schon mal gesehen, wenn jemand plötzlich ein Loch im Auge hat? Direkt vor dir? Das taugt nicht als Fototapete.«

»Wir haben fünf Tage.«

»The King has left the building.«

Beim Frühstück sprachen sie nicht mehr darüber. Nina hatte vergessen, wie gut Brot schmecken konnte. Müsli!

»Ich träume immer noch auf Russisch«, sagte sie.

»Ist das anders?«

»Trauriger.«

Thräne trank seinen Kaffee aus. »Bin ne Stunde weg.«

Sie ging im Luitpoldpark laufen. Der Englische Garten wäre genauso nah gewesen, doch Weller könnte ein QB hinbeordert haben. Es regnete wieder, steil und seifig. Vom Hügel aus sah sie den Olympiaturm und das Stadion; das Zeltdach wie vom Wind gefaltet. Nina lief noch zehntausend, brauchte das heute. Als sie kaputt ins Hotel kam, war Thräne zurück.

Sie duschte und stieg zu ihm ins Auto. Er sagte nicht, wo es hinging, und sie fragte nicht. Auf den Landstraßen kreischten Motorsägen, Gastarbeiter holzten Krüppelkiefern. Die Felder waren für russische Mähdrescher zu klein.

Sie genoss die Federung des Citroën. »Das Sofa dürfte eine Menge gekostet haben. Geht dir wohl gut.«

»Ich habe gesagt, dass ich Beratung mache. Aber nicht, dass man dadurch arm wird.«

Sie kamen in ein Dorf bei Dachau. Er hielt am Schützenheim. Ein Mann begrüßte Thräne mit einem Schlag auf die Schulter und gab ihm einen Schlüssel. Sie gingen auf den Schießstand, waren allein. Es roch nach kalten Kippen und etwas, das Nina nicht kannte, aber mochte.

»Das Leckere, was du riechst, ist Ballistol, Waffenöl«, sagte Thräne. »Kommt für mich gleich nach Weihrauch.« Er öffnete seine Tasche, nahm eine Pistole heraus, schob ein Magazin in den Schaft. »Das ist die Makarow, Standardwaffe der Russen.« Er reichte sie ihr. »Schieß mal.«

Sie zielte auf die Scheibe und drückte ab. Nichts.

»Du musst sie erst entsichern, mit dem kleinen Hebel oben links. Versuch's nochmal.«

Sie traf die Dämmung über der Scheibe.

»Das wird viel besser werden, aber die Makarow ist, was sie ist: so bewährt wie brav, überhaupt kein Vergleich mit unseren Waffen. Kaliber 9 × 18, wurde extra dafür entwickelt. Hat nicht besonders viel Power. Was bis zwanzig Meter egal ist. Und ein Schuss zwischen die Augen ist immer eine sichere Sache.« Er schraubte einen Schalldämpfer auf. »Den brauchst du, falls du Breschnew nicht im Schlaf wecken willst. PB sagen die Russen dazu, steht für lautlose Pistole. Er verändert das Handling und auch die Ballistik der Kugel, klaut nochmal Durchschlagskraft. Unter zehn Metern: kein Thema. Und bei einem aufgesetzten Kopfschuss bist du alle Sorgen los.« Er gab Nina die Waffe. »Du hältst sie mit rechts, die Linke legst du zur Unterstützung fest um den Schaft. Fixier dein Handgelenk. Drück die Pistole mit dem Schussarm nach vorn und zieh sie mit links zurück, dann hast du den geringsten Rückstoß. Die Schultern müssen hinter die Hüften, so bist du perfekt ausbalanciert. Zu steif du stehst, du nicht beim Ehrenspalier der Imperialen Truppe bist. Atmen wichtig ist. Halb ein, halb aus, oder Luft du anhalten sollst.«

»Ja, Meister Yoda.« Sie traf die Scheibe am äußeren Rand.

»Siehst du den kleinen Knubbel vorn auf dem Lauf? Das ist das Korn. Das Gegenstück hinten heißt Kimme. Damit zielst du. Fixier das Korn, bis es scharf wird. Wenn die Kimme etwas verschwimmt, ist es richtig.«

In den nächsten Stunden kratzte sie einmal den schwarzen Kreis, aber das war Zufall. Die meisten Treffer lagen zwischen dem siebten und dem vierten.

Als sie den Arm kaum noch hochbekam, sagte er: »Reicht.«

»Wie war ich?« fragte sie auf der Rückfahrt.

»Hat mich noch nie ne Frau gefragt.«

»Willkommen in den Achtzigern.«

»Du wirst nach den fünf Tagen nicht olympiareif sein, aber es wird seinen Zweck erfüllen. Was immer du vorhast.«

Auf seinem Hotelzimmer zeigte er ihr, wie sie die Makarow zerlegen und reinigen musste. Nina tupfte sich etwas von dem Ballistol auf den Hals und posierte. Abends gingen sie zu dem Italiener von gestern, danach in dieselbe Bar.

»Auf Fronturlaub braucht es Rituale«, sagte Thräne. »Weil sie sonst verboten sind.«

»In Moskau laufe ich jeden Morgen um sechs.«

»Ändere das. Mach dich nicht berechenbar, nie.«

Christian Anders sang *Es fährt ein Zug nach nirgendwo.* Nina sagte: »Die Waffe brauche ich für den Mann, der mich verhört hat.« Thräne hörte schweigend zu.

»Du warst in seinem Haus, vor seiner Tür?« fragte er.

»Er hat sich ein Bad eingelassen.«

»Ich wäre in die Wohnung und hätte ihm mit seiner eigenen Makarow das Hirn weggepustet«, erklärte Thräne ruhig.

»Hab dran gedacht.«

»Mach es nächstes Mal richtig.«

Jeden Tag fuhren sie zum Schießstand. Zuletzt lernte Nina, die Waffe ohne Schalldämpfer hinten im Hosenbund zu tragen, sie flüssig zu ziehen. »Obacht«, sagte Thräne. »In Filmen sieht es lässig aus, aber sollte sie nicht richtig sitzen, poltert sie bei einer falschen Bewegung auf den Boden.«

Sie gab ihm die Makarow. »Und was kannst du so?«

Er feuerte das Magazin schneller leer, als sie für einen guten Schuss gebraucht hätte. Jedes Mal eine Zehn.

An ihrem letzten Abend gingen sie am Stachus ins Kino und guckten die *Blues Brothers*, danach liefen sie durch Gassen. Am Himmel Wolken wie auf einem Schachbrett.

Thräne hielt ihr eine halbe Rubelnote hin. »Der Rest gehört einem Mann namens Tite Gasargan, Kaukasier, auch bekannt als *Der Imker.* Frag im Hinterzimmer vom Rama nach ihm, das ist eine Pinte bei der Preobraschenskaja.«

Nina steckte den halben Rubel ein. »Mafia?«

»Am Schwarzen Meer war er ein kleiner Schieber, jetzt ist er richtig groß. Menschenhandel, Prostitution, Schmuggel. Er hat die Moskauer Miliz im Sack und Beamte in jeder Behörde gekauft. Das meiste Geld macht er mit Kuknar, ner Droge aus der Ukraine, wird wie Heroin gespritzt. Er schuldet mir mehr als einen Gefallen. Guck trotzdem immer, wo die Tür ist.«

»Warum Imker?«

»Willst du nicht wissen.«

Am Odeonsplatz war eine Bank. Nina hatte keine Makarow im Hosenbund, aber setzte sich so, dass sie nicht rausgefallen wäre. Thräne drehte eine Kippe. »Danke, dass du nicht gefragt hast, weshalb ich so abgestürzt bin«, meinte er und leckte das Papier an. »But I'm always on your mind, I know.«

Nina nickte.

»Sie hieß Marlena und hat in Scheremetjewo bei Intourist gearbeitet. Sie hat mir nicht so viel bedeutet wie ich ihr. Und sie wusste es. Eines Abends hat Rem in dem Toten Briefkasten dort einen Film deponiert. Ich schaffte es nicht hin, klemmte fest, long story. Aber der Kurier würde an diesem Abend noch kommen, und Pullach hat Druck gemacht. Ich habe Marlena angerufen, sie hat den Briefkasten für mich geleert. Schon klar, was du jetzt denkst. ›Dummheit und Verstand wohnen unter einem Dach‹, du erinnerst dich. Die Miliz hat sie gesehen. Sie konnte noch ins Klo rennen und den Film hinunterspülen. So hab ich's mir zusammengereimt, aus dem, was ein Informant mir gesteckt hat. Sie hat mich nicht verraten. Weiß nicht, ob sie hingerichtet wurde oder in einem Lager krepiert ist. Aber mit einem halben Jahr in der Geschlossenen kam ich gut weg.«

Sie schwiegen, bis sie im Hotel vor ihren Zimmern standen. Dort machte ihr Mund sich selbständig. »Könnte dieser Imker zwei Leute aus der Sowjetunion rausbringen?«

»Auf die Frage warte ich seit vier Tagen«, sagte Thräne.

# SCHWARZE SCHUHE

## *Jetzt*

Wieder sah sie die Brücke, eine avantgardistische Skulptur aus Stahl und Angst. Sah diesen Meteoritenschauer vom Himmel regnen, die Sonne ins Wasser tauchen, den Kometenschweif aus Licht. Wieder stand sie in Flammen. Sie sind in Sicherheit. Hatte sie die Stimme wirklich gehört, dieses Lächeln gesehen? Nein, das war bloß ein Echo ihrer Sehnsucht gewesen, endlich Ruhe zu finden, Frieden. Sie wollte, sie hätte diesen Text im Auswärtigen Amt niemals geschrieben, wäre nie auf Boehnkes Zettel gewesen, nie nach Moskau geflogen. Hätte nie erfahren, wie Sterben geht. Lass doch los. Es wäre ganz leicht. Du musst nur aufhören, dich an all das Falsche zu klammern, was du in deinem Leben getan hast. Als könnte darunter etwas Richtiges verborgen sein. Grunja würde es besser wissen. Du hättest das alles stoppen müssen, Anja. In der Gärtnerei hast du dein Salz verschüttet. Auf den Dächern haben Kolkraben gehockt. Der Rückspiegel von dem Taxi hatte einen Sprung. Und wir haben heute den Dreizehnten. Weißt du nicht, dass schon eins davon genügt hätte, die Welt ins Unglück zu stürzen? All das Falsche. Als sie mit Boehnke und Schmücke im Bunker gestanden und gehört hatte, dass Pilger sie oder keinen wollte, hätte sie Nein sagen, hätte gehen müssen. Ich bin nicht der Arzt, ich bin der Schmerz. Wie klug sie sich bei diesem Satz vorgekommen war. Dabei war es das Dümmste, was sie je im Leben tat. Ein Mann würde jetzt fragen: Wann geht mein Flug? Ab dem Moment, in dem sie in der Telefonkabine des Sowjezki Pilgers Nachricht gelesen hatte, war sie bloß noch Passagier in einem Raumschiff gewesen, das ohne Chance auf Wiederkehr das Sonnensystem verließ. Und wäre sie je von einer außerirdischen Intelligenz entdeckt und aus dem Kälteschlaf geweckt worden, hätte die Botschaft der Menschheit gelautet: Wir entsenden diese Frau als Beweis für die Primitivität unserer Spezies.

»Da wären wir ja«, hörte sie eine Stimme. »Hübsche Augen haben Sie.«

Nina sah das Lächeln einer Frau mit dem Körperbau einer Fleischereifachverkäuferin. Den Fältchen nach lachte sie gern; in den wagemutig hochtoupierten Haaren hätten sich Wolken verfangen können.

»Wo bin ich?« Ninas Zunge füllte ihren ganzen Mund aus.

»In der Charité.«

»Ost-Berlin?« flüsterte sie.

»Kleiner Scherz. Sie sind im Westklinikum Hamburg.«

»Seit wann?«

»Zwei Tage. Ich bin Schwester Brigitte. Aber lassen Sie die Schwester weg.« Ihre Stimme leierte in Ninas Kopf, als käme sie von einem Rekorder, dessen Batterie aufgab.

»Ich war zwei Tage bewusstlos?«

»Sie waren echt lange unter Wasser. Ihr Herz hat nicht mehr geschlagen, und Ihre Temperatur betrug bloß noch 25,8 Grad. Wir haben Spezialisten für sowas, darum hat man Sie mit dem Heli von Berlin hergeflogen. Wenn wir Sie nicht ins künstliche Koma versetzt hätten, wären Sie jetzt auf Wolke sieben.«

»Mein Hals tut weh.«

»Streifschuss, Sie Sonnenkind. Nur fünf Millimeter von der Schlagader, sagt der Oberarzt. Die Schwellung drückt auf Ihre Speise- und Luftröhre. Deshalb hören Sie sich wie Heintje im Stimmbruch an.«

Die Vorhänge waren zugezogen. Es musste Nacht sein. Sie wollte sich aufrichten. Gab auf. »Warum kann ich den linken Arm nicht beugen und das Bein nicht bewegen?«

»Ihr Schienbein hat einen komplizierten Bruch. Dort steckt jetzt ein Nagel drin; die Schiene und der Verband sind für die Stabilisierung. Im Arm sind zwei Kugeln gewesen. Bandagiert ist er vor allem wegen der Verbrennung. Nachher kriegen Sie eine Schlinge, und da bleibt er hübsch drin.«

»Was ist in Berlin passiert? Auf der Glienicker Brücke?«

»Dass Sie dort waren, habe ich mir schon gedacht. Ist ja seit Tagen in allen Nachrichten. Die Brücke ist Geschichte, so viel steht fest. Aber was genau passiert ist, wissen Sie vermutlich besser als ich. Im Fernsehen heißt es nur: Terroranschlag. Das BKA soll ermitteln. Sind Sie zufällig von der RAF? Ich frag nur, weil Polizisten mit Maschinenpistolen es sich vor dem Zimmer gemütlich gemacht haben. Und im Haus ist eine Frau Wichtig, die sich brennend für Sie interessiert.«

Sie fragte nach dem Namen dieser Frau. Aber als Brigitte sie aufmunternd anschaute, wurde Nina klar, dass sie keinen Ton herausgebracht hatte.

Ihr nächster Versuch schien zu glücken, denn die Schwester sagte: »Keine Ahnung. Aber sie hat mir einen Ausweis vor die Nase gehalten, auf dem BND stand. Das war gestern Morgen. Sie hat ein paar Kerle bei sich gehabt, die nach ihrer Pfeife zu tanzen scheinen. Jetzt lungert sie in der Cafeteria herum. Wir sollen sofort Bescheid geben, wenn wir Sie aufwecken. Träum weiter, Frau Wichtig. Gleich werden Sie wieder einpennen, so fertig, wie Sie sind. Egal, was die von Ihnen wollen, das ist ein Krankenhaus und kein Knast.«

Brigitte machte irgendetwas an ihrem Tropf. Sie konnte die Augen kaum noch offen halten. »Haben sie in den Nachrichten einen Namen genannt? ... Rem ... Rem Kuku–«

»Fäuste hoch! Pendeln! Step! Beine, Beine, Beine! Rechts! Links! Schultern!« Nina tanzte im Ring, fühlte sich schwerelos wie Teófilo Stevenson, aber Leo genügte eine einzige schnelle Gerade mit seiner Führhand, um sie so hart auf die Bretter zu schicken, dass sie das Bewusstsein verlor. Sie wachte in ihrem Bett am Patriarchenteich auf, und er lag nackt neben ihr. »Tut mir leid«, sagte er. »Ich hab schon oft Mädchen mit zum Boxen genommen, aber die waren viel besser als du.« Die Glocke der Kremluhr schlug. Leo hielt ihr ein Sektglas hin. Sie sah darin die Asche des Zettels, auf den sie ihren größten Wunsch fürs neue Jahr gekritzelt hatte. Verzweifelt versuchte Nina sich zu erinnern, was das gewesen war.

»Hören Sie mich?«

Es war dunkel im Zimmer. Sie ahnte Brigitte an ihrem Bett. »Frau Wichtig ist beim Professor«, meinte die Schwester leise. »Sie wird ihm etwas von nationaler Sicherheit erzählen, damit kam sie bei mir auch an. Wahrscheinlich wird er sie zu Ihnen lassen.« Brigitte strich Nina die schweißnassen Haare aus der Stirn. »Aber ich bin draußen.« Sie drückte ihr was in die Hand. »Damit rufen Sie mich, und ich bin sofort da. Erschrecken Sie nicht. Der Professor wollte, dass ich Ihnen was spritze, was Sie hellwach macht.«

Sie war wieder bei Leo. Er trank sein Glas in einem Zug aus. »Zu spät, Njuscha«, meinte er traurig. »Es ist schon zwölf, und dein Wunsch kann nie in Erfüllung gehen.«

Kälte schoss durch ihren Körper, in ihren Kopf. Nina riss die Augen auf. Es war hell im Zimmer. Simone Weller stand vor ihr, nahm sich einen Stuhl, setzte sich. Es hatte Stunden gegeben, in denen sie geglaubt hatte, Weller zu hassen. Vorletztes Jahr, bei den Verhören. Aber als sie zum Tausch von Beljakow gegen Rem nach Berlin flogen und Weller im BND-Jet Konversation machte, hatte sie Nina plötzlich leidgetan, weil sie ahnte, was die Frau über so viele Jahre geopfert haben musste, um es bis zur Chefin der Abteilung SI zu bringen, Erste Direktorin, ein Rang, der dem eines Sternegenerals entsprach.

*Das ist erst vorgestern gewesen.*

*Oder nicht? Wie lange habe ich geschlafen?*

»Welchen Tag haben wir?«

»Mittwoch.«

»Tag oder Nacht?«

»Mittags.«

Wellers Augen erinnerten Nina an ihre, damals, als sie nach ihrer Rückkehr aus Moskau in den Spiegel geblickt hatte. Auf der Stirn hatte Weller ein großes Pflaster. Sie war geschminkt, ungewöhnlich für sie. An der linken Hand eine Bandage.

»Ist Rem Kukura am Leben?« Nina verstand nicht, wie das so nüchtern aus ihrem Mund kommen konnte. Als sei es nicht die wichtigste Frage seit ihrer Geburt.

»Er hat vier Kugeln eingesteckt, aber atmet noch. Die Ärzte wissen nicht, ob er es schafft. Sie geben ihm eine Chance von eins zu drei.«

»Beljakow?«

»Tot. Schuss in den Hinterkopf.«

»Boehnke – Richard Wolf?«

»Wolf hat eine ausgekugelte Schulter. Boehnke ist okay.«

»Ich will mit ihm sprechen.«

»Das geht nicht.«

»Warum?«

»Weil er nicht mehr Chef der Aufklärung ist.«

Nina starrte Weller an.

»Ich war gestern im Kanzleramt. Die Luft dort riecht nach absolut gar nichts. Aber ich bin nicht sicher, ob das überhaupt Luft ist. Die Amerikaner spielen verrückt; ihr Botschafter liegt mit Schädel-Hirn-Trauma auf der Intensivstation im Virchow. Beljakows Vater ist im Politbüro, wie Sie sehr gut wissen. Die Russen haben ihre Verteidigung auf die zweite von vier Stufen erhöht. Washington hat gestern mit DEFCON 3 geantwortet. Als Nächstes käme die Einberufung von Reservisten. Jemand musste am Mast baumeln. Boehnke war erst mal der kleinste gemeinsame Nenner. Aber er wird nicht der Letzte sein.«

Ninas Hals tat weh, war wund, das Schlucken reinste Tortur. Sprechen ging. Der linke Arm pochte nur. Das Bein fühlte sich seltsam normal an. Sie bewegte die Zehen. Kein Schmerz. Sie hatte sich Schusswunden, schwere Verbrennungen und einen Bruch schlimmer vorgestellt. Morphium wahrscheinlich. Aber warum tat der Hals dann weh?

»Wie konnte die Brücke explodieren?« fragte sie.

»Sprengladungen, auf unserer Seite, unter den Trägern. Sie sind nach dem Bau der Mauer angebracht worden, für den Fall, dass die Sowjets bei uns einmarschieren wollen. Theoretisch könnte der Schütze sie durch Zufall erwischt haben. Doch das glaubt kein Mensch. Dass er Pilger, Beljakow und Sie in einem nächtlichen Schneetreiben aus einer Distanz von achthundert Metern treffen konnte, spricht für einen Mann, der nichts dem Zufall überlässt.«

»Sie wissen, woher die Schüsse kamen?«

»Ostseite. Vom Dampfmaschinenhaus im Park von Schloss Babelsberg. Die DDR hat das zuerst geleugnet und unterstellt, der Anschlag wäre aus West-Berlin erfolgt. Doch als das BKA gestern nachweisen konnte, dass das ballistisch nicht möglich ist, haben sie eine neue Sau durchs Dorf getrieben. Angeblich hätte der unbekannte Scharfschütze zwei KGB-Männer und einen Vorposten der Volkspolizei ermordet, sich seelenruhig auf das Dach des Gemäuers gelegt und dann Scheibenschießen veranstaltet.«

»Sie glauben denen nicht?«

»Ich glaube, dass wir nur einen Millimeter von Armageddon entfernt sind. Im September hat ein sowjetischer Abfangjäger das koreanische Verkehrsflugzeug abgeschossen. Vor ein paar Wochen hat einer ihrer Satelliten fälschlich den Startblitz von US-Nuklearraketen in Montana gemeldet. Durch eine Quelle wissen wir, dass der dritte Weltkrieg bloß abgewendet wurde, weil sich im Kommandobunker Serpuchow 15 einer geweigert hat, den Knopf zu drücken. *Able Archer* ist gerade vorüber. Die NATO hatte vergessen, die Russen zu informieren, dass es ein Manöver mit Atomwaffen war. Als das Politbüro geschlossen unter die Erde ging, musste Reagan sich auf seiner Pferderanch zeigen, um Entwarnung zu signalisieren. In nicht einmal zwei Monaten werden wir unsere Pershings und Gryphons an der Zonengrenze aufstellen. Dort stehen uns über vierzigtausend russische Panzer gegenüber. Glauben Sie, die Sowjets oder die DDR würden in dieser Situation vor unseren Augen den Sohn eines Politbüromitglieds ermorden und die Glienicker Brücke in die Luft sprengen?« Sie nahm einen Kassettenrekorder aus der Aktentasche und drückte eine Taste. »16.11.1983. Befragung Opel, Elsa, Finished Intelligence. Durch Weller, Simone, Erste Direktorin.« Ihre Augen sahen jetzt aus, als hätte sie direkt in eine Sonnenfinsternis gestarrt.

»Warum werde ich verhört?« fragte Nina.

»Sie sollten etwas wissen: Selbst wenn Boehnke noch sein Büro hätte, würde er nicht ins Krankenhaus kommen. Und der Präsident wird den Teufel tun, hier aufzutauchen. Es dauerte sechs Minuten, bis unsere Taucher Sie geborgen haben. In der Zeit hat Richard Wolf nur einen Satz gesagt: *Welchen Schaden kann sie anrichten, wenn der Feind sie kriegt?* Sie sind toxisch. Im Kanzleramt gibt es kein anderes Thema als Sie.«

Jeder Atemzug ein Messerstich.

»Kukura war noch wach, als man ihn aus dem Wasser zog«, sagte Weller. »Bevor er das Bewusstsein verloren hat, flüsterte er: *Was hat sie getan?*«

»Ich soll mit dem Anschlag zu tun haben?«

»Wir fragen uns, wer ein Interesse daran hatte, Kukura bei dem Austausch zu liquidieren. Und er scheint zu glauben oder zu wissen, dass Sie dabei eine Rolle gespielt haben.«

»Ich will schlafen.« Und jedes Wort ein Messerstich.

»Welche Geheimnisse haben Sie vor uns, Frau Opel?«

Nina sackte weg für die Zeit, die ein Stein bis zum Grund eines tiefen Sees brauchte. Doch das genügte für einen Traum, in dem sie betete.

Dann war Weller zurück. »Ich warte«, sagte sie hart.

»Gehen Sie wieder ins Kanzleramt und bestellen Sie Grüße. Von mir aus kann man mich zu Boehnke an den Mast hängen. Aber es gibt nichts zu gestehen. Außer, dass ich Ihre getuffte Thatcher-Frisur von Anfang an ätzend fand.«

Selbst Wellers maskenhaftes Lächeln erinnerte an die Frau aus der Downing Street. »Vor zwei Jahren haben Sie sich mit Boehnke und Präsident Schmücke bei Murnau getroffen und ihnen eröffnet, dass Sie sich zum Schein vom KGB anwerben ließen. Sie gaben an, es wäre der einzige Weg gewesen, Kukura weiter führen zu können. Bleiben Sie dabei?«

»Ja.«

»Und kein Wort über den Puschkinplatz.«

Die Schmerzen im Hals wurden unerträglich. Es war, als sei sie wieder unter Wasser und würde von diesem Barkas rasend schnell in die Tiefe gerissen.

*Wie kann das sein? Außer Rem und Leo weiß niemand davon.*

*Und der KGB.*

Weller nahm ein Dossier aus ihrer Aktentasche und schlug es auf. »Hier hätten wir ein hübsches Zitat aus dem Protokoll Ihres Verhörs in der Moskauer Milizzentrale. *Auf die Eröffnung, dass wegen Spionagetätigkeit die Hinrichtung drohe, übergab das Subjekt sich auf den Boden und sagte danach wörtlich: ›Ich kann sehr wertvoll für Sie sein.‹*«

»Wo haben Sie das her?« brachte Nina heraus.

»Ist das Zitat korrekt?«

»Es ist aus dem Zusammenhang gerissen.«

»Protokollnotiz: Ich spiele E. O. das Beweisstück 17/12E/33 vor.« Weller unterbrach den Mitschnitt. Sie schob eine andere Kassette in den Rekorder und startete die Wiedergabe.

*Jeder, den ich beim KGB kenne, würde ein Monatsgehalt darauf setzen, dass Sie sich brav ausweisen lassen. Dass Moskau für Sie nur eine gescheiterte Mission war, die Sie abhaken. Aber wir zwei wissen es besser, nicht wahr? Ihnen muss klar sein, dass es für Sie bloß eine Chance gibt, meinen Sohn weiter sehen zu können. Hätte ich es als Frage formulieren sollen?*

*Ich liebe ihn.*

*Dann haben wir das geklärt, denke ich.*

Weller legte wieder das Aufnahmetape ein. »Ich hätte nicht gedacht, dass Sie noch bleicher werden könnten, Frau Opel.«

»Wo bin ich?« fragte Nina tonlos.

»Das würde ich an Ihrer Stelle auch fragen. Aber ich darf Sie beruhigen, wir sind in Hamburg. Die Kassette war vorgestern in unserer Hauspost. Daniil Kamyschin hat sie geschickt, muss ihm einen Heidenspaß gemacht haben. Bestimmt wissen Sie, was Poddawki ist. Dieses russische Brettspiel war auch in dem Umschlag. Ich habe mir die Regeln angesehen. Gewonnen hat, wer als Erster alle Figuren opfert. Auf der Insel findet man das sicher zum Brüllen.«

Wieder kippte Nina weg, diesmal traumlos. Kam zurück.

»In München wurden Sie von einem Mann namens Demjan Bossoi angerufen, Oberst des KGB. Obschon Sie das Boehnke verschweigen wollten, hat er Sie zurück nach Moskau gelassen. Allein das rechtfertigt seine Absetzung. Doch hätte er gewusst, dass dieser Bossoi Sie in der Milizzentrale verhört hatte, wäre Ihre Mission auf der Stelle beendet gewesen.«

Nina wollte auf den Schalter drücken, um Brigitte zu rufen, aber wurde gewahr, dass Weller ihn ihr weggenommen hatte.

»Stichwort München: Sie haben sich dort einer Observation durch die QBs entzogen. Und zwar mithilfe von Klaus Thräne, Kukuras früherem Verbindungsführer. Weshalb? Oder anders formuliert: Was wollten Sie dort vor uns verbergen?«

»Sie können mir keine Angst machen. Ich war schon tot.«

»Sie werden noch oft sterben, glauben Sie mir. Und Thräne: Der ist ein lustiger Kerl. Wussten Sie, dass er in Portugal vier KGB-Offiziere getötet hat? Nein? Ich musste in Sintra damals den Dreck für ihn wegräumen. Er hätte nie im Leben aus der Geschlossenen freikommen dürfen.«

*Hab ihr mal in den knochigen Arsch getreten.*

»Hassen Sie ihn, weil er Anstand besitzt und Sie nicht?«

»Bei dem Treffen mit Boehnke und dem Präsidenten haben Sie angegeben, dass Kukura fünf Millionen Franken will. Wir haben in Genf ein Konto eingerichtet. Nach ein paar Wochen stellte sich heraus, dass sich darauf kein Rappen mehr befand. Es war alles nach Übersee transferiert worden, wie uns von der Bank mitgeteilt wurde. Und zwar durch einen Mann, der dort aufgetaucht ist und sich mit Kukuras Fingerabdruck legitimiert hat. Wo die Millionen abgeblieben waren, ließ sich nicht mehr nachverfolgen, weil es verschleiert worden war. Nach Kukuras Enttarnung und Festnahme habe ich Sie dazu bereits befragt.«

»Und ich habe ausgesagt, dass Kukura eine Dienstreise nach Budapest genutzt hat. Er ist mit einem Diplomatenpass durch Österreich in die Schweiz gefahren. Sein Misstrauen gegenüber dem BND war berechtigt, wie sich später herausgestellt hat.«

»Kommen Sie mir bloß nicht mit Moral. Ich habe ein Foto von Kukura an die Genfer Bank geschickt. Man hat den Mann dort noch nie gesehen. Es ärgert mich, dass mir damals nicht einfiel, auch ein Foto von Thräne beizulegen. Doch das werde ich morgen nachholen. Sie haben ein grünes und ein braunes Auge, ist mir noch nie aufgefallen.«

So laut sie konnte, schrie sie nach Brigitte. Ihr war, als käme bloß ein Krächzen aus ihrem Mund, aber die Tür ging auf, und die Schwester eilte an ihr Bett.

»Ich kann nicht mehr«, flüsterte Nina.

»Bitte gehen Sie jetzt«, sagte Brigitte zu Weller, die jedoch keine Anstalten machte. Brigitte fasste sie am Arm. »Sofort.«

Weller riss sich von der Schwester los. Die Sonnenfinsternis, die sich in ihre Netzhaut eingebrannt hatte, löste sich abrupt ab und verdunkelte den Raum. »Wollen Sie die Welt zugrunde gehen lassen, statt zu reden?« schrie sie.

Brigitte warf den Kassettenrekorder in Wellers Aktentasche. Sie packte die Frau wie ein Karnickel im Genick und bugsierte sie schneller aus der Tür, als Nina schlucken konnte. Draußen laute Stimmen, dann kam Brigitte zurück. Sie wusch Nina das Gesicht mit einem Lappen und tauschte die Bettdecke. Brigitte lächelte beruhigend, gab ihr eine Spritze.

*Es ist doch Mittag. Warum sind die Vorhänge zu?*

Nina war wieder auf der Brücke, hielt Rem in ihren Armen. »Und wenn ich noch so oft schwöre, dass ich Ehre besitze: Du wirst die Einzige sein, die mir glaubt«, flüsterte er.

Sie wurde wach und drückte den Knopf. Brigitte kam, jetzt mit dem Professor, der sagte, dass er sehr zufrieden mit ihr sei. Er hatte breite Schultern, roch leicht nach Schweiß. Auf seinen Knöcheln war Schorf. Sie bekam zu essen, kriegte kaum was runter. Das Mineralwasser schmeckte komisch.

»Könnten Sie die Vorhänge öffnen?« fragte Nina.

»Es ist nach Mitternacht.«

»Trotzdem.«

Brigitte zog die schweren Vorhänge ein Stück auf. Draußen Wolkenbänke vor einem Himmel aus Basalt. Nirgends Lichter, keine rote Glocke wie über den großen Städten im Westen.

»Bin gleich wieder da.« Brigitte ging aus dem Zimmer.

*Sie ist zu jeder Tages- und Nachtzeit hier.*

*Ich habe noch nie eine andere Schwester gesehen.*

Nina spannte das angeblich gebrochene Bein an, fühlte ihre Muskeln. Sie starrte aus dem Fenster. Die Wolken hatten sich keinen Millimeter bewegt. Brigitte war zurück und schloss die Vorhänge. Sie trug schwarze Schuhe.

# RAMA

*Januar 1981*

Anders als erwartet, passte Boehnke sie nach der Nummer mit Thräne nicht in München-Riem ab, um Nina seine Scheißwut als Handgepäck für Moskau mitzugeben. Sie flog das erste Mal mit Aeroflot. Die ausländischen Passagiere, sechs an der Zahl, wurden gebeten zu warten, bis alle Sowjetbürger durchs Gate waren. Dann ging eine Stewardess, die aussah wie Lotte Lenya in *Liebesgrüße aus Moskau*, mit ihnen zu einem Kleinbus, der sie zur Maschine fuhr. Davor standen fünfzig Sowjets stoisch in der Kälte und warteten darauf, an Bord zu dürfen. »Machen Sie den Ausländern Platz!« rief Lotte Lenya. Nina suchte nach einem Loch zum Reinkriechen. Die IL-86 war riesig; im Salon der ersten Klasse gesellte sich zu den sechs Gebenedeiten ein älterer Russe. Sie saß auf seinem Fensterplatz, aber er wehrte gleich ab, als sie den Sitz räumen wollte. Vom Essen hatte Nina nichts Großartiges erwartet; tatsächlich schmeckte es wie aus einer Kantine. Als die Westpassagiere alle zu ihren Zigaretten griffen und auch Ninas Sitznachbar sich eine anstecken wollte, kam die Stewardess angepest und wies ihn barsch darauf hin, dass Rauchen nur den Ausländern gestattet sei. Klaglos wollte der Mann seine Sobranies wegstecken, doch Nina sagte leise: »Ich halte sie für Sie.« So kam es, dass er munter qualmte und die Zigarette nach jedem Zug Nina gab, an deren unschuldigem Lächeln die Wut der Stewardess zerschellte. Beim Anflug auf Moskau brachen sie durch ein Sperrfeuer von Sonnenstrahlen. Als die Räder das Rollfeld touchierten, dachte sie, dass es ihre dritte Landung in Scheremetjewo war. Und ihre letzte.

Vorm Zoll trennten sich die Wege der Passagiere. Links für Normalsterbliche, rechts für Diplomaten. Sie wollte sich von dem netten Mann verabschieden, sah ihn jedoch in die gleiche Richtung gehen. Der Beamte stand vor ihm stramm, wie sie es mehr als einmal erlebt hatte, wenn der rote Ausweis mit dem Schild-und-Schwert-Emblem hochgehalten wurde. Als sie an der Reihe war, drehte ihr Sitznachbar sich um und lächelte ihr maliziös zu. Eigentlich hatte Nina geplant, hoch ins Restaurant zu gehen, um bei den Garderoben den Toten Briefkasten nach Post von Rem zu checken. Das ließ sie jetzt.

Dachte an Thräne und Marlena.

Nina nahm ein Taxi. Neben der Autobahn türmten sich die weißen Wälle noch höher als bei ihrer Abreise, aber vielleicht kam es ihr bloß so vor, nach dem Gefussel, das die Münchner Schnee nannten. Hinter der Brücke begann die Stadt. Es fühlte sich an wie Heimkehr. Und schon wie eine Erinnerung.

»Sie gucken dauernd in meinen Rückspiegel.«

»Gewohnheit.«

»Dann haben Sie bestimmt den Lada bemerkt, der uns seit dem Flughafen folgt.«

»Ein stiller Verehrer.«

»Kriege ich Ärger?« fragte der Taxifahrer.

»Nur wenn Sie Ihren Bleifuß nicht vom Gas nehmen.«

Er hielt sich an die Geschwindigkeitsbegrenzung. Als er vor ihrem Haus stoppte, sagte er: »Der heimliche Verehrer scheint aufgegeben zu haben.«

»Er wollte nur wissen, dass ich gut heimkomme.«

Ihre Wohnung war besucht worden, alles andere wäre auch komisch gewesen. Die Heizkörper hatten durchgebullert, die Hitze nahm ihr den Atem. Nina riss die Fenster auf, packte aus, sehnte sich nach Leo. Aber vor Ende der Woche würde sie ihn nicht wiedersehen; er war mit ZSKA auf einem Turnier an der Schwarzmeerküste.

Nina ging laufen. Der Patriarchenteich war mit Eis bedeckt, schwarze Vögel pickten im Schnee nach Nahrung. Moskau war ein riesiger Gefrierschrank, in dem das Licht der Eissonne nie ausging. Morgens hatte Thräne sie noch zur Taxihaltestelle an der Münchner Freiheit gebracht. Als wär's leichthin, hatte sie ihm von den fünf Millionen in der Schweiz erzählt.

Und dass Rem nichts davon wusste.

Thräne war rechts rangefahren. »So wie er nicht weiß, dass du ihn rausholen willst, nehme ich an. Vor sechs Jahren habe ich einmal versucht, ihn zu überreden. Das war, wie einen Hai streicheln zu wollen.«

»Rem ist nicht mehr der Mann von damals. Er ist todmüde. Er hat genug getan und kann Anna jetzt in die Augen sehen.«

»Wann willst du es ihm sagen?«

»Nicht sofort. Es hat keinen Sinn, ihn zu drängen. Wenn die Zeit gekommen ist, werden wir es beide wissen.«

»Sollte es dir wirklich gelingen, ihn und Leo in den Westen zu holen, wird dieses Konto sich wundersamerweise in heiße Luft aufgelöst haben, das muss dir klar sein. Falls sie es jemals eröffnen.«

»Ich habe darauf bestanden, dass die Bank an jedem Ersten einen Kontoauszug schickt. An Botschafter Schopen.«

Thräne hatte sich fast am Qualm seiner Gitanes verschluckt. »Du hast den Botschafter im Sack?«

»Wir teilen die Abneigung gegen einen gewissen Menschen. Aber Schopen wird im Mai abgelöst und geht nach Tel Aviv. Bis dann muss das Geld woanders hin.«

»Ich habe das Gefühl, dass ich jetzt ins Spiel komme.«

»Es ist ein Nummernkonto in Genf. Rems Daumenabdruck ist das Simsalabim. Mein erster Gedanke war, seinen nächsten Film in eine Hülle zu tun, die du angefasst hast, und sie ihnen zu schicken. Aber sie könnten bei Gelegenheit einen Abdruck von ihm gesichert haben und die beiden abgleichen.«

»You're the Devil in Disguise, Balubabalubabalububab.«

»Du hast in Berlin gesagt, dass man einen Abdruck auf eine hauchdünne Silikonschicht übertragen kann, die man auf den Finger sprüht.«

»Hast du ein Positiv dabei?«

»Nein. Die Idee mit dem Konto ist mir erst gekommen, als ich zum Hörnle hochgerannt bin. Aber ich schicke dir eins.«

»Du weißt, dass der KGB Briefe ins Ausland öffnet.«

»Dem wünsch ich viel Glück.«

»Bin ich schon so im Eimer, dass ich dich Jahre ausgebildet habe, ohne mich daran zu erinnern?«

»Du hast einen lichten Moment, wie schön.«

Thräne hatte einen Bleistift und einen Zettel aus der Jacke gefummelt. »Mein Postfach in Nizza.«

Ninas Schritte trommelten über den Betonschnee am Teich. Nach zwanzig Kilometern schaute sie auf die Uhr: 1:15:17. Sie hängte noch zehn dran.

Ihr Kühlschrank war leer. Auf der Gorkogo hatte der Obstladen mal wieder auf. In der Schlange zückten mehrere ihre Awoska, den kleinen Taschenbeutel, den man stets mitführte, falls das Anstehen irgendwo erfolgversprechend schien. Eine alte Frau marschierte nach vorne, ohne sich am Ende einzureihen. Zwei mickrige Medaillen an ihrer Jacke wiesen sie als Veteranin aus, muckend machte man Platz für sie. Nina sah einen Mann aus der Schlange ausscheren, zu dem Produkty daneben sprinten und sofort hineingehen. Das war ein Profi, jemand, der seinen Vordermann bat, den Platz für ihn freizuhalten. Es gab wahre Champions in dieser Disziplin, denen es gelang, an drei Orten zur selben Zeit einzukaufen.

Im Kulinarija bekam Nina das Nötigste, hatte Schmacht auf eine Ochsenfetzensemmel.

Abends ging sie zu Grunja.

»Wie war's in Deutschland?«

»Langweilig.«

»Ist es warm dort?«

»Drei Grad plus.«

»Verstehe. Strandwetter.«

Nina schenkte ihr das Parfüm von Guerlain, das sie im Duty Free gekauft hatte. Grunja war ganz atemlos und öffnete das Papier vorsichtig, damit es nirgendwo riss. Dann Ahs und Ohs, Umarmung, minutenlanges Geschnuppere, gar ein Tränchen. Zum Tee kredenzte Grunja süßes Gebäck, lecker, erstaunlich. Vergnügt sah sie Nina beim Naschen zu.

»Wo hast du das her?«

Schon sprudelte es aus Grunja heraus: »Von German. Er ist Erster Vorarbeiter in einer Schokoladenfabrik, die den Kreml beliefert. Als er bei mir sein Paket aufgegeben hat, haben ihm fünf Kopeken am Porto gefehlt. Die hab ich ihm erlassen, und dann waren wir drei Mal tanzen. Und was sonst so dazugehört, weißt schon. Er kann Tango wie Nurejew. Guck mal!« Grunja hielt Nina eine quietschgelbe Uhr unter die Nase. »Eine Poljot! Sie hat einen Sekundenzeiger!«

»Hat er Tätowierungen?« fragte sie. Grunja schüttelte den Kopf. »Manieren?« Grunja nickte. »Riecht er gut?« Wieder ein Nicken. »Dann freu ich mich für dich.«

»Er ist einfach perfekt! Seine Frau hat immer Nachtschicht, und wenn wir uns erst ein bisschen besser kennen, lässt er sich von ihr scheiden, das haben mir die Karten verraten.«

Nina brachte es nicht fertig, darauf etwas zu erwidern. Sie ließ Grunja weiterschwärmen und passte eine Atempause ab. »Du, wird Post ins Ausland bei euch immer kontrolliert?«

»Ja.«

»Aber?«

»Willst du eine Bombe verschicken?«

»Ein leeres Blatt Papier.«

»Lang bei dem Gebäck nur zu; ich krieg noch mehr.« Grunja erzählte von einem Film, den sie gerade gesehen hatte, *Stalker*. Er handele von einem geheimnisvollen Ort in Sibirien, wo alle Wünsche wahr würden, was schön sei, aber auch gruselig. Sie nahm wieder den Flakon in die Hand, drehte und wendete ihn, schnüffelte dran und befühlte die geprägte Schrift. Sagte: »Die kommen immer am Freitagnachmittag. Was ins Ausland geht, müssen wir in blaue Plastiksäcke tun, die nehmen sie mit und bringen sie Montagfrüh zurück. Meist sind sie dann bloß noch halb so schwer. Der Schwager von meiner Kollegin Katerina ist Mechaniker. Den haben sie mal zu einem Haus am Tri Woksala gebracht. Da hat er eine Maschine repariert, die sechshundert Briefe in der Stunde mit Wasserdampf aufmachen kann. Sie ist in Deutschland gebaut worden, meint er.«

»Es geht nichts über deutsche Wertarbeit.«

»Ich sitze nur am Schalter, mit dem Versand habe ich nichts zu tun. Das machen die von der Vierer-Brigade.«

»Aber?« wiederholte Nina.

»Die Säcke kommen schon um sechs Uhr morgens. Und die Vierer erst gegen acht. Bis dahin liegt alles in einem Lagerraum. Der ist nie abgeschlossen. Ich komm dran vorbei, wenn ich auf Klo geh.« Ihre Stimme wurde immer kleiner.

»Grunja, das Parfüm sollte dir nur eine Freude machen. Ich hatte keine Hintergedanken und wollte dich nicht bestechen. Wenn du Angst hast, reden wir nicht mehr drüber. Es ist bloß ein weißes Blatt Papier. Aber wenn alles koscher wäre, würde ich den Brief nach Nizza normal aufgeben.«

»Das ist in Frankreich, oder? Im Süden, am Meer?«

»Ja.«

»Meine Mutter war mit meinen Großeltern mal in Monaco. Als kleines Mädchen, lange vor der Revolution. Sie hat erzählt, dass die Frauen dort große Hüte mit Schleiern tragen, um sich vor der Sonne zu schützen. Stimmt das?«

»Damals schon.«

»Bist du viel gereist?«

»Als Studentin«, sagte sie. »Es gibt ein Zugticket, mit dem man für wenig Geld durch ganz Europa fahren kann. Zuhause ist es aber schöner.« Sie strich Grunja über die Wange.

»Du bist ein guter Mensch, Anjuta.«

»Du auch, Gruschenka.«

»Am besten gibst du mir den Brief erst Montagfrüh vor der Arbeit, dann denk ich nicht so lang drüber nach.«

Gegen zehn sagte sie Grunja Gute Nacht. Ehe sie ihren dicken Moskauer Mantel anzog, ging sie damit ins Bad, suchte nach Lollis und strahlte ihn mit der Schwarzlichttaschenlampe, die Thräne ihr gegeben hatte, nach Spy Dust ab. Keimfrei. Als sie aus dem Haus ging, hatte Nina die in München abgehobenen tausendfünfhundert Mark in der Tasche. Sie achtete auf ihren Nacken, aber er meldete ihr keine Schatten. *She was the smartest girl of all. Because she knew how easy it is to fall.* Nina fuhr mit der Metro bis zur Endstation Planernaja und blieb hocken, als alle anderen den Waggon verließen. Während ihres zweiminütigen Stopps checkte sie die neu Zugestiegenen in Ruhe. Erst danach entspannte sie sich und fuhr in den Nordosten der Stadt. Der letzte Halt vor ihrem Ziel war in Sokolniki. Keine fünfhundert Meter von dort hatte sie vor über vier Monaten Frolow getötet. Damals war sie sicher gewesen, seine Blutfratze jetzt in jeder Sekunde ihres Lebens sehen zu müssen. Aber es war ewig her, dass sie an ihn gedacht hatte. Verwundert stellte sie fest, sich nicht mal mehr an seine Stimme erinnern zu können. Auf dem letzten Stück fuhr der Zug oberirdisch und überquerte einen Fluss, der eins mit der Nacht war. Es musste die Jausa sein, wo Nina gekniet und gebetet hatte. Sollte es wider Erwarten Gott und ein Jüngstes Gericht geben, besäße das keinen Schrecken für sie, denn in der Hölle war sie schon gewesen.

Sie stieg an der Preobraschenskaja aus. Hier draußen, wo die Schluchten zwischen den Wohnmassiven so breit waren, dass man sie wahrscheinlich aus dem Orbit sah, wie den Amazonas, den Nil, das Mississippidelta, war der Mensch weniger als ein Windstoß. Einer der sibirischen Winterstürme baute sich auf. Im rohen Neonlicht erschien alles noch schauriger als am Tag. Die Kneipe war im Erdgeschoss einer Chruschtschowka. In den Fenstern hingen Gardinen, die vor Gagarins Weltraumflug zuletzt gewaschen worden waren. Sie ging an der Seitenmauer lang, in der Hoffnung, vielleicht einen Blick ins Hinterzimmer werfen zu können.

Aus der Finsternis tauchte ein Mann vor Nina auf. Unzählige Fäuste hatten Nase und Ohren neu gestaltet.

»Hast du dich verlaufen?«

»Ich will zu Tite Gasargan«, sagte sie.

Sein Lachen war eine Kinovorschau für *Halloween II*. Falls er Zähne sein Eigen nannte, waren sie so pechschwarz, dass man sie nachts nicht sah. »Streun woanders rum, Kissa.«

»Seh ich aus wie ein Kätzchen?«

»Soll ich dir zeigen, was ich mit Kätzchen mache?«

Im heulenden Wind kehrte Nina zur Straße zurück, sah sich um. Selbst Besoffene gingen in so einer Nacht nicht vors Haus. Sie betrat das Rama. Das Innere war der Beweis, dass Nikotin auf Holz dieselbe Wirkung wie Termiten hatte. Ein Dutzend Männer, von der Sorte wie der draußen. Zwei Frauen, Nutten. Es war fast elf, und eine stark vorderlastige Blondine servierte eine neue Lage Wodka, als ob es keine Sperrstunde gäbe. Nina setzte sich an den Tresen und bestellte ein kleines Bier. Abba sang *I Have a Dream*. Die Kerle wogen sie mit Blicken ab, aber ließen sie in Ruhe. Nach dem ersten Schluck fragte Nina die Blonde, wo das Klo war. Die Frau wies mit dem Kinn auf eine Tür. Der schmale, nach Urin stinkende Korridor machte hinter den Toiletten eine Biege.

Der Fleischberg gegen den sie lief, war so breit, dass seine Schultern an die Wände stießen. »Ich wette, du willst zu mir«, sagte er.

»Ich muss mit Tite reden.«

Noch so eine Lache.

»Er kennt mich«, sagte Nina.

»Hast du ihm mal einen geblasen?«

»Wenn ich ihm sage, wie du mit mir redest, schneidet er dir die Eier mit einem Buttermesser ab.«

Er taxierte sie. »Geh was trinken.«

»Mein Bier ist schon schal.«

»Dann trink noch eins.«

Sie ging zurück, setzte sich, nippte am Exportbier. Eine der Huren fummelte unterm Tisch rum. Der Kerl atmete laut aus. Der Fleischberg tauchte am Gang auf und nickte Nina zu. Sie folgte ihm zu einer Tür.

»Wenn du da reingehst und mir Scheiße erzählt hast, wird deine Mutter umsonst nach deinem Grab suchen.«

»Wasch dich doch mal mit Seife«, versetzte sie.

Er öffnete die Tür und drückte sie hinter ihr zu. Es war eine Art Büro. Hinterm Schreibtisch saß ein junger Mann, den Nina unter anderen Umständen für einen Studenten gehalten hätte. Zwei Kerle standen am Fenster. Der eine hatte ein Gesicht wie Totensonntag, der andere wie Allerseelen.

»Du fragst nach einem Mann mit einem komischen Namen«, sagte der Student. »Wer soll das sein?«

»Wenn du noch nie von ihm gehört hast, bin ich hier falsch.« Nina ging zur Tür und wollte sie öffnen. Sie war verschlossen. Die Liste der größten Dummheiten ihres Lebens bekam einen neuen Spitzenreiter.

»Woher kennst du ihn?« fragte der Student.

Sie drehte sich um. »Lange Geschichte.«

»Fang mit dem Schluss an.«

Allerseelen und Totensonntag grinsten. Sie legte die halbe Rubelnote auf den Schreibtisch.

»Was willst du damit kaufen?« fragte der Student. »Einen halben Apfel?« Die Männer verzogen keine Miene.

»Sag Tite, dass ich aus Deutschland bin. Das reicht.«

Der Student zögerte, langte zum Telefon. »Hier ist jemand aus Deutschland, der zu Ihnen will. Nein, eine Frau. Sie klingt nicht wie eine Deutsche. Hat einen halben Rubel auf den Tisch gelegt. Das wird ihr nicht gefallen, fürchte ich.«

Er legte auf. »Ihr macht eine kleine Spazierfahrt mit ihr.«

Die beiden gingen zu Nina und bauten sich vor ihr auf. Ihr Nacken spielte verrückt. »Wo geht's hin?« fragte sie.

Allerseelen packte sie an der Schulter, aber torkelte zurück, als ihr Ellbogen spazieren ging. Sie fühlte die Nase des Mannes brechen, Blut schoss heraus. Totensonntags Faust machte aus Ninas Kinn einen Lichtschalter.

Sie wachte auf und konnte sich kaum bewegen. Ihre Hände tasteten die Umgebung ab. Sie war eingeschlossen. Unter ihr vibrierte der Boden. Nina war im Kofferraum eines fahrenden Autos. Sie schrie und schrie, bis ihr Hals sich wie rohes Fleisch anfühlte, eine Ertrinkende in einem Ozean aus Angst. So blieb es für Ewigkeiten. Jeder Atemzug ein Gebet. Dann zwang sie sich, an den Augenblick zu denken, als sie und ihre Mutter im Westen aus dem Hohlraum geholt wurden. An die wunderbare Luft, die Januarkälte, in der sie keine Sekunde zitterte, obwohl sie bloß dünne Sachen trug, weil das Versteck für einen Mantel zu winzig gewesen war. An diesen Geruch von geschlagenem Holz, von frisch gefallenem Schnee, von Glück. Nina sah, wie ein großer, fremder Mann ihre Mutter küsste, sich danach zu ihr hinabbeugte und lächelte. Es musste ihr Vater sein. Sie war drei Jahre alt gewesen, als er fortgegangen war. Aber jetzt, mit dreizehn, erkannte sie ihn nicht, obwohl die Mutter ihr Fotos von ihm gezeigt hatte. Sie fuhren zu einer Autobahnraststätte bei Kassel. Der Mann, der ihre Mutter geküsst hatte, ging mit ihr zur Essensauslage und sagte, dass sie haben könne, was sie wolle. Sie hatte nach einem Snickers gegriffen und wusste bis heute, wie es schmeckte. Aber sie hatte nie wieder ein Snickers gegessen. Weil sie in dem Moment, in dem sie hineinbiss, zum ersten Mal seine Schnapsfahne roch.

Sie merkte, dass das Auto langsamer fuhr. Der Untergrund war uneben. Steinpflaster oder Waldweg. Sie stoppten. Dreißig Atemzüge vergingen. Eisen knirschte. Sie fuhren weiter.

Hielten wieder.

Sie machte sich bereit. Kampflos würde sie nicht ihr eigenes Grab ausheben. Sie hörte die Wagentüren. Als der Kofferraum aufklappte, sprang sie raus und nahm sofort die Grundstellung ein, beide Fäuste vor dem Gesicht.

Totensonntag stand lässig einen Meter vor ihr. Allerseelen achtete auf Abstand. Seine Nase war jetzt eine Kartoffel.

»Hast du noch nicht genug?« fragte Totensonntag.

Ihr Blick zuckte zwischen den zweien hindurch. Sie war auf einem Grundstück, dessen Größe sie in der Dunkelheit kaum ahnen konnte. Hinter Bäumen schimmerten die Lichter eines Hauses. Die Auffahrt war geteert. Nina sah Laternen um einen künstlichen Teich. Kein Ort, um jemanden zu verscharren.

Er hielt ihr den halben Rubel hin. Sie ließ die Fäuste sinken und ging an den beiden vorbei, steif wie auf Stelzen, der Wind eine Eispeitsche. Das Haus hätte nach Knightsbridge gepasst. Die Tür war nicht verschlossen. In der Halle paarte sich Protz mit schlechtem Geschmack. An der Wand ein altmeisterliches Gemälde. Sie ging näher. Sollte es keine Kopie sein, war es ein Rubens. Nina kam in einen Salon. Auf dem Sofa lag ein Mann im gelbseidenen Bademantel und schaute sich einen Film an. Ein Wald überwucherte die nackte Brust. Als sie ihn erkannte, pumpte ihr Herz kein Blut mehr in ihren Kopf.

# DER IMKER

Es war unmöglich, ihn mit irgendjemandem zu verwechseln. Sein kahler Kopf war sonnengebräunt, als läge Moskau auf der Südhalbkugel. Er brachte gut drei Zentner auf die Waage, und das Einzige, was in seinem Mund nicht aus Gold war, war die Zunge. Bei der KGB-Feier im Aragwi hatte er vergangenes Jahr an Kamyschins Tisch gesessen.

Ohne den Blick vom Fernseher abzuwenden, deutete er auf einen Tigerfellsessel. Nina kannte den Film. *Midnight Express*; in Deutschland war er vor zwei Jahren in die Kinos gekommen. Es lief eine der Folterszenen. Sie war damals nach einer Stunde aufgestanden und gegangen.

»Gesehen?« fragte er. Russisch konnte wie eine Liebkosung sein. Seins war ein Tritt in die Fresse.

»Nein.«

»Spielt in einem türkischen Knast. Mit einer Dachlatte auf nackte Fußsohlen dreschen. Wollen sie den Kerl zum Lachen bringen? Ich war in Grosny im Bau, in Baku, in Leningrad und in Wladikawkas. Falls ich mal in der Türkei einfahre, werden's Ferien.« Er hielt das Video an. »Du warst im Aragwi, am Tisch von Leo Kukura. Dein Freund?«

»Nur ein Bekannter.«

»Als er Sowjetischer Meister wurde, hat er mir zehntausend Dollar Taschengeld gebracht. Was für ein Jammer, das mit dem Knie. Er wäre so groß geworden wie Lagutin.«

»Ab und an trainiert er mich«, sagte Nina. Als könne sie den Imker damit beeindrucken.

»Die Nase von Boris kann das bestätigen«, grunzte er. »Du hast was für mich, höre ich?«

Sie hielt ihm den halben Rubel hin. Beim Aufstehen klaffte sein Bademantel auf und zeigte Nina Dinge, die sie nie sehen wollte. Der Imker watschelte zu einem Louis-seize-Sekretär und kramte in einer Schublade, bis er endlich das Gegenstück zu dem Rubel fand. Als er wieder in den Kissenberg plumpste, ließ er den Bademantel offen.

Er nahm eine Wodkaflasche aus einem Eiskühler, goss zwei geschliffene Gläser voll und schob ihr eins davon hin. »Buckner scheint dich gut leiden zu können«, sagte er.

Thräne hatte Nina erzählt, dass Robert Buckner sein Name für Moskau gewesen war. *So hieß der Typ, der das Drehbuch zu* Pulverdampf und heiße Lieder *geschrieben hat, dem ersten Film von Elvis. Unsterblich schlechter Streifen. Er singt* Love me Tender *und* Poor Boy.

Sturm hämmerte gegen die Fenster. Nina antwortete nicht. Entweder war der Mann beim KGB, oder man kooperierte mit ihm. Alle Geheimdienste bedienten sich der Mafia, wenn's um Drecksarbeit ging. Auch der BND, obwohl in Pullach darüber bloß getuschelt wurde. Der Imker hatte an jenem Abend mit Kamyschin gelacht, auf sein Wohl getrunken. Würde Nina ihm sagen, dass sie eine Waffe brauchte, könnte sie sich noch vor der Morgenröte in der Lubjanka wiederfinden. Leo und Rem durch ihn ausschleusen zu lassen, hatte sie in dem Augenblick aufgegeben, als sie ihn auf dem Sofa liegen sah.

»Arbeitest du für Pullach?« fragte er.

»Nein, ich bin in der Kulturabteilung der Botschaft.«

»Was willst du von mir?«

»Im Frühjahr machen wir mit dem Puschkin-Museum eine Kokoschka-Ausstellung, ein deutscher Maler. Buckner meint, du könntest mir mit ein paar Zollproblemen helfen.«

»Hab ich dir das Du angeboten?«

»Ich dir vielleicht?« Wenn sie bei diesem Mann auch nur für einen Atemzug Schwäche zeigte, war sie tot.

Er prostete ihr zu. Zittern wäre normal gewesen.

Aber was hätte es geholfen?

»In guten Jahren mache ich hundert Millionen Dollar und in schlechten achtzig«, sagte er und sah sie dabei unverwandt an. »Kann sein, dass ich nicht so groß bin wie Pablo Escobar, aber hier rotzt mir keiner in die Suppe. Auf der Krim ist Breschnew mein Nachbar, und wenn ich mich richtig langweilen will, lade ich Andropow ins National ein. Das kommt mich billig, weil er futtert wie ein Igel. Was glaubst du: Bin ich da, wo ich bin, weil jede Schljucha mir Vogelscheiße als Kaviar andrehen könnte?«

Nina trank ihr Glas in einem Zug leer. Ihre Hand strich über das Tigerfell. »Ist der echt?«

»Nein, den hab ich auf dem Jahrmarkt geschossen. Geh mal zu der Schublade dort. Na los, zieh sie auf.«

Sie ging zu dem Sekretär. Die Schublade, in der er nach der Rubelnote gekramt hatte, war leer.

»Hast du gedacht, ich würde von morgens bis abends Rubel durchreißen? Das hab ich in meinem Leben drei Mal gemacht. Mit den beiden anderen bin ich quitt. Es hat mich was gekostet. Und Buckner soll dir seinen halben Rubel wegen einer scheiß Ausstellung gegeben haben? Willst du mich verarschen?«

»Was für Geschäfte machst du mit dem KGB?«

»Denk über die Frage nochmal nach, oder du wachst morgen in einem Minenpuff in Schurab auf und lutschst ungewaschene Schwänze.«

Wie viele Männer mochten auf dem Grundstück sein? Zehn, hundert? Würde sie es überhaupt bis zur Tür schaffen?

»Was hat Buckner für dich gemacht?« fragte sie.

»Vier Wichser wollten mir den Kopf abschneiden. Er hat in Portugal vor sechs Jahren mit ihnen den Boden aufgewischt.«

*Thräne, wir sollten mal wieder reden.*

»Hast du Hunger?« Als sie den Kopf schüttelte, stand er auf. »Du bist so dürr wie ein usbekischer Esel. Wenn Boris sich von einer wie dir umhauen lässt, ist es höchste Zeit, ihn zu seiner Babuschka zu schicken.«

Er watschelte aus dem Salon, sie folgte ihm in die mit allem Luxus ausgestattete Küche, jedes Gerät aus dem Westen. Der Imker schmierte ihr ein Sandwich, belegte es dick mit Pastrami und schob es ihr hin. Er sah ihr beim Essen zu und kratzte sich im Schritt. Als sie fertig war, steckte er sich eine Marlboro an und hielt ihr das goldene Etui hin. Nina schüttelte den Kopf.

»Hast du einen Namen?«

»Anja.«

»Bist du in der Residentur?«

»Nein.«

»Eine Illegale?«

»Etwas dazwischen.«

»Wen führst du in Moskau?«

»Denk über die Frage nochmal nach.«

Er bleckte das goldene Gebiss. Möglicherweise ein Grinsen. »Wie kommst du mit Röttger klar?«

»Sollte er ungewaschene Schwänze lutschen müssen, wär's mir recht.«

In Stahl gegossen hätte seine Lache als Abrissbirne getaugt. »Wer war der Mann an deinem Tisch im Aragwi? Mischa Wolf hat mit ihm gequatscht.«

»Leos Vater.«

»Wo sitzt er beim KGB?«

»Das weiß ich nicht. Auf der Insel wahrscheinlich.«

»Hat Kukura dich ins Aragwi mitgenommen?«

»Er wollte mich aus der Fassung bringen.«

»Du bist keine, die man aus der Fassung bringt. Wen kennst du noch beim KGB?«

»Nur Daniil Kamyschin. Aber nicht so gut wie du.«

»Die Insel braucht mich als Türöffner im Ausland«, sagte er. »Es gibt Sachen, für die ich Spezialist bin. Hier und da lege ich auch was für sie an. Nicht zuletzt leben sie gut von mir.«

»Ich muss sicher sein, dass ich mit dir sprechen kann, ohne dass es bei Kamyschin oder sonst jemandem landet.«

»Denkst du, die hätten vor mir keine Geheimnisse?«

»Ich brauche eine Pistole.«

»Das ist alles?«

»Fürs Erste.«

Der Imker öffnete einen Küchenschrank. Eine Waffe neben der anderen. Er legte eine Pistole auf den Tisch.

»Lieber eine Makarow«, sagte sie.

»Das ist eine *Heckler & Koch P7*. Mit einer Makarow kannst du höchstens Nüsse knacken.«

»Genau dafür will ich sie.«

Kopfschüttelnd gab er ihr eine Makarow.

»Ich brauche sie als PB.«

Er legte einen Schalldämpfer und ein Paket Munition dazu. »Sonst noch was? Vielleicht ein Täschchen von Gucci?«

Nina checkte das Magazin. Es war voll.

»Macht vier Dollar.«

*Ein Dollar heißt bei der Mafia hundert, zwei zweihundert, und so weiter*, hatte Thräne gemeint.

»Ich dachte, das würde aufs Haus gehen«, sagte sie.

»Willst du mich beleidigen? Komm wieder, wenn ich meine Schuld begleichen soll. Alles andere hat seinen Preis.«

Er gab ihr den halben Rubel zurück, sie zählte achthundert Mark ab. »Die Seriennummer ist noch dran«, sagte sie.

»Iossif.« Der Imker hatte seine Stimme nicht gehoben, doch es dauerte nur Sekunden, bis ein Mann in die Küche kam.

»Mach sie sauber.«

Der Mann verschwand mit der Waffe. Sie sah ihm hinterher.

»Er ist stumm. Und falls ich mich irre, ist er’s danach.«

»Warum wirst du Imker genannt?«

»Weißt du, was Bienen im Winter machen?«

»Nein.«

»Das sind clevere Tiere, du würdest staunen. Sie bilden eine Traube, sitzen dicht beieinander und sind die Heizung für die Königin. Sie zittern die ganze Zeit, so produzieren sie Wärme. Mein Stock ist hinten in einem Gewächshaus. Mein Volk zählt um die achtzigtausend Bienen, das schwankt im Sommer und Winter. Jede einzelne erkennt meinen Geruch und weiß, dass sie mich nicht stechen darf. So helle sind meine menschlichen Drohnen und Arbeiter nicht immer. Hin und wieder muss ich mit einem von ihnen in das Gewächshaus gehen. Hast du eine Vorstellung, wie es ist, von ein paar hundert Bienen gestochen zu werden? Ich rate ja immer, die Zunge rauszustrecken, dann geht's am schnellsten.«

»Ich merk's mir.«

»Weil du Grips hast.«

Draußen standen Totensonntag und Allerheiligen am Auto. In ihren Augen las sie die Verwunderung, sie lebend zu sehen. Nina legte sich in den Kofferraum. Während der Fahrt hatte sie keine Sekunde Angst. Sie ließen sie am Tolstoi-Museum raus. Der Blick von Allerheiligen sagte: *Bis bald, Schljucha.* Sie fragte sich, auf welchem Friedhof seine Babuschka lag.

Sie war nur zwei Minuten von dem Toten Briefkasten in der Mansurowskigasse weg. Er war auf dem Hof eines verfallenen Hauses, in dem niemand mehr wohnte. Sie hatten ihn bis zum Oktober genutzt, aber dann stillgelegt, weil er für Rem relativ schwer zu erreichen war. Nina löste zwei Steine aus der Mauer und legte die Makarow, den Schalldämpfer und die Munition in das Versteck. Die Metro fuhr nicht mehr, sie lief zu Fuß. Die Katze stemmte sich gegen den Wind und begrüßte sie freudig. Sie nahm sich vor, sie morgen mit Leberwurst zu füttern.

# DER GRAUE

Leo war ein strenger Lehrer, er boxte nicht zum Spaß mit ihr. Nina hatte sich so an die blauen Flecke gewöhnt, dass sie keine mehr sah. Doch ihr Gesicht blieb tabu. Das Einmaleins hatten sie längst durch, jetzt arbeiteten sie an Feinheiten und Fehlern. Beim Schlag nicht nach unten zu rudern, sondern ihn absolut gerade auszuführen, um schneller wieder in die Grundhaltung zu finden. Den Arm wie ein Teleskop auszufahren, den Treffer schon zu sehen, ehe sie ihn setzte. Beim Jab holte sie noch zu viel Schwung, was ihn langsam und vorhersehbar machte. Leo gewöhnte es Nina ab, indem er sich von ihr im Gesicht treffen ließ, um ihr zu zeigen, wie wenig Wirkung sie erzielte. Als sie einmal perfekt abschloss, schüttelte er kurz den Kopf. Wenn sie die Ellbogen zu weit vom Körper hielt, beschützte sie ihre Rippen nicht. Das lernte Nina mit dem Holzhammer. Immer noch beugte sie sich beim Schlag zu weit vor, anstatt aufrecht zu stehen, verlor die Balance, wenn Leo wegtanzte, und küsste den Ringboden. Sie variierte ihre Waffen zu wenig und suchte durchweg den schnellen Kopftreffer, weil sie wusste, dass das der sicherste Weg war, einen Gegner auszuschalten. Aber fast nie kam Nina durch Leos Fäuste. Er bläute ihr ein, auch Leber, Nieren, Milz zu bearbeiten, da in einem langen Kampf jeder irgendwann müde wurde und die Deckung fallen ließ. Geduld zu haben, war vielleicht die wichtigste Lektion.

»Aber nicht auf der Straße«, sagte er leise. »Dort musst du den Kampf schnell entscheiden. Und komm nicht auf die Idee, einen Schönheitspreis dabei gewinnen zu wollen.«

Nichts war beim Boxen schlimmer, als Fäuste zu schlucken, auf die man nicht vorbereitet gewesen war. »Denk mindestens drei Züge voraus, wie beim Schach.« Als sie antwortete, dass sie Schach nie gelernt hatte, ging Leo nach jedem Training mit ihr ins Sputnik, einen Club beim Stadion der Jungpioniere, wo an allen Tischen gespielt wurde. Schnell begriff sie, dass Boxen und Schach vieles gemein hatten. Beides war Kopfsache. Und aggressiv. Es ging darum, unter Zeitdruck Lösungen zu finden, einen Gegner zu dominieren. Beim Schach musste man dafür Figuren drangeben, mitunter gar die Dame. Durch Opfer zum Sieg. Noch eine Parallele zum Boxen.

»Hab gehört, du warst Sowjetischer Meister«, meinte Nina und schlug einen von Leos Bauern.

»Pass lieber auf deine Deckung auf. Mein Turm fesselt jetzt deinen Springer, das wird dir Kummer machen.«

»Mit deinem Kampf soll damals jemand zehntausend Dollar gewonnen haben.«

Leo schaute vom Brett auf, ihr in die Augen. »Hast wohl mit interessanten Leuten zu tun.«

»Weißt du von solchen Sachen?«

»Zehntausend? Andere haben mehr mit mir verdient. Aber nie an einer Niederlage. Du bist in drei Zügen Matt.«

An diesem Abend zog er sie auf dem Weg zur Metrostation in eine Hofeinfahrt und stieß sie von sich weg. Nina simulierte einen Tritt zwischen seine Beine und setzte, als er sich gespielt zusammenkrümmte, mit flachen Schlägen auf die Ohren nach. Er ließ sich fallen. Sie half ihm hoch.

»Wie lange jeden Tag?« fragte er.

»Drei Stunden, manchmal vier.«

»Pass auf, mit wem du dich abgibst.«

»Ich bin zu schnell, um Angst zu haben.«

Seine Faust zuckte gegen ihr Kinn und stoppte einen Hauch davor. »Nein, bist du nicht«, sagte er.

Statt an der Gorkowskaja auszusteigen, fuhr sie weiter bis Bolschoi und lief von da zu Fuß Richtung Arbat. Es waren fast vierzig Grad minus; wenn sie durch den Mund atmete, ziepten ihre Zähne. Leer lagen die Straßen vor ihr; ein Foto, aus dem alles Leben rausretuschiert worden war. Auf der Maneschnaja knallte es in ihrem Rücken; Nina drehte sich nicht einmal um. Wieder eine Autoscheibe geplatzt. Selbst das Licht schien aus Eis zu sein und hing als Zapfen von den Peitschenmasten.

Sie hatte die Waffe jetzt seit fünf Wochen. Nicht zum ersten Mal holte Nina sie aus dem Versteck, um damit durch die Stadt zu streunen. In ihrer Manteltasche den Griff zu umschließen. Sie zu entsichern und sich mit dem Gefühl vertraut zu machen. Auch heute führte ihr Weg sie am Ende zu Bossois Straße. Vor seinem Haus machte Nina sich unsichtbar. Die Wohnung war dunkel, aber sein Wolga stand vor der Tür. Er war früh ins Bett gegangen. Vielleicht eine Frau. Als Nina sich fragte, wie es sein musste, mit ihm zu schlafen, schmeckte sie Galle.

Ob er an sie dachte? Gewiss nicht von morgens bis abends; auf seiner To-do-Liste würden noch mehr Namen stehen.

Selbst wenn. Sie machte sich nichts vor. Er wollte ihr Leben zerstören. Wenn sie seine Erbarmungslosigkeit unterschätzte, würde sie Moskau nicht lebend verlassen.

Und Leo und Rem auch nicht.

Neulich hatte Leo zum ersten Mal gefragt, wie das Leben in Deutschland sei. »Satter und doch hungriger. Wärmer und oft kälter«, war ihre Antwort gewesen. *Doch wir wären zusammen*, hatte ihr Blick gesagt. Das war im Sputnik gewesen, nach fünf verlorenen Partien. Als sie später durch Eiswelten liefen, hatte er seinen Arm fest um sie gelegt. »Weißt du, Njuscha, manche Menschen kriegen nie irgendwas zuwege. Und andere schaffen alles, was sie wollen.«

Er wusste es oder ahnte es.

Wollte es.

Beim Wiedersehen waren Rem und sie über den Siegesplatz geschlendert. Als er die leere Zigarettenpackung weggeworfen hatte, war Nina zurückgekehrt, um sie aus dem Mülleimer zu fischen, sie zuhause vorsichtig plattzudrücken und zwischen ein gefaltetes Blatt mit den Kontodaten zu legen. Am Montag darauf hatte sie Grunja beim Tee nach ihrem Tag gefragt und sie lächeln sehen. Jetzt war sie auch eine Diebin. Schuldgefühle hatte sie keine. Es war eher wie Plombir-Eis essen.

Durfte sie dem Imker trauen?

Zweifellos konnte er alles Mögliche aus dem Land schaffen. Aber es ging nicht darum, ihm irgendeine Ware anzuvertrauen, sondern das Leben von Leo und Rem. Dass einer der zwei ein ranghoher KGB-Offizier war, könnte ihn auf die Idee bringen, auf der Insel Punkte zu sammeln.

Rem zu verraten.

Aber er hatte den halben Rubel nicht gewollt.

*Thräne hat mit vier Männern in Portugal den Boden aufgewischt.*

Warum? Wieder und wieder hatte sie sich die Frage gestellt. Und eines Morgens war sie mit der Antwort aufgewacht: Weil Thräne Rem damals herausholen wollte und dies der Preis des Imkers für einen KGB-Oberst gewesen war. Er wusste, wofür sie die Rubelnote einsetzen wollte. Deshalb hatte er auf Rem angespielt. Erst hatte es sie verrückt gemacht. Dann wurde ihr klar, was es bedeutete: Er hatte es keinem vom KGB erzählt.

Sechs Jahre lang.

Nina starrte zu dem Haus gegenüber. An der Wand war eine Bronzeplakette. *In diesem Gebäude hielt Wladimir Iljitsch Lenin am 25. März 1920 vor Kommandeuren der Roten Armee eine Rede.* An Bossois dunklem Fenster glomm eine Zigarette auf. Sie zog sich noch tiefer in die Schatten zurück.

*Hier bin ich. Komm doch und sag Hallo.*

*Dann schieße ich dir in deine Totenaugen.*

Boehnke hatte Hühnerfutter für Rem geliefert. Sie wollten das Wochenende auf der Datscha verbringen, um Agentenschach zu spielen. Anders als im Sommer, wo die Elektritschkas fast im Zehnminutentakt aus Moskau rausfuhren und die Massen doch nicht fassen konnten, war der Zug jetzt so gut wie leer. *Es gibt zwei Jahreszeiten*, hatte Grunja einmal erklärt, *Winter und Datscha*. Ihre war ganz im Osten bei den Tugolesje-Sümpfen. Während tief verschneite Wälder am Zugfenster vorbeizogen, erinnerte Nina sich an die zwei Tage mit Grunja. Die Mücken hatten ein Schlachtfeld hinterlassen; so mussten Windpocken sein. Und Morgenwäsche mit kaltem Brunnenwasser.

Rem war schon seit gestern da und holte sie in Swenigorod am Bahnhof ab. »Was macht der Weltuntergang?« fragte Nina. Ihre Standardbegrüßung seit RJaN.

»Wurde neu datiert.«

»Aber das Wochenende haben wir noch?«

»Genosse Andropow hat den Start der Operation vorgestern überraschend auf Mai verschoben.«

»Das kann eine gute oder schlechte Nachricht sein.«

Rem nickte. »Entweder sieht er keine unmittelbare Gefahr für einen Angriff der NATO, oder unser Militär braucht mehr Zeit für den Enthauptungsschlag.«

Als sie am Fluss langfuhren, stand Rauch in der Luft, Abfälle wurden verbrannt. »Denkst du oft daran?« fragte Nina.

»Nein. Es ist nichts, woran wir beide etwas ändern könnten. Manchmal kommt es mir vor wie der Wetterbericht.«

»Für das Wochenende erwarten wir Atompilze sowie leichte nukleare Niederschläge.«

Sie lachten.

»Der sechsundzwanzigste Parteitag ist am Montag zu Ende gegangen«, meinte Rem. »Hast du Fernsehen geguckt?«

»Es gab Wichtigeres. Die Katze streicheln, boxen, träumen. Man hat sein Tun.«

»Als die *Internationale* gesungen wurde, hat Breschnew nur die Lippen bewegt. Text vergessen.«

Das Haus war warm. Sie luden ihre Sachen aus, gingen dann zum Fluss, machten einen Spaziergang übers Eis. Es war vom Wind poliert. Sie wollte, sie hätte Schlittschuhe dabei, könnte allen Lügen davonlaufen. »Entschuldige, dass es mir jetzt erst einfällt. Ich soll dich von jemandem mit Elvistolle grüßen.«

»Er war in München?«

»Hatte Sehnsucht nach mir.«

»Dann seid ihr wieder gut?«

»Ja. Er ist ganz anders als du, und doch erinnert er mich in vielem an dich.«

»Zum Beispiel?«

»Ich weiß nicht, wer von euch mehr Geheimnisse hat.«

»Da nehmen wir uns alle drei nichts.«

»Er ließ nebenbei fallen, dass er in Portugal mal vier Männer getötet hat«, sagte sie und beobachtete Rems Reaktion.

»Wann?«

»Vor sechs Jahren.«

Sie hatte sich nicht geirrt. Sah es in seinen Augen.

»Hat er dir den Grund genannt?« fragte Rem.

»Thräne wollte nicht drüber reden. Kann es mit Moskau zu tun haben? Zu der Zeit hat er dich geführt.«

»Nicht, dass ich wüsste.«

Seine Stimme vibrierte.

Was hielt ihn noch hier? Leo? Nein. Er wusste, dass sie eine Möglichkeit finden würde, sie beide aus Russland rauszuholen. Aber nicht durch den BND, das war ihm klar. Thräne wollte es damals aus dem gleichen Grund mit dem Imker versuchen wie Nina: weil der Dienst nicht das geringste Interesse hatte, Rem in Freiheit zu sehen. Im Westen war er ohne Nutzen für sie. Er konnte kein großes Geheimnis aus dem Hut zaubern, das sie dazu bringen würde, nur drüber nachzudenken. Einen Oberst des KGB wollten sie nicht am Hals haben. Rem brächte bloß Ärger, müsste ständig geschützt werden. *Dankbarkeit* für acht Jahre Tanz mit dem Teufel? Boehnke würde grinsen. *Das Wort gucke ich gleich mal im Brockhaus nach.*

Pullach wollte ihn bis zu seiner Enttarnung auswringen und dann wegschmeißen wie einen dreckigen Lappen. Sie dachten, dass er nie die Chance bekäme, von dem Konto in Genf einen einzigen Rappen abzuheben.

»Warum lächelst du?« fragte Rem.

»Ach, hab bloß an einen alten Freund gedacht, der die Tage in der Schweiz gewesen sein müsste. Das letzte Mal, als ich ihn gesehen habe, hat er Lenin zitiert: *Menschen zu ihrem Wohl zu zwingen, ist mühsamer als alles andere.*«

»Leninzitate sind immer hochwillkommen, selbst wenn sie falsch sind. Hat Andropow gesagt. Ich war dabei.«

War Mascha der Grund, bleiben zu wollen? Nina wusste so gut wie nichts über die Beziehung.

»Wie oft siehst du Mascha eigentlich?« fragte sie.

»Meist am Wochenende, manchmal auch nicht. Wir mögen beide unsere Freiheit.«

Abends kochten sie zusammen. Was hieß, dass Nina niedere Dienste wie Gemüseschnippeln und Kartoffelschälen leistete; zu mehr war sie in der Küche nicht zu gebrauchen. Auch wenn Rem nicht an Thräne herankam: Sein Bœf Stroganoff war ein Gedicht. Er machte einen Chianti aus dem Spez-Magazin der Insel auf und hob sein Glas. »In einer Woche ist es ein Jahr her, dass wir uns begegnet sind.«

»Auf Anna.«

»Und auf den tiefen Schlaf in einem kranken Jahrhundert.« Er war mit den Gedanken weit fort, sagte dann: »Irgendwann, nach etwa zwei Jahren, wollte ich meinen Decknamen wissen. Das war natürlich unüblich, aber Thräne hat ihn mir genannt. Beim Dienst wurde ich als *Romanow* geführt. Wie lächerlich.«

»In *Anno Domini* ist ein Gedicht der Achmatowa, in dem sie von bitterem Brot und einem Pilger schreibt, dessen Weg ohne Ende ist«, sagte Nina.

Rem lächelte. »Vermutlich bin ich der einzige Agent, der je den eigenen Decknamen wählen durfte.« Er ging zum Schrank, nahm ein Bild heraus und legte es auf den Tisch.

Nina stellte ihr Weinglas ab. Vergaß das Atmen.

Es war das Portrait von Anna Achmatowa.

Tage nach ihrem Verhör durch Bossoi war sie zuletzt in der Tretjakow-Galerie gewesen. Das Bildnis war entfernt worden.

»Hast du es gestohlen?« fragte sie rau.

»Ich kenne jemanden im Depot des Museums. Eine Malerin aus meiner Nachbarschaft hat es für mich kopiert.«

Nina hielt das Bild gegen das Licht. Es war perfekt. Auch das kleinste Detail stimmte. Die Farben leuchteten wie bei Munch.

»Wirst du es hier aufhängen?« fragte sie.

»Nein, ich werde es einem Freund schenken.«

»Warum behältst du es nicht für dich?«

»Schließ die Augen, Ninotschka. Siehst du es?«

»Ja.«

»Wir beide können dieses Bild betrachten, wann immer wir möchten. Aber mein Freund geht durch eine schwere Zeit und braucht ein wenig Licht.« Er schwieg, während Nina den Blick nicht von Anna lassen konnte, ihrem Frieden.

»Er ist einer von den Grauen bei ›S‹, weißt du.«

Nina schaute hoch. Die »Verwaltung S« war für die Führung der illegalen Agenten zuständig. Sie saß auf der Insel in einem eigenen Gebäude, einem Hochsicherheitstrakt. Noch keinem westlichen Geheimdienst war es gelungen, in diese Abteilung einzudringen. »Graue« nannte man beim KGB die Mitarbeiter des »Archivs S«, in dem die Akten zu sämtlichen Operationen und Missionen verwahrt wurden.

Jackpot.

»Er hat ein halbes Jahr versucht, die CIA zu kontaktieren«, murmelte Rem. »Zwei Mal in einer Berjoska und sechs Mal an der Diplomatentankstelle auf dem Wernadski Prospekt, wo er Leuten von ihnen Zettel an die Windschutzscheibe geklemmt hat. Sie haben nicht darauf reagiert. Vermutlich hat sein Name ihnen nichts gesagt. Oder sie halten ihn für eine Provokation. Die würden sich wundern.«

Nun hatte Rem doch ein Kaninchen aus dem Hut gezaubert. Mit einem Schlag sah sie die Chance, Boehnke dazu zu bringen, ihn und Leo auszuschleusen. Das Geschenk, das er mitbringen würde, könnte verlockender nicht sein.

»Da würde Pullach gern einspringen«, sagte Nina.

»Sicher. Aber das mit uns ist fein austariert. Es wäre die eine Umdrehung zu viel.«

»Ich denke nicht an mich. Wenn einer der Grauen tatsächlich überlaufen wollte, würde Boehnke auf der Stelle seinen besten Mann schicken.«

»Du bist Boehnkes bester Mann.«

»Das ist nicht der Grund«, sagte sie nach langem Schweigen. »Warum willst du Pullach deinen Freund nicht geben?«

»Hast du schon einmal von Winfried Baumann gehört?«

»Nein.«

»Er war in der Spionageabwehr der DDR-Volksarmee, bis er wegen Alkoholproblemen entlassen wurde. Baumann bot sich dem BND an. Der war höchst erfreut. Sein Deckname bei euch lautete *Der rote Admiral.* Zwei Jahre darauf wollte er mit seiner Freundin in den Westen. Der Dienst stellte sich so dilettantisch an, dass er verhaftet wurde. Man hätte ihn sofort austauschen können. Gegen Guillaume etwa. Aber Pullach ging in Deckung. Baumann wurde im letzten Sommer hingerichtet. Würdest du mich nicht führen, hätte ich die Verbindung zum Dienst längst abgebrochen und Boehnke ein adrett verpacktes Päckchen mit Hundescheiße geschickt.«

Dahin.

Sie sprachen nicht mehr darüber, waren beide müde, gingen früh schlafen. Am nächsten Morgen machten sie wieder einen Spaziergang, hoch zu Rems Kirche. Als er beten ging, wartete sie draußen. Raben, reglos. Im Schnee sahen sie wie schwarze Steine aus. Auf ihrem Rückweg gab sie Rem sein Spielmaterial. Boehnke hatte ihre damalige Prophezeiung, dass Gorbatschow der nächste Generalsekretär werden würde, aufgehübscht. Es fehlte Breschnews Demenz. Dafür enthielt das Dossier krude Mutmaßungen über einen geplanten Putsch im Politbüro und die Anweisung an Nina, dem nachzugehen.

Rem hörte nur mit einem Ohr hin. Blieb stehen. »Nach der Sache mit Frolow haben wir keinen Ersatz für *Sturm* festgelegt. Aber wir brauchen einen Notfallbriefkasten, über den ich dich warnen kann, wenn du verschwinden musst. Denk dir was aus. Südliches Stadtgebiet, auf dem Weg zur Insel, ja?«

Sie nickte. Wollte ihm von ihrem Plan erzählen.

Wusste: Er würde Nein sagen.

»Ich muss dich was zu Bossoi fragen«, meinte sie vorsichtig. »War da mal was zwischen euch?«

»Wie kommst du darauf?«

»Ich hatte bei dem Verhör das Gefühl, dass es ihm weniger um mich als um dich ging.«

Rem formte einen Schneeball und warf ihn in ein schwarzes Steinfeld. Hunderte Raben stoben auf und verdunkelten den Himmel. »In New York habe ich herausgefunden, dass Bossoi über unser US-Handelsbüro Amtorg in großem Stil kriminelle Geschäfte getätigt hat. Er besitzt Auslandskonten. Und einiges mehr. Ich bin eine Bedrohung für ihn.«

»Warum hast du ihn nicht hochgehen lassen?«

»Er steht unter dem Schutz von Andropow. Wenn ich etwas gegen Bossoi unternehmen würde, wäre es mein Ende.«

# TOTENGÖTTIN

An ihrem Geburtstag wachte Nina um fünf auf und war sofort traurig. Sie hätte Leo in das Chinarestaurant im Hotel Peking einladen können, um mit ihm zu feiern. Doch sie durfte ihm nicht sagen, wann sie geboren war. Es mochte bloß ein Datum sein. Und dann? Eins käme zum anderen, und am Ende wüsste er alles von ihr. Ihn einfach so einzuladen, ohne den Geburtstag zu erwähnen, wäre noch armseliger gewesen. Sie hätte keinen Augenblick Freude an dem Abend gehabt. Dreißig Kilometer rannte sie, so erbarmungslos, dass sie am Ende taumelte. Nina legte sich wieder hin, machte dann eine Stunde Schattenboxen vor dem Spiegel. Gegen Mittag ging sie zum Prospekt Kalinina, um im Gurman kalte Platte zu kaufen. Und am Abend vielleicht allein ins Kino. *Agonie – Rasputin, Gott und Satan* wäre der Film zur Stimmung. Aber den hatte die Glawlit verboten.

Es war schon für den Tag der Armee und der Seestreitkräfte geflaggt, wie vor einem Jahr. Doch keine kämpferische Parole, nicht mal das leuchtende Rot der Banner konnte diese Straße retten. Jedes Mal, wenn sie hier war, dachte sie an Le Corbusier. Rem hatte erzählt, dass er Moskau abreißen wollte, um an der Stelle eine neue Stadt zu erbauen. Am besten hätte er mit dem Prospekt Kalinina angefangen. In Ecken wurden Mangelwaren schwarz gehandelt. Toilettenpapier, Würstchen, Streichhölzer, Autoreifen, Zucker, Seife, Brotmesser, Kopfschmerztabletten. Man konnte bis zu sieben Jahre Gefängnis dafür kriegen, aber diese Börsen sprossen überall in der Stadt aus dem Boden; die Miliz hatte längst aufgegeben.

Dann Sirenen. Alle Autos fuhren an den Straßenrand. Eine Kolonne von vier schwarzen Sil-Limousinen bretterte auf der mittleren Spur in Richtung Kreml. Die hinteren Fenster waren mit Gardinen verhängt. Nina schaute auf die Uhr. Kurz vor elf, es musste Breschnew sein. Früher kam er nie. Seine Wohnung war wenige Kilometer weiter, am Kutusowski Prospekt.

*Er ist nur noch drei Stunden am Tag im Büro,* hatte Rem gesagt. *Ständig sind Ärzte um ihn herum. Man legt ihm alles Mögliche auf den Schreibtisch oder das Bett, das dort steht, und er unterzeichnet. Aber Chapeau: Für seine Memoiren hat er den Lenin-Preis erhalten, ohne sie überhaupt geschrieben zu haben.*

Auf ihrer Rückfahrt von der Datscha hatte Rem leise durch die Zähne gepfiffen, wie er's immer tat, wenn ihm etwas gefiel. »Ihr habt gute Leute in Pullach; der Gorbatschow-Text zeugt von Verstand. Zwar wird er nicht so rasch an die Spitze rücken, wie dieser Analyst glaubt, doch seine Zeit wird kommen. Euer Mann hat ihn eher auf dem Schirm als viele bei uns.«

Nina hatte gegrinst. »Der Mann sitzt neben dir. Einen Tag nach dem Text habe ich von Pilger erfahren. Auf Gorbatschow hatte ich schon länger ein Auge geworfen. Aber bei uns gilt er als Teenager, man hält ihn für chancenlos.«

Er hatte ihr Grinsen erwidert. »Du hättest Analystin bleiben sollen. Was hat dich zum Umsatteln bewegt?«

»So ein Typ in Moskau.«

»Eins unserer schönsten Sprichwörter ist: ›Such nach einem Freund, und wenn du ihn gefunden hast, pass auf ihn auf.‹«

»Das tust du. Und ich auf dich«, hatte sie gesagt.

Nach dem Einkaufen ging sie zum Palais Morosow, um zu sehen, ob es Nachrichten gab. Ihr Satellitenempfänger spuckte Zahlenkolonnen aus, die sie mit ihrem Codebuch dechiffrierte. Nina hatte täglich auf diese Zeilen gewartet. Prosaischer hätte Boehnke es nicht formulieren können.

*Konto Schweiz leer. Erwarte Erklärung.*

Sie brauchte eine Stunde, um die Antwort zu verschlüsseln, und ging ins Hauptgebäude zum Botschafter. Seine Sekretärin ließ Nina gleich zu ihm rein. In seinem mit Stuck überladenen Büroballsaal legte er ein kleines Päckchen auf den Schreibtisch. »Gerade wollte ich es Ihnen bringen lassen.«

Nina las den Absender: *Lissabon.*

»Ich will Ihr Angebot, mir zu helfen, nicht überstrapazieren, aber Sie halten über Funk Verbindung zum Auswärtigen Amt«, sagte sie. »Die Residentur wird Ihre Anlage nutzen, also lassen sich auch Nachrichten für Pullach senden. Liege ich richtig?«

»Ja.«

»Kennen Sie die Frequenz?«

Er ging mit ihr in einen Nebenraum und schloss ab. Schopen schaltete den Funk ein, wies auf den Stuhl vor einem Mikrofon. Als er ihr bedeutete, dass sie sprechen konnte, zögerte sie und gab ihm ein Zeichen, die Verbindung wieder zu kappen. Bloß Boehnke konnte den Code entschlüsseln. Aber wenn Nina die Zahlen vorlesen würde, wüsste die Pullacher Funkstelle, dass der Dienst in Moskau eine Agentin hatte.

»Könnten Sie das bitte machen?«

Während er ihre Zahlen herunterleierte, wandelte Nina sie in Gedanken in ihren Text um.

*J. B. Persönlich – Level 6. Dienstreise Budapest von Pilger. Heute erfahren: Abstecher Genf mit Diplomatenpass. Er dankt.*

*Popeye*

Boehnke und Schmücke würden unter Schock stehen. Falls sie es jemals zurück nach Deutschland schaffte, würde SI ihren Lebenswandel überprüfen.

»Wollen Sie auf Antwort warten?« fragte Schopen.

»Nicht nötig. Und danke nochmal für die Kontoauszüge. Es werden keine weiteren mehr kommen.«

»Eine erstaunliche Summe«, sagte Schopen.

»Peanuts. Wenn man weiß, wofür es ist.«

In ihrem Büro machte sie Thränes Päckchen auf. Er hatte ihr Matrjoschkas geschickt. Als Nina alle aufgereiht und die letzte geöffnet hatte, steckte ein Zettel darin.

*Happy Birthday*

Unten lag ein hübsch polierter Schweizer Rappen.

Sie packte daheim ihre kalte Platte aus und dachte mit Grauen an den Abend. Das Telefon klingelte. Sicher Leo, der versuchen würde, sie zum Boxen zu überreden, obwohl sie gestern schon abgesagt hatte. Sie wollte nicht abnehmen, nicht seine Stimme hören, weil sie Angst hatte, dann zu weinen.

Aber es hörte nicht auf zu klingeln.

»Ich will dich heute schick ausführen. Um sieben? Ich habe im Peking einen Tisch gekriegt.«

Sie brachte kein Wort heraus.

»Bist du noch dran?«

»Du, ich –«

»Prima. Ich hol dich ab.«

Ihr erster Impuls war, sich betont lässig anzuziehen, Alltag. Überhaupt war einunddreißig kein richtiger Geburtstag, eher irgendeine ungerade Zahl. Aber sie wusste, wie lächerlich das war, und zog abends das rote Samtkleid an. Es würde die Hölle werden, in dieser Kälte bloß Strumpfhosen darunter zu tragen. Nina betrachtete es als Strafe dafür, am Telefon nicht die Kraft für einen Korb aufgebracht zu haben.

Leo schellte pünktlich, trug gewienerte Schuhe und seinen guten Anzug, wie sie an den Hosenbeinen sah. Sogar die Haare hatte er sich gekämmt.

Grunja schmulte aus ihrer Tür. »Ihr seid aber ein hübsches Paar. Gibt's was zu feiern?«

»Ich hab sie vor einem Jahr zum ersten Mal gesehen«, sagte Leo. »Aber sie mich nicht.«

Grunja zwinkert ihr zu. »Anjuta, du brauchst eine Brille.«

Es waren nur achthundert Meter zum Hotel Peking, gleich am Ring. Aber es herrschten die Kreschtschenskije-Fröste; so hatte Nina noch nie gefroren. Leos Arm lag auf ihrer Hüfte. Er spürte sie zittern.

»Ich habe kurze Unterhosen an, tröstet dich das?«

»Frauen frieren anders. Außerdem bist du in Magnitogorsk auf die Welt gekommen. Du hast Frostschutzmittel im Blut.«

»Warst du schon mal in einem Land, in dem es nie kalt ist?«

»Drei Wochen Mexiko mit einer Freundin.«

»Es muss komisch sein, keine Jahreszeiten zu haben.«

»Was die Winter nennen, ist euer Sommer.« Wenn sie nicht bald da waren, würden ihre Wimpern festkleben.

»Reisen hat mir nie gefehlt«, sagte Leo. »Früher.«

Nina drückte sich so fest an ihn, dass sie beide aus dem Tritt gerieten. Sie lachten. Ihre Zähne morsten SOS.

An der Garderobe des Peking tauschte sie ihre Stiefel gegen die mitgebrachten High Heels. Das Restaurant war eine Banja, doch sie zitterte noch zehn Minuten weiter. Sie hatte noch nie Chinesisch mit Messer und Gabel gegessen, was aber egal war, weil keine der Speisen irgendeine Ähnlichkeit mit asiatischer Küche aufwies. Nina wusste nicht mehr, weshalb sie nicht mit Leo hatte ausgehen wollen. Nur bei ihm zu sein, so nah, seine Augen funkeln zu sehen, die Stimme kratzen zu hören, dieses freie Lachen, war bereits ein Geschenk. Der bulgarische Rote, den er kommen ließ, würde ihn ein Monatsgehalt kosten.

»Die Getränke zahle ich«, sagte sie.

»Kommt nicht infrage.«

»Wir feiern unsere erste Begegnung. Also teilen wir.«

»Wir feiern was anderes.«

»Hat Lenin Geburtstag?«

»Nein, ich.«

Noch oft würde sie an diesen Augenblick denken und daran, dass sie vermutlich vergessen hatte, den Mund zu schließen.

»Warum guckst du so?« fragte Leo.

»Ich glaube dir nicht.«

»So hat mir heut keiner gratuliert, das muss ich dir lassen.« Er zog seinen Ausweis und gab ihn ihr.

*20. Februar 1948, Magnitogorsk.*

Seit jenem magischen Moment am Patriarchenteich, als sie beide wussten, dass sie einander liebten, hatte sie sich immer wieder ausgemalt, wie es sein würde, Leo zu küssen, sollte es je wahr werden. Die Situation irrsinnig romantisch, eine Nacht im Sommer unter dem Eiffelturm, auf dem Campo de' Fiori in Rom, über dem Wasserfall am Kreuzberg, zu ihren Füßen die Stadt, ein Gebinde aus Tizianlicht.

Jetzt stand sie auf, ging um den Tisch. Nina kniete vor ihm, nahm seinen Kopf in beide Hände und küsste ihn in dem voll besetzten Restaurant vor allen Menschen. Es schmeckte ganz genau so, wie sie es sich vorgestellt hatte. Und besser.

Sprachlos schaute er sie an.

»Wir haben am selben Tag Geburtstag«, flüsterte sie. »Und ich heiße nicht Anja, sondern Nina. Nina Winter.«

»Ninotschka.«

»So darf dein Vater mich nie wieder nennen. Bloß du.« Sie küssten sich, als wäre es Abschied und Wiedersehen in einem, kümmerten sich nicht um irgendwen, irgendwas, waren unter einer Glocke aus Glück. Dann saßen sie einander ohne Worte gegenüber, aber redeten mit Blicken ohne Punkt und Komma. Der Kellner kam und fragte, ob sie Nachtisch wollten.

»Ja, aber nicht hier«, sagte Leo und ließ die Augen nicht von ihr. Er gab ein legendäres Trinkgeld.

Sie gingen Arm in Arm zu der Garderobe, in den Gesichtern dieses Lächeln, das man bloß einmal im Leben hat. Nina war sicher, dass die Siebte sie in Ruhe ließ. Röttger könnte jedoch herumlungern, um Material für sein Anja-Gabriel-Dossier zu sammeln, mit dem er in Pullach groß rauskommen wollte.

Oder Motte.

»Lass uns woanders ein Zimmer nehmen«, flüsterte sie.

»Wir haben noch eine Verabredung.«

»Mit wem?«

»Mit der Ewigkeit.«

Vorm Hotel standen Taxis, doch Leo ging daran vorbei, zog seinen Mantel aus und legte ihn über den von Nina.

»Bist du verrückt?« fragte sie.

Es waren zweihundert Meter den Ring hinunter. Er führte Nina auf ein dunkles Grundstück, das sie für eine Brachfläche gehalten hätte. Dann sah sie das Planetarium. Es brannte kein Licht, aber die Tür war unverschlossen. Ein baumlanger Mann mit Augenbrauen wie Breschnew eilte herbei. In seinen Mund hätte eine Banane quer gepasst.

Er umarmte Leo. »Herzlich Glückwunsch, Ljonka!«

»Danke. Das ist Anja. Stell dir vor, sie hat auch Geburtstag.«

»Ist nicht wahr!« Er quetschte ihr die Hand. »Alles Gute!«

»Das macht dir was kaputt, oder?« fragte Leo.

Der Mann verwuschelte seine Wolkenhaare.

»Spiridon war in meiner Klasse. Statt etwas Vernünftiges zu lernen, hat er sich für Astrophysik entschieden.«

Er lachte. »Dafür war meine Nase noch nie gebrochen. Geht schon vor, ich krieg's hin. Muss nur schnell was ändern.«

Nina folgte Leo in den hellen Kuppelsaal, der für Hunderte ausgelegt war, setzte sich mit ihm in die Mitte, vor die riesige Halbkugelleinwand.

»Sie können hier den Sternenhimmel von jedem Datum der Geschichte zeigen«, sagte Leo. »Meist ist es sowas wie der Tag der Oktoberrevolution, der, an dem der Vaterländische Krieg endete, oder Gagarins Raumflug. Ich habe ihn um den 29. Juli gebeten, den Geburtstag von Anja Gabriel. Das ist die Frau, in die ich mich verliebt habe.«

»Und wenn du von Nina Winter enttäuscht bist?«

»Zu spät, in die habe ich mich heute auch verliebt. Ich hätte nie geglaubt, mal mit zwei Frauen zusammen zu sein.«

Nina wollte ihn küssen, hörte aber Schritte. Spiridon setzte sich zu ihnen. »Neulich war eine DDR-Delegation hier«, sagte er. »Sie hatten den Himmel am Tag des Mauerbaus bestellt. Ich habe ihnen Jesu Geburt gezeigt. Fiel keinem auf.«

»Haben sie nicht beim Halley'schen Kometen gestutzt?«

»Hab behauptet, es wäre ein abstürzender imperialistischer Satellit.« Das Licht verlöschte, die Milchstraße sprang auf die Leinwand. »Durch die Bewegung der Erdachse in Relation zur Sonnenbahn verändert sich die Position der Tierkreiszeichen in einem Zyklus von Tausenden von Jahren, außerdem sterben Sterne, werden geboren. Doch für das Universum ist das bloß ein Blinzeln. Daumen mal Pi sah man zu der Zeit von Herodes an einem 20. Februar das Gleiche wie bei eurem ersten Schrei. Das funkelnde Etwas, das aussieht wie eine Kaffeemühle ohne Kurbel, ist eines der schönsten Winterbilder: Orion. Gott zeigt Hiob in der Bibel seine Allmacht, als er ihn fragt: *Knüpfst du die Bänder des Siebengestirns, löst du die Fesseln des Orion?*«

»Ein Astrophysiker zitiert Gott?« fragte Nina.

»Nicht alles dort oben findet man mit einem Teleskop.« Er zeigte ihnen den Stier mit Aldebaran, über ihm der Fuhrmann, links davon Castor und Pollux in den Zwillingen, erklärte die Frühlingssternbilder, die schon im Süden über das Firmament zogen, Löwe, Jungfrau. Und dann der Bärenhüter, ein weiteres Zeichen, dass der Winter bald vorbei sein würde.

»Unter Orion knallt euch ein Scheinwerfer ins Auge. Das ist Sirius im Großen Hund. Abgesehen von unseren Planeten gibt es nichts Helleres am Nachthimmel. Einst war er rot, so steht's bei Ptolemäus. Die Ägypter haben Sirius zum ersten Mal vor ihrer jährlichen Nilflut im Sommer gesehen. Der Stern machte ihnen Angst. Für die Römer symbolisierte er Fieber und Hitze. Drum haben sie ihre heißeste Zeit Hundstage genannt.«

Aber sie hörten schon nicht mehr zu. Um Fieber und Hitze zu spüren, brauchten Nina und Leo keinen Sirius. Nach einer Weile fiel ihr auf, dass Spiridon sie beide grinsend betrachtete.

»Habt ihr nicht noch was anderes vor?« fragte er.

Sie rannten zurück zum Peking, sprangen in eine der Taxen und ließen sich zum Hotel Ukraina fahren. Nina vergaß, dass sie den Rückspiegel kontrollieren wollte. Als ob das bei diesem Gefummel möglich gewesen wäre. In der Hotellobby drückten sich Nataschas in den Ecken rum und lauerten auf Kundschaft aus dem Westen. Vermutlich spitzelten sie für den KGB, doch das war seit den Küssen im Restaurant ohne Belang.

Hätte die Rezeptionistin ihre Nase noch höher gehabt, wäre sie gegen das gewaltige Deckengemälde gestoßen. *Ein Fest der Arbeit und der Ernte in der gastfreundlichen Ukraine.* Nina wusste, dass die Zimmer im zwanzigsten Stock alle abgehört wurden. Das Personal hatte Anweisung, Gäste aus dem kapitalistischen Ausland ausnahmslos dort einzuquartieren.

»Sie haben Glück«, sagte die Frau. »Wir haben noch ein sehr schönes Zimmer im zwanzigsten Stock; beste Aussicht.«

Nina bekam ihre Dip-Kartotschka zurück und schob dezent eine Zehndollarnote über den Tisch. »Die Aussicht ist egal.«

»Sonst ist leider nichts frei.«

Und noch ein Zehner.

Sie schafften es kaum vom Fahrstuhl ins Zimmer.

Beim Deuten des Sternbilds Jungfrau hatte Spiridon gesagt, dass die Griechen Kora darin sahen, die Tochter, die Zeus mit seiner Schwester Demeter gezeugt hatte. Hades liebte Kora so sehr, dass er sie in sein Schattenreich entführte, ihr den Namen Persephone verlieh und sie zur Totengöttin machte. Nachdem ihre Mutter Demeter aus Verzweiflung Hungerplagen über die Welt geschickt hatte, durfte Hades, von Zeus dazu gezwungen, Persephone nur noch in den Wintern besitzen und musste sie im Sommer ans Licht lassen, wo sie glücklich war.

Dort schwebte Nina, während sie Leos Haut genoss, seinen Körper, unentwirrbar verschlungen mit ihrem, auf ewig.

Im Licht.

Nina hatte seinen Schweiß auf der Zunge, und er ihren; sie wussten den Unterschied nicht mehr. Ihrer beider Sehnsucht, den anderen endlich nicht nur in Gedanken zu spüren, war so übermächtig geworden, dass sie sich mittendrin verhaspelten, lachten. An keinem Geburtstag könnte es jemals ein größeres Geschenk gegeben haben als das, in dieser Nacht der Wunder. Nichts passte zwischen ihre Haut, kein Zögern, keine Zweifel, keine Angst vor dem, was werden sollte. Müsste Nina wieder ins Totenreich, hätte das, was sie dort fesseln wollte, keinerlei Gewalt über sie, denn sie würde immer zu Leo zurückfinden. Sie war Cora und Persephone, Nina und Anja, zum ersten Mal.

Dann standen sie nackt am Fenster und schauten über den Fluss auf die schlafende Stadt. Am Himmel ein einziger Stern, doch sie wussten nicht, welcher.

»Du wirst es möglich machen«, sagte Leo.

»Ja.«

Mehr sprachen sie in dieser Nacht nicht.

Sie stahlen sich im Morgengrauen aus dem Hotel und liefen die drei Kilometer zu den Patriarchenteichen zu Fuß. An den dicken Atemwolken sah Nina, dass es eisig kalt war. Sie spürte es nicht, bloß Leos Körper, noch immer. Hatte schon wieder Lust auf ihn. Vor dem Haus klebten sie aneinander. Die Katze schnurrte um Ninas Beine, doch ihr war nach einem anderen Streicheln. Erst als die Müllmänner kamen, trennten sie sich. Zehn Stunden würden bis zum Wiedersehen vergehen. Wie in aller Welt sollte sie das überstehen?

Den Zigarettenrauch roch sie sofort, als sie in ihre Wohnung kam. In der Spüle lag eine Untertasse mit einer ausgedrückten Kippe. Bossoi wollte, dass sie von seinem Besuch wusste.

# HAUSBESUCHE

Sie war zum ersten Mal bei Leo. Hätte er sie nicht an der Metro abgeholt, wäre sie Stunden zwischen den Chruschtschowkas rumgeirrt. Es war eine Junggesellenbude mit Standardmöbeln. Nina verstand, wieso er *Ironie des Schicksals* lustig fand. Pokale ließ er keine verstauben. Wie sie. Das brauchten sie nicht. Sie erinnerten sich an jeden ihrer Kämpfe und Läufe, an Siege und Niederlagen. Alles andere war nur Blech. Sein Bett wurde zum Schlachtfeld. Durch die dünne Wand hörten sie die Nachbarn streiten, indes Leo schon wieder das Sternbild Nina erkundete. Dann waren sie so kaputt, dass nichts mehr ging. Sie duschten zusammen, und es ging doch noch was. Im Bett träumten sie vor sich hin, löffelten den Beluga, den sein Vater ihm gestern zum Geburtstag geschenkt hatte. In Ninas letzter Kurierpost war ein Bug-Detektor gewesen. Die Wohnung war clean.

»Hast du es Rem erzählt?« fragte sie.

»Nein. Aber er wird es mir ansehen. Ob er es versteht, weiß ich nicht; du kennst ihn besser als ich.«

»Warum ist das so?«

»Er hat mich mein Leben lang beschützt, indem er nie über seine Arbeit gesprochen hat. Irgendwann haben wir vergessen, einander etwas von uns zu erzählen.«

»Bis ich gekommen bin«, sagte sie.

»Du hast so viel Gutes bewirkt, Ninotschka Tausendschön. Wenn wir von dir sprechen, werden unsere Stimmen rau.«

Das Telefon schellte. Leo schaute auf die Uhr. Halb zwölf. Er ging ran und gab ihr den Hörer. »Deine Nachbarin.«

Nina hörte zu, legte auf und sagte: »Ich muss heim, sie hat mal wieder Liebeskummer.«

*Warum willst du nicht bei ihm übernachten, Anjuta?*

*Ich muss mich erst von einem anderen Mann trennen.*

*Oh.*

Leo brachte sie zur Metro. Er wohnte ganz oben. Lose Kabel hingen im Haus von der Decke. Der Lift fuhr seit Äonen nicht, schon der Treppenschacht ein Eisschrank. Nina wünschte, sie hätte Schnupfen und würde nichts riechen.

Vor der Station knutschten sie wieder.

»Sehen wir uns morgen?« fragte er.

»Nein.«

Sie lachten.

Sie fuhr bis Arbatskaja. In den Straßen standen Schneewälle steinhart wie Mauern; frierende Hunde bissen sich. Nina holte die Waffe aus dem Versteck, schraubte den Schalldämpfer auf. Bossois Auto war nicht da, die Wohnung dunkel. Sie verschaffte sich Zutritt zum Haus, keiner sah sie. Nina öffnete Bossois Tür mit dem Picking-Set, verschloss sie wieder, die Taschenlampe zwischen die Zähne geklemmt. Sie sah sich um. Links war die Küche. Krups, Braun, AEG, alles schick. Einbauschränke vom Feinsten. Im Wohnzimmer Bauhaus, Charles Eames, viel Glas. Motte hatte Geschmack, aber das war keine Überraschung; sie hatte seine Schuhe gesehen. Arbeits-, Ess- und Schlafzimmer, Ankleideraum. Zweihundert Quadratmeter, schätzte Nina. Es war von Vorteil, Andropows Protegé zu sein. Aber sicher hatte er das hier anderen Geschäften zu verdanken.

Leo hatte ihr heute ein Parfüm von Saint Laurent geschenkt; der Himmel wusste, wie er das angestellt hatte. Beim Duschen hatte sie darauf geachtet, es von ihrem Hals zu schrubben, um in Bossois Wohnung keine Duftmarke zu setzen. Jetzt war sie versucht, es in rauen Mengen aufzulegen, damit es ihm sofort in die Nase stach.

Nein. Solche Spielchen waren etwas für ihn, nicht für sie. Er würde keine Gelegenheit mehr haben, irgendetwas zu riechen. Sie würde ihm ins Gesicht schießen, wenn er zur Tür reinkam.

Sie sah in allen Schränken nach, teures Geschirr, Maßanzüge, nirgendwo Papiere. Hinter einem Gemälde, das eine russische Winterlandschaft zeigte, war ein Wandtresor; für sie nicht zu knacken. Nina ging in die Küche, nahm einen Stuhl und stellte ihn mitten in den Flur. Sie setzte sich, entsicherte die Makarow und wartete.

Was brachte Bossoi so viel Geld ein, dass er sich das leisten konnte? Für Agenten, die Quellen führten, war es ein Leichtes, Honorare zu erfinden. So wie Nina es mit dem Konto in Genf getan hatte; auch wenn die Summe natürlich außergewöhnlich war, sogar für einen Pink Star. Oder man dachte sich die Quelle aus, wie Rem in Ost-Berlin.

*Er hat über Amtorg in großem Stil kriminelle Geschäfte gemacht.* Näher hatte Rem sich dazu nicht geäußert. Hätte sie am Fluss nachgefragt, wäre er misstrauisch geworden. Von dieser Sache durfte er nie erfahren. *Such nach einem Freund, und wenn du ihn gefunden hast, pass auf ihn auf.* Nina hätte es sich leicht machen, sich einreden können, dass sie es für Rem täte. Doch das wäre geheuchelt gewesen.

Sie wollte Bossoi in die Augen sehen, wenn sie abdrückte.

Als sie das erste Mal auf die Uhr schaute, war es Viertel vor vier. Nina hörte ein Auto, stand auf und ging zum Fenster. Die Straße ein Stillleben, darüber ein blauer Mond wie bei Magritte.

Das Auto hielt vor dem Haus, ein Wolga.

Ein Mann stieg aus.

Doch nicht er.

Sie setzte sich wieder auf den Stuhl. Wachbleiben war nicht schwer, wenn man hasste. Der Schuss wäre, wie ein Steinchen aus dem Schuh zu schütteln, hatte sie sich gesagt. In Wahrheit konnte sie es kaum abwarten.

Kurz vor sechs gab sie auf. Die Gefahr, von jemandem aus dem Haus gesehen zu werden, war zu groß. Sie achtete darauf, den Stuhl wieder an denselben Platz zu stellen, und leuchtete mit der Taschenlampe sorgfältig den Boden vor der Tür ab, sah nach, ob Bossoi ein Haar, ein Streichholz, einen Bindfaden in den Rahmen geklemmt hatte, um zu wissen, ob Besuch in der Wohnung gewesen war. Nichts dergleichen. Dass das passieren könnte, lag jenseits seiner Vorstellungskraft.

In der nächsten Nacht war sie zurück, schaute in der Spüle nach dreckigem Geschirr. Das Mineralwasser im Kühlschrank war so unberührt wie die Spirituosen in seiner Bar. Bossoi war nicht hier gewesen. Sie öffnete ihren Mantel, setzte sich in den Flur, wartete. Ging um sechs.

Als sie Leo am folgenden Abend sagte, dass sie auch heute nicht bei ihm schlafen könne, brachte er sie schweigend an die Metro und fragte dort: »Hat es mit der einen Sache zu tun?«

»Ja.«

»Kann ich dir dabei helfen?«

»Nein.«

»Mein Vater sagt, ich soll auf dich aufpassen. Ich glaube, er ahnt etwas.«

»Natürlich tut er das. Doch er lässt mich machen.«

»Woher weißt du das?«

»Seit wir zuletzt auf seiner Datscha waren, hat er sich nicht mehr gemeldet. Er versucht nicht, es mir auszureden.«

»Dann ist er so weit?«

»Noch nicht. Aber bald.«

Als Bossoi auch am zehnten Tag fortgeblieben war, beendete Nina es. Im Kleiderschrank fehlten Anzüge; sie hatte nirgends einen Koffer gesehen. Er könnte auf einem Einsatz im Ausland sein, für Jahre womöglich. Vielleicht würde sie nie wieder von ihm hören, ihn niemals wiedersehen.

Sie legte sich schlafen, und als sie aufwachte, war es Mitte Mai. Am ersten warmen Tag hatte Nina den Winter schon vergessen. Bossoi war nicht mehr in ihrem Kopf. Außer manchmal. Dann glaubte sie, die Nächte in seiner Wohnung bloß geträumt, nie mit der Makarow auf ihn gewartet zu haben. Leo sah sie, sooft es ging, mehr oder weniger jeden Tag. Mittlerweile kamen sie sogar aus dem Bett heraus, aber wenn sie ausgingen, wanderten ihre Hände unter den Tisch.

Letzten Monat hatte er sie zum ersten Mal gegen einen der anderen Boxer in den Ring gelassen. Als Leichtgewicht brachte Sila bloß zwei Kilo mehr als Nina auf die Waage. Er war einen Kopf kleiner. Und mehrfacher Sowjetischer Meister. Sie gingen über drei Runden, die Jungs schauten alle zu. Er machte keinen Showkampf daraus. Ihre überlegene Reichweite half ihr wenig, denn Sila rockte durch Ninas Deckung wie zu einem Song von Fleetwood Mac. Einige Male traf er sie so hart, dass sie Sterne sah und ohne Kopfschutz fraglos angezählt worden wäre. Aber Sekunden vor Schluss erwischte sie ihn mit einer humorlosen Geraden, die in der Halle für großes Hallo sorgte.

»Gib Bescheid, wenn du den ersten Kampf hast«, sagte Sila. »Ich sitze direkt am Ring.«

Leo meinte später, dass er bloß höflich sein wollte. Aber auf dem Weg zur Metro wiederholte sie Silas Worte so lange, bis er kapitulierte. »Jaja, schon gut. Er hat mich beiseitegenommen und gemeint: ›Die letzte Gerade hätte ich mir gern erspart.‹«

Nina spielte mit Rem ihr Spiel, doch er sendete noch immer keine Signale. Gelegentlich nahm sie den halben Rubel in die Hand, betrachtete ihn, legte ihn wieder weg. Ihr war, als würde sie auf einem Bahnhof stehen und auf ein Schiff warten. Eines Abends guckte sie fern. Wremja berichtete, dass auf den Papst ein Attentat verübt worden war. Nina sah ihn im weißen Jeep durch Tausende auf dem Petersplatz fahren, Babys segnen und winken. Dann Schüsse, Panik, verwackelte Bilder.

Die Woche drauf war sie mit Rem auf der Datscha. Er lieferte ihr Kamyschins Material für Boehnke und Stasimeldungen aus Pullach, die offensichtlich von Koi stammten. Sie revanchierte sich mit Boehnkes erfundenen Mutmaßungen, die Moskauer Residentur könne ein Sicherheitsleck haben. Dann gingen sie Angeln. Von all den Dingen, die Nina und Rem verbanden, war das Schönste vielleicht die Selbstverständlichkeit, mit der sie Stunde um Stunde schweigend auf dem Steg hocken konnten, ohne sich jemals zu langweilen, die Sonne in ihren Gesichtern, den Frühling auf den Zungen.

»Johannes Paul ist über den Berg«, murmelte Rem. »Anfang Juni soll er schon wieder im Vatikan sein.«

»In der Dienstagspost aus Pullach war es Thema. Sie fragen sich, ob der KGB mit dem Attentat zu tun haben könnte. Sinn würde es ergeben, angesichts der Bedeutung, die der Papst für Solidarność besitzt. Ich habe ihnen geantwortet, dass du's mir gesagt hättest, wenn du etwas wüsstest.«

Während sie der ersten Libelle nachschaute, ihrem Tanz auf der leichten Brise, dachte Nina daran, dass Boehnke nie wieder auf die verschwundenen Genfer Millionen zurückgekommen war. Aber das hieß selbstverständlich nicht, dass er es abgehakt hätte. Sie war zu wichtig. Noch. Früher oder später würde sie sich in einem Pullacher Verhörkabuff wiederfinden. Smalltalk wurde dort nicht gemacht.

»Das Politbüro wollte Informationen über den Attentäter«, sagte Rem. »Ich hatte das Dossier in der Hand. Dieser Ali Ağca ist ein interessanter Mann. Vor zwei Jahren hat er in Istanbul einen linken Journalisten ermordet. Er besaß Kontakte zu den Grauen Wölfen und konnte aus der Haft entkommen. Es wird spekuliert, dass er Hilfe von türkischen Militärs hatte.«

»Die Türken sollen hinter dem Papstattentat stecken?«

»Vielleicht will man das den Westen glauben machen.«

Ihr Mund wurde trocken. Diesen Blick kannte sie von Rem.

»Unser Verbindungsmann beim bulgarischen Geheimdienst DS war mit mir auf der Agentenschule. Er ist zwei Tage nach dem Attentat zurückberufen worden. Wir waren was trinken. Er deutete an, die Bulgaren hätten für Andropow *Mokrije dela* erledigt und sich Ağca ausgesucht. Vor zwei Jahren haben wir dem DS auch das Rizin für das Regenschirm-Attentat geliefert, bei dem Markow in London vergiftet wurde.«

»Hast du nachgehakt?«

»In so einem Fall ist man gut beraten, nicht zu viele Fragen zu stellen. Aber ich habe nebenbei erfahren, dass unser Freund Bossoi in Bulgarien war.«

Ninas Herz schlug wie die Flügel der Libelle.

»In Sofia hat er Mokka auf dem Witoscha geschlürft, ist mit einem Audi durch die Gegend gepest und traf sich mindestens drei Mal mit dem Chef ihres Geheimdienstes.«

»Das kann ich nicht melden. Zu vage.« Der routinierte Ton kostete so viel Beherrschung, dass ihr der Schweiß ausbrach.

»Ich wollte es nur erwähnen.«

»Ist Bossoi noch in Bulgarien?« fragte Nina.

»Seit Mittwoch letzter Woche ist er wieder in Moskau, sagt mein Mann. Das war der Tag des Attentats.«

Sie erwiderte Rems Blick nicht. Das Licht schien von unten durch das Wasser zu stoßen, als liege die Sonne auf dem Grund des Flusses. »Andropow hat Bossoi auf die Mission nach Sofia geschickt, um den Papst ermorden zu lassen?« fragte sie.

»Du musst wissen, mit wem du es zu tun hast. Iss nicht mit dem Teufel, wenn dein Löffel nicht lang genug ist.«

»Ich habe Bossoi längst vergessen.«

»Johannes Paul ließ diese Woche verlautbaren, dass er Ağca vergibt und für ihn betet«, sagte er. »Das ist bewundernswert. Ich kann das nicht sehr gut, verzeihen. Und bei Lügen fällt es mir besonders schwer.«

Nach der Rückkehr aus München hatte Nina sich Thränes Rat zu Herzen genommen und lief seitdem zu den verschiedensten Zeiten um den Patriarchenteich. Ideal wäre gewesen, wenn es in der Umgebung noch andere Parks gegeben hätte, aber dieser Teil der Stadt war eine Romanze in Beton. Als Nina lostrabte und auf den hundert Metern bis zum Bassin ihre Muskulatur lockerte, ging die Sonne unter. Nachher würde sie in Leos Bett andere Muskeln trainieren.

Sie sah Bossoi sofort.

Er saß auf einer Bank, trug Sportsachen. Nina wollte auf der Stelle umdrehen, aber das würde er als Angst deuten. Hatte sie Angst vor ihm? Sie war sich nicht sicher. Ekel wäre das bessere Wort. Sie nahm ihr übliches Tempo auf, ohne ihn eines Blickes zu würdigen, und wusste, dass er sich ebenfalls in Bewegung setzte. Seit Monaten rannte sie hundertsechzig Kilometer die Woche. Jeden Sonntag die Marathondistanz, achtzig Runden. Er würde unmöglich mithalten können. Aber das wollte er gar nicht. Er joggte ganz entspannt und ließ sich alle paar Minuten von ihr überrunden. Nina hielt dabei den Atem an, damit er ihr Keuchen nicht hörte. Nach zehn Kilometern stieg Bossoi aus, setzte sich wieder auf die Bank und schaute ihr zu. Sie lief die achtzig zu Ende, musste auf dem Heimweg an ihm vorbei.

»Bleiben Sie doch einen Moment, Frau Opelowa.«

Sie trabte auf der Stelle, ließ ihn wissen, dass sie die doppelte Strecke laufen könnte, wenn ihr danach wäre. »Wozu? Wollen Sie Tipps? Ich geb Ihnen einen kostenlosen: Ihre Beine sind zu kurz für die Langstrecke.« Sie lief weiter, blieb aber stehen, als sie ihn hinter sich hörte.

»Wollen wir woanders hingehen? Liegt bei Ihnen. Das wäre allerdings weit weniger entspannt.«

Ihn bloß anzuschauen war wie Erbrechen.

»Egal, wie schnell Sie sind: Am Schluss kreuzen sich unsere Wege«, sagte er. »Eine schöne Parabel.«

»Ist Ihnen nach Konversation?«

»Setzen Sie sich, Sie sind ja ganz außer Atem.«

»Ich stehe lieber.«

»Unsere letzte Begegnung ist ein halbes Jahr her. Vielleicht haben Sie sich gefragt, wieso ich so lange nichts von mir hören ließ. Haben sogar Nachforschungen angestellt?«

*Weiß er es? Habe ich mich in seiner Wohnung durch irgendetwas verraten? Nein, dazu war ich zu vorsichtig. Oder doch?*

»Ich war viel auf Reisen«, sagte er. »Es ist überaus anregend, im Winter draußen vor einem Café zu sitzen und an Moskauer Wetter zu denken. Oder an Sie. Aber ich komme immer gerne zurück. Letzte Woche habe ich den ›Dienst R‹ besucht, der für die Beurteilung unserer Agenten zuständig ist. Kukura erhält als Ihr Verbindungsoffizier einwandfreie Bewertungen. Genau wie Sie. Warum sollte ich seinen Klarnamen nicht verwenden? Sie kennen ihn ja, wegen seines Sohnes.«

»Wie wäre es, wenn Sie mir Ihren nennen? Wir wurden uns noch nicht vorgestellt.«

»Demjan Nasarowitsch Bossoi. Das ist mein richtiger Name, und ich mag ihn. Es gibt beim KGB keine zehn Männer, denen man zugesteht, auf einen Alias zu verzichten.«

Nina würde sich bei Leo verspäten. Könnte ihm nicht sagen, warum. Schon dafür hasste sie Bossoi.

»Was Ihre und Kukuras gute Bewertungen angeht: seltsam. Das Material, das Sie liefern, taugt nicht viel. Für mich sieht es wie Hühnerfutter aus.«

Er musterte Nina, aber diesmal durchschaute sie ihn.

»Ihre Bluffs nutzen sich ab«, schoss sie zurück. »Ich riskiere für den KGB Kopf und Kragen. Offensichtlich können andere das besser einschätzen als Sie.«

Er steckte sich eine Zigarette an. Sie dachte an die Kippe in ihrer Spüle. »Hat Kukura erwähnt, dass er eine Zeit mit mir in den USA war?« fragte er.

»Sie scherzen. Er ist mein Führungsoffizier. So etwas würde er mir nie erzählen.«

»Ja?«

*Rem sagte, wenn er etwas gegen ihn unternähme, sei es sein Ende. Bossoi weiß das. Warum beschäftigt Rem ihn dann so?*

»Mir war immer, als sähe er gern auf andere herab.«

*Das ist es.*

»Lange her, wir sind uns erst durch Sie wieder begegnet.«

*Er könnte Andropow gegen Rem aufhetzen. Aber wozu? Es erregt ihn, Rem hilflos zu sehen, und mit Leo und mir kann er ihn quälen.*

»Sie haben Ihre Beziehung zu Kukuras Sohn, formuliere ich das richtig, intensiviert?«

Da war sie, die Angst.

»Was für ein armseliges Leben Sie führen«, erwiderte Nina.

Bossois Munddelle, die Erinnerung an einen Albtraum.

»Er ist ein Gentleman, wie's scheint. Hält Ihnen die Tür des Restaurants auf. Trägt Ihre Sporttasche. Legt beschützend den Arm um Ihre Schulter. Haben Sie eine Schwäche für diese Art von Männern? Die Vorstellung, Sie beschützen zu können, ist natürlich lächerlich. Vielleicht braucht er das. Ich habe Frauen nie so gesehen, wissen Sie.« Motte stand auf. »In zwei Stunden muss ich wieder zum Flughafen, aber bald bin ich zurück. Ich habe Ihnen einen Tanz versprochen und halte stets mein Wort. Sie werden von Jegor Beljakow gehört haben. Er schnitt einer Nutte bei lebendigem Leib das Herz raus und warf es in einen Pool. Ich denke, es gibt Schlimmeres.«

Motte zeigte ihr seinen wiegenden, höhnischen Gang. Nina dachte: *Wer mit dem Tod tanzt, sollte wissen, wie man führt.*

Sie rief Leo an, sagte, sie sei aufgehalten worden und käme jetzt. Er würde ihr anhören, dass etwas geschehen war. Wusste, dass sie am Telefon nicht sprechen konnte. Aber was sie quälte, war, dass sie überhaupt nicht darüber reden konnte.

# SINA DENISSOWA

Als sie aus der Metrostation trat, erinnerte sie sich an den Tag, an dem sie zum ersten Mal in dem Bezirk gewesen war. Zwei Straßen weiter hatte Rem ihr gesagt, dass sie enttarnt worden war. Vorm Autofenster die Artefakte einer versunkenen Welt.

*Dort wohnt Leo*, hatte Rem gemeint. Und Nina hatte gedacht, dass sie ihn nie wiedersehen würde.

Kalter Wind stieß über die Brachen, durch den monströsen Prospekt. Wohngebirge, aus dem Nachthimmel gestanzt. Eine Mahnung, dass der Mensch nichts war. Hier draußen fühlte sie sich immer wie ein Krümel in einem Steinbruch.

Es waren drei.

Sie tauchten vor ihr auf, als sie fast an Leos Haus war. Zwei Schläger, gedrungen, die Hälse breiter als die Köpfe. Der dritte war Totensonntag, Gasargans Mann aus dem Rama. Nina blieb stehen, machte sich bereit. Aber sie wusste, dass sie nicht den Hauch einer Chance hatte.

Sie nickte Totensonntag zu. »Hast du Lust, deinem Kumpel auf dem Friedhof Gesellschaft zu leisten?«

»Bist wohl stolz drauf?«

»Ihr habt euch mit der Falschen angelegt«, sagte sie.

Sie lachten.

»Dreht euch mal um.«

Den ersten Bullen fällte Leo mit einem Uppercut, der Nina den Kopf abgerissen hätte. Noch ehe er den Asphalt berührte, erfuhr der zweite, wie es sein musste, einen Vorschlaghammer in die Fresse zu kriegen.

Totensonntag wollte die Makarow ziehen, doch er stand zu dicht bei Nina, um dem Finger ausweichen zu können, den sie ihm steif ins rechte Auge stieß. Er schrie, fiel auf die Knie. Sie nahm ihm die Pistole weg, steckte sie in den Bund und wischte ihren Finger an der Jeans ab.

»Hab mich noch nie so gefreut, dich zu sehen«, sagte sie.

»Wer sind die?« fragte Leo.

»Niemand.«

»Kommt mir nicht so vor.«

Totensonntags Schreie, sein Auge eine Bluthöhle. Sie hatte Angst, dass Miliz kommen würde. »Wir reden woanders.«

»Geht nicht.«

»Warum?«

»Der da hat was dagegen.«

Sie drehte sich um. Der Imker lehnte an der Straße an einem Mercedes. »Bin gleich zurück«, sagte Nina.

»Nicht ohne mich.«

Ihr Blick. Leo ließ sie gehen. Der Imker machte wortlos die hintere Wagentür auf. Sie stieg ein, er quetschte sich neben sie. »Räum den Dreck weg«, sagte er zu dem Fahrer. »Aber komm nicht auf die Idee, ihn zu reizen. Das ist Leo Kukura. Wenn er will, fickt deine Nase deinen Hinterkopf.«

Der Fahrer und andere Männer schafften die drei zu einem Auto. Totensonntag schrie sich die Seele aus dem Leib. Falls er eine besaß. »Sei nicht so streng mit ihnen. In der Metro habe ich keinen bemerkt«, sagte Nina.

»Sie waren nicht in der Metro. Denkst du, eine wie du kann aus der Lameng bei mir auftauchen, ohne dass ich wissen will, mit wem ich's zu tun habe? Und mach mir nicht weis, dass ich gute Leute hätte. Ich hab Igor gesagt, er soll dich mit Vorsicht genießen. Jetzt hat er bloß noch sein linkes Auge. Wofür taugt der noch?«

»Vielleicht kann er zum Scharfschützen umschulen.«

»Ich hab gefragt, wen du außer Kukura und Kamyschin auf der Insel kennst. Du hast gesagt: niemand.«

»Und?«

»Wer war der Mann am Patriarchenteich?«

Jeder Muskel von Nina verklebte. »Weiß nicht, wie er heißt. Er ist beim KGB, stimmt. Hab ihn heut das erste Mal gesehen.«

»Guck mich gefälligst an, wenn ich mit dir rede. Wir machen noch einen Versuch: Wie heißt er?«

»Er hat mir keine Visitenkarte gezeigt.«

Die Augen des Imkers saugten sich an ihr fest. Diese Farbe hatte der Himmel vor Unwettern. »Einmal im Monat spiel ich mit ein paar von meinen Leuten Poker im Kosmos. Ich verliere extrem selten. Weil mir egal ist, was sie für'n Gesicht machen. Ich gucke bloß auf den Schweiß auf ihrer Stirn. Du bist eine Freundin von Buckner, das ist der einzige Grund, dass du noch lebst. Jetzt frag ich dich zum dritten Mal: Wer ist das?«

»Demjan Bossoi.«

»Genau. Fünf Jahre Amerika; was er da getrieben hat, weiß ich nicht, aber ein paar Leute schwören, er hätte in Manhattan ein Penthouse gehabt, das größer als das von Carlo Gambino war. Danach ist er in London aufgetaucht, hat ein hohes Tier vom MI5 geführt und Waffengeschäfte mit der IRA gemacht. Er hat ihnen den Sprengstoff für den Anschlag auf den Tower geliefert, auf eigene Rechnung. Das Gleiche in West-Berlin bei der Discobombe; so pflegt er Kontakte. Ich kenne beim KGB alle, deren Fürze stinken. Demjan Schwanzlutscher Bossoi ist der Einzige, der zu keiner Verwaltung gehört. Er muss nur zu einem Götzen beten, und das ist Andropow. Der gibt ihm Jobs, von denen der Kreml keine Ahnung hat. *Pustaja kniga* nennen sie Bossoi auf der Insel, leeres Buch. Jeder andere, der sich den Bauch an den Fleischnäpfen so vollschlägt, wäre längst Futter für die Würmer. Aber Andropow lässt ihm alles durchgehen.«

*Du musst wissen, mit wem du es zu tun hast, sagte Rem.*

Und nichts davon hatte sie überrascht.

»Was hast du mit Bossoi zu schaffen?« fragte der Imker.

»Ich kitzele seine Eitelkeit. Aber das haben wir geklärt. Er wird mich in Zukunft in Ruhe lassen.«

»Ist dein Boxerfreund kugelsicher?«

Nina sah aus dem Autofenster. Leo stand reglos da, ließ sie nicht aus den Augen. Er war wie auf dem Präsentierteller.

»Es gibt eine alte Sache zwischen Bossoi und Leos Vater. Ich bin nur Spielmaterial.«

»Der halbe Rubel sollte für Rem Kukura sein, richtig?«

Nina zögerte mit der Antwort.

»Kukura ist ein komischer Kerl«, sagte der Imker. »Er muss richtig gut sein, denn sein Job ist einer der wichtigsten, die sie zu vergeben haben. Aber Freunde hat er auf der Insel nicht, bis auf einen, und der versauert im Keller. Alle, die man nach ihm fragt, meinen, dass er ein feiner Kerl ist, und keiner kennt ihn. Wenn er eines schönen Tages nicht mehr ins Büro käme, würd Breschnew vom Scheißhaus geklingelt werden und Andropow müsste auf seiner Datscha Rosen züchten, falls er nicht einen Herzinfarkt vom Kaliber 9 mm haben sollte. Ich habe Buckner vor sechs Jahren meinen Preis genannt.«

»Und er hat ihn in Sintra bezahlt. Damals war Kukura noch nicht bereit. Aber der halbe Rubel verfällt nicht.«

»Als du mich im Winter besucht hast, hätte ich dir ein paar Prinzipien von mir erklären müssen. Obwohl, eins hätte schon gereicht: Niemand lügt mich an. Und wenn, dann nur einmal. An dem Tag hab ich's dir durchgehen lassen. Ich dachte, du bist clever und kapierst es von selbst. Aber eben hast du mir wieder die Hucke vollgelogen. Schmeiß den halben Rubel weg. Kannst dir auch deinen kleinen Arsch damit abwischen.«

Er griff über sie, stieß die Autotür auf. Sein fetter Bauch lag auf ihrem Schoß. Sie roch Lavendel.

*Aus.*

*Nein.*

Nina schloss die Tür wieder. »Demjan Nasarowitsch Bossoi scheint dich sehr zu beschäftigen«, sagte sie.

Erneut dieser Blick. Es musste entsetzlich sein, zu sterben und als Letztes in seine Augen gesehen zu haben.

»Er ist ein Problem für dich. Bei deinen Geschäften. Ihr seid Konkurrenten, genauer will ich's nicht wissen. Du hast Angst, dich mit einer Frau einzulassen, die er im Visier hat. Ich bin für dich das Tor zur Hölle.«

»Glaub mir: Deine Hölle bin ich.«

»Ich respektiere deine Geschäftsprinzipien«, erwiderte sie. »Aber was, wenn ich dir Bossoi vom Hals schaffe? Das ist mein Einsatz für Kukura.«

Er starrte sie an. Als er lachte, klang es, als ob ein Staudamm brach. Sie gab ihm ein Taschentuch, er rieb sich die Tränen aus dem Gesicht. »Du? Ihn?« krächzte er.

»Du solltest mich tanzen sehen«, sagte Nina.

Er schnäuzte sich, sie sah ihm unverwandt in die Augen.

»Und zeigst mir ein Foto seiner Leiche?«

»Schwarzweiß oder in Farbe?«

»Wie willst du an ihn rankommen? Er ist mal hier, mal dort. Seit drei Jahren versuche ich rauszukriegen, wo er wohnt.«

Sie wusste, dass das gelogen war. Er könnte Bossoi jederzeit erledigen lassen. Doch es wäre auch das Ende des Imkers. Von seiner Verbindung zu Nina ahnte man auf der Insel hingegen nichts. Sie war perfekt für *Mokrije dela.*

»Lass Bossoi meine Sorge sein«, sagte sie.

»Wann soll das mit Kukura steigen?«

»Ist noch offen. Und es geht um *zwei* Personen.«

Der Imker schaute zu Leo.

»Kann ich meinen kleinen Arsch mit was anderem putzen?«

»Wenn du das bringst, schenke ich dir Seidenpapier.«

»Wie wirst du es machen?« fragte sie.

»Über Zarizyno.«

»Was heißt das?«

»Erfährst du dann. Brauchst du was?«

»Ein Auto und Papiere. Nichts Auffälliges. Lada reicht. Und ich will nicht mehr in einen Kofferraum steigen.«

Der Imker kritzelte eine Adresse auf einen Wisch.

»Bossoi hat das Land verlassen«, sagte sie. »Ich muss wissen, wann er wiederkommt.«

»Er lebt zwischen den Welten, soll eine Wohnung in Madrid haben, ein Haus in Istanbul. Er nutzt einen KGB-Jet. Niemand kontrolliert das.«

»Du wärst nicht der Imker, wenn es ein Problem wäre.«

»Falls du dich beruflich verändern willst, sag Bescheid.«

Nina gab ihm Totensonntags Waffe. »Hat es was mit einem Minenarbeiterpuff zu tun?«

»Hau ab.«

»Du hast dem Mann ein Auge ausgestochen«, sagte Leo.

»Jemand hat mich mal gelehrt, einen Kampf so schnell wie möglich zu beenden.« Sie erzählte ihm von dem halben Rubel. Aber nichts von Bossoi und ihrem Deal mit Gasargan.

»Das war der Imker?« fragte Leo.

»Ja. Hast du von ihm gehört?«

»Jeder hat schon von ihm gehört, aber keiner glaubt, dass es ihn wirklich gibt. Er ist wie eine Figur aus einem Märchen.«

»Bei dem Märchen würde kein Kind einschlafen.«

»Womit hat dieser Thräne sich den halben Rubel verdient?«

»Mit einem Wochenende in Portugal. Versprich mir, dass du Rem nichts davon erzählst.«

Er nickte. Schwalben glitten über Schluchten und träumten von endlosen Sommern im Süden.

»Ich dachte, du machst es mit dem BND«, sagte Leo.

»Dann wären wir verloren.«

Samstagmorgens schlich Grunja zur Haustür, mit Augen, aus denen durchgeweinte Nächte sprangen. Seit einer Woche war das so. Nina wusste, dass der verheiratete Mann, mit dem sie sich eingelassen hatte, der Grund dafür war. Aber Grunja hatte nicht darüber reden wollen.

»Fährst du nicht auf die Datscha?« fragte Nina.

»Keine Lust.«

»Ich könnte mitkommen.«

»Du willst doch viel lieber zu deinem Freund.«

»Weißt du was: Ich lauf jetzt schnell zum GUM und besorge Kaviar und Cracker. Nachher halten wir unsere Bäuche in die Sonne und futtern eine ganze Riesendose.«

Wenn Grunja strahlte, sah sie wie ein junges Mädchen aus.

Auf dem Rückweg vom GUM ging plötzlich eine Frau dicht neben Nina her und steckte ihr einen kleinen Umschlag zu. Sie wollte stehenbleiben, aber die Frau fasste sie kurz am Ellbogen, bedeutete ihr weiterzugehen. »Ruf im Detski Mir an und frag nach einer Plüschgiraffe. Man wird sagen, dass es leider keine gibt. Aber du kriegst einen Anruf. Und wunder dich nicht über die Papiere. Eine junge Frau fällt am Steuer eines Autos auf. So gut können keine Dokumente sein.«

Schon war sie verschwunden.

Als Nina in der Wohnung war, sah sie in den Umschlag. Ein Fahrzeugschlüssel, die Zulassung und ein Zettel. *Grüner Lada. Mizkjewitsche Ecke Alexej-Tolstoi-Straße.* Eine Minute zu Fuß.

Und ein roter Ausweis.

*Majorin Sina Weniaminowna Denissowa, geboren in Omsk.*

Jetzt hatte sie sechs Namen und war beim KGB.

Nina rief im Kinderkaufhaus Detski Mir an und fragte nach der Plüschgiraffe. Nein? Schade. Sie arbeite bei einer Botschaft, und der kleine Sohn eines Kollegen habe Geburtstag. »Würden Sie sich meine Nummer aufschreiben, falls sich doch noch was ergeben sollte?«

Sie nahmen die Elektritschka nach Tugolesje, drei Stunden in einem heillos vollen Zug. Es waren einfache Menschen; wer sich was Besseres leisten konnte, hatte eine Datscha im Süden oder Westen und nicht so weit im Osten, wo die Sümpfe lagen. Die Fahrgäste schleppten alles Mögliche mit sich; Klappstühle, Sonnenschirme, lebende Karnickel und sogar Dachrinnen. Sie tauschten Rezepte für eingelegtes Gemüse aus, fachsimpelten über Pilze und schnatterten so laut, dass das Rattern der Räder nicht zu hören war. Erst auf der Datscha wurde man Mensch; den Rest der Zeit riss man ab.

Grunjas Häuschen gehörte zu einer kleinen Siedlung, in der jeder jeden kannte. Hier war Nina nur Anja. Nach dem ersten Hallo wurde man nächstes Mal schon geherzt. Sie waren beide so verschwitzt, dass sie sofort in den Weiher sprangen. Unweit war ein Massengrab mit deutschen Kriegsgefangenen. Überm Wasser sah Nina Mücken auf Nahrung lauern.

Grunja drückte ihr im Haus eine Dose in die Hand. »Hab ich für dich mitgebracht. Reib dich gut ein, dann lassen die Viecher dich in Ruhe.« Es war Ballistol, Thränes Waffenöl.

»Das benutzt man für was anderes«, sagte Nina.

»Ist gut für alles«, erklärte Grunja. »Wenn man sich verletzt hat, schließt es die Wunde. Es hilft gegen verrostete Schlösser und Hautausschlag. Hab ich Halsentzündung, nehm ich's zum Gurgeln. Meine Cousine Anastasija brät Fleisch damit an.«

Sie wurde kein einziges Mal gestochen. Den Kaviar futterten sie, als wären es Erdnüsse, und sabbelten, ohne ein Wort über den Mann zu verlieren, der Grunja Kummer bereitete. Abends luden andere Datschniki sie zum Grill-Tabaka ein. »Auf Anja!« lautete der erste Toast. »Vor Gott sind alle Menschen Russen!«

Es war *duschewno*. Nina wusste kein deutsches Wort dafür; seelenreich käme wohl am nächsten.

Später lagen sie in dem kleinen Zimmer bei Kerzenlicht auf den Luftmatratzen. Eine Motte tanzte um die Flamme.

Grunja flüsterte, als würden sie belauscht werden. »Du bist nicht mehr lange hier. Stimmt's?«

»Ja.«

»Weißt du, der Mann ist mir eigentlich egal. Aber du nicht.«

In Ninas Hals nahm eine Kloßfabrik die Produktion auf.

»Ist das unser Abschied?« fragte Grunja.

»Vielleicht.«

»Vergiss mich nicht, wenn du in Deutschland bist.«

»Wie denn, Gruschenka? Ich hatte ja noch nie eine richtige Freundin, so wie dich.«

»Ich auch nicht, Anjuta.«

Am Sonntag zögerten sie die Rückfahrt hinaus, bis es schon dämmerte. In der Elektritschka hielten sie sich an den Händen. Aber sie hätten geweint, wenn sie einander angesehen hätten.

Vor Mitternacht ging sie los und schlenderte zur Mizkjewitsche. Sie fuhr mit ihrem Lada auf Umwegen zur Mansurowskigasse, leerte das Waffendepot, kehrte dann zur Wohnung zurück. Im Bad zerlegte Nina die Makarow, reinigte sie mit dem Ballistol, um das sie Grunja gebeten hatte. Legte sie ins Auto. Morgens riss das Weckerklingeln sie aus einem Traum, in dem Nina und Grunja als Hexen geflogen waren. Sie war kaputt und wusste nicht, wovon. Mittags stellte der neue Botschafter sich vor. Es würde dem KGB auffallen, wenn sie nicht hinginge.

Er hieß Weberknecht und sah so aus. Bei der Ansprache im großen Saal betonte er, dass er nach Paris hätte gehen können, aber unbedingt nach Moskau gewollt habe.

Nina fragte sich, ob er ein Alkoholproblem hatte.

Es gab einen Umtrunk im Bit-Stübchen. Röttger saß an der Bar und starrte Nina an. In der letzten Post waren diese Zeilen von Boehnke gewesen: *Habe R. auf den Topf gesetzt. Er wird Sie künftig in Ruhe lassen.* Jetzt wusste er also, für wen sie arbeitete. Röttgers Gesicht nach kam es einer Krebsdiagnose gleich.

Der Botschafter ging zu ihr. Selbst sein Lächeln hatte etwas Spinnenhaftes. »Dr. Kling hat mich im AA auf Sie aufmerksam gemacht und Ihre Arbeit gelobt, Frau Gabriel.«

»Das freut mich.«

»Wir haben einen gemeinsamen Freund, wie ich höre.«

»Ach.«

»Maxim Gorki. Er ist mein russischer Lieblingsschriftsteller, ein großer Moralist.«

Nina trauerte Schopen jetzt schon hinterher. Beim Abschied hatte er ihr seine private Nummer in Tel Aviv gegeben.

*Sollten Sie in Israel mal in Schwierigkeiten sein.*

*Ich kann Schwierigkeiten aus dem Weg gehen.*

*Ja, wie Metallspäne einem Magneten.*

Sie hatten gelacht.

Als sie wieder zuhause war, klingelte ihr Telefon. »Sie haben am Samstag nach einer Plüschgiraffe gefragt. Heut kriegen wir eine rein, aus dem Ausland. Sie können sie um 18 Uhr abholen.«

Bossoi.

Er würde mit dem KGB-Jet vermutlich in Wnukowo landen, dem Regierungsflughafen. Sollte er pünktlich sein, wäre er um kurz nach sieben in der Wohnung. Dort auf ihn zu warten, war gefährlich; die Sonne würde erst um neun untergehen, und sie müsste das Haus im Hellen verlassen. Sie beschloss, um zehn zu ihm zu fahren. Sie würde ihm in den Kopf schießen, wenn er auf ihr Klingeln öffnete, und sofort verschwinden.

Es wurden die längsten sechs Stunden ihres Lebens.

Um fünf vor zehn trat sie auf die Straße, wollte zu dem Lada. Aber ein Wolga fuhr vor; zwei Männer stiegen aus.

Einer zeigte seinen KGB-Ausweis.

»Anja Gabrielowa?«

»Ja?«

»Mitkommen.«

# HYÄNE IM STREICHELZOO

Ninas erster Gedanke war: Lubjanka. Aber sie bogen auf dem Gartenring in den Kutusowski Prospekt, fuhren dann auf die Autobahn. Als sie das Zentrum hinter sich gelassen hatten und bald dunkler Wald sie anstarrte, wusste sie, wo es hinging.

Zur Insel.

Sie war nah daran, in Panik zu verfallen. Nach minutenlanger Angst zwang sie sich, logisch zu denken. *Bossoi? Nicht sein Stil. Hat der Imker mich verraten? Unsinn. Wieso hätte er mir dann das Auto und die Papiere besorgt? Ist Rem aufgeflogen?*

*Möglich.*

*Aber hätte man zwei Männer zu mir geschickt? Sicher nicht. Sie würden mich in eine Falle locken, um einen Beweis zu haben.*

Nichts ergab Sinn. Und doch saß sie in diesem Auto.

Die Offiziere zu fragen, konnte sie sich sparen. Schweigend rauchten sie vorn. Nina bezweifelte, dass sie wussten, worum es ging. Sie war nur ein Paket, das sie von A nach B brachten.

Hinter Tjopli Stan verließen sie die Autobahn. Die Straße in den Wald war gepflastert. Sie sah ein Schild *Halt! Weiterfahren verboten! Wasserschutzgebiet!* An einem Wachhaus stoppten sie. Der Fahrer hielt seinen Propusk aus dem Fenster, die Schranke hob sich. Nach fünfhundert Metern kamen sie an einen großen Parkplatz. Die Offiziere stiegen aus, der eine hielt Nina die Tür auf. Sie sah einen stählernen Zaun, an dem bewaffnete Männer patrouillierten. In der Ferne dünne Lichter im Dunkel. Wieder ein Wachhaus, aus Stein. *Wissenschaftliches Forschungszentrum* stand auf einer Tafel. Sie gingen hinein. Ein kalkiger Posten in steif gebügelter Khakiuniform prüfte gewissenhaft die braune Plastikkarte, die ihm gezeigt wurde. So eine war Nina noch nie untergekommen. Sie war gelocht; wahrscheinlich erlaubte sie dem Besitzer den Zutritt zu bestimmten Bereichen der Insel. Sie wurden durchgenickt, liefen über einen breiten Weg direkt auf den Stern zu, das futuristische Hauptgebäude, das sie jetzt sah, vorbei an einem Denkmal mit der Inschrift: *Ewiger Ruhm den Aufklärern, die ihr Leben für die Heimat lassen mussten.*

Plötzlich wurde Nina heiß.

*Ich habe den KGB-Ausweis dabei.*

Was, wenn sie gleich ihre Taschen leeren musste oder es gar eine Leibesvisitation gab? Ihre Schritte wurden so schwer wie auf dem vierzigsten Kilometer um den Patriarchenteich. Die Fenster des Sterns hatten blaue Einfassungen. Rechts war ein großes Rosenbeet. Dahinter weitere Häuser. Links Posten mit Hunden, eine Mauer. Auf diese Dinge konzentrierte Nina sich, um nicht zusammenzubrechen. Der Ausweis war in der Jacke, überm Herz. Sie fühlte es gegen den Karton hämmern.

Sie betraten ein Marmorfoyer. Im Zentrum eine Büste von Felix Dserschinski. Eine bewaffnete Wache stand neben einem Förderband für Gepäck und Kleidungsstücke.

Nina atmete, als sei sie zwei Minuten unter Wasser gewesen. Aber die Wache wollte nur die Plastikkarte sehen.

Sie liefen an einem geöffneten Zeitungskiosk vorbei. Neben der *Prawda* sah sie das *Wall Street Journal*, den *Daily Telegraph*, *Le Monde*, die *New York Times*, *FAZ*, *Spiegel*. Mit dem Lift fuhren sie hoch in den elften Stock. Oben verlassene Flure, still wie in Pullach. Dann eine Tür. Sie betraten eine Art Restaurant. Glas und Chrom, an der Decke moderne Kronleuchter unter einem geometrischen Aluminiumgeflecht. Alles funktional, kalt.

Weiß gedeckte Tische, nur einer besetzt. Dort saß Rem mit einem Mann, der ihr den Rücken zuwandte.

Rems Blick sagte: *Ich konnte dich nicht warnen.*

Kamyschin stand auf, drückte die feuchten Lippen auf ihre Hand und sagte: »Schön, dass Sie's einrichten konnten. Setzen Sie sich. Haben Sie Hunger mitgebracht?«

Er hatte die Statur des Imkers. Wenn die beiden zusammen essen waren, wurden vermutlich Schweinehälften aufgetischt. Zwischen Fett glubschten Augen. In diesem Ambiente wirkte Kamyschin so falsch wie eine Hyäne in einem Streichelzoo.

Als ein livrierter Ober sich nach ihren Wünschen erkundigte, bestellte er Rotwein und Filet Mignon für drei, ohne Nina oder Rem zu fragen.

Kamyschin beugte sich vor. »Na, wie finden Sie's bei uns?«

»Ich überlege, auf der Insel Urlaub zu machen.«

Sein Hyänenlachen hallte in dem riesigen Raum. »Dass Sie hier sind, ist ein Kompliment an Sie; das war noch nicht vielen Agenten aus dem Westen vergönnt. An einen denke ich nicht gern. Er hat sich danach als Provokation der CIA herausgestellt. Seiner Witwe habe ich einen Kondolenzbrief geschrieben, so gehört sich das. Aus der Insel ein großes Geheimnis zu machen, wäre lächerlich; die Auflösung der US-Satelliten liegt bei unter drei Metern, wie die von unseren. Nehmen wir Pullach. Wenn ich die Schleuse passiert habe und zur Auswertung will, muss ich vor dem Rondell wieder meinen Ausweis zeigen, lasse das Haus der Technischen Aufklärung rechts liegen und bin schon nach hundert Metern da. Wie ist es, in so einem Plattenbau zu arbeiten? Pentagon wird er dort genannt, lustig.«

»Die Aussicht ist hübsch.«

»Wie hier. Im Erdgeschoss würde ich meinen Schlüssel aus dem Schließfach nehmen, in den dritten Stock gehen und mir in der Küche am Ende des Flurs erst mal einen Tee machen. In Ihrer Kantine hat gestern ein Gericht namens *Arme Ritter* auf dem Speiseplan gestanden. Vielleicht Budgetprobleme.«

»Ihre Satelliten scheinen eine Auflösung zu haben, von der Pullach nur träumen kann«, sagte sie.

»Oh, ich dachte, dass Sie von unserer Quelle dort wissen.«

Der KGB-Ausweis in ihrer Brusttasche drückte Ninas Atem ab. Der Wein wurde gebracht. Rem saß schweigend da, wirkte gelassen. Sie fragte sich, wie er das machte.

»Über die Quelle wurde ich von Boehnke vor Beginn meiner Mission informiert«, sagte Nina. »Dass sie in der Auswertung ist, wusste er allerdings nicht.«

*Was für ein Fehler von Kamyschin. Das wird ihn Wochen quälen.*

»Wo vermutet Boehnke sie denn?«

»Bei SI«, erwiderte sie aufs Geratewohl.

Sein Gesicht wurde dunkel. »Er sitzt in seiner Nazisiedlung in einer Butze, die nicht größer als eine Hundehütte ist, träumt von glorreichen Feldzügen und weiß, dass er nur Zinnsoldaten hin und her schiebt. Der Dienst hat siebentausend Mitarbeiter, wir über achthunderttausend. In Boehnkes Aufklärung gibt es dreihundert Männer, in unserer neunzigtausend. Verzeihung, dreihundert Männer und eine Frau, muss es heißen.«

»Und zwar eine sehr tüchtige«, warf Rem ein. Sein Lächeln beschwor sie, ruhig zu bleiben.

Nina dachte an Bossoi. Der jetzt bereits tot wäre.

»Ah, endlich!« grunzte Kamyschin.

Das Fleisch kam. Seine Portion war doppelt so groß wie die anderen. Tiere am Luderplatz hatten solche Essmanieren. Sie rührte kaum etwas an. Aber Rem aß mit Appetit.

»Lang anständig zu, Rem Adrianowitsch, es gibt schließlich was zu feiern«, quetschte Kamyschin zwischen Fleischbrocken raus. Er sah Nina an. »Er ist seit heute Generalmajor.«

Sie antwortete nicht.

Juri Andropow kam herein.

Bossoi war bei ihm.

Kamyschin wischte sich den Mund ab und stand auf, als sie an ihren Tisch traten. »Guten Abend, Juri Wladimirowitsch.« Bossoi nickte er nur zu.

Rem begrüßte den Vorsitzenden ebenso. Motte übersah er.

»So spät noch fleißig? Sehr schön«, meinte Andropow. »Ist das unsere Kundschafterin aus Pullach, von der Sie sprachen?«

Mit dem Öl in seiner Stimme hätte man eine Panzerhaubitze reinigen können. Sie wusste, dass er mit der dicken Hornbrille die eiternden Ekzeme über den Augenbrauen kaschierte, eine Folge seiner Diabeteserkrankung. Von dem Abend im Aragwi, an dem Mischa Wolf sie gefragt hatte, ob sie bei der Firma sei, war ihr noch alles gewärtig; sogar, dass Wolfs Schlips schlecht gebunden gewesen war.

Das hier machte ihr weit mehr Angst.

»Ja, das ist sie«, sagte Kamyschin. »Eine vielversprechende junge Frau. Wir plaudern über ihre Zukunft. Sie wird staunen.«

»Wie wäre es, wenn Sie nicht in der dritten Person von mir reden würden?« fragte Nina. »Sie sollten mich dem Genossen Juri Wladimirowitsch vorstellen, so viel Höflichkeit darf sein.«

Nina sah ein Lächeln um Rems Mundwinkel spielen. Es gab bloß eine Sprache, die sie verstanden. Und sie beherrschte sie so gut wie sechs andere.

Sie stand auf. Kamyschins Gesicht fror ein. Aber Andropow streckte seine Hand aus. Es war, wie eine Qualle zu berühren. »Juri Wladimirowitsch Andropow.«

»Anja Gregorowna Gabrielowa. Angenehm.«

»Bemerkenswert«, sagte er.

»Das höre ich wirklich gern. Sonst würde ich mir Gedanken machen, wie ich lebend von hier verschwinden könnte.«

Es war schwer zu beurteilen, ob der Vorsitzende lachte oder gähnte. »Ich glaube, Sie werden uns noch viel Freude machen.«

»Das sehe ich genauso«, sagte Bossoi. »Auch mir persönlich. Frauen wie Anja Gabrielowa findet man nicht oft. Ich hatte das Vergnügen, mich mit ihr beschäftigen zu dürfen, und habe vor, das in nächster Zeit zu intensivieren.«

*Das glaube ich nicht. Spätestens morgen bist du tot.*

»Ich habe noch nie eine Deutsche so Russisch reden hören«, sagte Andropow. »Kein Mensch käme auf den Gedanken, dass Sie Ausländerin sind. Wie kommt das?«

»Man muss etwas lieben, um es zu beherrschen, oder?«

»Wie wahr, Anja Gregorowna. Aber jetzt möchten wir nicht länger stören.« Er ging mit Bossoi zu einem Tisch am anderen Ende. Motte setzte sich so, dass Nina sein Gesicht sah.

Kamyschin musterte sie lange. »Man könnte meinen, dass Sie nicht wüssten, mit wem Sie gerade gesprochen haben.«

»Man könnte meinen, Sie hielten mich für die Putzfrau.«

Erneut fiel dieser Schatten über sein Speckschwartengesicht. »Warten Sie, wo waren wir stehengeblieben? Stimmt, bei Rem Adrianowitschs Beförderung. Heute war ein kleiner Umtrunk im Haus. Einer hat leider gefehlt. Eduard Kudjukin. Vielleicht hat Rem seinen Namen einmal erwähnt?«

Kamyschin studierte Ninas Reaktion. Sie musste Rem nicht ansehen, war so vertraut mit ihm, dass sie spürte, wie er neben ihr die Muskeln anspannte.

»Nein, wer soll das sein?« fragte sie.

Kamyschin ließ die Augen nicht von ihr und schwieg. Sagte dann: »Unwichtig.« Er aß weiter, schmatzte vor sich hin, bis er seinen Teller wegschob. »Kalt.« Er winkte dem Ober, bestellte dreimal Blini zum Nachtisch. Dann zu Nina: »Die müssen Sie kosten, sie sind besser als die meiner Mutter.«

»Haben Sie Medowik?« fragte sie den Ober.

»Frisch gebacken.«

»Die nehme ich. Aber ohne Sahne bitte.«

»Gern«, sagte er und verschwand.

Kamyschin ins Gesicht zu schauen, war wie ein Blick in ein offenes Grab. »Bei Ihrem Selbstbewusstsein wird es Sie sicher freuen, dass wir große Pläne mit Ihnen haben. Sie wissen, was *Finished Intelligence* ist.«

»Nachrichtendienstliche Berichte für die Regierung.«

Kamyschin sah Rem an. »Dein Beritt.«

»In Pullach lief das bislang über euren Tagesbericht, der um halb drei nach Bonn geht«, sagte Rem. »Dort wandert er nicht selten in einen Papierkorb. Das Schicksal aller Geheimdienste. Euer Präsident hat sich deshalb Gedanken gemacht, wie er die Aufmerksamkeit des Kanzleramts auf andere Weise gewinnen kann. Er wird in Kürze ein neues Referat ins Leben rufen und es *Spitzenmeldungen* nennen. Die besten Analysten sollen dort zusammengezogen werden. Man wird eigens für sie eine neue Geheimhaltungsstufe schaffen. Ihre Berichte werden exklusiv einem ausgewählten Bonner Kreis zur Verfügung gestellt.«

*Eine Quelle in der Auswertung und eine im Stab des Präsidenten.*

»Aus dem Kreis dieser herausragenden Analysten wird man jemanden ins Lagereferat des Kanzleramts delegieren«, sprach Rem weiter. »Die Person wird dort ständigen Kontakt mit dem inneren Zirkel haben und auch den Parlamentsdienst versehen. Was bedeutet, dass sie im Bundestag ein und aus gehen wird.«

In Ninas Magen kündigte sich ein Geschwür an, wie in dem Hitlerbunker in Pullach, als Boehnke damals gesagt hatte:

*Pilger will Sie oder keinen.*

»Bei Ihrem Ehrgeiz und Können sind wir optimistisch, dass Sie diese Person sein werden«, sagte Kamyschin.

Sie sah zu Bossoi. Er machte einen Kussmund.

»Natürlich kommt das für Sie überraschend«, hörte sie den fetten Kamyschin wieder. »Aber wenn Sie drüber nachdenken, werden Sie ohne Zweifel zu dem Schluss kommen, dass es die logische nächste Stufe unserer Verbindung ist. Ihre Moskauer Mission ist ein voller Erfolg, dafür haben wir mit dem Material gesorgt, das Sie den Pullachern zugespielt haben. Sie müssen eine beeindruckende Analystin gewesen sein, sonst hätte man Sie nicht zur Aufklärung geholt und hierhergeschickt. Es wird kein Weg an Ihnen vorbeiführen, so einfach ist das.«

»Noch bin ich hier.«

»Wir werden Sie in zwei Wochen enttarnen und ausweisen«, sagte Kamyschin. »Danach kann man Sie in kein anderes Land des Warschauer Pakts entsenden. Sie sind dann verbrannt.«

»Wir setzen große Hoffnungen in dich«, sagte Rem.

*Wie lange weißt du schon davon, mein Freund? Von Anfang an?*

»Ich weiß, was dich beschäftigt. Die Verbindung zu meinem Sohn hat sich auf eine Weise entwickelt, die überraschend war, selbst für mich. Eure Gefühle füreinander haben wir natürlich bedacht. Ihr werdet euch treffen können, in Jugoslawien oder Bulgarien zum Beispiel. Wir organisieren das über Österreich, wo du offiziell Urlaub machen wirst.«

»Zwei Mal im Jahr«, sagte sie gekonnt bitter.

Es würde nie zu ihrer Ausweisung kommen, denn bis dahin würden Leo und Rem längst in Sicherheit sein und Nina hätte Russland bei Nacht und Nebel verlassen.

Rem legte seine Hand auf ihre. »Nur für einige Jahre. Dann holen wir dich her, und ihr seid für immer zusammen.«

»Wir sorgen gut für unsere Kundschafter«, sagte Kamyschin.

Sie nahmen schweigend ihren Nachtisch ein, dann brachten die beiden sie nach unten. Nina wollte sich kühl verabschieden, doch Kamyschin wies auf das Förderband.

»Beim Auslass Kontrolle. Das ist wie bei Ihnen.«

*Er will mir zeigen, wo mein Platz ist, weil ich ihn vor Andropow gedemütigt habe. Doch das spielt keine Rolle. Wenn ich meine Jacke ausziehe, verlasse ich die Insel als Leiche.*

Nina schaute ihn provozierend an. »Falls das Ihr Vertrauen in mich ist, sollten Sie mich sofort ausweisen lassen.«

Er erwiderte ihren Blick. Grinste wölfisch. Aber nickte.

Im Auto musste sie das Fenster öffnen, weil ihr übel war. Es hätte diese Nacht keinen Sinn, noch zu Bossoi zu fahren, sagte sie sich. In Wahrheit besaß sie keine Kraft mehr dazu.

Die ganze Zeit fragte sie sich: *Wer ist Eduard Kudjukin?*

# ABELS GRAB

Für dringende Treffs hatten sie vor Monaten einen Briefkasten in Lefortowo eingerichtet, den sie *Onkel Wanja* getauft hatten. Er war im Ismailowski-Park, in der Nähe von Rems Wohnung. Auf seinem Heimweg von der Insel fuhr er an der Stelle vorbei, wo Nina ein grünes Bändchen an einen Müllkorb band, wenn sie eine Nachricht für ihn hinterlassen hatte. Als sie an diesem Morgen mit der Metro nach Lefortowo fuhr, wusste sie, dass sie dort einen Zettel mit einer Adresse vorfinden würde.

Sie stieg an der Station Shosse Entuziastov aus, die erst vor zwei Jahren eröffnet worden war, ein graues Gemäuer, dessen Halle von der Monumentalskulptur *Flamme der Freiheit* nicht gewärmt wurde. Wenn Nina hier war, musste sie immer an das Gefängnis denken, das den Namen dieses Bezirks trug, daran, dass es Rem zufolge dort einen Fleischwolf gegeben hatte, mit dem man die Körper der gefolterten und ermordeten Häftlinge zu einem Brei verarbeitete, der in der städtischen Kanalisation entsorgt wurde.

Nina lief über die Chaussee, wechselte dann auf die andere Seite und ging in den Park. Der Tote Briefkasten befand sich im Astloch eines Baumes. Sie leerte ihn, kehrte zur Metro zurück, schlug am Bahnsteig ihren Tschechow auf und las die zwischen die Seiten geklemmte Nachricht.

*Donskoi. 12 Uhr.*

Jetzt war es halb zehn. Seit gestern Abend musste sie damit rechnen, wieder observiert zu werden, und hatte darum in die Schüttelstrecke nach Lefortowo zwei Stunden investiert.

Ihre Vorsicht hatte noch einen anderen Grund. Man beging den Tag des Grenzsoldaten, und KGB-Männer durften sich an Feiertagen nicht mit Quellen treffen. Es könnte zu Meldungen kommen, die eine Information des Politbüros verlangten. Und das wollte auf den Datschen nicht gestört werden.

Sie wechselte zigmal die Linie, fuhr schließlich hoch in den Norden der Stadt bis zur Endstation Retschnoi Woksal, wo sie im Freundschaftspark spazieren ging. Schnell stand fest, dass ihr keiner folgte. Sie brauchte mit der Metro fünfzig Minuten bis zum Gagarinplatz und traf zu früh am Eingang des Klosters ein. Aber Rem wartete schon. Wortlos gingen sie an der Mauer lang zum Donskoi-Friedhof. An jedem anderen Tag hätte Nina die Sonnenwärme genossen, die Ruhe, wenn ganz Moskau auf dem Land war.

Zwischen pompösen Mausoleen brach Rem das Schweigen. »In dem Krematorium dort ist Dserschinski verbrannt worden, ehe seine Urne in die Nekropole an der Kremlmauer kam. Da hinten ist ein Massengrab mit Penkowskis Asche.«

»Der KGB-Oberst, der für den MI6 spioniert hat?«

»Ja. Die Ironie will es, dass Berija in derselben Grube liegt.«

»Wer ist Eduard Kudjukin?« fragte Nina.

»Ich muss dir zuerst sagen, wie erstaunlich du gestern warst. So ist Kamyschin bestimmt noch nie Maß genommen worden. Und wie du mit Andropow gesprochen hast, mein lieber Vater. Ich bin sehr stolz auf dich.«

»Wann hast du davon erfahren?«

»Zwei Stunden vorher. Es war unmöglich, dich zu warnen.«

»Ich frage anders: Seit wann weißt du von diesem Plan? War dir von Anfang an klar, dass es darauf hinauslaufen würde?«

»Ja.«

»Und kein Wort zu mir.«

»Alles hat seine Zeit. Die hiesige ist vorüber, für uns beide.«

Nina blieb stehen. »Wie meinst du das?«

»Eduard Kudjukin war der Freund, für den ich das Portrait von Anna Achmatowa kopieren ließ. Der Graue, von dem ich dir erzählt habe. Er hatte Dokumente im Archiv abgefilmt, die er den Amerikanern liefern wollte. Dieser Kontakt kam nicht zustande, wie du weißt. In der ›Verwaltung S‹ sind sie ihm auf die Schliche gekommen. Zwei Tage und Nächte haben sie ihn in der Lubjanka verhört. Sie gaben ihm in seiner Zelle Papier und einen Füllfederhalter, damit er alles haarklein aufschreibt. Er hat darum gebeten, mit seinem eigenen Füller schreiben zu dürfen, der noch im Büro lag. Man tat ihm den Gefallen. Als er allein war, hat Eduard den Füller aufgeschraubt, die Giftkapsel herausgenommen und sie zerbissen. Der Mann, der für seine Bewachung verantwortlich war, ist schon in Sibirien.«

Sie gingen weiter. Seltsam, das frische Blattwerk der Bäume zu sehen, Spatzen, die fröhlich auf Gräbern hüpften. Nina war, als sei mit einem Schlag der Winter zurückgekehrt.

»Woher weißt du, was in seiner Zelle geschah?« fragte sie.

Und kannte die Antwort schon.

»Unsere Freundschaft war auf der Insel bekannt. Ich bin elf Stunden verhört worden. Man ließ mich gehen und hat mich am selben Tag, gestern, zum Generalmajor gemacht. Ich habe an meinen Vater und seine Beförderung denken müssen.«

»Hat Kudjukin deinen Namen genannt?« fragte sie.

»Ganz sicher nicht. Er war wie du. Eher hätte er sich einen Arm abhacken lassen, als mich zu verraten.«

»Sie werden dich observieren«, sagte Nina.

»Natürlich. Vier Stunden habe ich bis hierher gebraucht. Ich bin nicht so gut wie du, aber ich komme zurecht.«

»Heißt das: Dein Ende ist für die Insel beschlossen?«

»Nein. Ich weiß, bei euch stellt man sich vor, dass ein bloßer Verdacht genügen würde, um einen KGB-Offizier zu verhaften. Aber so ist es nicht. Wenn sie es mir nicht nachweisen können, bleibe ich frei. Soweit man hier frei sein kann.«

»Du bist nicht halb so gelassen, wie du tust«, sagte Nina.

»Das können wir beide gut. Meinen Schreibtisch werde ich natürlich verlieren, ich bin jetzt ein Sicherheitsrisiko. Aber ich könnte meinen Ruhestand genießen.«

»Denkst du, sie ahnen etwas von uns?«

»Das bezweifele ich. Sonst hätte Kamyschin dich kaum zur Insel bringen lassen. Und er hätte dir nicht gesagt, was er mit dir vorhat. Sie wären kaltblütig um uns gekreist, bis wir einen Fehler gemacht hätten. Glaub mir, Nina: Man würde dich nicht ausweisen. Deine Leiche würde niemals gefunden werden, so wie die von Penkowski und anderen.«

»Wir müssen reden«, sagte sie.

»Tun wir doch schon.«

Er blieb vor einem Grab stehen. Nina las die Inschrift.

*Fisher, William Genrichowitsch – Abel, Rudolf Iwanowitsch*

»William Fisher war sein richtiger Name«, meinte Rem. »Er wurde in England geboren. Sein Vater war Russlanddeutscher, ein früher Kampfgenosse von Lenin; von Newcastle aus hat er Waffen in die Sowjetunion geschmuggelt. Nachdem er gegen Powers ausgetauscht worden war, habe ich Abel kennengelernt, bei einem Vortrag in der Lubjanka. Er war unser Idol. Ich habe ihn gefragt, was er dachte, als er diesen Strich auf der Glienicker Brücke überquert hat. ›Dass ich nie wieder einen Hamburger essen werde‹, antwortete er schulterzuckend. Er war ein sehr lustiger und sehr trauriger Mann mit einem kleinen Hütchen.«

»Letztes Jahr hast du im Alexandergarten gesagt: *Mich wird man nicht austauschen, sondern hinrichten.* Es gibt eine weitere Möglichkeit.«

Rem nickte. »Abel hat man damals in den USA Straffreiheit und Geld für eine Zusammenarbeit mit der CIA angeboten. Er hat abgelehnt, obwohl er mit der Gaskammer rechnen musste. Das war ehrenhaft. Aber so ehrenhaft bin ich nicht. Ich will in den Westen, zusammen mit Leo.«

Endlich.

»Ich hole euch raus, es ist alles arrangiert«, sagte sie.

»Wir machen es nicht über den BND«, erwiderte Rem. »Du weißt, wie ich darüber denke. Heute begehen wir den Tag des Grenzsoldaten, wie sinnig. Ich kenne in Sewastopol jemanden bei den Grenztruppen. Er könnte für Leo und mich ein Schiff organisieren, das uns übers Schwarze Meer bringt.«

»Ihr müsstet quer durchs Land bis auf die Krim fahren, fast tausendfünfhundert Kilometer. Mit dem Zug dauert das einen Tag. Wenn du morgens nicht auf die Insel kommst, wird man euch zur Fahndung ausschreiben. Ihr hättet keine Chance.«

»Ich habe längst Papiere für uns besorgt. Wir machen es am übernächsten Wochenende.«

»Zu lange hin. Zu riskant. Zu viele Fragezeichen. Mein Plan ist besser.« Sie erzählte ihm vom Imker. Aber den Preis, den er verlangte, erwähnte sie nicht.

»Was musste Thräne für den halben Rubel tun?« fragte Rem.

»Ich denke, das weißt du«, erwiderte Nina.

Sie setzten sich auf eine Bank. Rem rauchte wie einer, der es nötig hatte. »Gesehen habe ich den Imker nur ein Mal, an dem Abend im Aragwi. Ohne seine Krawatte hätte ich ihn für einen Orang-Utan gehalten. Aber natürlich kenne ich Geschichten.« Rem sah sie an. »Der Imker war an Kamyschins Tisch.«

»Er hat dich sechs Jahre lang nicht verraten.«

»Das ist keine Antwort.«

»Es gibt kein Vertrauen ohne Zweifel.«

»Außer zwischen dir und mir«, sagte Rem.

»Ja.«

»Seit wann arbeitest du daran?« fragte er.

»Ein halbes Jahr.«

»Da glaubt man, einen Menschen zu kennen.«

»Wie es genau ablaufen soll, werde ich noch erfahren. Aber der Imker hat Zarizyno erwähnt.«

Dort war der nie fertiggestellte Landsitz von Katharina der Großen, eine Ruinenlandschaft in einem riesigen Park.

»Was gibt es da noch?« fragte Nina.

»Mietskasernen, bisschen Industrie. Vor allem ist es weit im Südosten und dicht an der Autobahn.«

»Dann bist du einverstanden?«

»Du kennst den Imker. Ich nicht. Wenn du sagst, dass es für dich die beste Lösung ist, machen wir es so.«

Sie gingen zurück. »Die Details wirst du im Briefkasten am Kasaner Bahnhof finden. Vermutlich bereits heute Nacht.«

»Leo weiß Bescheid, nehme ich an.«

»Ja, schon länger. Was ist mit Mascha?«

»Ich werde mich von ihr verabschieden.«

»Ich kann fragen, ob es auch mit drei Personen geht.«

»Nein. Wir haben einmal darüber gesprochen. Sie will ihre kranke Mutter nicht alleinlassen.« Im Schatten großer Bäume blieben sie stehen. »Solltest du keine Verbindung mehr zu mir herstellen können, ruf Leo an. Gib ihm Bescheid, dass du zum Danilowski-Markt gehst, und frag, ob du ihm was mitbringen sollst. Wenn er sagt: *Gern, am liebsten Orangen*, ist er allein und weiß, dass du am Grab von Abel auf ihn warten wirst.«

»Sorg dich nicht. Wir sehen uns in Zarizyno. Alles wird gut, das verspreche ich dir.«

Sie umarmten einander das erste und wie zum letzten Mal. »Du hast vorhin gesagt, dass du nicht so ehrenhaft wie Rudolf Abel wärst. Wie hast du das gemeint?«

»Ich werde etwas in den Westen mitnehmen, ein Geheimnis, das die Bundesrepublik erschüttern wird. Bis dahin behalte ich es für mich, denn nach unserer Flucht wirst du verhört werden und musst glaubhaft abstreiten können, etwas davon gewusst zu haben. Es ist märchenhaft viel Geld wert. Und ich werde für Leo jeden Pfennig davon verlangen.«

# KUSSMUND

Sie überquerte die Moskwa auf der Kalininbrücke. Es war kurz vor sechs. Feierabendverkehr, aber kaum Autos. Rechts sah sie das Hotel Ukraina, wo Leo und sie sich zum ersten Mal geliebt hatten. Vorhin war sie beim Boxgym vorbeigefahren, um ihm zu sagen, dass es jetzt jeden Tag geschehen konnte und Rem ihm das Startsignal gäbe. Es war ein Abschied im Wissen, Leo vielleicht nie mehr in den Armen zu halten. Auf andere Weise war es auch mit Rem so gewesen. Aber erst in Zarizyno würde sie ihnen wirklich Lebewohl sagen müssen.

Zwischen ihren Küssen hatte Leo geflüstert: »Ich liebe dich, Ninotschka Tausendschön.« Zum ersten Mal. Wenn die Angst kam, wiederholte sie es wieder und wieder in Gedanken.

Am Kutusowski Prospekt sah Nina das Wachhäuschen und die Limousinen. In dem luxuriösen Block wohnten Breschnew und Andropow, fünfte und vierte Etage. Etwas weiter war eine Verkehrskontrolle. Der Anfangsbuchstabe Б des Kennzeichens machte klar, dass sie KGB-Mitarbeiterin war; die Hände der Gaischniki zuckten an ihre Schirmmützen. Sie ließ die letzte Bebauung hinter sich, kreuzte den Autobahnring und glitt ins warme Weiß von Birkenwäldern.

Letzten Herbst war sie mit Leo in Peredelkino gewesen, um Pasternaks Grab zu besuchen, doch es lag so versteckt, dass sie es nicht fanden. In den Dreißigern war die Siedlung auf Gorkis Initiative als Künstlerkolonie erbaut worden; jetzt lebten die verhätschelten Prinzesschen und Söhnchen der Nomenklatura hier, in Protzvillen hinter hohen Mauern.

Nina hatte sich den Weg auf dem Stadtplan eingeprägt. Sie fuhr hinter Pasternaks Haus von der Hauptstraße ab und kam auf den Schotterweg, damals ein Rumpeln im Kofferraum von Totensonntags und Allerseelens Wagen. Sie hatte die zwei zu ihren Babuschkas geschickt. Und kein einziges Mal mehr von ihrer Flucht aus der DDR geträumt. Vor einem massiven Tor stoppte sie, hielt das Gesicht in die Kamera und schellte. Das Grundstück, zu dem die stählernen Flügel sich öffneten, war so weitläufig, dass sie zwei Minuten fahren musste, bis sie die Villa sah. Ein Gärtner beschnitt Rosen. Beim Aussteigen hörte Nina Bienen summen. Rechts war das Gewächshaus.

Iossif machte ihr auf. Sie gingen am Rubens vorbei in einen Raum mit Flipperautomaten und Billardtisch. Wieder war der Imker im Bademantel, heute Leopardenmuster. Er warf ihr ein Queue zu. »Schon mal Pool gespielt?«

»Ja. Aber ich bin schlecht.«

Er spielte sie in Grund und Boden, baute das Rack für eine neue Partie auf und überließ Nina den ersten Stoß.

»Wie hat's dir auf der Insel geschmeckt?« fragte er.

Sie rutschte beim Break von der Kugel ab und sah ihn an.

»Ich kenne Kamyschin; es war klar, dass er dich früher oder später hinschaffen lässt. Der Kerl, der im Foyer am Förderband gestanden hat, ist auf meiner Lohnliste. Hab ihm gesagt, dass er dich nicht kontrollieren soll. Wie du aus der Wäsche guckst, hast du den KGB-Ausweis in der Tasche gehabt. Dankbarkeit kann man so oder so zeigen. Hab dich noch nie lächeln sehen.«

Zum ersten Mal dachte sie wirklich, dass sie ihm vertrauen könnte. Aber das zeigte sie nicht. »Dir ging's doch nur um dich. Wenn ich aufgeflogen wäre und geredet hätte, wären wir beide jetzt so tot wie die blaue Vier.«

Er versenkte die Kugel. »Du hättest nicht geredet.«

»Darauf verlässt du dich nicht.«

»Bossoi soll auch dort gewesen sein«, sagte er.

»Hat mit Andropow Stilles Wasser getrunken.«

»Bei mir würde er Pferdepisse saufen.«

»Du könntest Gedichte schreiben.«

»Ich könnte deinen Arsch nach Tiflis verkaufen. Vorgestern warst du auf der Insel, heute bist du hier. Wann soll es steigen?«

»So schnell wie möglich.«

»Ist morgen um Mitternacht schnell genug?«

»Du hast gesagt: Zarizyno. Wie genau?«

»Bis dahin hast du noch Arbeit. Ohne das Foto von Bossois Leiche geht nichts.«

»Du kriegst dein Foto. Ich nehme es nach Zarizyno mit. Du hast dort sicher einen Mann, dem du vertraust.«

»Dschas ist da. Ich gebe ihm Bescheid.« Er vollendete einen komplizierten Bandenstoß, lächelte zufrieden.

»Wo ist der Treffpunkt?«

»Du fährst die Ljusinowskaja nach Süden; irgendwann wird sie zur Warschauer Chaussee. Bei der Gabelung musst du links auf die Kaschirskoje. Kurz vor dem Bahngleis fährst du runter. Guck's dir auf der Karte an, sonst landest du bei den Romanows; der Park mit den Ruinen ist eins weiter. Kaspijskaja heißt die Straße. Nach einem Kilometer siehst du ein Fabrikgelände. Im Krieg sind dort Panzer gebaut worden. Ist jetzt Schrott. Wenn du da bist, machen meine Leute sich bemerkbar. Fuchtel nicht mit deiner Makarow rum, bei sowas sind die empfindlicher als ne Jungfrau in der Hochzeitsnacht.«

Nina hatte nicht mitgeschrieben.

»Wiederhol das«, sagte der Imker.

Sie machte keinen einzigen Fehler.

»Was ne Schande, dass du nicht für mich arbeiten willst.«

»Wie geht es für die Kukuras dann weiter?«

»Uninteressant.«

»Wir spielen nicht Blindekuh. Ich liefere dir Bossoi. Aber du sagst mir, wie der Transport funktioniert.«

»Wie viele Sprachen hast du drauf?«

»Sechs.«

»Könntest im Jahr gut und gern dreihunderttausend Dollar bei mir machen. Plus Weihnachtsgratifikation.«

»Und am Ende Gratisbesuch im Gewächshaus?«

»Mit dir doch nicht.«

»Denkst du, dass ich meine Frage vergessen hätte?«

»Deutrans, DDR-Spedition. Die schaffen Aluminiumbleche nach Kiel. Die Fahrt dauert zweieinhalb Tage, je nachdem, was beim Zoll ist. Sie sollen Essen mitbringen, bin kein Restaurant. Falls was dazwischenkommt: Meine Leute warten genau eine Minute. Die nächste Fuhre ist in drei Wochen.«

»Ich muss danach schnell aus Moskau raus«, sagte sie. »Mit der Maschine am Sonntagmittag. Und ich weiß nicht, ob nach mir schon gesucht wird. Wen hast du am Flughafen?«

»Mit Diplomatenpass?«

»Nein, Russin. Reisekader bei Gosplan.«

»Geh zum Schalter von Intourist und frag nach Maja. Grüß sie von ihrem Onkel Kusma.«

»Warum machst du es mit den Kukuras nicht auch so?«

»Manches geht, manches nicht«, sagte er.

Sie würde das Ticket unter dem Namen Lidia Walentinowna Gussewa von der nächsten Telefonzelle aus buchen. Schon vor Monaten hatte Nina sich für den Fall, dass sie Hals über Kopf verschwinden müsste, das Visum und einen falschen Pass aus Pullach liefern lassen und seither in der Botschaft aufbewahrt. Ihr siebter Name. Boehnke hatte nicht nachgefragt; er wusste, dass sie mitten im Sommer Schlittschuh auf frischem Eis lief.

Der Imker strich über den Urwald auf seiner Brust. »Was ist verkehrt mit uns? Wir hätten jede Menge Spaß.«

»Ja, der Schöne und das Biest«, sagte sie.

»Wir sehen uns wieder. In sowas täusche ich mich nie.«

Eine halbe Stunde später war Nina wieder auf dem Ring und fuhr nach Norden, dann Osten. Am Kino Mir war die nächste Kontrolle; auch hier half das Nummernschild. Die ganze Zeit dachte sie an Rems letzte Sätze. *Ich werde etwas mitnehmen, ein Geheimnis, das die Bundesrepublik erschüttern wird.* Dann langte sie beim Tri Woksala an, dem Platz, an dem drei Bahnhöfe sich drängten: der Leningradski, der Kasanski und der Jaroslawski. Nina hatte diesen Briefkasten gewählt, weil er nicht allzu weit von Lefortowo entfernt war und Rem ihn gut erreichen konnte. Draußen wurden die Kwass-Verkaufsbuden schon verrammelt. In den Abendwolken glitzerte das letzte Licht.

Bei der Eröffnung vor dem Krieg war die Halle des Kasaner Bahnhofs mit ihren eleganten Dekors ein Ort des Staunens für die Moskowiter gewesen. Aber als Nina hereinkam, wurde sie von Düsternis umfangen. Menschen über Menschen, beladen mit tausend Sachen, dazwischen Kofferträger, »Grusiltschiki«, die mit ihren Zweiradkarren durchs Gewimmel stießen. Viele Reisende lagerten auf dem Boden, schliefen oder dämmerten; Transitpassagiere mussten mitunter Tage hier drin verbringen. Rotarmisten spielten Karten. Es stank unerträglich nach Klo.

Sie fuhr mit der Rolltreppe in den ersten Stock und klingelte an der Tür des VIP-Restaurants, das nur Diplomaten, Politiker und der KGB betreten durften. Eine junge Frau führte Nina zu einem Tisch; sie war der einzige Gast in einem mit schweren Vorhängen verdunkelten Saal. Die Frau erkundigte sich, ob sie eine Zugfahrkarte für sie kaufen solle, damit sie nicht anstehen müsse, aber sie bestellte nur einen Tee. Sie trank zwei Schlucke und ging dann zu den Toiletten. Auf dem stillen Gang hing ein Leninportrait. Sie klebte ihre Nachricht für Rem mit Tesafilm auf die Rückseite.

Nina fuhr zu Bossoi. Kein Wolga. Sie steckte ihre Makarow ein und ging ins Haus, in seine Wohnung. Setzte sich, wartete, den Beutel mit der Polaroidkamera auf dem Schoß.

*Es ist märchenhaft viel Geld wert. Und ich werde für Leo jeden Pfennig davon verlangen.* Die beiden Quellen, die der KGB und die Stasi in Pullach hatten, konnte er nicht meinen. Er wusste ihre Namen nicht, da war sie sicher.

Was dann, was war so groß?

»Wie viel hast du dir denn vorgestellt?« hatte sie ihn gefragt.

»Zwei Millionen Dollar.«

»Wie wär's mit fünf?« hatte sie gefragt und ihm erzählt, was sie getan hatte.

»Du hast den BND um fünf Millionen Franken bestohlen?«

»Stehlen würde ich das nicht nennen. Thräne und ich haben nur dafür gesorgt, dass du das Geld auch bekommst. Es ist auf einem Konto in Hongkong.«

»Sie werden dich nach deiner Rückkehr fertigmachen.«

»Nicht, wenn du bestätigst, dass du in Genf warst.«

Halb elf. Nina stand auf, lockerte ihre Muskeln, strich durch die Wohnung. Alles lag am selben Platz wie im Winter; Bossoi hatte es gern ordentlich, wie alle Neurotiker. Sie öffnete seinen Barschrank. Die Cognac- und Whiskykaraffen waren fast leer.

*Stress bei der Arbeit?*

*Keine Sorge, den hast du bald hinter dir.*

Nina ging zum Fenster, sah auf die Straße. Ein Betrunkener umklammerte eine Laterne und urinierte ungeniert ins Licht. Manches würde sie an Moskau vermissen, das nicht.

»Wir wissen beide, was alles schiefgehen kann«, hatte Rem zuletzt gesagt. »Versprich mir, dass du dann auf der Stelle aus dem Land verschwindest. Dass du nicht mehr versuchst, Leo oder mich zu kontaktieren.«

»Rem –«

»Schwör es. Bei unserer Freundschaft.«

Sie schwor es.

Nina sah ein Auto kommen, einen Wolga.

Es war Bossoi. Er stoppte und stieg aus.

Aber er war nicht allein. Er hatte eine Frau bei sich, kramte nach seinem Schlüssel, während sie an ihm rummachte. Nina rannte in den Flur. Sie stellte den Stuhl zurück an seinen Platz, verließ die Wohnung und schloss die Tür leise ab. Sie huschte auf Zehenspitzen eine Etage höher und lugte von dort runter. Die Frau hing wie eine Klette an Bossoi und lachte billig, als er ihr einen Klaps auf den kurzberockten Arsch gab. Sie war jung, kaum zwanzig und wenig geschminkt. Keine Hure.

Die Tür fiel ins Schloss. Ninas Gedanken rasten. Sie konnte Bossoi nicht im Beisein der Frau töten. Denn dann müsste sie diese auch erschießen. Sie lief im Dunkeln hinunter und setzte sich in den Lada, den sie auf dem stets unverschlossenen Hof gegenüber geparkt hatte. Nina würde hier warten, bis die Frau gegangen war, dann bei Bossoi schellen und ihm die Zähne aus der Visage sprengen, sobald er die Tür öffnete.

Wieder dachte sie an Rem.

*Du musst glaubhaft abstreiten können, etwas gewusst zu haben.*

Die Enthüllung des Geheimnisses, von dem er gesprochen hatte, würde also nicht nur die Bundesrepublik, sondern auch den KGB erschüttern.

Fast tat es ihr leid, nur fünf Millionen verlangt zu haben.

Es wurde Mitternacht, und bei Bossoi brannte immer noch Licht. Die Frau war hübsch. Was konnte so eine dazu bewegen, mit dem Tod ins Bett zu gehen?

Es wurde sechs. Sieben. Acht.

Gegen viertel neun ging die Tür auf. Bossoi verließ das Haus zusammen mit der Frau. Sie küssten sich. Nina schraubte den Schalldämpfer von der Makarow und ließ das Fenster herunter. Dreißig Meter. Thräne hätte eine Briefmarke gelocht. Aber für sie war es viel zu weit, um Kopf oder Brust sicher zu erwischen. Abgesehen davon, dass es unmöglich wäre, das Leichenfoto zu machen, solange die Frau bei ihm war. Er stieg in seinen Wolga und fuhr los, während sie das Trottoir entlangstöckelte.

Nina ließ ihm einen Vorsprung und folgte dann. Bei diesem dünnen Verkehr musste man sehr vorsichtig sein, um bei einer Beschattung nicht gesehen zu werden. Bossoi fuhr schnell. Sie achtete darauf, dass immer Autos zwischen ihnen waren. Als er am Oktoberplatz auf den Leninski Prospekt fuhr und von dort nach Süden, wusste Nina, dass die Verfolgung vergebens war. Bossoi wollte zur Insel. Trotzdem blieb sie bis Tjopli Stan an ihm dran und gab erst dann auf.

Noch vierzehn Stunden bis Mitternacht.

Sie fuhr zurück, stellte den Lada am Zoo ab und ging zu Fuß zur Botschaft. Als sie die falschen Papiere aus dem Versteck in ihrem Büro geholt hatte und die Treppe hinunterging, war ihr bewusst, zum letzten Mal hier zu sein. Sie ließ das Auto stehen und lief nachhause. Nina wusste, dass Grunja auf dem Postamt war, und dachte eine Sekunde daran, dort vorbeizufahren, um Lebewohl zu sagen. Doch dann legte sie nur ihre Hand auf das Türholz, nahm Abschied. Ein Schluchzen drängte in den Hals, aber sie ließ es nicht zu. Sie zog die Sportsachen an und machte zwanzig letzte Runden um den Teich. Übermorgen würde sie vermutlich wieder im Lehel laufen, am Eisbach. Sie langweilte sich jetzt schon.

Als sie aus dem Haus ging, war es eins. Das Einzige, was sie außer ihren Papieren mitnahm, war der Kiesel, den Grunja ihr gegeben hatte, damit sie ihn unter ihre schiefstehende Vitrine legen und das Unglück bannen konnte.

Drei Mann waren schon in ihrer Straße an ihr dran, weitere vier kamen in der Metrostation dazu. Aber das war sicher nur der kleinste Teil des Kommandos. Ein letztes Mal spielte Nina mit ihnen, bis nach zwei Stunden nur Genialnik übrig war, wie erwartet. Sie erwies ihm Respekt, indem sie ihm eine weitere Viertelstunde die Illusion schenkte, unsichtbar zu sein. Doch dann zauberte sie sich mitten auf dem Majakowskiplatz fort.

Sie holte den Lada, fuhr zu Bossoi, wartete im Auto.

Um acht parkte er ein.

Dieses Mal würde Nina nicht bis zur Dunkelheit warten. Sie würde ihn erledigen, sobald er in der Wohnung war. Von hier brauchte sie eine Stunde bis Zarizyno, und sie hatte nicht vor, auch nur eine Minute zu verschenken.

Er schloss die Haustür auf. Hörte einen Ruf, drehte sich um.

Die Frau. Sie kam über die Straße gelaufen, fiel ihm um den Hals. Nina legte sich flach hin, weil Bossoi in ihre Richtung sah. Sie kam erst wieder hoch, als ein Motor ansprang. Er fuhr mit der Frau weg. Sie folgte ihnen. Adrenalin fuhr mit ihr Schlitten. Wenn er mit der Frau zu deren Wohnung wollte, zu einer Party oder ins Kino, wo einer dieser sowjetischen Vierstundenfilme lief, war alles verloren. Kein toter Bossoi, kein Foto. Das Ende. Der nächste Transport würde erst in drei Wochen gehen, hatte der Imker gesagt. Bis dahin war Rem längst in der Lubjanka.

Bossoi fuhr nach Dorogomilowo, dem Bezirk auf der linken Seite der Moskwa. Kurz vor dem Triumphbogen verließ er den Kutusowski Prospekt. Er fuhr in eine kleine Straße und hielt vor dem Sibirjaki, einem Restaurant, in dem Nina einmal mit Leo gewesen war. Bossoi ging mit der Frau hinein.

Gestern war er erst um Viertel vor elf heimgekommen.

Zu spät, um ihn zu erschießen und nach Zarizyno zu rasen.

Die Fenster des Restaurants waren mit Stores verhängt; sie konnte nicht hineinsehen. Nina imaginierte den Raum aus der Erinnerung. Elf oder zwölf Tische in zwei Räumen, rechts und links vom Vestibül. Sie hatte mit Leo in dem linken gesessen, der etwas intimer war. Auch Bossoi würde dort essen wollen.

Die Stunden, die Nina vorgestern warten musste, bis sie um kurz vor zehn aus dem Haus ging, um zu seiner Wohnung zu fahren und ihn zu töten, nicht wissend, dass sie den Abend auf der Insel würde verbringen müssen, waren ihr wie die längsten ihres Lebens vorgekommen.

Es war nichts gewesen gegen das hier.

Die Zeit war ein Raumschiff mit ihr als einzigem Passagier. Sie raste so schnell, dass Ninas Angst irgendwann nicht mehr hinterherkam und sie seltsam ruhig wurde. Sie wusste, was sie tun würde. Wenn er das Restaurant bis halb elf nicht verlassen hatte, würde sie hineingehen und ihm vor allen Leuten in den Kopf schießen, wie Michael Corleone es mit dem korrupten Polizisten McCluskey in *Der Pate* gemacht hatte. Sie würde das Foto knipsen, in ihren Lada steigen und nach Zarizyno fahren. Morgen würde sie tot sein. Aber Leo und Rem würden leben.

Nina hatte den Lauf ihres Lebens gehabt. Und einen Meter vor der Ziellinie gab man nicht auf. *Don't look so sad. That's life, it's bad.* Thräne, steck dir deine Weisheiten doch dahin, wo die Sonne niemals scheint.

Um Punkt halb elf stieg Nina aus, rechts die Waffe, links die Polaroid. Im selben Moment, in dem sie über die Straße laufen wollte, kam Bossoi raus. Ohne die Frau. Er sah Nina. Zwanzig Meter. Sie riss die Pistole hoch, feuerte drei Mal. Es klang wie Schreibmaschinenanschläge. Eine Kugel fetzte ins Mauerwerk, aber zwei trafen ihn in Brust und Kopf. Er fiel auf dem Trottoir stumpf um. Sie sprintete los. Seine halbe Wange war weg. Nina stand über ihm und lächelte, als er Blut kotzte. Sie beugte sich runter, drückte auf den Auslöser, so nah, dass seine Augen fast den Sucher ausfüllten. Er patschte nach ihrem Bein. Nina trat auf seine Hand, hörte sie brechen und machte einen Kussmund.

Sie wollte ihm in beide Augen schießen, hörte jedoch Lärm, Gelächter. Eine Gruppe kam aus dem Restaurant. Die Frau war dabei. Sie sahen den sterbenden Bossoi nicht, denn es waren fünf Stufen hinunter auf das Trottoir, und er lag direkt davor. Nina drehte sich sofort weg. Sie rannte zu ihrem Lada, sprang hinters Steuer und gab in dem Augenblick Gas, als sie Schreie hörte. An der ersten Ampel starrte sie das Polaroid an. Konnte es noch immer nicht glauben.

# WIE STERBEN GEHT

Nina wollte immer ewig leben, aber nie unsterblich sein. Doch jetzt fühlte sie sich wie die Herrin der Welt.

Für fünf Minuten.

Bei der zweiten Überquerung der Moskwa kam sie zu sich. Hatten diese Menschen vor dem Lokal sie so gut gesehen, dass es für eine Personenbeschreibung reichte? Das bezweifelte sie. Es war dunkel gewesen, und sie war sofort weggerannt. Aber die Autonummer würden sie erkannt haben. Man würde jetzt bereits nach dem Lada mit KGB-Kennzeichen fahnden. Wenn sie in eine Kontrolle käme, wäre sie erledigt.

Weit mehr beschäftigte sie die Frage, ob Bossoi noch ihren Namen hauchen konnte, ehe er starb. Das war der Unterschied zwischen einer Herrin der Welt und ihr. Nina hätte Motte den Fangschuss geben müssen, statt diese eine Sekunde mit Panik zu vergeuden. Und dann war es zu spät gewesen.

Sie wägte ihre Optionen ab und wusste, dass es bloß einen Weg gab, Moskau zu verlassen. Sie musste zusammen mit Leo und Rem auf diesen Transport. Aber war in dem Lkw-Versteck Platz für drei Personen? Darüber wollte sie nicht nachdenken.

Sie bog am Dobryninplatz in die Ljusinowskaja. Eine breite Einbahnstraße mit vier Spuren. Rechts Plattenkasernen, links Klassizismus. Jetzt waren es nicht einmal zwanzig Kilometer. Kinderspiel. Dort drüben ging es zum Donskoi-Kloster, wo sie sich gestern mit Rem getroffen hatte.

*Alles wird gut, das verspreche ich dir.*

Schon von Weitem sah sie das Blaulicht rotieren.

Kontrolle.

Hinter ihr waren Autos; sie konnte auf der Einbahnstraße nicht umdrehen. An das Bankett zu fahren, um zu warten, war sinnlos. Ihr rannte die Zeit weg. Nina nahm die Makarow aus dem Handschuhfach, schraubte freihändig den Schalldämpfer ab, entsicherte die Waffe und legte sie in den Schoß. Noch vier Patronen im Magazin, eine im Lauf. Nina fuhr langsamer, ließ dem Gaischnik Zeit, das Nummernschild zu studieren.

Er winkte sie mit zackigem Gruß durch.

Im Rückspiegel sah sie einen zweiten Gaischnik zu seinem Kollegen rennen, gestikulieren. Das Eis in ihren Venen wurde vom Adrenalin gesprengt. Sie sprangen in den BMW, machten das Martinshorn an, setzten Nina nach. Ihr war, als würde sie das Gaspedal durch das Bodenblech treten, aber mit dem Lada hatte sie gegen die hochtourige Maschine keine Chance.

Wenn sie nicht von dieser Straße herunterkam.

Sie waren einige hundert Meter hinter ihr. Rasch würde das Aufblendlicht ihren Spiegel ausfüllen. Eisige Adrenalinsplitter bohrten sich ins Herz. Rechts ging's zum Danilowski-Friedhof. Sie riss den Lada in die Straßenmündung und schleuderte fast gegen einen Mast. Nur noch das Horn, keine Scheinwerfer. Sie sah ein Transparent über der Fahrbahn hängen.

*Kombinat Stachanow gibt alles für den Plan!*

Direkt dahinter war der Fabrikhof. Vollbremsung. Nina gab wieder Gas, jagte auf das finstere Areal, hielt und machte das Licht aus. Atemzüge meißelten Angst in ihre Brust. Der BMW flog vorbei. Nina blieben noch sechsundvierzig Minuten. Zehn wartete sie, umklammerte die Makarow. Es wäre klug gewesen, über kleine Nebenstraßen nach Zarizyno zu schleichen. Hätte Nina Zeit gehabt. Sie raste zurück auf die Chaussee, holte alles aus dem Auto raus, fand den Abzweig zur Kaschirskoje. Vorm Bahngleis bog sie rechts ab.

Nur noch ein paar hundert Meter.

Sie hörte Sirenen, sah in den Rückspiegel.

Miliz, hinter ihr.

Als die Gedanken sich überschlugen und sie sich fragte, wie sie jetzt noch aufs Gelände der Panzerfabrik gelangen konnte, kamen von dort weitere Milizfahrzeuge angeschossen.

Und drei von vorn.

Eingekesselt.

Der Imker hatte Rem, Leo und sie dem Henker ausgeliefert.

Sie stoppte mitten auf der Straße, sprang mit der Waffe aus dem Auto und rannte los. Schräg links war ein kleiner Park, ein Ausläufer des Romanow-Gartenensembles, stockduster. Nina hörte Bremsen quietschen, gebrüllte Kommandos, tauchte in der Finsternis ab, ohne zu erkennen, wo sie hinlief. Waren es Minuten, nur Sekunden? Der Boden gab nach, sie sank bis zur Hüfte ins Wasser. In ihrem Rücken bellten Hunde. Sie kämpfte sich mühsam durch einen sumpfigen Bach, kroch am anderen Ufer die Böschung hoch, rannte weiter.

Dort war eine Straße, ein Rondell; dahinter der eigentliche Park. Beim Näherkommen sah sie Miliz aus einem Transporter springen. Zurück konnte sie nicht mehr. Als sie sich nach links wandte, tauchte der Polizist aus dem Nichts vor ihr auf. Nina hatte nicht mal Zeit, sein Gesicht zu sehen. Mit dem Knüppel hätte er ihr den Schädel zertrümmert, wäre sie nicht um eine Millisekunde ausgewichen. Er erwischte ihr Schlüsselbein, ein Schlag wie mit dem Hammer. Ihre linke Seite war sofort taub. Er wollte ihr den Prügel ins Gesicht rammen. Ihr Tanzschritt, ein Stolpern. Sie feuerte. Sein Kopf hinterließ eine Sauerei auf ihrer Jacke. Sie rannte in den Park, ohne auf die Schmerzen zu achten, die vom Schlüsselbein in jede Körperzelle ausstrahlten. Trillerpfeifen. Hunde, noch fern.

Als der Sturz bei den Europameisterschaften damals all ihre Titelhoffnungen vernichtet hatte, war sie mit ihrem kaputten Knie weitergelaufen, hatte hinter der letzten Kurve noch zwei

Frauen überholt und sich den vierten Platz gesichert. Es hatte sich wochenlang, Monate wie die Niederlage angefühlt, die es war. Aber sie hatte sich gesagt, dass sie alles, wirklich alles aus sich herausgeholt hatte.

Jetzt gab sie mehr.

Im Finstern die Schemen von Ruinen, kein Weg, kein Licht, bloß Angst. Polizeisirenen, leiser werdend. Dann Gleise. Nina blieb zum ersten Mal stehen. Der Schmerz im Schlüsselbein war nicht ihrer, redete sie sich ein. Das war der Schmerz einer anderen Frau, die Nina leidtat, um die sie sich aber jetzt nicht kümmern konnte.

Sie hörte einen Zug, sah die Scheinwerfer, wechselte auf die andere Seite vom Damm. Sie wartete, bis die Lok noch hundert Meter weg war, dann rannte sie los, am Gleis lang. Es war ein Gütertransport. Er fuhr langsam, doch zu schnell für sie.

Nein. Nina würde nicht hier sterben, nur weil sie das letzte Tausendstel liegengelassen hatte. Zwei Mal versuchte sie, sich auf eine Plattform zu schwingen, scheiterte. Aber sie wollte es wie nichts zuvor. Das Geländer am Ende des letzten Waggons erwischte sie mit den Fingerspitzen der rechten Hand, schaffte es, sich raufzuziehen.

Lag auf dem schmalen Sims und bestand nur aus Schmerz.

Der Zug fuhr nach Norden. Nina sah eine breite Straße, das musste die Warschauer Chaussee sein. In der Ferne die Lichter des südlichen Flusshafens, dann die Stadt. Das Gleis vereinigte sich mit vielen anderen. Als sie sich hochstemmte und in die Fahrtrichtung blickte, erkannte sie die Kirchenruine. Dort war der Pawelezki. Stahl rieb auf Stahl. Kurz bevor der Zug in dem Bahnhof zum Stehen kam, sprang Nina von der Plattform. Sie rannte über Gleise, huschte zwischen den abgestellten Zügen hindurch. Sie suchte und fand neben den Schienen ein rostiges Stück Metall. Sie kam an einen hohen Maschendrahtzaun und wusste: *Wenn ich das schaffe, überlebe ich vielleicht die Nacht.*

Sich dort hochzuziehen, war noch einmal wie Sterben.

Als sie auf der anderen Seite heruntersprang, verlor sie das Bewusstsein, wurde vom Schmerz geweckt, sah sich auf dem Bürgersteig liegen. Autos standen vor dreckig grauen Häusern. Die Metro fuhr nicht mehr. Aber wie sie aussah, blutbespritzt, die Jeans nass und vermatscht, wäre das sowieso keine Option gewesen. Sie zerrte am Zaun, bis sie ein Stück Draht hatte, das lang genug war.

Nina wählte den erstbesten Škoda. Sie bog den Draht unten zu einer Öse und brauchte mit einer Hand Minuten, bis sie das Metallstück zwischen Tür und Rahmen gekeilt hatte. Nina zog den Knopf mit dem Draht hoch. Sie riss die Kabel raus, schloss das Auto kurz. Mit rechts lenken und schalten ging.

Nachhause konnte sie so wenig wie zur Botschaft. Sie hatte zwei Männer getötet. Man würde ihr trotz der Immunität kein freies Geleit gewähren. Für sie gab es in dieser Nacht nur einen Ort, an dem es einigermaßen sicher war. Sie fuhr auf den Ring, dann nach Osten. In jeder Sekunde wusste sie, dass die nächste Kontrolle ihre letzte wäre. Aber sie kam aus der Stadt raus. Als sie durch das schlafende Balaschicha fuhr, dachte sie, dass dort die Agentenschule war, Rems Ausbildungsstätte.

Er war vielleicht schon tot.

Genau wie Leo.

Um vier war sie in Tugolesje. Es war die Nacht von Samstag auf Sonntag. Nina hoffte mit jeder Faser, dass Grunja nicht auf der Datscha war. Sie hätte ihr nicht in die Augen sehen können, undenkbar, ihre Freundin hier auch noch hineinzuziehen. Die Siedlung war still. Sie stellte den Škoda ab. Der Mond machte dicke Backen, wies ihr den Weg. Sie hakelte mit dem Draht das einfache Schloss des Häuschens auf.

Nina machte Licht.

Keine Grunja.

*Vergiss mich nicht, wenn du in Deutschland bist.*

Sie glaubte nicht, dass sie es bis dorthin schaffen würde. An den Schmerz hatte sie sich so gewöhnt, dass sie ihn kaum noch wahrnahm. Nina dachte nach. Die Maschine, auf der sie einen Platz gebucht hatte, ging um 12:35 Uhr. Aber in Scheremetjewo war überall Miliz und würde auf sie warten.

Wenn der Imker sie wirklich verraten hatte.

Und Bossoi noch reden konnte.

Es gab eine klitzekleine Chance, dass die Miliz nicht wegen ihr und Rem in Zarizyno gewesen war. Eins zu hundert oder weniger. Es könnte heißen, dass Rem und Leo noch lebten. Sie würde es vielleicht nie herausfinden, denn mit ihnen Kontakt aufzunehmen, war ganz und gar unmöglich. Sie musste es am Flughafen versuchen. Mehr als sterben ging nicht. Nina nahm das Foto von Bossoi zur Hand und betrachtete es lange. War es das wert gewesen? Nein. Es tat nicht einmal gut. Sie griff sich eine Jeans und eine Jacke aus Grunjas Schrank und verfluchte den Geschmack der Freundin. Beides schrill, zu weit, zu kurz. Um sieben brach sie wieder auf. Um die Zeit, sonntagmorgens, waren die Straßen wie leergefegt. Unterwegs schmiss sie ihre Makarow in einen Tümpel, verscharrte das Foto in kalter Erde. Sie brauchte vier Stunden bis Scheremetjewo. Nina stellte den Škoda auf den Parkplatz, wischte Schaltknauf und Lenkrad ab, die Türgriffe innen und außen. Die kleine Tasche, die sie in der Datscha mit Kleidung von Grunja vollgestopft hatte, nahm sie mit. Hundert Meter bis zur Halle, ein Gang wie zum Schafott.

Drinnen war kaum Betrieb. Sie sah zwei Milizmänner in die andere Richtung patrouillieren. Intourist war gleich neben der üblichen Lenin-Ecke mit Devotionalien und Losungen. Nina schlenderte hin. Die Frau am Counter hatte die Haare wie die Bardot und eine Nase wie Karl Malden.

»Ist Maja da?«

»Ich bin Maja.«

»Ich soll Sie von Ihrem Onkel Kusma grüßen.«

*Miliz! Hierher, schnell! Das ist die Frau, die Sie suchen!*

Aber Maja musterte sie und sagte leise: »Die Papiere.« Nina gab sie ihr. »In fünf Minuten, die Tür am anderen Ende. Steht *Personal* dran. Dascha, übernimmst du mal, ich bin kurz weg.« Sie verschwand nach hinten.

Nina sah sich nach den beiden Polizisten um. Sie kamen auf sie zu, beachteten sie aber immer noch nicht. Sie wandte sich ab und setzte sich zu einer Frau und deren kleinem Sohn.

»Du bist sicher aufgeregt; fliegst du zum ersten Mal?« fragte Nina und lächelte den Jungen an.

»Ja, zu meiner Tante nach Jugoslawien.«

»Da hast du aber Glück, dort ist es sehr schön.« Als sie sich vorbeugte, wollte sie schreien; das Schlüsselbein war definitiv gebrochen. Sie kam mit seiner Mutter ins Gespräch, plauderte drauflos und hatte schon die Hand in der Tasche, die zwischen ihnen stand. Sie ertastete eine Brille. Im Augenwinkel sah sie weitere Milizionäre in die Halle kommen. Nina sagte Tschüss, sie müsse zu ihrem Flug. Im Wegdrehen setzte sie bereits die Sonnenbrille auf. Sie durchquerte die Halle und langte an der Tür an, als sie gerade von innen geöffnet wurde.

Maja von Intourist ließ sie in einen langen Flur. Nina folgte ihr durch ein Labyrinth von Gängen. Sie kamen in einen Raum mit einem Tisch und zwei Stühlen, fensterlos, keine Farbe an den Wänden, einem Verhörzimmer ähnlich.

Sie gab Nina das Visum und den falschen Pass zurück. »Eine Stewardess holt Sie ab.«

»Sie wissen, welche Maschine es ist?«

»12:35 Uhr, Frankfurt.«

*Der Imker hat mich nicht verraten. Zarizyno muss auf andere Weise aufgeflogen sein. Einer von seinen Leuten, das ist die einzige Erklärung. Tite, du hast dein Wort gehalten, danke. Aber jetzt bist du wahrscheinlich schon bei deiner Babuschka.*

»Ich habe keine Bordkarte«, sagte Nina.

»Die brauchen Sie nicht. Kommen Sie.« Maja drückte Nina resolut auf den Stuhl, hatte Feuchttücher in der Uniform, rieb ihr Gesicht ab. Sie zauberte Rouge und Lippenstift hervor und schminkte Nina, richtete ihr die Haare.

»Jetzt sehen Sie halbwegs wie ein Mensch aus.«

»Wollen Sie kein Geld?«

»Onkel Kusma hat gesagt, das geht aufs Haus.«

Maja ließ sie allein. Nina saß da, hörte Rems warme Stimme. Sah Leos Grinsen. Dachte an das Ernste, das Alberne. An diese tausend Dinge, aus denen Glück gemacht war.

Nichts davon würde sie je wieder haben.

*Alles wird gut, das verspreche ich dir.*

Die Stewardess kam und sprach kein Wort. Sie ging mit ihr zu dem Bus, der sie mit den anderen Passagieren ans Flugzeug fuhr. Aeroflot, eine Iljuschin. Vor der Gangway raunte sie Nina zu: »3A.« Sie ließ sich in die erste Klasse geleiten, hatte einen Fensterplatz, konnte kaum noch die Augen offen halten.

Hörte Polizeisirenen.

Zwei BMWs der Miliz stoppten vor ihrer Maschine, Männer sprangen heraus. Nina sah sie die Gangway hochrennen. Wäre ein Messer zur Hand gewesen, hätte sie sich damit die Kehle durchgeschnitten. Die Männer stürmten herein. Nina öffnete den Gurt. Sie liefen an ihr vorbei, zu einem Mann drei Reihen hinter ihr, zerrten ihn aus dem Sitz und schleiften ihn hinaus. Keiner der Passagiere gab einen Mucks von sich. Nina hatte in beiden Händen einen Krampf.

Sie rollten in Zeitlupe auf die Startposition, mussten warten. Der Lautsprecher knarzte. Der Kapitän entschuldigte sich für die kleine Unannehmlichkeit.

Als sie in der Luft waren, rief sie die Stewardess und orderte einen dreifachen Wodka. Der Mann neben ihr sah sie scheel an.

»Ich hatte eine harte Woche«, sagte sie.

# EINE TONNE VOLL UNGLÜCK

Nina hörte Boehnkes Atem stocken, als sie ihn anrief. Für das Treffen schlug sie den Schuttberg im Luitpoldpark vor. Als sie kam, war er bereits da. Sie sagte, dass Rem eine Observierung registriert habe und sie über einen Notfallbriefkasten warnen konnte. In letzter Sekunde sei ihr die Flucht gelungen.

»Sie halten seine Enttarnung für sicher?« fragte Boehnke.

»Man hat ihn zum Generalmajor befördert und am nächsten Tag beschattet. Sie wissen, was das heißt.«

Wenn eine Quelle aufgeflogen war, musste in der Regel der Verbindungsführer den Kopf hinhalten. Doch Boehnke sagte: »Sie sehen schrecklich aus. Nehmen Sie Urlaub.«

Er machte Nina mit keinem Wort einen Vorwurf. Rem hatte acht Jahre lang wie eine Maschine geliefert, das ging weit über die Lebenserwartung eines Pink Star hinaus. Die Erkenntnisse aus Ninas Zeit hielt Boehnke für bedeutsamer als Guillaume.

RJaN. Stasi und RAF.

Über Flick kein Wort.

»Es gibt ein Procedere«, sagte er. »Dazu zählen Befragungen durch SI. Simone Weller wird das persönlich machen wollen.«

»Kann das bis zu meinem Arbeitsantritt warten?«

»Eigentlich nicht. Aber in Ihrem Fall: ja. Bis dahin behandele ich das als Level 6. Weller wird in Pilger erst eingeweiht, wenn Sie zum Dienst zurückkehren.«

Nina hätte nie gedacht, dass er es so nehmen würde.

»Danke.«

»Sie haben alles rausgeholt. Wir müssen danken.«

Hart war, sich die Schmerzen nicht anmerken zu lassen. Sie hätte Boehnke das gebrochene Schlüsselbein erklären, immer weitere Lügen erfinden müssen. Und darunter wäre vielleicht die eine Lüge zu viel gewesen.

Nina ging zum Arzt, bekam eine Schlinge. Eine Woche lang verließ sie ihr Haus nicht, lag bei geschlossenen Vorhängen im Bett; Tag und Nacht waren eins. Beim Zähneputzen ließ sie im Badezimmer das Licht aus, als sei der Spiegel schuld. Zigmal rief sie bei Thräne an. Er nahm nicht ab. Nina sprach nicht aufs Band. Sie hatte niemanden zum Reden, und er war der Einzige, bei dem sie es gekonnt hätte. *Hab mich gefühlt wie ein Hund, der neben seinem toten Herrchen wacht*, hatte er über seine Rückkehr aus Moskau gesagt. Sie fühlte sich wie eine dreifache Mörderin, die aufgrund eines Justizirrtums freigekommen war. Und zwei Unschuldige warteten an ihrer statt auf den Henker.

Am Sonntag hatte ihre Mutter Geburtstag. Sie hätte anrufen und behaupten können, noch immer in Asien zu sein. Aber sie hatte das Selbstmitleid satt und beschloss hinzufahren, ohne zu wissen, ob ihre Mutter zuhause war. Falls ja, würde sie auf ihren Vater treffen. Sie dachte an das Verhör durch Bossoi nach dem Puschkinplatz. Als sie geglaubt hatte, sterben zu müssen, ohne sich von ihm verabschiedet zu haben.

Sie machte sich zurecht und schminkte sich. Sie hatte Leos Lippenstift in der Hand und weinte eine Stunde. Sie fuhr mit dem Zug, schaute aus dem Fenster, nahm nichts wahr. Als sie in Meckenheim ankam, war es Abend. Sie war zum ersten Mal hier; die Kindheit hatte Nina in Wiesbaden verbracht. Damals war ihr Vater noch nicht bei der Spionageabwehr gewesen, die in Regierungsnähe saß. Gassen, Fußgängerzone, für Rentner ein Traum. Als sie vor dem Einfamilienhaus aus dem Taxi stieg, ging die Tür auf, und ihre Eltern standen vor ihr, beide schick, bereit zum Ausgehen. Fünf Minuten Erklärungen; sie nahmen Nina zu der Feier bei einem Italiener mit. Fünf Ehepaare, die

Männer alle Kollegen ihres Vaters. An ihrer unbefangenen Art, mit ihr umzugehen, erkannte sie, dass er ihnen verschwiegen hatte, wo sie tatsächlich arbeitete. Ihre Mutter wollte natürlich, dass sie von Hongkong erzählte. Sie kramte alles raus, was sie je über Asien gehört hatte, schummelte sich durch. Ein Hotel kam nicht infrage, ihre Mutter bestand auf dem Gästezimmer.

Um zwei war sie immer noch wach und setzte sich draußen auf die Terrasse. Eine warme Nacht, doch kein Stern. Ihr Vater kam aus dem Haus und setzte sich zu ihr. Im Lokal hatte er nur Mineralwasser getrunken, war nüchtern. Solche Zeiten kannte sie von früher, gab nicht viel darauf. Sie schwiegen eine Zeit, dann fragte er, wie es im Feld war; auf Hongkong hatte er sich natürlich einen Reim gemacht. Nina wich aus, fragte ihn nach seiner Arbeit. Er blieb genauso vage. Beide mussten sie lachen. Seltsam, zum ersten Mal war ihr seine Nähe nicht zuwider. Sie wusste, dass Richard Wolf bei der Spionageabwehr sein Chef war, obschon zehn Jahre jünger als ihr Vater. In Pullach wurde geraunt, dass Wolf eines Tages BKA-Präsident werden würde; er galt als dessen klügster Kopf. Das war ungefährliches Terrain für ein Gespräch. Ninas Vater sprach sehr gut von Wolf. Er sei zwei Jahre in Quantico gewesen, habe glänzende Beziehungen zu FBI und CIA. Über die Namensgleichheit mit Markus Wolf werde oft gefrotzelt, da beweise er Humor. Aber Wolf trage ein schweres Schicksal. Seine Ehefrau habe sich vor Kurzem mit Tabletten umgebracht, und die gemeinsame Tochter gebe ihm die Schuld. Wolf habe sie zur Schwester seiner Frau gegeben, anders habe er sich nicht zu helfen gewusst.

»Als du heute vor unserem Haus gestanden hast, war ich so glücklich wie die letzten zehn Jahre nicht«, sagte ihr Vater. Er legte die Hand kurz auf ihre, und sie konnte die Tränen nicht zurückhalten. Er zog sie an sich, die erste zärtliche Berührung, an die Nina sich erinnerte. Und doch war es, als hätte sie schon oft an seiner Schulter gelegen.

Ihr Mund tat, was er wollte. Nina erzählte von Moskau, wie alles anfing, von ihr und Rem, ihrem Walzer in der Todeszone eines Achttausenders. Von Leo. Was er ihr bedeutete. Ihr Vater war vom Fach, verstand, brauchte keine großen Erklärungen. Er hätte es leicht ruinieren können, aber machte alles richtig, unterbrach sie nicht. Nina kam zu dem Tag im Winter, an dem sie zum ersten Mal darüber nachgedacht hatte, Leo und Rem aus der Sowjetunion herauszuholen.

Sprach nicht weiter.

Ihr Vater hatte seinen Arm um sie gelegt, nicht zu fest, nicht zu sanft, auf der Hollywoodschaukel, die bei jeder Bewegung quietschte. »Was ist passiert?« fragte er.

»Hab's versaut.« Nina weinte wieder. Aber das tat schon gut, fast wie bei einem todtraurigen Film, wo man den Trost besaß, dass das alles nicht wirklich war. Nur dass sie für den Rest ihres Lebens in diesem Film gefangen sein würde, ohne jemals den Abspann zu sehen.

Sie blieb drei Tage. Ihr Vater nahm sich frei, fuhr mit ihnen ins Siebengebirge, zum Drachenfels. Es machte ihre Mutter so froh, dass Nina sich schämte, all die Jahre seine Nähe gemieden zu haben.

In München schloss sie ihre Tür hinter sich und war genauso unglücklich wie zuvor. Boehnke kam, um nach ihr zu sehen.

»Ihr Vater hat mich letztes Jahr gefragt, wie Sie sich machen. Ich habe gesagt, wo Sie sind, ist Norden. Er ist irrsinnig stolz.«

Afrika, Asien; sie könne es sich aussuchen. Boehnke wollte sie partout bei der Aufklärung behalten. Nein, für sie kam nur eine Rückkehr zur Auswertung infrage. Der Gedanke, jemand anderen als Rem zu führen, erschien ihr absurd, und sie hoffte, in Pullach etwas über sein und Leos Schicksal zu erfahren. Sie drängte Boehnke, die Moskauer Residentur darauf anzusetzen, Röttger zur Not. Er machte Nina bewusst, dass es für Rem das

Todesurteil bedeuten konnte. Solang ihm nicht nachgewiesen wurde, dass er ein Doppelagent war, gab es noch die winzige Möglichkeit zu überleben. Doch würden sie nach ihm forschen und die Insel es erfahren, wäre das wie ein Geständnis. Dann könne Rem nichts mehr retten.

»Die Auswertung darf sich freuen«, sagte Boehnke. »Aber merken Sie sich meine Worte: Eines Tages wollen Sie ins Feuer zurück. Sie sind dafür geboren.«

Nina ging um sieben ins Bett, guckte fern und sah Leo und Rem, für immer auf ihrer Netzhaut gespeichert. Als es schellte, war es spät. Sie wollte nicht aufmachen, doch es wurde Sturm geläutet. Thräne. Nina fiel ihm um den Hals.

»Pack deine Tasche«, meinte er.

Sie fuhren die Nacht durch. Thräne sagte, dass er in Spanien gewesen sei, Beratungsjob, und nach seiner Rückkehr, gestern, gesehen habe, dass jemand aus München dreißig Mal versucht hatte, ihn zu erreichen. Nina erzählte, was passiert war. Hinter der italienischen Grenze stoppte er auf einem Parkplatz. Sein Mund zuckte, aber er weinte nicht.

»Hatte nie einen besseren Freund«, sagte er.

»Red nicht von ihm, als ob er schon tot wäre.«

Sie würde hoffen, bis es Gewissheit war.

»Ich hätte dir den halben Rubel niemals geben dürfen.«

»Wenn ich aufzählen würde, was ich mir alles nicht verzeihe, wärst du alt und grau, bis ich damit durch wäre.«

»Lass uns keinen Wettbewerb draus machen.«

Am frühen Morgen waren sie in Fréjus. Das Haus lag etwas außerhalb, vom Meer bloß durch eine Straße getrennt. Als sie es sah, wusste sie, dass sie hier leben könnte. Im Wohnzimmer hing ein Kunstdruck von Warhol, *Double Elvis*. Vor der Terrasse war nichts als Blau. Thräne machte Frühstück; sie aßen kaum etwas. Mittags gingen sie am Strand entlang. Sie sagte, dass sie sich mit ihrem Vater ausgesöhnt habe; es freute ihn.

»Was du bist, bist du wahrscheinlich durch ihn.«

Sie blieb stehen, grub ihre Zehen in den Sand. Die Welt war vollkommen und sie ein Fremdkörper.

»Ich kenne Jörg Aaron von der GSG-9 gut«, meinte Thräne. »Er ist der Mann, der in Mogadischu als Erster in das Flugzeug ging. Jörg ist vor Kurzem Vater geworden. Jenny ist sein ganzer Stolz. Ich wette, dass sie mal in unserem Geschäft landet.«

»Hast du Kinder?«

»Ich zittere, wenn's an der Tür klopft.«

Am Abend saß sie im Garten. Zikaden machten Radau, ihre Hand spielte mit Grunjas Kiesel. *Meine Mutter hat erzählt, dass die Frauen dort große Hüte mit Schleiern tragen.*

Thräne kam und reichte ihr ein Glas Rotwein. »Ich habe ein paar Anrufe gemacht. Rem ist in der Lubjanka. Keine Ahnung, wie viel sie wissen, aber es sieht nicht gut aus.«

»Und Leo?« fragte sie sofort.

»Da muss mein Mann passen, tut mir leid.«

»Das ist nicht alles.«

»Bossoi hat überlebt.«

Sie hatte ihn vor Augen, sterbend auf dem Trottoir vor dem Restaurant, das Blut, das aus seinem Mund schoss, das Gesicht blutiges Aas. Sie hörte ihn husten, seine Hand brechen, als sie drauftrat. »Unmöglich. Du hättest ihn sehen sollen.«

»Er ist in der Kreml-Apotheke.«

So wurde die Klinik des Politbüros in Kunzewo genannt.

»Er wird von Spezialisten behandelt. Keine Ahnung, ob sie ihn hinkriegen. Aber ich würde mich nicht mehr in München blicken lassen. Die wissen, wo du wohnst und wo du arbeitest. Du kannst dich nie mehr in dein Auto setzen, ohne den Atem anzuhalten, wenn du den Anlasser startest.«

Minuten schwiegen sie, lauschten der Brandung. »Ich laufe vor denen nicht weg«, sagte Nina. »Es wäre sinnlos, sie würden mich überall finden.«

»Ich verstehe mich auf sowas. Ich könnte dich für den KGB unsichtbar machen.«

»So ein Leben will ich nicht führen.«

»You're a rich girl, vergessen?«

»Es ist nicht mein Geld. Würde ich es nehmen, wäre meine Selbstachtung dahin. Dann lieber sterben.«

Noch eine Nacht ohne Schlaf. Um halb sieben hörte sie das Telefon klingeln. Kurz darauf klopfte Thräne an ihre Tür, kam rein und setzte sich auf die Bettkante.

Sie richtete sich sofort auf. »Rem? Leo?«

»Nein. Das war Boehnke; er dachte sich, dass du bei mir bist. Scheint, als wärst du in eine Tonne voll Unglück gefallen. Dein Vater ist tot. Verkehrsunfall, heute Nacht.«

Er brachte sie nach Aix zum Bahnhof. Beim Zwischenstopp in Paris rief sie ihre Mutter an, verstand kaum ein Wort in all dem Schluchzen. Nina war erst nachts in Meckenheim. Ihre Mutter hatte Augen wie zersprungenes Glas. Er war spätabends vom BKA heimgefahren, hatte unterwegs gehalten, um Zigaretten zu kaufen. Als er über die Straße ging, kam ein Auto angerast. Er starb noch am Unfallort; Fahrerflucht.

»Nach deinem Besuch hat er so gestrahlt«, sagte ihre Mutter.

Jemanden zu trösten, wenn man selbst Trost brauchte, war das Schwerste von der Welt. Eine Woche lang war Nina jeden Abend wie gerädert. Zu der Beerdigung kamen viele Menschen, die meisten vom BKA. Ihre Mutter tat so, als würde sie atmen. Am Grab verlor sie den Halt. Als Nina sie unterfasste, hatte sie das Gefühl, eine Schaufensterpuppe im Arm zu haben. Beim Leichenschmaus im Gasthaus stand sie auf, ertrug das Lachen nicht. Draußen spielten Kinder Himmel und Hölle.

Richard Wolf kam, rauchte. Mit breiteren Schultern hätte er der Marlboro-Mann sein können. Ein Gesicht wie grober Fels.

»Mein Beileid zum Tod Ihrer Frau«, sagte sie.

Risse sprangen aus dem Fels, schlossen sich wieder.

»War es bei meinem Vater ein Unfall?«

»Was sollte es sonst sein?«

»Haben Sie eine SoKo oder überlassen Sie das dem LKA?«

»Wo arbeiten Sie nochmal?« fragte Wolf.

»Bundesvermögensverwaltung.«

»Boehnkes Truppe?«

»Auswertung.«

»Wir ermitteln selbst. Aber wir tappen noch im Dunkeln.«

»Wie war mein Vater? Ich habe ihn kaum gekannt.«

Wolf schwieg eine Zeit. Er hatte eine Art zu rauchen, die ihr gefiel. Als könnte er von jetzt auf gleich damit aufhören, habe aber keine Lust dazu. »Das letzte Jahr war er nüchtern«, sagte er. »Ich muss Ihnen das nicht erklären. Er hatte keine Freunde, wirkliche Freunde, meine ich. Aber von solchen Männern gibt es viele bei uns. Man konnte sich auf ihn verlassen.«

»Sie mochten ihn nicht«, sagte Nina.

»Es ziemt sich nicht, auf Beerdigungen schlecht zu reden.«

»Er war Alkoholiker, und Sie haben ihn im Dienst gelassen?«

»Wenn man bei uns, bei Ihnen und beim Verfassungsschutz alle entlassen würde, die saufen, wäre die Innere Sicherheit in diesem Land im Eimer.«

»Glauben Sie an einen Unfall?«

»Das klingt, als hätten Sie einen Verdacht.«

*Grüße aus Moskau. Erst dein Vater. Dann du.*

»Er hat nicht bei der Bundespost gearbeitet«, sagte Nina.

Wolf nickte bedächtig. »Wer sich in diesem Job keine Feinde schafft, sollte umsatteln.«

»Halten Sie mich auf dem Laufenden?«

»Ja.« Er gab ihr seine Karte. »Sie erinnern mich an jemanden, den ich mag. Wenn ich mal was für Sie tun kann, lassen Sie es mich wissen. Ich bin nicht der Typ, der das dahinsagt.«

26. Juni 1981. Vernehmung Opel, Elsa. Abt.1. Operationsname: Popeye. Durch: Weller, Simone. Erste Direktorin, Leiter SI.

»Frau Dr. Opel, Sie waren über ein Jahr in Moskau. Was war Ihre dortige Mission?«

»Ich habe die Quelle Pilger geführt.«

»Ein hoher Offizier der Ersten Hauptverwaltung, Dienst I. Zuständig für HVA-Meldungen und das Politbüro-Bulletin.«

»Das ist korrekt.«

»Warum haben Sie das Operationsgebiet verlassen?«

»Pilger wurde vom KGB enttarnt.«

»Woher wissen Sie das?«

»Er konnte mich über einen Toten Briefkasten warnen. Ich musste sofort handeln.«

»Besitzen Sie diese Nachricht noch?«

»Nein. Sie bestand aus einem weißen Blatt mit einem Kreuz.«

»Für mich ist das die Vernichtung eines Beweises.«

»Ich muss nichts beweisen. Und mir gefällt Ihr Ton nicht.«

»Wie kann es angehen, dass Pilger enttarnt war und Ihnen trotzdem diese ominöse Botschaft schicken konnte?«

»Sie wissen sehr gut, dass man in so einem Fall den Agenten zuerst observiert, um das Umfeld abzuschöpfen. Offenbar war es Pilger gelungen, sein Beschattungsteam abzuschütteln.«

»Wie kam es zu seiner Enttarnung?«

»Keine Ahnung, was Sie aus einem Kreuz alles herauslesen können. Meine Möglichkeiten sind da begrenzt.«

»Das scheint mir nicht so.«

»Ein Lob?«

»Bewahren Sie sich Ihren Humor. Wir werden ventilieren, wer Pilger wirklich ist und welches Fehlverhalten Sie an den Tag gelegt haben. Danach sprechen wir über die fünf Millionen, die in Genf verschwunden sind.«

»Ich freue mich darauf.«

# ZWEI JAHRE, EIN BLINZELN

Um Mitternacht des dritten Tages beendete Weller die Verhöre, ohne Nina irgendetwas nachgewiesen zu haben. Als sie beide im strömenden Regen zu den Autos gingen, drehte Weller sich noch einmal um und nickte ihr zu. Es konnte ein Zeichen des Respekts oder eine Kampfansage sein.

Sie hatte erwartet, ihr altes Büro zurückzubekommen, aber Angelika Leidinger teilte Nina gleich am ersten Arbeitstag mit, dass sie dem neuen Referat *Spitzenmeldungen* zugeteilt sei, das in einem eigenen Geschoss residierte, hoch über der regulären Auswertung. Sie waren nur zwanzig, handverlesen; Finished Intelligence für die Bundesregierung. Nina zeichnete für alles aus der Sowjetunion verantwortlich und saß nun genau dort, wo Kamyschin es erträumt hatte. Wäre sie Kundschafterin des KGB gewesen, hätte man sie auf der Insel als Pink Star geführt, eine Sensation wie Pilger für den BND.

Im Prinzip.

Tatsächlich war das, was aus Russland hereinkam, dünn. Sie vermutete die beiden Quellen bei einer Parteischule und dem Außenhandelsministerium. Die eine eventuell eine Sekretärin. Die Frau, die sich im Hotel auf Röttgers Schoß rumgetrieben hatte? Nein, wie eine Sekretärin hatte sie nicht ausgesehen.

In Ninas neuem Referat wurden private Kontakte gemieden. Sie brauchten dazu keine Dienstanweisung; allen war bewusst, dass sie hier am offenen Herzen operierten. Anfangs fragte sie sich noch, wer von ihnen Koi war, aber nach einer Weile dachte sie nicht mehr darüber nach.

Mit Motte und Kamyschin war es ähnlich wie mit RJaN. *Fürs Wochenende erwarten wir vereinzelte KGB-Killerkommandos und Autobomben.* Irgendwann im August startete sie ihren Fiat und hatte die Angst vergessen. Vielleicht war Bossoi tot, vielleicht nicht. Wenn sie mit Thräne telefonierte, stets von einer Zelle aus, fragte sie ihn nicht, und er schnitt das Thema nie an.

Leo und Rem waren Tag für Tag bei ihr, vom Aufwachen bis in ihre Träume. Wenn Nina am Eisbach lief, brach sie am Ende zusammen. Dass Rem auf seine Hinrichtung wartete, war nun sicher. Sie ging zu Boehnke, flehte ihn an, mit der Insel einen Deal zu machen.

»Wir haben ihnen nichts anzubieten«, sagte er. »Einen Pink Star tauscht man nur gegen einen Pink Star.«

Wellers Unterstellung, dass Rem ein Doppelagent des KGB gewesen sei, war ihm nur einen Satz wert.

»Die Frau ist ein Scheißhaufen auf zwei Beinen.«

Über das verschwundene Geld verlor er nicht ein Wort. Die Verhörprotokolle kannte er natürlich. Ihr war klar, dass SI ihre Wohnung verwanzen und sie ein Jahr lang observieren würde, um zu sehen, ob sie Zugriff auf die Millionen besaß.

Doch an Beschattungen und das Leben in einer abgehörten Wohnung war sie gewöhnt.

Sie meldete sich in einem Schwabinger Boxverein an. Nach dem ersten Sparring sagte ihr Trainer: »Russische Schule, sehe ich sofort.« Sie erfand einen wolgadeutschen Onkel. Im Verein gab es noch eine Frau, bereits Jahre dabei. Nach zwei Runden mit Nina war sie bedient.

Im Oktober wurde Guillaume ausgetauscht. Nina dachte an das, was Rem über ihn gesagt hatte. *Er war nicht der Meisterspion, zu dem eure Presse ihn stilisiert hat. Im Grunde hat er für Brandt nur den Kalender geführt. Der hielt ihn für einen Hanswurst. Aber Mischa Wolf hat gesagt, dass sie ihn in Ost-Berlin als größten Spion seit Mata Hari empfangen werden.*

Im November rief Richard Wolf an und ließ sie wissen, dass man sich bei ihrem Vater auf einen Unfall festgelegt hatte.

»Und was glauben Sie?« fragte Nina.

»Zum Glauben fehlt mir das Talent.«

Weihnachten war sie bei ihrer Mutter, Tage des Schreckens. Über Silvester fuhr Nina zu Thräne. Sie saßen um Mitternacht am Strand und starrten aufs Wasser.

»Er lebt noch«, murmelte er. »Zur Abschreckung lassen sie es uns wissen, wenn sie Überläufer hinrichten.«

»Wie würden sie es machen?«

»*Unerwarteter Nahschuss* nennen sie das. Sie führen dich zu deiner Zelle oder zu den Duschen. Im Flur ist eine Nische, aus der ein Mann mit einer Waffe tritt. Er schießt dir von hinten in den Kopf. Du kriegst es nicht mit.«

»Was werden sie mit Leo tun?«

»Stell keine Fragen, wenn du Angst vor der Antwort hast.«

Hoch über ihnen das Feuerwerk, sein Widerschein auf dem spiegelblanken Meer, Funken, die im Wasser verlöschten.

Im Februar erklärte die Bonner Staatsanwaltschaft, dass sie gegen Flick-Chef von Brauchitsch, Finanzminister Matthöfer und Wirtschaftsminister Lambsdorff wegen Bestechung und Bestechlichkeit ermittele. Helmut Kohl litt unter plötzlichem Gedächtnisverlust und kam damit davon. *Mit seinem Gewissen ließe sich eine Pfanne besser als mit Teflon beschichten*, dachte sie. Rems Film hatte Boehnkes Tresor vermutlich nie verlassen.

Ein halbes Jahr verging, als wär's eine Sekunde. In Leningrad wurde der Vertrag für eine Pipeline unterzeichnet, die Gas von Jamal nach Bayern pumpen sollte. Die Reagan-Administration warnte davor und verhängte Sanktionen. Man wollte von Nina eine Analyse. *Bonn war Moskau gegenüber viel zu lange blauäugig*, schrieb sie. Angelika Leidinger forderte Nina auf, das gefälligst umzuformulieren. Als sie sich weigerte und es folgenlos blieb, war ihr klar, dass sie unter Boehnkes Schutz stand.

Im Verein ließ der Trainer sie jetzt gegen Mittelgewichtler kämpfen. Sie hatte keine Chance, sie zu fällen, aber von ihrer rechten Geraden hielten sie sich fern. Sie musste nur Grunjas Kiesel oder Leos Lippenstift anfassen, um in Moskau zu sein, während alle glaubten, sie in München zu sehen.

Im Herbst wurde Kohl Kanzler, und Breschnew kam unter die Erde. Andropow folgte ihm nach. Sie sah ihn vor sich, sein Lachen ein Gähnen, die Diabetes-Ekzeme. Drei Jahre gab sie ihm. Christian Klar und Brigitte Mohnhaupt wurden verhaftet, die RAF schien zerschlagen zu sein. Es war für sie unmöglich, Zeitung zu lesen, die Nachrichten zu schauen, Quellenberichte zu bewerten, ohne an Rem zu denken.

Noch immer keine Meldung von seiner Hinrichtung. *Wenn eine Spinne in einem Glas ein Netz spinnt, ist der, an den du denkst, am Leben*, hatte Grunja einmal gesagt. Nina hatte keine Spinne zur Hand. Doch sie begann sich zu fragen, ob Moskau mit Rem etwas vorhatte und doch auf einen Austausch setzte.

Dann gegen jemanden, der groß genug war.

*Jegor Beljakow.*

Der Name schoss ihr nachts um drei in den Kopf. Nina fand keinen Schlaf mehr. Sie marschierte frühmorgens zu Boehnke und hörte, dass Jeg the Ripper noch immer in einer Todeszelle des Folsom State Prison war. Sie redete auf Boehnke ein, seine CIA-Kontakte anzuzapfen. Nach zwei Tagen Hoffnung schlug er Nina die Beine weg. »Mein Kumpel aus der Moscow Station macht jetzt Geld an der Wall Street. Wenn du raus bist, bist du raus. Ich habe mit Carter McGhee geredet, dem Chief of Berlin Station. Null Interesse. Für die zählen bloß die eigenen Leute. Übrigens: Ihr Telefon wird nicht mehr abgehört.«

»Bei unserer letzten Begegnung hat Rem etwas angedeutet. Er sagte, dass er ein Geheimnis kenne, das die Bundesrepublik erschüttern würde. Wäre das nicht jede Anstrengung wert?«

Boehnke sah sie mitleidig an.

»Sie glauben mir nicht?«

»Ich glaube, dass Sie alles tun würden, um Kukura und Leo zu retten. Sie wissen nicht, wie man aufgibt. Weil Sie es noch nie getan haben. Aber Sie müssen es lernen.«

Als Nina in der Silvesternacht wieder mit Thräne am Strand saß und Champagner aus der Flasche trank, fragte er, was der schlimmste Tag des Jahres gewesen war.

»Unser Geburtstag«, sagte sie.

Ein Blinzeln später jährte der Tag sich schon wieder.

Noch immer kein Prozess, keine Hinrichtung.

Die Hitler-Tagebücher erwiesen sich im April als Fälschung Im Juli analysierte Nina einen Artikel der *Literaturnaja Gaseta.* Darin wurde behauptet, dass dieses neue Virus, von dem jetzt alle redeten, in einem US-Militärlabor als Biowaffe entwickelt und gezielt in die Welt gesetzt worden war. Sie bewertete das als Beginn einer Desinformationskampagne der Insel. Schnell setzte der Begriff Aids sich durch. Für die Revolverpresse war es schlicht *Die Lustseuche.*

Mitte September sprang Jegor Beljakow sie an.

Der *Süddeutschen* zufolge war der Termin für die Giftspritze auf Oktober festgesetzt worden. »Menschenrechtler« hielten vor dem Gefängnis Mahnwache; Beljakow sei unschuldig und ein politischer Gefangener. KGB, leicht zu durchschauen. Sein Vater war ZK-Sekretär für Verkehr und Mitglied des Politbüros. Moskau drohte wegen Beljakow mit dem Abbruch der Genfer Rüstungsverhandlungen.

Nina war wie im Fieber. Wenn Beljakow hingerichtet wurde, wäre auch Rems Ende beschlossen. Boehnke war keine Option mehr. Aber nachts dachte sie daran, was ihr Vater über Richard Wolf gesagt hatte.

*Er war zwei Jahre unser Verbindungsmann in Quantico und hat glänzende Beziehungen zu FBI und CIA.*

Wolf stellte am Telefon keine Fragen. Wenn es passen würde: Morgen sei Samstag, er habe im Schiersteiner Hafen ein Boot. Sie war lange vor der Zeit da, setzte sich in der Marina auf die Mole und erinnerte sich an Rems Worte. *Ihr habt ja auch einen Wolf, Richard, den Leiter eurer Spionageabwehr. Mischa betrachtet ihn als seinen gefährlichsten Gegner. Ich weiß nicht, wer von beiden das größere Raubtier ist.* Wolf kam, sonnengegerbt, als habe er seit Monaten nicht einen Tag im Büro verbracht. Sie tuckerten auf den Rhein hinaus, setzten blaue Segel und glitten über den Sehnsuchtsfluss der Deutschen, jagten Möwen auf.

Wolf warf ihr eine Dose Bier aus der Kühlbox zu. »Sie sehen aus, als ob Sie zwei beschissene Jahre gehabt hätten«, sagte er.

»Das halte ich für untertrieben«, erwiderte Nina.

»Schon haben wir etwas gemeinsam.«

»Auf der Beerdigung meines Vaters habe ich Ihnen erzählt, dass ich bei der Auswertung bin«, hob sie an. »Das ist korrekt. Aber davor war ich über ein Jahr in Moskau im Einsatz. Wenn ich dieses Gespräch fortsetze, wäre das Geheimnisverrat, und Boehnke könnte mich ans Kreuz nageln. Stehen Sie sich nah?«

»Wir sind noch keine Freunde, aber könnten's werden.«

»Dann reden wir vielleicht besser über was anderes.«

Und hoffte inständig, dass Wolf nicht darauf einging.

»Vor drei Jahren bat er mich um einen Gefallen«, meinte er bedächtig. »Ich sollte jemanden aus dem Auswärtigen Amt für ihn überprüfen, und zwar so, dass es unter uns bliebe. Ich habe ihm vorgeschlagen, es als ARP-Verfahren zu machen. Das liegt unterhalb der Schwelle einer Staatsanwaltschaft, darüber wird keine Akte angelegt. Aber er wollte es noch diskreter. Ich weiß gern, wofür ich meinen Allerwertesten aus dem Fenster hänge. Boehnke meinte, er hätte jemanden in Moskau, dessen Leben ihm was bedeute. Große Worte für einen wie ihn. Dieser Mann im AA hieß Kling. Sagt Ihnen das was?«

Nina nickte.

»Es kam nichts dabei heraus, er war sauber. Jetzt haben wir beide Geheimnisverrat begangen und dürfen uns entspannen.«

Nina atmete wieder. »In Moskau hatte ich eine Quelle beim KGB. Rem Kukura, Generalmajor der Ersten Hauptverwaltung. Er ist enttarnt worden und sitzt im Gefängnis. Man hat ihn als Faustpfand bis jetzt am Leben gelassen. Gegen Jegor Beljakow würde der Kreml ihn austauschen.«

»Jeg the Ripper gegen einen Pink Star«, murmelte Wolf.

»Er ist größer als Richard Sorge«, sagte sie.

»So einen Mann einer Analystin anzuvertrauen, ist äußerst ungewöhnlich. Wie kam es dazu?«

»Kukura mochte meine Beine.«

»Danke, habe ich verdient. Hatte Boehnke keine Sorge, dass es eine Provokation sein könnte und die Insel Sie wegen Ihres Vaters ausgewählt hatte, um bei uns eindringen zu können?«

»Doch. Aber das hat sich nicht bewahrheitet.«

»Ich kriege gerade Sodbrennen. Boehnke hat hoch gespielt. Am Schluss hätte der Dreck vor meiner Tür gelegen und nicht vor seiner, denn Ihr Vater hat für *mich* gearbeitet.«

»Er hätte sich niemals anwerben lassen, das wissen Sie.«

»Warum kommen Sie mit Kukura zu mir?«

»Boehnke ist für mich ausgereizt, und ich weiß von meinem Vater, dass Sie in Washington die richtigen Leute kennen. Um ehrlich zu sein, sind Sie meine letzte Hoffnung.«

»Was hätten die Amerikaner davon?«

»Kukura war Jahre an der UN-Residentur des KGB. Dort hat er hochrahmige Quellen geführt. Er verfügt über unschätzbare Informationen über das Agentennetz in den Staaten. Das FBI kannte ihn damals unter seinem Decknamen Pawel Orlow. Sie könnten ihn melken, sobald er im Westen ist. Und Beljakows Austausch wird in Moskau und D.C. die Gemüter beruhigen.«

»Sie denken, Kukura würde reden?«

»Das hat er mir versichert, ehe er enttarnt wurde.«

Eine Lüge.

Nina erinnerte sich, wie Rem an einem Wochenende auf der Datscha meinte: *Sollte man mich doch irgendwann austauschen, würde ich niemals über die Kameraden sprechen, mit denen ich in der DDR und in Amerika war. Das ist was für Charakterschweine.*

Wolf legte das Neunmeterboot in den Wind, ließ es über die Wellen schießen. Es lag so schnittig auf dem Wasser, dass Nina sich festhalten und die Füße auf die Planken stemmen musste, um nicht von Bord zu fallen.

»Ich werde mal telefonieren«, sagte er.

Am Steg gaben sie sich die Hand. »Sie sagten, dass ich Sie an jemand erinnere, den Sie mögen. Darf ich fragen, wer es ist?«

»Meine Tochter Sophie. Sie ist elf Jahre alt und weigert sich seit dem Tod ihrer Mutter, mich zu sehen. Ihr Vater hat mal im Vollrausch über Sie beide geredet. Konnten Sie sich wenigstens von ihm verabschieden?«

Sie nickte. Wolf sollte öfter lächeln, das kleidete ihn.

Zwei Wochen Funkstille. Dann las Nina in der Zeitung, dass Beljakows Exekution aufgeschoben worden war.

Am gleichen Tag meldete Wolf sich. »Man wird Moskau den Tausch vorschlagen. Sobald ich etwas weiß, erfahren Sie es.«

Ein Monat verging, ohne dass sie von ihm hörte. Sie lief bis zum Umfallen, schlug im Boxverein ihre Fäuste am Sandsack taub. Um Mitternacht des 1. November klingelte ihr Telefon.

»Berlin, Glienicker Brücke. In zwölf Tagen.«

Was er sonst noch sagte, war weg. Nach dem Auflegen fragte sie sich einen Moment, warum er ihr geholfen hatte. Sie hielt Wolf für einen Mann, der das Soll und Haben von Schuld und Dankbarkeit stets im Blick behielt. Doch es wurde fortgerissen von dieser Woge aus Glück. Sie rief Thräne an.

»Wer dich zur Freundin hat, lebt ewig«, sagte er.

Dann stand sie Rem auf der Brücke gegenüber.

# MONOMACH

*Jetzt*

Der Wasserhahn leckte. Nach dem Wachwerden hatte es eine Weile gedauert, bis die ersten Gedanken durch diese Watte in ihrem Schädel gesickert waren. Dann hatte sie angefangen, die Sekunden zwischen den Tropfen zu zählen. Immer zehn. Nina fuhr mit dem Zählen fort, während sie den linken Arm aus der Schlinge nahm und betastete. Eine Stelle tat weh, das musste die Schusswunde sein, von der die »Schwester« geredet hatte. Falls sie wirklich Verbrennungen hatte, dann leichte. Den Arm konnte sie unter Schmerzen bewegen. Gut. Als sie das Pflaster am Hals berührte, stöhnte sie auf. Der Streifschuss war keine Erfindung. Nina schlug die Decke zurück. Das linke Bein hatte man auf beiden Seiten mit Plastik oder Metall geschient und dick mit Tape umwickelt.

Zwei Minuten waren vergangen, seit Nina zählte. Es würde nicht lange dauern, bis die »Schwester« kam. Sie brauchte ein Messer oder eine Schere und musste sich beeilen. Da war ein Rollwagen. Zu weit. Mit der Schiene konnte sie nicht aus dem Bett, ohne Geräusche zu machen.

Ihr Blick fiel auf die zwei Haken des Infusionsständers. An dem einen hing der Tropf, der andere war unbenutzt. Nina zog den Ständer vorsichtig mit dem Schlauch zu sich heran, kippte ihn und zog den Haken ab.

4:30. Jeden Moment würde die Tür aufgehen.

Das Tape aufzuritzen, war um einiges schwerer als gedacht. Nina arbeitete konzentriert, hatte mit dem Zählen aufgehört. Das war jetzt sinnlos.

Als das Bein frei war, musterte sie es. Eine Schürfwunde am Oberschenkel war alles. Sie beugte das Bein, streckte es wieder. Nichts behinderte sie. Sie zog die Decke drüber, legte den Arm zurück in die Schlinge. Ihre rechte Faust umschloss den Haken. Sie begann wieder zu zählen, ihr Kopf wurde klar.

*Wo bin ich?*

*Irgendwo in der DDR, in einem Stasi- oder KGB-Objekt.*

*Dass Simone Weller mich hier verhört hat, bedeutet: Sie wurde umgedreht. Entweder ist sie die Quelle, die der KGB in Pullach hat.*

*Oder Koi.*

*So oder so: Sie hat mich verraten und gleich nach Beginn meiner Moskau-Mission für meine Enttarnung gesorgt. Es genügte, ihr ein Foto von mir zukommen zu lassen. Aber von Pilger wusste Weller damals nichts, sonst wäre Rem längst nicht mehr am Leben.*

*Von ihm hat sie erst drei Wochen nach meiner Rückkehr erfahren, als sie mit meinen Verhören betraut wurde. Rem stellt eine Gefahr für sie dar, weil sie nicht weiß, ob er ihre Identität kennt und das bisher als Gastgeschenk für sich behalten hat.*

*Ob sie für Moskau arbeitet oder für Ost-Berlin: Man war bereit, sie zu opfern. Das Leben von Beljakow war wichtiger als die Quelle in Pullach. Weller stand vor der Wahl, sich aus der Bundesrepublik abzusetzen oder zu verhindern, dass Rem in den Westen kam.*

*Sie hat das Attentat geplant und einen Killer angeheuert.*

*Nein, das ergibt keinen Sinn. Sie tappt im Dunkeln. Alle Fragen, die sie mir bisher gestellt hat, zeigen, dass sie nicht weiß, wer für die Sprengung der Glienicker Brücke verantwortlich ist. Sie befürchtet eine weitere Eskalation der Situation, hat Angst, es könnte darüber zum Atomkrieg zwischen den Supermächten kommen.*

*Aber das eine schließt das andere nicht aus.*

*Weller könnte den Anschlag inszeniert haben und muss jetzt die Ahnungslose spielen. In Ost-Berlin und Moskau weiß man bestimmt nicht, was sie getan hat. Sie wird beten, dass es so bleibt. Ihretwegen musste Beljakow sterben, der Sohn eines Politbüromitglieds.*

*Stimmt das überhaupt? Was sie erzählt hat, könnte alles gelogen sein. Musste Boehnke wirklich gehen? Ist Beljakow wirklich tot?*

*Rem noch am Leben?*

Dieser Gedanke riss Ninas Herz auf, so brutal, dass sie keine Luft mehr bekam. Sie zwang sich, ruhig zu bleiben.

*Weller geht ein beträchtliches Risiko ein, mich zu verhören, hier, in der DDR, um mir vorzugaukeln, ich wäre in Hamburg. Sie wird sich in Pullach krankgemeldet haben, jetzt, wo dort alle rotieren.*

*Was hat man mit mir vor?*

*Stasi und KGB erhoffen sich Antworten. Weller suggeriert ihnen, dass ich in den Anschlag verstrickt bin.*

*Wie soll ich hier lebend rauskommen?*

*Und dann über den Todesstreifen und die Mauer?*

Sie hörte Rems Stimme.

*Manchmal scheint etwas vollkommen unmöglich zu sein. Es ist, als wollte man einen Abgrund mit zwei Sprüngen überwinden, hat Churchill das genannt. Aber nichts ist unmöglich, vergiss das nie.*

Es fühlte sich gut an, diesen Haken in der Faust zu haben.

Als die Tür aufging, waren zwei Minuten vergangen. Simone Weller zog den Stuhl heran, setzte sich hin und schaltete ihren Rekorder ein. »17.11.1983, 07:35 Uhr. Fortsetzung der Befragung von Opel, Elsa, Finished Intelligence. Durch: Weller, Simone, Erste Direktorin. Frau Opel, Sie hatten jetzt hinreichend Zeit, Ihre Lügen zu überdenken. Bleiben Sie dabei, nicht zu wissen, was auf der Glienicker Brücke geschah? Und warum?«

»Wechseln Sie Ihr Kostüm doch mal, es müffelt.« Nina ließ ihre Stimme schleppen, um Schwäche vorzutäuschen.

»Ich will mit Ihnen über Carter McGhee reden, den Berliner Station-Chief der CIA«, sagte Weller. »Er kam einige Minuten vor dem Austausch an. Sie taten mir gegenüber so, als wüssten Sie nicht, wer er ist. Bestätigen Sie das?«

»Ich bestätige, dass Sie ganz offensichtlich vergessen haben, ein Deo nach Hamburg mitzunehmen.«

Weller roch kein bisschen. Aber Nina registrierte befriedigt, dass sie rot anlief und ihr Blutdruck auf Touren kam.

»Frau Opel, ich frage Sie noch einmal: Wann sind Sie Carter McGhee zum ersten Mal begegnet?«

»Hatten Sie als Kind einen Goldhamster namens Irmchen?«

»Sie haben nicht zehn Stunden vorher mit ihm am Wannsee auf einer Bank gesessen?«

*Woher weiß sie das?*

*Ich bin an dem Tag von keinem QB observiert worden, bloß von McGhee. Hat sie mit ihm gesprochen?*

Weller legte ein Foto auf ihre Decke. Nina und Santa Claus auf der Bank, seine rosigen Wangen, sein aasiges Grinsen, als er sie mit Zarizyno erpressen wollte.

»Protokollnotiz: Ich konfrontiere E. O. mit einer Aufnahme, die sie mit Carter McGhee am Mittag des 13. November zeigt.«

*Das Foto wurde von der Ostseite aus gemacht, auf DDR-Gebiet.*

»Sie scheinen Freunde in Potsdam zu haben«, sagte Nina.

»Einen Informanten bei den Grenztruppen. Was hatten Sie und McGhee miteinander zu besprechen?«

»Soll er etwa auch mit der Sache zu tun haben?«

»Sagen Sie's mir.«

»Versuchen Sie, einen Termin bei ihm zu kriegen.«

»Den hatte ich. Er meint, ich soll Sie nach Zarizyno fragen.«

*Sie hat es nicht von ihm, sondern vom KGB.*

*Oder?*

Sie versuchte, sich an den exakten Wortlaut von McGhee zu erinnern. Grübelte.

*Unsere Moscow Station weiß, was Sie dort vor zwei Jahren taten.*

In Zarizyno hatte Nina damals niemanden in Zivil gesehen, keinen KGB. Die CIA musste eine Quelle bei der Miliz haben.

*Nein, nicht zwingend.*

*Spätestens, nachdem Bossoi in der Lage gewesen war zu reden, wusste der KGB Bescheid. Die Quelle könnte auch dort sein.*

»Auf dem Flug nach Berlin haben Sie gesagt, dass ich Ihnen gefalle«, murmelte Nina. »Ich beginne, daran zu zweifeln.«

»Was war in Zarizyno, Frau Opel? Was hat die CIA damit zu tun? Und wo ist die Verbindung zu Berlin?«

*Seien Sie gefälligst dankbarer. Immerhin bin ich der Mann, der Kukura vor der sicheren Hinrichtung bewahrt hat*, hatte McGhee am See gesagt. *Aber Boehnke zufolge wollte er von Rems Austausch nichts wissen. Für McGhee würden nur die eigenen Leute zählen.*

*Das wurde in Washington entschieden, nicht in Berlin. Wieso log McGhee mich an? Damit ich mich erkenntlich erweise und mit ihm kooperiere?*

*Oder steckt mehr dahinter?*

»Ich bin keine Psychologin, aber die Körpersprache, die Sie auf dem Foto zeigen, ist für mich eindeutig«, sagte Weller. »Er hat versucht, Sie mit irgendetwas unter Druck zu setzen.«

*Sollte ich eine winzige Chance haben zu fliehen, dann jetzt. Ich muss ihr bewusstmachen, dass ich niemals reden werde. Sie werden mich wieder ruhigstellen. Oder mich töten, weil sie weitere Verhöre für sinnlos halten. Für mich bleibt das ein Nullsummenspiel. Weller muss verschwinden und die sogenannte Schwester zu mir schicken.*

»Ich würde Ihnen ja gerne ein Kompliment machen«, sagte Nina. »Dass Sie eine ganz harte Frau sind und das Schild *Erste Direktorin*, auf das Sie so großen Wert legen, zu Recht an Ihrer Tür klebt. Dass ich zittere, wenn ich Sie sehe. Die Wahrheit ist: Es war gut, dass Sie vorhin Ihren Namen aufs Band gesprochen haben, sonst hätte ich mich nicht mal erinnert, wie Sie heißen. Boehnke hat Sie als Scheißhaufen auf zwei Beinen bezeichnet. Ich finde, das ist geschmeichelt. In meiner Moskauer Wohnung hatte ich Kakerlaken, die hundertmal härter waren als Sie und tausendmal mehr Grips besaßen. Wenn Sie Ihren Hängearsch nicht sofort aus diesem Zimmer schieben, spucke ich Ihnen in Ihre debile Visage, weil ich Ihnen aus den bekannten Gründen leider nicht reintreten kann.«

Wellers Mund öffnete und schloss sich wieder. Sie stand auf, tat den Kassettenrekorder in die Tasche und ging zur Tür. Dort sagte sie: »Mit Ihnen ist es so schnell vorbei, wie Sie nach oben kamen. Dass es mich nicht freut, wäre eine Lüge.«

Nina war allein. Sie bog den Haken zu einer Art Fleischnadel, nur größer, verbarg ihn in ihrer linken Hand, wo die Schlinge war. Sie dehnte ihre Muskeln, um sie zu lockern, war so bereit, wie es unter diesen Umständen möglich war.

Die Tür ging auf, und die »Schwester« kam.

*Zwei Zentner.* Selbst wenn Nina zwanzig Kilo Fett abzog: Die Frau war ihr an Körperkraft deutlich überlegen. Sie würde das durch Schnelligkeit ausgleichen müssen.

*Wenn ich in meinem Zustand noch schnell bin.*

Anders als zuvor plapperte »Brigitte« nicht gleich drauflos. Sie ging schweigend zu Nina und murmelte: »Das wird Ihnen guttun.« Sie stand links, wie immer, wenn sie ihr eine Spritze gab. Ninas Hand flog aus der Schlinge. Sie schnitt der Frau mit dem Haken tief in die Wange und nutzte die Sekunde, in der sie wie paralysiert war, um ihr die Spritze bis zum Anschlag in den Hals zu rammen. »Brigitte« kippte um. Sie wollte schreien, aber Nina war schon aus dem Bett gesprungen, kniete sich auf sie und drückte ihren Mund zu. Nina sah in ihre beim Sterben weit aufgerissenen Augen. Bossoi hatte nicht recht. Es gab im Leben Besseres. Doch was Besseres als Leben gab es nicht. Sie stand auf, wischte ihre Hand am Laken ab, riss die Kanüle aus ihrem Arm. Weißer Schaum quoll aus dem Mund der Frau.

*So hätte ich ausgesehen.*

Nina filzte den Kittel. In einer der Taschen war eine Pistole, eine *Heckler & Koch*, die Waffe, die der Imker ihr damals geben wollte. Nicht gerade die Standardausstattung für Schwestern. Nina zog ihr Jeans und Pullover aus. Beides zu weit, aber Gott sei Dank ein Gürtel. Die Schuhe waren eine Nummer zu klein. Das würde ihr geringstes Problem sein.

Nina zog die Vorhänge auf, öffnete das Fenster und streckte ihre Hand aus. Berührte den Nachthimmel aus Leinwand und Farbe. Sie lief zur Tür, legte ihr Ohr an das Holz, hörte nichts. Sie öffnete sie, lugte raus. Ein Flur, roter Backstein, Gerümpel. Der Boden war nass, es tropfte von der Decke. Sie ging in den Flur, hörte ein Geräusch aus einem Raum links. Die Tür stand offen, Nina musste dort vorbei. Sie presste sich an die Mauer. Das Geräusch wiederholte sich. Ein Stuhl scharrte. Nina wagte einen schnellen Blick und sah Weller mit dem Rücken zu ihr an einem Tisch sitzen, Kaffee trinken, zittrig rauchen.

Nina war mit drei lautlosen Schritten hinter ihr und drückte den Lauf der Pistole gegen ihren Kopf. »Sie gehen jetzt zur Tür und schließen sie. Beim geringsten Geräusch sind Sie tot.«

Weller gehorchte steif und zog die Tür so leise zu, dass ihr Atem alles übertönte. In ihrem Make-up waren Risse, in denen sich Schweiß sammelte. Sie sank wieder auf den Stuhl.

»Wo sind wir?« fragte Nina.

»In der Nähe von Dresden.«

»Ein KGB-Objekt?«

»Ja.«

»Welcher Tag, welche Uhrzeit?«

»Sonntag. Acht Uhr abends.«

*Ich bin seit einer Woche hier.*

»Wie viele Männer?«

»Das weiß ich nicht.«

»Sollte ich noch einmal *weiß ich nicht* hören, waren das die letzten Worte Ihres Lebens.«

»Zwei hier oben. Und die Frau. Unten vier oder fünf.«

»Beschreiben Sie das Objekt.«

»Eine alte Turbinenfabrik, wir sind im Bürotrakt, 2. Stock.«

»Wie ist es gesichert?«

»Mauern mit Videokameras.«

»Wie komme ich ungesehen raus?«

»Das weiß –« Weller brach ab. »Das Tor ist links, wenn man unten aus der Tür tritt. Dort sind zwei Männer postiert.«

»Haben Sie ein Auto?«

»Blauer Wartburg, hundert Meter rechts.«

Nina winkte mit ihrem Zeigefinger. Weller gab ihr bebend den Schlüssel. Sie steckte ihn ein. »Sind Sie Koi?«

»Nein.«

»Dann arbeiten Sie für Kamyschin?«

»Ja.«

»Haben Sie mich verraten?«

»Ja.«

Mit geschlossenen Augen hätte Nina gewettet, dass Wellers Stimme aus einem tiefen Schacht kam. »Hat Kamyschin einen Mann namens Tite Gasargan erwähnt?«

»Nein.«

»Bekannt als *Der Imker.*«

»Nein.« Ihre Schminke schmolz wie Fett im Feuer.

»Wer ist für die Glienicker Brücke verantwortlich? Ich sehe ein *Ich weiß nicht* auf Ihren Lippen. Denken Sie nach.«

»Moskau tappt im Dunkeln. Sie verdächtigen die Stasi und die Amerikaner, können es sich nicht erklären.«

»Sie waren es, Weller. Sie haben einen Killer angeheuert.«

Sie starrte Nina verwirrt an. Spielte nicht.

»Ist Beljakow tot?« fragte Nina.

»Ja.«

»Wo ist Boehnke?«

»Seit Tagen im Kanzleramt.«

»Lebt Rem Kukura noch?«

»Nein.«

Mancher Schmerz war ein Streuner. Er kam, wann er wollte, und ging, wenn es ihm passte. Aber dieser war gekommen, um zu bleiben.

Als Nina ihre Stimme wiederfand, klang sie fremd. »Wie?«

»Seine Lunge ist kollabiert. Gestern Morgen.«

Nina tat einen Schritt auf sie zu. »Auf dem Flug nach Berlin sagte ich, dass ich im Grunde ein lustiger Mensch bin. Das war gelogen.« Sie stieß Weller die große Fleischnadel von unten in die Kehle und presste die Hand auf ihren Mund. Weller starb nicht schnell. Nina dachte an Rem, aber konnte nicht weinen.

Als es vorbei war, ließ sie die Leiche zu Boden gleiten. Kein Waschbecken. Auf dem Tisch stand eine Thermoskanne. Nina wusch sich mit dem Kaffee das Blut von den Händen. Da war ein Spind. Sie machte ihn auf, griff sich Wellers Daunenmantel und zog ihn an. Nina suchte nach einer Mütze, Handschuhen, fand beides nicht.

Sie öffnete die Tür, sah in den Flur. Der Mann tauchte links auf. In ihrer letzten Wachphase hatte er hier noch den Chefarzt gespielt. Jetzt war er ein Riese in schwarzem Drillich, der Nina mit seiner Maschinenpistole töten wollte. Sie feuerte drei Mal. Zwei Kugeln trafen, eine ins Bein, die andere in seine Schulter. Er sackte zusammen, die Waffe in der Hand. Eine Garbe seiner MP löcherte die Decke. Querschläger sirrten; einer zupfte an Ninas Mantel. Sie schoss ihm im Vorbeilaufen in den Kopf und riss die Tür auf, aus der er gekommen war. Im Treppenschacht kein Licht. Ihr Puls war schneller als ihre Beine und nahm drei, vier Stufen auf einmal. Sie surfte auf einer Adrenalinwelle, die sie ins Freie trug, in die Sensenkälte.

In der Dunkelheit Schatten, Männer, die auf sie zu rannten. Sie lief nach rechts, wo Wellers Auto sein musste.

Falls Weller nicht gelogen hatte.

Schüsse fielen, neben ihr platzte Putz von der Fabrikmauer. Die Angst biss um sich, das wilde Tier. *Für Angst gibt's kein Geld*, hatte Thräne mal gemeint. Die Nacht schüttete Schneeflocken aus, die sich in Ninas weit offenem Mund in Blut verwandelten. Weitere Schüsse, Stakkato, Silvesterfeuerwerk.

Da war der Wartburg.

Sie wollte ihn aufschließen, rutschte ab; ihre Hand war steif wie Holz. Kriegte es endlich hin. Nina startete den Motor und raste los, mitten in die Mündungsblitze hinein. Sie duckte sich, hörte die Frontscheibe zerplatzen. Glassplitter flogen in ihren Mantelkragen; die Schusswunde am Hals tat so weh, dass der Schmerz das wilde Tier wegbiss. Kugeln zerfetzten die Lehne des Beifahrersitzes. Sie musste übers Lenkrad schauen, wusste nicht, was vor ihr war. Als sie ihren Kopf hob, krachte die Zeit gegen ein unsichtbares Hindernis und blieb stehen.

Teile der Sitzpolsterung schwebten in der Luft und rotierten so langsam, dass Nina sie mit der Fingerspitze hätte anstupsen können. Wellers Mantel stank nach Chanel. Der Querschläger hatte den rechten Ärmel aufgerissen; Daunen quollen heraus. In der Finsternis tanzten rote Glühwürmchen, vollführten ein Todesballett. Verwundert fragte sie sich, wieso sie noch lebte. Ein Mann stand im Scheinwerferstrahl. Auch er trug schwarzen Drillich, hatte sein Barett kokett auf den Kopf gesetzt. *Sieh sie dir an*, hatte Rem über die Kadetten gesagt, die auf dem Roten Platz vorm Lenin-Mausoleum anstanden. *Sie tragen die Pilotka, als wäre es die Schapka des Monomach. Was soll das sein?* hatte sie gefragt. *Das war die mit Gold und Edelsteinen besetzte Zobelmütze, die im Mittelalter unseren Herrschern bei ihrer Krönung aufgesetzt wurde. Es gibt ein Sprichwort: ›Schwer ist die Mütze Monomachs.‹ Es meint, dass jemand sich überschätzt hat.*

Sie fuhr direkt in den Mann im Scheinwerferlicht hinein. Er wurde in die Luft gehoben, ließ die Maschinenpistole los. Die Waffe drehte sich um seinen Körper, als wollte sie unbedingt bei ihm bleiben, änderte dann jedoch die Richtung, segelte in das dunkle Schneegestöber. Der Mann stürzte herab, was aber nicht wie ein Sturz aussah, weil alles so wundersam langsam passierte. Es kam Nina vor, als würde er von einem Kran sanft heruntergelassen. Sie sah sein Gesicht, sein Blick ein Staunen. Er war jung. Und er wusste, er würde jetzt sterben.

Im selben Moment, in dem er Ninas Kühlerhaube berührte, durchstieß die Zeit das Hindernis und raste wieder. Das Auto schleuderte, als er aufschlug. Sie riss am Steuer, sonst hätte sie den Wartburg um einen Mast gewickelt. Der Mann flog gegen den rechten Fensterholm, mit solcher Gewalt, dass sie glaubte, sein Körper würde in zwei Hälften geschnitten. Er schrie nicht einmal, wirbelte weg, sein Mund ein bitterer Strich.

Die Glühwürmchen tanzten jetzt im Rückspiegel. Sie hörte einen lauten Knall, die hintere Scheibe. Das Tor kam in Sicht, Stahlgitter, mittig mit einem Vorhängeschloss gesichert. Nina gab Vollgas, duckte sich wieder und brach durch.

Der Wartburg heulte auf, als beklage er sich bei ihr. Für zwei, drei Wimpernschläge dachte sie, er würde stehenbleiben, weil die Zeit schon wieder verrücktspielte und sie glauben machte, nur noch Schritttempo zu fahren, aber dann jagte sie so schnell eine Allee hinunter, dass die dunklen Bäume rechts und links bloß noch Striche waren. Im Rückspiegel keine Scheinwerfer. Sie wusste, das würde sich ändern. Die Straße war endlos lang, der Wind brüllte durchs Auto und machte einen Eisklotz aus ihrem Gesicht. Sie dachte an Weller, daran, wie sehr sie beim Sterben gelitten hatte. Und doch zu wenig. Thräne hatte Nina von einem Gift erzählt, das im Labor der »Verwaltung V« auf der Insel entwickelt worden war. *Du reibst es auf die Hand und musst jemanden bloß berühren. Hello, nice to meet you. Dann hast du fünf Minuten fürs Gegenmittel. Deine Zielperson stirbt erst Tage später, an plötzlichem Herzversagen. Bye baby, baby bye bye.*

Jetzt waren die Scheinwerfer da. Vier, schneller als ihr Auto. Vor sich sah sie das Licht von Peitschenmasten. Nina flog über eine Kreuzung, erhaschte ein Straßenschild.

*Ich bin nicht in Dresden.*

Dnepropetrowskaja.

*Ich bin in Moskau.*

## AM LIEBSTEN ORANGEN

Sackgasse. Die Straße endete an einem Wald. Nina fuhr in das Dickicht hinein, fand keinen Weg; die Bäume standen so dicht, dass sie wie eine Mauer waren. Sie machte eine Vollbremsung, sprang aus dem Auto und sprintete in die Finsternis. Hinter ihr aufheulende Motoren, ein Mann brüllte Kommandos. Sie sah die Hand kaum vor Augen. Zweige peitschten ihr ins Gesicht. Sie hielt den rechten Arm hoch, um sich zu schützen.

Dann eine Lichtung; endlich konnte sie Tempo aufnehmen. Sie wandte den Kopf, sah das Blinken von Taschenlampen. Sie wünschte, sie hätte eine Mütze; die Eiseskälte machte Ohren und Zunge taub. Sie hetzte zum Waldsaum am anderen Ende, schlug sich ins Unterholz und war erneut so gut wie blind. Ihre Zehen schmerzten fast noch mehr als der Hals; die Schuhe viel zu eng, eine Qual.

Die Taschenlampen waren immer noch da.

Ein Schild schälte sich aus der Dunkelheit. Sie musste ganz nah herangehen, um das Kyrillisch entziffern zu können.

*Halt! Wasserschutzgebiet!*

Scheinwerfer sprangen an. Zwanzig Meter vor Nina schoss ein Zaun in die Höhe; die Krone war mit Stacheldraht gesichert. Er zog sich auf beiden Seiten so lang durch den Wald, dass das Licht der Strahler im Dunkel verschwamm.

*Ich bin auf der Insel.*

Nina wandte sich nach links, rannte auf der Schneise parallel zum Zaun, aber wusste, sie musste von dieser Bühne herunter. Sie sprintete wieder in den Wald, aus dem Licht, hörte Hunde bellen, neue Kommandos, diesmal von der anderen Seite des Zaunes. Nina sah die Taschenlampen wieder tanzen, vielleicht hundert Meter von ihr. Sie stolperte in eine Kuhle hinein, ließ sich fallen und deckte sich mit steifgefrorenem Laub so gut zu, wie sie konnte. Schmierte sich Dreck ins Gesicht.

*Ich bin nicht* auf *der Insel.*

*Ich bin* an *der Insel.*

Nina nahm die Heckler in die klamme rechte Hand. Lebend würde man sie nicht kriegen. Sie war so randvoll mit Adrenalin, dass sie keinen Schmerz mehr fühlte, keine Kälte, keine Angst.

Wenn ihr Lauf hier enden sollte, war es so.

Dann waren die Männer so nah, dass sie ihre Schritte hörte, bald ihren Atem. Der Strahl einer Taschenlampe huschte über Nina hinweg. Der Mann blieb stehen. Trockenes Holz knackte unter seinen Stiefeln, als er sich langsam um die eigene Achse drehte und die Umgebung ausleuchtete.

*Rem, wenn du mit deinem Gott recht hast, sehen wir uns gleich, mein Freund. Falls nicht: Wir hatten unsere Zeit.*

*Und sie war groß.*

Der Mann rannte weiter.

Sie wartete eine Minute, bis die Lichter der Taschenlampen sich rechts von ihr verloren. Dann sprang sie auf, bewegte sich in die andere Richtung und achtete darauf, dem Zaun nicht zu nahe zu kommen. Die Scheinwerfer waren nur noch zu ahnen. Links malten sie den Nachtwald gespenstisch an, ein Bild wie aus *Hänsel und Gretel.*

Nina fühlte die Schmerzen wieder. *Alles hat irgendwann ein Ende, auch die Qualen*, hatte Rem gesagt, damals, als sie in dem Schwimmbad an der Moskwa so gefroren hatte. Sie verlor das Zeitgefühl und meinte, Stunden zu laufen. Licht sah sie keins mehr. Sie war in ihrem Rhythmus. Aber nie wieder würde sie zu kleine Schuhe anziehen. Lieber blieb sie bei minus sechzig Grad barfuß. Einmal ein Kommando, doch leise, weit weg.

Dann war Nina aus dem Wald heraus, so plötzlich, dass sie erschrak. Als habe Rems Gott mit den Fingern geschnipst und die Bäume weggezaubert.

Sie sprintete eine unbeleuchtete Straße lang, sah ein Schild: *Reitsportareal der Gewerkschaften.* Nina ignorierte den Pfeil, lief weiter und gelangte an einen Wendehammer.

Wieder Sackgasse.

Nein. Da war ein Weg, von Mauern gesäumt. Sie rannte rein und blieb nach etwa sechzig Metern stehen. Ein Stück weiter sah Nina eine Straße. Vor der Einmündung ihres Weges stand ein Wagen, kein Ostblockmodell. Ein Mann, reglos. Er wandte ihr den Rücken zu. Ein Posten in Zivil. Umzukehren war keine Option. Sie brauchte das Auto. Und für einen von ihnen beiden würde es schlecht ausgehen.

Nina schlich vorsichtig weiter, presste sich gegen die Mauer, dankte Rems Gott dafür, dass hier kein Licht war. Zehn Meter hinter dem Mann blieb sie stehen. Er war kleiner als sie, schmal gebaut. Weltergewicht, schätzte sie. Jetzt hörte sie ihn in sein Walkie-Talkie sprechen. »Verstanden. Melde mich.«

Er steckte das Gerät weg und ging zur Fahrertür des Autos. Nina sprintete los, nahm die Waffe in die linke Hand und war zwei Meter von ihm entfernt, als er sie hörte und herumfuhr. Sie sprang in ihn hinein und zog ihren Uppercut so gnadenlos durch, dass sein Kopf nach hinten flog und Nina das Weiße in seinen Augen sah. Er sackte bewusstlos zusammen, schlug auf den Asphalt, blutete aus einer Wunde am Hinterkopf. Sie riss den Autoschlüssel aus seiner schlaffen Hand und griff sich das Walkie-Talkie. Sprang ins Auto.

Es war ein BMW. Schnell, also gut. Auffällig, also schlecht.

Nina raste los und versuchte, sich zu orientieren. Die Insel lag direkt am Autobahnring, sie musste sich nordöstlich davon befinden. Die Straße war breit ausgebaut, jedoch kein Hinweis. Andere Autos sah sie nicht. Aus dem Funk quäkten Stimmen.

Sie atmete durch. Man vermutete sie noch immer in dem Wald. Endlich erreichte sie eine Einmündung, entdeckte ein Schild: *Warschauer Chaussee*. Hier war Nina damals auf dem Weg nach Zarizyno entlanggekommen, in der Nacht, in der sie geglaubt hatte, die Herrin der Welt zu sein, und erkennen musste, dass sie nicht einmal Herrin über ihr Zittern gewesen war.

Sie sah in den Rückspiegel, keine Scheinwerfer.

Aber ihr Gesicht erschreckte sie, eine Maske aus schwarzem Dreck. Gleich würde sie durch die Innenstadt müssen und an jeder Ampel gut zu sehen sein. Nina fuhr von der Chaussee ab, hielt an. Im Handschuhfach fand sie eine Taschenlampe, aber keine Wasserflasche, um das Gesicht zu reinigen. Sie stieg aus und trat am Bankett Eisbrocken von dem hohen, bretthartenWall los. Im Wagen rieb sie ihr Gesicht ab, bis das Eis schmolz, machte sich so gut wie möglich sauber. Um flüchtige Blicke zu täuschen, musste es reichen. Sie fuhr weiter, sah Flutlicht über dem Torpedo-Stadion. Nahebei wusste sie den Pawelezki, den Bahnhof, an dem sie vor zwei Jahren vom Zug gesprungen war. Diesmal würde sie nicht zu Grunjas Datscha fahren.

»Hier Oblako 1. Sie ist weg. Wir brechen die Suche ab.«

»Ostrow an Oblako: Gebe die Fahndung raus. Brauche noch einmal genaue Personenbeschreibung.«

»Ausländerin, ungefähr eins achtzig groß, schlank. Oranger Mantel, keine Mütze oder Handschuhe. Verletzung am linken Arm, auffälliges Pflaster am Hals. Vorsicht: Sie hat eine Pistole und kann damit umgehen.«

»Verstanden, Oblako. Miliz wird verständigt.«

Das Pflaster beunruhigte Nina nicht; es wurde vom hohen Kragen des Mantels verdeckt. Und kein Mensch würde stutzig werden, weil sie im Auto keine Mütze trug.

Blieb der BMW. Der jedoch erst zum Problem würde, wenn der Kerl, den sie bewusstlos geschlagen hatte, sich bemerkbar machen konnte. Falls er nicht tot war.

Am Dobryninplatz fuhr sie auf den Ring und überquerte die Moskwa auf der Krimbrücke. Unten stampfte ein Kohlenschiff durch die Fahrrinne. Der Ruß, den es ausblies, stand als Wolke in der Luft. Fast kam sie ihr wie ein Gesicht vor, der Geist eines Mannes, der auf das Haus an der Uferstraße hinabsah, dessen Bewohner aufhörten zu existieren, als der Umzugslaster kam.

Eiskristalle funkelten im Scheinwerferlicht. Die Waffe lag in ihrem Schoß, sie hatte noch fünf Patronen. Rechts stieg Dampf über dem hell erleuchteten Schwimmbad auf. Dort hatten sie und Rem damals im heißen Wasser gelegen, vor drei Jahren.

Wieder in Moskau zu sein, war im ersten Moment gewesen, als hätte es diese zweieinhalb Jahre Deutschland nie gegeben, die Umarmung ihres Vaters nur ein Traum, sein Tod, Silvester in Fréjus, der Tag auf Wolfs Boot, die Glienicker Brücke, wo sie um ihr Leben und das von Rem gekämpft hatte. In dem Traum hatte sie vermeint, wieder Nina Winter zu sein, diese andere Frau zurückgelassen zu haben, auf einer Flucht, die es niemals gegeben hatte. Aber im Wald hatte sie sich daran erinnert, wie es gewesen war, im »Krankenhaus« die Augen aufzuschlagen und in derselben Sekunde zu wissen, dass Anja Gabriel darauf gewartet hatte, mit ihr aufwachen zu dürfen.

*Vor dir muss man Angst haben, hat Rem an jenem Wintertag im Schwimmbad zu mir gesagt.*

*O ja.*

Sie bog in die Belinskogo ein und stellte den Wagen auf den unbeleuchteten Parkplatz schräg gegenüber von Bossois Haus. Nina brach die Antenne des Walkie-Talkies ab und bog sie sich zurecht. Sie ging über die verlassene Straße. Bossois Wohnung war dunkel. Kein Wolga. Das bedeutete nichts; er könnte jetzt ein anderes Auto haben.

Sie benutzte die »Fleischgabel« und den Antennendraht als Picking-Set, verschaffte sich Zutritt zum Haus.

Oben lauschte sie an Bossois Tür, hörte nichts.

Dieses Schloss zu knacken, war schwieriger. Sie arbeitete so leise wie möglich, doch wenn er da war, würde er ein Kratzen hören. Die Waffe steckte im Hosenbund. Sie bräuchte nur eine Sekunde, um sie zu ziehen und zu schießen.

Doch das war nicht nötig. Nina huschte in den Flur, zog die Tür wieder zu. Kein Licht. Sie sah in allen Zimmern nach, war allein. Im Ankleideraum griff sie sich ein Paar Adidas. 42, eine halbe Nummer zu groß, aber noch nie war sie für Sneakers so dankbar gewesen.

Bossoi hatte zwei Telefone. Das im Arbeitszimmer war eine Wertuschka, bei der man lediglich den Hörer abheben musste, um sofort mit einer bestimmten Person verbunden zu werden; mit Andropow wahrscheinlich. Das Telefon im Salon war nur einen Schritt vom Flur entfernt, sodass Nina reagieren konnte, falls Bossoi kam. Er lebte zwischen den Welten, wie der Imker gesagt hatte, musste mit dem westlichen Ausland telefonieren. Sie zweifelte nicht, dass das von hier aus möglich war.

Aber zuerst musste sie einen anderen Anruf machen. Nina wählte die Nummer der Auskunft. »Guten Abend, ich brauche eine Verbindung innerhalb von Moskau. Der Teilnehmer heißt Norbert Manfredowitsch Röttger. Ja, ein deutscher Name. Ich buchstabiere.«

Es klingelt drei Mal, dann nahm er ab. »Röttger.«

»Anja Gabriel.«

Er schwieg so lange, dass sie dachte, der Hörer sei ihm aus der Hand gefallen. »Wo sind Sie?«

»In Moskau.«

»Das kann nicht sein.«

»Ich habe jetzt keine Zeit für lange Erklärungen. Sie müssen mich reinholen.«

»Wo?«

»In der Belinskogo. Die kleine Grünanlage. Informieren Sie den BGS. Wie lange brauchen Sie?«

»Fünfzehn Minuten.«

Sie drückte auf die Gabel und wählte die Auslandsnummer. Beim neunten Klingeln wollte sie aufgeben, doch dann war er in der Leitung. »Ja?«

»Wenn du nicht daheim gewesen wärst, hätte ich nie wieder ein Wort mit dir geredet«, sagte sie.

Thräne brauchte zwei Sekunden. »Die zweihundertfünfzig Francs, die ich der Wahrsagerin in Antibes bezahlt habe, sind also doch nicht für die Katz gewesen. Sie hat in den Tarotkarten gesehen, dass du unsterblich bist.«

»Mir genügt es, ewig zu leben.«

»Wo bist du?«

»In Moskau.«

»Entschuldige, ich bin schon so hinüber, dass ich ›Moskau‹ verstanden habe.«

»Der KGB hat mich aus dem Wasser gefischt und hier unter Drogen gesetzt. Unsere spezielle Freundin mit dem knochigen Arsch hat mich verhört.«

»Bitte?«

»Sie hat für die Insel gearbeitet. Weiß nicht, wie lange schon. Ich hatte es eilig und musste mich kurzfassen. Habe ihr in die Augen gesehen, als sie ihre Bluse vollgeblutet hat.«

»Du hast sie zu ihrer Babuschka geschickt?«

»Sonst wäre ich jetzt im Atheistenhimmel.«

»Wieso kannst du mich in Frankreich anrufen? Bis du in der Botschaft?«

»Ich habe was Besseres gefunden.«

»Ist die Leitung sicher?«

»Glaube schon. Hat Boehnke seinen Job noch?«

»Ja. Er soll geweint haben, als man kurz vor Mitternacht die Suche nach dir aufgegeben hat. Vielleicht haben ihm aber auch die Augen von der Kälte geträn t.«

»Was ist mit Rem?« fragte sie.

*Weller hat behauptet, wir wären in Dresden.*

*Wo eine Lüge ist, sind noch mehr.*

Doch sein Schweigen nahm ihr die letzte Hoffnung.

»Sag es«, flüsterte Nina. »Dann glaube ich es.«

»Ich musste in die Rechtsmedizin, um ihn zu identifizieren. Ich habe seine Leiche gesehen.«

Sie fühlte ihr Herz hämmern und wusste, das konnte nicht sein, denn es war stehengeblieben.

»Steckt die Insel hinter dem Anschlag?« fragte Thräne.

Sie drückte den Schmerz weg. »Nein. Weller hat verzweifelt versucht rauszufinden, ob ich was über die Drahtzieher weiß.«

»Im Kanzleramt glauben sie an Moskau.«

»Sie irren sich«, sagte Nina.

»Ich war mit Boehnke dort, gleich am Tag darauf. Sie wollten jemand dabeihaben, der Rem und dich gekannt hat. Wolf saß mit am Tisch. Nach einer Stunde wurde Boehnke ans Telefon gerufen. Er kam zurück und hat gemeint, dass ein Informant, den sie auf dem sowjetischen Flugplatz in Finow haben, von einem Mann berichtet hat, der am frühen Sonntagmorgen mit einem KGB-Jet gelandet war. Um zwei Uhr nachts ist er wieder verschwunden.«

Die entsetzlichsten Albträume waren jene, aus denen man aufgewacht zu sein glaubte, um dann festzustellen, dass man das Aufwachen nur geträumt hatte.

»Ehe er auf der Insel angeheuert hat, soll er Scharfschütze bei der Garde-Aufklärungsbrigade der GRU gewesen sein. Du weißt, von wem ich rede. Gewöhnlich nennst du ihn Motte.«

Nina fasste sich. »Das beweist nicht, dass er im Auftrag des Kreml oder der Insel in Berlin war. Er kann sich bewegen, ohne dass sie davon erfahren. War er der Attentäter? Wahrscheinlich. Aber warum? Ich werde mich hier mal umsehen.«

»Wie meinst du das?«

»Ich bin in seiner Wohnung.«

Thräne lachte leise. »Solltest du das lebend überstehen, will ich für deine Ausbildung einen Orden vom Dienst.«

»Bei uns gibt's keine Orden.«

»Für dich führen sie's ein.«

»Weller sagt, dass wir auf DEFCON 3 sind. Stimmt das?«

»Da waren wir gestern. Vielleicht sind wir schon weiter.«

Nina hörte Autos. »Bleib dran.« Sie lief zum Fenster. Männer sprangen aus einem Transporter, Alfas, schwer bewaffnet. Sie rannten in die Grünanlage, links von dem Hof, wo ihr Wagen stand. Nina sah die Sure-Fire-Strahlen der Maschinenpistolen durch das Dunkel spuken, genoss ihren Logenplatz. Sie kamen zurück. Röttger stieg aus seinem Mercedes und ließ sich vom Einsatzführer der KGB-Einheit rundmachen. Dann waren sie fort und die Straße so still wie zuvor.

»Bin wieder da.«

»Wir müssen dich rausholen. Ich rede mit Boehnke.«

»Ich kann nicht ewig in der Wohnung bleiben. Und danach kriegen wir keinen Kontakt mehr.«

»Was ist mit der Botschaft?«

»Hat sich soeben zerschlagen. Sag Boehnke, dass er Röttger unter einem Vorwand zurück nach München beordern soll.«

»Warum?«

»Er hat gerade versucht, mich durch eine Alfa-Einheit töten zu lassen.«

Stille am anderen Ende.

»Falls ich es nicht schaffe, geh zu meiner Mutter und sag ihr, wer ich war. Tust du das für mich?«

»Ja.«

Nina legte auf, ehe es kitschig wurde.

Sie durchsuchte die Wohnung und dachte immerzu: *Rem ist tot, weil ich vorm Restaurant die eine Sekunde verschenkt habe.*

Sie fand keinen einzigen Hinweis auf die Glienicker Brücke. Blieb der Tresor. Aber an dessen Inhalt kam sie nicht ran.

In Mottes Schlafzimmer lagen Opioid-Analgetika sowie ein Medikament, das Abstoßungen nach Gewebeverpflanzungen verhindern sollte. Sie hoffte, dass er jeden Tag seines Lebens vor Schmerzen schrie. Nina schluckte zwei von den Opioiden. In der Schublade war eine Makarow mit Schalldämpfer, volles Magazin, spassibo. Sie duschte und achtete darauf, dass an die Verbände kein Wasser gelangte. Im Ankleidezimmer zog Nina Strümpfe an, lange Unterwäsche, Jeans. Sie wählte eine kurze Daunenjacke, fand Mütze, Handschuhe. Es war eklig, Bossois Sachen zu tragen, obwohl sie frisch gereinigt waren.

Als Nina erneut den Telefonhörer aufnahm, drehte ihr Herz durch, und sie machte sich auf den Schmerz gefasst, es hundert Mal klingeln zu hören, ohne dass er ranging.

»Hallo?«

Ihr blieb die Stimme weg.

»Hallo?« wiederholte Leo.

»Hier ist Kaja. Ich gehe morgen auf den Danilowski-Markt. Kann ich dir was mitbringen?«

Schier endlose Stille, unerträglich.

»Sehr gern, am liebsten Orangen«, sagte er rau.

Sie legte auf. In ihrem Kopf war ein solches Durcheinander, dass sie glaubte, Jahre zu brauchen, um dort aufzuräumen.

Als sie schon in der Tür war, hielt sie inne. Nina ging zurück ins Arbeitszimmer und starrte die Wertuschka an, das Telefon ohne Wählscheibe. Der Gedanke war verrückt.

Sie hob den Hörer ab.

»Demjan Nasarowitsch, endlich. Weshalb beantworten Sie meine Anrufe nicht?« raunzte der Generalsekretär der KPdSU. Er hörte sich an wie ein Hundertjähriger. Im Kreml war er seit Monaten nicht mehr gewesen, wie man in Pullach wusste. Die Geschäfte führte er von der Klinik in Kunzewo aus, wo er an eine Dialysemaschine angeschlossen war.

»Hier ist Anja Gabrielowa. Vielleicht erinnern Sie sich.«

Atmen, als würde Luft aus einem Blasebalg entweichen. Sie stellte sich vor, wie seine Diabetes-Ekzeme blühten.

»In der Tat. Sie sind eine Frau, über die man hier derzeit viel spricht. Wie sind Sie an dieses Telefon gelangt?«

»Das spielt keine Rolle. Ich bin weniger als einen Kilometer vom Kreml entfernt, wie Sie natürlich wissen. Wahrscheinlich denken Sie darüber nach, über eine andere Leitung Männer zu Bossois Wohnung zu schicken. Das ist sinnlos, weil ich unser Gespräch nach genau einer Minute beende. Ich möchte Sie nur wissen lassen, dass Demjan Bossoi der Mann war, der Kukura und Beljakow in Berlin erschossen und die Brücke hochgejagt hat. Der BND besitzt Beweise dafür. Ich weiß, dass Bossoi es nicht auf Ihren Befehl hin tat. Es hat mit seinen Geschäften zu tun. Hier ist ein Wandtresor. Der Inhalt dürfte interessant sein. Fragen Sie Bossoi, wo er letzten Sonntag war.«

»Das würde ich, wenn ich ihn erreichen könnte«, krächzte Andropow. »Was nicht der Fall ist.«

»Lassen Sie ihn suchen und verhören. Und es wäre sinnvoll, die Verteidigungsstufe Ihrer Streitkräfte herabzusetzen, denn im UN-Sicherheitsrat wird man Ihnen peinliche Fragen stellen. Es als die Tat eines geistesgestörten Einzeltäters darzustellen, könnte Ihnen die Monate, die Ihnen noch bleiben, erleichtern. Es wäre ausnahmsweise nicht einmal gelogen.«

Nina legte auf, rannte aus der Wohnung, dem Haus, auf die Straße, sprang in den BMW und raste los, wissend, dass es hier in fünf Minuten von Alfas wimmeln würde. Sie schaute auf die Autouhr. Gleich halb elf. Leo kam aus dem Norden und würde mit der Metro eine gute Stunde brauchen.

Ohne Beschattung.

Aber spätestens eine halbe Stunde nach ihrer Flucht war ein Team der Siebten an seinem Haus gewesen. Dachte Leo daran? Und wenn ja: Wie sollte er diesen Männern entwischen, ohne jede Erfahrung?

Wenn es ihm gelänge, würde Leo mindestens zwei Stunden bis zum Friedhof benötigen. Sie brauchte sich nicht zu beeilen, musste zuerst den BMW loswerden, nach dem längst gesucht wurde. In der Stanislawskogo hielt Nina an, brach die Antenne des Wagens ab und knackte einen Moskwitsch, indem sie mit einem Buttermesser aus Bossois Küche den Spalt keilte. Nina fuhr los und hielt sich exakt an das Tempolimit, besonders auf dem Prospekt Kalinina, wo sich zu jeder Tages- und Nachtzeit Miliz herumtrieb. Sie bog nach Süden ab, sah rechts das Hotel Ukraina aufragen, auf immer und ewig der magische Ort ihres Lebens, danach das Außenministerium.

Zwei der Sieben Schwestern so nahe beieinander. Die eine erschien ihr wie die gute Fee, die andere wie die Hexe.

Sie überquerte wieder den Fluss. Da war der Oktoberplatz, an dem sie und Leo mit der Tram vorbeigekommen waren, als sie zu Prokofjews Grab fuhren. *Ich kann dir Friedhöfe zeigen, wo die Gräber nicht so imposant sind.* Falls der KGB sie in die Hände bekäme, würde ihr Grab nicht mal einen Stein besitzen. Eine Grube voll Asche, eine dreckige Lache als letzter Gruß.

Sie stellte das Auto beim Friedhof ab und lief die Mauer lang bis zu dem Tor für die Gärtnereifahrzeuge. Um diese Uhrzeit verirrten sich bloß Schneeflocken hierher. Hinüberzuklettern war wegen des linken Arms wie die Besteigung einer Felswand free solo. Die Tabletten wirkten noch nicht. Als sie drüben war, schlug sie mit der rechten Faust gegen die Mauer, um sich von den Schmerzen links abzulenken.

Nina orientierte sich, glaubte zu wissen, wo Abels Grab war. Der Strahl ihrer Taschenlampe fand den Stein. Hier lag er, der Mann, der wie sie die Glienicker Brücke überlebt hatte.

*So treffen sich Spione. Wir hätten uns viel zu erzählen.*

Sie hörte ein Geräusch hinter sich.

Nicht Leo. Das war unmöglich.

# EINS, ABER ZWEI

Dann war alles weg, alles ab der Sekunde, in der er sie an sich gezogen hatte, jeder Gedanke pulverisiert von der Detonation einer Megatonne Glück.

»Wie konntest du so schnell herkommen?« flüsterte sie, lag an seiner Brust.

»Sie waren hinter mir, gleich als ich ins Auto gestiegen bin. Ich habe mich erinnert, was mein Vater mal sagte: ›Wenn du in einem Auto bist und sie dich jagen, versuch keine Spiele, denn das hast du nicht gelernt. Tritt einfach aufs Gaspedal und fahr, so schnell du kannst.‹ Hinterm Arbat habe ich sie abgehängt.«

»Woher hast du ein Auto?«

»Wie kommst du nach Moskau?«

»Hast du gehört, was letzten Sonntag in Berlin passiert ist?«

»Ja, die Explosion der Brücke war in allen Nachrichten. Eine westliche Provokation, heißt es.«

*Er weiß es nicht.*

*Niemand hat ihm gesagt, dass sein Vater nicht mehr lebt.*

Worte, tonnenschwer. »Auf der Brücke sollte ein Austausch gemacht werden. Rem gegen Jegor Beljakow, den Sohn eures Politbüromitglieds. Ich bin da gewesen. Aber alles ging schief.« Ihre Stimme brach. »Leo, dein Vater ist tot.«

Es war stockdunkel. Sie ahnte sein Gesicht nur, Umrisse so flüchtig wie Rauch. Nina hörte ihn schluchzen, zog ihn wieder an sich. Und auch sie konnte endlich weinen, zum ersten Mal, seit sie es wusste.

»Wie?« brachte er dann heraus.

»Wir standen uns auf der Brücke gegenüber. Er war nur ein paar Meter von mir weg. Haben uns in die Augen gesehen. Auf der Ostseite war ein Scharfschütze. Rem ist vier Mal getroffen worden. Es ging schnell, er kam nicht mehr zu sich.«

Das stimmte nicht. Aber so war es leichter.

»Und du?«

»Ich war im Wasser. Ein DDR-Boot hat mich geborgen. Man flog mich nach Moskau. Sie haben meinen Leuten weisgemacht, dass sie meine Leiche nicht gefunden hätten. Bei uns hält man mich für tot.«

»Wie konntest du fliehen?«

»Schwer ist die Mütze Monomachs«, sagte Nina.

»Wer ist der Mann, der meinen Vater ermordet hat?«

»Er heißt Demjan Bossoi. Als ich noch in Moskau war, habe ich versucht, ihn zu töten, aber es ist mir nicht gelungen. Dein Vater und er waren Todfeinde. Andropow hält seine Hand über Bossoi. Doch nicht mehr lange. Dafür habe ich gesorgt, als ich mit ihm telefoniert habe.«

»Du hast mit dem Generalsekretär telefoniert?«

»Mit dem, was von ihm übrig ist.«

»Wir müssen hier weg.« Leo fasste sie am Arm.

Sie fühlte bloß noch ein dumpfes Pochen, aber wich zurück.

»Du bist verletzt.«

»Der KGB hat mich zusammengeflickt, es bringt mich nicht um. Wo können wir hin?«

»Zu Scharik.«

Der Schwergewichtler, den alle Murmel nannten.

»Er wird uns verstecken«, sagte Leo.

Am Tor half er ihr mit einer Räuberleiter. Er wollte über die Straße zu dem Taxi laufen, das dort stand.

»Ist das deins?« fragte Nina.

»Ja.«

»Das suchen sie. Wir nehmen mein Auto.«

»Wie kommst du an einen Moskwitsch?« fragte Leo, als sie losgefahren war und er ihr Schariks Bezirk genannt hatte.

»Wenn das alles vorbei ist und wir noch leben, erzähle ich dir, wer Anja Gabriel wirklich ist.« Sie bog in den Krimski Wal, fuhr immer nach Norden. »Rem und du – seid ihr in Zarizyno verhaftet worden?«

»Nein.«

Nina starrte Leo an, vergaß, auf die Straße zu schauen.

»Wir haben die Miliz gesehen und sind sofort verschwunden. Der Imker hatte uns verraten.«

»Hat er nicht.«

*War es die CIA?*

*McGhee, die Moscow Station?*

»Am nächsten Tag half der Imker mir zu fliehen«, sagte sie. »Ich dachte, ihr wärt beide tot oder im Gefängnis.«

»Sie haben ihn erst eine Woche später geholt.« Wieder hörte sie Leos Stimme über diese Klippe kippen. »Er hat gesagt: ›Sie wissen alles. Morgen oder übermorgen wird es passieren. Mich kann niemand retten, aber rette dich.‹ Er hat mich beschworen, ihn zu verraten. Das sei für mich der einzige Weg zu überleben. Er hat darüber gesprochen, wie es damals bei seinem eigenen Vater gewesen war, dass er sich von ihm lossagen musste, um sich und seine Mutter zu retten. Das Sterben würde ihm keine Angst machen, wenn er mich in Sicherheit wüsste. Wir haben uns liebgehalten und an dich gedacht. Was für ein Glück es war, dass du in unser Leben getreten bist, Ninotschka.«

Vor lauter Tränen sah sie die Straße nicht mehr. Sie hielt an, griff Leos Hand.

»Ich bin zur Lubjanka gefahren und habe ihnen gesagt, ich hätte herausgefunden, dass mein Vater für den BND spioniert. Dass ich mich vor euch beiden ekeln, eure Nähe nicht länger ertragen würde. Aber geekelt habe ich mich nur vor mir selbst. Sie haben mich verhört bis in die Nacht. Irgendwann kam ein neuer Offizier rein. Er hat mich gefragt, wo ich im Jahr davor am 23. Februar war. Ich habe behauptet, mich nicht zu erinnern, das sei zu lange her.«

*Wie hätten Leo, Rem oder ich diesen Tag je vergessen können. Da begegneten Rem und ich uns vor dem Bildnis von Anna.*

*Und Leo stand Schmiere.*

»Ich habe mich oft gefragt, wieso sie davon wissen konnten«, sagte er. »Bestimmt nicht durch ihn. Als wir uns verabschiedet haben, meinte er: ›Meinen Rang und mein Geburtsdatum, das ist alles, was sie von mir kriegen werden.‹«

»Sie haben dich gehen lassen, aber dir die Arbeit im Boxklub weggenommen«, sagte Nina. »Seitdem fährst du Taxi.«

»Samstags darf ich es mit nachhause nehmen, morgen hätte ich schon wieder Frühschicht.«

Sie startete den Motor, fuhr weiter.

»Du glaubt wirklich, dass dieser Bossoi auf eigene Rechnung gearbeitet hat und der KGB ahnungslos war?« fragte Leo. »Es hätte für sie doch Sinn ergeben, meinen Vater zu töten, sobald sie Beljakow hatten.«

»Der wurde auch erschossen«, sagte Nina.

Sie sah Leo blass werden.

»Im Westen hätte Rem der Insel nicht mehr schaden können, als er das bereits getan hatte, jedenfalls dachten sie das. Er hat keine Klarnamen von DDR-Agenten gekannt und bekam nur deren Meldungen auf den Tisch. Die Quellen, die er in Amerika geführt hatte, sind längst enttarnt. Weshalb hätte der KGB so eine wahnsinnige Aktion planen und durchführen sollen, die uns an den Rand eines Atomkriegs gebracht hat?«

*Ein Geheimnis, das die Bundesrepublik erschüttern würde.*

*Und auch den KGB. Wussten sie davon?*

»Wir stehen vor einem Krieg?« fragte Leo tonlos.

»Wir sind einen Windhauch davon entfernt. Andropow hat mir hoffentlich gut zugehört.«

*Was wolltest du Pullach als Geschenk mitbringen, Rem?*

Plötzlich war sie sich nicht mehr sicher, dass Andropow so ahnungslos war, wie er getan hatte.

»Am letzten Tag waren wir auf der Datscha«, hörte sie Leo. »Er wollte noch einmal angeln, guten Fisch essen. Danach hat er am Tisch gesessen und geschrieben. ›Diese Zeilen sind für Nina‹, sagte er. ›Sie wird sie vielleicht nie lesen. Doch ich muss das für mich tun.‹ Und dann meinte er: ›Vielleicht war es falsch zu schweigen.‹«

»Hat er das erklärt?« fragte sie sofort.

»Er sagte: ›Je weniger du im Verhör weißt, desto besser.‹«

»Wo ist der Brief?«

»Noch dort vermutlich. Sie haben die Datscha freigegeben. Aber ich war nicht mehr da. Alles würde mich an ihn erinnern.«

»Er hätte diesen Brief sicher nicht rumliegen lassen.«

»Nein. Es gibt ein Versteck.«

»Und du kennst es?«

»Ein loser Stein im Kamin. Dahinter ist ein Fach.«

Nina machte einen U-Turn und fuhr in die andere Richtung.

»Man wird dort auf uns warten«, sagte Leo.

»Ich lasse dich bei der nächsten Metro raus und hole dich da wieder ab. Das ist etwas für mich, nicht für dich.«

»Nein. Wir werden uns nie mehr trennen.«

Nina wollte widersprechen. Aber sie sah ihn an und wusste, dass er niemals aus diesem Auto aussteigen würde. Und wenn sie ehrlich war, wollte sie es auch nicht.

Keine halbe Stunde später fuhren sie durch das schlafende Städtchen, eine Winterszene aus *Krieg und Frieden*. Nina stellte das Auto einen Kilometer von der Datscha entfernt auf einen Waldweg. Sie liefen los. Bossois Jacke war weiß, vorteilhaft im Schnee. Die Pillen, die sie genommen hatte, waren guter Stoff. Nina hatte das Gefühl, den linken Arm ganz normal bewegen zu können. Aber das war natürlich Unsinn.

Sie durchquerten das kleine Waldstück, legten sich flach hin und sahen das dunkle Hexenhäuschen in der Senke liegen. Die Zufahrt war links von Nina und Leo. Eisschollen knackten auf dem Fluss. Niemand schien hier zu sein.

Aber sie wusste: Sie waren da.

Bestimmt rechts vom Haus, da, wo das Grundstück wieder am Wald endete. Sie hatte zwei Waffen. Bossois Makarow und die Heckler. Die Wahl hing davon ab, wie nah Nina unbemerkt an diese Männer herankommen würde. Unter zwanzig Metern fühlte sie sich mit dem Schalldämpfer besser. Bei allem darüber würde sie den Zylinder abschrauben oder die Heckler nehmen. Das nächste Anwesen war weit hinter dem Hügel, sodass Nina riskieren konnte, auch ohne PB zu feuern.

Fünf Patronen in der Heckler, acht in der Makarow.

»Warte hier, bis im Haus das Licht angeht«, flüsterte sie.

Sie wollte sich aufrichten, aber Leo hielt sie fest. Von diesem Blick hatte sie geträumt, neunhundertsechs Tage lang.

Nina küsste ihn und lächelte. »Anja Gabriel kann sowas.«

Sie lief durch den Wald. Der Schnee lag so hoch, dass sie nur sehr langsam vorankam. Aber keine Geräusche machte. Dann sah sie in der Finsternis eine Zigarette aufglimmen.

Noch eine.

*Zwei.*

*Nein, da ist ein dritter Mann, halbrechts.*

Sie standen an ihren Wolga-Limousinen und traten frierend auf und ab. Von ihrer Position aus hatten sie die Einfahrt und das Haus im Blick. Einer trug eine Maschinenpistole. Aber das war mehr eine Vermutung bei dieser Sicht.

*Dreißig Meter, vielleicht vierzig. Auf die Entfernung erwische ich sie nicht tödlich, es sei denn durch Zufallstreffer.*

*Und mit dem Schalldämpfer schon gar nicht.*

Nina robbte langsam näher, dankte Rems Gott, dass Bossoi die Tabletten in der Wohnung gehabt hatte.

Sie schaffte es, auf etwa fünfzehn Meter heranzukommen. Nina lag in einer Kuhle, beinahe ein Schützengraben. Sie zog den rechten Handschuh aus, nahm Bossois Makarow, mit der sie vertraut war. Einer der Männer war riesig, zwei Meter oder mehr. Seine Schultern hätten die Krimbrücke tragen können. Er hatte die Mütze so tief in die Stirn gezogen, dass Nina seine Augen bloß ahnte. Die anderen waren hagere, harte Burschen, die sich bewegen konnten; die Bäuerin erkennt ihre Schweine am Gang. Beide hatten sie MPs geschultert.

*Die zuerst.*

Nina tippte zart gegen den Abzug, schoss dem ersten in die Schläfe. Das Knirschen seines Schädelknochens war lauter als der Schuss gewesen. Dass das Projektil nicht austrat, wunderte sie nicht. *Mickrige 9 Millimeter plus Schalldämpfer: Da spielt die Kugel Flipper im Kopf*, hatte Thräne gesagt. Als Flipper seinem Kumpel in die Arme fiel und der ihn verwirrt auffangen wollte, hatte sie schon wieder gefeuert und die nächste Kugel mitten in seinen Schrei gestopft. Sie sah die zwei zusammenbrechen, Marionetten mit gekappten Schnüren, riss die Makarow sofort zu Goliath. Die Kimme verschwamm, das Korn war scharf, ein perfekter Schuss.

Auf eine Scheibe in einem Schützenheim.

Die Mündungsgeschwindigkeit der Kugel wurde durch den Schalldämpfer auf 274 m/s reduziert. Dennoch hätte sie in nur 0,00365 Sekunden Goliaths Nasenspitze erreicht. Aber als sie den Schuss auslöste, flog der Mann schon aus ihrer Sicht. Nina wollte aufspringen und ihn erledigen, indem sie alles abfeuerte, was sie hatte. Zu spät. Er beharkte ihre Kuhle mit so präzisen Schüssen, dass sie das Gesicht in den Schnee pressen musste. Sie hatte ihn unterschätzt. Er mochte über zweihundert Kilo drücken und unbeweglich wie eine Eisenhantel wirken. Aber er war schnell, und er hing an seinem Leben wie sie an ihrem.

Dann ein Klicken. In seinem Magazin war Ebbe.

Sie katapultierte sich hoch und hämmerte mit fünf Kugeln einen Blankvers in die Schwärze, bis auch ihr Bolzen ins Leere stieß und keine Patrone mehr fand.

Sah Goliath nicht mehr.

Im selben Moment wusste sie, dass es ihm gelungen war, an eine der Maschinenpistolen zu kommen. Sie hechtete zurück in die Kuhle, schlug auf. Der Schnee war wie Beton; ein Gefühl, als würde ihr linker Arm vom Körper gerissen. Sie durchstieß auf ihrer Schmerzskala die Zehn und besaß nicht die Kraft, die leere Makarow loszulassen oder an die Heckler nur zu denken. Goliath ließ eine MP-Garbe über sie streichen, zum Spaß. Als sie es schließlich schaffte, sich herumzuwälzen, sah sie in sein Gesicht. Sein Grinsen erinnerte an Max Schreck in *Nosferatu*.

Dann flog seine MP in den Schnee.

Er fuhr herum. Leo stand vor ihm und hob die Fäuste.

Goliath sah amüsiert auf ihn herab. »Du willst boxen?«

Leo brauchte nur fünf Sekunden, um den Riesen das kleine Organ-Einmaleins zu lehren: Leber, Niere, Milz, Lunge, Herz. Er endete mit einem Punch, der ihn auf die Zehenspitzen hob, als wollte er Spitze tanzen, ehe er vor Leo auf die Knie fiel.

»Das nennst du Boxen?« Er hämmerte Goliath den Absatz ins Gesicht, sah nicht einmal hin, als er umkippte, ging zu den beiden Toten und nahm ihnen die Gürtel ab.

Er verschnürte Knöchel und Handgelenke von Goliath und richtete sich auf. »Wir sind eins, aber zu zweit«, sagte er.

Nina griff sich Flippers Pistole, schob deren volles Magazin in ihre Makarow. Sie rannten um den Zaun herum, zum Haus. Fette, schmierige Flocken fielen. Der Schlüssel lag wie ehedem unter dem Stein. Sie schloss auf, machte Licht.

Das Gesicht des Mannes am Tisch sah aus, als hätte Picasso im Absinthsuff versucht, eine Büste zu modellieren.

Er zielte auf Nina und machte einen Kussmund.

# SCHREIE, DANN STILLE

Als sie ihn im Verhörzimmer auf der Petrowka zum ersten Mal von Nahem gesehen hatte, hätte ihre Phantasie nicht gereicht, sich vorzustellen dass Mottes Strumpfmaskenvisage in etwas noch Schlimmeres verwandelt werden könnte. Aber selbst das Böse ließ sich karikieren, wie ihr Kopfschuss in Dorogomilowo bewiesen hatte. Die Haut über seiner rechten Wange war grau, als sterbe sie ab. Die Platte, die darunter sitzen musste, wölbte sich unnatürlich und ließ das rechte Auge höher als das andere erscheinen. Ein Gesicht wie ein Kunstfehler.

Motte machte eine Bewegung mit der Waffe. Nina warf die Makarow auf den Teppich. »Ich habe wohl Besuch gehabt. Sie tragen meine Kleidung, das ist meine Pistole. Sie verzieht ein bisschen, aber Sie scheinen damit klargekommen zu sein.«

Das Sprachzentrum war beschädigt. Sie verstand ihn kaum, so vernuschelte er seine Worte. Es tat gut zu sehen, was sie aus ihm gemacht, was er ihretwegen durchlitten hatte.

Was musste er sie hassen.

»Fremde Haut zu tragen, stelle ich mir schlimm vor«, sagte sie. »Und Sie sollten an Ihrer Aussprache arbeiten.«

Motte warf ihr Handschellen zu und wies mit dem Kinn auf ein Leitungsrohr. Leo setzte sich auf den Boden und ließ sich von ihr anketten. Nina wandte Motte den Rücken zu, sah Leo an. Ihre Augen zuckten kurz zu ihrer linken Jackentasche. Sie wusste, dass er verstand.

»Nehmen Sie Platz«, sagte Motte.

Sie setzte sich ihm gegenüber.

»Mit meiner Aussprache bin ich sehr zufrieden, angesichts der Tatsache, dass ich über ein Jahr gebraucht habe, um wieder einen Ton rauszubringen. Haben Sie gewusst, dass die Zunge neun Muskeln besitzt? Man glaubt es kaum.«

»Ließ der KGB meinen Vater ermorden?«

Seltsam, dass diese Frage ihr als Erstes in den Sinn kam.

»Was weiß ich. Wie hieß Ihr Vater?«

»Dirk Grabner.«

»Den Namen habe ich noch nie gehört.«

»Warum haben Sie mich nicht in München getötet? Es hätte sicher Gelegenheiten gegeben.«

»O ja, die gab es. Ich habe Sie dort tagelang beobachtet. Auf dem Weg nach Pullach, beim Laufen an der Isar. Im Englischen Garten, als Sie vor dem Tempel in der Sonne lagen und lasen. Ich bin Ihnen zu Ihrem Freund nach Frankreich gefolgt, wo Sie Austern in Saint Tropez geschlürft haben. Dort wollte ich es tun, am Tag darauf. Aber dann habe ich mit Moskau telefoniert und erfahren, dass darauf hingearbeitet wurde, Kukura gegen Beljakow zu tauschen. Es war klar, dass Sie dabei sein würden, für Kukuras Identifizierung. Sie hoffen zu lassen und Sie beide dann in Berlin zu erledigen, war verlockend. Nun, es hat nicht ganz funktioniert, wie wir wissen. So ist das mit Theorie und Praxis, damit kennen Sie sich auch aus. Aber Schreie, die man hört, sind schöner als Schreie im Visier eines Gewehres.«

»Sie wollen diesen Wahnsinn entfesselt haben, nur um sich an mir zu rächen? Das glaube ich keine Sekunde.«

»Offen gesagt, ist es reizvoll, mit Ihnen zu plaudern, zumal es unter uns bleiben wird«, sagte Motte.

»Wer gab Ihnen den Auftrag?«

»Aufträge nehme ich nur von einem Menschen entgegen. In diesem Fall hat es sich um gemeinsame Interessen mit jemand anderem gehandelt.«

»Mit wem?«

»Carter McGhee.«

»Was haben Sie mit ihm zu schaffen?«

Ninas linker Arm lag im Schoß, unter dem Tisch. Vorsichtig zog sie am Reißverschluss der Jackentasche, bekam ihn wegen des Handschuhs nicht auf.

»Wir kennen uns schon lange, noch aus Amerika. McGhee war dort bei der CIA-Gegenspionage. Doch er arbeitet für uns, unter dem Decknamen *Deputy*. Sie werden ahnen, wer damals in New York McGhees Führungsoffizier war.«

*Rem.*

Nina zog ihre Handschuhe aus und legte sie auf den Tisch.

Mottes Lächeln war zuvor schon bizarr gewesen. Jetzt hatte es nichts Menschliches mehr. »Ihnen wird gleich noch wärmer werden.«

»Macht Ihnen Ihr eigenes Gesicht nicht Angst?« fragte Leo. »Respekt, dass Sie sich überhaupt rasieren.«

»Ach, Aussehen wird überschätzt. Doch in meinem Fall ist es sogar hilfreich, ich habe das zu schätzen gelernt. Die Leute erzählen mir bereits ihr Leben, wenn sie mich bloß ansehen. Früher hat es mehr Arbeit gekostet.«

Nina nestelte wieder an diesem verfluchten Reißverschluss herum, ohne dabei ihren Arm zu bewegen. Es hatte nicht am Handschuh gelegen. Der Haken hatte sich verklemmt.

»McGhee besitzt für die Insel enormen Wert, wie Sie sich ja unschwer denken können«, sagte Motte. »Der Chief of Berlin Station, unbezahlbar. Ich hätte niemals gedacht, dass man ihn opfern könnte. Doch für Beljakow war der Kreml dazu bereit. Wäre Kukura lebend über diesen Grenzstrich gelangt, hätte er McGhee wie eine Maus auf Boehnkes Schwelle gelegt. Seltsam, dass er es nicht längst getan hatte.«

Er stand auf, ging zum Kamin, aber behielt sie im Blick. Er nahm einen Kanister und übergoss die Holzscheite mit Benzin. Motte machte Feuer und legte den Schürhaken hinein.

»Ich bereite schon einmal den privaten Teil des Abends vor. Was meinen Sie: Soll ich mit Ihren Augen anfangen?«

»Unbedingt. Dann muss ich Ihre Visage nicht mehr sehen.« Sie wurde Leos Lächeln gewahr, seine felsenfeste Gewissheit, dass der Mörder seines Vaters das Haus nicht lebend verlassen würde. Etwas Warmes lief Ninas Arm hinunter; der Verband blutete durch. Sie arbeitete sich an diesem Reißverschluss ab und wollte, sie würde Leos Glauben teilen. »Was sind das für gemeinsame Interessen mit McGhee?« fragte sie.

»Sie würden staunen, was möglich ist, wenn Männer wie er und ich sich einig sind. Doch bei der Enttarnung hätte er mich natürlich ans Messer geliefert. Etwa um in eine Einrichtung zu kommen, wo er sich beim Duschen bücken könnte.«

»Warum haben Sie ihn nicht getötet?« fragte Nina.

»Er ist ein sehr vorsichtiger Mann, so wie ich, und hat einen Totmannschalter. Es wäre auch weit weniger reizvoll gewesen als Berlin.«

»Sie sollten sich nicht selbst loben. Oder war Beljakows Tod Bestandteil Ihres Plans? Die Sprengung der Brücke?«

»Können Sie sich vorstellen, wie anspruchsvoll die Aufgabe war, bei den Witterungsverhältnissen dort, auf diese Distanz? Beljakow wurde durch einen Querschläger erwischt. Und was die Sprengladungen angeht: Das waren zwei Meisterschüsse.«

»Sie wollten einen Atomkrieg auslösen?« fragte sie tonlos.

»Es wird nicht zum Krieg kommen. Beide Seiten wissen zu gut, womit er enden würde. Es ging mir darum, größtmögliche Verwirrung zu stiften. Aus Chaos entsteht Ordnung. Bald wird alles in gewohnte Bahnen zurückkehren.«

Der Reißverschluss bewegte sich keinen Millimeter.

Motte sah kurz zu Leo. »Als ich Ihrem Vater die vierte Kugel verpasste, hatte ich eine Erektion, ist mir noch nie passiert.«

»Vor nicht mal zwei Stunden habe ich in Ihrer Wohnung mit der Wertuschka telefoniert«, sagte sie.

Motte starrte Nina an. Seine geflickte Gesichtshälfte schien zu pulsieren, war wie rohes Fleisch.

»Der Genosse Andropow war nicht amüsiert, als er erfahren hat, was Sie getan haben.«

»Unsinn. Das konnten Sie nicht wissen.«

»Ach so? Mein erstes Telefonat war mit Pullach. Sie sind am Sonntagmorgen mit Ihrem schicken Jet in Finow gelandet und nachts um zwei nach Moskau zurückgekehrt. Der KGB sucht bereits nach Ihnen. Sie Stück Scheiße werden mich nicht lange überleben. Entschuldigen Sie meine Ausdrucksweise. Krankes Stück Scheiße muss es heißen.«

Seine andere Gesichtshälfte färbte sich blau, dazu die weiße Stirn. Nina musste an die Flagge des Zarenreichs denken.

»Jetzt rasen Ihre Gedanken«, sagte sie. »Welche Fluchtwege bleiben noch? Dabei ist die Antwort so einfach. Sie haben den Sohn eines Politbüromitgliedes gekillt und Ihre Parteiführung gezwungen, in den Kreml-Bunker zu gehen. Auf dem Planeten gibt es kein Loch, in dem Sie sich verkriechen könnten, zumal mit Ihrer Fratze.«

Nina warf Leo einen schnellen Blick zu, blinzelte und hoffte, dass er verstand. Sie verdrehte ihren Körper, um Motte wieder ansehen zu können, verdeckte dabei die linke Seite.

Motte griff nach dem glühenden Schürhaken. Sie hörte das Fleisch seiner Hand verbrennen. Doch er gab keinen Laut von sich, zuckte nicht.

»Drei Männer hatten Sie dort draußen. Aber wir haben nur zwei von ihnen getötet«, sagte Leo. »Der dritte konnte fliehen. Es hat uns nicht gekümmert, weil wir bloß etwas abholen und sofort verschwinden wollten. In spätestens fünf Minuten wird der KGB hier sein. Sie schaffen es nicht mal bis zum Auto.«

Motte schaute zu ihm hin.

Nina riss so fest sie konnte an dem Reißverschluss.

Er ging auf.

Sie schoss, als er mit dem Schürhaken auf sie losstürmte.

Die Wirkung von sieben Gramm Schwermetall hing alles in allem von zwei Faktoren ab: Beschleunigung und Kontext. An Silvester, beim Bleigießen, hätten sie gerade für einen Tropfen gereicht, aus dem sich nicht viel deuten ließe. Würde man das Kügelchen auf einen Steinboden fallen lassen, wäre dort nicht einmal ein Kratzer zu sehen. Doch bei einer Geschwindigkeit von neunhunderteinundachtzig Stundenkilometern, auf eine Entfernung von fünf Metern, entfaltete das Projektil in Mottes Unterleib die maximale Zerstörungswirkung.

Im Zusammenbrechen feuerte er noch, aber von den sieben Gramm Blei, die er ihr zugedacht hatte, spürte Nina bloß den Luftzug an der Wange. Sie war mit zwei Schritten bei ihm, trat die Waffe und den Schürhaken aus seinen Händen. Sein Schoß färbte sich rot. Er schaute zu Nina hoch, musste entsetzliche Schmerzen haben, aber gestattete sich nicht mal ein Stöhnen.

Sie machte Leo los.

Er ging zum Kamin, zog den Stein raus, nickte Nina zu.

»Sie sollen wissen, wieso Rem Ihren Freund Carter McGhee nicht längst enttarnt hat. ›Die eigenen Quellen zu verraten, ist ekelhaft; das sind Menschen, die einem ihr Leben anvertraut haben, wie ich dir meines anvertraue.‹ Das waren Rems Worte. Aber was weiß eine Motte schon von Ehre? Sie denken, es gäbe Schlimmeres, als bei lebendigem Leib das Herz herausgerissen zu bekommen. Finden wir's raus.«

Sie spielte mit dem Gedanken, den Schürhaken zu nehmen und ihm beide Augen auszubrennen. Aber wozu? In der Truhe lag Rems Kamera, ein Film war eingelegt. Sie langte nach dem Kanister und übergoss Motte mit Benzin. Nina sah zu Leo. Als er das Streichholz anriss, war seine Hand so ruhig, als würde er einen Trinkspruch ausbringen.

Sie machte das Foto. Dann gingen sie.

# WAS TOTE TRÄUMEN

Auf dem Hügel waren Bossois Schreie verklungen. Im Schnee der Widerschein des lichterloh brennenden Hauses. Nina hielt hinter Swenigorod im Wald. Leo machte Licht und gab ihr den Brief, den er aus dem Versteck im Kamin genommen hatte.

Sie entfaltete ihn. Das Foto fräste sich in ihre Augen.

*Zwei junge Männer, Arm in Arm, in der Kadettenkluft des KGB.*

*Der eine war Rem.*

*Der andere ihr Vater.*

*»Liebe Ninotschka,*

*erlaube mir, dich ein letztes Mal so zu nennen, obwohl das jetzt Leo vorbehalten ist. Solltest du diese Zeilen jemals lesen, weil eine göttliche Fügung es will, bin ich sicher tot. Zu wissen, was ihr beide füreinander seid, und mir vorzustellen, dass ihr vielleicht niemals zusammen sein könnt, wäre die größte Trauer meines Lebens.*

*Aber ich kenne dich. Du wirst einen Weg finden. Weil du bist, wie du bist. Ich sagte einmal, dass man Angst vor dir haben muss. Das habe ich ernst gemeint. Doch nicht Leo oder ich müssen dich fürchten, nur andere.*

*Als ich dich damals in der Tretjakow-Galerie sitzen sah, warst du in Annas Bildnis so versunken, dass ich Zeit hatte, dein Gesicht zu studieren. Die Ähnlichkeit mit deinem Vater habe ich sofort bemerkt. Ihr habt dieselben Augen, dasselbe Lächeln. Auf unserem ersten Spaziergang hast du gesagt, dass er bei der Spionageabwehr des BKA ist. Das war die letzte Bestätigung. Ich brachte es nicht fertig, dir die Wahrheit zu sagen, obwohl ich es oft wollte.*

*Es hätte dir das Herz gebrochen, und ich konnte den Gedanken nicht ertragen, dich so zu sehen.*

*Dirk und ich wurden beide in Balaschicha ausgebildet, Anfang der Fünfziger. Er war drei Jahre älter als ich. Freunde waren wir nicht, auch wenn es auf dem Foto so scheint. Aber wir mochten uns. Er war klug; auf die Art von Leuten, die sich das nicht auf die Stirn tätowieren lassen. Nach einem Jahr hat er uns verlassen, um zusammen mit anderen in einer KGB-Einrichtung in Leningrad, dem* Bolschoi Dom, *auf seine Mission vorbereitet zu werden.*

*Der KGB hatte damals ein Programm.* Nostalgija *nannten sie es. Man bildete hundert junge deutsche Männer und Frauen aus, von denen man Großes erwarten durfte. Es wurde erhofft, dass ihre Karrieren sie an die Spitze eurer Institutionen und Behörden führen würden, in die Vorstände von Firmen, die Präsidien eurer Parteien. Ins Zentrum der Macht.*

*Dein Vater ist einer von denen, die es geschafft haben.«*

Nina atmete keine Luft mehr, sondern ein Gas, das lichterloh in ihrer Lunge brannte. Sie ließ den Brief sinken, schaute Leo an. »Du hast gesagt, dass in der Lubjanka ein Offizier in dein Verhörzimmer kam und gefragt hat, wo du an dem Tag warst, an dem Rem und ich uns im Museum begegnet sind. Wann war das genau, in der Lubjanka?«

»Am 7. Juni vor zwei Jahren.«

*Der Geburtstag meiner Mutter. Als ich in seinen Armen lag und von Moskau erzählt habe, von mir und Rem. Mein Vater hat Rem noch in derselben Nacht an den KGB verraten.*

Nina sagte es Leo. Wieder waren sie eins, aber zu zweit.

»Du bist nicht schuld«, flüsterte er. »Sie wussten es ja schon durch mich.«

Sie fragte sich, warum er der Insel verschwiegen hatte, dass Leo in alles eingeweiht war. Ein letzter Rest Anstand vielleicht.

»Lies weiter«, sagte Leo rau.

*»Mit Vätern und ihren Kindern ist es schwierig; das mussten auch Leo und ich erfahren. Er denkt immer, er sei mir etwas schuldig, wegen dieses Autounfalls damals. Aber ich bin es, der in seiner Schuld steht, bis zu meinem letzten Atemzug, denn ich war ihm erst spät der Vater, den er verdient hat. Ob dein Vater auch stolz auf dich ist? Ich weiß es nicht. Er hat sich um dich bemüht, sagst du, vor allem in den letzten Jahren. Mehr als einmal habe ich mich gefragt, ob es dir galt oder der Tatsache, dass du beim Dienst bist. Vielleicht hatte er den Auftrag, dich anzuwerben. Solltest du es eines Tages herausfinden, dann unter Schmerzen.*

*Was du und ich füreinander sind, wie soll ich das beschreiben? Du könntest meine Tochter sein. Aber was uns verbindet, ist so viel mehr. Ich habe lange nach Worten gesucht, und keins erschien mir angemessen. Anna Achmatowa konnte das besser:* Ich bin schon lang in diesem Haus, gebaut aus dem, was Tote träumen. Mit ihrem letzten Herzschlag Tür an Tür. Ein Postamt, gar nicht weit von hier, für Briefe, die nie geschrieben werden.«

Sie stiegen aus, standen in der Kälte. Sie zog Leo an sich. Ihre Herzen hämmerten in der Brust des anderen. Ninas Gedanken hüpften wie Steine über dunkles Wasser.

*Aus welchem Gedicht soll das sein? Ich kenne jede Zeile von Anna Achmatowa. Die nicht. Vielleicht unveröffentlicht, ein Manuskript, im Raum der verbotenen Früchte der Glawlit?*

*Nein. Das ist nicht von ihr.*

*Mit ihrem letzten Herzschlag Tür an Tür. Ein Postamt, gar nicht weit von hier, für Briefe, die nie geschrieben werden.*

*Plötzlich hatte sie die Antwort.*

Sie nahm die Schnellstraße. Die Schmerzen kehrten zurück. Nina warf noch eine Tablette ein. Sie erreichten die Stadt, auf der Suslowa fuhr sie ran. »Wir sollten tauschen. Eine Frau am Steuer und neben ihr ein Kerl. Daran hätte ich denken müssen. Wir hatten Glück, dass die Miliz uns nicht angehalten hat.«

An der Moskwa schimmerte das Hotel Ukraina im Licht von tausend Strahlern. Sie blickten einander an, lächelten. Leo bog in die Malaja Bronnaja und hielt beim Twerskoi-Boulevard. Er wollte aussteigen, aber Nina legte die Hand auf seinen Arm.

»Es ist besser, wenn ich allein gehe.«

»Und wenn sie das Haus beobachten?«

»Weshalb sollten sie? Von meiner Freundschaft mit Grunja wissen sie nichts. Das Haus wäre aus ihrer Sicht der letzte Ort, an dem ich in Moskau auftauchen würde.«

Sie stieg aus und lief los. Bei der Einmündung zu ihrer alten Straße blieb sie stehen, wurde eins mit den Schatten. Nina sah zu ihrem Haus. Ihr war, als käme sie eben vom Laufen um den Patriarchenteich.

Nur dass ihr Herz ganz ruhig schlug.

Ihre Antennen waren auf Empfang, meldeten keine Gefahr. Nina lief zum Haus, hörte den verharschten Schnee unter den Schuhen, hatte beide Hände in den Taschen. Die Makarow war in der Rechten, den Schalldämpfer hatte sie abgeschraubt.

Zwei Uhr, in keiner Wohnung brannte noch Licht. Sie brach Eisstücke aus einem Wall, schmiss eins gegen Grunjas Fenster. Noch eins. In der Nachtstille hallte es laut durch die Straße.

*Es ist Sonntag. Hat sie morgen frei und ist auf der Datscha?*

*Nein, nicht im Winter.*

Ein feuerroter Wuschelkopf erschien im Fenster.

Grunjas Augen wurden so groß wie das Kettenkarussell im Gorkipark. Dann öffnete sie barfuß die Haustür und zog Nina rasch in den Flur, in ihre Wohnung. Sie wurde von der Freundin derart gedrückt, dass sie kurz Sterne sah. Grunja in den Armen zu halten, war unwirklich.

Wie Wolf im Aragwi gegenüberzustehen, nur schöner.

»Anjuta, bist du wirklich hier?« flüsterte Grunja.

Sie antwortete nicht und sah an ihr vorbei zu der Wand über der Schlafcouch.

Das Bildnis von Anna Achmatowa hing dort.

Nina löschte das Licht, sagte dann im Dunkeln: »Wer hat es dir gebracht? War es ein Mann, nicht sehr groß, um die fünfzig, mit einer warmen Stimme und feinen Gesichtszügen?«

»Nein, eine Frau. Sie hatte rote Haare und war sehr schön.«

»Wann?«

»Zwei Wochen nachdem du fort warst. Sie hat gesagt, dass sie von einem Freund von dir käme, und das Gemälde wäre ein Dankeschön von ihm, weil ich mich um dich gekümmert und dir mal geholfen hätte.«

»Das war alles?«

Grunjas Stimme klang belegt. »Nein. Sie hat mich um einen Gefallen gebeten und mir einen Brief gegeben, den ich auf der Post an der Kontrolle vorbeischmuggeln sollte. Sie hat gewusst, dass ich das schon mal gemacht habe. Er war für Frankreich, so wie der von dir, im Winter vor drei Jahren.«

»Hast du ihn weggeschickt?«

»Nein.« Die Stimme zitterte jetzt. »Zwei Tage vorher hatten sie meine Kollegin Anastasia mitgenommen. Sie hat dasselbe gemacht wie ich damals, aber die haben sie erwischt. Es heißt, dass sie von einem Engländer oder Amerikaner tausend Dollar dafür gekriegt haben soll.« Nina hörte Grunjas Angst. »Ihren Sohn habe ich mal in der Stadt getroffen. Er hat gesagt, dass sie im Gulag gestorben ist, Herzinfarkt angeblich.«

»Gibt es den Brief noch?«

»Warte.«

Nina hörte sie im Dunkeln hantieren, dann fiel ein dünner Lichtschimmer aus dem Bad ins Zimmer. Sie ging mit Grunja hinein, machte die Tür zu. Grunja nahm eine Haarnadel und ritzte den Karton hinter dem Bild vorsichtig auf. Darunter war der Brief, frankiert und adressiert an Thränes Postfach.

*Hab ihm vor Jahren mal meine Adresse zukommen lassen*, hatte Thräne gesagt. *Aber er hat mir nie geschrieben.*

*Michail Alexandrowitsch Berlios*, hieß der Absender, aus der Mansurowskigasse 13. In *Der Meister und Margarita* war Berlios der Bürokrat, der beim Patriarchenteich im Wortsinn den Kopf verlor. Es war die Adresse des Toten Briefkastens, in dem Nina die Makarow versteckt hatte.

*Rem ist dort gewesen. Er wusste von der Waffe. Und auch, wofür ich sie brauchte. Aber er hat nicht versucht, es zu verhindern.*

»Warum hast du ihn aufgehoben?« fragte sie.

»Weißt du nicht, dass es Unglück bringt, einen ungelesenen Brief zu zerreißen, zu verbrennen oder wegzuwerfen?«

»Braucht man für Frankreich so viele Marken?«

»Nein, das ist mir gleich aufgefallen.« Grunja holte tief Luft. »Morgen ist Montag, da ginge es.«

*Ich weiß nicht, ob Leo und ich es schaffen. Wenn ich den Brief an mich nehme und wir gefasst werden, wird Rems Vermächtnis nicht erfüllt. Aber ich bringe Grunja in Gefahr. Ich könnte niemals damit leben, dass ihr meinetwegen etwas zustößt.*

Grunja nahm ihre Hand. »Mach dir keine Gedanken. Ich bin viel mutiger, als ich gewusst habe. Das hast du mir beigebracht. Und schlauer als Anastasia bin ich sowieso.«

Nina zögerte noch immer, ihr den Brief zu geben.

»Freundinnen tun sowas füreinander.«

»Jeden Tag habe ich deinen Kiesel in der Hand gehabt.«

»Und ich habe noch das halbvolle Parfüm. Ich rieche immer nur an dem Flakon, und dann stelle ich mir vor, dass ich mit dir in Frankreich am Meer bin.«

Sie umarmten sich weh.

»Darf ich das Bild behalten?« fragte Grunja.

»Sicher. Es gehört dir.«

»Ich liebe es und schaue es ganz oft an. Ich weiß auch, was der Maler sagen will. Dass diese Frau viel Schlimmes erlebt hat. Sie träumt jetzt, dass die Welt explodiert und beim Aufwachen wieder so heil ist wie früher.«

Als Nina vor das Haus trat, kam ihre Katze über die Straße geschnurrt. Sie drückte den Buckel gegen Ninas Bein und ließ sich von ihr hinterm Ohr kraulen, so wohlig, dass sie fürchtete, das Viertel würde von den verzückten Lauten wach werden.

Auf dem Weg zu Leo lief sie ihren Tränen davon.

»War es, wie du gedacht hast?« fragte er.

»Ja.«

Er startete den Motor. »Wo fahren wir hin?«

»Nach Peredelkino. Ein Stück hinter Pasternaks Haus führt eine Straße in den Wald.«

»Was ist dort?«

»Der Mann aus den Märchen.«

»Nach allem, was passiert ist?«

»Ich wollte uns zwei Plätze auf der Queen Elizabeth buchen. Aber in der ersten Klasse war nichts mehr frei, und die zweite hat keinen Stil.«

Sie sprachen nicht. Beide waren noch in Rems Brief gefangen, hörten seine Stimme, als sei er bei ihnen, in diesem Auto, das aus der Finsternis der Stadt in eine andere Finsternis fuhr.

*Mein Vater wurde zehn Tage nach meiner Rückkehr aus Moskau überfahren. War es doch der KGB? Haben sie gefürchtet, dass Rem mir die Wahrheit über ihn gesagt haben könnte?*

*Nein. Dann hätte ich ihm nie erzählt, dass Rem von mir geführt worden ist, das war ihnen klar.*

Eine Leuchte blinkte rot. »Wir müssen tanken«, sagte Leo.

»Wie weit kommen wir noch?«

»Keine Ahnung. Aber ich weiß, wie wir's machen.«

Er fuhr langsamer, um Benzin zu sparen. Einige Kilometer später bog er von der Autobahn ab, auf einen Parkplatz. Sie sah einen unbeleuchteten Tankzug. Ein Schlauch hing heraus. Leo stoppte direkt davor.

»Schwarztankstelle«, meinte er.

»Eben wollt ich Schicht machen«, bollerte die Lasterfahrerin, eine Wuchtbrumme, deren Mama ihr besser beigebracht hätte, den Finger nicht bis zum Mittelgelenk in die Nase zu stecken.

»Einmal voll. Wie viel?«

»Zwanzig Rubel.«

Aus der offenen Tür ihres Wagens fiel Licht auf den Asphalt, und Nina sah ihn in allen Farben des Regenbogens schillern.

Sie standen mitten in einer riesigen Benzinlache.

Als Leo fertig war, zog ihre Tankmamsell den Schlauch raus und schmiss ihn einfach in die Büsche. »Man sieht sich.«

Sie stieg ins Führerhaus, fuhr weg. Beide Rücklichter waren defekt. Auch Leo wollte zurück auf die Autobahn.

Und trat auf die Bremse.

Ein Mercedes der Miliz blockierte die Zufahrt. Nina nahm ihre Makarow in die Rechte und entsicherte sie, während Leo Vollspeed zurückstieß und die Gaischniki hinterherjagten.

»Sind Zigaretten im Auto?« fragte er.

»Im Handschuhfach. Aber jetzt ist nicht die Zeit, mit dem Rauchen anzufangen.«

»Steck mir eine an.«

Er stoppte kurz hinter der Stelle, an der sie getankt hatten. Als Nina und Leo ausstiegen, sprangen die Gaischniki wenige Schritte entfernt aus dem Wagen und verschanzten sich rechts und links hinter ihren offenen Türen, die Waffen im Anschlag. Sie waren Männer mit Alles-gesehen-alles-erlebt-Gesichtern, ausgeschlafen. Eigentlich hatten sie nur einem Schwarztanker eine Geldstrafe aufbrummen wollen.

Doch die Makarow in Ninas Hand hatte das geändert.

»Lassen Sie die Waffe fallen«, brüllte der eine.

Leo nahm die Zigarette aus dem Mund.

»Guckt mal kurz unter euch, Jungs. Wenn ich meine Kippe wegschnippe, wird euch gleich sehr warm.«

»Und euch auch«, quetschte der Mann raus.

»Na und«, sagte Nina.

»Das wird dein Freund nicht tun.«

»Seht mich mal genau an. Circa eins achtzig groß, schlank. Auffälliges Pflaster am Hals.« Sie schob den Kragen runter und zeigte es ihnen. »Der KGB hat mich eine Woche lang gefoltert. Wie viel Angst habe ich vor dem Sterben? Was meint ihr?«

»Und der da?«

»Ich war in der Lubjanka«, sagte Leo. »Tot ist es besser.«

Er schnippte Asche auf den Asphalt.

Die zwei wechselten einen Blick, warfen die Waffen auf den Boden und richteten sich auf.

Leo sammelte die Makarows ein. »Weg vom Auto.«

Nina zerschoss das Funkgerät und einen Reifen. Sie stiegen in den Moskwitsch und fuhren weiter.

»Jetzt haben wir vier Pistolen«, sagte Leo.

»Kannst du damit umgehen?«

»Zwei Jahre Armee.«

»Fünf Tage Thräne.«

Als sie Peredelkino erreichten, war es Viertel nach drei. Sie schauten wachsam nach allen Seiten; hier war die Miliz wegen der prominenten Bewohner ständig präsent. Leo fuhr auf den Waldweg. Vor dem Tor wendete er, für alle Fälle. Sie stieg aus. Gab es den Imker noch? Und wenn nicht? Darüber wollte Nina erst nachdenken, wenn das Tor sich nicht öffnete.

Sie klingelte und schaute in die Kamera. Der Imker war ein Nachtmensch, aber auch er musste irgendwann schlafen.

Wenn er nicht längst in einer Grube schlief.

Die Seitenpforte ging auf. Ein Mann kam raus. Er hielt seine Waffe wie einer, der schießen konnte, bevor er Laufen gelernt hatte. Es war Iossif. Er schaute ins dunkle Auto und versuchte, Leos Gesicht zu erkennen.

»Stehst du auf Boxen?« fragte Nina.

Iossif nickte.

Leo kurbelte das Fenster runter. Iossif ließ die Waffe sinken. Er drückte auf einen Schalter, das Tor ging auf und schloss sich hinter dem Auto wieder. Leo fuhr zum Haus. Sie warteten auf Gasargans Faktotum. Nina gab ihm die vier Pistolen. Er nickte nur. Sie folgten ihm ins Obergeschoss. Er wies mit dem Kinn auf eine Tür, verschwand.

Nina hatte noch nie eine goldene Badewanne gesehen. Aber bei dem übrigen Gold fiel sie kaum auf. Der Imker thronte im Schaum und grunzte: »Nach dir hatte ich Sehnsucht wie eine Kuh nach kalten Melkerhänden.«

»Interessanter Vergleich. Wenn man davon absieht, dass ich keine Melkerin bin und du keine Kuh bist.«

»Sag nicht, dass du wegen dem halben Rubel kommst.«

»Nein, ich hatte Jieper auf ein Pastramisandwich.«

Bei seiner Lache würden im Sommer Fliegen von der Decke fallen. »Hast Bossoi eine Schönheitsoperation spendiert. Aber ich hab ihn grinsen sehen. Wenn man's so nennen kann.«

»Gibt es hier eine Dunkelkammer?«

»Willst du mir einen Dreier anbieten?«

»Ja. Bossoi, du und ich.«

»Iossif!«

Er kam rein und nahm den Film mit, den Nina ihm gab.

»Warum war die Miliz in Zarizyno?« fragte sie.

»Einer von Deutrans war der Meinung, dass ich ihn schlecht behandelt hätte, und hat telefoniert. Sie haben nicht gewusst, wer die Fracht sein sollte. Schwein gehabt.« Der Imker sah zu Leo. »Und du auch. Für deinen Alten ging's schlecht aus, habe ich gehört. Soll ein guter Mann gewesen sein.«

»Freu mich wirklich über deine dreckige Lache«, sagte Nina. »Ich hab damit gerechnet, dass du im Imkerhimmel bist.«

»Irgendwann bringst du mich dorthin, das steht fest. Mach mich schlau: Wie kommst du nach Moskau?«

»Auf Einladung der Insel.«

»Gute Antwort. Die halbe Stadt sucht nach dir. Warst du in Berlin dabei?«

»Ja.«

»Wie viele Leichen hast du heute produziert?«

»Lass mich nachdenken. Sechs. Nein, sieben. Können auch siebeneinhalb sein, bei dem einen bin ich mir nicht sicher.«

Leo warf ihr einen Blick zu.

»Du bist ein Schlachthaus auf zwei langen Beinen. Denkst du, ich würde euch helfen, gegen den ganzen KGB?«

»Ich halte mein Wort. Und du?«

»Iossif!« brüllte er. Diesmal dauerte es, bis er kam. »Hast du den Film entwickelt?«

Iossif hielt fünf Finger hoch.

»Mach hinne.«

Er verschwand wieder.

»Hast du nach der Sache in Zarizyno keinen Stress mit der Insel gekriegt?« fragte Nina.

»Blumen haben sie nicht für mich gestreut. Aber ich hab im Westen viel Geld für sie versteckt. Ans Meiste kämen sie ohne mich nicht ran. Wir putzen uns wieder gegenseitig die Nasen.« Er stand aus der Wanne auf, trocknete sich ab und zeigte ihnen die Glocken von Navarone. Auf seinem Gorillarücken wäre für eine weitere Narbe kein Platz mehr gewesen.

Als der Imker den Bademantel angezogen hatte, kam Iossif zurück und reichte ihm zwei Dutzend Bilder. Er blätterte sie durch und gab sie Foto für Foto an Leo weiter. Schnappschüsse im Garten, unten am Fluss. Die meisten zeigten Mascha; eine Frau wie ein Sonnenstrahl. Dann Rem und Leo, Selbstauslöser. Sie schauten ernst. Nina ahnte, dass das Foto von dem Sonntag war, an dem die beiden Abschied genommen hatten. Sie fragte sich, wieso der KGB die Kamera beim Filzen der Datscha nicht beschlagnahmt hatte. Aber es war keine Minox, nichts, womit man Dokumente abfilmen würde.

Sie wandte den Blick dem Imker zu, sah ihn das letzte Foto anstarren. »Leck mich. Du hast den Wichser abgefackelt?«

»Nicht ich, er.«

»Nachdem sie ihm die Eier weggeschossen hat«, sagte Leo.

»Soll euch keiner nachsagen, dass ihr nicht gründlich seid.«

»Steht die Sache?« fragte Nina.

»Ich muss telefonieren.«

Sie folgten ihm hinunter in den Salon, wo er sie allein ließ. Erneut sah Leo das Foto an. Das Foto, das ihn mit seinem Vater zeigte. Nina wagte nicht, ihn zu berühren.

Der Imker kam zurück. »Ich kriege einen Rückruf. Kann ne Weile dauern. Was hast du in Berlin und heute eingesteckt?«

»Nicht der Rede wert.«

»Komm mit.« Er ging mit ihnen in einen kleinen Raum, in dem eine Arztliege stand. »Zieh deine Sachen aus, soweit du's vor einem Mönch wie mir verantworten kannst.«

Nina streifte die Jacke ab und schob den Ärmel des T-Shirts hoch. Der Imker löste das Pflaster von ihrem Hals und ging so behutsam vor, dass sie vermeinte, die Hände ihrer Mutter zu spüren. Nur, dass sie bei ihrer Mutter nicht so cool getan hätte.

»Streifschuss, gut versorgt«, sagte er. Er nahm Salbe, strich sie vorsichtig auf, klebte ein frisches Pflaster über die Wunde. Dann nahm er sich ihren Arm vor. »Zwei Kugeln, rausoperiert. Nähte wie beim besten Schönheitschirurg von Moskau. Aber die Verbrennung sieht scheiße aus.« Auch dafür hatte er Salbe. Er verband den Arm. »Du müsstest vor Schmerzen schreien.«

Sie hielt Bossois Pillenschachtel hoch.

»Ich wette, du siehst Farben«, sagte er.

Irgendwo klingelte ein Telefon. Er ging raus und kam nach einer Minute zurück. »Morgen Abend in Wnukowo.«

»Du willst uns über den Regierungsflughafen rausholen?«

»Das beste Versteck für ein Schaf ist mitten im Wolfsrudel.«

# BESTE EINZIGE FREUNDE

Er gab ihnen ein Zimmer, dessen Geschmacklosigkeit sich nur im Dunkeln ertragen ließ. Als sie im Bett lagen, hielt Leo ihre Hand, hatte Angst, ihr wehzutun. Nina zeigte ihm die Stellen, die nicht verletzt waren. Alle nacheinander. Und zur Sicherheit noch einmal. Danach lag sie in seiner Armbeuge, labte sich an seinem Duft. Kein Schmerz, nirgends.

»Was willst du unbedingt sehen?« fragte sie.

»Das Meer im Süden.«

Sie stand auf. »Bin gleich wieder da.«

Nina zog Jeans und T-Shirt an, ging raus. Auf dem dunklen Flur stand Iossif vor ihr, als wäre er dorthin gebeamt worden.

»Ich muss nochmal zu ihm«, sagte sie.

Iossif tippte auf sein Handgelenk.

»Ich weiß, dass er schläft. Es ist wichtig. Und wenn du mich nicht zu ihm lässt, kriegst du morgen Ärger.«

Er rührte sich nicht vom Fleck. Sie fragte sich, wie er seine Zunge verloren hatte. Schließlich deutete er mit dem Kinn zu der Tür am Ende des Flurs.

Nina setzte sich im Halbdunkel ans Bett des Imkers.

Er schlug sofort die Augen auf. »Ist es das, was ich hoffe?«

»Ja. Ich will wissen, wie das morgen ablaufen wird.«

»Wenn es diesen verschissenen Drecksgott gibt, hat er dich geschickt, um mich für irgendwelche Sünden büßen zu lassen. Nicht, dass ich wüsste, was das sein könnte.«

»Da bin ich auch überfragt. Nach dir sollte man Kindergärten benennen. Und Waisenhäuser und Friedhöfe.«

»Um sechs geht eine Transportmaschine nach Rom. Sie ist vom Außenministerium, die liefern Versorgungsgüter für die Botschaft dort. An Bord gibt es ein paar Plätze für Diplomaten und den KGB. Ihr seid auf der Liste.«

»Was ist mit Papieren?«

»Ist geregelt, hier und in Rom. Aber ihr braucht was anderes zum Anziehen; die tragen Business. Iossif kümmert sich drum. Er hat einen Blick für Größen.«

»Kannst du auch drei Leute rausschaffen?«

»Warum sollte ich?«

»Weil dieser Mensch mir wichtig ist.«

»Ich brauche jemanden, der mein Deutschlandgeschäft auf Vordermann bringt. Sag Ja, und er sitzt morgen im Flugzeug.«

»Bevor ich Bossoi gegrillt habe, hat er einen Mann erwähnt. Carter McGhee. Klingelt da was?«

Er machte Licht und richtete sich auf. »CIA-Chef in Berlin.«

»Was weißt du über ihn?«

»Den hat man im Puff beim Bettenmachen gefunden.«

»Versuch's mal ohne Poesie.«

»Er hat Geschäfte mit einem Clan der Cosa Nostra laufen.«

»Welcher Clan?«

»Die Cosentino-Brüder. Sie machen fünf, sechs Milliarden im Jahr, nach unten abgerundet.«

»Was sind das für Geschäfte?«

»McGhee verkauft Quellen an sie, die die CIA bei Siemens, Mannesmann, Rheinmetall und anderen hat. Die Cosentinos verhökern das Material an jeden Interessenten von Nordkorea bis Kuba, such dir was aus. Industriespionage ist das Geschäft der Zukunft. Ich orientiere mich da auch gerade.«

»Würde es dir gefallen, McGhee irgendwo zu wissen, wo er in der Gemeinschaftsdusche an der Stange tanzen müsste?«

Der Imker grinste. »Wer soll noch in den Flieger? KGB?«

»Eine Frau. Sie arbeitet bei der Post.«

»Könnte klappen.«

»*Könnte* reicht mir nicht.«

»Ich krieg's hin.«

»Sie ist klein, ein bisschen fülliger als ich, aber immer noch schlank. Gut gebaut, nennst du das. Schuhgröße 37.«

»Darf ich jetzt zwei Stunden pennen?«

»Und meinetwegen von mir träumen.«

Vom Salon aus rief sie Grunja an, die sofort abnahm. Nina hörte an ihrer Stimme, dass sie nicht geschlafen hatte.

»Gruschenka. Willst du mit mir dahin, wo die Frauen große Hüte tragen?«

Grunja schluchzte auf. »Ja.«

»Bring den Brief auf den Weg und meld dich krank. Mittags rufe ich dich an und sage dir, wo wir uns treffen. Gepäck kannst du keins mitnehmen. Wir kaufen dir neue Sachen.«

»Ist das wirklich wahr, Anjuta?«

»Morgen Abend essen wir Pizza.«

»Was ist das?«

Sie schliefen bis elf. In der Küche musterte Leo misstrauisch die Egg Benedict, die Iossif vor ihn hinstellte. Doch nach dem ersten Löffel hörte er nicht mehr auf zu grinsen. Sie erfuhren, dass der Imker früh aus dem Haus gegangen war. Eine Stunde später bekamen sie Kleidung und Schuhe von Iossif. Er klebte Leo einen falschen Schnäuzer an und hatte für sie eine blonde Lockenperücke besorgt, mit der Nina sich wie Farrah Fawcett vorkam. Sie rief Grunja an, nannte ihr Ort und Zeit. Bis zum frühen Abend lümmelte sie mit Leo im Salon bei *Rocky I* bis *III*.

»Er bewegt sich im Ring wie ein Plüschelefant«, meinte Leo. »Der kleine Sila würde ihn vor dem ersten Gong auf die Bretter schicken.«

»Dafür hat er ein ausdrucksstarkes Gesicht.«

Der Imker kam. »Euer Taxi ist da.«

Sie legte den Schal um, den Iossif ihr gab, verdeckte damit das Pflaster. Vor der Tür drückte der Imker ihr einen Umschlag in die Hand. »Taschengeld.«

Nina ließ sich zu einer Umarmung hinreißen. So musste es sich anfühlen, einen Wal zu herzen.

»Was hat Leo Kukura, was ich nicht habe?« fragte er.

»Haare.«

Sein Lachen dröhnte noch in ihrem Kopf, als der schwarze Transporter vor Pasternaks Haus hielt. Grunja stieg dazu. Nina gab ihr die Kleidung. »Ich guck weg«, sagte Leo.

Sie sah ins Kuvert. Zehntausend Dollar. Genau die Summe, die der Imker mit Leos Meisterschaftskampf verdient hatte.

»Die Post ist raus«, raunte Grunja. Nachdem sie umgezogen war, wäre sie glatt als Aeroflot-Stewardess durchgegangen.

Bis Wnukowo waren es keine fünfzehn Minuten. Sie ließen das Terminal rechts liegen und umrundeten halb das Gelände. Ein Tor, von Armee bewacht. Ihr Chauffeur zeigte den Propusk und ein Dokument. Der Soldat schaute ins Auto.

*Bloß nicht lächeln*, hatte der Imker gesagt.

Das Tor ging auf. Sie wurden an die Antonow herangefahren. Nie zuvor hatte Nina ein so großes Flugzeug gesehen. Vor der Laderampe nahm eine Beamtin des Außenministeriums sie in Empfang. Sie brachte sie zu einem Container im Frachtraum und öffnete die Tür. Drei Männer hockten schon da, hoben nur kurz den Kopf, lasen wieder in ihren Dokumenten. Sie setzten sich, klappten die Aktenkoffer auf, die Iossif ihnen mitgegeben hatte, und taten, als sei das Steuergesetzbuch der Sowjetunion die aufregendste Lektüre der Welt.

Nina spürte heftige Vibrationen, als sie losrollten. Dann die Beschleunigung beim Start, bald ein ruhiges Brummen.

Grunja drückte ihr Knie gegen ihrs.

Sie sah zu Leo. Er war eingeschlafen.

Die Rampe fuhr auf, sie traten aufs Vorfeld. Es war frisch, aber alle öffneten die Jacken und Mäntel. Ein Mann geleitete sie zu einem Zollgebäude. Nina wurde mulmig, ohne Papiere. Doch als die drei anderen Passagiere bereits hineingegangen waren, fasste der Mann sie am Arm und führte sie zu einer Limousine. Sie verließen das Gelände, ohne kontrolliert zu werden.

»Wo geht es hin?« fragte Nina den Chauffeur. Ihr Italienisch war nicht so gut wie ihr Russisch, aber machte was her.

»Zum Grand Hotel.«

Rom hatte sich ganz in Licht gekleidet und begrüßte sie mit der Lässigkeit einer chaotischen Grazie, der seit Jahrtausenden der Hof gemacht wird. Die großen Augen der beiden anderen, das Glucksen, das wiederholt in ihnen aufstieg. Wie Nina das genoss, in dieser Nacht, die nur dem Staunen gewidmet war.

Dann der Petersdom. Sie wurde traurig und schaute Leo an, der dasselbe fühlte und wie Nina an seinen Vater dachte. Daran, dass sie all das nicht mit Rem teilen konnten.

Das Hotel bewies, dass es möglich war, Gold, Marmor und Stuck zu pflegen, auch wenn man das in Moskau für undenkbar hielt. Die Dame fragte nicht nach ihren Pässen. Ihre Zimmer lagen nebeneinander, ganz oben, beide mit Terrasse und einer Verbindungstür. Während Leo und Grunja draußen von dem Champagner tranken, den Nina bei dem Pagen geordert hatte, tief unter ihnen die Piazza del Popolo, rief sie Thräne an. Sich sein Gesicht auszumalen, war der Höhepunkt des Abends.

»Hallo.«

»Wie ist das Wetter bei dir?« fragte sie.

»Come rain come shine. Und bei dir?«

»Wenn ich aus dem Fenster gucke, sehe ich die Kuppel von einer Kirche, die mir bekannt vorkommt. Die habe ich mal im Fernsehen gesehen. Da steht an Ostern so ein alter Mann mit einem spitzen Hut auf dem Balkon und will uns weismachen, dass die Erde eine Scheibe ist.«

Sie hörte ihn weinen, sich schnäuzen. »Sorry. Eine Thräne kommt selten allein. Wie hast du das geschafft?«

»Der halbe Rubel war noch nicht verfallen.«

»Der Imker macht keine Geschenke. Du hattest ihm Bossoi versprochen, aber nicht geliefert. Es sei denn –«

»Ja?«

»– Bossoi wäre gestern Abend nachhause gekommen.«

»Es ist ein bisschen komplizierter. Aber der Imker hat sein Foto gekriegt.«

»Wie hast du ihn erledigt?«

»Du weißt doch, wie Motten enden, wenn sie dem Licht zu nah kommen.«

»Ich werd heut Abend die Dietrich hören. Bist du allein?«

»Was denkst du?«

»Ich trau dir zu, dass Leo bei dir ist.«

»Er trinkt Pommery mit meiner Freundin Grunja.«

»Du bist ein Tier, für das es keinen Namen gibt. Wann seid ihr morgen hier?«

»Mir stellt sich ein Luxusproblem. Wir haben keine Papiere, aber müssen über die französische Grenze.«

»Ruf Luigi an.« Er nannte ihr eine Nummer, sie schrieb mit. »Er hat ein Auto für dich.«

»Was ist mit der Grenze?«

»Ihr müsst nur bis Ventimiglia fahren, eine Stunde von mir. Klingel von dort durch, ich hol euch ab.«

»Und Luigis Auto?«

»Für eine, die so ausgekocht ist wie du, bist du bestürzend schwer von Kapee.«

»Tu mir einen Gefallen und sag Boehnke nicht, dass ich aus dem ewigen Eis zurück bin.«

»Weil du ihm nicht traust?«

»Weil ich dann nach Pullach müsste und mir fürs Erste nicht nach Erklärungen ist.«

Sie ging mit Leo und Grunja in die Stadt. In der Nachtkühle saßen alle draußen, lärmten, lachten, wie Menschen das taten, die in der anderen Welt lebten, nicht in der von Nina.

»Reden im Westen alle so laut und schnell?« fragte Grunja.

»Warte, bis du die Schweizer kennenlernst.«

In Sant'Angelo suchten sie sich ein Lokal bei der Engelsburg. Ninas Freundin biss in die erste Pizza ihres Lebens, und Leo erklärte, fortan nur noch Spaghetti all'amatriciana zu essen.

»Du willst ins Schwergewicht wechseln?« fragte Nina.

»Ich denke an eine Karriere als Sumoringer.«

Auf dem Heimweg waren sie alle betrunken. Sie gingen am Tiber lang. Er glitzerte türkis, bewacht von Berninis Engeln.

Sie legte den Arm um Grunja. »Du, ich heiße übrigens nicht Anja, sondern Nina.«

»Und dein Vatersname?«

»Ich habe keinen.«

Grunja schaute sie an, nickte dann. »Ich habe auch so meine Geheimnisse. Du kennst doch Schtschastje-Bonbons.«

»Klar, ein echter Plombenzieher.«

»Das Mädchen auf der Verpackung bin ich, mit elf Monaten. Das Foto hat mein Papa gemacht. Er hat mit dem Kombinat zu tun gehabt, als er damals beim Industriekommissariat war.«

»So was Berühmtes hab ich noch nie getroffen«, sagte Leo.

»Danke. Aber wir bleiben beim Du.«

Nach dem Frühstück rief sie Luigi an. Er hielt sich nicht mit Floskeln auf. Nina wusste sofort: Geheimdienst. Das Auto war ein Alfa Bertone, voller Tank. Sie fuhren gegen Mittag los, über Florenz. In Pisa sahen sie erstmals das Meer. Der Himmel war wie mit Stahlwolle geschrubbt, klar, fast weiß. In Ventimiglia telefonierte sie mit Thräne. Sie setzten sich in eine Bar an der Marina. Yachten glitten über Wellenkämme, die Sonne flirtete schon mit dem fernen Frühling. Espresso, noch eine Premiere. Doch für Russen wie Magenbitter.

Da war Thräne.

Nina hatte sich fest vorgenommen, ihn lässig zu begrüßen, mit einem Grinsen. Doch sie flennte sein Hemd nass. »Das ist Thräne«, sagte sie zu Grunja. »Mein bester einziger Freund.«

»Grunja. Beste einzige Freundin.«

»Wenn ich gewusst hätte, wie hübsch Sie sind, hätte ich mir die Haare gekämmt«, sagte er auf Russisch.

Grunjas Strahlen hatte einen unverrückbaren Platz in Ninas Top Ten der schönsten Dinge auf der Welt.

»Ich erinnere mich an den Tag in Swenigorod«, meinte Leo.

»Ja, Sie haben so getan, als ob Sie mit mir boxen.«

»Und Sie taten, als ob Ihr rechter Jab keine Waffe wäre.«

Thräne wurde ernst. »Ihr Vater und ich, wir –«

»Ich weiß.«

Sie ließen den Bertone stehen. Thräne fuhr in die Berge; er kannte einen Schleichweg über die Grüne Grenze. Als sie sich Monaco näherten, bat Nina ihn, dort zum Hafen zu fahren. Sie stieg mit Grunja aus. Schweigend standen sie am Meer, in der Stadt, die ihre Eltern vor vielen Jahren besucht hatten. Grunja sah sich nach Frauen mit großen Hüten um, aber fand keine.

»Ich hab so eine Mordswut in mir, dass man mich die ganzen Jahre um all das betrogen hat«, sagte sie.

»Schau, wenn's anders gewesen wäre, hätten wir beide uns nie kennengelernt. Und dann hätte ich eine Scheißwut.«

»Ist dein bester einziger Freund verheiratet, Ninka?«

»Nein. Und es wäre seltsam, wenn du nicht gefragt hättest.«

In der Abenddämmerung kamen sie an.

»Bis du reich?« fragte Grunja, als sie das Haus sah.

»Nicht wie Leo. Aber um Suppe muss ich nicht betteln.«

»Wieso bin ich reich?« fragte Leo.

»Weil du mich hast.« Nina warf Thräne einen Blick zu.

Im Wohnzimmer blieb Grunja vor dem Warhol-Portrait von Elvis stehen. »Wer ist das?«

»Magst du Musik?« fragte Thräne.

»Ja, sehr. Aber nicht die von diesen toten Komponisten, die Nina immer hört.«

»Grunja, wir haben die nächsten Tage viel vor.«

Es war schon dunkel, als sie mit Leo am Strand langlief. Der Mond malte eine Straße aufs Wasser, und die Sterne flanierten darauf. »Meinem Vater hätte es hier gefallen.«

»Ich habe es ihm einmal beschrieben, damals im Winter. Er hat gelächelt und gesagt: ›Irgendwann vielleicht.‹«

»Wie hat Thräne das gemeint? Dass ich reich bin?«

Sie erzählte es ihm.

»Ich will das Geld nicht.«

»Warum?«

»Ich habe nichts dafür getan.«

»Er wollte, dass du es bekommst.«

»Lass uns nicht mehr drüber reden.«

Als sie zurückkamen, sahen sie Thräne und Grunja auf der Terrasse sitzen. Sie blieben bis Mitternacht zusammen, hörten Elvis, tranken eiskalten Pastis. Grunja ging zuerst aufs Zimmer, hundemüde vom Staunen. Dann Leo. Nina schenkte sich nach und sagte, sie käme etwas später.

»Tut mir leid. Ich dachte, er wüsste es«, murmelte Thräne.

»Er hatte ja nicht mal Zeit zu trauern. Und ich auch nicht.«

Die Datscha, Bossoi, Nostalgija.

Ihr Vater ein KGB-Agent.

»Was für ein Dreckschwein«, sagte er.

»Er meinte, ich wäre das Beste, was Rem je passiert wäre.«

»Kommst du damit klar?«

»Wie mit Nasenbluten.«

»Auf dem Brief haben viele Marken geklebt, sagst du?«

»Die würden für die Südsee reichen.«

»Rock-A-Hula-Baby.«

Sie lebten, als hätten sie sich eine Welt erschaffen, die nur aus Augenblicken bestand. Thräne schenkte Grunja einen riesigen Hut, den sie am Strand trug, als wäre sie in Ascot und nicht die einzige Frau mit Hut hier. Nach einer Woche hörten Nina und Leo Geräusche aus Thränes Zimmer, die nicht missverstanden werden konnten. Sie grinsten einander an, und ab diesem Tag brauchte Grunja das Gästebett nicht mehr. Sie machten Trips ins Languedoc, sahen die weißen Pferde der Camargue. Als sie in Les Baux-de-Provence die Gassen hochgingen und sie dann dort oben standen, eine Aussicht bis zu Gott, war Rem wieder da, und Nina musste den Blick von so viel Frieden abwenden.

Am zehnten Tag noch immer keine Post.

Sie begann, sich ein anderes Leben vorzustellen. In Pullach hielt man sie für tot; außer ihnen wusste niemand, dass sie am Leben war. Der Gedanke fing an, Nina zu gefallen. Sie könnte mit Leo hierbleiben, eine Boxschule aufmachen. Ihrer Mutter würde sie die Wahrheit sagen, sicher. Sie konnte ein Geheimnis für sich behalten. Aber niemals würde sie ihr erzählen, wer der Mann, um den sie trauerte, gewesen war.

Zwei Tage darauf sagte Thräne: »Ich muss nach Nizza.«

Bei seiner Rückkehr öffneten sie den Brief. Ein leeres Blatt Papier lag darin. Er beträufelte es mit einer Chemikalie. Keine Geheimschrift. Thräne entfernte die Marken extrem vorsichtig unter Wasserdampf. Es waren neunundneunzig Mikropunkte. Er legte den ersten unter ein Mikroskop. Sie wechselten einen Blick, hörten trotz der geschlossenen Tür das Meer rauschen.

Nina rief Boehnke an und beantwortete keine seiner Fragen, außer der, ob es ihr gutgehe. Sie sagte, dass sie Papiere auf den Namen Elsa Opel benötige und sich mit ihm und Richard Wolf treffen müsse. Pass und Führerschein kamen am nächsten Tag per Kurier. Thräne brachte sie nach Marseille zum Flughafen.

»Kauf im Duty Free Schnaps, den werden sie brauchen.«

# NOSTALGIJA

Es war das gleiche Dreckswetter wie vor drei Jahren. Der Berg stemmte sich gegen die Wolken, Krähen taumelten im Wind. Dieses Mal nahm sie den Lift. Als der Bodennebel zurückblieb und sie das Blaue Land sah, heute grau, dachte sie an Rem, der gesagt hatte, dass jeder Tag ohne Zettel am Zeh ein guter Tag sei. Das war vor drei Jahren gewesen, an dem Morgen, als er sie zum Schein für den KGB angeworben hatte.

*Steig in das Flugzeug*, hatte er gesagt. Zwei Mal.

Und sie hatte es nicht getan.

Die gescheiterte Ausschleusung in Zarizyno war nicht der Grund dafür, dass Rem nicht mehr lebte, nicht ihre Beichte bei ihrem Vater, nicht ihr Zögern, als sie Bossoi fast schon erledigt hatte. Ihre Weigerung, Moskau nach ihrer Festnahme auf dem Puschkinplatz zu verlassen, hatte Rem getötet.

Dafür gab es keinen Trost.

Auf dem Gipfel des Hörnle standen Boehnke und Wolf auf der Terrasse und schauten ihr entgegen. Sie bestaunten sie wie ein Wesen von einem anderen Stern. Zu ihrer Verwunderung gelang es ihr, die letzten Moskauer Stunden in wenigen Sätzen zusammenzufassen. Für eine Sekunde dachte Nina, Boehnke wolle sie umarmen, aber dann schüttelte er nur den Kopf.

»Ihr Telefonat mit Andropow scheint hilfreich gewesen zu sein. Die USA sind wieder auf DEFCON 4, nachdem der Kreml von der Einzeltat eines geistig Verwirrten gesprochen hat, der bei einem Fluchtversuch erschossen worden sei.«

»Was ist mit Röttger?« fragte sie.

»Schreibt in Stammheim seine Memoiren.«

»Simone Weller?«

»In ihrer Wohnung haben wir einen Container, eine Minox und ein Kurzwellenradio gefunden«, sagte Wolf. »Sie hat jede Sicherheitsprüfung der letzten zwanzig Jahre überstanden. Es wäre von Nutzen, Beamte von SI in Zukunft nicht mehr durch Beamte von SI checken zu lassen«, fügte er an.

Boehnke machte einen Zitronenmund.

»Was stand in Kukuras Brief an Sie?«

Nina verschwieg ihren Vater, erzählte ihnen von *Nostalgija*.

»Das ist eine Legende, ein altes Märchen«, sagte Boehnke.

»Nein, es sind die Kronjuwelen des KGB.«

»Wir werden es nie erfahren.«

»Es existiert ein zweiter Brief«, sagte sie. »Rem hatte einen Freund in der ›Verwaltung S‹. Er brachte sich in einer Zelle der Lubjanka um. Aber vorher ließ er Rem eine Liste zukommen.« Nina zog den Umschlag mit den Mikropunkten aus ihrer Jacke. »Es sind neunundneunzig Blätter von Führungsakten aus ›S‹. Mit allen Klar- und Decknamen. Weller ist dabei. Sie wurde als Waltraud Böttcher in Leipzig geboren.«

Es war, als wankte der Boden unter den Männern, als hätte Nina als Einzige noch festen Stand. Boehnke wollte sich eine Zigarette anstecken, obwohl er eine im Mund hatte.

»Wer sind die?« fragte Wolf.

»Die meisten Namen haben Thräne und mir nichts gesagt. Vielleicht haben sie die großen Erwartungen nicht erfüllt und versauern auf einer unteren Hierarchieebene. Es dürften auch welche dabei sein, die es nur bis zum Gebrauchtwagenhändler oder Taxifahrer gebracht haben. Aber mindestens fünf kennen Sie. Es handelt sich um den Vizepräsidenten des Bundestages, den für Innere Sicherheit zuständigen Staatssekretär im BMI, den Aufsichtsratsvorsitzenden eines Rüstungskonzerns sowie unsere Botschafterin in Brüssel.«

Das nächste Erdbeben.

»Und Ludwig Amos«, sagte Nina.

Boehnke war starr. »Der Verteidigungsminister?«

»Ist ein seltener Name.« Sie gab ihm den Umschlag.

»Warum bloß neunundneunzig Mikropunkte? Pardon, eine absolut blödsinnige Frage.«

»Das wusste nur Rem.«

»Sie haben damals gesagt, dass Pilger ein Geheimnis kennt, das unser Land erschüttern würde. Und ich dachte, Sie hätten das erfunden, um ihn zu retten.«

»Die Erschütterung wird sich bis Washington fortpflanzen.«

»Wie darf ich das verstehen?«

Sie erzählte ihnen von McGhee.

Wolf fand zuerst die Sprache wieder. »Es fehlen Beweise.«

»Wir können ihn glauben machen, dass wir welche besäßen. Verabreden Sie sich mit ihm an einem unverfänglichen Ort in Berlin, ein Arbeitsessen zum Beispiel. Lassen Sie Ihren Tisch verwanzen. Ich stoße dann dazu und übernehme den Rest.«

»Eigentlich ist das Sache des FBI.«

»Es geht um etwas Persönliches.«

Boehnke schaute sie unverwandt an.

»McGhee wollte mich in Berlin erpressen«, sagte Nina.

Er warf Wolf einen Blick zu. »Wir sehen uns am Lift.«

»Natürlich.« Er ließ sie allein.

»Womit erpressen?«

»In der Moscow Station weiß man, dass ich im Sommer vor zwei Jahren versucht habe, Rem mithilfe der russischen Mafia auszuschleusen. Auf meiner Flucht habe ich einen Milizionär getötet und Demjan Bossoi lebensgefährlich verletzt. McGhee hat von mir verlangt, Geheimnisverrat zu begehen. Ich würde ihm gern in die Augen sehen, wenn er gesteht.«

Zum ersten Mal sah sie Boehnkes Hand zittern.

»Warum haben Sie das ohne uns gemacht?«

»Rem hat Sie verabscheut. Sie und das ganze Pullach. Wegen Baumann, dem *Roten Admiral*, der exekutiert wurde, weil Sie ihn nicht austauschen wollten. Der einzige Grund dafür, dass Rem Ihnen die Brocken nicht längst hinschmiss, war ich.«

»Nach Baumann habe ich zwei Monate nicht geschlafen.«

»Sie Armer.«

»Der Präsident traf die Entscheidung, gegen mich.«

»Gravieren Sie's auf Rems Grabstein.«

Boehnke sah ins Tal, auf diesen Nebel, unter dem seine Welt in Trümmern lag. »Verachten Sie mich auch?« fragte er.

»Früher mal. Sie haben Anstand. Aber natürlich nur in Ihrer Welt, nicht in der anderen.«

»Ich weiß um Ihren Verlust, Nina. Jedes weitere Wort würde hohl klingen.« Er straffte sich. »Werden Sie bei uns bleiben?«

»Für den KGB bin ich tot. Das gefällt mir. Rem sagte mal, er hätte sich so ans Atmen gewöhnt, dass er es vermissen würde. Ich verstehe ihn sehr gut.«

»Ich hätte immer eine Aufgabe für Sie, an einem Ort Ihrer Wahl. Und die fünf Millionen: geschenkt.«

Es war das Restaurant im Schlosshotel Gerhus. In der Zufahrt sah Nina Männer frieren, die Zugriffseinheit des FBI, die nach einem Telefonat von Wolf aus den Staaten nach Berlin beordert worden war. Sie hatte mit ihrer Mutter mal hier gegessen; die Preise hatten sie schwindlig gemacht. Aber sie war an dem Tag einundzwanzig geworden, und ihre Mutter hatte gemeint: *Du wirst einmal die Welt erobern, und dann lädst du mich ins teuerste Restaurant von Paris ein.*

Als McGhee sie sah, ließ er sein Besteck sinken. Nina setzte sich zu ihm und Wolf, tunkte ihren Finger in McGhees Sauce béarnaise und leckte ihn ab. »Noch einmal gut essen. Warum nicht. Was ist? Haben Sie noch nie eine Tote gesehen?«

»War das Ihre Idee?« herrschte er Wolf an.

Der ließ sich sein Ribeye schmecken. »Frau Opel hatte das Bedürfnis, mit Ihnen über Moskau zu plaudern.« Er gab dem Ober einen Wink. »Bringen Sie dem Herrn bitte einen Grappa. Um ehrlich zu sein, brauche ich auch einen.«

McGhee wollte aufstehen, aber setzte sich wieder, als Nina sagte: »Bossoi war sehr gesprächig, wissen Sie.«

»Sie meinen Demjan Bossoi?«

»Ach, Sie kennen ihn?«

»Wir kennen jeden relevanten Mann auf der Insel. Und die kennen unsere. Ein Gleichgewicht der Kräfte. Nach allem, was ich von Bossoi weiß, ist er nicht besonders mitteilsam.«

*Kriege ich einen Abzug?* hatte sie den Imker gefragt.

*Willst du dir den übers Bett hängen?*

*Nein, dir eine Freude machen.*

Sie schob McGhee das Foto zu.

»Er war etwas derangiert, nachdem ich mit ihm fertig war.«

Jetzt legte auch Wolf sein Besteck hin.

»Er hat für mich seinen Tresor aufgeschlossen«, sagte Nina. »Das wird gerade in Langley und Pullach ausgewertet.«

Sie dachte, McGhee würde über den Tisch springen, um sie zu würgen. Aber Wolfs Blick hielt ihn davon ab.

»Bossoi besaß jede Menge Material über Sie. Zum Beispiel über Ihre Geschäfte mit den Cosentino-Brüdern.«

»McGhee, das ist natürlich alles ekelhaft«, sagte Wolf. »Am meisten widert mich jedoch an, dass Sie seit über zehn Jahren für den KGB spionieren. Ich war bei Kukura im Krankenhaus. Ehe er starb, hat er aufgeschrieben, dass die Insel Sie seit New York unter dem Decknamen *Deputy* führt. Ah, der Grappa!«

McGhee rührte sein Glas nicht an. Seine Augen waren leer. »Der Kreml wollte mich wie Säure verklappen. Nach fünfzehn Jahren. Eine Bestie wie Beljakow war mehr wert. Bloß weil er Hammer und Sichel auf dem Arsch tätowiert hatte. Das Foto würde ich zu gern behalten und jeden Tag ansehen.«

»Wer weiß, vielleicht gestattet man Ihnen das sogar. Kommt drauf an, wie umfassend Ihr Geständnis sein wird«, sagte Wolf. »Sie verpassen was, der Grappa ist gut.«

McGhee stand auf und ging zum Fenster. Er sah die Männer draußen, setzte sich wieder, kippte den Schnaps. »Denken Sie, ich würde Langley in den Verhören irgendetwas verschweigen? Die sind mir so scheißegal wie Jassenewo. Ich hole den besten Deal für mich raus.«

»Achtzig Jahre Gefängnis anstatt lebenslänglich. Wow. Hört sich wahnsinnig verlockend an.«

»Aber damit sind Sie noch gut bedient«, sagte Nina. »Bossoi hat Beljakow erschossen und lässig das Ende der Menschheit riskiert. Auf der Insel weiß man von Ihrer Verbindung zu ihm. Ein Gefängnis in den USA dürfte der sicherste Ort der Welt für Sie sein.«

»Erwarten Sie, dass ich Ihnen Blumen schicke?«

»Warum haben Sie versucht, mich zu erpressen?« fragte sie. »Sie dürften vom KGB gewusst haben, dass das bei mir schon einmal nicht funktioniert hat.«

»Es war ein Reflex. Nachher ist man schlauer. Es wäre besser gewesen, ich hätte Ihnen das Genick gebrochen.«

»Wie Sie an der Glienicker Brücke gesagt haben: Man kann fast am Ziel sein, aber dann erwischt es einen doch.«

Sie stand auf und ging.

»Sie werden nie mehr sicher sein«, sagte McGhee. »Moskau hat einen langen Atem.«

Abends traf sie sich mit Wolf im Le Troquet am Savignyplatz. Sie aßen gut, tranken Wein, den sie sich nie leisten würde, und spazierten dann zum Hotel. In der Autorenbuchhandlung lag *Gorki Park* im Schaufenster, die Geschichte eines heldenhaften Milizionärs, der sich gegen den KGB stellte. Das Filmkunst 66 in der Bleibtreu spielte *Gandhi*. Nina nahm sich vor, in Antibes mit Leo reinzugehen.

Vor dem Hotel fragte sie: »Sind Sie müde?«

»So müde, dass ich nicht mehr schlafe.«

»Kommen Sie, ich lade Sie auf einen Absacker ein.«

»Sie sind mir nichts schuldig.«

Nina griff in ihre Tasche. Sie nahm einen von Leos Rubeln, riss ihn durch und gab Wolf die eine Hälfte. »Wann immer Sie ihn einlösen wollen, ich werde für Sie da sein.«

Sein Gesicht verlor für einen Moment den Halt, dann wurde es wieder hart. Er steckte den halben Rubel ein.

Sie gingen zur Kant, winkten einem Taxi; Nina nannte dem Kutscher das Ziel. Auf der Fahrt durch Kreuzberg fiel ihr Blick auf Wolfs Hand. Er trug den Ehering noch. Sie stiegen vor der Gärtnerei aus. Im Fenster prangte der rote Stern.

»Vielleicht sollten Sie die Krawatte abnehmen«, sagte sie.

Brechend lauter Rock. Hinterm Tresen stand der Zapfer mit dem fusseligen Kinnbackenbart. Er wienerte das Sparschwein für die Knasthilfe und zuckte zur Musik.

»Ein Fan von Bismarck?« fragte Wolf.

»Motörhead«, sagte Nina.

Sie setzten sich in die Ecke, auf wacklige Stühle vom Trödel. »Ihre Berliner Stammkneipe?«

»Als Studentin habe ich um die Ecke gewohnt.«

»Wie sind Sie in Pullach durch den Check gekommen?«

»Ich habe angegeben, dass ich früher öfters in der Gärtnerei gewesen bin. Man dachte wohl, ich wäre Blumenfreundin.«

»Wir haben was zu feiern, aber ich nehme nicht an, dass die Champagner haben.«

»Zum Feiern trinkt man hier Rote Brigade.«

»Was ist das?«

»Lambrusco Wodka. Füllen sie auch in Flaschen ab, ist eine prima Chrompolitur.«

»Zweimal Rote Brigade!« rief er dem Zapfer zu.

Der hob den Daumen.

»Wie ist Moskau?« fragte Wolf.

»Anfangs war es fremd, dann wurde es meine Heimat. Am Ende haben sich dort zwei Armeen gegenübergestanden. Der KGB und ich.«

Mit Wolf zu lachen, war besser als Eiscreme essen.

»Röttger habe ich mir selbst vorgenommen«, sagte er. »Ein widerwärtiges Exemplar der Gattung Mensch. Er ist wie unser amerikanischer Freund, denen ging's nur ums Geld.«

»Weller war anders. Ich wette, sie hat zu Lenin gebetet.«

Er drehte seinen Ehering. »In einem hat McGhee recht. Die Russen sind geduldig. Trotzki würde jetzt nicken.«

»Mit dem Sterben kenne ich mich aus. Glauben Sie mir, das wird überschätzt.«

Ihre Getränke kamen; er nippte. »Ich lasse mir eine Flasche abfüllen. Könnten wir bei Verhören einsetzen.«

»Am Morgen des Austauschs war ich hier«, sagte Nina. »Ich wollte mich von etwas verabschieden, ohne zu wissen, was es war. Vielleicht musste ich erst tot sein, um zu leben.«

Wolf fiel durch die Zeiten. »Ich habe nie von einem anderen Leben geträumt. Manchmal bereue ich das.«

»Träumen ist leicht. Die Kunst ist das Aufwachen.«

Unter der Hochbahn liefen sie zum Schlesischen Tor. »Was Boehnke Ihnen bietet, um Sie zu halten, weiß ich nicht«, sagte er. »Seinen halben Jahresetat vermutlich. Ich will Sie mehr.«

»Ich habe noch keine Pläne. Im Jenseits ist es angenehm.«

»Ich könnte den halben Rubel dafür einsetzen.«

»Das müsste etwas Größeres sein, fürchte ich.«

»Wo finde ich Sie? Falls Ihnen mal nach einem Kaffee ist?«

Nina nannte ihm Thränes Adresse. »Besuchen Sie uns. Leo würde sehr gern den Mann kennenlernen, der bereit gewesen war, seinem Vater zu helfen, als alle sich geduckt haben.«

»Meine Frau hat Südfrankreich geliebt«, sagte er.

# FREUNDE ZUM ESSEN

Zumeist schlief sie bis elf, gar bis mittags, so viel wie nie zuvor in ihrem Leben. In den ersten Nächten fürchtete sie sich noch vor den Träumen, aber dann blieben sie fort, und neue kamen nicht. Ihre Wunden verheilten. Am Arm und am Hals blieben kleine Narben, das störte weder sie noch Leo. Nina genoss es, jeden Abend barfuß am Strand zu laufen, zwanzig Kilometer, nichts Aufregendes. Ihre Zeit war ihr egal, zum ersten Mal. Es war immer jemand da, wenn sie ins Haus kam. Nie dachten sie über den nächsten Moment hinaus. Sie konnten hundert Jahre so leben, dann würden sie weitersehen. Als sie *Ninotschka* auf Video geschaut hatten, meinte Grunja, dass sie für Thränchen jeden französischen Grafen abblitzen lassen würde. Sie rückte die Möbel im Haus um, damit kein Ungemach drohte, und alle fanden das vernünftig. Bei einem Streifzug durch Avignon sah Nina die Schlagzeilen zu der Verhaftungswelle in Deutschland, aber sparte sich das Zeitungsgeld. Für die Weihnachtstage lud sie ihre Mutter nach Fréjus ein. Um ihr jemanden vorzustellen, sagte sie. Rems Sarg wurde überführt. Sie trugen ihn auf dem Friedhof von Saint-Raphaël zu Grabe, hoch über dem Meer, an einem Regentag. Boehnke war nicht gekommen; so brauchte er Leo nicht in die Augen zu sehen. Grunja fragte, was für ein Mensch der Mann gewesen war, um den die Freunde weinten. Sie begannen, von Rem zu sprechen. Aber es half nicht.

Auf den Tag fünf Wochen nachdem Nina in Berlin gestorben und in Moskau wiederauferstanden war, klingelte das Telefon. Wolf sagte, dass er in Cannes sei. Um drei auf der Croisette?

Leo begleitete Nina. Es war einer von den Wintertagen, die es nur im Süden gibt, mit Wolken wie in Kinderbüchern, einer Sonne, die wärmte, obwohl sie noch kalt war.

»Lass uns hier nie wieder weggehen«, sagte Leo, als sie mit offenen Fenstern an der Bucht von Agay langfuhren, auf trägen Wellen der Glanz von Millennien.

Sie küssten sich und gerieten auf die Gegenfahrbahn, doch der Ferrari, der heranraste, schoss Zentimeter an ihnen vorbei.

Weil sie unsterblich waren.

Wolf wartete vorm Café. Leo mochte ihn sofort. Er bat, kurz mit Nina allein reden zu können. Sie gingen über die Croisette. Möwen waren auf Raubzug. Draußen ankerten die Schiffe von Menschen, die alles hatten und sich langweilten.

»McGhee hat sich erhängt«, sagte Wolf. »Am ersten Morgen im Staatsgefängnis von Maryland.«

»Vielleicht kam er gerade vom Duschen.«

»Ich weiß, wieso es neunundneunzig Mikropunkte waren.«

Sie blieb stehen.

»Ich war kein guter Ehemann und Vater. Dass meine Tochter nie mehr mit mir reden will, verstehe ich. Meine Frau und ich stritten häufig. Sie war von Opiaten abhängig, aber das spricht mich nicht frei. Ich habe sie vernachlässigt, dafür gibt es keine Entschuldigung. Eines Nachts wurde ich ins BKA gerufen. Die RAF hatte den Anschlag auf Ramstein verübt. Meine Frau hat Tabletten genommen. Ich fand einen Abschiedsbrief von ihr.« Wolfs Stimme war wie Wind, der sich in einer Schlucht verliert. »Sie hatte ein Verhältnis mit Ihrem Vater und fand durch einen Zufall heraus, dass er für den KGB spionierte. Er hatte gedroht, dass man unserer Tochter etwas antäte, wenn meine Frau mit jemandem drüber reden würde. Sie brachte sich aus Angst um. Und aus Scham. Ich ließ den Brief verschwinden. Zwei Wochen lang tat ich nichts. Ich wollte für meine Tochter da sein, doch verlor sie. Dann nahm er sich frei, weil Sie zu Besuch kamen.

Als Sie fort waren, bin ich ihm auf seinem Heimweg vom BKA gefolgt. Und am Abend darauf. Er ist ausgestiegen, um Kippen oder Schnaps zu kaufen. Den Aufprall höre ich jede Nacht.«

Ninas Atem war ein Schmetterling unter Glas.

»Der Wunsch, es Ihnen zu erzählen, wurde so groß, dass ich wusste, ich kann nicht weiterleben, wenn ich länger schweige. Sie können mich jetzt vernichten. Aber ich bereue es nicht.«

Sie legte die Hand auf seine Felsenwange, fühlte sie zucken. Er umfasste ihre Hand, innig. In seinen Augen machte der Tod für das Leben Platz.

»Bitte kommen Sie heute zum Essen nach Fréjus«, sagte sie. »Wir würden uns sehr freuen.« Im selben Atemzug sah sie Leo über die Croisette stürzen und drehte sich verwirrt um.

Rem stand nur fünfzig Meter von ihr entfernt.

Nina schloss die Augen, öffnete sie wieder. Rem warf einen Schatten wie ein Riese. Seine Umarmung mit Leo, ein Moment, den die Ewigkeit nie mehr hergeben würde.

Wolf hielt ihr den halben Rubel hin. »Solange ich lebe, sind Sie mir nichts schuldig.«

»Thräne hat vor seiner Leiche gestanden.«

Flüstern, mehr ging nicht.

»Er bekam einen Wirkstoff injiziert, der seinen Herzschlag verlangsamt hat, bis er nicht mehr wahrnehmbar war. Ich habe ihn in eine Privatklinik bringen lassen, von Männern, die mir verpflichtet sind. Er war schon fast auf der anderen Seite. Doch er hat gekämpft wie keiner. Mit Ausnahme von Ihnen. Für den KGB, die CIA und den BND ist er tot. Auch Boehnke weiß es nicht. Pilger ist nur noch ein Geist.«

Da stand Rem, in der Sonne. Als sei er nie in der Finsternis gewesen, immer im Licht. Sein Lächeln flog ihr entgegen, und es war so unendlich leicht, die schnellsten fünfzig Meter ihres Lebens zu rennen.

# EINIGE BEMERKUNGEN

Das Bildnis der Achmatowa, die Zitate aus Songtexten und die Bonbons mit Grunjas Konterfei sind erfunden.

Der KPdSU-Parteitag war 1981 drei Wochen später als hier.

Der Alaska-Empfang in der US-Residenz ist zwar Phantasie, doch die Sowjets haben die Botschaft durch einen Abzug ihrer Hilfskräfte tatsächlich lahmgelegt; allerdings 1985.

Die Quelle *Kid* alias Jeffrey Carney heuerte erst 1983 bei der HVA an. Die Technologie, sowjetischen Piloten falsche Befehle durch die Amerikaner zu übermitteln, gab es in realiter.

Der RAF-Anschlag auf Ramstein war im August 1981.

Die Operation RJaN fand vom Mai 1981 bis Ende 1984 statt; es war das größte Unterfangen des KGB im Kalten Krieg.

Ninas Vorgesetzte Angelika Leidinger ist *Koi*. Sie steht für Gabriele Gast alias Leinfelder, die in der Pullacher Auswertung saß und siebzehn Jahre lang für die HVA spioniert hat.

Man muss Zeit verdichten, um sie einzufangen.

Ob es beim KGB ein Programm wie *Nostalgija* gab, ist nicht bekannt. Doch die Stasi führte 1954-1956 die *Aktion 100* durch. Unter den »Kundschaftern«, die damals in die Bundesrepublik eingeschleust wurden, waren Günter und Christel Guillaume.

Das Pullach von Nina konnte ich zum Leben erwecken, weil mir erlaubt wurde, das Gelände zu besuchen. Im Bunker des Führerhauptquartiers stinkt es noch immer nach zwölf Jahren Wahnsinn. Zwei Stockwerke darüber hatten alle Präsidenten seit Reinhard Gehlen ihr Büro in Bormanns Schlafzimmer. Am seltsamsten war es wohl, in Ninas Büro zu stehen.

1979 bin ich nach West-Berlin gezogen; am Tag schrieb ich, nachts fuhr ich Taxi. Kann mich nicht erinnern, geschlafen zu haben. Der Roman war meine Zeitmaschine. Ich habe die Orte wiederentdeckt, das Lebensgefühl, die Musik. Während Nina mir ihre Geschichte anvertraut hat, haben wir zusammen Pink Floyd gehört, Fleetwood Mac, Kate Bush, Dire Straits, Prince. Vielleicht findet sich davon etwas im Rhythmus des Textes.

Moskau habe ich 1993 besucht und bin von dort nach Omsk weitergereist. Drei Wochen Sibirien im März. So haben meine Zähne nie wieder geklappert.

Ich bin glücklich, dass zwei herausragende Experten diese Arbeit begleitet haben: Bodo V. Hechelhammer vom BND und Hans-Ludwig Zachert, einst Leiter der BKA-Spionageabwehr und später BKA-Präsident. Richard Wolf ist sein Alter Ego seit *Operation Rubikon.* Aber vor allem ist Hans mein Freund.

Nach den ersten hundertfünfzig Seiten wusste mein Lektor Thomas Halupczok, was fehlte. Wie gut, dass ich mich immer auf seinen Blick verlassen kann.

Seit *Endgültig* liest Gabi Bischoff meine Romane Korrektur. Ich schätze ihre Arbeit sehr, eine Beruhigung.

Mein größter Dank gilt wie immer Anne, meiner Frau. Am Gelingen meiner Bücher hat sie mehr Anteil, als sie glaubt.

Als Nina Winter sich in meine Träume zu schummeln begann, lag der russische Überfall auf die Ukraine noch in weiter Ferne. Beim Schreiben habe ich mir dann gewünscht, es gäbe weniger Analogien zwischen dem heutigen Russland und der damaligen Sowjetunion. Putin ist beides: eine Hofschranze der Lubjanka und der Mann, der den KGB wieder an die Macht brachte. Es wirkt nur auf den ersten Blick bizarr, dass er sich als Erben der Romanows sowie der sowjetischen Herrscher sieht. Das ist er tatsächlich. So verblendet, grausam, gottlos und lächerlich.